R & L

Susanne Tschirner

Lasra und das Lied der Steine

Roman

Rütten & Loening
Berlin

To Morgan and Ronald Simison

ISBN-10: 3-352-00728-4
ISBN-13: 978-3-352-00728-6

1. Auflage 2006

Einbandgestaltung Preuße&Hülpüsch Grafik Design
Druck und Binden GGP Media GmbH, Pößneck
Printed in Germany

www.ruetten-und-loening.de

Teil eins
Die Adlerleute

Personen der Handlung

Madragena, die Erdfrau und Mutter von Sihrus, sorgt dafür, daß die Adlerleute dem alten Weg treu bleiben.

Sihrus, ihr Sohn, der strahlende Held des Langhüglervolks, ist mit unglaublichen Geschichten von seiner großen Reise ins Südmeer zurückgekehrt.

Adlersohn, der undurchsichtige Schamane der Adlerleute, wird von seinen Sippengeschwistern verehrt, aber nicht geliebt.

Gorg, der bärenhafte Häuptling der Adlerleute, in zweiter Ehe mit der jungen Osi verheiratet, ist ein Meister der Steinbearbeitung und des Taktierens.

Brim, sein Bruder, ein unangenehmer Zeitgenosse, hat als Holzmeister genausowenig Erfolg wie als Liebhaber.

Lasra, eine nicht mehr ganz junge Witwe, geht bei Madragena in die Lehre und fragt den Leuten Löcher in den Bauch.

Füchschen, ihr kleiner Bruder, spürt seinem wahren Namen und den Geheimnissen der Adlerleute nach.

Ulera, Lasras Großmutter, und *Lin*, die Mutter von Lasras verstorbenem Mann Nomak, liefern sich erbitterte Wortwechsel und Lasra manchen nützlichen Hinweis.

Regi, Lasras kinderreiche Schwester, schwelgt in Hausbauplänen, ihr Mann *Ibbe* in Wolle und Filz.

Twirk, der zappelige kleine Baumeister und Füchschens Lehrherr, wird wieder Vater.

Sarra, eine begnadete Köchin, lebt mit ihren Töchtern Illib, Ard und Nuki im Haus der Frauen.

Illib, die junge Kornmeisterin, genießt die Freuden des Lebens.

Ard, ihre Schwester und Sihrus' Geliebte, ergibt sich dafür zu gern dem Leid und ihren Ängsten.

Nuki, die Jüngste, bringt Füchschen zum Schwärmen.

Lura und *Eno* stehen als Jäger bei den Menschen der Inseln traditionell in nicht eben hohem Ansehen.

Sira, eine herbe Schönheit, zieht Fische und junge Männer an Land.

Kebro, der Herr der Rinder und Schweine, hat seine Sippe, die Stierleute, für ein Leben an Siras Seite verlassen.

Bun, Siras altersverwirrter Vater, war einmal Häuptling der Adlerleute.

Wibo, Schafhirt, Hundezüchter und Leles Mann, scheint der geborene Verlierer zu sein.

Lele, Lasras Intimfeindin, hält mehr von Männern als von der Arbeit und hat mit Sihrus eine Tochter, Mondkind.

Errill, Sihrus' bester Freund und Begleiter auf der großen Reise, gehört zu den Hirschleuten, die an der Nordgrenze der Inseln siedeln.

1

Er gestattete sich ein Lächeln. Das Wasser der Bucht, glatt wie eine polierte Steinaxt, schimmerte silbrig im Licht des Vollmonds. Bald würden die drei Sterne in einer Reihe über dem Horizont stehen. Der Krieger und die Strahlende, beide hell und weiß, stiegen auf, und der rötlich glühende Hüter der Schwelle senkte sich der Erde entgegen. Bald wäre er am Ziel seiner Wünsche. Er mußte nur die Hand ausstrecken, und die Inseln gehörten ihm. Während die Menschen der Inseln feierten, würde er den Schlußstein in sein Gewölbe einsetzen. Den Stein, der den kühnen Bau halten würde bis in alle Ewigkeit.

Er setzte sich auf seinen Umhang, nahm noch einen Schluck Honigbier und schloß die Augen. Schön sind die Inseln, und ihm würden sie gehören. So viele Frauen, dachte er fast ehrfürchtig. Sie hatten ihm den Weg geebnet, und er hatte sie geliebt und sich ihrer bedient. Er schlug die Augen erst wieder auf, als die leisen Erschütterungen der Erde ihm ihre Ankunft verrieten. Die Frau blieb stehen, ließ den Umhang von ihren Schultern gleiten. Nackt stand sie vor ihm, zum Greifen nah, als hätte sie seine Gedanken gehört. Als huldige sie ihm auf diese Weise, ihm, dem Herrn der Inseln und der Frauen.

Er hielt sie ein bißchen hin, schloß wieder die Augen. So mußte es sein, wenn der Schamane seinen Geist zu den Ahnen reisen ließ, wenn er mit den Augen des Adlers sah, mit seinen Schwingen flog. Durch das weiche Leder der Stiefel hindurch fühlte sich die Erde fast unerträglich hart an. Seine Zunge schmeckte die Süße des Honigbiers, als sei es das erste Mal. Eine kühle Brise strich über seine Haut, und die Erregung breitete sich in seinem Körper aus wie eine sanfte, warme Woge. Er kostete den Augenblick bis zum letzten aus.

Als der Hieb seinen Kopf zertrümmerte, blieb keine Zeit für Verwunderung, für Wut oder Schmerz. Er stürzte, und seine Hand griff noch einmal zu.

In der Luft, kühl und würzig und klar, lag mehr als eine Ahnung von Frühling. Von den morgendlichen Nebelschwaden hatte Ahntochter Sonne nichts übriggelassen als ein unstetes Flirren in der blauen Weite, das weghuschte, wenn ich den Blick darauf richtete. Das feuchte Land, die frische Luft, das federnde Gras unter meinen Füßen, alles roch nach den Abenteuern der Kindheit.

Im Gehen strich ich die vergilbten Samen von den Gräsern ab, die den Winterstürmen getrotzt hatten, und säte sie an anderer Stelle wieder aus. Meine Stiefel aus Seehundfell hielten noch dicht, und das, obwohl der Inselweg nach den Regengüssen der letzten Monde an manchen Stellen eher einem Tümpel als einem Stück Land glich, auf das Menschen ihre Füße setzen können. Wenn ich an besonders sumpfigen Stellen auf das höher gelegene Grasland ausweichen mußte, sogen sich meine Lederhose und der Fellumhang mit Feuchtigkeit voll wie Schwämme. Selbst das konnte meine Freude nicht trüben.

Nahezu wolkenlos wölbte sich Vater Himmel über mir, als ich den tief ins Land schneidenden Meerbusen im Nordosten unserer Insel erreichte, den wir Axtbucht nennen. Wer das Wetter auf den Inseln kennt, der weiß, wie selten ein solcher Tag so früh im Jahr ist, kurz nach dem Frühlingstag, wenn Licht und Dunkelheit zu gleichen Teilen herrschen. Aber dieser Tag, der vierte nach dem großen Fest, war etwas ganz Besonderes.

Im ersten Dämmerlicht hatte ich unser Dorf verlassen, um Madragenas Auftrag zu erfüllen. Hatte auf dem Hauptweg unsere Insel, die Südliche, der Länge nach durchquert und war nun fast am Ziel. An der Axtbucht erstreckt sich ein weiter, von Dünen geschützter Sandstrand, der ideale Ort, um sich nach einem anstrengenden Marsch von einer halben Flut eine erste Rast zu gönnen. Ich rutschte durch den Dünensand, suchte mir einen Platz im Windschatten und breitete meinen Fellumhang zum Trocknen aus.

Es gab Trockenfisch und harte Brotfladen. Es gab immer Trockenfisch und harte Brotfladen. Die ehrwürdige Ahnfrau Lin, die Mutter meines verstorbenen Mannes Nomak, war der unerschütterlichen Überzeugung, alles andere würde mich verweichlichen. Ich schwor mir, für meinen nächsten Auftrag selbst zu kochen, und spülte das zähe Zeug mit reichlich frischem Wasser hinunter, bevor ich den Holzpflockstöpsel wieder in die Trinköffnung des Ziegenbalgs schob, die geflochtene Strohkordel darum schlang und das Ganze verknotete.

Mit einem wohligen Seufzer streckte ich mich aus. Eine kleine Verwehung mit einem Büschel Strandhafer, spärlich wie die Haare auf dem Schädel unseres Baumeisters Twirk, gab ein passables Kopfkissen ab.

Draußen auf der Sandbank, die noch nicht von der einlaufenden Flut überspült worden war, lärmte ein Schwarm Silbermöwen und pickte aus dem Wattboden, was das Pech hatte, hier gestrandet zu sein. Einer der Vögel flog mit einem hell glänzenden Fisch im Schnabel von einem Priel auf. Sofort stürzten sich mehrere Artgenossen auf ihn und versuchten ihm unter schrillem Kreischen die Beute wieder abzujagen.

Ich schloß die Augen und streichelte mit den Fingern über den Sand. Der ewige Wind der Inseln hatte die oberste Schicht schon getrocknet, so daß sie sich weich anfühlte wie früher Füchschens Säuglingspopo. Mittlerweile fieberte er mit der ganzen Ungeduld von dreizehn Jahren seinem Tag der Zweiten Geburt entgegen, an dem er seinen richtigen Menschennamen erhalten und feierlich in die Reihen der Männer aufgenommen werden würde. Nicht, daß er sich nicht schon für einen vollwertigen Mann gehalten hätte. Jedenfalls hatte er es am Frühlingstag geschafft, sich mit reichlich Honigbier einzudecken. Leicht schwankend und mit herausfordernd vorgerecktem Kinn hatte er vor mir gestanden. »Laß mich endlich in Ruhe, Lasra! Du hast mir nichts mehr zu sagen!« Kein Zweifel, mein kleiner Bruder wurde erwachsen. Seit unsere Mutter Kea bei seiner Geburt gestorben war, hatte ich mit meinen damals elf Jahren ihn großgezogen.

Ein trotziger Schluck aus der Tonschale, dann hatte mein Bruder sich in die Büsche geschlagen. Er war ein Meister des Versteckens, und ihn plagte die Neugier, die jeden Heranwachsenden plagt. Im Schein der prallen Mondscheibe, die die Küstenlandschaft in ein weißes, fast taghelles Licht getaucht hatte, hatte die Fischerin Sira ihren jungen Ehemann Kebro laut kichernd in Richtung Meer gejagt. Füchschen war also auf seine Kosten gekommen.

Die Erinnerung an die fetttriefenden Schweinekeulen, den würzigen Duft des Thymianbrots und den zartrosa Lammbraten ließ mir angesichts von Trockenfisch und Brotfladen das Wasser im Mund zusammenlaufen. Ausgelassen hatten wir gesungen und zum Klang von Luras Flöte und Nukis Trommel getanzt. Wie fröhlich der Frühlingstag dieses Jahr begonnen hatte, wie seltsam er zu Ende gegangen war!

Ich tat die beunruhigende Erinnerung ab und schlug die Augen wieder auf. Die Feuchtigkeit unter der trockenen Oberfläche war in meine Kleidung eingedrungen. Einzelne zerfaserte Wolken trieben über den Himmel. Ein Austernfischer pickte in meiner Nähe im Spülsaum des Meers herum. Als er seinen stichelartigen roten Schnabel aus dem Sand zog, hatte eine unglückliche Teppichmuschel den Kampf ums Dasein verloren. Der Wind hatte aufgefrischt. Ich warf meine drei Zöpfe nach hinten, sammelte rasch meine Sachen zusammen und brach auf.

Der Weg verließ nun das Meer und führte über einen gemächlichen Anstieg ins Landesinnere. Diesen Teil meiner Wanderung liebte ich besonders, denn von hier bot sich ein weiter Blick über die sanft gewellte Hügellandschaft um mich herum und nach Norden zu auf die Große Kesselbucht. Jenseits der glatten blauen Flut sah ich die Landmasse der Großen im Dunst. So mächtig wirkten ihre Klippen und Weiden, ihre Landspitzen und Hügel, daß mit ihr der Ozean endgültig zu enden und die Herrschaft des Landes zu beginnen schienen.

Doch wir wußten es besser: Selbst die Große war meerumschlossen. Auch hier umfingen Bruder Wassers Arme seine Mutter Erde.

Dort hinter dem Wachtberg, der höchsten Erhebung der Großen, lag der Nabel unserer Welt, der Steinkreis zwischen den beiden Seen, wo Nap gesiedelt hatte und nun die Stierleute, seine Nachfahren, lebten. Im Westen schimmerten die hohen Kuppen und Grate der Gebirgigen in der Morgensonne, und die kleineren Eilande davor tummelten sich im Meer wie Entenküken im schutzspendenden Schatten ihrer Mutter.

Die holzigen, vom Wind gekrümmten Heidebüsche mit ihren fahlbraun verblühten Glöckchen verliehen meinen Schritten etwas Beschwingtes, als würden sie mich jedesmal ein winziges Stückchen zu Vater Himmel emporheben. Vertrocknete Gräser beugten sich vor dem Wind, wie die Sippen sich vor Nap verbeugt hatten. Von der Sonne hervorgekitzelt, lag ein würziger, leicht salziger Geruch in der Luft, ein Versprechen auf den Sommer, auf Wärme, Gedeihen und üppigen Pflanzenwuchs. Zu dieser frühen Jahreszeit wuchs noch so gut wie nichts, und obwohl die frischen grünen Spitzen der Gräser bereits hier und da hervorlugten, trugen die Inseln noch ihr erdig braunes Winterkleid.

Entschlossen, das wenige, was es bereits gab, zu nutzen, grub ich ein paar Queckenwurzeln aus, die Beschwerden beim Wasserlassen lindern: Früh im Jahr, wenn das verzweigte Wurzelgeflecht noch keine frischen Halme ausgetrieben hat, wirken sie am besten. Ich sammelte die Blüten einer Gänseblümchenwiese ab, um meiner Familie einen ersten Frühlingssalat zuzubereiten, und warf noch zwei Handvoll Scharbockskraut in meinen Binsenschultersack.

Mein bester Fund war jedoch ein kleines Moorweidengebüsch, dessen raupenartige, noch fest geschlossene Blüten die heilenden Kräfte sicher im Innern des Baums bargen. Behutsam schälte ich mit meinem Tschörtmesser die hauchzarte Rinde einiger Zweige ab: Ein Tee hieraus wirkt Wunder gegen die Gelenkbeschwerden nach einer im Freien verbrachten Frühlingsnacht.

Längst hatte ich den Hauptweg verlassen und bahnte mir meinen eigenen Weg durch das pfadlose Gelände.

Den Blick immerzu auf den Boden gerichtet, war ich, ohne es zu bemerken, bis zu dem Hügel gelangt, auf dem das Ahnenhaus der Ausgestorbenen stand. Ein Wolkenschatten glitt vor mir über das Land und schien einen Augenblick auf den bröckelnden Mauern des mächtigen Hügels liegenzubleiben. Niemand wußte mehr, wie die Sippe geheißen hatte, die vor vielen und nochmals vielen Jahren untergegangen war, von einer tückischen Krankheit dahingerafft oder einfach nur vom Unglück verfolgt. Das Land war nie wieder besiedelt worden.

Über Wiese und Moorheide stieg ich den Abhang vom Ahnenhaushügel zum Meer hinunter. Von meiner erhöhten Warte aus erinnerte mich die Form der Bucht an eine unserer Tonschalen: Der flache Schwung der Strandlinie entsprach ihrem gerundeten Boden. Kaum mannshohe Felsklippen liefen im Rücken der Bucht in einen flachen Kieselstrand aus. Dort wuchs ein Wald aus Birken und Haselnußbäumen um einen Bach, der irgendwo im Hügelland hier oben entsprang. Und links von ihm lag sie, meine Senke, mein eigentliches Ziel.

Vor dem rauhen Seewind und der Salzgischt geschützt, hielt der winzige Talkessel die Wärme so gut, daß die roten und gelben Schlüsselblumen hier wesentlich früher blühten als anderswo auf den Inseln. Gegen den Altershusten meiner Großmutter Ulera gab es nichts Besseres als einen aus ihren Blättern und Blüten gekochten und mit Honig gesüßten Sud. Und auch gegen die hartnäckigen Hustenbeschwerden, unter denen nach den nassen Wintern der Inseln selbst die Jüngeren unter uns litten, war die Schlüsselblume unsere stärkste Verbündete.

Auf der anderen Seite des Wäldchens lärmten Möwen und Krähen. Wahrscheinlich stritten sie um irgendeine Beute. Sie hielten jedoch respektvollen Abstand zu dem Seeadlerpärchen, das hoch oben kreiste. Als ich einen stummen Gruß zu unseren Sippentieren hochschickte, legte eins von ihnen die breiten Schwingen an und stürzte in fast senkrechtem Flug der Erde entgegen. Hinter den Bäumen entschwand der Adler meinem Blick. Sein Partner hoch oben stieß einen schrillen Schrei aus und zog weiter mit ausgebreiteten Flügeln seine Kreise am Himmel.

Mich erfaßte eine ungeheure Glücksstimmung. Während ich das letzte Stück der Hügelflanke hinunterlief, stieß auch ich aus purem Übermut ein paar schrille Jauchzer aus. Mein Jubel verwandelte sich in stillere Sammlerfreude, als ich beim Näherkommen zwischen den winterbleichen Grasnelkenpolstern leuchtend gelbe und rote Tupfer entdeckte.

Meine Lehrmeisterin Madragena glaubte an die Götter und den alten Weg – und daran, daß gerade die Mischung aus gelben und roten Schlüsselblumen den wirkungsvollsten Trank ergibt. Ich hüpfte in die Senke, ließ mich auf die Knie nieder, legte den Binsensack offen neben mich und pflückte, pflückte, pflückte.

Obwohl es in der Senke noch angenehm mild war, entging mir nicht, daß die Wolken sich langsam zusammenzogen. Ein frischer Seewind fuhr durch die Bäume und ließ die hellen Unterseiten der Blätter aufleuchten. Ich beschloß, es gut sein zu lassen.

Eins wollte ich jedoch noch erkunden. Als ich letztes Jahr mit Madragena hier gewesen war, hatten wir noch kein Seeadlerpärchen entdeckt. Falls sie tatsächlich in dem kleinen Hain nisteten, war das eine gute Nachricht für den nächsten Sprechtag.

Mit steifen Knochen richtete ich mich auf. Die knackenden Gelenke riefen mir auf unangenehme Weise mein Alter in Erinnerung. Zwanzig und vier Jahre. Ein alter Lehrling, eine junge Erdfrau … Kea, meine Mutter, war nur fünf Jahre älter geworden. Ich zog den Fellumhang enger um meine Schultern. »Wir sind alle dem Tod geweiht«, sagte ich laut zu den Ahngeistern, denn in der kurzen Zeit zwischen dem Frühlingstag und dem Tag der ersten Sonne waren sie besonders mißgünstig und wollten mit Klagen und schlimmen Botschaften beruhigt werden. Der Wind peitschte mir meine drei Zöpfe ins Gesicht. Mit raschen Schritten ging ich um den Birken- und Haselhain herum, der bis zum Strand hinunter reichte.

Die Kiesel knirschten unter meinen Füßen. Selbst bei Flut war die Bucht nicht sonderlich tief. Das Wasser schillerte abwechselnd in einem stumpfen Blau, wo ausgedehnte Tangfelder unter der Oberfläche lagen, und einem leuchtenden Türkis, wo heller Sand hindurchschimmerte. Von den Algengirlanden, die die Winterfluten hoch auf den Strand gespült hatten, stieg ein fischig-fauliger Geruch auf.

2

Der Seeadler hob den Kopf. Er sah mich kurz an, schlug mit den Flügeln und flog auf. Mir war auf der Stelle klar, daß die Beute, an der er gefressen hatte, ein Mensch war. Er lag auf dem Boden vor dem Waldsaum, vielleicht zehn Mannlängen von mir entfernt.

Einen Herzschlag später wußte ich, daß er es war. Sihrus. Madragenas Sohn. Ich näherte mich ihm ohne Zögern und ohne Hast, als zöge mich eine unsichtbare Hand vorwärts. Er lag auf dem Bauch. Der rechte Arm, wie im Greifen erstarrt, über den Kopf ausgestreckt, der linke unter dem Oberkörper eingeklemmt. Den Kopf halb nach links gedreht, so daß die leere Augenhöhle in den Himmel starrte. Sein Hinterkopf war eine einzige Masse aus Blut, Knochensplittern und verklebten Haarsträhnen.

Zur Stirn und zu den Seiten hin, weiter weg von dem klaffenden Loch in der Mitte, hatte das lange Haar an einigen Stellen seine ursprüngliche Farbe behalten. Wenn das Korn ganz frisch geschnitten ist, sind die Stoppeln ein, zwei Tage lang von einem intensiv leuchtenden Gelb, und wenn die Strahlen der Abendsonne diese glänzenden Halme berühren, dann haben sie die Farbe von Sihrus' Haar. Daran habe ich ihn sofort erkannt. Und an seiner Gestalt, denn auch die war unverwechselbar. Groß, breitschultrig, langbeinig, kraftvoll selbst jetzt noch, wo er hier lag. Sihrus, der Strahlende. Sihrus, der Schöne. Sihrus, unser Held.

»Er ist tot«, sagte ich. Eine seltsame Starrheit legte sich über mich. Nur mein Herz schlug mit der erbarmungslosen Schnelligkeit eines Steinhammers, der auf eine Tschörtknolle niederfährt. Ich war mir jedes einzelnen Schlags bewußt, der von innen gegen meinen Brustkorb traf. Tack, tack. Tack, tack, tack. Die Haut an meinem Hinterkopf zog sich zusammen und prickelte, ein kaltes, drängendes Gefühl. Ich kniete mich neben ihn. Eine Schnecke kroch über seine Hand. Ich strich sie weg, ohne ihn zu berühren. Auf dem Knöchel blieb eine Schleimspur zurück. »Du bist tot«, sagte ich. Es kann nicht sein, dachte ich. Du kannst nicht tot sein. Es ist nicht möglich. Es darf nicht sein.

Er trug wie immer die Lederhose mit Stiefeln und das Hemd, das seine muskulösen Oberarme zeigte. Wo seine Haut unbedeckt war, war sie aufgepickt. Ich konnte die weißen Sehnen, die Muskelstränge, an manchen Stellen die Knochen sehen. Unterhalb seiner Rippen hatten eifrige Schnäbel und Klauen den robusten Lederstoff des Hemds beiseite gezerrt, um zu den weichen Eingeweiden vorzustoßen. Drei Wirbel schimmerten hervor.

Das Steinmesser an seinem Gürtel war halb aus seiner Bastscheide gerutscht und lag nun in einer kleinen Pfütze, die sich in der flachen Steinmulde unter seiner Hüfte gesammelt hatte. Die Flüssigkeit war von einem schmutzigen Braun, mit Regenwasser verdünntes Blut und kleine Bröckchen. Sihrus' Oberkörper ruhte auf weichen, niedrigen Gras- und Moospolstern. Ein, zwei Schritte abseits lagen der Ziegenbalg, in dem er seinen Vorrat an Honigbier mitgeführt hatte, sowie die lederne Tasche mit Proviant. Seine Beine zeigten zu dem Wäldchen. Den nächsten Baum, einen Haselbusch, hätte ich mit ausgestrecktem Arm berühren können.

Ich konnte den Blick nicht von seinem Körper wenden. Mit schmerzlicher Intensität nahm ich jede Einzelheit wahr. Ich wußte, bis zu meinem Tod würde ich es nicht vergessen.

An seiner rechten Hand hatten die Adler fast alles Fleisch und sogar einige Knochen weggerissen. Die oberen Glieder der vier langen Finger fehlten. Ich weiß noch, daß ich Zeit fand, mich über meinen geschärften Blick zu wundern. Und über meine Ruhe. Ich schien alle Zeit der Welt zu haben.

Meine Anwesenheit hielt die Seeadler davon ab, sich ihm wieder zu nähern, aber sie schwebten lauernd über uns und stießen ungeduldige Schreie aus. Der Himmel hatte sich völlig zugezogen. Ich kniete weiter neben Sihrus und betrachtete ihn. So nah war ich ihm nie gewesen. So viele Frauen, nur nicht ich. So weit bist du gereist, um auf den Inseln zu sterben. So vielen Gefahren hast du getrotzt, um hier von den Vögeln gefressen zu werden.

Ich streckte die Hand aus und legte sie ganz leicht auf sein Lederhemd, am Rücken, dort, wo es mir noch nahezu heil zu sein schien. Es fühlte sich an, als berührte ich einen riesigen Bovist, der seine Sporen in die Luft geblasen hat, eine leere Hülle. Die Adler hatten Sihrus von der Gürtellinie aufwärts ausgeweidet. Ich meinte ein schwaches Zischen zu hören. Ein süßlicher Geruch breitete sich aus.

Schreiend zuckte ich zurück, richtete mich auf. Mir wurde schwarz vor Augen, in meinem Kopf drehte sich alles. Nur nicht ohnmächtig werden, redete ich mir zu. Du wirst nach Hause gehen. Für ihn kannst du nichts mehr tun. Langsam wich ich zurück, den Blick weiter auf ihn gerichtet. Nur weg hier. Noch einen Schritt und noch einen. Ihn immer im Blick.

Ich strauchelte und stürzte zu Boden. Rappelte mich wieder auf, stellte fest, daß ich mir nichts gebrochen hatte, blickte noch einmal zu ihm hinüber und rannte los. Rannte, wie ich noch nie in meinem Leben gerannt war, obwohl es bergauf ging und Grasheide nicht der günstigste Untergrund ist, wenn man es eilig hat.

Erst in der Nähe des verlassenen Ahnenhauses hielt ich an. Meine Lunge brannte wie Imro in Anachs Feuerumarmung, meine Knie waren weich wie Quallenfleisch. Die Bilder, wie er dort am Waldrand lag, verfolgten mich. Mir war, als hätte ich ihn heimlich bei etwas Ungebührlichem beobachtet, hätte unerlaubte Einblicke genommen.

Ich sank vornüber und übergab mich, bis nichts mehr in meinem Magen war. Trockenfisch und Brotfladen. Was sonst, dachte ich, und es war dieser Gedanke, der meinen Verstand aus den gefährlichen Gefilden zurückholte, in denen er wilderte.

Von da an wechselte ich zwischen leichtem Trab und schnellem Schritt. Der Binsensack hüpfte beim Laufen auf und ab. Ich schlang ihn mir über den Rücken. Der Schweiß lief in Rinnsalen über meinen Rücken und zwischen meinen Brüsten hindurch. Meine Augen brannten, ob von Tränen oder Schweiß, wußte ich nicht. Der Wind zerrte an meinem Umhang.

Meine Gedanken flogen zurück in meine Kindheit. Unsere Kindheit. Als Junge hatte er fast weißblonde Haare gehabt. Er war immer der Anführer unserer Kindermeute gewesen. Madragenas schöner Sohn, unser kleiner Held. Obwohl er nur zwei Jahre älter war als ich, hatte ich stets zu ihm aufgeschaut wie zu einem Häuptling.

Ich sah ihn vor mir stehen, als wäre es gestern gewesen. Die rechte Hüfte leicht vorgeschoben, pulte er sich mit einem Stöckchen zwischen den Zähnen. »Wer hat Lust auf Papageitaucher-Eier?« fragte er in jenem selbstverständlichen, nicht besonders lauten Tonfall, der ihm eigen war. Wir alle wußten, daß Kinder nur unter Aufsicht eines erwachsenen Eiersammlers in die gefährlichen Klippen zwischen unserem Dorf und dem der Silbermöwenleute steigen durften. »Das geht schon in Ordnung«, fügte er lächelnd hinzu. »Oder hat jemand Angst?«

»Ich nicht«, log ich tapfer. Ich wollte nicht vor den anderen als Feigling dastehen, aber noch größer war der Wunsch, sein Lächeln nicht zu enttäuschen. Das ging uns wohl allen so.

»Hast du mit den Jägern oder dem Häuptling gesprochen?« wandte Rark, der jetzige Adlersohn, ein.

»Das geht in Ordnung, Raupe. Aber bleib ruhig hier. Als künftiger Tiersohn solltest du dein Leben nicht unnötig aufs Spiel setzen«, sagte Sihrus. Nichts in seinen Zügen deutete darauf hin, daß er den pummeligen Jungen vor sich hatte herabsetzen wollen.

»So etwas Törichtes werde ich tatsächlich nicht tun«, entgegnete Rark in seinem altklugen Tonfall. Er war weder ein schneller Läufer noch ein geschickter Schütze oder Kletterer. Zu allem Überfluß hatte seine Mutter ihn Raupe genannt. Wir wollten auf keinen Fall so sein wie er. Schmollend blieb er zurück.

»Los, wer kommt mit mir?« fragte Kwum, Sihrus' Stellvertreter, als wir die Felsen mit den Bruthöhlen der Papageitaucher erreicht hatten. Schon hatte er sich bäuchlings, die Füße voran, über die Klippenkante geschwungen. Luras jüngerer Bruder Kwum, klein, spritzig, sehnig, sollte jahrelang unser bester Eiersammler und Vogelfänger werden. Er ist nun schon über vier Jahre tot, vom Ossi Taing gestürzt.

Zu unser aller Überraschung schob sich Wibo, der bei unserem alten Schafhirten in die Lehre ging, über die Kante. »Ich komme mit«, sagte er mit blutleerem Gesicht. Seine Hand hinterließ eine dunkle Schweißspur auf dem Felsen.

»Nein, du nicht«, bestimmte Sihrus, der sich bisher im Hintergrund gehalten hatte. »Du bist nicht schwindelfrei, und ich trage die Verantwortung für euch.«

»Ich bin ein Jahr älter als du!« ereiferte sich Wibo. Er hatte schon verloren, bevor der Streit auch nur begonnen hatte.

»Möwe geht«, entschied Sihrus, wandte sich um und winkte das gleichaltrige Mädchen mit dem dichten braunen Haarschopf und den langen Gliedern heran. Auch Ayne, deren Kindername Möwe war, lebt nicht mehr. Vor zwei Jahren ist Twirks Frau bei der Geburt ihres fünften Kindes mit dem Kleinen gestorben. Ayne, schlank, behende und lebhaft, errötete vor Stolz und kletterte an Kwums Seite.

Die beiden arbeiteten sich vorsichtig zu der Brutkolonie zwei Mannlängen unter ihnen vor. Für einen geübten Kletterer war das ein Klacks. Von einem schmalen Felssims aus konnten sie mehrere der Erdhöhlen erreichen, in welche die Papageitaucher ihre Eier legen. Sihrus hatte den Platz gut gewählt.

Wibo hangelte sich wieder auf ebenen Boden. Zu allem Überfluß rutschte er aus und mußte sich, den Hintern in die Höhe gereckt, mit den Händen abstützen. Auch wenn er nie in seinem Leben durch Klugheit aufgefallen ist, muß er gewußt haben, daß er einen lächerlichen Anblick bot.

Hila von den Silbermöwenleuten stieß mir den Ellbogen in die Rippen. »Mähäh, mähäh, mähäh!« skandierte sie. »Der Schafhirt, der ist bähäh!«

Die Rotte brach in haltloses Kichern aus. Sihrus hörte sich das »Mähäh!« und »Bähäh!« eine Zeitlang an, bis er mit erhobener Hand Einhalt gebot. »Seid still. Sonst hören wir nicht, wenn die beiden unten uns was zurufen.«

»Angeber!« heulte Wibo auf und stürzte sich auf den Jüngeren. Der Überfall erfolgte so unvermittelt, daß Sihrus das Gleichgewicht verlor und sich erst kurz vor dem Klippenrand wieder fing. Mit dem rechten Fuß trat er ein Felsstück los, das den Abhang hinunterkollerte und –

Wir hörten einen Aufschrei – Ayne –, gefolgt von einem Fluch – Kwum. »Hilfe!« gellte Ayne. »Holt uns rauf!« brüllte Kwum. »Ich kann sie nicht mehr lange halten! Sie ist vom Sims abgerutscht!«

Mehrere Papageitaucher flogen auf. »Orr, orr, orr!« kam es aus ihren dicken, rot-schwarz-gelb gestreiften Schnäbeln. Wer die lustigen Vögel mit ihren kurzen Hälsen und den bunt geränderten Augen sieht, glaubt kaum, daß sie zur Verteidigung ihrer Brut selbst auf Menschen losgehen.

»Weg, weg!« kreischte es von unten.

Lura, Illib und ich warfen uns auf Wibo, und mit vereinten Kräften gelang es uns, den wild um sich schlagenden und unartikuliert brüllenden Hirtenjungen am Boden zu halten. Einmal spuckte er mir ins Gesicht. Ich widerstand der Versuchung, mir den Speichel abzuwischen, damit er sich nicht befreien konnte.

Lura, die damals auf ihre erste Blutung wartete und die Älteste und Größte von uns war, mußte hinterher lange wegen der eiternden Bißwunde in ihrem Oberschenkel behandelt werden. Damals hieß sie noch Kind – ihre Mutter war bei der Namengebung ihrer Sprößlinge außergewöhnlich einfallslos.

Natürlich kenne ich noch all unsere Kindernamen, aber manchmal will es mir scheinen, als seien die Gefährten von einst mit dem Anlegen des Erwachsenennamens auch ganz andere Menschen geworden. Sihrus hieß Sternchen, weil er bei seiner Geburt ein rotes Feuermal mit fünf Strahlen auf der Stirn gehabt hatte.

Während wir noch mit Wibo rangen, war Sihrus bereits über den Klippenrand geklettert. Er mußte nun dabei sein, sich zu den ersten Erdhöhlen vorzuarbeiten. »Du schaffst es! Noch ein Stückchen!« feuerten ihn die anderen an, die bäuchlings über dem Abgrund lagen und die Hälse in die Tiefe vorreckten.

»Einer muß uns helfen!« rief Sihrus von unten herauf. »Jemand Starkes!«

»Aber wer? Wer denn?« jammerte meine jüngere Schwester Regi verzweifelt.

»Hilfe! Ich rutsche ab!« kreischte Ayne in Todesangst.

Da bemerkten wir, wie Wibo in unserem Griff erschlaffte. »Ihr könnt mich loslassen«, flüsterte er. »Ich mach's.«

Wir ließen ihn los. Er schien wieder der Junge zu sein, den wir kannten. »Ich mach's«, wiederholte er.

Neben den anderen auf dem Bauch liegend, sahen wir von oben nur Felsvorsprünge, wild flatternde Papageitaucher, ein paar Hände und Scheitel und darüber Wibo, der sich flach an den oberen Hang preßte und einen Arm nach unten ausstreckte.

»Ich hab ihre andere Hand«, hörten wir Sihrus. »Hecht, hast du sicheren Halt?«

»Ja«, bestätigte Kwum von unten.

»Möwe, zieh jetzt den rechten Fuß ein Stückchen rauf, da ist eine Spalte. Wir halten dich.« Finger schlossen sich um ein schmales Handgelenk, Steine schlugen auf den Felsplatten tief unten auf. Ein leises Wimmern.

»Ich kann nicht«, weinte Ayne.

»Doch, du kannst. Ganz langsam. Wir halten dich. Jetzt löst du deinen rechten Fuß. Ja, so.«

Wieder prasselte eine kleine Lawine herunter. Ayne schob offenbar ihre Zehen in die Spalte. Die Steine hüpften ein paarmal auf den schwarzen Felsplatten am Strand, bevor sie mit einem satten Geräusch im Meer versanken.

»Sehr gut, meine kleine Möwe. Du machst das fabelhaft.

Jetzt hebst du deinen linken Fuß in diese Bruthöhle da. Etwas nach rechts. Ja. Noch ein Stückchen weiter rechts.«

Sihrus und Kwum zogen keuchend ein schlaffes Bündel an den Armen hoch. Als sie Ayne mit dem Oberkörper über die Kante des steilen Teils hievten, sahen wir, warum ein dritter Helfer vonnöten war: Ayne zitterte so stark, daß sie sich kaum noch aus eigener Kraft bewegen konnte.

»Wir haben ein paar Eier, Leute!« Kwum grinste, als er aus der Wand geklettert war und sich neben uns fallen ließ. Dann legte er fünf der leicht gelblichen Eier zwischen die rosa Grasnelkenpolster. Wir öffneten die grobkörnige Schale und schlürften das köstliche Innere an Ort und Stelle aus, und Ayne, die eins ganz für sich allein bekam, erholte sich allmählich.

Es nützte uns nichts, daß wir Stillschweigen verabredet hatten. Bun, der alte Häuptling, erwartete uns bereits vor dem Dorf, die Erdfrau Madragena an seiner Seite. Bun war zwar alt, aber nicht zu alt, um Sihrus eine Tracht Prügel zu verabreichen, von der er noch Tage später ein blaues Auge hatte. Immerhin strafte er ihn nicht vor allen anderen, sondern schob ihn, ohne ein einziges Wort zu sagen, in sein Haus. Damals dachten wir alle, Sihrus würde einmal Häuptling werden. Daß er der Rädelsführer beim Eierklau gewesen war, bedurfte keiner Erklärung.

Während ich durch das Land der Otterleute lief, klang mir der Rhythmus der Schläge im Ohr, die bald nicht nur aus dem Häuptlingshaus, sondern auch aus anderen Häusern des Dorfs erklangen. Ich lief wie in Trance. Der Rhythmus half. Meine Füße klatschten auf den Boden, Handflächen klatschten auf Kinderhintern. Die Trommel schlug wam, wam, wam.

Unsere Mutter Kea hielt nicht viel von Schlägen. Sie ließ uns den Abtritt putzen. Durch die winzige Kammer läuft ein Zweig der Abwasserrinne, an die das gesamte Dorf angeschlossen ist. Schon seit geraumer Zeit hatte die Rinderhaut vor dem schmalen Eingang die unerfreulichen Gerüche nicht mehr zurückhalten können. Meine Mutter war nicht für ihre Sauberkeit berühmt gewesen.

Mit Strohbüscheln und Steinschaber ausgerüstet, zwängten Regi und ich uns in den feuchten Ort. Die kaum merklich abfallende Rinne aus Steinplatten verschwand in Richtung Meer unter dem Fußboden unseres Hauses, ein Andenken an einen kundigen Baumeister, dessen Namen niemand mehr kannte. Platsch, platsch, machte mein Steinschaber.

Platsch, platsch, machten meine Stiefel in den Tümpeln, die auf dem Inselweg standen. Platsch, platsch, machte der Regen, der mir ins Gesicht klatschte. Ich hätte freiwillig für den Rest meines Lebens alle Abtritte des Dorfs gereinigt, wenn mir dafür diese Pflicht erlassen worden wäre. Der Sippe von Sihrus' Tod zu berichten. Nein, zuerst Madragena. Ich mußte vor Madragena treten und ihr sagen, daß ihr Sohn tot war.

Das letzte Stück, nachdem der Weg das Gebiet der Seehundleute verläßt und zu unserem Dorf abzweigt, lief ich ohne Unterbrechung. Ich dachte nichts mehr, hatte nur noch den Rhythmus in meinem Kopf. Schläge. Schritte. Schläge. Schritte. Irgendwann kam der Trommelschlag der Brandungswellen unterhalb unseres Dorfs dazu. Ich dankte Vater Himmel für den Regen. So würden alle in den Häusern sein.

Verlassen lag das Dorf im Regen, halb in die schützende Erde eingegraben. Nur die Dächer erhoben sich aus dem Hügel wie Napfschnecken aus der einlaufenden Flut. Das alles bedeckt von einer dicken Schicht aus Erde und Grassoden, ein wärmender grüner Pelz.

Ich lief um das Dorf herum zur Landseite, wo sich die Schlupfpforte befand. Bückte mich unter den Steinplatten des Gangs. Wandte mich nach rechts zur Tür von Madragenas Haus. Schlug den Ledervorhang zur Seite. Blieb keuchend stehen.

Madragenas Haus war das kleinste im Dorf. Der Rauch vom Herd in der Mitte des ovalen Raums drang bis in die letzten Ritzen der mannshohen Steinmauern und sammelte sich unter dem Dach aus Treibholzbalken, als suche er verzweifelt nach einem Ausgang. Es gab keinen, denn bei Regen legten wir die gegerbte Schweinsblase über die Rauchöffnung im Dach.

Nach der frischen Luft draußen begannen mir die Augen zu tränen. Verschwommen nahm ich die beiden Betten in den Wänden links und rechts des Herds wahr, deren Ledervorhänge zurückgezogen waren und den Blick auf die Schaffelle und zerschlissenen Webdecken freigaben.

Madragena kniete auf der Erde am Kopfende des Raums, vor der steinernen Anrichte, dem Blickfang eines jeden Hauses. In den Händen zwei Geweihgabeln, mit denen sie einen heißen Kochstein ins Wasserbecken hob, drehte sie mir den hageren Rücken zu. Auf der Erde standen Schalen mit getrockneten Kräutern. Sie brühte Tee auf. Es roch nach Kamille und Purgierlein. Sie hatte die duftenden Kräuterbündel aus dem Vorraum geholt und auf die Anrichte gelegt.

Beim Geräusch meines Hustens wandte sie den Kopf und sah mich mit ihrem linken Auge an. Weiter konnte sie den Kopf nicht mehr drehen. Sie schaute wieder geradeaus und legte den Kochstein vorsichtig in das im Boden eingelassene Steinbecken. Das Wasser spritzte auf und zischte. Ich sah, wie schütter ihr Haar am Hinterkopf geworden war. Sie schien Luft zu holen für die Anstrengung. Dann richtete sie sich auf.

Ich brachte kein Wort heraus. Stand nur atemlos da und sah sie an. Das Wasser tropfte von meinem Umhang und sammelte sich in kleinen Pfützen um meine Füße.

Sie stand gerade da wie immer, und in ihre Augen trat ein entsetzter Blick. Einen Augenblick lang hatte ich den Eindruck, als wüßte sie es. Sie ließ die Werkzeuge aus Hirschgeweih fallen. Mit einem dumpfen Geräusch schlugen sie auf den Boden aus festgetretenem Lehm. Ihre Augen waren riesengroß und schwarz.

»Madragena, es tut mir so leid!«

Sie sah mich unverwandt an.

»Sihrus ... er ist ... er ist tot«, sagte ich. Die Tränen liefen mir über die Wangen. Ich sah wie durch eine Nebelwand.

Sie rührte sich nicht.

»Er ist – getötet worden.« Ganz kurz schoß mir ein anderes

Wort durch den Kopf, ein böses Wort. Seltsam, dachte ich, daß mir der Gedanke erst jetzt kommt. Aber jetzt wußte ich es. Sihrus war keines natürlichen Todes gestorben.

Ich wischte mir mit dem Handrücken die Tränen ab.

Ihr Mund wurde hart. Ihre Zähne knirschten. »Nein«, sagte sie. »Nein.«

»Madragena!« beschwor ich sie. »Ich habe ihn gefunden. Er ist tot! Er liegt da! Wo ich Schlüsselblumen gesammelt habe. Neben dem Wäldchen an der Senke. Im Norden. Am Meer.«

»Ich weiß, wohin ich dich geschickt habe«, sagte sie schroff, und dann setzte sie sich auf den Steinstuhl neben dem Feuer, obwohl der eigentlich dem Ehrengast vorbehalten war und von den Hausbewohnern nur selten benutzt wurde. Zwischen ihren zusammengepreßten Zähnen kam ein Laut hervor, wie ich ihn noch nie gehört hatte. Ein Schluchzen, das man wieder herunterwürgt, ein ersticktes Wimmern. Der Schrei eines Säuglings, der nicht leben wird. Ganz leise und hoch. Ein Laut, der nicht von Madragena stammen konnte.

»Sihrus ist tot!« rief ich. »Er hat ein großes Loch in seinem Hinterkopf! Das kann er sich unmöglich selbst beigebracht haben. O Madragena, er ist tot.«

»Wie lange?« wollte sie wissen.

»Ein paar Tage. Die Adler haben … Es waren *Adler*«, stammelte ich. »Was sollen wir tun?«

Madragena erhob sich wieder. Sie trat durch den Hauseingang, durchquerte den Vorraum mit den Regalen voller Schalen und Kräuterbündel, ging an meinem Haus vorbei durch den Seitengang und hielt an seiner Einmündung in den Hauptgang an. Dann legte sie die Hände wie einen Trichter an den Mund und rief: »Sihrus ist tot! Mein Sohn ist tot! Helft mir, ihn heimzuholen!« Ihre Stimme hallte durch das Dorf. Bevor die Menschen ihre Türvorhänge beiseite schlugen und in den Hauptgang strömten, sagte sie noch einmal so leise, daß nur ich es hören konnte: »Mein Sohn ist tot. Helft mir, ihn heimzuholen.«

3

Es war unser Häuptling Gorg, der in der anschließenden Verwirrung so etwas wie Ordnung wiederherstellte, indem er die Kinder in die Häuser scheuchte und die Erwachsenen mit guten Worten und harten Stößen in seinem Haus versammelte. In Madragenas kleines Haus hätten wir nicht gepaßt. Alles schrie durcheinander oder weinte, im Hintergrund hörten wir die kleineren Kinder heulen.

Im Augenwinkel bekam ich mit, wie Füchschen sich in dem allgemeinen Durcheinander durch einen schmalen, niedrigen Spalt in der Gangmauer zwängte. Er hatte unzählige Verstecke im Dorf, alte, halb zugemauerte Kammern und Gänge aus alten Zeiten, die blind irgendwo endeten, Nischen und Hohlräume, die wohl selbst unser Baumeister Twirk nicht alle kannte. Aber Twirk war auch nicht von dem Drang besessen, alles im Dorf mitbekommen zu müssen.

Madragena erklärte in knappen Worten, was geschehen war, und verlangte, daß wir Sihrus noch am selben Tag heimholten. Sie hatte mich auf den Platz neben sich gewinkt, um ihre Ausführungen zu bestätigen. Ich hätte sie gern umarmt, wagte es jedoch nicht. In ihrer starren, fast widernatürlich gefaßten Art schien sie jenseits eines solch unzulänglichen Trosts zu stehen.

Gorg wiegte bedenkenvoll den Kopf hin und her. Seine Statur, seine dichte, dunkle Behaarung, ja selbst seine tiefe Stimme hatten mich seit jeher an einen Bären erinnert, jenes Tier, das wir nur aus unseren Legenden kannten. Ich selbst war zwar so groß wie die kleineren Männer unserer Sippe und hielt mich nicht für schwach, aber Gorg überragte uns alle und konnte auf seinen Schultern Steinplatten tragen, für die wir sonst mehrere Männer gebraucht hätten. Nicht, daß er oft Steinplatten geschleppt hätte. Seiner Ansicht nach war das keine Beschäftigung für einen Häuptling. »Es ist fast ein halber Gehtag bis zur Axtbucht«, sagte er. »Bald wird es Nacht, und dann sehen wir bei dem Regen die Hand vor Augen nicht mehr. Laßt uns unseren Sippenbruder morgen heimholen.«

»Wie ist er gestorben?« kreischte Lele, die Frau des Schafhirten Wibo, mit tränenüberströmtem Gesicht. »Sihrus tot, o Vater Himmel!« Sie sank auf die Knie und rang, ein wenig übertrieben verzweifelt, die Hände.

»Schweig!« fuhr Adlersohn sie an. »Der Tag der Trauer ist noch nicht gekommen.« Unser Schamane hatte sich vollständig erholt. Die wohlgenährten Gesichtszüge, das überhebliche Lächeln um den vollen Mund, der sorgsam gestutzte Bart, die ekelhaft langen Fingernägel der rechten Hand – alles, was mich an ihm so störte, war wieder wie vor seinem bizarren Geisterflug am Frühlingstag.

»Lasra, sag doch, wie ist er umgekommen? Ist er ertrunken?« fragte Regi. Ich wollte meiner jüngeren Schwester antworten, als mir Madragena zuvorkam. »Dafür ist heute keine Zeit. Später. Heute will ich meinen Sohn heimholen.«

Kornmeisterin Illib schlug vor, das Tageslicht bis zum letzten Schimmer auszunutzen und die Nacht bei den Otterleuten zu verbringen. Der Vorschlag fand allgemeine Zustimmung. Auch Madragena nickte schließlich.

»So wollen wir es machen«, lenkte Gorg ein. »Adlersohn, Madragena und ich gehen, Lasra auch. Ibbe, Eno und Kebro, wir werden uns auf dem Rückweg abwechseln müssen. Gorg, hol die Trage. Du kommst auch mit«, setzte er, an seinen Sohn gewandt, hinzu. Ich mußte mir in Erinnerung rufen, daß der Vorschlag ursprünglich von Illib stammte. Nun war es jedenfalls Gorgs Plan. Gorg hatte diese Gabe.

»Ich bin stärker als der kleine Gorg! Nimm mich mit!« forderte Lele trotzig.

»Wenn der Tod unseres Sippenbruders es mir nicht verbieten würde, müßte ich glatt lachen«, spottete Sira. »Wann hätte man jemals gehört, daß Lele sich freiwillig für eine Arbeit meldet?«

»Ihr habt gehört, was Gorg gesagt hat«, fuhr Adlersohn dazwischen. »Und laßt dieses schamlose Gerede. Wahrt die Fassung! Wir werden unseren Sippenbruder heimholen und alles tun, um ihn sodann als Ahn bergen zu können. Zu gegebener Zeit wird sich alles fügen. Wie es Brauch ist bei den Adlerleuten.«

Als er aufstand, um sein Schamanenbündel zusammenzusuchen, löste sich die Versammlung auf. »Welche Ehre!« zischte mir Lele ins Ohr und trat mir im Vorübergehen auf den Fuß. Ich konnte mir nicht vorstellen, daß es ein Versehen gewesen war.

Diejenigen, denen die ehrenvolle Aufgabe zugefallen war, Sihrus heimzuholen, eilten in ihre Häuser, um sich mit wasserdichten Umhängen und Stiefeln auszurüsten. Meine Familie – Schwiegermutter Lin, Großmutter Ulera und Füchschen – drängte mich, mir trockene Kleider anzuziehen und wenigstens einen Becher Milch zu trinken. Feste Nahrung hätte ich nicht herunterbekommen.

Wir trafen uns wieder in Gorgs Haus. Adlersohns Mantel mit Armschlitzen in Bauchhöhe bestand aus dem weißen und besonders wasserabweisenden Fell mehrerer Heuler.

Der kleine Gorg schleppte die Trage aus Treibholz und quer gespannten Lederstreifen an, die wir zum Transport schwerer Gegenstände benutzten. Er war ein schmächtiger, hoch aufgeschossener Bursche von fünfzehn Jahren. Seinem von Pusteln übersäten Gesicht hätte ein Tee aus Gänseblümchen gutgetan, aber er traute sich wohl nicht, die Erdfrau um Hilfe zu bitten.

Wir brachen hastig auf, um nicht noch mehr Zeit zu verlieren. Trotzdem senkte sich die Dunkelheit über das Land, als wir gerade das Dorf der Seehundleute hinter uns gelassen hatten. Obwohl der strömende Regen allmählich in ein sanftes Nieseln überging, hätte die Wanderung nicht mühevoller sein können. Madragena strauchelte ein paarmal, ansonsten hielt sie sich wohl aus schierer Willenskraft aufrecht. Ich versuchte sie zu stützen, so gut es ging, doch sie schüttelte meine Hand mehrmals ab. Ich fühlte mich seltsam schuldig, als sei ich auf irgendeine Weise für die Unglücksbotschaft verantwortlich, die ich hatte überbringen müssen.

Adlersohns Aufforderung, Schweigen zu bewahren, war überflüssig. Keinem von uns stand der Sinn nach Gesprächen. Eno trug einen Tontopf mit großen Löchern, in dem ein paar Holzstücke vor sich hin glommen. Jenseits des schwachen

Lichtkreises, den sie verbreiteten, umschloß uns völlige Finsternis. Der Weg war nur noch in Ansätzen zu erkennen.

Trotzdem hieß ich das Reißen in meinen Waden und Oberschenkeln, die klamme Kälte, die aufgeplatzten Blasen in meinen nassen Stiefeln willkommen wie gute Freunde. Die Schmerzen lenkten mich ab, und sie ließen mich so etwas wie Sühne dafür leisten, daß ich noch lebte. So unsinnig mir diese Vorstellung vorkam, so zwingend war sie: Ich fühlte mich verantwortlich für Sihrus' Tod.

Schließlich standen wir vor der bereits für die Nacht geschlossenen Steintür, die den Zugang zum Dorf der Otterleute sicherte. Gorg hämmerte mit einem dicken Stein dagegen. Trotz der späten Stunde und des mehr als überraschenden Besuchs erwiesen die Otterleute uns die gebührende, ja sogar eine von Herzen kommende Gastfreundschaft. Rasch räumten Grihm und seine Familie das Fischerhaus und überließen es den Gästen. Ihr Beileid bekundeten sie uns, wie es üblich ist bei den Anhängern des alten Wegs, nur in respektvollem Schweigen. Der Tag der Trauer würde noch kommen.

Ich teilte mir eins der großen Steinbetten mit Madragena, das zweite nahmen die beiden Gorgs, Adlersohn erhielt ein eigenes. Ibbe, der Mann meiner Schwester Regi, Herdenvater Kebro, Siras Mann, und der Jäger Eno mußten sich das letzte teilen.

Madragena, die neben mir auf der Wandseite des Betts lag, hatte sich auf die Seite gedreht; sie war steif wie eine Tote. Ich legte mich neben sie auf die Seite, meine Brust hinter ihrem Rücken, ohne sie zu berühren.

Nach einer Weile legte ich meine Hand auf ihre Schulter. Sie schob sie nicht weg. Wir fanden beide keinen Schlaf. Meine Gedanken drehten sich im Kreis. Immer wenn die Bilder von Sihrus am Strand der Bucht mich zu überwältigen drohten, zwang ich mich, an etwas anderes, Unverfängliches zu denken. Adlersohns feistes Gesicht. Leles Frechheiten. Füchschen mit der Schale Honigbier. Der Frühlingstag …

Ich saß wieder mit meinen Sippengeschwistern am Feuer, mit wohlig gefülltem Magen und fettigen Fingern. Twirk hatte wie üblich versucht, die Geschichte von den Ahnmüttern und Ahnvätern zu erzählen – »so wie ich sie, ich will mal sagen … verstehe … also jeder sieht das ja … irgendwie anders, nehme ich an, aber … für mich …« –, und war einmal mehr nicht dazu gekommen. Nach einigen unzusammenhängenden Sätzen war er lallend vornübergesackt. Twirk mußte Honigbier nur ansehen, um betrunken zu werden.

Dann spürte ich, wie Madragena neben mir sich straffte und die Luft anhielt, und sah, wie die Blicke meiner Schwester Regi und ihres Mannes Ibbe sich verdutzt auf einen Punkt hinter mir richteten. Ich drehte mich um. Adlersohn, der sich nach der Zeremonie wie üblich erschöpft zurückgezogen hatte, näherte sich unserem Kreis mit seltsam schwankenden, aber dennoch leichtfüßigen Schritten.

Er trug weder die furchterregende Adlermaske noch seinen mit Muschelketten, Tierknochen und Federn besetzten Schamanenumhang, sondern nur die dreifache Knochenkette um das rechte Handgelenk, die er nie ablegte. Sein Oberkörper war nackt, und in der Mulde zwischen den weißen Brüsten, die einem Mädchen kurz vor der ersten Blutung Ehre gemacht hätten, standen trotz der kühlen Luft die Schweißperlen. Speichelfäden durchzogen seinen Bart, auf den er sich viel zugute hielt. Unter kreisenden Bewegungen seiner ausgestreckten Arme tänzelte er auf uns zu. Auf den drei blitzblank polierten, messerlangen Fingernägeln seiner rechten Hand, die zum Bergen der Ahnen dienten, blitzte der rötliche Schein des Feuers.

Die Jägerin Lura ließ die Flöte sinken. Nukis Hand fiel schlaff auf die Tontrommel, die ein letztes, dumpfes Aufstöhnen von sich gab. »Fliegenpilz und Honigbier«, raunte Madragena mir zu, »sollte man nie zusammen nehmen. Sieh dir seine Augen an. Er hält sich nicht mehr lange auf den Beinen.«

Aus Adlersohns monotonem Summen wurde ein Singsang, aus dem sich allmählich Worte herausschälten. Ich war so verblüfft von seinem sonderbaren Auftritt, daß ich einige Zeit brauchte, um zu verstehen, daß er von unserem Sippentier sprach.

»Der Adler. Der Adler und ich sehen. Sehen mit denselben Augen. Der Adler leiht mir seine Augen, mit seinen Augen sehe ich. Ich steige empor. Ich löse mich von Mutter Erde. Ich atme Kind Luft. Wie die ersten Menschen atme ich Kind Luft. Aber ich falle nicht, es trägt mich, trägt mich empor zu Vater Himmel. Weiße Möwen über weißen Gischtkronen. Wogendes Gras, wogende Wipfel, wogendes Meer. Dort, der kleine Fisch. Glitzernd springt er über die Wellen. Ich will ihn nicht haben. Alles fällt unter mir fort, weiter und weiter weg. Es kümmert mich nicht.«

Adlersohns Bewegungen wurden ruhiger und verebbten schließlich ganz, bis er, etwa drei Mannlängen von mir entfernt, mit ausgebreiteten Armen stehenblieb. Er klimperte mit den Wimpern, ein sonderbares, für ihn völlig untypisches Mienenspiel, doch seine Stimme hatte nun die weiche, beherrschte Modulation, mit der er die Zeremonien leitete.

»Die sanften Kuppen der Hügel werden flacher, zerfließen wie ein Klacks Getreidebrei auf dem Teller. Höher steige ich, Adlergeschwister neben mir. Unter mir die braunen Äcker und grünen Weiden, ein Flickenumhang, zusammengehalten von Nähten aus Feldmauern, aus Wegen, Bächen und Hecken. Ahnenhäuser und Dörfer sind daraufgenäht, Beinperlen auf dem Umhang. Noch höher steige ich, und mein Groll auf diese Menschen erlischt, Kind Luft saugt ihn mir aus. Alles wird klein.« Adlersohn verstummte, blickte in die Runde, als lasse er müßig seine Gedanken schweifen, und wiegte versonnen den Kopf hin und her. Die Sippe hielt den Atem an.

Bevor er weitersprach, ließ er die Luft zwischen seinen zusammengepreßten Zähnen entweichen und saugte sie wieder ein, an- und abschwellend. Mir war, als hörte ich den Wind in jenen unerreichbaren Höhen pfeifen.

»Ich sehe die Inseln unter mir liegen, viele und nochmals viele. Jede hat ihre eigene Gestalt, keine gleicht der anderen.

Schräg geneigte grüne Platten, ins Meer gekippt von mächtiger Hand. Sandbänke, vom strömenden Meer gequirlte Milch. Braun gefleckte Walfischbuckel, von einer Herde mitternachtsblauer Seen gesprenkelt. Zerlaufende Kleckse im schimmernden Blau, schwarze Felsnadeln, gischtumtost. Ich erkenne kein Muster. Ein gewaltiger Steinmeister, dessen Scheitel durch die Wolken stößt, hat seinen Hammerstein auf die Erde niedersausen lassen. Viele und nochmals viele Tschörtsplitter sind von der Knolle abgeplatzt. Die Knolle ist die Große Insel, Naps Heim, von dem alles kommt. Die Tschörtsplitter um sie herum sind die anderen Inseln, große Brocken und winzige Späne, wahllos verstreut. Die Inseln umschließen das Wasser, und das Wasser umschließt die Inseln, ein endloses Liebesspiel. Blau umspült Grün, Grün umschlingt Blau.«

Ein Krampf durchzuckte ihn, und er kniff die Augen zusammen, als leide er Schmerzen. Madragenas Hand legte sich schon auf meinen Ellbogen, als wolle sie sich hochstemmen. Aus der Richtung, in die Sira und Kebro verschwunden waren, drang ein unanständiges Kichern zu uns herüber.

Madragena entspannte sich wieder, als die Stimme unseres Schamanen fortfuhr: »Klar ist die Luft hier oben, klar und geruchlos. Gleißend hell die Sonne. Ihre Strahlen klingen rein. Sie streicheln unsere Augen. So weit unsere Augen reichen, ist Meer und nichts als Meer. Jenseits der Inseln, wo die blaue Weite mit der Unendlichkeit von Vater Himmel verschmilzt …« Mitten im Satz hielt Adlersohn inne. Mit dem nachsichtigen Lächeln des Vergeßlichen, dem plötzlich etwas Wichtiges einfällt, schüttelte er den Kopf, bevor er sagte: »Schön sind die Inseln, ich verweile noch ein wenig …«

Dann erfüllte sich Madragenas Voraussage, und Adlersohn brach, wie vom Blitz getroffen, zusammen. Ohne sich abzustützen, schlug er der Länge nach hin. Niemand rührte sich.

In der plötzlich einsetzenden Stille waren nur das Zischen und Knacken der brennenden Dungfladen und der dumpfe Trommelschlag der Wellen zu hören, die gegen die Klippen unterhalb unseres Dorfs brandeten. In meinem Kopf war ein

Geräusch, wie der Wind es machte, und ich verspürte den Drang, Adlersohns leises »Schschsch« fortzusetzen und mich im Takt der Wellentrommel zu wiegen. Meine Schwester und ihr Mann hockten mit starrem Blick und offenem Mund auf ihren Strohpolstern, die Gesichter überhaucht vom Flammenschein.

»Wasis, isch ...«, kam es von Twirk, der kurz den Kopf hob, um dann endgültig ins Reich der trunkenen Träume hinüberzugleiten. Ein abgehacktes Schnarchen ertönte, gefolgt von einem ungesund klingenden Gurgeln.

Madragena fand als erste wieder zu sich. »Gorg und Lasra, ihr scheint mir noch einigermaßen nüchtern zu sein. Bringt ihn in sein Haus!« ordnete sie an, während sie sich mühsam aufrichtete. Ich half ihr hoch, hastete zu Adlersohns auf dem Bauch liegender Gestalt und packte seine mit Fellhose und Stiefel bekleideten Waden.

Für Gorg, der dem Befehl der Erdfrau mit der ihm eigenen würdevollen Bedächtigkeit nachkam, blieb die obere Körperhälfte mit der schwitzigen, unbehaarten Haut – und den langen Nägeln. Gemeinsam drehten wir den Schamanen um. Da Gorg sich vor der Sippe ungern eine Blöße gab, hielt er sich mit dem Honigbier stets zurück und wuchtete den Schamanen hoch, als sei er eine Puppe aus Stroh.

Die anderen folgten uns wie Kälber der Kuh. Ich konnte sie verstehen. Der Festplatz draußen erschien mir auf einmal unwirtlich und kalt, und uns alle verlangte es nach der warmen, dunklen Geborgenheit des Dorfs. Schon der Anblick des grasbewachsenen, unregelmäßigen Hügels, der unsere Häuser vor den Unbilden der Witterung schützte wie eine riesige Filzdecke, vertrieb ein wenig von dem unguten Gefühl, das uns alle beschlichen hatte.

Adlersohns Haus, das er allein bewohnte, war eins der alten Häuser mit in die Wände eingelassenen Betten und besaß darüber hinaus zur Landseite hin einen eigenen Eingang. Glücklicherweise mußten wir ihn deshalb nicht in gebückter Haltung durch den niedrigen, mit Steinplatten gedeckten Hauptgang schleppen, von dem man alle neuen Häuser unseres Dorfs betrat.

Wir schlugen den doppelten Ledervorhang des Eingangs zurück und legten den Ohnmächtigen auf die weichen, sorgfältig gekämmten Schaffelldecken seines Betts. Adlersohns Haus war, wie die ganze Sippe wußte, voll von kostbaren, ausgesuchten Dingen. Trotzdem hatten wir selten Gelegenheit, seine verzierten Tonwaren, die prall gestopfte, duftende Farnmatratze oder das berühmte Eiderdaunen-Kopfkissen zu bewundern, denn unser Schamane war kein geselliger Mensch.

Madragena beschäftigte die anderen mit kleinen Aufgaben wie Wasserholen, denen sie mit den Bewegungen von Schlafwandlern nachkamen. Dann ließ sie mich den Schamanen untersuchen. Atem und Puls gaben keinen Anlaß zur Beunruhigung. Adlersohn mußte nur seinen Rausch ausschlafen.

Nachdem Madragena alle außer mir nach Hause geschickt hatte, setzten wir uns auf die weich gepolsterte Bank am Feuer. Ich merkte, wie erschöpft ich war. Auch Madragenas hagerer Körper, trotz ihres Alters stets straff und hoch aufgerichtet, wirkte wie zusammengesackt. Sie mußte beinahe das Alter der ehrwürdigen Ahnfrauen in meinem Haus erreicht haben, ging es mir durch den Kopf. Sihrus war zwanzig und sechs Jahre alt geworden, und wenn man bedachte, daß sie keine junge Frau mehr gewesen war, als sie ihn bekommen hatte …

Doch meine Lehrmeisterin war mir nie alt erschienen, so ausdauernd und tatkräftig, wie sie war. Sie fuhr sich mit Zeige- und Mittelfinger beider Hände über die Augen und strich die faltige, gegerbte Haut vom Augenwinkel mit sanftem Druck nach außen.

»Ich frage mich, warum er sich ein zweites Mal in Trance versetzt hat«, begann sie. »Schließlich waren die Zeremonien abgeschlossen. Er hatte den Willen der Ahnen verkündet, daß wir die Stützmauer des Ahnenhauses auf der Seeseite verstärken sollen …«

»Und dir die Ahnen übergeben, deren Geister freigesetzt werden sollen.«

Madragena nickte und sah mich prüfend an. »Und die Sippengeschwister bestimmt, die am Tag der ersten Sonne ins Ahnenhaus gehen werden. Du gehörst dieses Jahr zu ihnen.«

Ich schüttelte mich unwillkürlich. Wo meine Unterarme aus den Ärmeln des Festkleides herausragten, waren sie von einer Vielzahl kleiner Pickel überzogen, aus denen die Härchen wie Borsten herausragten. Ich sah aus wie eine gerupfte Gans. »So wie die beiden Gorgs, Kebro und Eno.« Ich versuchte beiläufig zu klingen: »Und Lele.« Der Gedanke hatte etwas Tröstliches. Vor *ihr* würde ich mir keine Furcht anmerken lassen, ob im Ahnenhaus oder sonstwo!

Ich brauchte gar nicht zu Madragena hinüberzuschauen, um zu wissen, daß sie ihre linke Augenbraue hochgezogen hatte.

»Es ist äußerst ungewöhnlich, daß ein Schamane die Reise zweimal an demselben Fest unternimmt. Ich habe so etwas mein Lebtag nicht gesehen.«

»Vielleicht hat er sich nicht ein zweites Mal in Trance versetzt, sondern hat so viel von der Droge eingenommen, daß ... er wieder wach geworden ist.«

»Das glaube ich nicht, obwohl Fliegenpilzhut diese Wirkung haben kann«, entgegnete sie nachdenklich. »Adlersohn ist ein sehr erfahrener Schamane. Ich vermute eher eine verhängnisvolle Wechselwirkung mit Honigbier. Seine Augen waren so glasig.« Sie schüttelte den Kopf.

»Außerdem war sein zweiter Geisterflug nicht besonders aufschlußreich für die Sippe«, gab ich zu bedenken. »Alle wissen, daß die Inseln schön sind.«

Wir saßen eine Weile schweigend neben dem Herdfeuer. Schließlich fuhr ich fort: »Es war heute irgendwie ... anders als sonst. Ich meine, ich konnte mir richtig vorstellen, wie er geflogen ist. Schschschsch – ich habe fast den Wind rauschen hören. Die Kälte und Helligkeit da oben. Es muß ... berauschend sein ... Aber Adlersohn und Rausch ... das paßt irgendwie nicht zusammen. Kannst du dir vorstellen, wie er ...?«

Madragena weigerte sich, mir zu Hilfe zu kommen und mich

von meinem Gestammel zu erlösen. Trotzdem war mir, als liege eine gewisse Gespanntheit in ihrem Schweigen. »Sonst bringt er doch immer irgendwelche Anweisungen von den Ahnen mit. Oder er fliegt zu einem Tierahn, und der sagt ihm ganz genau ...« Ich strengte mich an, meine dumpfen Ahnungen in Worte zu kleiden. »Weißt du noch, als der Seeadler ihn zum Eiderentenahn gebracht hat? Die Kinder haben einen ganzen Mond lang Nester aufspüren und Daunen sammeln müssen. Für Adlersohns Kopfkissen!«

»Worauf willst du hinaus?« fragte Madragena. Ihr Tonfall war noch nicht mißbilligend, aber auf dem Weg dahin.

»Glaubst du, die Entenküken haben sich darüber gefreut? Ich meine, warum sollte der Eiderentenahn ihnen die Daunen wegnehmen lassen ... Ich will nur sagen, daß seine Prophezeiungen für gewöhnlich – na ja, sie verfolgen halt einen bestimmten Zweck. Und sie« – ich suchte nach einer möglichst unverfänglichen Formulierung – »kommen ihm meistens nicht ungelegen. Meinst du nicht, er tut manchmal ein wenig von sich selbst dazu?«

»Nein«, stellte Madragena fest, und nun *klang* sie mißbilligend. »Adlersohn verkündet den Willen der Ahnen. Er ist ihr Werkzeug. Du stellst zu viele Fragen.«

Ich seufzte, obwohl ihr Rüffel mich nicht überraschte. In der Sippe hatte ich nun mal diesen Ruf. Sie zogen mich gerne damit auf.

»Uleras Husten hat sich über den Winter verschlimmert«, sagte Madragena, während sie sich erhob. »Wenn das gute Wetter noch zwei, drei Tage anhält, könnten die Schlüsselblumen an der Nordspitze der Südlichen aufgehen. Du solltest einen Ausflug dorthin machen. Wir müssen unsere Kräutervorräte wiederauffüllen.«

Wir sahen noch einmal nach unserem Schutzbefohlenen. Sein Atem ging so gleichmäßig und tief, als schlafe er einen ganz gewöhnlichen Nachtschlaf. Durch die Pforte im Nebengang schlüpften wir leise in unsere Häuser. Am Frühlingstag wurden die steinernen Türplatten nicht vorgelegt: Manch ein

Sippenbruder nutzte die Freiheit, die dieses Fest uns gewährte, um sich mit einer Sippenschwester zu treffen, die nicht seine Frau war. Einige schliefen ihren Rausch sogar im Freien aus, so daß Madragena und ich in den folgenden Tagen stets große Mengen an Husten- und Knochentee aufsetzen mußten.

Ich schlug den Vorhang aus gegerbter Rinderhaut zurück. Füchschen war noch unterwegs, Lin und Ulera schliefen fest. Mit ihrem Schnarchduett schienen sie die täglichen Streitereien fortzusetzen. Jedenfalls war es mir am Frühlingstag so vorgekommen, während ich in meinem Bett gelegen und versucht hatte, endlich einzuschlafen.

4

Als ich erwachte, lag Madragena mit offenen Augen auf dem Bett. Die Tränen liefen in kleinen Rinnsalen an ihrer Schläfe hinunter in das Schaffell unter ihrem Kopf.

»Ich habe ihn in den Tod geschickt«, sagte sie mit ausdrucksloser Miene. Ihr Tonfall war nüchtern, fast beiläufig, als wolle sie ihre Tränen Lügen strafen. Aber sie wirkte erleichtert, daß ich wach geworden war.

»Er ist doch von seiner Reise zurückgekommen«, entgegnete ich, noch halb benommen vom Schlaf. »Er ist hier auf den Inseln umgekommen, nicht auf der großen Insel im Süden. Nicht auf dem Meer, das er befahren hat. Nicht auf dem ganzen langen Weg. Vier Jahre war er fort, aber er ist wohlbehalten und mit brauner Haut zurückgekehrt. Er hat sogar diese Axt mitgebracht, dieses glänzende Ding aus …«

»Aus Bronze«, ergänzte Madragena ungeduldig. »Trotzdem ist es, wie ich sage: Ich trage die Schuld an seinem Tod.«

»Ja, du hast ihn fortgeschickt. Du und Adlersohn, ihr habt ihm den Auftrag erteilt, etwas über den Ursprung des neuen Wegs herauszufinden. Aber du hättest doch nicht verhindern können, daß er auf Reisen ging. Denk an seine erste Fahrt, es waren keine zwei Jahre, nachdem er seinen Tag der Zweiten Geburt gefeiert hatte.«

»Ach«, erwiderte Madragena wegwerfend. »Über die Förde aufs feste Land, aus dem unsere Ahnmütter stammen. Das ist nicht weit.«

Ich schwieg ehrfürchtig. Für unsere Erdfrau mochte es nicht weit sein, sie war auf dem festen Land geboren und hatte dort gelebt, bis der Mann Deneb von den Stierleuten sie auf die Inseln gebracht hatte. Für mich jedoch – für uns alle, die wir ein-, zweimal in unserem Leben zu den beiden Nördlichen kamen, wenn überhaupt! –, für uns war eine Überfahrt zur Prächtigen schon eine große Sache.

»Du glaubst mir also? Daß er ... keines natürlichen Todes gestorben ist?«

»Nein«, sagte sie, doch es klang nicht mehr so entschlossen wie gestern abend. »Aber die Reise hat ihn unvorsichtig gemacht. Er hat gedacht, ihm könne nichts passieren. Ich glaube, er hat sich für ... unverwundbar gehalten. Es muß ein Unfall gewesen sein.«

»Madragena«, sagte ich, der Verzweiflung nahe, »dieses Loch in seinem Hinterkopf –«

»Wenn du dir deine aberwitzigen Gedanken nicht aus dem Kopf schlagen kannst, ist der Sprechtag der richtige Ort dafür.«

Ich biß mir auf die Zunge. Nun würden auch die anderen im Gästehaus Bescheid wissen. Sollte ich auf dem Sprechtag das Wort ergreifen, konnte ich mich auf scharfen Widerspruch gefaßt machen. Ich konnte förmlich hören, wie Gorg und Adlersohn in ihren Betten die Ohren spitzten. Zum erstenmal wurde mir klar, worauf ich mich einließ. Auf welche Widerstände ich stoßen würde, wenn ich vor der ganzen Sippe behaupten wollte, Sihrus sei keines natürlichen Todes gestorben. Niemand würde mir Glauben schenken, denn die Menschen der Inseln töteten keine Menschen. Seit Generationen hatte kein Mensch mehr einen anderen getötet. Es gab ein Wort dafür, aber man benutzte es nicht. Wozu auch? Was es nicht gab, das mußte man nicht aussprechen.

Schweigend brachen wir auf. Die Otterleute verabschiedeten uns mit stummer Ehrerbietung und gesenkten Köpfen.

Über Nacht war es wieder kalt geworden, und wir traten in eine Welt hinaus, die nur aus Grau zu bestehen schien: die Wolkendecke über uns, die mit dem Gewicht eines gewaltigen Decksteins auf die Erde zu drücken schien, die trüben Nebelfetzen, die an uns vorbeijagten, schneller als eine Herde Hirsche auf der Flucht vor dem Jäger. Unsere Umhänge, die am Herdfeuer des Fischerhauses fast trocken geworden waren, sogen sich wieder mit Nässe voll, und auf meinen Zöpfen und den Bärten der Männer reihten sich winzige Tröpfchen wie Perlen auf einer Schnur. Die Axtbucht erschien mir wie ein lauerndes Ungeheuer. War diese lichtlose graue Masse noch dasselbe Wasser, dessen leuchtendes Blau mich gestern morgen verzaubert hatte? Wo waren das Wellenglitzern, das verheißungsvolle Flirren der Luft geblieben?

»Wo liegt er?« Adlersohn tauchte an meiner Seite auf. In brütende Gedanken versunken, hatte ich ihn nicht kommen hören.

Ich beschrieb ihm die Stelle. Er nickte und ließ sich wieder zurückfallen.

Als wir am Ahnenhaus der Ausgestorbenen vorbeikamen, sang Adlersohn einen Zauber zur Beschwichtigung der vergessenen Ahnen. Wir anderen zeichneten Kreise ins Gras, das Zeichen von Mutter Erde. Madragenas Hand zitterte. Wir froren.

Gleich mußte ich meine Sippengeschwister zu Sihrus' Leiche führen. Die Beine wurden mir immer schwerer, obwohl es nun bergab ging. Dahinten lag die Senke, und wirklich, da waren die Schlüsselblumen, die ersten Farbflecken, die wir an diesem Tag zu Gesicht bekamen. Alles in mir sträubte sich dagegen, noch einmal auf die Ostseite des Birkenwalds zu gehen. Adlersohn führte uns oben um das Wäldchen herum.

Die Adler ließen sich nicht blicken. Eine große braune Raubmöwe hatte sich über Sihrus hergemacht. Sie starrte uns böse an, die Krallen in ihre Beute geschlagen, nicht bereit, sie ohne weiteres aufzugeben. Ibbe lief brüllend auf sie zu und verscheuchte sie.

Die Raubmöwen hatten das Werk unseres Sippentiers fortgeführt. Wenige Dinge in meinem Leben haben mich so viel Überwindung gekostet wie die wenigen Schritte zu der Stelle am Waldsaum, wo Sihrus lag. Doch ich wollte Madragena nicht allein lassen und hielt mich einen halben Schritt hinter ihr. Meine Befürchtung, sie würde zusammenbrechen, bewahrheitete sich nicht. Sie vollführte die Auffindungsriten so vorbildlich, als wäre es nicht ihr Sohn, der dort lag, sondern ein Fremder.

Eine Armlänge von ihm entfernt ließ sie sich langsam auf die Knie nieder und sprach die traditionellen Totenworte. Ihre Stimme klang spröde, als wenn man mit dem Fingerknöchel gegen eine gesprungene, aber noch nicht gebrochene Schale klopft: »Hört, Sippengeschwister. Ich tue euch den Tod meines Sohnes Sihrus kund. Die Totenschale will ich für ihn töpfern im Gedenken an Imro. Adlersohn, ich bitte dich, bereite deinen Sippenbruder vor. Berge seinen Ahngeist, so daß er einziehen kann ins Ahnenhaus der Adlerleute.«

Wortlos hatten die anderen einen Kreis um den Toten gebildet. Vom Waldsaum, wohin der kleine Gorg sich zurückgezogen hatte, drangen Würgegeräusche herüber. Ibbe und der junge Kebro hatten jene aschfahle Gesichtsfarbe, die dem Erbrechen vorausgeht, konnten sich aber beherrschen. Selbst der vierschrötige Eno, ein erfahrener Jäger, und unser Häuptling wirkten erschüttert. Nur Adlersohn und Madragena schienen unberührt von alledem zu sein.

An den Tod waren die Menschen der Inseln gewöhnt. Auch daran, was nach dem Tod mit den Menschen geschieht. Die Bestürzung der Adlerleute rührte von etwas anderem her: Sie hatten das Loch gesehen, das einmal Sihrus' Hinterkopf gewesen war.

Dachte der eine oder andere von ihnen das Wort, das er dann doch nicht aussprach? Aber was es nicht gab, das brauchte keinen Namen. Die Menschen der Inseln lebten in Frieden miteinander.

Adlersohn nahm am Kopf des Toten Aufstellung und stimmte den Auffindungsgesang an.

»Komm,
Menschgeist.
Werd
Ahngeist.
Aus Kind Luft,
In die Hülle.
Aus Mutter Erde,
In die Hülle.
Aus Bruder Wasser,
In die Hülle.
Komm,
Sihrus,
Zurück.
Komm,
Menschgeist.
Werd
Ahngeist.«

Dazu rasselte er mit den Muschelketten und griff in die Luft, als ziehe er etwas zu sich herab, das nur er sehen konnte. Dann zückte er ein winziges, schmales Feuersteinmesser, so winzig, daß der Griff aus Hirschgeweih und ein Teil der Klinge in seiner Faust verschwanden, ließ sich auf einem Knie neben Sihrus' Kopf nieder, schnitt ihm drei Haarsträhnen ab und warf sie hinter sich ins Gras.

Madragena senkte den Kopf, gab aber keinen Laut von sich. Ich legte ihr die Hand auf die Schulter, und sie kreuzte ihre Arme vor der Brust und legte ihre Hand auf meine. Sie war kalt und feucht wie ein Stein am Ebbestrand. Das Messer war eins von Gorgs Meisterwerken. Nicht viele Steinmeister sind imstande, solch zerbrechliche, scharfe kleine Dinge aus der groben Knolle zu schlagen. In diesem Augenblick haßte ich ihn dafür, und ich haßte Adlersohn. Wie mochte es in Madragena aussehen?

»Komm,
Menschgeist.
Werd
Ahngeist.
Zurück, Sihrus, zurück.
Menschenhaut
Fällt ab.
Menschenhaar
Fällt ab.
Menschenfleisch
Fällt ab.
Geborgen
Im Gebein.
Komm,
Menschgeist.
Werd
Ahngeist.«

Adlersohn lief der Schweiß übers Gesicht. Er zerrte mit aller Kraft an etwas Unsichtbarem in der Luft. Kurzzeitig sah es sogar so aus, als hänge er mit seinem gesamten Körpergewicht an diesem Etwas, als hätten sich seine Füße ein Stückchen vom Boden gelöst. Zweimal wiederholte er den Auffindungsgesang, und die Männer begannen sich im langsamen Rhythmus der Worte hin und her zu wiegen.

Ich zwang mich, das Gebet in Gedanken mitzusprechen, vergeblich. Alles, was ich denken konnte, war: Nein! Nein! Nein!

Sihrus' Geist mußte ausgesprochen widerwillig sein, in seine Hülle zurückzukehren. Immerhin war er schon seit einer gewissen Zeit tot, und dann ist die Heimholung immer schwer. Der lebende Sihrus war Adlersohn stets mit untadeliger Ehrerbietung begegnet. Ich sah wieder den schlanken blonden Jungen vor dem pummeligen braunhaarigen stehen. Mein Gefühl sagte mir, daß sie sich nicht gemocht hatten, aber gezeigt hatte es keiner von beiden. Nahm Sihrus sich nun Freiheiten, die er sich als Lebender nicht gestattet hatte?

Adlersohn ergriff Sihrus' aus der Scheide gerutschtes Steinmesser, um damit die Halskette aus polierten Hirschbeinkugeln vom Hals des Toten zu schneiden. Sie war heil geblieben. Rührte die rötliche Färbung vom Ocker her, mit dem die Perlen eingerieben waren, oder von Blut? Adlersohn holte die Provianttasche und den Ziegenbalg, schlug alles in ein weiches Ledertuch ein und reichte es Madragena. Sie nahm die Besitztümer ihres Sohnes entgegen und preßte sie an die Brust.

Schließlich holte Adlersohn die Totenhaut aus seinem Bündel, breitete sie auf der Steinplatte neben Sihrus aus und bedeutete Gorg und Kebro, ihm beim Umbetten des Leichnams zu helfen. Madragena streckte die Hand nach ihrem toten Sohn aus, berührte ihn jedoch nicht. Es war ihr nicht erlaubt.

Ich wandte den Kopf. Die Männer drehten den Leichnam auf den Rücken und hoben ihn auf die Totenhaut. Die Geräusche verfolgten mich noch lange Zeit im Träumen und Wachen. Adlersohn schlug die Totenhaut über Sihrus zusammen und nähte sie zu, dann betteten die Männer ihn auf die Trage.

Madragena hatte sich aufgerichtet und blickte starr auf die Trage und die nur noch grob erkennbare Gestalt in der Lederhaut, eine übergroße Schmetterlingspuppe. Wie die Raupe im Innern der Puppe würde auch das, was nun unter der Haut verborgen war, eine Verwandlung durchlaufen, um am Tag der Wiedergeburt in neuer Gestalt hervorzukommen.

Ein Schmetterling mochte ein schönerer Anblick sein als das Gebein, das ins Ahnenhaus gelegt wurde, doch er hatte nur einen einzigen kurzen Sommer. Der Ahngeist Sihrus jedoch würde ewig weiterbestehen – bis ihn eine Erdfrau in ferner Zukunft freisetzte, damit er zu Vater Himmel zurückkehren oder in einem neuen Sippenmitglied wiedergeboren werden konnte.

Adlersohn gab das Zeichen zum Aufbruch, und ich warf einen letzten Blick zurück. Wie die Kornstoppeln vor dem Hintergrund der braunen Ackererde besonders hell leuchten, so hoben sich die blonden Haarsträhnen von ihrer farblosen Umgebung ab.

Ibbe und Kebro schlangen sich die Zugriemen über die Brust und zogen die Trage an. Sie leisteten Schwerstarbeit in dem morastigen, unwegsamen Gelände. Gorg und Eno lösten sie bald ab.

Am Ahnenhaus der Ausgestorbenen bedeutete Madragena den Männern, anzuhalten. Sie pflückte eine Handvoll Scharbockskraut, flocht eine Girlande und befestigte sie an den beiden Pfosten der Trage, so daß sie sich wie eine gelbe Kette über denjenigen Teil der Lederhaut legte, unter dem sich Sihrus' Brust befand. Ihre Bewegungen waren von unendlicher Zartheit. Dabei achtete sie peinlich darauf, die Puppe, die einmal ihr Sohn gewesen war, nicht zu berühren.

Die Inseln trauerten um Sihrus. Alles war Asche, nasse Asche. Vater Himmel schickte sein Kind Sturm, Bruder Wasser benetzte den Toten mit Regen, und Mutter Erde weinte, so daß ihre Tränen hochquollen und wir nicht mehr wußten, ob wir über Land oder über Wasser gingen. Nachdem wir den Inselweg erreicht hatten, wurde es ein wenig leichter. Auch der kleine Gorg und ich wurden für kürzere Wegstücke eingewechselt. Die Last war leichter, als ich erwartet hatte.

Zur Linken des Wegs zeichneten sich die Umrisse des Buckelbergs ab, als Madragena, die eine Weile schweigend neben mir hergegangen war, mir die Hand auf die Schulter legte. Ihre wettergegerbte Gesichtshaut schimmerte feucht. Ob es Tränen oder Regen war, hätte ich nicht sagen können.

»Als er noch ganz klein war«, sagte sie mit gesenkter Stimme, so daß nur ich sie hören konnte, »habe ich ihm die Geschichte vom Allsamenbaum erzählt.« Sie lächelte. »Er war begeistert von der Vorstellung, daß der Baum unter der Erde wächst und doch die Samen aller Pflanzen trägt, die je auf Mutter Erde gewachsen sind.

›Wo steht er, Mama?‹ fragte er mit glänzenden Augen.

›Ganz weit im Süden, Sternchen‹, erzählte ich ihm. ›So weit, daß das schnellste Kerrag Monde um Monde um Monde brauchen würde, um dorthin zu gelangen. Aber es heißt, eine weise Frau oder ein Held können ihn finden, und wenn einer dieser beiden einen Schößling von seinem Stamm mit nach Hause bringt, dann blüht und gedeiht das Land, und es wachsen Blumen und Bäume, die du nie zuvor gesehen hast. Und sein Anblick erquickt und verjüngt alle, die ihn anschauen.‹

›Dann geh ich dir den Schößling holen‹, erklärte er. ›Du guckst ihn an, und dein Rücken tut nicht mehr weh.‹

›Ja, mein Sohn‹, sagte ich, ›wenn du groß bist, gehst du mir einen Schößling vom Allsamenbaum holen, und dann wird deine alte Mutter wieder jung und schön.‹

Am nächsten Tag entband ich Sarra von einem Kind – es wäre Illibs älterer Bruder geworden, hat aber nur ein paar Tage gelebt. Sternchen half Kithe zusammen mit den anderen kleinen Kindern bei der Nachlese auf den Feldern. Vielleicht erinnerst du dich noch an Kithe, sie war Sarras Schwester, unsere alte Kornmeisterin. Es war eine lange, schwere Geburt, und als Kithe abends mit den Kindern ins Dorf zurückkam, fehlte mein Sohn. Ich war verrückt vor Angst. Es war kurz vor der Herbst-Tagundnachtgleiche, und uns blieb nur noch wenig Tageslicht. Da fiel mir der Allsamenbaum wieder ein, und ich habe die ganze Sippe nach Süden geschickt, um ihn zu suchen.

Wie sich herausstellte, habe ich meinen Sohn damals richtig eingeschätzt. Er war bis zu dem größeren der beiden Seen bei den Silbermöwenleuten gekommen. Hockte im Uferried und fand den Heimweg nicht mehr. Mutter Erde sei Dank, denn er hat ziemlich laut geweint, sonst hätten wir ihn zwischen den hohen Gräsern gar nicht gefunden. Es war einer der glücklichsten Augenblicke meines Lebens, als ich ihn an diesem Abend aus dem Ufersumpf hob und in die Arme schloß.

Er war durch und durch naß und hatte blutige Blasen an den Füßen. Als wir zu Hause am Herd saßen und ich ihn trocken gerieben hatte, schämte er sich für seine Tränen. Er sagte: ›Mama, ich hab keine Angst gehabt. Und ich hab auch nicht geweint, weil ich mich verlaufen hab. Ich hab geweint, weil ich den Allsamenbaum nicht gefunden hab. Glaubst du mir?‹

›Ja, mein Sohn‹, habe ich gesagt, ›ich glaube dir.‹ Es war ihm ungeheuer wichtig, daß ich ihm glaubte.«

Madragena hielt inne, und in ihre Augen trat ein nachdenklicher Ausdruck. »Er war damals vier Jahre alt.« Sie lächelte noch einmal. »Das war seine erste Reise.«

Wir gingen wieder eine Weile schweigend nebeneinanderher. Gorg und Kebro zogen die Totenbahre.

»Er war mein einziges Kind«, sagte sie unvermittelt.

Ich hätte ihr gerne gesagt, daß sie ja noch mich hatte. Ich hätte sie gerne sagen hören, daß ich nun ihre Tochter sei. Aber sie sagte nichts mehr, bis wir zum Dorf der Sturmschwalbenleute kamen und sie die überlieferten Totenworte zu den Menschen sprach, die sich stumm und mit gesenkten Köpfen am Weg aufgestellt hatten. Neuigkeiten reisen schnell auf den Inseln.

Das Ritual wiederholte sich bei den Otterleuten und den Seehundleuten. Die Sonne hinter der Wolkendecke mußte dem westlichen Meer entgegensinken, denn das Licht wurde immer schwächer. Als wir das Dorf der Adlerleute erreichten, hatten sich auch unsere Sippengeschwister versammelt. Sie erwarteten uns auf dem gepflasterten Vorhof zwischen dem einzeln stehenden Steinehaus und dem Haupttor.

Die Toranlage bot einen beeindruckenden Anblick. Die Mauern reichten mir bis zum Scheitel, während der Türsturz aus drei übereinanderliegenden Steinplatten mit fein behauenen Kanten in Schulterhöhe lag: Wer bei uns eintreten wollte, mußte sich bücken. Bei Nacht wurde die schwere Steinplatte vorgelegt, die nun am Tag an der Wand lehnte. Von innen hielt sie ein massiver Treibholzbalken, den man in zwei Löchern auf beiden Seiten der Wand verankern konnte. Der Lichtschein aus dem Innern fiel in die klamme Trübnis des Vorplatzes und ließ die grauen Steine des Hauptgangs in einem warmen Gelb leuchten.

Mit der Helligkeit schickte das Dorf auch seinen charakteristischen Geruch in das abendliche Zwielicht hinaus, eine Mischung aus Rauch, Kochschwaden, Schweiß und Urin: Wir waren heimgekommen.

Diese Geborgenheit war Sihrus nun auf immer versagt. Kein Toter durfte ins Dorf gebracht werden.

Ich sah rote Augen und verweinte Gesichter, aber alle hielten sich an den Brauch, den die Anhänger des alten Wegs seit jeher befolgten. Madragena hatte einen flackernden, unsteten Blick in den Augen, als sie zum wiederholten Male die Totenworte sprach.

»Dies ist mein Sohn Sihrus«, sagte sie mit einer Stimme, die mich schaudern ließ. »Er ist tot. Ich tue der Sippe der Adlerleute den Tod von Sihrus kund. Helft mir trauern! Trauert um Sihrus, euren Sippenbruder!«

Sie stieß einen schrillen Klagelaut aus und begann sich die Haare zu raufen. Gorg und Adlersohn fielen als nächste ein, rissen an ihren Kleidern – keiner von uns erwartete, daß unser Schamane sich seinen kostbaren Seehundfellmantel tatsächlich *zer*rissen hätte – und beklagten lauthals den Tod des geschätzten Sippenbruders. Dann stimmten alle übrigen in die Totenklage ein.

Lele warf sich zu Boden, wand sich in wilden Zuckungen und ergriff ungeachtet des kalten Regens die Gelegenheit, ihre üppigen Brüste zu entblößen. Die Kinder schrien und heulten, weil alle es taten. Blase und Ringel, Twirks kleine Gören, schienen das Ganze für ein lustiges Spiel zu halten. Ringel verzog das Gesicht zu einer mitleiderregenden Fratze, öffnete aber von Zeit zu Zeit die fest zusammengepreßten Augen, um sich zu vergewissern, daß die Erwachsenen sich noch genauso benahmen.

Ards Schluchzen brachte etwas in mir zum Schwingen. Das Wehklagen der anderen, das tröstliche Gefühl der Gemeinschaft umfingen mich wie einst der warme Leib meiner Mutter, wenn ich mich in kalten Winternächten, zu einem festen Ball zusammengerollt, an sie gekuschelt hatte. Ich ließ mich fallen, sank ein in meine Trauer, tief und immer tiefer, weinte und schrie seinen Namen aus mir heraus.

Endlich durfte ich meiner Trauer freien Lauf lassen. Ich trauerte um ihn, und ich trauerte um mich. Um die Mutter, die ich verloren hatte. Um den Vater, der ihr gefolgt war. Um das Kind, das ich nie geboren hatte. Um den Mann, den ich gehabt hatte, und um den Mann, den ich nicht hatte haben können. Und am Ende stieß ich mich vom Grund ab, auf den ich gesunken war, stieg langsam zur Oberfläche auf und begann wieder zu atmen.

Ich fühlte mich zerschlagen wie nach einer schweren Krankheit. Doch in all der Mattigkeit regte sich ein Gefühl der Erleichterung.

Gorg, Adlersohn und zwei, drei andere fehlten. Die Bahre mit dem Leichnam fehlte auch. Ich nahm an, daß sie sie zu dem Totengerüst schafften, das in der Nähe des Ahnenhauses über den Klippen stand. Nun würde Adlersohn die Gebete an Mutter Erde, Vater Himmel und Kind Luft richten.

Die Totenhaut ließ er zunächst geschlossen, um den Vorgang der Zusammenballung, wie er es nannte, zu beschleunigen, an dessen Ende der Menschgeist zum Ahngeist aufsteigen würde. Der vorherige Adlersohn hatte die Lederhülle sogleich nach der Sippentrauer geöffnet, aber jeder Schamane hielt es damit anders. Ich vermag nicht zu entscheiden, ob Adlersohn sich auf diese Weise tatsächlich einen Teil seiner unangenehmen Arbeit ersparte.

Die Versammlung der Trauernden zerstreute sich allmählich. Ich half Madragena auf, brachte sie in ihr Haus und glättete, so gut ich konnte, das, was von ihrem Haar übrig war. Ich wollte ihr beim Wechseln der nassen Kleider helfen, aber sie winkte ab, griff in die runde Wandnische über dem Kopfende ihres Betts und drückte mir den Sprechstein in die Hand.

»Du berufst heute den Sprechtag ein«, erklärte sie krächzend.

»Ich? Aber das geht doch nicht! Das kann ich nicht!«

»Natürlich kannst du. Wenn die Wächterlampe am Eingang

entzündet ist, geht die Erdfrau mit dem Sprechstein von Haus zu Haus …«, sagte sie mit matter Stimme.

»Aber warum tust *du* es nicht?« Ich erhielt keine Antwort. »Du bist müde. Wir sind alle müde. Wir können den Sprechtag morgen –«

»Nein«, unterbrach sie mich unwirsch. »Heute. Sie werden ihm die Ehre erweisen, am Tag der Trauer einen Sprechtag abzuhalten. Wie es bei Naps Tod geschah.«

»Dann komm wenigstens mit«, bettelte ich.

»Nein.«

»Aber warum ich? Du weißt doch, daß ich …«

»Weil du die künftige Erdfrau bist. Und jetzt geh!« Ihre Stimme war heiser vom Schreien, aber so bestimmt, daß jeder Widerstand zwecklos war.

Du weißt doch, daß ich … Der Satz hallte in meinen Gedanken nach, während ich stumm von Haus zu Haus ging und den Sprechstein vorwies. Eigentlich hatte ich unser Gespräch am Morgen im Fischerhaus der Otterleute gemeint. Oder hatte ich ihr noch etwas anderes anvertrauen wollen? Kannte sie meine Gefühle für ihren Sohn?

Niemand wußte es. Nicht einmal meiner Familie hatte ich es gestanden. Lange Zeit hatte ich es selbst nicht gewußt. Daß zu der Bewunderung, die ich für Sihrus empfand, noch etwas anderes hinzugekommen war.

5

Auf dem Weg zur Versammlung fing Regi mich ab. »Lasra, was ist hier eigentlich los? Sag mir bitte, wie Sihrus gestorben ist. Ibbe war so … merkwürdig. Als ich ihn gefragt habe, hat er mich wütend angefahren und gesagt, ich solle den Mund halten!«

»Ich kann jetzt nicht darüber reden, Regi. Sei nicht böse auf Ibbe«, versuchte ich sie zu beschwichtigen. Ich merkte, daß sie jetzt böse auf *mich* wurde. Der Tod unserer Eltern hatte uns vier Kinder zusammengeschweißt: Regi, Ela, Füchschen und ich, die Älteste, waren stets eine verschworene Gemeinschaft gewesen. Während unserer gesamten Kindheit hatte für uns der Satz gegolten, daß die Kinder von Kea und Simo keine Geheimnisse voreinander hatten. In letzter Zeit hatte ich mich oft gefragt, ob dieser Satz noch immer galt.

Nachdem ich mich vergewissert hatte, daß die Wächterlampe am Eingang brannte, eröffnete ich den Sprechtag am Abend von Sihrus' Heimholung. Er sollte später eine eigene Geschichte ergeben, die nicht nur an den Herden unserer Sippe, sondern überall auf den Inseln erzählt wurde.

»Ich bin die Erdfrau der Adlerleute«, begann ich unsicher, denn es war das erste Mal für mich. Ich hatte Angst, das nächste Wort nicht mehr herauszubekommen, aber dann hörte ich es schon und das nächste und das danach und stellte staunend fest, daß meine Stimme mir gehorchte. »Seht her: Diesen Sprechstein gebe ich dem, der das Wort ergreift im Kreis der Sippe. Sechzehn Spitzen hat er. Sechzehn Menschen zählten die Adlerleute, als Ahnfrau Mewe ihn fertigte. Sprecht gut! Umhüllt die Spitzen, auf daß sie geborgen sind wie die Sippe im Haus.«

Zwanzig und zwei Erwachsene drängten sich in Gorgs Haus, alle außer Madragena, Ard und Gorgs Bruder Brim, der den Frühlingstag bei den Wanderfalkenleuten verbrachte. Die Adlerleute saßen auf den fünf geräumigen Betten, auf dem Ehrenplatz zwischen Herd und Anrichte – Adlersohn –, auf der Bank am Herd – Gorg und ich – oder hockten auf der mit frischen Binsen bestreuten Erde, so daß ihnen die Steinplatten der Betten als Rückenlehnen dienten.

Ich kam mir ungefähr so vor wie eins der Tongefäße auf Gorgs Anrichte, die unser Häuptling so plaziert hatte, daß man sie nicht übersehen konnte. Immer wieder fühlte ich, wie die Blicke der Sippengeschwister mich streiften oder fragend auf meinem Rücken ruhten. Nie und nimmer hätten sie mich unverwandt angestarrt; dazu waren sie viel zu taktvoll.

In dem Kämmerchen neben der Tür meinte ich eine flüchtige Bewegung wahrzunehmen. Füchschen war es also wieder einmal gelungen, sich in sein Lieblingsversteck zu schleichen.

Die rauchgeschwängerte Luft war eine Qual für unsere Lungen. Wenn man längere Zeit an der frischen Luft verbracht hatte, warf einen der allgegenwärtige Geruch regelrecht um. Aber ich hätte ihn um nichts auf der Welt missen mögen. So, wie Luras Flöte und Nukis Trommel sich mit unseren Stimmen zum Lied vereinigten, ergaben die vielfältigen Gerüche des Dorfs ein Ganzes. Unser Geruchslied bestand aus vielen Stimmen: dem Rauch, der von den mit getrocknetem Tang und Robbenknochen vermischten Dungfladen im Herd aufstieg, dem Räucherfleisch und den Stockfischen, die von der Decke herunterhingen. Und vor allem den vielen Menschen, von denen sich einige nicht so oft wuschen, wie ich mir das gewünscht hätte, und die auch ansonsten alle möglichen, meist nicht sehr erfreulichen Gerüche ausströmten.

Es roch nach Säugling und Muttermilch, nach Hund, Schaf und Ziegenmilch, nach ungegerbten Häuten, Käse, getrocknetem Farn, Staub und Abort – und nach Meer, denn in der Steinkiste vor der Anrichte wurden Meerschnecken gewässert; so verloren sie ihren strengen Geschmack, wurden weich und konnten als Köder benutzt werden. Ich hätte nur neben mich greifen müssen, um mir eine zu angeln, doch wer, außer den dummen Fischen, ißt schon freiwillig rohe Meerschnecken?

Obwohl die Steinbank, auf der Gorg und ich Platz genommen hatten, weich mit Farnkissen und Schaffellen gepolstert war, meinte ich die Kälte und Härte des Steins durch meine Lederhose hindurch zu spüren. Es war ungewöhnlich still für einen Sprechtag, aber wir hatten uns ja auch zu einem traurigen Anlaß zusammengefunden. Kein lautes Lachen, kein familiäres Geplauder – selbst Sira und Kebro verzichteten auf ihr rituelles Balzgehabe.

Dennoch lag eine Spannung in der Luft, die fast mit Händen zu greifen war. Ich drehte mich zu Regi um, doch sie weigerte sich beharrlich, meinen Blick zu erwidern. Ihre zusammengepreßten Lippen und die Falte zwischen ihren Brauen sagten mir, daß sie noch beleidigt war.

Auf Gorgs bequemem Bett, dessen vier Steinpfosten einen

Baldachin aus Lederhäuten trugen, stillte seine Frau Osi, die blutjunge Tochter von Silbermöwensohn, ihre zwei Monde alte Tochter Sonne. Lura neben ihr hielt ihr schlafendes Kind im Arm. Es würde wohl am Leben bleiben, nachdem es sein erstes Jahr überstanden hatte, eine stetige Abfolge der verschiedensten Krankheiten. Abgesehen von den beiden Säuglingen war kein Kind anwesend. Siras Tochter Müschelchen, die etwa so sehnsüchtig wie Füchschen auf den Tag der Zweiten Geburt wartete, und Luras Ältester, Hirschkalb, beaufsichtigten sie.

Ich brachte der ehrwürdigen Ahnfrau Ulera, Keas Mutter, den Sprechstein, und sie wand mit ihren verkrümmten Fingern den ersten Wollfaden um den Stein. »Ich wünschte, *ich* läge draußen auf dem Totengerüst und nicht der junge Sihrus«, begann sie betrübt. »Aber Vater Himmel ist wählerisch, welches seiner Kinder er zu sich ruft. Sihrus war ein strahlender Stern, ein würdiger Sohn der kleinen Madragena. Ihr Ahngeister der Adlerleute, freut euch, denn Sihrus wird frische Kraft in euer Haus über den Klippen bringen. Wir bitten euch, nehmt ihn gut auf! Sihrus wird ein starker Ahngeist sein, der seiner Sippe Rat spenden wird.« Die kleine Madragena, o Mutter Erde! Im täglichen Umgang mit meiner Großmutter vergaß ich manchmal, wie unvorstellbar alt sie war.

Nun kam die Reihe an die ehrwürdige Ahnfrau Lin, Nomaks Mutter, die mir ebenfalls die Ehre erwies, in meinem Haus zu wohnen, in Anbetracht ihrer Wesensart eine eher zweifelhafte Ehre. Sie hatte ihren Faden noch nicht um den Stein gewickelt, als sie auch schon ihre Stimme erhob, die mich – und nicht nur mich – an das Krächzen eines Raben erinnerte; eines besonders alten, besonders bösartigen Raben.

»In der Tat, ehrwürdige Ahnfrau Ulera«, erwiderte sie mit verkniffener Miene, so daß ihre Augenschlitze nur noch dünne Striche in der wild zerklüfteten Landschaft ihres Gesichts waren. »Vater Himmel ist wählerisch. Und Mutter Erde überlegt sich auch genau, mit welchem Fleisch sie ihren müden Körper nähren will. Deins und meins ist ihr wohl zu zäh, deshalb spuckt sie uns immer wieder aus. Hahaha! Aber Sihrus – das ist frisches, saftiges Fleisch für die Menschenfresserin.« Sie hustete. »Die Besten holt sie früh.«

Adlersohns Miene drückte gerade so viel Mißbilligung aus, wie das hohe Alter seiner Vorrednerin es zuließ. Er mußte nur andeutungsweise die Hand heben, und schon sprang ich zu Lin, nahm ihr den Sprechstein aus den knorrigen Fingern und reichte ihn ihm, damit er den dritten Wollfaden darumwickeln konnte. Er widmete sich dieser Aufgabe wie immer mit viel Hingabe, so daß die Sippe sein erstes Wort wie eine Erlösung empfand.

»Dies ist ein Tag der Trauer und des Leids für die Adlerleute. Wir beweinen den Tod von Sihrus, Madragenas Sohn. Lasra hat heute nacht anstelle von Madragena den Sprechtag einberufen. Wir alle verstehen, daß der Schmerz es unserer Erdfrau unmöglich macht, uns durch ihre Anwesenheit zu ehren. So wollen wir Sihrus Ehre erweisen, indem wir am Tage seiner Heimholung einen Sprechtag für ihn abhalten, wie es einst bei Naps Tod geschah. Laßt uns seiner in Würde gedenken.«

Seine wohlgesetzten, aber wenig aussagekräftigen Worte schürten noch die Unruhe, die sich der Gemeinschaft bemächtigt hatte. Die Männer und Frauen um mich herum wirkten, als erstickten sie an ihren Fragen – und würden dennoch lieber ersticken, als die Fragen laut werden zu lassen. Der kleine Gorg kaute geistesabwesend an seinen Fingernägeln, Eno, der neben ihm auf der Erde hockte, zeichnete mit einem kleinen Stöckchen Kreise in die Binsen und verwischte sie wieder.

Lura wiegte ihren Kleinen so ruckhaft hin und her, wie ich es von der besonnenen, feinfühligen Frau gar nicht gewohnt war. Ihr Sohn schlief dennoch unbeirrbar weiter. Der alte Bun kicherte vor sich hin. Keiner stieß sich an seinem unpassenden Benehmen, denn wir alle wußten, daß er wieder zum Kind geworden war.

Gorg, sein Nachfolger, räusperte sich. Adlersohn reichte ihm den Sprechstein, die drei ersten Fäden sorgsam mit Daumen und Mittelfinger an die Steinkugel pressend. Ich war ihm dankbar, daß er beim Sprechtag nie seine rechte Hand mit den langen Nägeln benutzte. Gorg räusperte sich noch einmal und wand seinen Wollfaden um den Stein. »Unser Sippenbruder Sihrus wird schmerzlich vermißt werden. Wenn es galt, ein Rind mit einem einzigen Kehlschnitt zu schlachten, eine gewaltige Steinplatte aus dem Steinbruch zu lösen oder junge Seevögel aus den Klippen zu holen, war er stets einer der ersten. Geschickt war er beim Flechten der Binsen und beim Schnitzen von Bein und Holz. Keiner kam ihm gleich im Umgang mit Pfeil und Bogen, keiner lenkte sein Kerrag so beherzt durch Wind und Wogen. Nie versagte er einem Sippenbruder oder einer Sippenschwester seine Hilfe.« O nein, dachte ich, vor allem keiner Sippenschwester!

»Sein Rat und seine Stimme waren gefragt auf den Sprechtagen, und unnachahmlich wußte er von den fremden Ländern zu erzählen, die er bereiste. Seine letzte große Reise dauerte vier lange Jahre. Ausgeschickt von Madragena und Adlersohn, um mehr über den neuen Weg herauszufinden, der die Inseln bedroht, ist er mit unschätzbaren Neuigkeiten zurückgekehrt.«

Während ich den Sprechstein an Illib weiterreichte, bewunderte ich insgeheim Gorgs Redekunst. Kein anderer hätte die Tatsache, daß Sihrus zwar vielseitig und zu eigentlich allem geschickt gewesen war, sich aber nie für eine bestimmte Fertigkeit entschieden hatte, so zweideutig in Lob zu verpacken gewußt. Die meiste Zeit war Sihrus ohnehin nicht dagewesen. Bei den Adlerleuten gab es niemanden, bei dem ein Held und Reisender in die Lehre hätte gehen können.

Illib schlang den nächsten braunen Faden um den Stein. »Ich sehe unseren Sippenbruder Sihrus noch über den Kerragpfad auf das Dorf zukommen, vier Monde ist es jetzt her. In den heftigen Stürmen, mit denen der Winter den Herbst austreibt, kehrte er heim von seiner großen Reise. Kein anderer hätte gewagt, zu dieser Jahreszeit das Meer herauszufordern. Er trug eine hohe Lederkiepe auf dem Rücken. Errill folgte ihm ein Stück weiter zurück. Sie mußten sich mit aller Kraft gegen den Wind stemmen, und dieser komische schwarze Hund, den er von der großen Insel im Südmeer mitgebracht hatte, sah aus, als würde er gleich das Fliegen lernen. Sihrus' Haare flatterten hinter ihm her, schlugen Wellen wie gelbe Borstenhaaralgen im Wasser. Es war ... als ziehe eine starke Ebbe ihn zurück ins Meer. Er war glatt rasiert wie immer. Nach all der Mühsal der Seereise! Nun ja, vielleicht hatte er ein paar Bartstoppeln am Kinn. Er sah so unverschämt gut aus ... Wie immer ...« Sie errötete und wollte mir den Stein zurückgeben, fügte dann aber noch rasch hinzu: »Ich bitte die Sippe um Verzeihung für das Fernbleiben meiner Schwester Ard. Die Totenklage hat sie so erschöpft, daß sie jetzt schläft.«

Mein Kopf fühlte sich so heiß an, wie ihrer aussah. Illib etwa auch? Unsere füllige kleine Kornmeisterin mit dem großen Herzen und dem aufbrausenden Temperament? Warum nicht? Sihrus schien nicht auf einen bestimmten Frauentyp festgelegt gewesen zu sein. Gegensätzlicher als die sinnliche, gut gepolsterte Lele und die ernste, gertenschlanke Ard konnten zwei Frauen nicht sein.

Waren Illibs Zwillinge etwa auch ...? Nein, rief ich mir in Erinnerung, Ähre und Ährchen waren gerade mal zwei, und Sihrus war vier Jahre fort gewesen. Außerdem kannte ich niemanden, der ihn nicht schön gefunden hätte.

Twirk, der zu meiner Linken auf dem Bett neben dem Eingang saß, versuchte meine Aufmerksamkeit zu erregen, seinem dringlichen Winken nach zu urteilen schon etwas länger. Ich durfte mich nicht ablenken lassen. Schließlich vertrat ich Madragena. Twirks Wollfaden fiel wieder ab, kein Wunder bei seinem ständigen Gezappel. Er mußte ihn erneut befestigen, was ihn noch nervöser machte. »Also, mich hat natürlich besonders interessiert, wie er erzählt hat, wie die Menschen da im Süden ihre Häuser ... ihre *Paläste* bauen« – man hörte ihn gleichsam auf dem neuen Wort herumkauen –, »wie viele von ihnen da auf einem Haufen zusammenleben« – ungläubiges Kopfschütteln –, »also, wie er erzählen konnte, also ... Ich sehe ihn noch vor mir, wie seine Augen leuchteten ... dieser große *Saal*, in dem ihr Häuptling saß ... Und ihre Ahnen bestatten sie in Tonkrügen ... Vater Himmel! Na ja, eigentlich unfaßbar, aber ...« Niemand hat je behauptet, Twirk wäre ein Meister des Worts gewesen. Aber Steine kunstvoll und haltbar aufeinanderschichten, das konnte er.

Ibbe, der hinter mir auf dem Bett saß, tippte mir an den Ellbogen, um den Sprechstein zu bekommen. »Ich habe unseren Sippenbruder Sihrus stets für seine Reisen und seinen Wagemut bewundert, und, na ja, ein bißchen beneidet habe ich ihn auch.« Ich sah den kleinen Gorg, der mir gegenüber zu Füßen seiner Stiefmutter saß, so eifrig nicken, daß er für einen Augenblick seine Fingernägel vergaß. Der Blick, den sein Vater ihm zuwarf, war nicht sehr freundlich.

»Und dann«, fuhr die Stimme in meinem Rücken ein wenig zögernd fort, »brachte er noch diese Axt aus dem neuen Material mit, diese Bronzeaxt. Nie zuvor wurde so etwas auf den Inseln gesehen. Es ist kein Stein, es ist kein Holz, es ist kein Bein – und Filz auch nicht«, ergänzte er mit einem unpassenden Kichern. Ich fühlte förmlich, wie meine arme Schwester hinter mir vor Scham erstarrte. Ibbe war ein lieber Bursche, aber seine Welt schien hauptsächlich aus Wolle und Filz zu bestehen.

Um von der törichten Bemerkung ihres Mannes abzulenken – und weil sie mittlerweile vor Neugier platzen mußte –, langte Regi nach dem Sprechstein. »Wo ist diese Axt eigentlich? Er trug sie doch seit seiner Rückkehr immer bei sich. Lag sie nicht neben ihm, wo er …?«

Gorg drehte sich um und nahm meiner Schwester den Sprechstein ab. »Nein«, beschied er sie. Dann hatte er seinen Faden befestigt. »Unser Sippenbruder Sihrus hat uns große Ehre eingebracht vor den Sippen der Inseln. Er galt etwas im Steinkreis an Naps Tag, und selbst die Stierleute luden ihn zu sich und suchten seinen Rat. Viel Neues hat unser verstorbener Sippenbruder uns berichtet, wenn er von jenen Reisen zurückkehrte, die ihn weiter führten, als je ein Mensch der Inseln gekommen ist. Von Dingen hat er uns berichtet, die wir auf den Inseln nicht kennen. Nun ist es an uns zu entscheiden, ob diese neuen Dinge für die Adlerleute taugen oder nicht. Vorausgesetzt, sie widersprechen unseren Bräuchen und Gesetzen nicht«, beeilte er sich hinzuzufügen, als er Adlersohns ungnädigen Blick auffing.

»Unser Bruder Sihrus war zu bescheiden, als er sagte, er habe seinen Auftrag nicht erfüllt«, erklärte Adlersohn. »Seine Erzählungen haben uns vor Augen geführt, was für ein frevelhaftes Leben diejenigen Völker führen, die vom alten Weg abgewichen sind, und wie die Götter sie dafür gestraft haben. Das Volk der Insel im Südmeer mag nicht der Ursprung des neuen Wegs sein, sein Beispiel mahnt uns jedoch, uns vor ähnlichen Verirrungen zu hüten. Götzenanbetung, Vielweiberei, Zerfall der Sippen, Mißachtung der Ahngeister und der göttlichen Gesetze, Begräbnissitten, bei denen sich jeder rechtschaffene Mensch mit Grausen abwendet – vor all diesen Abscheulichkeiten hat uns Sihrus' Bericht gewarnt. Dankt es unserem Sippenbruder, daß er sein Leben gewagt hat, um uns Kunde von diesen Greuel zu bringen!«

Nach der flammenden Rede unseres Schamanen trat kurze Zeit Schweigen ein, und dann wollte jeder noch etwas zu Sihrus' Lob sagen, galt es doch als wünschenswert, daß jeder Anwesende mindestens einen Faden um den Sprechstein gewunden hatte, bevor jemand ein zweites Mal das Wort ergriff, Gorg, Adlersohn und Madragena ausgenommen.

Ich erzählte etwas von der Zeit in der Kindermeute und daß wir alle den künftigen Häuptling in ihm gesehen hatten, weil es mich ärgerte, daß aus Rücksicht auf Gorg niemand diese allgemein bekannte Tatsache aussprach. Schließlich ehrten wir den verstorbenen Sihrus auf diesem Sprechtag – wäre es Gorg gewesen, der draußen auf dem Totengerüst lag, hätte ich es gewiß nicht erwähnt.

Der kleine Gorg gab endlich dem wortlosen Drängen seines Erzeugers nach und meldete sich zu Wort. Wie konnte man nur so klapperdürr sein, wenn man einen Mann wie Gorg zum Vater hatte? Aber er war ja erst vierzehn Jahre alt und würde wohl noch Fett ansetzen. Nun erzählte er stockend, wie Sihrus ihm das Klippenklettern beigebracht hatte. Gorgs Miene war zu entnehmen, daß er sich den Beitrag seines Sohns gewichtiger vorgestellt hatte.

Lele, die auf dem Bett in meinem Rücken saß, jammerte etwas

in der Art von »Ich will nicht viele Worte darüber machen, wieviel wir einander bedeutet haben« und konnte sich selbst eine Anspielung auf jenen Frühlingstag vor fünf Jahren nicht verkneifen, an dem, »O ihr wißt ja, wie ich seitdem gelitten habe«, ihre Tochter Mondkind gezeugt worden war. Wir wußten natürlich, daß Sihrus Mondkinds Vater war. Daß sie gelitten habe, war uns dagegen neu. Ich hätte gern Wibos Gesicht gesehen.

»Ich kannte ihn nicht besonders gut«, meldete sich da Osi zu Wort, trotz ihres jugendlichen Alters und ihrer Herkunft aus einer anderen Sippe ohne Scheu. »Er war für mich ... mehr eine Geschichte als ein Mann aus Fleisch und Blut. Aber eins weiß ich: Manch einer mag den künftigen Häuptling in ihm gesehen haben, ihm selbst jedoch stand der Sinn offenbar nach anderen Dingen.«

In das etwas ratlose Schweigen hinein, das ihren Worten folgte, fühlte Gorg sich zu erläutern genötigt: »Osi hat recht. Sein Schicksal war das Reisen. Und auf seiner letzten Reise hat es sich erfüllt.« Er zog Augenbrauen und Schultern hoch und wies uns seine geöffneten Handflächen vor, eine sonderbare Geste, die ein wenig wie ein Gebet, ein wenig aber auch so wirkte, als wolle er sagen: »Ich kann nichts dafür.«

»Er ist ertrunken und an Land gespült worden«, setzte er beiläufig hinzu, um dann schnell fortzufahren: »Ich werde meinen Sohn gleich morgen früh zu unseren Nachbarn schicken, um ihnen in Mutter Erdes Namen den Tod unseres geliebten Sippenbruders mitzuteilen. Er soll bei den Wanderfalkenleuten übernachten und den Tag darauf zu den Stierleuten weiterwandern, so daß auch Naps Erben die traurige Kunde erfahren. Von dort wird sie sich auf allen Inseln verbreiten.«

Mir wurde so heiß, daß ich meinte, mein Kopf hätte die Farbe eines Brandgansschnabels. Alle starrten mich an. Die Spannung in meinem Körper mußte irgendwie heraus. *Sie erwarten etwas von mir,* wurde mir in dem Moment klar. Ich konnte nicht anders. Mit der traumwandlerischen Gewißheit, daß ich jetzt sprechen mußte, auch wenn ich nicht genau wußte, was ich sagen sollte, streckte ich meine Hand nach dem

Sprechstein aus – ich mußte ihn Gorgs Fingern regelrecht entwinden – und tat einen meiner Fäden dazu.

Der Sprechstein war mittlerweile ein bräunlicher Wollball mit Steinspitzen. »Er kann nicht ertrunken sein«, sagte ich. »Wir hatten in letzter Zeit keine Springflut, und er lag ein gutes Stück vom Wasser entfernt; mindestens zehn Mannlängen, würde ich sagen.«

»Dann ist er eben noch ein Stück gekrochen«, entgegnete Gorg, ohne nachzudenken, noch bevor er seinen Faden um den Stein gewickelt hatte.

Sira hob die Hand. »Nachdem er ertrunken ist, ist er also noch ein Stück gekrochen!«

Adlersohn stand auf und nahm der Meerjägerin den Stein ab. »Unser Häuptling ist in Gedanken mehr bei der Trauer um unseren geliebten Sippenbruder als bei seiner Zunge. Das ehrt ihn. Er wollte gewiß sagen, daß Sihrus wohl Schiffbruch erlitten und sich dabei seine Verletzung zugezogen hat, sich aber noch an Land retten konnte und dort dann verstarb. Ungefähr so wird es sich zugetragen haben. Fürwahr, Sihrus' große Leidenschaft war das Meer. Oder vielmehr die Orte, an die das Meer ihn bringen konnte. Und dort hat ihn das Geschick ereilt. Bruder Wasser muß eifersüchtig gewesen sein auf den Nebenbuhler in Mutter Erdes Gunst: Deshalb hat er Sihrus die Gnade, die er ihm so lange erwiesen hat, wieder entzogen.«

Die ehrwürdige Ahnfrau Lin fuchtelte ungeduldig mit dem Arm und krächzte so laut: »Zu mir! Zu mir!«, daß Adlersohn schließlich nicht umhinkonnte, ihr den Sprechstein eigenhändig zu bringen. »Erst Vater Himmel und Mutter Erde! Jetzt soll ihn auch noch Bruder Wasser geholt haben! Haben die Götter unserem verehrten Adlersohn zugeraunt, daß sie sich um Sihrus gezankt haben?« keckerte sie. »Ihr solltet euch auf einen einigen. Ich bin ja für die Menschenfresserin!« Ich bin mir sicher, daß sie das üble Wort nur wiederholte, weil es beim ersten Mal bei Adlersohn so gut gewirkt hatte. Nicht, daß sie ihn mehr verabscheut hätte als andere. Sie hatte einfach ihren Spaß daran.

»Mit *dem* Loch im Hinterkopf ist er keinen Fingerbreit mehr gekrochen«, ergriff ich wieder das Wort. Ich war mit einemmal ganz ruhig. »Ibbe, Eno, Kebro, ihr beiden Gorgs und auch du, Adlersohn! Ihr habt es alle gesehen. Seine Wunde war wie das Loch, das im Kopf des Opferstiers zurückbleibt, nachdem Adlersohn ihm mit der Zeremonienaxt den Schädel zertrümmert hat. Mit einem einzigen Hieb. Die Beine des Opferstiers geben nach, und noch bevor er zu Boden schlägt, ist er tot. Solch ein Loch ist das Loch in Sihrus' Hinterkopf!«

Eno, Kebro und der kleine Gorg entdeckten alle gleichzeitig den unwiderstehlichen Zauber, der von ihren Füßen ausging. Ich drehte mich um. Ibbes Blick schien an der Decke zu kleben, auf der er, Lele und Wibo hockten. Sie hätte ihm eigentlich hinreichend vertraut sein müssen, denn er hatte sie selbst gewebt. »Eno!« Der Angesprochene zuckte zusammen. »Du bist Jäger, du hast schon mehr als einen Hirsch erlegt. Sag du uns, wie die Wunde in Sihrus' Hinterkopf aussieht!« Ich ging um den Herd herum und drückte ihm den Stein in die Hand. Er nahm ihn entgegen, ohne mir in die Augen zu schauen.

»Also, wenn ich ein Tier mit dem Pfeil nicht gleich tödlich getroffen habe und ihm den Fang geben muß, schneide ich ihm mit dem Messer die Kehle durch«, wich er mir aus. »Mein Vater hat einem Hirsch manchmal mit der Steinaxt den Schädel eingeschlagen, aber er war ja selbst ein Bulle. Und ich war damals noch so klein, daß ich mich nicht mehr genau erinnere.«

Sira nahm sich den Sprechstein von ihrem Nachbarn. »Kann er nicht gestürzt sein?« gab sie zu bedenken. »Er könnte von den Klippen gestürzt sein. Die Klippen haben schon viele von uns das Leben gekostet.« Für ihre Bemerkung erntete sie zustimmendes Nicken.

Ich brachte nur mühsam die Geduld auf, meinen Faden um den Stein zu schlingen, bevor ich ihr widersprach. »Klippen, die mir gerade einmal bis zur Schulter reichen? Klippen, die überdies zwanzig, wenn nicht noch mehr Mannlängen von der Stelle entfernt sind, an der er lag? Da hätte unser geschickter Eiersammler sich schon sehr ungeschickt anstellen müssen! Er fällt also eine Klippe von der Höhe von Gorgs Bett herunter, wobei er sich den Hinterkopf zertrümmert, klettert wieder rauf, kriecht das ganze Stück bis zum Waldrand und stirbt dann da? Vielleicht hat er sich aber auch mit dem Rücken zu den Klippen auf den Strand gestellt, ist in die Knie gegangen, hat sich selbst den Hinterkopf an der Felskante eingeschlagen, ist wieder raufgeklettert – den Rest kennen wir schon. Sira, von dir hätte ich mehr Scharfsinn erwartet!« Sie hatte den Anstand zu erröten.

Kebro, der auch zwei Jahre nach der Hochzeit noch unsterblich in seine wesentlich ältere Frau verliebt war, riß mir den Sprechstein mit flammendem Blick aus der Hand. »Spar dir deinen Spott, Lasra! Ich dulde es nicht, daß du Sira lächerlich machst! Entschuldige dich gefälligst bei ihr!«

Da sprang Adlersohn auf. Er streckte nur die Hand aus. War es Zufall, daß es diesmal seine Rechte war? Kebro brachte ihm seufzend den Sprechstein, und als er sich wieder hinsetzte, war sein Blick alles andere als flammend. Mit Bedacht umwickelte unser Schamane den Sprechstein, bevor er mit fester Stimme sagte: »Junger Kebro, du mußt lernen, *unsere* Sitten zu befolgen, auch wenn du von den Stierleuten kommst. Du hast es unterlassen, deinen Faden um den Sprechstein zu wickeln. Das war ein Fehler. Ein weitaus größerer Fehler aber war es, unehrerbietig zur Erdfrau zu sprechen. Der neue Weg mag den Stierleuten erlauben, *ihre* Erdfrau zum Kornmahlen zu schicken, aber hier bei uns besitzen die Gesetze der Ahnen noch Gültigkeit!«

Kebro schlich zu ihm hin wie ein schöner, geprügelter Hund, nahm den Sprechstein in Empfang, setzte sich und wickelte gehorsam einen Faden darum. Die Spitzen schauten kaum noch hervor. Ich mußte mich beeilen. Wenn der letzte Steinschimmer unter der Schicht brauner Wollfäden verschwunden war, würde der Sprechtag unweigerlich enden. »Erdfrau Lasra, bitte nimm meine Entschuldigung an«, sagte er. Ich schenkte ihm ein ungeduldiges Lächeln. »Ich wollte nicht unehrerbietig sein.«

Gorg hatte sich nach seiner Fehleinschätzung der Möglichkeiten, die ein Ertrunkener nach dem Ertrinken noch hatte, zurückgehalten. Jetzt bemerkte ich, daß er emsig Blicke mit seiner jungen Frau tauschte. Durch die Rauchfahne, die vom Herdfeuer zum Abzug im Dach aufstieg, konnte ich ihren Gesichtsausdruck nur schwer deuten, doch sie winkte Kebro, ihr den Stein zu bringen.

»Wäre es nicht möglich, daß Sihrus von einem Baum gestürzt ist, Lasra? Du hast erzählt, er hätte unmittelbar am Waldrand gelegen. Wenn ich mich recht entsinne, hast du gestern abend erwähnt, du hättest die großen Adler gesehen?« Hatte ich das? Schon möglich, ich wußte nicht mehr so genau, was ich gestern abend auf der hastig einberufenen Versammlung gesagt hatte. »Vielleicht hat er versucht, das Nest zu finden, um Federn zu sammeln. Vielleicht wollte er dem Sippentier der Adlerleute seine Ehrerbietung erweisen? Irgendwann brauchen wir wieder einen toten Adler, um ihn ins Ahnenhaus zu legen.«

Osis Worte waren bislang der beste Versuch. Wenn der Tiersohn starb oder ein Mitglied der Sippe auf See ertrank und man seine Leiche nicht finden konnte, wurde als Stellvertreter ein Adler ins Ahnenhaus gelegt. So war es beim Tod meines Mannes Nomak geschehen. Ich begann zu ahnen, warum Gorg die junge Schamanentochter des Nachbarstamms zur Frau genommen hatte.

Ich wollte aufstehen und mir den Stein holen, doch Kebro war schneller. Er kam auf mich zu und reichte mir den Sprechstein mit einem gewinnenden Lächeln. Ich nutzte die Wickelei, um an meiner Antwort zu feilen. »Gut gesprochen, Osi«, begann ich. »Aber die Bäume der Inseln sind, wie ihr alle wißt, weder hoch noch stark genug, um einen Mann von Sihrus' Wuchs zu tragen. Die armen Haseln und Birken dort wären umgeknickt wie Grashalme unter dem Gewicht eines Vogels. Im übrigen bricht man sich vielleicht das Genick oder das Rückgrat, wenn man von einem Baum fällt. Der Waldboden in dem Hain ist jedoch weich und gut gepolstert mit Laub und

Moos. Und selbst wenn wir annehmen, er wäre auf den Hinterkopf gestürzt, so hätte er im Wald liegen müssen.«

Adlersohn konnte erstaunlich schnell sein. Bevor ich mich versah, stand er vor mir, forderte den Sprechstein ein und ging zu seinem Ehrensitz zurück. Dann hatte er wieder alle Zeit der Welt. »Erdfrau Lasra«, sagte er mit gefährlich leiser Stimme, »du hast bisher alle Erklärungen verworfen, wie unser verehrter Sippenbruder Sihrus gestorben sein könnte. Ich mag nicht darüber urteilen, ob du recht hast und alle anderen Sippenbrüder und Sippenschwestern sich irren. Manches von dem, was du vorgetragen hast, klingt vernünftig, anderes scheint mir reine Vermutung zu sein. Aber nun sag uns, worauf willst du hinaus? Sag *du* uns, wie Sihrus zu Tode gekommen ist!«

Der Augenblick, vor dem ich mich die ganze Zeit gefürchtet hatte, war gekommen. Wenn ich nun verstummte, würde ich den Mund nie mehr aufmachen. Wenn ich das Wort nun nicht herausbrachte, würde es in mir schwären, bis ich platzte. Ich war Uleras Enkelin, Keas Tochter und die nächste Erdfrau der Adlerleute. Ich erhob mich, und Adlersohn selbst brachte mir den Sprechstein. Drei kleine Spitzen lugten noch aus dem weichen Wollball hervor.

»Es war Mord«, sagte ich, und alles, was ich spürte, war heiße Wut. »Sihrus ist ermordet worden.«

6

Die Stille, die daraufhin einsetzte, war hart und kurz, so kurz, wie das Herz braucht, um ein-, zweimal zu schlagen. Das wohltuende Gefühl der Gemeinschaft, die den einzelnen umfängt wie der Mutterleib das Ungeborene, verkehrte sich in sein Gegenteil. Meine Glieder erstarrten wie nach einem zu langen Bad im Meer. Diese zwei Herzschläge lang war ich ausgestoßen, und ich kenne nichts, was furchtbarer ist.

Dann jedoch brach ein Aufruhr los, als hätte Vater Himmel all seine Kinder zugleich auf uns losgelassen, Donner und

Blitz, Hagel und Sturm. Niemand machte sich mehr die Mühe, den Sprechstein von mir zu fordern. »Nein!« – »Niemals!« – »Hirngespinste!« – »Unmöglich!« waren die Worte, die ich am häufigsten aus dem Krach heraushörte. »O ihr Ahnen, verzeiht ihr diesen Frevel!« tönte es hinter mir. Das konnte nur Lele sein. »Sie ist verrückt geworden!« schrie Wibo neben ihr. »Du lästerst die Götter!« brüllte Gorg. »Die Menschen der Inseln töten keine Menschen!« kreischte die junge Nuki.

Lins Lachen klang wie das Bellen unserer Hunde. Soweit ich sehen konnte, bewahrten nur Ulera und die Mütter auf dem Bett mir gegenüber einigermaßen die Fassung. Luras Kleiner war wach geworden und flocht sein dünnes Kindergreinen in den allgemeinen Lärm, während Sonne, scheinbar durch nichts zu erschüttern, tief und fest weiterschlief. Adlersohn sah mich an, sagte aber kein Wort.

Als ihre Empörung sich verlief, wie auch der höchsten Welle auf dem flachen Strand die Kraft ausgeht, wandte ich mich an unseren Schamanen. Nur sein Eingeständnis konnte die Sippe überzeugen. Und er würde nicht lügen. »Adlersohn, du kennst dich aus mit den Gebeinen der Ahnen. Du hast Kwum heimgeholt, als er vom Ossi Taing gestürzt war. Sah sein Schädel so aus wie der von Sihrus?«

Der Schamane sah mich weiterhin an, ohne mich einer Antwort zu würdigen.

»Du weißt«, fuhr ich fort, »welche Schädel im Ahnenhaus die von Ibur, Wigo und Seestern sind, die vor zwei Generationen bei dem Wettklettern auf der Gebirgigen zu Tode stürzten. Sehen ihre Schädel so aus wie der von Sihrus?« Er machte noch immer keine Anstalten zu antworten. »Wir alle wissen, wie der Stierkopf aussieht, nachdem du ihn mit der Zeremonienaxt zertrümmert hast. Er sieht so aus wie Sihrus' Schädel. Ist es nicht so, Adlersohn?« Mit diesen Worten trat ich auf ihn zu und hielt ihm den Sprechstein hin.

Er wand seinen Faden mit noch größerer Sorgfalt als zuvor um den Stein. Ich wußte, was er vorhatte, doch es gelang ihm nicht. Drei Spitzen schauten weiterhin hervor, drei winzige graue Tupfer in dem braunen Wollmeer. Die Adlerleute hingen an seinen Lippen. Nun konnte nur noch er das Fieber heilen, das die Sippe befallen hatte, den ungeheuerlichen Verdacht entkräften, der die Gemeinschaft bedrohte. »Vielleicht, vielleicht auch nicht«, erwiderte er lahm. »Ich habe Sihrus' Wunde während der Heimholung nicht genau untersucht. Ich hatte anderes zu tun. In einem Mond, wenn ich die Totenhaut öffne, können wir deine Fragen klären.«

Ich war nicht an meinen Platz zurückgekehrt, sondern vor Adlersohn stehengeblieben, so daß kein anderer den Sprechstein fordern konnte. Doch die anderen rührten sich ohnehin nicht und verfolgten unseren Schlagabtausch mit angehaltenem Atem. Man mußte nicht das Zweite Gesicht haben, um zu spüren, daß Adlersohns Antwort sie nicht zufriedenstellte. Mein Faden legte sich in sicherer Entfernung zu den drei grauen Punkten um den Sprechstein.

»Dann geh jetzt mit mir hinaus!« forderte ich und war froh, daß Madragena mich nicht hörte. Mir war nicht klar, was ich getan hätte, wenn er meiner Aufforderung tatsächlich nachgekommen wäre, aber mein Zorn und meine Empörung über seine Feigheit verliehen mir den Mut der Verzweiflung. »Wir klettern aufs Totengerüst. Wir öffnen die Totenhaut. Jetzt. Ich fordere es als Erdfrau. Und dann zeige *ich dir* das Loch in Sihrus' Hinterkopf. Seine Kanten sind scharf abgebrochen, nicht gesplittert, nicht gesprungen. Sag den Adlerleuten: Wie sieht das Loch in Sihrus' Kopf aus! Sag es uns, damit endlich Klarheit herrscht!«

Er nahm den Stein und preßte seinen Faden auf zwei der grauen Punkte. Ich hörte ihn atmen. Dann hob er den Kopf und sah mir in die Augen. Sein Blick war nahezu ausdruckslos, sein Tonfall erschreckend beiläufig, als er antwortete: »Die Körper von Menschen, die zu Tode gestürzt sind, sehen anders aus als der Körper von Sihrus. Die Wunde in Sihrus' Kopf hat Ähnlichkeit mit der, die ich dem Opferstier zufüge.« Ein entsetztes Schweigen trat ein.

»Lasra!« Uleras Stimme schnitt durch den Raum. Nein, flehte

ich stumm, Großmutter, ehrwürdige Ahnfrau, liebe Ulera, nein, nicht den letzten grauen Punkt! Nicht meinen letzten Felsen, der noch aus dem Wollmeer herausragt! Ulera lächelte mir begütigend zu, während sie ihren Faden um den Ball wand, weit weg von der letzten Steinspitze. »Ich will euch eine Geschichte erzählen«, erklärte sie. »Die Geschichte von Nap.«

Ich ging auf meinen Platz zurück und blickte in die hilflosen Gesichter meiner Sippengeschwister. Eine Geschichte? Zu diesem Zeitpunkt? Twirks Zappeln nahm bedenkliche Ausmaße an. Doch auch Nukis verzweifeltes Kopfschütteln und Ibbes Händeringen konnten meine Großmutter nicht von ihrem Entschluß abbringen. Wenn die ehrwürdige Ahnfrau eine Geschichte erzählen wollte, dann würde sie eine Geschichte erzählen. Und wir würden zuhören.

»Als die Alten auf die Inseln kamen, fanden sie Menschen vor«, begann Ulera. Sie ließ sich Zeit, legte eine kleine Pause ein, bis sich auch die letzte Unruhe gelegt hatte. »Manche sagen, diese seien kaum als Menschen zu erkennen gewesen, so schmutzig und mager seien sie gewesen und kaum zu unterscheiden von den Tieren, die sie jagten. Aus großen, hungrigen Augen sollen sie Nap und die anderen angesehen haben, als sie die Förde auf ihren Kerrags überquert hatten und die Fellboote auf die flache Sandbucht im Süden der Großen Insel zogen.

Aber so schmutzig und mager werden die Menschen der Inseln nicht gewesen sein, denn Irs, die Anführerin der Gruppe, welche die Neuankömmlinge am Strand erwartete, war schön und groß. Nachdem sie die anderen dazu überredet hatte, ihre Bögen sinken zu lassen und die Messer wieder in den Gurt zu stecken, führte sie Nap und die Seinen in ihr Lager und gab ihnen zu essen, und Nap schmeckte es gut, denn das Fleisch der Hirsche und der Robben war saftig und keinesfalls roh, wie manche sagen. Nein, sie wußten, wie man ein Feuer entfacht und am Leben hält, wenn auch nicht so gut wie wir.« Ulera konnte erzählen, und bald lauschten alle gebannt, auch wenn wir die Geschichte schon viele und nochmals viele Male gehört hatten.

»Und Irs fand Gefallen an Nap«, sagte Ulera augenzwinkernd. »Sie hatte verhindert, daß die erste Begegnung zwischen den Alten und den Menschen von den Inseln in einem Gemetzel endete, aber ob sie das tat, weil sie um das Leben ihrer Leute fürchtete oder weil Nap ihr wirklich so begehrenswert erschien, das weiß ich nicht. Jedenfalls bewunderte sie Naps Axt, die aus glatt poliertem Granit gefertigt war, schwer und scharf und würdig eines großen Häuptlings. Und sie bewunderte seine glatten Wangen und streichelte sie voller Staunen, und als es Nacht wurde, zog sie Nap auf ihr Fellager, und die Geschichte sagt nirgendwo, daß Nap sich gesträubt hätte.« Ulera reichte der ehrwürdigen Ahnfrau Lin den Sprechstein und bat sie, ihn für sie zu halten, weil ihre Finger schmerzten.

»Am nächsten Morgen wachte Nap auf, weil er fror«, fuhr Ulera nach einem kurzen Hustenanfall fort, »und als er die Augen aufschlug, wußte er, warum: Die Wolfsfelldecke, die ihn in der Nacht so angenehm gewärmt und seine Haut umschmeichelt hatte, war fort, und sein nackter Körper schimmerte weiß im trüben Licht des morgendlichen Zelthauses.

Irs beugte sich über seine Mitte, und während sie ein Feuersteinmesser mit leichtem Druck an seine Hoden hielt, so daß die Haut ein wenig eingedrückt, aber nicht verletzt wurde, sagte sie: ›Du siehst wohl, daß ich der Sippe des Nap ein unrühmliches und schmerzhaftes Ende bereiten könnte. Aber das ist nicht meine Absicht. Dies ist der Handel, den ich mit dir abschließen will: Deine und meine Leute sollen sich zusammentun, wie du und ich es getan haben. Die Inseln sind groß genug für uns alle und fruchtbar. Denn ich habe heute nacht deinen Sohn empfangen. Zeigt ihr uns, wie man diese glatten Äxte fertigt, und wir zeigen euch, wo der wilde Hirsch sich im Wald versteckt und die Robbe an Land kommt.‹

Nap knurrte und drehte vorsichtig den Kopf auf dem Lager. Seine Leute und die Leute von Irs sahen ihn stumm an. Sie wirkten nicht, als wollten sie ihm beispringen. Er dachte nach und sagte: ›So sei es.‹

Sodann schickte Nap seinen Bruder Wigo über die Förde,

damit er alle Leute herüberholte. Es waren viele und nochmals viele, und als die Kerrags voll beladen an Land setzten und umkehrten und wieder an Land setzten, sah Irs, daß die Neuankömmlinge nicht nur glatte Äxte besaßen: Sie besaßen auch Rinder und Schafe, Schweine und Ziegen, Tiere, die sie nie zuvor gesehen hatte, und ihre Behältnisse bestanden aus einer Art Erde, die nicht zerbröselte, wenn man dagegen klopfte, und sich nicht auflöste, wenn man Wasser hineinfüllte. Denn ihr müßt wissen, Irs' Volk verstand nicht zu töpfern. Und als Naps Leute sich niederließen, bauten sie Dörfer und prächtige Ahnenhäuser.

Als dann im nächsten Jahr Irs' Schoß den Sohn von Nap gebar, gebar die Erde Korn, wie und wo die Siedler es wollten, und Irs staunte und sagte zu ihrem Volk: ›Wie gut, daß wir uns mit Naps Leuten zusammengetan haben.‹ Ihre Schwester Lari aber dachte bei sich, daß es gar nicht gut sei. Die neuen Menschen rodeten den Wald, wo sollte da der wilde Hirsch wohnen? Überall waren sie, überall pflügten sie das Land, überall schichteten sie Steine zu großen Haufen zusammen. Sie war nicht die einzige unter Irs' Volk, die meinte, es werde allmählich zu eng auf den Inseln. Aber sie sagte nichts.«

Die Adlerleute hingen an Uleras Lippen. Wir sahen die Lari der Geschichte die Lippen zusammenpressen und ihrer Schwester aus gesenkten Lidern einen haßerfüllten Blick zuwerfen. Für ein paar Momente hatten wir Sihrus und seinen verstörenden Tod vergessen. Keiner von uns liebte die Waldleute, auch wenn wir sie nur aus den Geschichten kannten. Wir waren die Kinder Naps, die Leute von Axt und Gerste, Schaf und Ahnenhaus.

»Nap indes war zufrieden«, erzählte Ulera weiter, »und unzufrieden zugleich. Zufrieden war er, weil seine Leute das Land in Besitz nahmen und immer zahlreicher wurden, weil das Korn wuchs und die Ahnenhäuser auch, die jede Sippe sich baute. Und weil seine beiden Söhne von Sarra, seiner ersten Frau, und der Kleine von Irs lebten und gesund waren. Unzufrieden war er, weil die Stelle an seinem Hoden, an die Irs ihr

Messer gehalten hatte, brannte und juckte und keine Ruhe geben wollte.

Und Sarra stichelte und bedrängte ihn, denn ihr gefiel es gar nicht, daß Nap sich eine zweite Frau genommen hatte. Am Mahlstein und beim Sprechtag lachte sie über ihn und spottete: ›Was mag das für ein Häuptling sein, der sich von einer Wilden übertölpeln läßt! Eier habe ich neulich noch an Nap baumeln sehen, seinen Schneid jedoch hat sie ihm abgenommen und zwischen ihre Beine gesteckt.‹ Nap aber schien nicht zu hören, was sie sagte, auch wenn das schwer zu glauben ist, denn schließlich wird er bei jedem Sprechtag zugegen gewesen sein.

Als die Alten drei Jahre auf den Inseln gesiedelt hatten, Irs ihren Sohn entwöhnt und jede Sippe einen Toten in ihr Ahnenhaus gelegt hatte, fuhren Nap und Irs zusammen mit Lari und Wigo und einigen anderen im Kerrag zur Gebirgigen hinüber, um zu jagen. Und es kam so, daß Nap und Irs einen wilden Hirsch verfolgten und sich von den anderen trennten. Der Hirsch aber flüchtete vor seinen Verfolgern auf den höchsten Berg dieser Insel.

Obwohl er sich nicht mit den Klippen der Gebirgigen vergleichen kann, so gibt es an seiner Nordflanke doch eine recht hohe Felswand, die senkrecht abfällt. Und dahinunter stürzte Irs, und als sie unten aufschlug, war sie tot. Nap gab ihre Leiche ihrem Volk, und die bestatteten sie nach ihrer Sitte, so daß sie alleine liegt, und niemand weiß, wo das sein sollte. Irs' Sohn aber gab er Sarra, damit sie ihn aufzog zusammen mit seinen anderen Kindern.

Dann sprach er zu seinen Leuten und den Leuten von Irs: ›Mancher von euch mag denken, daß es meine Hand war, die Irs von dem Felsen stieß, weil sie mir einmal ein Messer ans Fleisch gehalten hat. Das mag so sein oder auch nicht. Doch wir wollen in Frieden miteinander leben, ein jeder mit seinem Nachbarn, wir Neuankömmlinge mit den Menschen des Waldes, die Frau mit dem Mann, die Sippe mit der Sippe. Und wer diesen Frieden stört, der soll ausgestoßen werden aus der Sippe und keinen Platz haben unter den Menschen der Inseln, nicht im Dorf und nicht im Ahnenhaus.‹ Das bekräftigten alle und sagten, so wolle man leben auf den Inseln.«

Das Schweigen, das nach Uleras Erzählung einsetzte, war ein gutes Schweigen: nicht lastend, nicht verlegen, sondern das Schweigen, das eintritt, wenn eine wichtige Geschichte gut erzählt worden ist und jeder noch eine Weile seinen Gedanken nachhängt. Bun brabbelte vor sich hin, doch niemand achtete auf ihn. Zur allgemeinen Überraschung bedeutete Sarra, der ihre verkrümmten Knochen nur noch selten das Bett zu verlassen erlaubten, ihrer Tochter Nuki, daß sie etwas sagen wolle.

Und der Sprechstein in Nukis Hand wies zu meiner ungläubigen Freude fünf, nein, mehr noch, acht graue Spitzen auf, die wieder ein gutes Stückchen aus ihrem Wollmantel hervorlugten. Lin zeigte ihre gelben, abgekauten Zähne, und Adlersohn schaute so verdutzt drein, wie ich ihn selten gesehen hatte.

»Damals, als meine Schwester Kithe noch lebte«, setzte Sarra an, nachdem sie mühsam ihren Faden um den Stein gewunden hatte. Tränen begannen ihr über die schweren, schlaff herunterhängenden Wangen zu laufen, und sie mußte innehalten und sich sammeln, bevor sie weitersprechen konnte. »Damals, als wir noch jung waren, haben wir oft darüber gesprochen, ob Irs Gewalt angetan wurde von unserem Vorvater. Die Jäger stehen auch heute nicht so hoch im Ansehen wie wir Kornmeister. Das scheint so üblich zu sein auf den Inseln, auch wenn es nie ausgesprochen wird.«

Ich sah Lura und Eno nicken. »Und genausowenig sprechen wir aus, was die Geschichte, die Ulera uns gerade so vortrefflich erzählt hat, andeutet: Daß Nap seine Frau, die Jägerin Irs, getötet haben könnte. Aller Anschein spricht dafür. Die Gemeinschaft der Inseln mag gut auf einem … Mord gründen.« Sarras Wort besaß Geltung im Kreis der Sippe, denn auch sie war alt. Keiner sprang auf und ereiferte sich. War es schon so spät, oder hatten die Adlerleute sich bereits an den Klang des bösen Worts zu gewöhnen begonnen?

»Aber vielleicht ist Irs einfach unvorsichtig gewesen und die Klippe hinuntergestürzt«, wandte Lele ein.

»Ich glaube auch, daß es ein Unfall war«, sagte Regi trotzig.

»Zu denken, daß … Ich weigere mich … also, das kann doch nicht … Ich selbst …«, stammelte Twirk. Alle drei vergaßen, den Sprechstein in die Hand zu nehmen, und in der allgemeinen Bestürzung ließ man es ihnen durchgehen.

Ich sah Adlersohns Beine zucken, als wolle er sich aufrichten, doch Nuki hatte sich schon zu ihrer Mutter umgedreht und nahm ihr lächelnd den Sprechstein ab. Adlersohn schlug die Beine übereinander und blieb sitzen. »In meinen Augen ist es keineswegs klar, daß Nap seine Frau vom Felsen gestoßen hat«, sagte Nuki mit ihrer klaren Jungmädchenstimme. »Die Geschichte spricht davon, daß es unter Irs' Leuten viele gab, die Laris Unzufriedenheit teilten. Nap und Irs waren nicht allein auf die Jagd gegangen …«

»Die eigene Schwester! Pfui!« meckerte Lin aus ihrer Ecke.

»Was ich sagen will, ist dies«, fuhr Nuki unbeirrt fort. »Uleras Geschichte läßt uns im unklaren.« Sie legte eine kleine Pause ein. »Es ist eine Geschichte. Und selbst wenn sich damals alles so zugetragen hat – was hat das mit Sihrus' Tod zu tun?«

Die Adlerleute schwiegen verwirrt. Eine kalte, unangenehme Mattigkeit legte sich über mich.

Gorg stand erneut auf und holte sich den Sprechstein von Nuki. Alle Augen wandten sich ihm zu. »Sarra hat uns die Weisheit ihres Alters zuteil werden lassen«, begann er bedächtig, »die wir vor allem daran erkennen können, daß sie selbst zugegeben hat, sich nicht sicher zu sein. Wer könnte das auch? Auch ich vermag nicht zu sagen: Nap hat Irs … ermordet, Nap hat Irs nicht ermordet«, sagte er, und mir wollte es scheinen, als trage er seine Schultern nicht ganz so hoch wie sonst.

»Die Geschichte entscheidet sich nicht, aber sie sagt uns, daß es auch auf den Inseln … möglich ist. Ich habe meine Augen verschlossen vor dem, was ich gesehen habe. Wir alle haben es nicht wahrhaben wollen. Wer leugnet, was seine Augen sehen, kommt auf die abwegigsten Gedanken. Da stehen dann Ertrunkene auf und tun erstaunliche Dinge.« Er erntete beifälliges Grinsen. Fast noch mehr als einen guten Scherz schätzten die Menschen der Inseln den, der über einen Scherz auf seine Kosten zu lachen verstand. »Mit der Zeit mag sich eine harmlose Erklärung für Sihrus' Tod finden. Aber wir dürfen auch die Möglichkeit nicht ausschließen, daß er ermordet wurde. Was meint unser verehrter Adlersohn dazu?« wandte Gorg sich an den Schamanen und brachte ihm den Sprechstein.

Adlersohn befestigte seinen Faden, und ein feines Lächeln umspielte seine Lippen. »Ich stimme dir zu, Gorg. Wir müssen der Tatsache ins Auge sehen, daß Sihrus keines natürlichen Todes gestorben ist, sosehr uns das auch mißfallen mag.« Er unterbrach sich so lange, bis das unbehagliche Raunen und Räuspern in Gorgs Haus sich gelegt hatte.

»Uns allen dürfte klar sein, was diese furchtbare Möglichkeit bedeutet. Auf Mord« – wieder legte er eine kleine Pause ein – »steht seit Naps Tagen die Ausstoßung, wie uns Uleras Geschichte gerade noch einmal vor Augen geführt hat. Noch nie ist unter den Adlerleuten etwas Derartiges vorgefallen.« Er verstummte und ließ den Sprechstein von einer Hand in die andere gleiten.

»Aber die Tiersöhne kennen alte Geschichten, und in diesen Geschichten wird davon berichtet, daß ein Mensch einen anderen getötet hat. Es sind Geschichten, die nicht auf Sprechtagen und nicht am Familienherd erzählt werden. Sie alle enden damit, daß der Schuldige gefunden und seiner gerechten Strafe zugeführt wird. *Wie* wurde der Schuldige in diesen geheimen Geschichten gefunden, werdet ihr wissen wollen, und ich werde euch antworten: Der eine hat sich durch auffälliges Verhalten verraten, der andere hat sich selbst gerichtet, ein Dritter hat seiner Sippe die Tat nach vielen Jahren gestanden. Mehr darf ich euch nicht erzählen. Nur soviel: Schließlich brachen alle Mörder unter der Last ihrer Schuld zusammen, denn die Götter straften sie. Die Wege der Götter sind geheimnisvoll, und oft vermögen wir sie erst spät zu erkennen. Und so möchte ich euch nun fragen: Was wollt ihr tun?«

Ein kluger Zug, wie er da den Raben an die Gemeinschaft zurückgab und sich gleichzeitig von jedwedem Vorwurf rein wusch, er versuche uns seinen Willen aufzuzwingen ... Denn natürlich würden wir ihn anflehen, uns die Lösung zu nennen. Seine gelben Augen glitten über die Versammelten wie die eines Raubvogels auf der Suche nach einer unvorsichtigen Wühlmaus, auf die er sich stürzen kann. Blicke wurden niedergeschlagen, Schultern beredt gezuckt.

Osi erwiderte seinen Blick. Während alle anderen angestrengt wegschauten, streckte sie die Hand nach dem Stein aus, und Adlersohn reichte ihn ihr nach einem kaum merklichen Stutzen. »Als ich klein war, kam es bei den Silbermöwenleuten zu einem ... Vorfall. Nein, nein«, wiegelte sie ab, als sie die bestürzten Mienen um sich herum gewahr wurde, »es wurde niemand getötet. Nur etwas gestohlen. Ein kostbarer Steinkolben aus grauem Granit. Er gehörte unserem Steinmeister Nund. Natürlich wollte es keiner gewesen sein. Silbermöwensohn, mein Vater, und Erdfrau Kewe übertrugen unserem Häuptling die Aufgabe, den Schuldigen ausfindig zu machen. Und Jarso entlarvte den Dieb schon am nächsten Tag. Es war Böckchen, der Junge unserer Walfänger. Er bezog eine Tracht Prügel, daß er nicht mehr sitzen konnte, und alles war wieder gut.«

Zum Entsetzen aller hüpfte Twirk von seinem Bett und holte sich den Sprechstein. »Keine Angst«, sagte er schmunzelnd, »ich erzähle nicht die Geschichte von den Ahnmüttern und Ahnvätern, heute abend nicht.« Das Gelächter hielt sich in Grenzen, denn der Wunsch wurde immer stärker, zu einem befriedigenden Abschluß des Sprechtags und endlich ins Bett zu kommen.

»Also, was ich sagen wollte: Die junge Osi hat recht. Sehr klug, wie die Silbermöwenleute das gemacht haben. Wir sollten uns auch jemanden ausgucken ... jemanden, der herausfindet, warum Sihrus ... wie er ... und ob er überhaupt, also sein Tod ... den sollte man untersuchen. War ein prächtiger Bursche, Sihrus. Also, ich glaube, wir wissen alle, wer bei uns ... ich meine, die Silbermöwenleute haben ja nicht umsonst ihren –«

Weiter kam er nicht, denn seine Frau Lari entwand ihm den Sprechstein mit einer Behendigkeit, die man ihr angesichts ihres kugelrund vorstehenden Bauchs nicht zugetraut hätte. Twirk war zu verblüfft, um sich zu wehren, und Laris Zustand tat sein Übriges, um ihre Ungezogenheit zu entschuldigen.

»Die Silbermöwenleute sind die Silbermöwenleute«, rief sie, »und die Adlerleute sind die Adlerleute. Ohne Lasra wäre keiner von uns auf den Gedanken gekommen, daß Sihrus' Tod vielleicht kein Unfall war. Lasra hat uns unseren Frieden geraubt. Soll doch Lasra Sihrus' Tod *untersuchen*!« Lari nahm das Wort in den Mund wie ein Stück verdorbenes Fleisch. »Sie fragt uns ja sowieso die ganze Zeit Löcher in den Bauch ... Und jetzt will ich endlich ins Bett!« schloß sie gereizt.

»Ich unterstütze Laris Vorschlag«, ergriff Sira das Wort. »Lasra soll die Fragen zu Sihrus' Tod stellen. Aber die richtigen, bitte!« Es verstand sich von selbst, daß Kebro, peinlich darauf bedacht, einen schönen Faden zu wickeln, seiner Frau beipflichtete.

Da erhob sich Gorg, nickte mir stumm zu, holte sich den Sprechstein und sagte: »Auch ich bin dafür. Ich glaube, daß Lasra die Richtige ist, um die Fragen zu Sihrus' Tod zu stellen. Wir werden ihr alle dabei helfen, sie zu beantworten.« Danach bestand kein Zweifel mehr daran, daß alle zustimmen und zur Bekräftigung ihren Faden um den Sprechstein wickeln würden.

Ich war die letzte. »Ich werde versuchen, den Mörder zu finden«, versprach ich. Mein Faden deckte den letzten schwarzen Schimmer zu; es war ein runder brauner Wollball mit schmutzigweißen und grauen Strähnen, den ich zu Madragena trug.

Es war still in Madragenas Haus, und ich hoffte, der gnädige Schlaf würde meiner Lehrmeisterin ein wenig Vergessen schenken. Vorsichtig, um sie nicht zu wecken, hob ich den Ledervorhang am Eingang ein Stück an und lugte hinein. Das Haus war leer, das Herdfeuer heruntergebrannt. Bevor ich mich auf die Suche nach ihr begab, schichtete ich wieder ein paar Dungfladen im Herd auf und packte trockenes Heidegestrüpp aus dem Vorraum dazwischen. Dann zündete ich ihr ein Feuer an, damit sie es warm hatte, wenn sie zurückkehrte. Den Sprechstein legte ich auf ihr Bett, das unberührt war. Auf dem anderen Bett, Sihrus' Bett, lag das in eine Lederhaut eingeschlagene Bündel, das Adlersohn ihr am Morgen gegeben hatte. Ich wandte mich schnell ab.

Ich verließ das Dorf durch die Schlupfpforte, wandte mich nach Süden und ging durch das Meertor zum Ahnenhaus. Der Regen hatte vorübergehend aufgehört, es war stürmisch und bitter kalt. Der Himmel erinnerte mich an Ibbes Webstoffe, wenn sie an besonders abgenutzten Stellen fadenscheinig wurden und sich aufzulösen begannen. Durch die Löcher in der Himmelsdecke drang der Schein des Mondes, geisterhaft wie das Schimmern verfaulenden Holzes in der Nacht.

Ich ahnte, wo ich Madragena finden würde. Umrißhaft zeichnete sich das Ahnenhaus ab, ein schwarzer Buckel, der alles Mondlicht zu schlucken schien. Noch ein Stück südlich davon erhob sich das Totengerüst auf der schmalen Landverbindung zwischen Hams Felsentor und Hams Wiesenloch. Getragen wurde das Gerüst von acht der kostbaren dicken Holzstämme, die das Meer aus einem fernen Land im Westen an unsere Küsten spülte.

Die Plattform, ein mit Rinderhäuten bezogenes Astgeflecht, hätte ich selbst mit hochgereckten Armen nicht berühren können. Sie war breit genug für fünf Männer oder Frauen. Die Kinder legten wir dazwischen, damit sie die beruhigende Gegenwart der Erwachsenen spürten. Wer weiß, wie lange es dauert, bis der Menschgeist zur Erhabenheit des Ahngeistes aufgestiegen ist. Wer weiß, was so ein Kindergeist denkt oder fühlt, solange sein Ahngeist sich noch nicht im Gebein gesammelt hat.

In manchen Jahren, wenn das Unglück die Sippe verfolgte, war das Totengerüst voll geworden, aber nun lag nur eine einzige Puppe darauf.

Eine einsame Gestalt schritt davor auf und ab. Ich blieb in gehöriger Entfernung stehen. Nach ein paar Schritten machte die Gestalt abrupt kehrt und nahm ihre zielstrebig-ziellose Wanderung in entgegengesetzter Richtung auf, bis sie sich von neuem umdrehte. Sie bewegte sich und kam doch nicht vom Fleck, gefangen zwischen zwei unsichtbaren Mauern.

Der böige Wind schlug um und blies mir ins Gesicht. Er trug mir ihre Schreie zu. Immer, wenn sie an den Endpunkten ihres Wegs angekommen war, schrie sie. Aus voller Brust, schrill und hoch, aber immer nur an den Wendemarken. Es war diese Regelmäßigkeit, die mir das Blut in den Adern gefrieren ließ. Ich wagte es nicht, mich ihr zu nähern, ich konnte nicht heimkehren. Madragena hatte mich offenbar nicht bemerkt.

Wie angewurzelt stand ich da und schämte mich, daß ich Zeuge ihrer Verzweiflung wurde. Diese Verzweiflung schien mir jenseits allen Trostes zu sein, anders als alles Leid, das ich in der Sippe mit angesehen hatte. Die Menschen der Inseln geben ihre Lieben nie leichthin weg. Obwohl der Tod allgegenwärtig ist. Ich habe Mütter um ihre Kinder weinen sehen, und ich erinnere mich an das starre Gesicht meines Vaters Simo, als Kea bei Füchschens Geburt starb. Er konnte nicht weinen, und er konnte nicht mehr leben. Seine Trauer war stärker als die Liebe zu seinen Kindern, und nun liegt er im Ahnenhaus an Keas Seite. Dennoch erschien mir die Verzweiflung in Madragenas Schreien dunkler, als seine es gewesen war. Grenzenlos. Heillos.

Dann legte sich etwas auf meine Schulter. In panischem Entsetzen schrie ich auf. Ich blickte auf meine Schulter herab, und die Hand, die ich dort sah, erschien mir mitleiderregend klein und weiß. Da erst vermochte ich mich umzudrehen. Füchschen stand hinter mir. »Komm heim, Lasra!« bettelte er und hatte Tränen in den Augen.

»Du hast mich zu Tode erschreckt!« zischte ich ihn an. Aber er sah so traurig aus, daß ich ihm schnell verzieh. Meine Erstarrung löste sich, und wir wandten uns zum Dorf zurück. Füchschen nahm meine Hand und war auf einmal wieder mein kleiner Bruder. Es tat gut, seine warme Hand zu spüren.

»Weißt du, ich habe ihn wirklich gemocht«, sagte er. Ich verstand ihn kaum im Heulen des Windes.

»Ich glaube, er hat dich auch gemocht«, tröstete ich ihn.

»Dich auch«, sagte er.

Ich lachte unfroh. »Wie kommst du denn darauf? Wir hatten nicht viel miteinander zu tun.«

»Er hat dich immer Quasselchen genannt«, gab er zurück. »Das klang nett.«

Herablassend hatte es geklungen! Als wenn er einen Welpen getätschelt hätte. Ich war schon immer etwas empfindlich gewesen, was meinen Kindernamen anging. »Warum in aller Welt hast du mich ausgerechnet Quasselchen nennen müssen?« habe ich Kea oft vorgejammert. »Weil du so viel gequasselt hast«, hat sie dann immer geantwortet.

»Hör mal!« begann er, als wir im Windschatten des Dorfs anlangten. Er wirkte wieder recht munter, und ich wußte, ich würde nun den eigentlichen Zweck seines nächtlichen Ausflugs erfahren.

»Ich höre.«

»Du hast ja jetzt den Auftrag, Sihrus' Tod zu untersuchen. Ich könnte dir dabei helfen.«

»So?«

»Ich kann gut lauschen«, stellte er ohne eine Spur von schlechtem Gewissen fest.

»Darauf brauchst du dir nichts einzubilden!«

»Aber es wäre nützlich für dich. Durch meine Lehre bei Twirk komme ich in die Kreise der Männer. Wenn da eine Frau auftaucht, sagen die doch keinen einzigen Ton mehr! Ich schnappe immer eine Menge auf, weißt du. Und bei den Kindern bin ich so was wie der Anführer.«

»Luras Hirschkalb dürfte das anders sehen«, warf ich ein.

»Ach, der! Muskeln sind nicht alles.«

Obwohl es äußerst ungehörig war, Sippengeschwister zu belauschen, war sein Vorschlag bestechend. Vor einem Kind wurde schon mal ein unbedachtes Wort geäußert; er ging in allen Häusern aus und ein und war gern gesehen. Aber diese Unterstützung wurde nicht umsonst angeboten, soviel war mir klar.

»Und was möchte mein großer kleiner Bruder dafür haben?«

»Damals, bei meiner Geburt ... Bevor Mama starb ... Hat sie dir noch – meinen Namen gesagt? Meinen richtigen Namen?«

Jede Mutter gab ihrem Kind unmittelbar nach der Geburt seinen richtigen Namen, unter dem es später Aufnahme in den Kreis der Erwachsenen finden würde. Doch bis zum Tag der Zweiten Geburt wurde es bei seinem Kindernamen gerufen, und außer dem Schamanen durfte keiner den richtigen Namen erfahren. Ich würde mich eines schweren Verstoßes gegen die Sitten der Adlerleute schuldig machen, wenn ich ihm seinen Erwachsenennamen verriet.

»Warum willst du ihn denn jetzt schon wissen? Bald feierst du deine Zweite Geburt, und dann erfährst du ihn ohnehin!«

»Es dauert mir aber viel zu lange!« rief er ungeduldig und stampfte mit dem Fuß auf. Gleich würde er das Wutgeheul anstimmen, das er immer dann eingesetzt hatte, wenn er nicht bekommen hatte, was er wollte.

»Du weißt doch, daß es verboten ist. Aber dein Vorschlag, dich für mich umzuhören ... Du wärst nicht zufällig bereit, für etwas anderes ...?«

»Nein«, erklärte er unnachgiebig.

»Ich denk drüber nach«, versprach ich.

Als wir im Gang vor unserer Haustür standen, flüsterte er: »Können wir heute nacht kuscheln?«

»Gut«, flüsterte ich gerührt zurück.

Im Hintergrund das vertraute Schnarchduett der verehrten Ahnfrauen, legten wir uns mit angezogenen Beinen unter Ibbes Webdecke und die doppelte Lage Schaffelle, Rücken an Bauch, wie wir es früher so oft getan hatten. Madragena hatte niemanden. Keinen warmen Körper gegen die Kälte der Nacht, gegen die Leere des Herzens. Vor dem Einschlafen traf ich eine Entscheidung.

»Du bist Mirko«, raunte ich ihm ins Ohr und sah, wie er zu lächeln begann.

7

Ich erwachte, weil Ulera hustete. Es roch nach brennenden Dungfladen, gewürzt mit dem salzig-fischigen Duft getrockneten Tangs, eine Herdfeuerung, wie meine Großmutter sie bevorzugte. Blinzelnd öffnete ich ein Auge und sah, was mir das Knistern des Feuers und die geschäftigen Geräusche in unserem Haus bereits offenbart hatten: Ulera hatte die anstrengende Arbeit des Feuermachens bereits erledigt. Ich schämte mich ziemlich.

Vor mir im Bett war eine leere Kuhle, wo Füchschens warmer Körper hätte liegen sollen. Vermutlich holte er frisches Wasser von der Quelle. Als wären wir nicht Kinder derselben Eltern, liebte mein Bruder es, frühmorgens aufzustehen, am besten noch bevor das erste Dämmerlicht durch den Rauchabzug ins Haus sickerte.

Schräg links hinter der Anrichte plätscherte es, gefolgt von einem heiseren Fluch, den ich sofort wieder vergaß, weil er wirklich unanständig war. Widerstrebend öffnete ich auch das zweite Auge und schälte mich aus den molligen Schichten meines Bettzeugs hervor.

Der Vorhang vor der Abortkammer wurde zurückgeschlagen, und die ehrwürdige Ahnfrau Lin zwängte sich in gebückter Haltung aus der schmalen Öffnung. »Schon wach?« bemerkte sie flüchtig in meine Richtung. Durch die hauchdünn gegerbte Schweinsblase über dem Rauchabzug fiel helles Morgenlicht herein und ließ die Rauchsäule über dem Herd und die darin tanzenden Ascheteilchen gelb aufleuchten.

Füchschen stürmte herein, in der Hand einen mit Birkenrinde abgedichteten Holzeimer. Schwungvoll kippte er seinen Inhalt in das Steinbecken am Kopfende meines Betts und grinste mich an: »Oh, wir sind bereits aufgestanden, ehrwürdige Erdfrau und ältere Schwester?«

»Ich hatte den Schlaf bitter nötig, jüngerer Bruder«, gab ich betont würdevoll zurück.

Lin hatte in den letzten Tagen Butter gestoßen. Wir ließen

uns am Herd auf die Strohsitze mit Ibbes Filzpolstern nieder und verzehrten unser Frühstück. Bald machte sich eine bedrückte Stimmung breit. Die schrecklichen Ereignisse der letzten Tage forderten ihren Tribut. Nichts war zu hören außer Uleras Schmatzen und dem Geräusch, mit dem Füchschen die Buttermilch herunterkippte, die beim Rahmabschöpfen übriggeblieben war. Um das Schweigen zu brechen, sagte ich seufzend: »Ich weiß nicht, wo ich anfangen soll. Ich bin völlig ratlos. So früh am Morgen kann ich nie richtig denken.«

»Der frühe Morgen ist auch die Zeit des Selbstmitleids.« Lins Humor war so trocken wie ihre Haut.

Ulera sah mich prüfend an. »Du sollst die richtigen Fragen stellen zu Sihrus' Tod. Da du von uns allen dazu bestimmt worden bist, darfst du unserer Unterstützung sicher sein. Hab keine Angst.«

Ich zuckte die Schultern. Ulera hatte gut reden.

»Die richtigen Fragen zu Sihrus' *Ermordung*!« krähte Füchschen. Wir drei Frauen sahen ihn an, ohne eine Miene zu verziehen. Vielleicht war es ja unsere ständige Nachsicht, die ihn so bockig machte.

»Das ist keineswegs sicher«, wies Ulera ihn zurecht.

»Der Mörder kommt bestimmt bald hereinspaziert und sagt: ›Guten Morgen, Lasra! Ach, übrigens, ich war es. Wollte dir nur weitere Mühe ersparen. Bevor du anfängst, all diese Fragen zu stellen und dich *wirklich* anzustrengen‹«, spottete Lin mit ihrer belegten Rabenstimme.

Ich beobachtete, wie sie ein Stück von dem Brotfladen abbrach, in die Milch tunkte, mit dem Beinspatel reichlich Butter darauf strich und den Leckerbissen schließlich in ihren breiten Mund schob. »Um ehrlich zu sein, das glaube ich nicht, ehrwürdige Ahnfrau«, gab ich freundlich zurück. »Obwohl ich mich mit dieser Annahme in guter Gesellschaft befinden würde, denn wenn mich nicht alles täuscht, wollte unser ehrwürdiger Schamane uns gestern abend etwas in der Art weismachen. *Ich* dagegen glaube, daß der Mörder – oder die Mörderin – alles tun wird, um unentdeckt zu bleiben. Er oder sie braucht nur abzuwarten und nicht weiter aufzufallen. Natürlich besteht immer die Möglichkeit, daß seine oder ihre Schuld ihn oder sie so belastet, daß das schlechte Gewissen ihn oder sie zu einem Geständnis treibt.«

»Du machst mich noch ganz verrückt mit deinem ›er oder sie‹. Hör auf damit!« beschwerte sich mein Bruder.

Ulera rülpste. »Du hättest vermutlich nichts dagegen, wenn es eine Sie wäre? Eine ganz bestimmte Sie?«

»Ich freue mich, daß du trotz deines entzündeten Zahns mit solchem Appetit zugelangt hast, ehrwürdige Ahnfrau«, entgegnete ich mit ausgesuchter Langmut. »Du spielst gewiß auf meine Altersgenossin Lele an. Aber ja, ich kann sie auf den Tod nicht leiden. Das weiß die ganze Sippe. Auch, daß das auf Gegenseitigkeit beruht.« Ich schaute in die tanzenden Flammen des Herdfeuers, die aus ihrem Sandbett züngelten. Vier Steinbalken von zwei bis drei Ellen Länge begrenzten ihn.

Das Herdfeuer war das Herz aller Häuser, der Stoff, ohne den kein Mensch würde leben können. »Das Feuer im Herd und die Liebe sind das gleiche – sie retten uns vor dem Erfrieren«, heißt es in unseren Überlieferungen. Doch die Geschichte von Imro und Anach lehrt, daß man sich am Feuer auch verbrennen kann.

Zögernd faßte ich meine Gedanken in Worte: »Ich weiß sehr wohl, daß ich meine Fragen unvoreingenommen stellen muß. Ich will Sihrus' Mörder finden! Ich will die Wahrheit herausfinden!«

»Das ist ein großes Wort, Tochter meiner Tochter«, sagte Ulera leise.

»Ich helfe ihr dabei!« prahlte Füchschen.

Ich lächelte ihn dankbar an, stopfte mir einen dicken Klumpen Butter in den Mund und schob ein großes Stück Brot hinterher.

»Lele hätte einen Grund gehabt«, beharrte ich mit vollem Mund. »Ard hat sie in Sihrus' Gunst abgelöst. Sie hat ein Kind von ihm. Sie wollte ihn ganz für sich haben. Er hat sie verlassen. Da hat sie sich mit ihm an dem Wäldchen im Norden verabredet und ihn erschlagen. Von hinten. Kräftig genug ist sie.« Ich sah mich triumphierend um. »Es wäre eine *Möglichkeit.*«

Füchschen wiegte nachdenklich den Kopf. »Na, da wäre ich mir nicht so sicher. Daß er sie wegen Ard verlassen hat, meine ich.«

»Was willst du damit sagen? Für mich war es ziemlich klar, für wen er sich nach seiner Rückkehr aus dem Süden entschieden hat. Für Ard. Es wäre nur eine Frage der Zeit gewesen, wann er sie zur Frau genommen hätte.«

»Das eine schließt das andere nicht aus«, krächzte Lin, während sie sich mit dem Handrücken den Milchschmand aus den Mundwinkeln wischte. »Er hätte Ard zwanzigmal heiraten können, ohne dabei auf Leles Reize verzichten zu müssen. Oder die anderer Frauen, wo wir schon mal dabei sind. Mich selbst nehme ich da aus. Reife Frauen wußte er nicht zu schätzen. Wie bedauerlich! Jetzt ist er tot und wird nie mehr erfahren, was ihm entgangen ist!«

Ulera und ich verdrehten die Augen. »Wie kommst du zu der Annahme, Sihrus hätte Lele nicht endgültig verlassen?« fragte ich Füchschen.

»Auf einem der Sprechtage nach seiner Rückkehr«, berichtete Füchschen, »hat Sihrus nicht auf dem Ehrensitz am Herd gesessen. Statt dessen hat er auf dem Bett neben Lele gesessen. Ihr wißt schon, das Bett, das an den Eingang grenzt. Und ich ...« Er stockte.

»Du hast in der Kammer dahinter gelauscht«, stellte Ulera fest. Ich staunte nicht schlecht. Die ehrwürdige Ahnfrau hatte gute Augen und Ohren. Oder auch nur genügend Menschenkenntnis.

Füchschen mimte den Zerknirschten, bevor er fortfuhr: »Lele hatte die Beine angewinkelt und sich ein Schaffell über die Knie gezogen. Es war schließlich kalt und zog. Vor allem von hinten.« Er räusperte sich bedeutungsvoll. »Links neben ihr boten der Bettpfosten und der vorgezogene Vorhang Sichtschutz – ein wirklich guter Platz. Von vorne betrachtet. Aber von da, wo ich saß ... Mann, er hatte ihren Rock ziemlich hoch geschoben, und … also seine Hand … es war nur seine Linke, aber die war auch ganz schön geschickt … Ich hab natürlich nicht so genau hingeguckt … Er hat ziemlich an ihr … Ach, ihr wißt schon … aber ganz still und heimlich. Die linke Hand und der Rest von seinem Körper schienen zwei verschiedenen Wesen zu gehören.«

Er schüttelte den Kopf. »Und dann hätte ich mich um ein Haar verraten. Bei Mutter Erde! Ich mußte wirklich an mich halten, dann hat sich ihr Wibolein, das ihr zu Füßen auf der Erde hockte, zu ihr umgedreht und gesagt …«, Füchschen konnte sich nicht mehr beherrschen, »und gesagt« – ein schwerer Fall von Atemnot –, »gesagt: ›Lele, Liebling, hast du Fieber‹« – akuter Erstickungsanfall –, »›du bist so‹« – Aufheulen, Prusten, Aufheulen –, »›du bist so‹« – tiefes Durchatmen – »›rot im Gesicht!‹« Meinem Bruder rannen die Tränen über die Wangen. Er versuchte nicht mehr, sich dagegen zu wehren, und lachte ungezügelt vor sich hin.

Wir drei Erwachsenen sahen uns an. Frauliche Würde und Sippentrauer waren vergessen. Da die steinerne Türplatte nicht mehr vorgelegt war, muß unser unziemlicher Heiterkeitsausbruch im ganzen Dorf zu hören gewesen sein.

»Welcher Sprechtag war das?« erkundigte ich mich schließlich.

Füchschen schürzte die Lippen, strich sich über das bartlose Kinn und runzelte die Stirn. »Es war der Sprechtag, an dem es nicht um Sihrus' große Reise, sondern um die Einteilung für die Winterarbeiten ging. Der Abend, an dem Wibo uns den Verlust von vier Lämmern gestand, die sich angeblich in den Winterstürmen verlaufen hatten und von den Klippen gestürzt waren. Er wurde ermahnt, besser auf die Jungtiere aufzupassen. An dem Abend hatte sich wirklich alles gegen ihn verschworen.« Sein Grinsen strafte den mitleidigen Tonfall Lügen.

»Du meinst den dritten Sprechtag nach Sihrus' Rückkehr«, stellte Ulera fest.

»Ich habe auf dem Bett hinter Madragena gesessen, die ihren Platz auf der Bank am Herd eingenommen hatte«, erinnerte ich mich. »Ich hatte sowohl Sihrus auf dem Bett neben der Tür als auch Ard auf dem Bett mir gegenüber im Blick. Was sie für verliebte Blicke gewechselt haben! Er hat ihr schöne Augen gemacht, während er hinter ihrem Rücken ...« Ein albernes Kichern stieg in mir hoch. »Es ist schändlich! Wenn man bedenkt, was dahinter ... dahinter ... steckt ...« Wir gackerten wieder los.

»Die nackten Tatsachen!« krähte Lin.

Erschöpft wischten wir uns die Lachtränen aus den Augen. »Du hast eine gute Frage gestellt, Schwiegertochter.« Lin nickte mir nach einer Weile zu. »Und jetzt frag nicht, was für eine Frage, das wäre nämlich eine dumme Frage. Bevor du also dumm fragst, sage ich es dir lieber gleich: ›Wie kommst du zu der Annahme, Sihrus hätte Lele nicht endgültig verlassen?‹ hast du deinen Bruder gefragt. Das war würdig ausgedrückt, deiner Stellung angemessen. Mit dem nötigen Nachdruck und Ernst gesprochen. Und du hast etwas erfahren, was du vorher nicht wußtest. Ich übrigens auch nicht.«

Ich nickte verblüfft. »Ja«, sagte ich nachdenklich, »wir bekommen immer mehr Verdächtige. Dann hat Ard, falls sie den Betrug entdeckt hat, ebenfalls einen triftigen Grund. Und Wibo auch, vorausgesetzt, er wußte, daß das Verhältnis zwischen Lele und Sihrus nach dessen Rückkehr andauerte. Einen Grund, ihn aus dem Weg zu räumen, hatte auch –« Ich verstummte. Meine drei Verwandten sahen mich neugierig an.

»Gorg«, sagte ich betont beiläufig. Füchschen wirkte erschrocken, Ulera wachsam. Lin grinste. »Gorg mußte befürchten, Sihrus könnte ihm nach seiner Rückkehr die Stellung als Häuptling streitig machen. Auch wenn Sihrus *vor* seiner Reise nicht die Absicht hegte, Gorg zu verdrängen. Sihrus hatte diese lange Reise hinter sich, er hatte Ruhm und Anerkennung erworben, vielleicht hatte er seine Meinung geändert. Solange er lebte, stellte er eine Gefahr für Gorg dar.«

»Ja«, pflichtete Ulera mir bei, »Sihrus saß nach seiner Rückkehr bei fast jedem Sprechtag auf dem Ehrenplatz.«

Mir war, als reiße eine mächtige Woge mich mit sich fort. Ich wurde in Gewässer gezogen, in denen ich gar nicht schwimmen wollte. »Den Ehrenplatz am Herd des Sprechtages hat er nicht Gorg weggenommen, sondern Adlersohn«, rief ich aus.

»Schwester, Sihrus wollte ganz sicher nicht Schamane werden!« sagte Füchschen mit enttäuschtem Unterton, als hätte er etwas Klügeres von mir erwartet. »Und Adlersohn hat selbst darauf bestanden, daß Sihrus den Ehrenplatz einnahm!«

»Sie haben sich nicht gemocht!« gab ich trotzig zurück. »Du hast ja recht. Zum Schamanen fehlte Sihrus nicht nur die Ausbildung, sondern auch jegliche Neigung. Trotzdem …«

»Du magst Lele auch nicht, aber du bringst sie nicht gleich um!«

»Wer weiß, vielleicht tue ich es noch.« Ich bedauerte die leichtfertige Bemerkung, kaum daß sie mir über die Lippen gekommen war.

»Die Menschen der Inseln töten keine Menschen«, sagte Ulera ausdruckslos. »Wir sind die Anhänger des alten Wegs. Gerade wir sollten die Gesetze und Sitten unserer Ahnen achten und keine törichten Scherze machen. Sieh dich vor, Lasra. Wofür es ein Wort gibt, das ist in der Welt.«

Ich bat reumütig um Verzeihung. Was geschah mit uns? War diese üble Tat nur der winzige Anstoß, dessen es bedurfte, um das Böse in den Menschen der Inseln zutage zu fördern? Wer einmal den harten Sandstein unserer Inseln in den Steinbrüchen an den Klippen gespalten hat, der weiß, daß am Ende ein einziger Schlag mit dem Hammerstein auf den Holzpflock genügt, um die vorbereitete Platte vom Block zu lösen.

»In Wahrheit weiß ich also gar nichts!« rief ich hilflos aus. »Es hätte jeder von uns sein können!«

»Warum muß es unbedingt einer von uns gewesen sein?« wandte Füchschen ein. »Es kann einer – oder eine«, grinste er in meine Richtung, »von den Wanderfalkenleuten oder den Sturmschwalbenleuten sein, die haben es nur halb so weit wie wir von ihrem Dorf bis zu dem Strand. Auch für die Walleute ist es nur ein kurzer Ausflug über den Sund zwischen dem Hummer und der Südlichen. Der Mörder hätte sogar mit dem

Kerrag über den Großen Kessel kommen können. Sihrus war in letzter Zeit häufig bei den Stierleuten.«

Angestrengt legte er die Stirn in Falten. »Nein, der Weg wäre zu weit.« Dann glättete sich seine Stirn. »Ich hab's: Es war einer von den Hirschleuten. Sihrus wollte doch den Frühlingstag bei ihnen verbringen. Vielleicht sogar Errill.« Beifallheischend ließ er den Blick in die Runde schweifen.

Ulera schüttelte betrübt den Kopf. »Dazu hatte er vier Jahre lang Gelegenheit.«

»Warum nicht?« kam es von Lin. Ich hatte das Gefühl, sie sagte das nur, um Ulera zu widersprechen.

»Es ist möglich, aber nicht wahrscheinlich.« Ich seufzte. »Wie käme Sihrus' Leiche dann in die kleine Bucht im Norden der Südlichen? Aber mit einem hat Füchschen recht. Es kann ein Fremder gewesen sein. Jemand von einer Festlandsippe, ja ein Händler aus den fernen Ländern jenseits unserer Welt. Es wäre doch möglich, daß ein fremdes Schiff unbemerkt zu den Inseln gekommen ist. Denkt nur, irgend jemand, den Sihrus sich auf seiner großen Reise zum Feind gemacht hat. Wir wissen nichts über diese Zeit. In dem unbesiedelten Gebiet um das Ahnenhaus der Ausgestorbenen können sich mehrere Männer eine Zeitlang verbergen, ohne aufzufallen. Oder es ist alles purer Zufall. Fremde, Eindringlinge gehen, aus welchem Grund auch immer, dort an Land, Sihrus entdeckt sie, sie töten ihn. Wir werden es nie erfahren.«

Die anderen schwiegen ratlos. Mir wurde erst in diesem Augenblick klar, worauf ich mich eingelassen hatte, welche Ausmaße diese Aufgabe annehmen würde. Daß es nicht damit getan wäre, zwei, drei Fragen zu stellen. Wie lange würde meine Suche dauern? Bis zum nächsten Sprechtag? Einen Mond, zwei Monde? Noch länger?

»Lasra, du siehst nicht glücklich aus. Muntert dich denn der Gedanke, daß es keiner von uns war, gar nicht auf?« wollte Füchschen von mir wissen.

Ich holte einmal tief Luft. »Natürlich, es wäre schön, wenn wir an unsere Unschuld glauben könnten. Doch wenn es keiner von *uns* war, dann finde ich den Mörder nie. Mein Auftrag erstreckt sich nur auf die Adlerleute. Wenn es sein muß, kann ich natürlich alle Sippen auf der Südlichen und dem Hummer aufsuchen und nachforschen, aber ...«

»Sie werden dich nicht mit offenen Armen empfangen«, setzte Ulera meinen Gedanken fort. »Jede Sippe würde es als Einmischung in ihre Angelegenheiten empfinden, wenn eine Sippenfremde daherkommt und ihnen Fragen stellt. Ganz abgesehen davon, daß die Sippe des Mörders kein Interesse daran hat, bloßgestellt zu werden und mit anhören zu müssen, wie ihre Schande an Naps Tag im Steinkreis verkündet wird.«

»Dann ist es doch ganz einfach«, verkündete mein kluger Bruder. »Der Mörder – oder die Mörderin – stammt aus der Sippe, die sich dir gegenüber am unfreundlichsten verhält. Wenn ihre Hunde dich in die Waden beißen, Schwesterherz, hast du's geschafft!«

Lin, die links von Füchschen saß, versetzte ihm einen Klaps auf den Hinterkopf. »Das zeigt nur, daß du noch lange auf deinen Tag der Zweiten Geburt warten mußt. Lern, deinen Verstand zu gebrauchen! Dann füllen sich vielleicht auch deine Eier mit Saft. Obwohl, wenn es danach ginge ... dann dürfte kaum ein Mann einen Samenerguß haben.« Füchschen lief dunkelrot an. »Bist du schon mal auf den Gedanken gekommen, daß die Sippe, die einen Mörder in ihren Reihen hat, das nicht unbedingt wissen muß?«

Lin hatte sich die schwere steinerne Getreidemühle unter der Anrichte hervorgezogen, mehrere Handvoll Gerste in die tief ausgeschürfte Mulde des ovalen Unterliegers gegeben und begonnen, sie mit dem Läuferstein zu zerreiben. »Heute abend gibt es Getreidebrei«, ließ sie mich wissen. Ich lächelte unglücklich. Die Mühle aus grau gesprenkeltem Granit, durch generationenlange Benutzung glatt poliert, wurde seit Menschengedenken in Nomaks Familie weitergegeben.

Vermutlich zusammen mit dem Getreidebrei-Rezept, das mich in seiner Schlichtheit an die Alten erinnerte, jene Siedler, die vor vielen und nochmals vielen Jahren mit Nap auf die Inseln gekommen waren. Ich verabscheute Getreidebrei. So wie Lin ihn zubereitete. Die grob gemahlenen Körner wurden zusammen mit Wasser in einen Kochtopf gefüllt und im Feuer gegart. Was dabei herauskam, war bestenfalls sättigend zu nennen.

Füchschen hatte die Gelegenheit ergriffen, sich davonzumachen. Das Gefühl, ich müßte schnellstens meine Aufgabe in Angriff nehmen, wurde immer drängender. Trotzdem hockte ich untätig am Feuer, als könne ich meine Beine nicht mehr bewegen.

Fragen um Fragen stürmten auf mich ein. Wer hatte Sihrus umgebracht? Und warum? Wie? Wann? Womit sollte ich anfangen? Jede Frage schien neue zu gebären. Ich stierte ins Feuer, ohne mich vom Spiel der Flammen losreißen zu können. Ein fester Punkt wie dieser Herd vor mir mußte her, etwas Unverrückbares, von dem ich ausgehen konnte. Ich mußte mein Haus auf sicheren Boden bauen.

Was wußte ich? Sihrus war tot. Ich starrte in die Flammen. Meine ziellosen Gedanken trugen mich hierhin und dorthin, zu jener Begebenheit aus unserer Jugend, zu jenem Blick, den er nicht erwidert hatte, zu jener Bemerkung, die wieder diese unvernünftige Hoffnung in mir geweckt hatte. Irgendwann schaffte ich es, mich aus dem Sumpf zu befreien.

Was weißt du? fragte ich mich. Irgend jemand hatte Sihrus am Strand der Kesselbucht ermordet, an der Nordküste der Südlichen. Mochten alle meine Sippengeschwister hoffen, Sihrus' Tod könne sich doch noch als Unfall erweisen, ich wußte es besser. Der Mörder oder die Mörderin hatte Sihrus hinterrücks mit einem schweren Gegenstand den Schädel zertrümmert. Der Tod war sofort eingetreten. Lage und Haltung des Körpers ließen daran keinen Zweifel: Als das Opfer der Länge nach zu Boden schlug, war es bereits tot gewesen. Nichts deutete auf Gegenwehr hin, aber Sihrus' Hand war ausgestreckt, als habe er nach etwas greifen wollen. Bis jetzt waren weder sein Kerrag noch seine Bronzeaxt wieder aufgetaucht. Proviantsack, Ziegenbalg und Feuersteinmesser hatten bei der Leiche gelegen.

Zwei Tage vor dem Frühlingstag, als Gorg ihn vor der gesamten Sippe verabschiedet hatte, hatte ich ihn das letzte Mal lebend gesehen. Vier Tage nach dem Frühlingstag hatte ich seine Leiche gefunden. Heute war der zweite Tag nach der Auffindung. Er war also höchstens sechs und mindestens zwei Tage tot, wobei der Zustand der Leiche eine Spanne von mehr als zwei Tagen nahelegte.

»Du mußt immer mit dem beginnen, was du kennst«, ertönte plötzlich Uleras Stimme aus der Kammer neben der Anrichte.

»Hör auf die ehrwürdige Ahnfrau.« Lin zwinkerte mir zu. »Über der Rinne kommen ihr die besten Gedanken. Dann fließt ihr die Weisheit aus dem Mund wie die Pisse aus der Möse.«

»Irs ist, *falls* sie getötet wurde, von ihrem eigenen Mann getötet worden. Imro wurde von der Frau verbrannt, mit der er jahrelang zusammen gelebt und Kinder gezeugt hatte«, kam es in souveräner Mißachtung von Lins Obszönitäten aus dem Kämmerchen.

Mir war klar, was Ulera mir sagen wollte. Ich mußte den Mörder in seiner eigenen Sippe suchen, unter den Menschen, die ihm nahestanden. Unter den Frauen, die ihn geliebt, und den Männern, die ihn mit ihrer Eifersucht verfolgt hatten.

Aber zuerst würde ich eine andere Frage stellen. Ich würde den Boden ebnen, auf den ich mein Haus stellen wollte. So schwer konnte es ja kaum sein herauszufinden, *wann* Sihrus ermordet worden war.

8

Ich mußte nur aus unserer Haustür hinaustreten, ein paar Schritte nach rechts durch den Nebengang gehen, und dann stand ich auch schon in der runden Vorratskammer vor Madragenas Haus. Sie hatte ihre Türplatte zurückgeschoben, eine besonders dünne und in einer Rille im Boden ohne großen Kraftaufwand zu bewegende Steinplatte. Twirks Vorgänger hatte sie zu einer Zeit, als Sihrus noch klein gewesen war, für unsere

Erdfrau angefertigt, damit sie sie allein vorlegen und wieder zurückschieben konnte.

Ihr Mann, Sihrus' Vater Deneb, mußte kurz vor der Geburt seines Sohnes bei den Stierleuten, wo die Familie damals gelebt hatte, gestorben sein. Jedenfalls konnte ich mir Madragena nie als verheiratete Frau vorstellen. Für mich war sie schon immer allein gewesen.

Mit lauter Stimme fragte ich aus dem Gang, wie der Brauch es verlangt, ob ich eintreten dürfe. »Komm rein«, forderte sie mich auf.

Meine Lehrmeisterin saß am Herd, in dem ein Feuer prasselte, und zerrieb etwas in ihrem Steinmörser. Ihre Bewegungen waren fahrig, ihr Blick war müde. »Ich bereite einen Sud für Twirks Blase vor«, erläuterte sie. Sie machte sich nicht die Mühe, genauer auf die Art der Zubereitung oder die Wirkungsweise der Heilpflanzen einzugehen.

»Madragena, es tut mir so leid!« sagte ich hilflos. Ich ging zu ihr, kniete mich neben sie und legte den Arm um sie. Sie warf einen flüchtigen Blick auf meine tränenfeuchten Augen und drehte sich weg.

»Bitte nicht, Lasra«, sagte sie mit müder Stimme. »Gestern haben wir um ihn getrauert, heute ist ein neuer Tag. Sihrus wird nun zum Ahngeist, und am Tag der Wiedergeburt werden wir ihn ins Ahnenhaus legen. Wir müssen unsere Pflicht tun.«

Ihre Ergebenheit brachte mich auf. Sie nahm die Schicksalsschläge, die Mutter Erde ihren Kindern zumutete, stets ohne Aufbegehren hin. Ich bewunderte die Stärke ihres Glaubens. Aber manchmal, wenn ein Kind gestorben oder ein Sippenbruder besonders qualvoll verschieden war, hätte ich sie aus ihrem Gleichmut herausschütteln mögen.

Was willst du? schalt ich mich insgeheim. Willst du, daß sie mehr leidet? Gestern wolltest du ihr Leid lindern, heute leidet sie dir nicht genug? Du hast sie gestern nacht vor dem Totengerüst belauscht. Reicht dir das nicht?

»Wenn du im Laufe des Tages Zeit hast, sieh doch bitte einmal nach Ard. Illib schaute heute morgen vorbei und sagte, ihre Schwester hätte sich gestern bei der Trauer ein wenig übernommen«, sagte sie.

»Ist Illib bei ihr?«

»Nein, sie ist draußen auf den Feldern. Sie will unbedingt das gute Wetter ausnutzen, um die Saat in die Erde zu bekommen. Nuki kümmert sich um Ard. Und nun berichte mir vom Sprechtag, Lasra«, bat sie mich.

Ich tat ihr den Gefallen.

Als ich meinen Bericht beendet hatte, nickte sie ein wenig geistesabwesend, aber zufrieden vor sich hin. »Du sollst also den Tod meines Sohnes aufklären. Seine Ermordung«, setzte sie nach einem Moment des Nachdenkens hinzu und schaute eine Weile auf ihren Steinmörser herunter. »Die Sippe hat dir große Ehre erwiesen. Auf deinen Schultern ruht nun eine schwere Verantwortung. Unsere Welt hat durch den Mord einen Riß bekommen. Du mußt ihn kitten wie den Sprung im Gefäß, den du mit feuchtem Ton zuschmierst.«

»Madragena, ich möchte dich bitten, ob ich ... ob ich einen Blick auf ... auf seine ... was Adlersohn dir gestern ...«, stammelte ich.

Sie holte das weiche Ledertuch von Sihrus' Bett. Es stand stets für ihn bereit, auch wenn er den größten Teil der letzten Jahre nicht in ihrem Haus geschlafen hatte. Ich fragte mich, ob sie alles so belassen würde, wie es war. Das Bündel war noch genauso zugeschlagen, wie Adlersohn es ihr bei der Heimholung überreicht hatte.

»Darf ich es öffnen?« fragte ich zögernd. Sie nickte. Ein paar der Perlen waren durch den Transport von der Lederschnur gerutscht, an der er sie um den Hals getragen hatte. Mit Schaudern sah ich die Blutflecken auf Perlen und Schnur.

Ich hob das Steinmesser hoch. Die lange Klinge aus echtem Feuerstein war mit Schnur und Birkenpech in einem glatten Griff aus Hischgeweih gefaßt und lag gut in der Hand, auch wenn er für meine ein wenig zu groß war. Feuersteinknollen finden sich nur höchst selten an unseren Stränden, so daß die meisten unserer Steinwerkzeuge aus dem häufig vorkommenden Tschört bestehen. Gorg behauptete, der Unterschied zwischen Feuerstein und Tschört sei wie der zwischen einer saftigen Rinderlende und zwei Jahre altem Trockenfleisch.

»Das Messer hat er von seiner ersten Reise aufs Festland mitgebracht«, teilte Madragena mir mit. »Dort ist Feuerstein keine Seltenheit, aber dies ist eine besonders feine Arbeit. Er hat mir erzählt, ein Mädchen, die Tochter eines Häuptlings, habe es ihm geschenkt.«

Ich zog beeindruckt die Augenbrauen hoch. Eine Häuptlingstochter! Solche Väter hatten weder Lele noch Ard zu bieten.

Als mein Blick auf den Ziegenbalg und die lederne Provianttasche fiel, kam mir eine Eingebung. Ich ergriff den Balg, wickelte die Binsenschnur ab, die das kleine Ledertuch über dem Pfropfen festhielt, und schüttete den Inhalt in eine leere Schale. Es war nicht mehr viel und roch vergoren. Der Rest Flüssigkeit war viel trüber als frisches Honigbier und begann Klümpchen zu bilden. »Wieviel Honigbier hast du Sihrus mitgegeben?« wollte ich von Madragena wissen. »Hattest du den Lederschlauch bis zum Rand gefüllt?«

Sie schüttelte den Kopf und kletterte auf ihr Bett rechts vom Eingang, das, wie es für die alten Häuser unseres Dorfes typisch ist, vollkommen in das dicke Mauerwerk eingelassen war. Am Fußende des Betts öffnete sich die Wand zu einer geräumigen Zelle und einer viereckigen Nische auf Brusthöhe, in der Madragena mehrere Tonbehältnisse aufbewahrte.

Sie holte eins von ihnen heraus, einen unverzierten, hochwandigen Topf, der sich zum oberen Rand hin sacht verbreiterte, schöpfte Wasser aus der Steinkiste im Boden und füllte den Inhalt in den Ziegenbalg, den sie mich zu halten bat. Ich bewunderte ihre sichere Hand, mit der sie den Wasserstrahl in die kleine Öffnung des Lederschlauchs schüttete. Kaum ein Tropfen ging daneben. Diesen Vorgang wiederholte sie zweimal. Der Ziegenbalg hing nicht mehr schlaff in meiner Hand, ohne sich jedoch prall zu füllen.

»Soviel habe ich ihm mitgegeben«, stellte sie fest. »Eine

ordentliche Portion für zwei Tage. Bevor er das Frühlingsfest bei den Hirschleuten feiern wollte, wollte er sich mit Errill treffen –«

»Sie wollten sich schon vorher treffen?« rief ich verblüfft aus. »Und wo ist Errill jetzt?«

Sie machte sich nicht die Mühe, meine letzte Frage zu beantworten. Selbstverständlich wußte sie genausowenig wie ich, wo sich Sihrus' Freund und Weggefährte aufhielt. Wenn es zutraf, daß er Sihrus als letzter lebend gesehen hatte ...

Madragena sah mich warnend an. »Schlag dir das aus dem Kopf!«

»Ich habe doch gar nichts gesagt!« verteidigte ich mich. Aber natürlich hatte ich es gedacht. Es war durchaus möglich, daß Errill seinen Freund ermordet hatte.

»Sihrus wollte das Frühlingsfest zusammen mit Errill bei den Hirschleuten feiern, und die hätten gewiß nicht mit Honigbier geknausert. Der Vorrat hätte also für die Reise gereicht, ungekühlt hält es sich ohnehin nicht viel länger. Du weißt ja, er hatte einen guten Zug.«

»Diese Flüssigkeit dort«, ich deutete auf das Honigbier, das ich in die Schale geschüttet hatte, »ist das der Rest von dem Honigbier, das du Sihrus mit auf die Fahrt gegeben hast?«

Sie sah mich begriffsstutzig an, ein Ausdruck, den nur wenige Menschen je an Madragena gesehen haben. »Was –?«

»Vom Gärzustand her – ich meine, sieht so Honigbier aus, das« – ich zählte die Tage an meinen Fingern ab –, »das sechs Tage alt ist?«

»Möglich«, gab sie zögernd zur Antwort, und auf ihrer Stirn erschienen ein paar Falten, die ich noch nicht kannte. »Warte, ich hatte einmal einen Rest Honigbier von einem Sprechtag auf den nächsten in der Kammer dort hinten vergessen, und dieser Rest sah ähnlich aus und roch fast genauso. Er stand allerdings in einem offenen Topf, während ein verschlossener Ziegenbalg eine Flüssigkeit gewiß länger frisch hält. Aber ja, es könnte hinkommen. Ich würde mich nicht auf ein, zwei Tage festlegen wollen, aber ... Warum willst du das wissen?«

»Ich möchte die Möglichkeit ausschließen, daß er sich zu einem späteren Zeitpunkt irgendwo Nachschub besorgt hat – bei einer anderen Sippe, bei … Ich weiß nicht …«

Sie warf mir diesen strengen Blick zu, den sie immer dann bekam, wenn sie mich nach einer Behandlungsmethode fragte. »Und was würde dir das helfen?«

»Nun, das liegt doch auf der Hand: Wenn er neues Honigbier bei sich gehabt hätte, dann müßte ich bei anderen Sippen nachforschen. Es ist überaus wichtig, wer ihn zuletzt gesehen hat – hier kommt auch Errill wieder ins Spiel. Ich meine, er *muß* nicht der Mörder sein, aber er könnte uns vielleicht zu ihm führen oder uns etwas Wichtiges mitteilen … Doch eigentlich will ich herausfinden, *wann* genau er ermordet wurde«, erklärte ich.

Madragena trat an die Anrichte und rührte mit dem Zeigefinger in dem Honigbierrest herum. »Da!« meinte sie triumphierend und deutete auf ein paar winzig kleine, schwärzlichblaue Stippen im Wasser.

»Schale und Körner von Rauschbeere und Heidelbeere«, klärte sie mich auf. »Ich gebe sie stets in das Honigbier.« Madragenas Honigbier war berühmt auf der Südlichen. »Es ist ein Geheimrezept, das ich dir beizeiten verraten muß.« Ich verspürte wieder diesen Stich der Zurückweisung. Vertraute sie mir immer noch nicht rückhaltlos? Nie hatte ich sie enttäuscht oder hintergangen. Und doch hatte sie mir das Geheimnis ihres Biers vorenthalten – vom Todeszauber ganz zu schweigen.

»Laß uns einen Blick auf seinen Reiseproviant werfen«, schlug ich vor, um von dem heiklen Thema abzulenken. Ich hatte sie so oft gedrängt, sie hatte mich so oft vertröstet, daß wir es gar nicht aussprechen mußten. Wir wußten beide, daß wir an den Todeszauber dachten.

In dem Proviantbeutel befand sich nichts außer drei Brocken Trockenfleisch.

»Ich hatte ihm Dörrfleisch für zwei Tage mitgegeben. Das da ist nur noch ein winziger Rest davon«, erläuterte Madragena unaufgefordert. »Und vier harte Brotlaibe. Schau, da sind noch ein paar Krümel!«

»Er hat das Honigbier fast ausgetrunken und den Vorrat nahezu vollständig verzehrt«, faßte ich zusammen. »Das würde bedeuten, daß er noch ungefähr zwei Tage gelebt hat, nachdem er unser Dorf verlassen hat.«

»Vorausgesetzt, er hat nicht zwischendurch seine Angel ausgeworfen oder einen Alk geschossen.«

»Wir haben weder Angel noch Pfeile und Bogen bei ihm gefunden«, wandte ich ein.

»Die hatte er meist im Kerrag verstaut«, antwortete Madragena. »Oder er hat sich einen Tag unwohl gefühlt und gefastet. Oder er hat jemanden getroffen, der ihm etwas Frisches geschenkt hat – kurz vor dem Frühlingstag sind die Menschen der Inseln überaus freigiebig und legen es darauf an, sich in den Augen der Götter und Menschen angenehm zu machen. Das bedeutet übrigens«, fügte sie nach einem Moment des Nachdenkens hinzu, »daß auch er einen anderen getroffen und seine Vorräte mit ihm geteilt haben könnte.«

»Das mag gut möglich sein«, stimmte ich ihr zu. »Seine Trink- und Eßvorräte geben uns trotzdem einen Anhaltspunkt. Sihrus dürfte noch einen bis vier Tage gelebt haben, nachdem er unser Dorf verlassen hatte. Aber das Honigbier ist dasjenige, was du ihm mitgegeben hast, und auch in seinem Proviantbeutel finden sich keine Spuren frischer oder zusätzlicher Nahrung. Würdest du mir da zustimmen?«

»Warum willst du wissen, wann genau er gestorben ist – wann er ermordet wurde?«

Ich erzählte Madragena von den vielen Fragen, die mich bedrängten. Sie setzte sich wieder an den Herd und fuhr fort, ohne Hast ihre Pflanzen zu zerstoßen. Ich erkannte sie am leicht bitteren Duft: Es handelte sich um die Queckenwurzel, die ich in den Dünen der Axtbucht ausgegraben hatte.

»Auf dem festen Land, wo ich geboren wurde«, begann sie scheinbar zusammenhanglos zu erzählen, »gab es nicht viel zu fragen. Wir waren eine Haifischmaulsippe und hingen seit Urzeiten dem alten Weg an. Alles nahm seinen gewohnten Gang, und wenn ich zu vorwitzig wurde, schlug meine Mutter mich.

Sie glaubte, man würde sich gegen die Götter versündigen, wenn man ständig zweifelte und fragte. Wie recht sie damit hatte, erkannte ich erst später. Als der Mann Deneb kam und mich zu den Stierleuten mitnehmen wollte, verließ ich meine Sippe Hals über Kopf. Ich habe eine bittere Lehrzeit durchgemacht. Auch ich bin vorübergehend vom rechten Weg abgekommen.« Sie lächelte wehmütig. »Aber ich habe zu ihm zurückgefunden. Das Beispiel der Stierleute hat mich gelehrt, wieder eine treue Anhängerin des alten Wegs zu werden. Du weißt ja, wie die Stierleute sind.« Ihr Blick kehrte aus den fernen Zeiten zurück, in die nur sie allein noch schaute, und richtete sich auf mich.

»Sie erweisen Mutter Erde und Vater Himmel nicht mehr die gebührende Achtung. Sie haben Ahntochter Sonne zurückgestellt hinter Ahnsohn Mond und die Gotteskinder Sterne. Ihr Stiersohn nennt sich Sternenseher! Pah!« Es fehlte nicht viel, und sie hätte ausgespuckt. »Die Menschen der Stierleute sind keine Sippe mehr. Ihre Häuser stehen einzeln – was soll das für ein Dorf sein? In ihr Ahnenhaus kommen nur wenige Sippenmitglieder –« Sie brach ab. »Was ereifere ich mich? Du kennst die Tatsachen so gut wie ich.«

Madragena und Adlersohn ließen keine Gelegenheit aus, uns die Unterschiede zwischen uns und den Stierleuten einzuschärfen, und ich betrachtete mich als feste Anhängerin des alten Wegs. Kea, Ulera und Lin hatten mich getreu den Bräuchen und Gesetzen des alten Wegs erzogen.

Sämtliche Nachbarn auf der Südlichen waren Haifischmäuler, wie der Spitzname für das Langhüglervolk lautete, und die Haifischmäuler standen seit jeher zum alten Weg. Beide Namen beziehen sich auf die Anlage unserer Ahnenhäuser: Der Steinhügel über der Kammer hat im Gegensatz zu dem der Rundhügler eine längliche Form, und die Kammer, in die von beiden Längsseiten Steinplatten ragen, läßt sich mit den zähnegespickten Kiefern eines Haifischs vergleichen. Doch auch das Rundhüglervolk, dessen wichtigste Vertreter die Stierleute waren, war einmal dem alten Weg gefolgt.

»Niemand verlangt, daß wir in Unwissenheit verharren«, fuhr Madragena fort. »Doch haben wir das hinzunehmen, was die Götter uns schicken. Ohne überflüssige Fragen zu stellen, ohne törichten Zweifel in unseren Herzen zu nähren.«

»Lehnst du es ab, daß ich Fragen zu Sihrus' Tod stelle? Hältst du es für unvereinbar mit dem alten Weg, wenn wir den Mörder entlarven wollen?«

Madragena balancierte den im Feuer erhitzten Kochstein zu einer der drei Steinkisten im Boden. Ich wollte ihr zu Hilfe eilen, doch sie winkte ab. Das Wasser begann Blasen zu werfen und zu brodeln. Sie ließ sich Zeit, bevor sie antwortete: »Ich lehne es nicht ab, daß du Fragen zu Sihrus' Tod stellst. Und ich halte es nicht für unvereinbar mit dem alten Weg, daß wir den Mörder entlarven wollen.«

Sie gab die zerstoßenen Queckenwurzeln in einen Tontopf und füllte ihn mit dem siedenden Wasser auf. »Aber deine Suche soll heilen wie dieser Sud Twirks Blase. Eine Frage zuviel, ein falscher Verdacht, und du bringst Unruhe und Mißtrauen in die Sippe. Damit ist niemandem gedient.«

»Ich muß die Wahrheit herausfinden!« rief ich aus. »Und das kann ich nur, wenn ich Fragen stelle.«

»Die Wahrheit! Was für ein anmaßendes Wort. Der alte Weg ist die Wahrheit. Vergiß das nie!« Ihre Hände legten sich um den Topfrand. Behutsam schwenkten sie das Gefäß und die dampfende Flüssigkeit darin. Ein angenehm bitterer Geruch stieg auf.

»Der alte Weg ist die Wahrheit«, wiederholte ich den Leitsatz, der unser Leben bestimmte. Sie lächelte mir zu. Ich dankte ihr und wandte mich zum Gehen. An der Tür zeichnete ich mit dem Zeigefinger Dreieck und Kreis auf den Eckstein, so wie Höflichkeit und Sitte es beim Verlassen eines Hauses gebieten. Blitzartig kam mir eine weitere Frage in den Sinn. Ich drehte mich noch einmal um: »War Sihrus eigentlich ein treuer Anhänger des alten Wegs?«

Madragena schwenkte noch immer ihren Queckensud. Eine winzige Welle schwappte über den Gefäßrand und lief über das aufwendige Muster der Außenwand. »Ich habe Sihrus getreu unserem Glauben erzogen. Was für eine törichte Frage! Wo denkst du hin? Glaubst du, die Erdfrau der Adlerleute duldet, daß ihr eigener Sohn sich Flausen in den Kopf setzt?« Sie funkelte mich vorwurfsvoll an.

»Es tut mit leid, ehrwürdige Erdfrau!« sagte ich schnell. Ich kam mir in der Tat töricht vor. Selbst wenn Sihrus mit dem neuen Weg geliebäugelt haben sollte, hätte er das seiner Mutter wohl verschwiegen. Und Madragena würde alles tun, um das Andenken ihres Sohnes als eines treuen Anhängers des alten Wegs zu bewahren.

Ehe ich zu weiteren Entschuldigungen ansetzen konnte, ergriff meine Lehrmeisterin erneut das Wort. »Wenn du herausfinden willst, wann mein Sohn gestorben ist, such Adlersohn auf. Und jetzt geh!«

9

Durch die landeinwärts gelegene Schlupfpforte zwischen unserem und Madragenas Haus verließ ich das Dorf, schlug einen Bogen um den Abfallhügel, der schon zu dieser Jahreszeit kräftig roch, und wandte mich nach Süden. Adlersohn würde beim Totengerüst sein, denn so kurz nach dem Tod eines Sippenmitglieds gab es für ihn immer zahlreiche Riten zu vollführen. Illib rief mir, heftig gestikulierend, etwas von den Feldern aus zu, die unmittelbar hinter dem Abfallhügel begannen. Im Norden bis ans Meer reichend, umschlossen sie unser Dorf wie ein fruchtbarer Halbmond.

»Keine Zeit!« brüllte ich zurück, denn obwohl ich sie nicht genau verstanden hatte, konnte ich mir denken, was sie von mir wollte: daß ich wie alle anderen bei der Aussaat half. Die schwerste Plackerei, zu der ich meinen Beitrag geleistet hatte, lag bereits hinter uns. Mit Schulterblättern vom Rind hatten wir die nasse, schwere Erde des neuen Feldes aufgebrochen und die Sandböden der übrigen Felder mit unseren Breithacken aufgeworfen. Nun wurden die Furchen gezogen. Die stärksten Sippenbrüder und -schwestern wechselten sich beim Schieben des Pfluges ab, so daß Illib die Saat in die fruchtbare Scholle legen und die Kinder sie anschließend zuhäufeln konnten.

Schon vom Ahnenhaus aus entdeckte ich Adlersohn, der auf der abgeflachten Felsplatte vor dem Totengerüst sang und sich zuckend hin und her warf. Die Muschelketten, Tierknochen und Hundezähne an seinem Schamanenumhang rasselten und klimperten so laut, daß sie selbst das Tosen der Wellen übertönten.

Das Totengerüst stand auf der Landbrücke zwischen Hams Felsentor in den Klippen und Hams Wiesenloch, einem tiefen Einbruch im dahinter liegenden Land. Das Wasser strömte durch das Felsentor unter dem Totengerüst hindurch und schlug dumpf gegen die Felswände des Abgrunds. Eine unserer beliebtesten Geschichten berichtet von Ham, einem Enkel unserer Ahnmütter und Ahnväter, der Schlucht und Landbrücke mit seiner Axt geschaffen hat. Ham hatte sich unsterblich in eine Wellenfrau verliebt, die gern die Gestalt von Seehunden annehmen, und wollte sie im Wiesenloch überraschen. Doch die Wellenfrau schlug ihm ein Schnippchen, so daß seine ganze Mühe umsonst war.

Der Schamane sah mich näher kommen und setzte die Maske auf. Als ich schließlich vor ihm stand, funkelte der getrocknete Adlerkopf über seiner Stirn mich böse an. Adlersohn und ich waren ungefähr gleich groß, doch die hohe Maske veränderte das Größenverhältnis zu seinen Gunsten. Der leuchtend gelbe Schnabel unseres Sippentiers mit seiner scharfen, nach unten gebogenen Spitze schien auf mich einhacken zu wollen. Adlersohns eigene Augen waren hinter den Schlitzen der Ledermaske nur als hin und her rollende Murmeln auszumachen. Sein Augenring war gelb wie der des Vogels.

»Was willst du, Frau?« begrüßte er mich mit rauh hervorgepreßter Stimme. Ich fröstelte in der milden Frühlingssonne, die von ihrem höchsten Punkt am Himmel auf meinen bloßen Nacken herunterschien.

»Ehrwürdiger Tiersohn der Adlerleute«, begann ich respektvoll, »da ich von der Sippe damit beauftragt worden bin, den Mord an unserem verehrten Sippenbruder Sihrus aufzuklären, bitte ich dich um deine Hilfe. Verringere meine Unwissenheit.«

»Ich habe Wichtigeres zu tun«, beschied er mich und ging drei Schritte zu seinem Schamanenstab, der unweit der zur Plattform hochführenden Leiter auf dem Boden lag. Obwohl ich mich ganz auf Adlersohn und die schwierige Aufgabe konzentrierte, ihn zum Reden zu bringen, war ich mir der Lederhülle oben auf dem Gerüst nur allzu deutlich bewußt.

»Ehrwürdiger Schamane«, bat ich ihn, »ich möchte dir einige Fragen stellen und bitte dich, sie mir nach bestem Vermögen zu beantworten.«

Er fuhr mit einem nahezu weißen Ledertuch, das von der Haut eines ungeborenen Lamms stammte, den Birkenstab hinauf und hinunter, obwohl der ohnehin schon glänzte wie der Liddelsee bei Sonnenuntergang. »Ahntochter Sonne hat den höchsten Punkt ihres Laufs erreicht«, geruhte er mir schließlich mitzuteilen. »Meine Arbeit duldet keinen Aufschub. Geh nun und störe mich nicht.« Seine Hände vollführten eine gemessene Bewegung in Richtung des Dorfs, als wolle er mich aus seinem Blickfeld schieben.

Ich fröstelte nun nicht mehr. Mir wurde sogar ziemlich warm, denn der Ärger begann in mir hochzuwallen. »Auch meine Arbeit duldet keinen Aufschub, Adlersohn«, entgegnete ich höflich, aber bestimmt. »Bitte sage mir, wie lange unser geschätzter Sippenbruder Sihrus schon tot war, als wir ihn gestern heimholten.«

Adlersohn stieß einen unverständlichen Singsang aus, kniete auf dem Stein nieder, sprang wieder auf und fuhr mit kreisenden Armbewegungen durch die Luft. Einmal, als er einen Satz auf mich zu machte, fuhren seine drei langen Fingernägel keine Handbreit von meinem Gesicht entfernt durch die Luft. Welchen Geist sein ruckhafter Tanz auch beschwören, welches Tier er nachahmen mochte – seine Bewegungen jedenfalls fächelten mir einen süßlichen Geruch zu, der von seinen Händen oder von der Lederhülle auf dem Gerüst ausging. Mir wurde flau im Magen.

Lange ließ er mich stehen, ohne meine Frage zu beantworten, ja ohne auch nur erkennen zu lassen, ob er sie gehört hatte. Mir blieb nichts anderes übrig, als das Ende seines Tanzes abzuwarten. Schließlich erlahmten Adlersohns Bewegungen, und nach einem letzten Schwanken blieb er stehen und nahm meine fortgesetzte Anwesenheit mit einem erbosten Blick zur Kenntnis. »Das läßt sich unmöglich genau bestimmen«, sagte er mit einem herablassenden Seufzer, als hätte ich von ihm gefordert, er solle mir Adlerflügel wachsen lassen. »Fünf Tage oder auch mehr, vielleicht nur drei Tage – wer will das entscheiden?«

»Aber du mußt doch wissen, wie – wie – wie ein Mensch aussieht, wenn er tot ist«, stammelte ich.

Er maß mich mit einem Blick, der Mitgefühl auszudrücken schien. »Natürlich weiß ich, wie ein Toter aussieht. Selbst du solltest das wissen, auch wenn du dich in diesen Dingen ungebührlich zierst. Wir alle kennen deine alberne Scheu.«

»Das meinte ich auch nicht«, gab ich errötend zurück. Am Rande meines Blickfelds war stets die Lederhülle auf der Plattform. Adlersohn hatte sich so postiert, daß ich auf das Totengerüst schaute. »Bei deiner Erfahrung im Umgang mit den Toten der Sippe müßtest du wissen, wie ein Mensch aussieht, wenn er sechs Tage tot ist. Oder wie ein Mensch aussieht, wenn er erst zwei Tage tot ist. Ich bitte dich: Laß mich an deiner Weisheit teilhaben.«

»Um des Entschlusses willen, den die Adlerleute auf dem Sprechtag getroffen haben, will ich über die starrköpfige Art hinwegsehen, mit der du mich stören zu dürfen meinst, und dir nach bestem Wissen helfen.« Wir standen uns gegenüber und maßen einander mit Blicken. Mich sahen gleich zwei Augenpaare an, seins und das des Adlers.

»Nun, aufgrund meiner Erfahrung in diesen Dingen, die, wie du dir denken kannst, tatsächlich beträchtlich ist, kann ich dir mitteilen, daß unser geliebter Sippenbruder Sihrus zu einem Zeitpunkt … ums Leben gekommen sein muß, der nicht mehr als sieben und nicht weniger als zwei Tage vor jenem betrüblichen Tag liegt, an dem ich die ersten Riten der Bergung vollzog. Damit dürfte ich deine Frage beantwortet haben«, sagte er in jenem gönnerhaften Ton, der ihm eigen war. »Nun sei so gut und halte mich nicht länger von meiner Arbeit ab. Auch dir liegt sicher daran, Sihrus' Geist mit den erforderlichen Riten zu ehren.«

»Ich bin aufrichtig betrübt, ehrwürdiger Schamane, dir mitteilen zu müssen, daß meine Frage damit keineswegs beantwortet ist. Auf diese Zeitspanne bin selbst ich törichte Frau schon gekommen. Ich vermag mir nicht vorzustellen, daß dein erhabener Geist und deine unendliche Erfahrung nicht tiefer in das Geheimnis von Sihrus' Ermordung« – ich legte eine kleine Pause ein – »vordringen sollten als meine schlichten Überlegungen.«

»Schlicht sind deine Überlegungen in der Tat, auch wenn deine Worte leider nicht jene arglose Schlichtheit besitzen, die dir wohl anstände.« Er seufzte und schlug einen Tonfall an, mit dem sich Erwachsene gegen den unersättlichen Fragedrang eines Dreijährigen wappnen. »Unser geschätzter Sippenbruder«, begann er, indem er auf die Lederhülle auf dem Totengerüst zeigte, »hat sich eine ungünstige Jahreszeit ausgesucht, um zu sterben.

Wäre es Sommer, ja, würde uns Ahntochter Sonne nur ein klein wenig mehr von ihrer Glut gönnen, so hätte ich dir anhand der Maden, die in seinem Fleisch herumwimmeln, fast auf den Tag genau bestimmen können, wann er« – auch er legte eine kleine Pause ein – »ums Leben gekommen ist. Die Weibchen der Schmeißfliege – du kennst das lästige Insekt zur Genüge – legen besonders gern bei schwülwarmem Wetter ihre Eier in die Weichteile der Leichen ab. Zwar möchte ich dein zartes Gemüt nicht zu sehr aufwühlen, doch damit du recht verstehst, in welchen Dingen du mit deinen Fragen herumstocherst« – ich war mir nahezu sicher, daß er unter seiner Maske grinste –, »*darf* ich dich nicht schonen und werde dir eine kurze Einführung in jene Vorgänge der Zersetzung geben, denen alle

Geschöpfe von Mutter Erde und Vater Himmel nach ihrem Ableben unterliegen.

Die Rede, junge Lasra, ist also davon, daß die besagten Schmeißfliegenweibchen, angelockt vom Geruch der Verwesung, den sie bereits über unvorstellbare Entfernungen hinweg zu wittern vermögen, wenn die menschlichen Riechorgane jenen süßlichen Duft noch nicht einmal ahnen, daß jene Schmeißfliegenweibchen also ihre kleinen, glitschig weißen Eipäckchen mit Vorliebe in die Augen – oder, falls diese geschlossen sind, in den Spalt zwischen Lid und innerem Auge –, in offene Wunden, in Ohren, Nase und Mund, will sagen: in sämtliche Körperöffnungen der Leiche ablegen, damit ihre zahllosen Nachkommen, während sie vom Ei zur saftigen Made heranwachsen, sich zu einer bräunlichen Puppe umbilden – welche sich übrigens besonders gern in den Haaren der Toten vor ihren Feinden versteckt halten – und zu guter Letzt schlüpfen, damit diese Nachkommen also ohne große Anstrengungen das weiche Leichengewebe in mundgerechten, leicht verdaulichen Häppchen aus dem Toten reißen können.« Seine gelben Augen beobachteten mich lauernd aus den Schlitzen unter dem Seeadlerschnabel.

Ich würde ihm nicht den Gefallen tun, grün zu werden. Was er da in liebevollen Einzelheiten schilderte, sagte ich mir, war ein ganz natürlicher Vorgang, das ewige Werden und Vergehen, das im Schoße von Mutter Erde stattfand, unerbittlich, möglicherweise unappetitlich, aber unabdingbar. Ich als künftige Erdfrau, sagte ich mir, betrachtete diese Dinge mit nüchternem, wenn auch nicht begeistertem Blick. Adlersohn dagegen schien sich an seinen eigenen Schilderungen zu ergötzen. Wie er die Wörter im Mund herumrollte, als wären es besonders saftige Leckerbissen, wie er sie mit seiner feuchten Aussprache hervorschmatzte – *schlüppp-fffen*, hatte er gesagt!

»Die Larven fressen sich dick und dicker«, erzählte er weiter, »und müssen sich zweimal häuten, sonst würden sie platzen – wenn du einmal verfolgt hast, wie die Leichen auf dem Totengerüst im Hochsommer aufgehen und ihre zu eng gewordene Hülle zu sprengen drohen, dann hast du eine ungefähre Vorstellung davon. Aber zurück zu den Larven! Sie können so fett werden, wie dein Daumennagel breit ist, woran du ermessen magst, wieviel von dem nahrhaften Brei sie sich einverleibt haben. Anhand der Größe und Gestalt dieser Schmeißfliegenbrut hätte ich dir ziemlich genau sagen können, wie lange unser geschätzter Sippenbruder Sihrus nicht mehr unter den Lebenden weilt. Ja, wäre er vor längerer Zeit umgekommen, so könnte ich anhand der Häufigkeit und Größe der Käsefliegenlarven seinen Sterbetag ebenfalls annähernd genau bestimmen. Dafür aber müßte seine Leiche bereits in jenen käsigen Zustand übergegangen sein, mit dessen genauer Beschreibung ich dich nicht belästigen möchte – unschön, soviel darf ich sagen, äußerst unschön. Sihrus' Leichnam wird erst eine Weile nach dem Tag der ersten Sonne soweit sein. Ich erwähne das hier nur, falls es dich interessieren sollte.«

Er schüttelte mit gespielter Besorgnis den Kopf. »Doch was rede ich da, er war ja aufgrund des kühlen Wetters recht gut erhalten. Tja, für dein Anliegen ist er fünf« – er wedelte mit der rechten Hand herum –, »sechs Tage zu früh gestorben. Wenn Ahntochter Sonne uns weiterhin mit ihrem Antlitz beglückt, dürften bald die ersten Schmeißfliegen über die Inseln summen.«

Ich empfand Zorn über die höhnische Art, mit der er über Sihrus sprach. Wieder sah ich den pummeligen braunhaarigen Jungen vor dem schlanken blonden stehen. Die Rollen von Sieger und Verlierer schienen klar verteilt gewesen zu sein, damals, als wir Kinder waren.

»Es muß doch noch andere Merkmale geben, die dir Aufschluß darüber verschaffen, wie lange er schon tot war! Irgend etwas, woran du –«

Er tat, als habe er meinen Einwurf nicht gehört. »Ach, übrigens, wenn du Wert darauf legst – möglicherweise nützt es dir später bei deiner Arbeit als Erdfrau –, kannst du mir beim Öffnen der Totenhaut zusehen. Ich warte noch zwei, drei Sprechtage ab, bis die Sonne die Lederhülle und ihren Inhalt hinreichend erhitzt hat, aber wenn es soweit ist, rufe ich dich gerne. Dann kannst du die Maden bei ihrem nützlichen Werk beobachten. Ihre Mütter finden stets einen Weg hinein – erfinderische kleine Brut, die sie sind.«

Mein Magen begann zu flattern. Ich richtete meinen Blick unverwandt auf den Seeadler auf seinem Kopf und versenkte mich in das lebhafte Muster seiner braungrauen Federn mit den weißlichen Schäften. Der Adler war *unser* Sippentier, nicht *seins*. Er würde mir Kraft verleihen. Dieser scharfe, kühn gebogene Schnabel. Gelb wie seine Augen, mit einer dunkleren, gräulichen Spitze.

»Bei dieser Gelegenheit«, fuhr Adlersohn fort, »werde ich auch sein Hemd und seine Hose aufschneiden, du würdest also einen ungehinderten Blick auf Mutter Erdes gefräßige kleine Geschöpfe werfen können. Ich habe es stets abgelehnt, die Kleidung schon bei der Heimholung zu öffnen. Sag selbst, wäre das nicht abscheulich? Aber manche Tiersöhne halten es tatsächlich so.« Er schüttelte ungläubig den Kopf.

Nie wieder würde ich etwas essen. »Andere Merkmale, Adlersohn«, stieß ich etwas gepreßt hervor. »Die Vögel.«

»Unser verehrtes Sippentier hat ihm die Ehre erwiesen, von seinem Fleisch zu fressen. Solange es noch halbwegs frisch war. Krähen sind da weniger wählerisch. Du weißt selbst, welche Vögel am häufigsten über den Totengerüsten der Inseln kreisen – Möwen. Erinnerst du dich an die große braune Raubmöwe, die auf seiner Leiche hockte, als wir gestern um das Wäldchen herumkamen? Ich meine mich erinnern zu können, daß sie an seinem Oberarm … Raubmöwen werden übrigens von einer solchen Gier getrieben, daß es mich nicht wundern sollte, wenn sie sogar die Haarbüschel verschlingen. Auch Silbermöwen fressen gerne Aas.«

In meinem Kopf flatterten braune, weiße und schwarze Schwingen wild durcheinander, und inmitten all der Federn hackten Schnäbel auf einen reglosen Körper ein, gekrümmte Adlerschnäbel, braune Raubwöwenschnäbel, gelbe Silbermöwenschnäbel. Silbermöwen waren die häufigsten Besucher an den Küsten der Inseln, und der Klippenabschnitt am Ahnenhaus machte da keine Ausnahme. Sie kreisten über mir, die gierigen, zänkischen Raben des Meers, das Sippentier unserer nächsten Nachbarn im Süden. Unsere Nachbarn. Das war es!

»Ehrwürdiger Adlersohn, ich danke dir für deine Hilfe«, begann ich mit einem ergebenen Seufzer, um ihn in Sicherheit zu wiegen. »Nun, sagen wir, für deine ... Bemühungen. Glaube nicht, ich wüßte sie nicht zu schätzen. Aber jetzt möchte ich dich nicht länger von deiner Arbeit abhalten. Du wirst sicherlich darauf brennen, dich in deiner Lieblingsfertigkeit weiter zu vervollkommnen.«

Er sah mich an, als würde ich bellen wie ein Hund. »Im Tanzen.« Ich strahlte ihn an. »Glaub mir, ich weiß, wovon ich spreche. Ich liebe es, Kräuter und Wurzeln zu sammeln, aber mit dem Einrenken ausgekugelter Schultern habe ich meine Schwierigkeiten. Wir alle zeichnen uns doch in der einen Fertigkeit aus – und sind in einer anderen die reinsten Versager. Ich mache dir keinen Vorwurf, weil du den genauen Zeitpunkt von Sihrus' Tod nicht bestimmen kannst.«

Ein wachsamer Ausdruck trat in seine Augen. »Was willst du damit andeuten?«

Ich wandte mich zum Gehen. »Oh, ich will nichts andeuten. Ich denke, daß ich mich ausgesprochen klar ausgedrückt habe. Ich nehme es dir nicht übel, daß du meine Frage nicht beantwortet hast. Offensichtlich war es ja kein böser Wille, sondern übersteigt schlicht deine Möglichkeiten«, sagte ich schulterzuckend. »Silbermöwensohn kann mir bestimmt weiterhelfen.«

»Warte!« sagte er schnell. »Du willst doch nicht etwa zu unseren Sippennachbarn gehen, um –«

»Mach dir bitte keine Sorgen!« beruhigte ich ihn. »Falls Silbermöwensohn mit den Toten auch nicht so vertraut ist, dann wird er mich gewiß zu einem anderen Tiersohn schicken. In wenigen Tagen habe ich mich bei den Tiersöhnen durchgefragt und einen ge-«

»Das wirst du nicht tun!« schrie der Schamane mich an. Ich hatte ihn noch nicht oft schreien hören. »Lasra! Nach Madragenas Tod wirst du die Erdfrau der Adlerleute sein. Wir werden miteinander auskommen müssen. Es geht nicht an, daß Erdfrau und Tiersohn einer Sippe gegeneinander arbeiten – zum Wohle der Adlerleute müssen wir uns vertragen. Persönliches zwischen uns muß zurücktreten, wenn es um unsere Sippenbrüder und -schwestern geht. Lasra!«

Ich lächelte ihn freundlich an. »Zum Wohle der Adlerleute – du nimmst mir das Wort aus dem Mund.« Er hatte mir seine rechte Hand in einer versöhnlichen Geste entgegengestreckt. Beim Anblick der widernatürlich langen Fingernägel wurde es mir wieder leicht übel. Die dreifache Knochenkette um sein Handgelenk klimperte leise.

»Jetzt will ich mich lieber auf den Weg machen, damit ich noch vor Einbruch der Dunkelheit wieder zurück bin«, sagte ich und wandte mich zum Gehen. »Zu den Silbermöwenleuten ist es ja glücklicherweise nicht weit.«

»Vielleicht kann ich dir die Mühe ersparen«, sagte er ahnungsvoll. Er klang, als sei es sein vornehmstes Anliegen, meine Füße zu schonen. Ich blieb stehen. »Es gibt eine Möglichkeit, die ich noch nicht in Betracht gezogen habe, da ich erst die Stimme der Götter abwarten wollte.«

»Und jetzt hast du sie vernommen, die Stimme der Götter?« Die Götter pflegten sich stets im richtigen Augenblick bei ihm zu melden.

Er ließ sich viel Zeit beim Nicken. Der Adlerkopf nickte mit. »Wenn Ahntochter Sonne uns für den heutigen Tag die Gnade ihres Anblicks entzogen hat, werde ich mich auf die Suche begeben.«

Wollte er erneut zu einem Geisterflug aufbrechen? Oder kannte er andere Mittel und Wege, um den Rat der Götter einzuholen oder den Willen der Ahngeister zu erfragen? Am Tag des Überflusses pflegte er die Eingeweide der geschlachteten Tiere zu deuten, und die Adlerkrallen, die er stets in einem Lederbeutel um den Hals trug, halfen ihm, in Verbindung mit den Tiergeistern zu treten.

»Ich werde dich am Abend im Haus der ehrwürdigen Ahnfrauen aufsuchen«, teilte er mir mit, wieder ganz der Tiersohn der Adlerleute. »Im Vergleich zur Macht der Götter und Ahngeister ist das menschliche Wissen ein erbärmliches Ding. Stell du nur deine Fragen, Lasra, doch am Ende wissen nur die Götter, wie Sihrus umgekommen ist. Und vielleicht behalten sie ihr Wissen für sich.«

Die Feuerscheibe der Sonne stand noch hoch am Himmel, als ich ins Dorf zurückging. Ihre Strahlen weckten die Samen in der Erde aus ihrem langen Schlaf, erwärmten den Saft der Pflanzen, damit er wieder durch die vertrockneten Stengel strömte und frische Knospen hervortrieb. Sie brachten das Blut der Tiere in Wallung, so daß sie alles daransetzten, sich zu paaren. Das Blut der Menschen nicht minder. Nie war das Blut so heiß und so hungrig wie in der Zeit um den Frühlingstag.

Es war die Zeit, wenn die alten Seeadlerpaare ihre gewaltigen Nester ausbauten und für ihre Brut mit weichem Moos auspolsterten, wenn junge Adlermännchen versuchten, einem schwächeren Artgenossen die Gemahlin abspenstig zu machen. Eine Zeit der Verheißung, ein Versprechen in den kostbaren, vergänglichen Momenten kurz vor seiner Erfüllung.

Der Wind setzte ein und schob mich sachte zum Dorf zurück. Ich trug mein ärmelloses Lederhemd mit dem Zugband am Ausschnitt, das ich weit geöffnet hatte. Was für ein herrliches Gefühl, nach der langen Winterzeit wieder Luft an die Glieder zu lassen und das warme Sonnenlicht auf der Haut zu spüren!

Trotzdem empfand ich nicht jene ausgelassene Freude, die mich sonst zu dieser Jahreszeit ergriff. Er war noch da, der Schatten des Totengerüsts. Immer wieder dachte ich: Was sollte das für ein Frühling sein, wenn Sihrus tot war?

Dieses Jahr würde bei den Adlerleuten heißen: das Jahr, in dem Sihrus gestorben war. Es sollte noch andere Namen erhalten.

10

»Lasra! Lasra!« Die Silben wurden halb vom Wind verweht, doch es war eindeutig mein Name, den ich da hörte. Ich blickte auf und bemerkte, daß ich das Dorf schon erreicht hatte. Illib hatte mich erspäht und winkte dringlich. »Ard!« brüllte sie mit um den Mund gelegten Händen. Ich bückte mich beim Passieren der Schlupfpforte, und sogleich umfingen mich das Dämmerlicht und der strenge Geruch unserer Gemeinschaft.

Die Stimmen aus unserem Haus waren so laut, daß ich sie bereits hier im Nebengang deutlich hören konnte. »Nicht genug damit, daß du deine gichtigen Hände im Schoß ruhen läßt und keinen Finger krumm machst! Nein, du mußt auch noch ständig an meinem Essen herummäkeln.«

»Das ist ungerecht, Lin. Ich kann wirklich nicht mehr viel tun mit meinen Händen.«

»Ja, ja, die ehrwürdige Ahnfrau. Verbeugung, Verneigung, noch tiefere Verbeugung.«

»Ich esse deinen Gerstenbrei, doch selbst Mutter Erde kann mich nicht dazu zwingen, es gerne zu tun.«

»Schade, daß die Gicht keine Knoten in deine Zunge gemacht hat.«

»Du bist ein boshaftes altes Weib!«

»Gegen dich Vettel bin ich noch ein junger Hüpfer!«

»Das mag dein Unvermögen erklären, etwas *Eßbares* zustande zu bringen. Du hattest ja erst zweimal zwanzig und zehn Jahre Zeit, kochen zu lernen!« Nun, da ich vor dem Eingang zu unserem Haus stand, klangen die Stimmen wie das Gebrüll von Seelöwenkühen, die sich um den besten Liegeplatz stritten.

»Wir Silbermöwenleute haben schon Brot gebacken, da habt ihr euer Fleisch noch roh gefressen!«

»Es ist trotzdem nicht nötig, daß du mit deinen Kochkünsten diese alten Zeiten wiederaufleben läßt.«

»Ich mag boshaft sein, aber du hast einen Klumpen Galle da sitzen, wo andere Menschen ein Herz haben!«

Ich nutzte ein kurzes Atemholen der beiden Streithennen, um mich zu räuspern. Zwei würdevolle Ahnfrauengesichter wandten sich mir zu. »Deine Großmutter Ulera und ich unterhalten uns gerade«, erklärte Lin.

»Äußerst angeregt, wie ich höre.«

»Nuki hat dich gesucht«, eröffnete mir Ulera. »Sie wirkte ein wenig verzweifelt.«

»Bin schon auf dem Weg!« rief ich, froh, mich davonmachen zu können. Sie zankten zwar auch, wenn sie alleine waren, aber vor Zuhörern taten sie es noch lieber. Nun, eigentlich hatten sie fast immer Zuhörer.

Ich stand schon halb im Gang, als Lin mir hinterherkrähte: »Füchschen sucht dich auch! Es war *furchtbar* dringend!«

Mein Bruder würde warten müssen. Ich mußte mich um Ard kümmern, die wahrscheinlich wieder an einem Anfall krankhafter Niedergeschlagenheit litt. Wenn sie sich in dieser trübsinnig stumpfen Stimmung befand, konnte nichts und niemand sie zwingen, das Bett zu verlassen. Doch der Anblick, der mich im Haus der Frauen erwartete, traf mich völlig unvorbereitet.

Im Haus der Frauen wohnten unsere Kornmeisterin Illib mit ihren Zwillingen Ährchen und Ähre, ihre Mutter Sarra und ihre Schwestern Ard und Nuki. Ährchen wurde dabei schlicht vereinnahmt, aber er war ja auch erst seit zwei Jahren auf der Welt.

Das Haus lag am Hauptgang zwischen Gorgs und Wibos Haus. Es war ein wenig kleiner als Gorgs, aber alles in allem besaßen die neuen Häuser unseres Dorfs die gleichen Ausmaße. Illibs Haus unterschied sich von den anderen nur insofern, als die Anrichte nicht gegenüber der Tür stand, sondern an der Wand links vom Eingang. Warum das so war, konnte uns auch Twirk nicht erklären.

Nachdem ich mich am Eingang mit lauter Stimme angemeldet hatte, hörte ich eilige Schritte, und dann lugte Nukis Gesicht um den Ledervorhang herum. Sie warf einen raschen Blick hinter mich in den Gang, schob den Vorhang ein Stückchen beiseite und zog mich herein. »Da bist du ja endlich!« begrüßte sie mich mit einer Mischung aus Verärgerung und Erleichterung. Ihr hübsches rundes Gesicht war ganz hart vor Sorge.

Ich blieb kurz vor Sarra stehen, um der Familienältesten, die trotz ihrer schmerzenden Gelenke am Herd Trockenfisch zubereitete, meine Ehrerbietung zu erweisen, doch Nuki schob mich ungeduldig zu dem Bett in der Raumecke weiter. Die Ledervorhänge, die von den vier steinernen Eckpfosten herabhingen, waren geschlossen.

Nuki sah mich erwartungsvoll an und schlug die Häute zur Seite. In dem dämmrigen Licht meinte ich zuerst, meine Augen würden mir einen Streich spielen. Aber dann erkannte ich, daß sich das, was ich sah, nicht wegblinzeln ließ.

Ard saß aufrecht im Bett und wandte mir ihr Gesicht zu. Natürlich war es Ard – es mußte Ard sein –, aber zu erkennen war sie nur an ihrer blonden Haarpracht und der dreifachen Kette aus Strandschnecken, um die ich sie so glühend beneidete. Ich hätte nicht sagen können, daß sie mich anschaute, denn dazu war sie nicht mehr imstande. Ihre Augen waren vollkommen zugeschwollen. Dunkelrote Prellungen und blauviolette Blutergüsse verunstalteten ihre regelmäßigen Züge. Wer in Mutter Erdes Namen hatte sie so zugerichtet?

»Laschra«, nuschelte sie. »Du mußt mir helfen!« Das Sprechen bereitete ihr Mühe. Ihre Lippen, blutig, mehrfach aufgeplatzt und auf das Doppelte ihres ursprünglichen Umfangs aufgedunsen, waren nur noch ein Zerrbild ihres perfekt geschwungenen Mundes.

»Wer hat ihr das angetan? Ard, Nuki, so redet doch schon! Mutter Erde, warum habt ihr mich nicht früher gerufen?«

»Sie war es selbst«, erklärte Nuki unheilvoll. Sie war eine Frohnatur mit wenig Verständnis für die düstere Seite ihrer Schwester.

»Aber warum nur?«

»Gestern bei der Trauer ist es passiert. Sie hat übertrieben. Wie immer.« Nuki preßte die Lippen zusammen.

»Wir haben alle getrauert. Aber selbst Sihrus' Mutter hat sich nicht solche Verletzungen zugefügt. Ard! Was ist nur los mir dir! Wie konntest du?« Vorsichtig tastete ich ihr Gesicht ab. Als ich mit meinem Finger ihre Lippen öffnete und die Zähne überprüfte, schrie sie vor Schmerz auf, obwohl ich mit äußerster Behutsamkeit vorging. Ihre Hände krallte sie die ganze Zeit in mein Lederhemd, als wolle sie mich auf keinen Fall mehr weglassen.

»Ich konnte nicht mehr aufhören«, flüsterte sie.

»Sie hat sich immer wieder die Fäuste ins Gesicht geschlagen, mit voller Wucht, und dabei hat sie geschrien, bei jedem Hieb!« berichtete Nuki. Sie sah mich an, doch der anklagende Ton war eindeutig für ihre Schwester bestimmt. »Alle anderen waren mit sich selbst beschäftigt. Ich war die einzige, die etwas mitbekam. Meine Trauer war nicht *sooo* tief«, sagte sie gedehnt. »Ich weiß nicht mal, ob ich Sihrus mochte. Jedenfalls fand ich ihn nicht *sooo* umwerfend wie ihr alle.« Sie zauderte kurz. »Ist ja auch egal. Ich mußte ihr die Hände mit Gewalt festhalten. Immer wenn ich eine Hand losließ, um sie nach Hause zu zerren, schlug sie sich wieder ins Gesicht. Immer wieder ins Gesicht.« Nuki schüttelte den Kopf und sah ärgerlich zu ihrer Schwester hinüber.

Ich untersuchte Ards Hände. Ihre Knöchel waren abgeschürft und blau geschwollen, als hätte sie damit Steine geklopft. »Ihr hättet mich früher rufen müssen!« schimpfte ich. »Ihr wißt doch, ihr könnt auch nachts zu mir kommen. Das war äußerst leichtfertig von euch!«

»Gestern abend war der Sprechtag zu Sihrus' Ehren«, verteidigte sich Nuki. »Und Ard hat geschlafen wie eine Tote. Heute morgen ist Illib zu Madragena gegangen. Sie hat gesagt, du würdest dich drum kümmern. Hast du aber nicht. Seitdem haben wir versucht, dich zu finden!«

Ich beschloß, die Sache fürs erste auf sich beruhen zu lassen. »Kühlt weiterhin ihr Gesicht«, befahl ich ihnen und wies mit dem Kinn auf die feuchten Lappen neben dem Bett.

»Ich bereite ihr eine heiße Fischbrühe zu«, ließ sich Sarra vom Herd vernehmen.

»Tu das«, sagte ich. »Es ist wichtig, daß sie bei Kräften bleibt und viel trinkt. Deine Nase ist gebrochen, Ard. Sie wird aber vermutlich von selbst wieder zusammenwachsen. Du hast starke Kopfschmerzen?«

Ard nickte schwach.

»Ich werde dir einen Umschlag aus frischen Algen auflegen, das kühlt und läßt die Schwellungen schneller zurückgehen.« Ich machte Anstalten, mich von der Bettkante zu erheben, als Ards Finger mein Hemd losließen, sich zielsicher um meine Unterarme schlossen und mich mit unvermuteter Kraft zurückhielten.

»Geh weg, Nuki!« herrschte Ard ihre Schwester an, die ihr widerwillig den Gefallen tat.

Ard zog mich zu sich herunter und flüsterte mir ins Ohr: »Du mußt mir helfen!«

»Das will ich ja gerade tun, wenn du mich läßt«, flüsterte ich zurück. »Und mach dir keine Sorgen. In einem Mond ist alles verheilt. Du wirst schöner sein als vorher!«

»Es ist mir gleichgültig, wie ich aussehe«, sagte sie. »Ich wollte, ich wäre tot.«

Ich zog sie vorsichtig an mich, und sie umarmte mich und ließ sich von mir trösten. Sie schluchzte lautlos, aber ihr Körper wurde von Krämpfen geschüttelt.

»Du mußt mir etwas geben!« raunte sie mir ins Ohr, immer wieder unterbrochen von einem heftigen Schluckauf. »Ich weiß, daß es so was gibt. Du und Madragena, ihr kennt euch doch aus mit solchen Dingen!«

»Bist du noch bei Trost?« flüsterte ich empört. »Du bist meine Freundin. Du wirst über Sihrus' Tod hinwegkommen. Eine Erdfrau wird nie und nimmer Leben auslöschen!«

»Du mußt!« zischte sie. Ihre Arme griffen um meinen Rücken und preßten mich unerbittlich an sie. Mir war unbehaglich zumute. Ohr an Mund mit meiner Patientin, hörte ich es in meinem Rücken stöhnen, seufzen, scharren, dann Schritte.

»Diese Geheimniskrämerei ist würdelos, Ard«, sagte Sarras Stimme, »und unnötig. Nuki, geh vor die Tür.«

Nuki verzog sich maulend vor die Tür.

Ard ließ mich endlich los und wandte ihr Gesicht in die Richtung, aus der die Stimme ihrer Mutter kam. »Du bist schwanger?« sagte Sarra mit ruhiger Stimme. Es war eher eine Feststellung als eine Frage.

»Nein!« rief Ard. »Das ist nicht wahr! Ich habe vor drei Wochen geblutet. Du hast dich noch darüber beschwert, daß ich meine benutzten Moospolster nicht sofort auf den Abfallhaufen geworfen hab. Weißt du noch?«

»Stimmt«, seufzte Sarra, und die Falten an Wangen und Kinn hingen herunter wie die Lefzen eines traurigen alten Hundes. »Das hat mich wieder unsicher gemacht, obwohl alles andere …«

Der Eingangsvorhang wurde zur Seite gerissen, als müsse er für eine tödliche Beleidigung büßen. Nuki pflanzte sich mit in die Seite gestemmten Armen vor Ards Bett auf. »Mir kannst du nichts vormachen!« herrschte sie ihre Schwester an. Sarra und ich schauten uns verwundert an. Ard wurde stocksteif und hielt die Luft an. »Muß ich es sagen? Oder willst du es selbst erzählen?« fuhr Nuki fort. Ihr Tonfall wurde sanfter. Sie atmete einmal durch. »Das wäre mir nämlich lieber. Mach es uns nicht so schwer!«

Ard schüttelte störrisch den Kopf.

»Ich hab hinter den Steinplatten des Pferchs gehockt«, verkündete Nuki.

Ards Kopfschütteln wurde zu einer Art Zittern.

»Tochter«, sagte Sarra, »wir wollen dich doch nicht quälen! Aber ohne uns kannst du diese Sache nicht durchstehen. Wir sind auf deiner Seite. Wir helfen dir. Nun sprich!«

Ard weinte wieder leise vor sich hin. »Ich war bei Kebro im Pferch. Ich habe ihn … ein wenig abgelenkt.« Nuki räusperte sich so ausführlich, daß Sarra und ich nicht mehr daran zweifeln konnten, auf welche Weise sie den jungen Herdenmeister abgelenkt hatte. »Ja«, gab Ard trotzig zu, »ich habe ihm schöne Augen gemacht. Er hatte gerade ein Schwein geschlachtet und ausbluten lassen, und in einem unbeobachteten Augenblick habe ich etwas davon in eine Schale geschöpft und meinen Umhang darüber fallen lassen … Den Rest könnt ihr euch denken.«

Sarra nickte versonnen. Mit einem ungläubigen Kopfschütteln sah sie ihre weinende Tochter an. Ard war für gewöhnlich ein Mensch ohne den geringsten Hang zur Arglist. Mit ihrem

Geständnis hatte sie uns alle überrascht. Ich entsann mich, daß ich neben meiner Aufgabe als Erdfrau noch eine andere Aufgabe hatte.

»Und dann hast du die blutigen Moospolster so lange herumliegen lassen, bis jeder von uns mindestens einmal darüber gestolpert war«, sagte Nuki.

»Und Sihrus ist der Vater des Kindes«, stellte ich fest. Es bedurfte keiner Bestätigung.

»Wann wurde es gezeugt?«

Ard zuckte die Schultern. Offenbar hatte es mehr als eine Gelegenheit gegeben. Seit vier Monden war Sihrus wieder zurück auf den Inseln. »Wann hast du das letzte Mal deine Blutung gehabt?«

Sie überlegte und nahm ihre zerschlagenen Finger zu Hilfe. »Vor sieben Sprechtagen«, erklärte sie schließlich. »Ja, ich bin mir sicher, es war der Sprechtag, als Regi und Twirk sich wegen ihrem neuem Haus gezankt haben.« Ich erinnerte mich noch gut an den turbulenten Abend, einen vorläufigen Höhepunkt im Streit zwischen meiner ungeduldigen Schwester und unserem zögerlichen Baumeister.

»Könnte es nicht schon früher geschehen sein?« wollte ich wissen. Gelegentlich kam es vor, daß eine Frau noch ihre Blutung hatte, obwohl sie bereits schwanger war.

»Ja«, hauchte Ard.

»Wieviel früher?«

Sie zögerte. »Seit dem Tag der Wiedergeburt«, gab sie schließlich mit heiserer Stimme zurück. Sihrus hatte nicht viel Zeit verloren. Keine vier Sprechtage hatte er gebraucht, um sie zu verführen. Beschämt schob ich den Gedanken fort, wie sie es bei der ungünstigen Witterung um die Wintersonnenwende herum wohl angestellt hatten ...

»Wie oft?«

»Oft«, antwortete sie nun ohne Zögern. »Ich habe nicht mitgezählt.«

Ihre Worte rieben Salz in meine Wunden. So viele Frauen, nur nicht ich ...

»Hast du dich gestern abend auch in den Bauch geschlagen?« fragte ich.

»Nein, hat sie nicht!« sprang Nuki ihrer Schwester bei. »Nun hol doch endlich die blöden Algen für den Umschlag, und laß sie in Ruhe mit deinen Fragen! Sie ist erschöpft, siehst du das nicht?«

Nein, das sah ich nicht. Ich sah etwas anderes. Die graue Verzweiflung schien von Ard abgefallen zu sein, und auch wenn sich das bei ihrem zerstörten Gesicht nur schwer sagen ließ, so strahlte sie etwas aus ... eine eigenartige Intensität. Sie schien zu brennen wie Imro in Anachs Umarmung.

»Nuki! Lasra ist von der Sippe beauftragt worden, Sihrus' Tod aufzuklären«, tadelte Sarra ihre Jüngste. »Sie hat alles Recht der Welt, Fragen zu stellen. Außerdem ist es sowohl für deine Schwester als auch für ihr Kind wichtig, den Zeitpunkt der Zeugung so genau wie möglich festzulegen. Ich denke auch, daß es jetzt ungefähr zwei Monde alt ist.« Sie lächelte mir zu und strich Ard zärtlich über die Schulter.

11

Als ich zwischen den hohen Steinplatten unseres Türgangs hindurchtrat und feststellte, daß ich den Geruch von Lins Gerstenbrei verlockend fand, wußte ich, wie hungrig ich war. Kein Wunder, ich hatte den ganzen Tag schlicht vergessen, etwas zu essen. Durstig kippte ich einen Becher Ziegenmilch hinunter und spülte mit einem Becher Wasser aus unserem Bach nach.

»Ich glaube, in deinem Binsensack welken noch ein paar Blumen vor sich hin«, teilte Ulera mir freundlich mit.

»O nein!« Ich eilte zu der Arbeitsecke am Fußende von Füchschens und meinem Bett. Neben einem Walbeinbecken, Breithacken aus Rinderknochen und einem in den Boden eingelassenen Steinmörser lag mein Schultersack aus Binsen. Ich schüttete ihn aus. Schlaff fielen die vergessenen Blumen auf meine Handfläche.

Ich mischte Scharbockskraut und Gänseblümchen mit einer Prise Salz, zerstoßenen Haselnüssen, getrocknetem Thymian und ein wenig verdünntem Quark und tischte uns den ersten Frühlingssalat des Jahres auf. Meine Familie würde sich gewiß beschweren, aber dieser erste Vorbote des Frühlings reinigte das Blut und brachte die Lebenssäfte, die den Winter über träge und kalt geruht hatten, wieder zum Fließen.

Der Türvorhang wehte zur Seite, als fege der Sturm durch die Dorfgänge, und Füchschens staksige Jungenbeine tauchten neben mir auf. »Wo hast du den ganzen Tag gesteckt?« nörgelte er. »Wenn du mich schon zum Kundschaften losschickst, könntest du auch die Güte haben, dir anzuhören, was ich herausbe...«

»Junge! Auch für dich gelten die Bräuche!« unterbrach Ulera seinen Redeschwall. Ihr Tonfall hatte jenen Grad von Strenge angenommen, gegen den weder Flehen noch Widerstand mehr nützten. Seufzend schlich Füchschen zurück vor die Tür, bat vom Gang her, eintreten zu dürfen, und setzte sich mit folgsam gesenktem Kopf an den Herd.

Die beiden alten Frauen bedachten meinen Bruder mit einem eindringlichen Blick, bevor sie die Mahlzeit mit einem Dankopfer an Schwester Feuer und einem kurzen Gebet einleiteten. Gedanken, Herz, Liebe, Glück – die Gebetsformel sprach mir aus der Seele. Genau das brauchten die Adlerleute – brauchte ich. Die in den Herd geworfene Distelwolle verglühte im Nu, kaum daß man ein paar Funken auffliegen sah.

»Du wirst uns nun von der Zeugung von Schwester Feuer erzählen, der wir Menschen soviel verdanken!« bestimmte Ulera, die es an diesem Abend auf Füchschens Erziehung angelegt zu haben schien.

Mein Bruder räusperte sich mehrfach, bevor er begann: »Also Vater Himmel war wütend, und da schickte er ... die ... die ... heiße Spucke seines Zorns auf seine Frau herab, und –«

»Wir haben noch nicht erfahren, warum Vater Himmel seiner Frau *zürnte*«, fiel ihm Ulera ins Wort. »Und es schadet auch nicht, zu erwähnen, wer seine Frau ist.«

»Das weiß doch jedes Kind!« begehrte Füchschen auf. »Also gut: Vater Himmel war wütend auf ... zürnte Mutter Erde, seiner Frau, weil die ... ihm ... na ja, ein Geweih aufgesetzt –«

»Du hockst hier nicht mit deinen Kumpanen am Lagerfeuer«, zeterte Lin in seltener Einmütigkeit mit Ulera, »sondern sollst die Göttergeschichte erzählen!«

»Vater Himmel zürnte Mutter Erde, seiner Frau, weil sie ... sich der Umarmung von Bruder Wasser hingegeben hatte«, sagte mein Bruder mit spitzem Mund. Mein armer Bruder! Ich litt mit ihm. »Und Vater Himmel schickte die heiße Spucke seines Zorns auf sie herab. Doch da wurde Mutter Erde ihrerseits zornig und spuckte zu ihrem Mann empor –« Füchschen runzelte die Stirn. »Wie soll das eigentlich gegangen sein? Vater Himmel kann Blitze auf die Erde schleudern, klar, aber wie sollte Mutter Erde wohl Feuer zu ihm hochspucken?«

Er erhielt dieselbe Antwort, die ich früher erhalten hatte und die jedes Kind erhielt. »Das alles geschah vor undenklichen Zeiten, als Mutter Erde noch Feuer zu Vater Himmel emporschicken *konnte.*«

»Aha«, meinte Füchschen. »Mutter Erde spuckte also ihrerseits zu Vater Himmel empor, und als ihre Spucke die heiße Spucke von Vater Himmels Zorn berührte, wurde Schwester Feuer geboren. Sie war immer ein sprunghaftes, unberechenbares Kind. Nie verzieh sie ihren Eltern, daß sie im Zorn gezeugt wurde. Doch Schwester Feuer ist eine große Wohltäterin der Menschen, so daß es heißt: ›Das Feuer im Herd und die Liebe sind das gleiche – sie retten uns vor dem Erfrieren.‹ Kann ich jetzt essen?«

Die beiden ehrwürdigen Ahnfrauen nickten mit ernster Miene.

Ich entschuldigte mich für den unappetitlichen Zustand des Frühlingssalats. Nachdem alle ausgiebig gemäkelt hatten, tat ich Füchschen den Gefallen, mich nach seinem Tag zu erkundigen.

»Heute morgen mußte ich Twirk bei der Ausbesserung der Feldmauer westlich des alten Gerstenfeldes helfen. An einer

Stelle war das Mauerwerk völlig zusammengebrochen. Wenn wir es nicht wieder aufgeschichtet hätten, hätte jedes Tier reinkommen und die junge Saat zertrampeln können, und …« Ich ließ ihn erzählen. Er nahm seine Lehre sehr ernst und hatte sich fest vorgenommen, einer der berühmtesten Baumeister der Inseln zu werden, einer der Bans und Guros, deren Namen in ihren Werken und unseren Geschichten weiterlebten. »Heute nachmittag war ich dann bei den Männern im Steinehaus«, erklärte er mit gewichtiger Miene.

»Welche Männer?« fragte ich nach.

»Gorg, Brim, Twirk und der kleine Gorg. Ach ja, Hasel, Hummel und Biber trieben sich anfangs auch dort rum und hingen an den Lippen von uns Großen.«

»Brim ist also von den Wanderfalkenleuten zurückgekehrt?« meinte Ulera.

Füchschen nickte. Gorgs jüngerer Bruder hatte den Frühlingstag bei der Sippe seiner verstorbenen Frau verbracht und die Gelegenheit genutzt, sich ein paar Kunstgriffe vom alten Twak zeigen zu lassen, dem Holzmeister der Wanderfalkenleute. »Er ist am Nachmittag mit dem kleinen Gorg zurückgekommen, als der die Nachricht von Sihrus' Tod bei den Sippen im Norden verbreitete.«

Bei den Anhängern des alten Wegs war es Brauch, den Todesboten erst nach der Sippentrauer auszusenden. Erst dann bekundeten die anderen Sippen ihr Beileid. Nicht jeder Tote wurde mit einer Todesbotschaft gewürdigt, aber Sihrus' Tod würde die Inseln erschüttern. Unter den Sippen des Langhüglervolks würde große Trauer über den verlorenen Helden herrschen.

»Die meiste Zeit haben sie sich über die Wanderfalkenleute unterhalten«, fuhr Füchschen fort. »Wie sie auf die Todesnachricht reagiert haben – bestürzt, aber angeblich nicht allzu überrascht –, welchen Nachfolger der Häuptling sich ausgeguckt hat – Wal – und so weiter. Gorg hat die Neuigkeiten aufgesogen wie eine Mooswindel Pisse.«

»Ist dir eigentlich schon aufgefallen, wie häufig die Kinder bei ihren engsten Verwandten in die Lehre gehen?« sinnierte Lin unter völliger Mißachtung von Füchschens Bericht.

Ulera nickte nachdenklich. »Biber lernt bei seinem Vater Twirk, Hasel bei seinem Onkel Gorg, und der kleine Gorg soll, wenn es nach seinem Vater geht, ihm einmal als Häuptling nachfolgen.«

»Daran ist nichts Ungewöhnliches«, hielt ich dagegen. »Alle Kinder gehen, nachdem sie sich die grundlegenden Fertigkeiten angeeignet haben, bei mehreren Erwachsenen in die Lehre, und jeder Erwachsene gibt sein Wissen an mehrere Kinder weiter.«

»Und jetzt halt dich fest, Lasra!« Mein Bruder war ganz von seiner Wichtigkeit durchdrungen. »Weißt du, wie Gorgs Todesbotschaft lautete?«

»Nein.«

»Die jungen Leute tun heute so, als wäre die Sippe nichts und die Familie alles!« ereiferte sich Lin. »Vom Vater auf den Sohn, vom Sohn auf den Enkel, welche Anmaßung!«

»Und das bei den Adlerleuten, treuen Anhängern des alten Wegs«, pflichtete Ulera ihrer Widersacherin erneut bei. Ich begann mich langsam um ihre Gesundheit zu sorgen. Untypische Milde, so lehrte mich meine Erfahrung mit den menschlichen Gebrechen, wies oft auf den baldigen Ausbruch einer tödlichen Krankheit hin.

Füchschen holte Luft und trug in salbungsvollem Ton vor: »›Die Adlerleute tun euch den Tod ihres Sippenbruders Sihrus kund. Wir fanden ihn entseelt am Nordufer der Südlichen, holten ihn heim und trauerten um ihn am fünften Tag nach dem Frühlingstag. Der Seeadler erwies Sihrus die Ehre, sich von ihm zu nähren, die Adlerleute erwiesen Sihrus die Ehre, am Tage seiner Heimholung einen Sprechtag abzuhalten. Trauert um Sihrus, den Größten des Langhüglervolks. Sein Kerrag fuhr über Meere, die nie ein Nachfahre Naps zuvor gesehen hat. Gedenket seiner, und erzählt die Geschichten seines Heldenmuts. In Naps Namen und aus Liebe zu den Kindern seiner Lenden.‹«

»Klug gesprochen von unserem Häuptling«, sagte ich anerkennend. »Das üble Wort vom Mord taucht nirgends auf, doch genausowenig behauptet er, Sihrus sei eines natürlichen Todes gestorben.«

»Dann hat Gorg die Geschichte von Imro erzählt«, fuhr mein Bruder fort, wobei er den Finger hob, um anzukündigen, daß er nun zum Kern der Sache vorzustoßen gedachte. »Aber – er hat sie äußerst komisch erzählt. So, als wäre Imro selbst an seinem Tod schuld gewesen.«

»Zu meiner Zeit sind die Kinder selten bei ihren Eltern in die Lehre gegangen«, verkündete Lin, ohne sich von unserem Gesprächsthema beirren zu lassen. »Ich habe sogar einige Zeit bei den Walleuten auf dem Hummer gelebt, um die Kunst der Lederbearbeitung zu lernen.«

Doch selbst Ulera antwortete ihr nicht mehr, sondern sah meinen Bruder an.

»Und von Imro sind sie dann auf Sihrus gekommen. Sie haben Bemerkungen über ihn gemacht, die nicht ... nicht nett waren«, berichtete er mit erregter Stimme.

Ich war ganz Ohr.

»›Hochmut kommt vor dem Fall‹, ›die ganzen Inseln haben es kommen sehen‹ und so weiter. ›Er war halt schon immer etwas Besonderes‹, hat Brim gesagt. Du hättest hören sollen, wie er *Besonderes* gesagt hat. Und wie er dabei gegrinst hat. Ist dir eigentlich schon mal aufgefallen«, er schaute mich herausfordernd an, »daß Brim es von den Wanderfalkenleuten nicht weit hatte bis zu dem Wäldchen, wo Sihrus ermordet wurde? Wenn du mich fragst, haben wir unseren Mörder!«

Wo Sihrus ermordet wurde. Wie hart das klang. Wie geschmeidig waren dagegen Gorgs Worte gewesen! Ob man das üble Wort wieder vergessen konnte, wenn man es einige Zeit nicht aussprach? Ob es sich wieder auflösen würde wie die Quallen am Strand, die nach einem Tag in der Sonne kaum mehr als ein Schatten sind?

»Die Zeiten ändern sich«, zeterte Lin. »Und nicht zum Besseren. Ein Mörder in der eigenen Sippe!«

»Es wäre eine Möglichkeit«, sagte ich vorsichtig. »Brim tötet Sihrus, weil er eine Bedrohung für Gorgs Einfluß in der Sippe darstellt. Auch seine eigene Stellung hängt von der seines älteren Bruders ab. Brim mag Sihrus nicht. Vielleicht ist er neidisch auf ihn. Ich bin mir nicht sicher, ob das als Grund ausreicht, um einen Menschen umzubringen.«

»Vielleicht hat Gorg ihn dazu angestiftet«, fügte Füchschen hinzu. Dann schwieg er bestürzt.

»Das klingt ungeheuerlich!« sagte Ulera in das unbehagliche Schweigen hinein.

»Der Mord an Sihrus *ist* ungeheuerlich«, krächzte Lin.

»Die verehrungswürdige Ahnfrau hat recht«, meinte ich. »Wir sollten uns darauf einstellen, daß das, was wir herausfinden, auf alle Fälle ungeheuerlich ist – falls wir überhaupt etwas herausfinden.«

»Ich habe schon eine Menge herausgefunden!« empörte sich mein Bruder, der seine Leistungen nicht gebührend gewürdigt fand. Ich lobte ihn überschwenglich, bis er mich glücklich anlächelte.

Ulera betrachtete ihren Enkel mit einem fragenden Blick. Offenbar wunderte sie sich, daß er die Gelegenheit verstreichen ließ, seine Schulden einzufordern: Befreiung vom Abortdienst etwa oder einen Löffel unseres kostbaren Honigvorrats.

»Aber wartet! Das war noch längst nicht alles!« erklärte er triumphierend. »Nachdem Gorg, Brim, Twirk und der kleine Gorg ausgiebig den Kopf geschüttelt und geseufzt hatten, warf Twirk mir einen seltsamen Blick zu und schickte mich unter einem Vorwand weg.«

»Bist du dir sicher, daß es ein Vorwand war?«

»Ich sollte zu Madragena gehen und fragen, ob noch etwas von dem Honigbier vom Frühlingstag übrig wäre. Jedes Kind weiß, daß sich Honigbier nicht so lange hält.«

»Und die Kinder?«

»Die waren spielen gegangen. Ich sage also: ›Jawohl, Baumeister Twirk, ich hole das Bier, ich eile, bin sofort wieder da‹, und er: ›Laß dir Zeit, so schnell verdursten wir nicht.‹«

»Und dann?« fragte ich atemlos.

»Dann«, sagte er und ließ mich einen Augenblick zappeln,

»dann bin ich halt gegangen.« Er sah erst mich, darauf Ulera und schließlich Lin an, bis wir alle deutliche Zeichen von Ungeduld an den Tag legten. »Und *dann* bin ich zurückgeschlichen. Hab mich in die winzige Mauernische im Windfang vor den Eingang gequetscht.«

»Da gibt es doch gar keine Öffnung, die selbst für so einen Strohhalm wie dich breit genug wäre!« unterbrach ihn Lin.

»Seit ich die Steine ein wenig ... umgeschichtet habe, schon«, meinte er. »Twirk ist sogar noch mal aufgestanden und hat um die Ecke geblickt, ob ich auch wirklich weg wäre.«

»Weiter!« drängte ich ihn.

»Twirk hat sich wieder hingesetzt, und dann hat er erzählt, wie Wölfchen einmal von Illib den Auftrag bekam, Gorg zu suchen. Es war am späten Nachmittag. Der Kleine ging ins Steinehaus, aber Gorg fand er nicht. Statt dessen fand er Sihrus und Lele – ›in inniger Umarmung‹, so drückte Twirk sich aus. Richtig gewählt für seine Verhältnisse. ›Das hat er sich doch ausgedacht!‹ polterte Gorg da los. ›Er ist noch viel zu klein, um etwas von diesen Dingen zu verstehen.‹ – ›Mein Wölfchen ist sechs Jahre alt‹, widersprach Twirk lebhaft, ›und er hat Lari und mich häufiger bei einer innigen Umarmung ertappt, als gut für ihn ist!‹ Ihr wißt ja, wie gerne Twirk angibt. Ich habe mich schon oft gefragt, was eine junge Frau wie Lari an ihm findet. Allein sein Ziegenbart! Na, jedenfalls hat Gorg sich mächtig aufgeregt, sich aber schließlich von Twirk überzeugen –«

»Weiter!« drängte nun Ulera. »Wenn du eine gute Geschichte erzählen willst, darfst du nicht ständig abschweifen.«

»Das war's«, meinte Füchschen fröhlich. »Sihrus und Lele waren nackt, wie die Menschen aus dem Mutterleib kommen, und sie haben gestöhnt und geflüstert. Wölfchen hat sich das Ganze eine Zeitlang angeguckt, dann wurde es ihm zu langweilig, und er hat sich davongemacht, ohne daß sie das geringste mitbekommen haben.«

»Hat Twirk erwähnt, wann diese Sache stattgefunden hat?« fragte ich aufgeregt.

»Ach ja, wußte ich's doch, daß ich eine Kleinigkeit vergessen hatte.« Er räusperte sich, trank einen Schluck Wasser und griff in die Schale mit dem Grünzeug. »Habe ich dir schon gesagt, daß dieser Salatbrei wirklich ungenießbar ist, Schwesterherz? Aber was tut man nicht alles für seine Lieben«, säuselte er und stopfte sich eine Handvoll Frühlingssalat in den Mund. Er zog eine mitleiderregende Grimasse und schüttelte sich übertrieben.

»Füchschen!« sagte Ulera mit gefährlich leiser Stimme.

»Es war – haltet euch fest! – zwischen dem letzten und vorletzten Sprechtag vor dem Frühlingstag!«

Ich pfiff durch die Zähne. »Das Beste wißt ihr noch gar nicht: Ard ist schwanger!«

»In der Tat!« meinte Ulera.

»Was ein rechter Bulle ist, der kennt den Zeitpunkt, um seine Herde zu besamen!« keckerte Lin.

»Nein!« rief mein Bruder aus. »Ich hätte Stein und Bein geschworen, daß es Brim war! Nun, ich habe mich geirrt. Aber jetzt ist alles klar: Ard hat Sihrus aus Eifersucht ermordet.«

»Innige Umarmungen mit Ard hat Sihrus seit dem Tag der Wiedergeburt gepflegt«, fuhr ich fort, ohne auf das vorschnelle Urteil meines Bruders einzugehen.

»Sihrus hat also seit seiner Rückkehr zwei Frauen beglückt, und zwar bis kurz vor seinem Tod«, faßte ich zusammen. »Mindestens zwei Frauen. Schließlich war er viel unterwegs. Wo auch immer er zu Besuch geweilt hat – bei unseren Nachbarn auf der Südlichen, bei Errills Hirschleuten, bei den Stierleuten –, mögen Witwen trauern oder verlassene Geliebte ihre Rache auskosten.«

Anschließend lieferte ich ihnen eine kurze Zusammenfassung meines Tages.

»Du hast mehr Fragen als Antworten gefunden«, sagte Ulera.

Wir wunderten uns alle, daß Madragena Illibs Hilferuf wegen Ard nicht sofort gefolgt war.

»Dem kleinen Sihrus wird es nichts geschadet haben. Bastarde sind zäh«, erklärte Lin, wandte den Kopf zur Seite und spuckte in die Binsen.

»Dieses verleumderische Wort mögen die Stierleute in den Mund nehmen, von einer alten Frau wie dir hätte ich mehr Einsicht erwartet. Ein Mutterkind ist nichts, dessen eine Frau sich schämen müßte!« schalt Ulera sie mit strenger Miene. In dieser Angelegenheit verstand sie keinen Spaß.

»Es lag mir fern, dergleichen anzudeuten, ehrwürdige Ahnfrau. Ich bitte um Verzeihung für meine mißverständliche Wortwahl«, entgegnete Lin. »Im Haus der Frauen hat man sich schon immer ein bißchen mehr Vergnügen als anderswo gegönnt. Ich bin die letzte, die etwas dagegen einzuwenden hätte. Illibs Zwillinge und Sarras Nuki sind schließlich Mutterkinder.«

»Nuki auch?« staunte ich.

»Mit dem Rechnen hat es bei dir schon immer gehapert«, rief Lin empört. »Na ja, du warst damals noch ein Kind. Aber den erwachsenen Frauen konnte Sarra nichts vormachen. Mehr als zehn Monde dauert eine Schwangerschaft nun mal nicht, und ihr Hern war elf Monde vor Nukis Geburt vom Leitbullen zu Tode getrampelt worden.«

»So bald nach dem Tod ihres Mannes –«

»Herns Schwanz war noch nicht abgefault, da hat sie sich schon einen neuen reingesteckt«, meckerte Nomaks Mutter.

»Lin! Du vergißt dich!« Uleras Gesichtsausdruck schwankte zwischen Abscheu und Empörung. Lins Grobheiten überschritten in letzter Zeit immer häufiger die Grenze des Erträglichen.

Ich versuchte mir in Erinnerung zu rufen, wie Sarra damals ausgesehen hatte, als ein kalter Hauch in unser Haus wehte.

»Ehrwürdige Ahnfrauen, ich begehre Einlaß«, murmelte Adlersohn vor sich hin und betrat unser Haus, ohne die förmliche Antwort abzuwarten. Er war barhäuptig und verbreitete einen erschöpften, gelangweilten Eindruck. Keiner von uns hatte ihn kommen hören. Hatte er schon eine Weile vor unserer Tür gestanden und die Unterhaltung hinter der vorgehängten Rinderhaut mit verfolgt?

»Du ehrst unser Haus mit deiner Anwesenheit, Adlersohn«,

entgegnete Ulera, während sie sich mit Füchschens Hilfe vom Ehrensitz zwischen Anrichte und Herd erhob. Der späte Besucher ging, unseren Gepflogenheiten folgend, rechts am Herd vorbei. Als sein Umhang meinen Rücken streifte, stieg mir ein schwacher Fäulnisgeruch in die Nase.

»Die junge Lasra«, begann er, während er sich müde auf den Ehrensitz fallen ließ, »bat mich, den Zeitpunkt des Ablebens unseres geschätzten Sippenbruders Sihrus zu ermitteln. Ich habe die Geister um Rat gefragt, und die Geister haben mir die Gnade einer Antwort gewährt.« Er beugte sich vor, stützte die Unterarme auf die Knie und besah sich seine Hände.

»So sprach der Adlerahn: ›Unentschieden, der Kampf ruhte, zwischen Licht und Dunkelheit, im Opfermond starb Sihrus. Hoch flog ich auf, Schwingen teilten die Luft, linde Nacht auf den Inseln.‹« Adlersohn leierte die Weissagung undeutlich und viel zu schnell herunter. »Du hast verstanden, Lasra?« wandte er sich an mich.

Obwohl ich ihm am liebsten eine patzige Antwort gegeben hätte, zwang ich mich dazu, mit ausdrucksloser Stimme zu fragen: »Kannst du mit letzter Gewißheit sagen, daß Sihrus am Frühlingstag ermordet wurde?«

»Er starb am Frühlingstag, ohne Zweifel«, bestätigte Adlersohn. »Die Weissagung des Adlerahns und meine eigenen Beobachtungen lassen keinen anderen Schluß zu. Beim nächsten Sprechtag wird darüber zu reden sein. Und nun will ich euch nicht länger von eurer wohlverdienten Nachtruhe abhalten«, versprach er und erhob sich.

»Einen kleinen Augenblick noch, Adlersohn«, bat ich ihn, während ich der Höflichkeit halber ebenfalls aufstand. »Wurde Sihrus eher am Morgen oder am Abend des Frühlingstages getötet?«

»Wir sollten die Geduld der Geister nicht über Gebühr beanspruchen«, entgegnete er beiläufig und begab sich links am Herd vorbei zur Tür. Während er Dreieck und Kreis mit dem Finger malte, setzte er hinzu: »Aber ich denke, daß es geschah, kurz bevor die Nacht des Frühlingstages dem nächsten Morgen wich. Friede den Menschen der Inseln.« Ein kalter Luftzug, als der Türvorhang angehoben wurde, und er war verschwunden.

Die Nacht des Frühlingstages: Es gab keine günstigere Gelegenheit, einen Mord zu begehen.

Bevor wir die steinerne Türplatte vorlegten, huschte ich schnell zu Madragenas Haus hinüber, um ihr die frohe Nachricht von Ards Schwangerschaft zu überbringen, doch sie hatte ihr Haus schon für die Nacht versiegelt.

12

Die weißen Bäuche der Vögel sprenkelten den blauen Himmel über mir. Eine Dreizehenmöwe flog Scheinangriffe auf meine Augen, riß ihren gelben Schnabel auf und verspottete mich mit ihrem schrillen »Kakatai!« Brim und Gorg schaukelten mich an Händen und Füßen über den Rand der Klippen und wieder zurück, während Adlersohn blutige Fleischbrocken ins Meer warf und dazu sang: »Nehmt das Opfer an!«

Ich schrie trotzig, sie sollten mich schon endlich runterwerfen, damit ich aufwachen könne. Brim ließ mein rechtes Bein los, das nun hilflos in der Luft hing, griff mir unter den Rock und feixte: »Wir haben's nicht eilig. Zier dich nicht so, dummes Weib!« Als die Pendelbewegung meines Körpers wieder auf dem höchsten Punkt über dem Meer angelangt war, drehte ich den Kopf und schaute nach unten. Mir wurde klar, daß es die Steilfelsen an der Westküste der Gebirgigen waren, die ich hinunterstürzen würde.

Dann erlosch die verhaßte Berührung der Männerhände an meinen Armen und Beinen, und ich begann zu fallen. Verzweifelt strampelte ich und sackte wie ein Stein durch die Luft. Mein Magen und mein Herz schienen schneller zu stürzen als mein übriger Körper. Dennoch kam ich dem Wasser nicht näher. Das Riesentier im Ozean, dessen Atem die Gezeiten sind, holte tief Luft: Das Meer zog sich schnell zurück. Es entsetzte mich noch mehr als mein eigener Sturz.

Ich schrie und schrie, und als ich es endlich schaffte, die Augen zu öffnen, beugte sich ein Schädel mit langen grauen Haaren über mich, und furchtbare Knochenfinger krallten sich um meine Schultern und schüttelten mich. Ich sah keinen Anlaß, mit dem Schreien aufzuhören.

Lin versetzte mir eine schallende Ohrfeige, und ich befand mich wieder in meinem Bett im Dorf der Adlerleute.

»Willkommen daheim!« Lin lächelte – sie lächelte wirklich und tätschelte mir die Wange. Wir waren allein im Haus. Durchs Abzugsloch fiel helles Tageslicht, die Sonnenstäubchen tanzten wie gehabt. Ich schüttelte die letzten Spinnweben des Traums ab.

»Paß auf, daß du nicht zum Frühaufsteher wirst«, bemerkte Nomaks Mutter.

»Ich habe von Brim geträumt«, stöhnte ich.

»Also ist er doch der Mann deiner Träume!«

»Meiner Alpträume«, stellte ich klar.

»Du hättest ihn nehmen sollen«, meinte Lin. »Hattest lange genug um meinen Nomak getrauert. Jetzt kriegst du keinen mehr ab.«

Ich schwankte ins Kämmerchen hinter der Anrichte, hockte mich über die Rinne, stieß mir beim Herauskommen den Kopf am Türsturz, sank neben den Herd, erblickte die Schale mit dem Rest Getreidebrei von gestern und jammerte ein wenig. Die Ahngeister würden zufrieden sein.

Langsam kam so etwas wie Ordnung in meine Gedanken. Ich mußte ausfindig machen, wie jeder in der Sippe den Abend und die Nacht des Frühlingstages verbracht hatte. Ich mußte jeden in der Sippe fragen, wann er Sihrus zum letzten Mal gesehen oder mit ihm gesprochen hatte. Ich mußte mir in Erinnerung rufen, was ich an jenem feuchtfröhlichen Festabend gesehen hatte, und meine Ergebnisse mit Füchschens, Uleras, Lins, Regis und Madragenas Beobachtungen vergleichen. Ich *mußte* Gorg und Brim befragen und Wibo und Lele. Ich mußte Füchschen auf die Kinder ansetzen. Ich mußte Madragena Bescheid sagen. Ich mußte nach Ard schauen. Mit jeder Aufgabe sackten meine Schultern weiter herunter, bis ich wie ein Häufchen Elend am Herd hockte. Am liebsten wäre ich wieder ins warme Bett gekrochen.

»Du solltest Madragena mal fragen, warum sie Ards Verletzungen nicht sofort behandelt hat. Und Ard noch mal auf den Zahn fühlen.« Lins Stimme riß mich aus meinem Grübeln.

Ich sah sie verblüfft an.

»Du hast laut gedacht«, klärte sie mich auf. »Klang nicht allzu dumm, was du gesagt hast.«

»Danke. Aber ich tappe noch immer im dunkeln. Wo weilt die ehrwürdige Ahnfrau Ulera?«

»Sie wollte Madragena die freudige Nachricht überbringen, daß sie Großmutter wird, und sie ins Haus der Frauen begleiten. Vertrauenswürdige Ahnfrau spricht werdender Mutter Mut zu, du weißt schon.« Sie kicherte stillvergnügt vor sich hin. »Kannst du dir vorstellen, warum sie mich nicht dabei haben wollte?«

Ja, das konnte ich. Unter eifrigem Schulterzucken verließ ich das Haus. Wo beginnen? Eine Aufgabe war unangenehmer als die andere. Seufzend blieb ich im Gang stehen. Dann machte ich mich auf die Suche nach meinem Bruder. Da ich ihn im Dorf nicht fand, ging ich zur Feldmauer westlich des alten Gerstenfeldes, die er gestern mit Twirk geflickt hatte.

Schon vom Abfallhaufen aus hatte ich sehen können, daß sie nicht vor der Trockensteinmauer arbeiteten. Vielleicht hauten sie Mauersteine in dem kleinen Hasel- und Birkengehölz hinter dem Waldtor zu. Madragena hatte darauf bestanden, es nicht abzuholzen, weil sie die Baumrindenflechte für verschiedene Tinkturen benötigte. Die anderen Sippen hatten ihre Wälder größtenteils gerodet, obwohl die Geschichten davon sprachen, daß die Inseln einst durchgängig von Bäumen und Sträuchern bedeckt waren.

Vaterkind Wind blies, selten genug, vom Meer her, von Osten, so daß ich keinerlei Geräusche hören konnte. Obwohl ich als Kind nur die grundlegenden Fertigkeiten des Trockenmauerns erlernt hatte, konnte ich bald sehen, daß die Einsturzstelle, von der Füchschen gesprochen hatte, nur notdürftig ausgebessert worden war. Eine seltsame Stille herrschte, aber es war das offene Tor, das mich aufmerken ließ.

Ich duckte mich ein wenig und näherte mich der Mauer. Was ergab es für einen Sinn, die Bresche auszubessern und dann das Tor offenstehen zu lassen, so daß Rinder, Schweine und Schafe in unser kostbares Ackerland eindringen und die Felder verwüsten konnten? Wie ein Seehund vorsichtig seinen Kopf aus dem Wasser streckt, um seine Umgebung zu erkunden, schob ich den Kopf über die Steinplatte des Waldtors. Was ich zu sehen bekam, war nicht besonders spannend: die Feldmauer von hinten und viele Bäume.

Mit einemmal kam es mir töricht vor, mich an Twirk und meinen Bruder anzuschleichen wie Lura an ihre Jagdbeute. In diesem Augenblick legte sich der Wind, und ein Lachen drang an mein Ohr. Es war das Lachen einer Frau, und es war eindeutig, herausfordernd und verheißungsvoll.

Das Lachen war aus dem Gehölz gekommen. Ich wollte herausfinden, wer da gurrte wie eine balzende Felstaube. Während ich durch die Maueröffnung schlüpfte, hörte ich ein tiefes männliches Stöhnen, gefolgt von einem »Nein«, das wie ein Ja klang. Ein trockener Zweig knackte unter meinen Füßen. Mir war, als hätte ich noch nie etwas Lauteres gehört.

Und wenn es ein Ehepaar war, das sich dort im Hain vergnügte? Sira und Kebro, die ewig Jungverliebten? Unsere Gesetze verboten mir, mich anzuschleichen und ihre Zweisamkeit zu stören.

Doch das »Nein« des Mannes, das wie ein »Ja« geklungen hatte, sprach eine andere Sprache. Ich war mir beinahe sicher, daß die beiden im Wäldchen Ehebruch begingen. Und den Ehebruch ächteten die Gesetze des alten Wegs ebenfalls. Nur am Frühlingstag war es gestattet, sich seine Partner frei zu wählen, und selbst dann nahmen meist nur Unverheiratete die Gelegenheit wahr.

Das feuchte Laub schluckte meine Schritte, Flechten und Moos verströmten einen modrigen, betörenden Duft.

Ich fädelte mich durch die dünnen Haseläste, die dicht und

gerade wie Binsenbüschel um die Hauptstämme herum zum Licht emporstrebten. Dann kam mir ein glücklicher Zufall zu Hilfe: Ein großer Keil Graugänse zog vom Meer her über das Gehölz. Sie hatten sich offenbar so viel zu erzählen, daß ihr »Gahkahgahkah« alle Geräusche übertönte, bis ich mich der kleinen Lichtung inmitten des Wäldchens genähert hatte.

Denn auf dieser Lichtung mußten sich die beiden befinden. Dort, wo ein großer Fels aus dem Boden wuchs, konnte kein Baum Wurzeln schlagen. Es war ein beliebter Platz für den Frühlingstag, ja, es wurde sogar gemunkelt, daß diejenigen, die sich nicht um Sitte und Anstand scherten, ihn das ganze Jahr über benutzten. Als Kinder hatten wir manchmal an diesem verruchten, geheimnisumwitterten Ort gespielt.

»Zieh dich aus!« hörte ich die Männerstimme befehlen.

Bevor ich ihn erblickte, wußte ich, daß es Gorg war. Mir blieb vor Schrecken der Mund offenstehen. Auf dem neuen Gerstenfeld pflügte Gorgs junge Frau Osi mit den anderen die Erde, ihr Kind in einer Binsenkiepe auf dem Rücken. Gorg hatte stets den Eindruck erweckt, als vergöttere er seine Tochter und platze vor Stolz auf seine Frau.

Die Frau, die so vor Gorg kniete, daß sein breiter Rücken sie meinem Blick entzog, gab keine Antwort und fuhr mit ihrer Beschäftigung fort. Wieder stöhnte er auf, griff herunter und zog die Frau nicht eben zärtlich auf die Beine.

Dunkelblonde Locken rahmten ein flaches Gesicht mit braunen Augen und vollem Mund, das ich nur zu gut kannte. Mit aufreizender Langsamkeit lockerte Lele das Zugband an ihrem Ausschnitt so weit, daß sie sich das Gewand von den Schultern streifen konnte. Das knappe Oberkleid ließ sich indes nicht vollständig herunterziehen und blieb hängen. Ihre Oberarme preßten die üppigen Brüste zusammen, aus denen die großen dunkelbraunen Brustwarzen herausragten wie die Spitzen von Napfschneckengehäusen.

»Ganz!« forderte Gorg, und seine Stimme hatte alles Verbindliche verloren. Es war, als sei der Bär in ihm aus seinem Winterschlaf erwacht.

»Da mußt du mir schon helfen!« hauchte Lele und verwies mit einer hilflosen kleinen Bewegung ihres Handgelenks auf die eingeschränkte Bewegungsfreiheit ihres Oberkörpers.

Gorgs Hände strichen beiläufig über ihre Brüste, um dann zum Zugband ihres Rocks zu gleiten. Er bückte sich und zerrte den Rock bis auf ihre Stiefel herunter, wo er wie eine sperrige Fessel liegenblieb. Lele pflegte enge Kleider zu tragen. Zu enge, lautete die einhellige Meinung der Frauen.

Gorg richtete sich wieder auf, besah sich sein Werk und schwieg. Der Augenblick zog sich in die Länge.

»Was hast du? Willst du mich nicht mehr?« lockte Lele. »Faß meine Brüste an! Das magst du doch? Ich mag es jedenfalls. Komm! Faß mich an.« In ihre Stimme, ganz Verführung und Begierde, hatte sich ein leichtes Unbehagen geschlichen.

»Hast du das auch zu ihm gesagt?« fragte er mit mühsam beherrschter Stimme. »›Komm! Faß meine Brüste an!‹?« Er kniff sie in beide Brustwarzen und zog sie zu sich heran, daß sie aufschrie. »Hast du ihm dein Fleisch auch so dargeboten? ›Komm! Faß mich an!‹«, äffte er sie nach, während seine rechte Hand nach unten wanderte.

»Wem?« fragte sie ein wenig zu schrill. »Wen meinst du?« Instinktiv versuchte sie ihre Blöße mit den Händen zu bedecken.

Gorg drängte sie wortlos die wenigen Schritte zu dem Felsblock, und Lele stolperte und hüpfte mit kleinen Trippelschritten mit, da sie ihren Rock nicht mehr abgestreift bekam. Mit kaum verhohlener Wut sagte er: »Mit *ihm*. Du weißt genau, wen ich meine. Unseren *Helden.* Du hast es mit Sihrus getrieben! Und wer weiß, mit wem noch.«

»Nein, das ist nicht wahr!« rief Lele aus. »Das darfst du nicht glauben. Wer hat so gemeine Lügen über mich verbreitet?« fragte sie, ganz die gekränkte Unschuld.

»Wenn du dich ohne jede Scham bespringen läßt, mußt du damit rechnen, daß ein paar Lügen über dich verbreitet werden!« höhnte Gorg.

Nun wußte ich, warum Gorg sich neulich im Steinehaus so aufgeregt hatte! Ich duckte mich noch ein wenig tiefer ins

Unterholz. Schleifende Geräusche, Scharren und Gerangel waren zu hören. Dann ein herrisches »Dreh dich um!«, Leles »Nein!« und wieder Gorgs Stimme: »So ist's recht. Wie die läufige Hündin, die du bist!«

»Der Stein ist so kalt«, jammerte Lele. »Die Kanten stechen mich in den Bauch!« Ihr Jammern ging in ein lustvolles Stöhnen über. Gorg sagte nun nicht mehr »Nein«. Sein »Ja! Ja! Ja!« hatte eindeutig rhythmischen Charakter.

Ich hielt beide für hinreichend abgelenkt, um mich wieder aufrichten und den Anblick in vollem Umfang genießen zu können. Die halbnackte Lele wurde von Gorgs Körpermassen gegen den Felsen gepreßt. Oberkörper und Bauch lagen auf dem rauhen Stein, was ziemlich unbequem sein mußte. Seine Hände krallten sich um ihre fleischigen Hüften, während er sie mit harten, bedachtsamen Stößen immer wieder gegen den Fels rammte. Das würde blaue Flecken geben.

»Ja, ja!« stieß Lele keuchend hervor. Und: »Du bist« – Stöhnen – »viel besser« – Stöhnen – »als er!«, worauf er mit Obszönitäten antwortete, die ihr zu gefallen schienen, in meiner Geschichte aber nichts zu suchen haben.

Ihre Unterhaltung beschränkte sich eine Weile auf Leles immer schneller hervorgestoßene »Ja!« und Gorgs Stöhnen, das in einem letzten Seufzer endete. Danach war es eine Zeitlang ganz still, und dann nestelten beide an ihrer Kleidung herum.

»Er hat mich bedrängt«, sagte Lele, während Gorg ihr unsanft das Unterkleid wieder über die Schultern zog. »Du weißt, wie überzeugend er sein konnte. Er hätte nie von mir abgelassen, wenn ich ihm nicht zu Willen gewesen wäre.« Gorg hob schweigend seinen Umhang auf. »Wenn ich mich ihm nicht hingegeben hätte, hätte er es Osi erzählt. Oder Wibo. Er wußte von uns. Neidete uns unsere ... Leidenschaft.«

Gorg würdigte sie keiner Antwort.

»Wie hast du es erfahren?« fragte Lele wie zufällig.

Gorg sammelte seine Werkzeuge ein und sagte kein einziges Wort.

»Seit wann weißt du es? Woher –?«

»Seit gestern«, brummte Gorg. Nach einer Weile fuhr er fort: »Twirk hat es erzählt. Wölfchen hat euch im Steinehaus beobachtet.«

»Wölfchen? Aber ... Was hat er denn beobachtet?«

»Was wird er schon beobachtet haben?« entgegnete Gorg mit beißendem Spott. »Nackte Ärsche, Schweiß, Keuchen: das übliche.«

»Hat er sonst noch etwas erzählt?«

»Was sollte er denn erzählt haben?«

»Na ja ... irgendwelche Einzelheiten«, stotterte Lele. »Irgendwas Besonderes.«

»So besonders bist du gar nicht!« Gorg lachte hämisch.

»Ach, du weißt schon, wie ich es gemeint habe.« Lele schmollte und schmiegte sich an ihn. »Sag schon, ich möchte es wirklich wissen. Ich möchte mich darauf einstellen können, was die liebe Sippe über mich tratscht. Du glaubst doch nicht, daß Twirk es lange für sich behalten kann? Was hat er genau erzählt?«

»Nur das. Nichts ... Besonderes«, gab Gorg leichthin zurück und schob sie von sich. Sein Bedarf schien für den Augenblick gedeckt.

»Es kommt nicht wieder vor«, versprach Lele kleinlaut.

»Gewiß«, sagte Gorg. »Dafür ist gesorgt.«

Er wandte sich zum Gehen, und ich kauerte mich hinter meinen Haselbaum und hielt die Luft an. »Du gehst nach Norden und kommst auf dem Inselweg ins Dorf zurück«, ordnete Gorg an. »Ich nehme wieder den Pfad durch die Felder!« Er wartete, während Lele geräuschvoll durchs Unterholz brach. Dann setzte auch er sich in Marsch, und ich hörte ein verächtliches »Dummes Weib!«, bevor er in Richtung der Feldmauer verschwand.

Das Zittern setzte erst ein, als ich längst wieder allein war. Meine Zähne schlugen haltlos aufeinander, so daß ich aufpassen mußte, mir beim Gehen nicht auf die Zunge zu beißen.

Die Vermutung, daß einer der beiden Sihrus' Mörder war, ließ sich nicht mehr von der Hand weisen. Was hätten sie mit mir angestellt, wenn sie mich aus dem Gebüsch gezerrt hätten? Sie mußten nicht einmal Sihrus auf dem Gewissen haben – daß ich ihr Geheimnis belauscht hatte, wäre Grund genug, um mich … Ich rief mich zur Ordnung. Waren die Adlerleute schon so tief gesunken? War *ich* schon so tief gesunken, einen Sippenbruder und eine Sippenschwester derart zu verdächtigen? Wie einfach einem diese Gedanken plötzlich kamen, ein Mord, noch ein Mord …

Ich nahm den Trampelpfad durchs Gehölz. Unzählige Füße und Axthiebe hatten eine Schneise in die Bäume geschlagen, einen grauen Rindentunnel, dessen Dach sich über meinem Scheitel wölbte. Aus dem Dämmerlicht des Wäldchens trat ich ins Freie und spähte über die Feldmauer. Von Gorg war keine Spur mehr zu sehen. Die Steinplatte war nun zugezogen und ordnungsgemäß verriegelt.

Hatte nur die erregende Aussicht auf Leles pralles Fleisch unseren Häuptling dazu verleitet, das Waldtor offenstehen zu lassen? Solch grobe Schnitzer unterliefen dem besonnenen Mann sonst kaum. Hatte Gorg tatsächlich erst gestern im Steinehaus von Leles doppelter Untreue erfahren? Zumindest hatte er es verstanden, diesen Eindruck bei Twirk und Lele zu erwecken. Sihrus' Tod war für unseren Häuptling ein seltener Glücksfall: Mit einem Schlag war der Rivale um die Führung der Adlerleute und der Nebenbuhler um Leles Gunst beseitigt.

Meine Fellstiefel stapften über die morastige Wiese. Ein sanfter Windhauch ließ die verdorrten Grashalme zittern. Noch überragten sie die grünen Schößlinge um mehrere Handbreit. Doch die nächste Generation stand schon bereit, ihren Platz im Reigen der Jahreszeiten einzunehmen. Als der Wind zu einer launischen Bö anschwoll, schlossen sich die einzelnen Halme zu Wellenkämmen zusammen. Eine gelbe Schlammflut schien sich über das Land zu ergießen.

Hoch oben flogen die Gänse, Schattenrisse vor der grauen Wolkendecke, die Hälse starr vorgereckt. In der Ferne hörte ich Hundegebell. Unser Schafhirt Wibo mit seinen hechelnden Lieblingen? Ich beschloß, die Gelegenheit beim Schopf zu packen und mich mit Leles bedauernswertem Mann zu unterhalten.

13

Während ich eine leichte Anhöhe erklomm, um Wibos Aufenthaltsort zu erkunden, stürmten die Fragen auf mich ein wie die immer heftigeren Windstöße. Was hatte Lele von Gorg in Erfahrung bringen wollen? Was *hätte* Wölfchen sehen oder hören können? Was war so unerhört, daß es selbst einen Ehebruch bei hellichtem Tag in den Schatten stellte? Hatte Sihrus Lele eröffnet, daß er Ard heiraten und sein Kind anerkennen würde? Daß dies ihr letztes Treffen war? Womöglich hatte Wölfchen Lust mit Streit verwechselt?

In Gedanken hörte ich Füchschens Stimme: »Ist doch sonnenklar! Lele hat sich mit Sihrus am Wäldchen verabredet und ihn erschlagen, weil sie es nicht ertragen konnte, daß er sie verlassen hatte. Und weil sie eine Frau ist, hat sie's von hinten getan.«

Ich kam nicht umhin, mir einzugestehen, daß mir diese Möglichkeit gefiel. Daß ich diese falsche, lüsterne, törichte Frau mit Vergnügen verdächtigte. Voller Wonne malte ich mir aus, wie ich sie vor der gesamten Sippe überführte, wie sie weinend zusammenbrach und gestand. Vielleicht hatte sie aber auch ihren fügsamen Mann zu dem Mord angestiftet. Oder den Bruder ihres Liebhabers? War es denkbar, daß Brim in dem Glauben, seinem Bruder einen Gefallen zu tun, Leles Racheplan ausgeführt hatte?

Wibo lagerte am Frühlingspferch, in dem er und seine Tiere Schutz vor den Unbilden der Witterung fanden. Mehrere flache, große Sandsteinplatten waren tief in den Boden versenkt und leicht schräg gestellt, um das Gewicht der schweren Deckplatten zu tragen. »Inseln der Steine« nennen uns die Sippen vom festen Land. Wir selbst nennen unsere Heimat nur die Inseln.

In der weit gezogenen Senke zwischen den Hügeln graste unsere Herde. Die paar scheckigen Ziegen, die nicht im Dorfpferch die Milchversorgung der Sippe sicherstellten, weideten in einer geschlossenen Gruppe abseits auf halber Höhe, als hielten sie sich für etwas Besseres.

Dann setzte der Regenguß ein, so jählings, wie das auf den Inseln häufig geschieht. Platschend, schnaufend und fluchend rannte ich über die Wiese, von ausgelassen nach meiner Hose schnappenden Hunden begleitet. Ich steckte den Kopf in den Eingang. »Darf ich reinkommen?« bat ich, auf die volle Begrüßungsformel verzichtend.

Er machte eine Handbewegung, die man als Aufforderung deuten konnte. Wahrscheinlich wurde man wortkarg, wenn man tagaus, tagein nur Schafe und Hunde als Gesprächspartner hatte. Aber Schnecke, wie Wibos Mutter ihn seiner bedächtigen Art wegen genannt hatte, war schon als Kind kein Freund vieler Worte gewesen.

Ich setzte mich neben ihn auf den Boden. Es roch nach Schaf, Hund und Mann, nach Urin und Feuchtigkeit. Neben Wibos rechter Hand lag träge eine Hündin im Stroh, die offensichtlich trächtig war. Vor der Rückwand stand ein unruhig stampfendes Mutterschaf mit aufgetriebenem Bauch, dessen Niederkunft unmittelbar bevorstehen mußte. Das reinste Geburtshaus!

Drei der zotteligen weißen Hunde, die für ihre Größe lächerlich kleine Schlappohren hatten, stürzten herein und leckten mir den Regen vom Gesicht. Seltsamerweise rochen sie nach Fisch. Es war nicht leicht, unter diesen Umständen Würde zu bewahren, aber ich eröffnete Wibo so gesetzt wie möglich, warum ich ihn aufsuchte. »Du warst ja dabei, als die Sippe mir den Auftrag erteilte«, schloß ich.

»Lasra«, sagte er und nickte ruhig.

»Du kannst mir weiterhelfen, wenn du mir erzählst, wann du Sihrus zum letztenmal gesehen hast.«

Er schaute mich erstaunt an. »Als er ging«, antwortete er, als verstehe sich das von selbst.

»Also am Morgen, zwei Tage vor dem Frühlingstag?«

Er zögerte kurz und nickte dann.

»Hast du mit ihm gesprochen, oder hast du ihn nur gesehen?«

Er gab einen Schnalzlaut von sich, der die anhänglichen

Hunde dazu bewog, sich augenblicklich zu Boden zu werfen und dort mit erwartungsvollem Blick und heraushängender Zunge liegenzubleiben. Ihre langen, verfilzten Ruten fegten emsig das Stroh beiseite. Wibo nickte erneut.

»Was also, Wibo?«

»Gesprochen.«

»Weißt du noch, wann das war?«

Er sah mich verständnislos an. »Ahntochter Sonne stand am Himmel«, sagte er. »Noch nicht am höchsten Punkt.« Er zuckte die Schultern. Da Sihrus lange vor der Mittagszeit unser Dorf verlassen hatte, war seine Antwort wenig hilfreich.

»Hast du mit ihm gesprochen, nachdem Gorg Sihrus verabschiedet hatte?«

Wibo strich dem Mutterschaf, das zu zucken und angsterfüllt zu blöken begann, über Maul und Bauch und redete beruhigend auf das Tier ein. Ich konnte keine Worte ausmachen, aber vielleicht gab es ja eine Schafsprache, die ich nicht beherrschte. »Ist ihr erstes«, erläuterte er, für seine Verhältnisse beinah geschwätzig. »Geht schon seit heute morgen so.«

Ich wartete.

»Nein«, sagte er dann. »Vorher.«

»Gut. Erzähl mir bitte, worüber ihr euch unterhalten habt.«

»Hunde«, entgegnete er. Ich wartete. Er schwieg.

»Es wäre schön, wenn du dich an etwas mehr Einzelheiten erinnern könntest«, bat ich ihn freundlich.

Das Schaf schrie jämmerlich auf und versuchte zu fliehen, aber Wibo drückte es mit sanfter Gewalt an die hintere Steinwand und streichelte es erneut.

»Haben über Hunde geredet«, führte er aus. »Er wollte Welpen haben. Von seinem Rüden.«

»Welpen? Wofür?«

»Für sich.«

»Sihrus wollte Hunde haben?« wunderte ich mich. Wibo mochte weder klug noch gesellig sein, aber sein Ruf als Hundezüchter hatte sich überall auf den Inseln verbreitet und war sogar bis zu den Stierleuten gedrungen. Lele wurde es nicht müde, den kunstvoll bearbeiteten Stein vorzuzeigen, den die Stierleute ihrem Mann für einen Zuchtrüden und vier Hündinnen geschenkt hatten. Wibos Hunde hüteten die Herden und beschützten die Lämmer vor den Räubern der Lüfte. Was in aller Welt hatte Sihrus mit einem solchen Hund anfangen wollen?

Hunde störten mit ihrem Gebell nur die Gespräche der Menschen. Sie stahlen Nahrung und verbuddelten die Knochen als Stolpersteine unter den Binsen. Sie verbreiteten Ungeziefer, winselten bei Gewitter, pinkelten in jede Ecke und schlichen sich nachts in die Betten.

»Sieh«, antwortete Wibo. »Meine Hunde sind fromm wie die Lämmer, die sie hüten. Keiner hat je einen Menschen oder ein Schaf gebissen. Wenn einer mich anknurrt, töte ich ihn. Von jedem Wurf breche ich dem ältesten und dem jüngsten Rüden das Genick, sofort nach der Geburt. Sie merken nichts davon. Meine Hunde sind die folgsamsten der Inseln«, fügte er stolz hinzu.

Ich staunte nicht schlecht. Das war die längste Rede, die ich Wibo je hatte halten hören.

Dabei war er noch nicht am Ende: »Und dann kommt Sihrus zu mir. Im Winter, er war kaum ein paar Tage zurück. Sagt, ich soll seinen schwarzen Hund nehmen. Den mit den krummen Beinen und der breiten Brust. Ich soll ihn zu meiner Leithündin lassen, wenn sie in Hitze kommt und nach dem Rüden winselt. Den erstgeborenen Rüden und die stärkste Hündin wollte er haben. Die stärkste Hündin aus dem Wurf sollte ich dann wieder mit ihrem Vater paaren.« Er schien zu überlegen. »Na, das geht jetzt nicht mehr.«

»Warum?« heuchelte ich Interesse. Hunde kümmerten mich zwar nicht besonders, aber es schien die beste Möglichkeit zu sein, Wibo zum Reden zu bringen.

»Von der Klippe gestürzt«, antwortete Wibo, während seine rechte Hand einen Bogen in die Luft zeichnete. »Gehörte nicht hierher, das arme Viech. War nicht gewöhnt an das Wetter auf den Inseln. Mit dem kurzen Fell. Wo er herkam, war's wärmer, sagt Sihrus. Hat Sihrus gesagt«, berichtigte er sich.

»Und über diesen Unfall habt ihr euch unterhalten, bevor Gorg Sihrus verabschiedet hat?«

»Nein. Das war vorher.« Dann beanspruchte das lammende Schaf seine gesamte Aufmerksamkeit. Ein blutiger Vorderhuf tauchte auf, und Wibo griff beherzt in die Scheide, tastete nach dem zweiten Bein und wartete, bis die nächste Wehe beide Vorderbeine hinaustrieb. Wibo half dem Lämmchen so sicher und geduldig auf die Welt wie eine gute Hebamme einem Säugling. Wenn es demnächst bei Lari nur auch so schnell gehen würde! Nach einer Weile trat der zwischen die Beine geklemmte Kopf zutage, und bald darauf rutschte das nasse Tierchen in einem Schwall von Blut zu Boden.

Während seine Mutter es ableckte und Wibo sie mit einem Strohwisch unterstützte, hatte ich Muße, mir Gedanken über das völlig fremde Gebiet des Hundewesens zu machen. Ob das Volk von der Insel im großen Südmeer Hunde *für sich* hatte? Leuten, die ihre Toten in Tonkrügen beisetzten, war alles zuzutrauen! Wie wenig ich von Sihrus' Reise wußte! Ich nahm mir vor, mehr über diese Reise herauszufinden. Vielleicht hing Sihrus' Ermordung ja in irgendeiner Weise damit zusammen? Auch diese Möglichkeit durfte ich nicht außer acht lassen, obwohl Liebe, Haß und Eifersucht im Moment soviel mächtigere Gründe zu sein schienen.

»Hat er darüber gesprochen, daß die Bronzeaxtleute Hunde besaßen?« nahm ich das Gespräch wieder auf, als das Schaf das Hinterteil seines Neugeborenen sachte in die Höhe stupste, um es zum Aufstehen zu bewegen.

»O ja!« gab Wibo zurück, und seine Augen leuchteten. »Er hat gesagt, sie gehen mit Hunden auf die Jagd. Auf gewaltige Ungeheuer mit Reißzähnen und giftigem Speichel! Und die Hunde sind mutig, hat er gesagt. Würden die Ungeheuer totbeißen, im Rudel, selbst wenn einige von ihnen dabei draufgehen.«

»War der Schwarze auch so einer, der Ungeheuer totbeißt?«

Wibo schien nachzudenken. »Die Hunde, die Ungeheuer totbeißen, hat er gesagt, sind rehbraun, und ihr Kopf reicht einem

Mann bis zur Hüfte. Sind stark, schlank und langbeinig. Haben einen dunkelbraunen Strich, der vom Hals über das Rückgrat bis zum Schwanz verläuft.«

»Als langbeinig hätte selbst seine liebende Mutter den Schwarzen nicht bezeichnet. Wozu haben die Südländer Hunde wie ihn verwendet?« Das nun halbwegs trockene Lamm schwankte auf staksigen Beinen, aber es stand. Zielsicher fand es die Zitzen seiner Mutter. Obwohl ich die Schafsprache noch immer nicht verstand, meinte ich so etwas wie aufmunterndes Lob aus dem mütterlichen Blöken herauszuhören. Wie alle neugeborenen Wesen strahlte das Lamm diese völlige Schutzlosigkeit aus, die in manchen Menschen den Beschützertrieb und in anderen den Trieb weckt, diese Schutzlosigkeit auszunutzen.

Wibo ließ sich Zeit mit seiner Antwort. »Weiß ich nicht. Aber Sihrus hat von seiner Rasse erzählt. Wie der ... Häuptling des Dorfs auf seinem ... Ehrenplatz saß. Rechts und links neben ihm die Leithündin und der Leitrüde der Schwarzen. Stolz reckten sie ihre Brust heraus. Wenn sie hechelten – es ist warm da im Süden, und darum hecheln sie natürlich dauernd –, sah man ihre Zähne. Der Schwarze hatte ein prachtvolles Gebiß. Weiß, scharf, mit langen Eckzähnen, die Augenzähne deutlich ausgeprägt.« Er streichelte die Hündin, die neben ihm döste. »Zu Füßen des Häuptlings lagen die Braunen, die, welche die Ungeheuer totbeißen. Und die Sippe begrüßte den Häuptling und brachte ihm ... hab vergessen, was es war. Irgendwas in Körben und Schalen. Die Hunde ... Sie haben halt dagesessen. Hat Sihrus gesagt. Gehorchten ihrem Herrn aufs Wort. Keinem anderen, nur ihrem Herrn. Gut erzogen, diese Hunde. Aber andere haben sie nicht an sich ran gelassen.«

Ich konnte mir noch immer nicht recht vorstellen, welche Verwendung Sihrus für solche Hunde hätte haben sollen. »Sihrus hat gewiß um seinen Schwarzen getrauert. Schließlich hat er ihn treu vom einen Ende der Welt zum anderen begleitet.«

Wibo zuckte die Achseln.

»Sihrus wird an seinem Hund gehangen haben«, versuchte

ich es erneut. »Du hängst doch auch an deinen Hunden, nicht wahr?«

Er nickte. »Sihrus hat getobt. Dann hab ich ihm gesagt, daß sie hier« – er zeigte auf die Hündin an seiner Seite – »trächtig ist.«

»Und? Ließ er sich beschwichtigen?« fragte ich gespannt. Wir alle kannten Sihrus' Tobsuchtsanfälle.

»Ja«, antwortete Wibo.

Um der drohenden Austrocknung seines Redeflusses zuvorzukommen, griff ich über seine gekreuzten Beine zu der Hündin hinüber, kraulte sie und fragte: »Wie heißt sie denn?« Ohne ihn direkt zu berühren, spürte ich, wie sich die Muskeln seiner Beine schlagartig verkrampften. Sogar im Dämmerlicht des Pferchs war die dunkle Röte zu sehen, die sein wettergegerbtes, grobschlächtiges Gesicht überzog. Der zottelige blonde Bart, der einen Großteil seiner unteren Gesichtshälfte bedeckte, stach hell von seiner augenblicklichen Gesichtsfarbe ab. Er schwieg.

»Wie heißt deine Leithündin, Wibo?« wiederholte ich meine Frage.

»Lele.« Das Wort sirrte durch die Luft wie ein Pfeil von der Bogensehne.

Ich mußte einen taktlosen Lachanfall unterdrücken. Eine Ahnung sagte mir, daß nun der Augenblick gekommen sei, seine Verlegenheit auszunutzen. »Sag mir bitte, was du am Abend und in der Nacht des Frühlingstages getan hast.« Lele, unbeeindruckt von meinen Zärtlichkeiten, döste weiter.

»Ich hab beim Grubentanz mitgemacht.« Das konnte ich bestätigen. Zu Beginn des Frühlingstages stampften die Männer – sie nannten es Tanzen – um eine Grube, wobei sie spielerisch Stöcke und Speere in das ausgehobene Loch stießen. Das gleichzeitige Grölen – Singen – unflätiger Lieder beseitigte auch den letzten Zweifel, was damit gemeint sein könnte. Es hieß, früher habe der Häuptling sich tatsächlich unter den Augen aller mit einer auserwählten Frau der Sippe vereinigt, die für diesen Tag Mutter Erdes Stelle einnahm.

»Dann war ich bei der Zeremonie.« Stimmte ebenfalls. Während Adlersohn rasselnd und klirrend herumgesprungen war und seine Prophezeiungen verkündet hatte, hatte Wibo immer irgendwo in der Menge gestanden.

»Und danach hast du mit uns Honigbier getrunken und am Feuer gesungen. Aber du bist irgendwann gegangen. Adlersohns zweiten Geisterflug hast du nicht mehr miterlebt. Wohin bist du gegangen?«

»Zu Lele. Ins Haus.«

»Ins Haus? An diesem lauen Frühlingsabend? Und das soll ich dir glauben?«

Er zuckte mit den Schultern. »Ja.«

»Als wir Adlersohn in sein Haus zurückgebracht haben, warst du wieder da.«

»Ja. Hab euch gehört.«

»Und dann?«

»Dann hat Gorg mich rangewinkt. Twirk ins Dorf schaffen. Der hat nichts mehr mitgekriegt.«

Das Prasseln draußen ließ nach. Ein Schwall feuchter, kühler Regenluft drang in den Pferch. Lele grunzte im Schlaf. Ihre Füße zuckten, als jage sie über Traumwiesen.

»Und?« fragte ich ungeduldig.

»Na, er hat halt geschnarcht. Die Frauen auch. Osi und Lari. Die schliefen auch.«

Ich seufzte. »Hast du auch den Rest der Frühlingsnacht mit deiner Frau verbracht? In deinem Haus?«

»Nein«, gab er zurück.

»Warum bist du nicht geblieben?«

Er kraulte die Hündin hinter den Ohren und vermied es, meinem Blick zu begegnen.

Als ich meine Frage wiederholte, antwortete er, noch immer ohne mich anzusehen: »Sie hat mich weggeschickt. Wollte schlafen.«

Was für ein Schaf von einem Mann! Seine Frau schickt ihn aus seinem eigenen Haus, und er geht tatsächlich! »Wo bist du hingegangen?«

»Zur Herde.«

»Und dann?«

»Hab geschlafen. Hier.«

Ich zog die Augenbraue hoch. »Wibo«, begann ich verlegen, »ich muß dir noch eine Frage stellen.« Ich stockte. Alles in mir drängte mich, den Mund zu halten. Die Sippe mochte sich hinter vorgehaltener Hand über Lele und Wibo das Maul zerreißen, aber eine so unverblümte Frage, wie ich sie ihm nun stellen mußte, galt auf den Inseln als höchst unfein.

Ich streckte meine steifen Glieder, bückte mich und ging nach draußen. So plötzlich, wie er eingesetzt hatte, hatte der Regen wieder aufgehört. Ein reiner, würziger Duft stieg von den Gräsern und der frisch getränkten Erde auf. Die Herde, ein bißchen nasser als zuvor, graste unbeeindruckt weiter. Wibo trat neben mich.

Auf einmal begriff ich, daß ich mit Wibo allein war. Das Dorf war weit weg. Ich mußte an die Geschichte mit dem Eierklau denken. Damals hatte ich einen ganz anderen Wibo kennengelernt. Was, wenn er jetzt wieder rabiat wurde? Wibo stützte sich auf seinen Schäferstab und ließ den Blick über seine Herde schweifen. Ich warf ihm einen verstohlenen Blick zu, aber seine Miene war so ausdruckslos wie immer.

Ich atmete tief durch und faßte mir ein Herz: »Hast du gewußt, daß Lele … daß Lele und Sihrus … sehr eng … befreundet …«

Er sah mich an. »Mondkind ist von ihm«, sagte er. »Ich liebe sie genauso wie Hirschlein.«

»Das wissen wir alle«, beeilte ich mich zu versichern. »Aber … Sihrus und Lele hatten auch nach Sihrus' Rückkehr wieder …«, stammelte ich. »Hast du davon gewußt?« Das Herz schlug mir bis zum Hals. Ängstlich beobachtete ich seine Hände, sein Gesicht.

Er schaute traurig zu Boden und seufzte. »Ja«, sagte er dann. »So ist sie eben.«

»Aber in der Nacht des Frühlingstages konntest du es nicht mehr ertragen«, fuhr ich fort. Meine Hände waren eiskalt. Ich zwang mich weiterzureden. »Deine eigene Frau hatte dich in der Frühlingsnacht weggeschickt. Sie betrog dich mit Sihrus. Du bist nicht bei den Schafen geblieben. Du bist nach Norden aufgebrochen. Zu dem Wäldchen an der Bucht, wo wir ihn gefunden haben, nicht wahr? Du hast Sihrus dorthin gelockt, hast ihm aufgelauert. War es nicht so, Wibo? Hast du Sihrus ermordet?«

Er wandte sich mir zu. »Nein!« beteuerte er kopfschüttelnd. »Nein!« Er wirkte verwirrt und ängstlich, aber nichts deutete darauf hin, daß er die Beherrschung verlieren und sich auf mich stürzen würde. »Ich ... ich habe ihn nicht ... ermordet«, stammelte er.

Erleichterung machte sich in mir breit. Ob ich ihm glauben sollte, wußte ich nicht. Tatsächlich hätte er alle Zeit der Welt gehabt, nach der Begegnung mit Lele zu der Bucht zu kommen und den Mord zu begehen. Und er hatte auch jeden Grund der Welt, den Liebhaber seiner Frau zu töten, den Mann, der über all das verfügte, woran es ihm mangelte.

Unter dem Vorwand, etwas über die Hunde besprechen zu müssen, hätte er ihn zu der kleinen Bucht locken können. Doch war der schlichte Wibo zu einer solchen List fähig? Eine kalten Herzens begangene Tat setzte einen anderen Menschen voraus als diesen Sippenbruder. Und hätte Sihrus auf das Fest bei den Hirschleuten verzichtet, um sich mit unserem Schafhirten an diesem entlegenen Ort zu treffen? Auch das bezweifelte ich stark.

Wibo wirkte aufrichtig auf mich. Immerhin hatte er mir verraten, daß er über Leles Untreue Bescheid wußte, eine Tatsache, die ihn, wie selbst er wissen mußte, nur verdächtig machen konnte.

Auf dem Weg zurück fröstelte ich. Warum hatte Gorg Sihrus eigentlich so feierlich verabschiedet, nur weil er das Frühlingsfest bei den Hirschleuten verbringen wollte? Hatte Gorg jemals mir oder einem anderen Sippenangehörigen diese Ehre zuteil werden lassen? Die Frage beantwortete sich von selbst, und doch erschien es mir wichtig, sie gestellt zu haben.

14

Kaum hatte ich das Dorf betreten, als ich mich inmitten eines Sturms wiederfand. Krabbe und Seeigel, von ihrer fischenden Mutter schnöde im Stich gelassen, zerrten an meinen Hosen und behaupteten, sie hätten *schreckliches* Bauchweh. Aus dem unfertigen Haus, das Twirk für Regi und ihre ständig wachsende Kinderschar ausbauen sollte, lugte der Kopf meiner Schwester um die Ecke. Dankbar, endlich jemanden gefunden zu haben, ließ sie eine Sturzflut von Klagen über Twirks Unzuverlässigkeit auf mich los. »Lasra, endlich!« tönte es aus Twirks Haus daneben. Füchsen versuchte, wild gestikulierend, meine Aufmerksamkeit auf sich zu lenken.

Krabbe und Seeigel genasen auf wundersame Weise, als ich ihnen drei Tage strikte Bettruhe und lauwarmen Sandseggentee androhte. Ich schickte die beiden Drückeberger zu Illib aufs Feld. Regi wurde mit einer Einladung zum Abendessen vorerst ruhiggestellt, und Füchschen schob ich in den Nebengang.

»Brim war es!« flüsterte er mir aufgeregt ins Ohr.

»Wie kommst du darauf?« flüsterte ich zurück.

»Ich hab mich mit Hasel über Sihrus gestritten. Da hat er mir wütend ins Gesicht geschleudert, sein Vater wäre viel klüger als ich und er wüßte über alles Bescheid. Und er hätte gesagt, Sihrus wäre nur recht geschehen.«

Ich schüttelte verwundert den Kopf. »Was kann Hasel oder besser Brim damit gemeint haben?«

»›In Köpfe, die so hoch getragen werden, schlägt leicht der Blitz ein‹, soll Brim gesagt haben. Aber als ich Hasel dann gefragt habe, was er damit gemeint hat, wollte er nichts mehr sagen.«

»Auch wenn Brim den Mord gutheißt, muß er ihn nicht begangen haben. Es ist trotzdem ungeheuerlich! So etwas zu seinen Kindern zu sagen. Was für ein Vorbild!« Ich lieferte ihm einen knappen Bericht über meine Erlebnisse mit Gorg, Lele und Wibo.

»Vielleicht war es ja doch Wibo«, besann mein Bruder sich.

»Lele schuftet übrigens auf dem Acker. Notgedrungen. Illib hat sie sich geschnappt und vor den Pflug gespannt. Die arme Lele! Soviel schweißtreibende Betätigungen an einem Vormittag! Vielleicht platzt ihr ja das Oberkleid auf dem Acker. Das darf ich nicht verpassen!«

Er war schon auf dem Sprung, so daß ich ihn am Arm zurückhalten mußte. »Geh meinetwegen aufs Feld. Aber hör dich während der Arbeit unauffällig bei den Kindern um. Ich will, daß du herausbekommst, ob sie irgend etwas Auffälliges bemerkt haben, an ihren Eltern, an anderen Sippenangehörigen – in den letzten Tagen und auch in den Monden seit Sihrus' Rückkehr. Und«, ich sah ihm tief in die Augen, »sieh zu, daß sie es nicht merken.«

»Das ist ein Kinderspiel für mich!« Er war kaum um die Gangeinmündung verschwunden, da tauchte sein schwarzer Wuschelkopf noch einmal auf. »Ich werde *leiden*, Schwesterherz! Sie werden mich vor den Pflug spannen. Blutblasen und einen krummen Rücken werde ich bekommen. Weh und ach, ich sieche dahin, mir schwinden die Lebensgeister.« Er griff sich geziert an die Stirn. »Was kriege ich dafür?«

»Du hast deinen Lohn!« herrschte ich ihn an.

Er zuckte die Achseln und verschwand.

Im Hauptgang herrschte plötzlich gähnende Leere. Hatte Regi mitbekommen, daß ich Siras Kinder zur Feldarbeit geschickt hatte, und sich vorsorglich verdrückt? Meine Schwester, die einen durchaus gesunden Eindruck auf mich gemacht hatte, schien es für wichtiger zu halten, sich über ihr unfertiges Haus aufzuregen, als auf dem Feld zu helfen. Achtete denn niemand mehr die alten Sitten?

Ich stand vor Illibs Haus, um mich nach Ards Befinden zu erkundigen und ihr ein wenig »auf den Zahn zu fühlen«, wie die ehrwürdige Ahnfrau Lin es ausgedrückt hatte. Wie immer roch es verführerisch aus dem Haus der Frauen. Was Sarra wohl kochte?

Ich wollte schon eintreten, als mein Blick wie zufällig nach rechts wanderte. Der Gang vollführte eine sanfte Biegung, bevor er mit Luras Haus zur Rechten und Wibos Haus zur Linken endete. Wibo hütete die Schafe. Lele arbeitete entgegen ihren sonstigen Gewohnheiten auf dem Feld. Ein vager Gedanke schoß durch meinen Kopf. Ich sah mich um. Der Gang war leer. Eine beinahe unheimliche Stille herrschte.

Ich ging ein paar Schritte weiter, betrat die Nische vor der Tür zu Wibos Haus und sprach die üblichen Eintrittsworte. Nicht allzu laut, um ehrlich zu sein. Genaugenommen flüsterte ich.

Ich lauschte. Kein Laut war zu vernehmen. Ich raffte die Lederhaut ein kleines Stückchen zur Seite. Mein Blick fiel auf Herd und Anrichte. Die Betten an den Seitenwänden konnte ich von hier nicht einsehen. Noch immer kein Laut. Ich wagte es, durch den Vorhang zu schlüpfen. Das Haus war leer. Vorsichtshalber schaute ich noch hinter der Lederhaut zum Abort nach. Auch hier hielt sich niemand auf.

Da stand ich also im Haus eines Sippenbruders, uneingeladen, unangemeldet. Die Sitten bei den Adlerleuten verrohten tatsächlich. Neugier, Pflichtvergessenheit und Bespitzelung schienen sich auszubreiten wie Kornfäule. Und zum Bespitzeln war ich gekommen. Um meine Pflicht zu tun und nach einem Beweis zu suchen, redete ich mir ein. Und machte mich ans Werk.

Die Anrichte stellte, wie das in unserem Dorf üblich ist, den Reichtum der Bewohner zur Schau. Töpfe und Schalen, teils in der Art der Haifischmäuler mit gerundetem, teils in der Art der Rundhügler mit flachem Boden, ergaben einen reichhaltigen Hausrat. Ein Walzahnanhänger und zwei Nadeln aus Eberstoßzähnen wiesen jene schöne bläulichschwarze Färbung auf, die durch vorsichtiges Erhitzen im Feuer entsteht. Ketten aus durchbohrten Hundezähnen und flauschige Lammfelle deuteten auf Wibos Arbeit hin. Auf dem Bett auf der linken Herdseite fand ich sogar Hundefelle – unüblich, aber weich, wie ich mich überzeugte, und vermutlich ebenso warm wie ein Schafspelz.

Ein Husten draußen ließ mich zusammenfahren. Ich hastete

zur Tür, streckte den Kopf um die Mauerecke und spähte in den Gang. Da niemand zu sehen war, mußte das Geräusch aus einem der anderen Häuser gekommen sein.

In der Arbeitsnische am Eingang lagen Grabstöcke aus Hirschgeweih, zwei solide gearbeitete Steinäxte, Mörser, Nadeln und Schaber sowie jede Menge angefangene Arbeiten wie Strohseile, Lederstücke und ein Binsengeflecht, das wohl einmal ein Korb werden sollte. Jedes der größeren Werkzeuge hätte Sihrus' Kopf spalten können. Es ließen sich jedoch weder Blutspuren feststellen, noch wirkten die Werkzeuge frisch gereinigt. Insgesamt hinterließ das Haus einen gepflegten, ja fast wohlhabenden Eindruck, was mich überraschte. Ich war schon seit langem nicht mehr hier gewesen. Eigentlich nicht mehr, seit Wibos Mutter die Kinderschar vor vielen Jahren mit ihren köstlichen Honigbeeren bewirtet hatte.

Den Blickfang auf der Anrichte bildete der geschnitzte Stein der Stierleute, der im Dorf einige Berühmtheit erlangt hatte. Drei glatt polierte, perfekt gerundete Spitzen umschlossen ein mit Rillen, Dreiecken und einem Gittermuster verziertes Feld. Die gewissenhaft ausgeführten Arbeiten verrieten die Meisterhand. Hielt man den Stein an dem kleineren der drei Fortsätze wie an einem Griff in die Höhe, konnte man sich gut vorstellen, die beiden anderen, dickeren Spitzen stellten das Gehörn eines Rindes dar. Madragena nannte es ein gotteslästerliches Stück Stein, denn es war uns von Vater Himmel selbst verboten, Abbilder von den Geschöpfen der Götter anzufertigen.

Ich konnte der Versuchung nicht widerstehen, den Stein von der Anrichte zu nehmen. Wie von selbst schloß sich meine Hand um einen der beiden Hornfortsätze. Glatt, prall und hart schmiegte er sich in meine Hand. Ich mußte unwillkürlich an etwas anderes als ein Stiergehörn denken. Möglicherweise hatten meine lieben Verwandten recht, mich zu einer zweiten Heirat zu drängen.

Ich spähte und horchte noch einmal in den Gang – nichts – und begann, Nischen, Vorratskammer und Abort zu durchwühlen. Versuchte Steine aus der Wand zu lockern, hinter denen sich möglicherweise ein Versteck befand. Klopfte den Boden der Nischen ab, ob sich ein Hohlraum darunter verbarg. Tastete zwischen den Schaf- und Hundefellen, unter den Farnmatratzen. Alles, was ich fand, war eine wunderschöne Kette aus mehreren Strängen verschiedenfarbiger Beinperlen, die in einem Lederbeutel unter einem losen Stein in der Vorratskammer lag.

Was hoffte ich überhaupt zu finden? Die blutbesudelte Tatwaffe? Sie würde längst im tiefen Meer oder in Mutter Erdes weichem Schoß ruhen; schließlich hatte der Täter ausreichend Gelegenheit gehabt, sich ihrer zu entledigen. Nein, ich hatte diesen schweren Verstoß gegen unsere Bräuche in der vagen Hoffnung begangen, Sihrus' Bronzeaxt zu finden. Doch wären Wibo oder Lele tatsächlich so dumm, diesen verräterischen Gegenstand im eigenen Haus aufzubewahren?

Vielleicht hatte Wibo seine Frau mit seinem Siegespfand beeindrucken wollen. Und Lele? Hätte sie beim Anblick der Bronzeaxt den süßen Geschmack der Rache stets aufs neue auskosten wollen? Hätte sie sich vorgegaukelt, Sihrus so auf aberwitzige Weise doch zu besitzen?

Als ich die Stimmen im Gang hörte, steckte ich in der hintersten Ecke der Vorratskammer neben der Anrichte. »Lele ist gepla-hatzt! Lele ist gepla-hatzt!« plärrten fröhliche Kinderstimmen. Fieberhaft stellte ich den Butterkrug wieder auf die Binsenkörbe mit der Gerste. Hatte er auf dem rechten oder dem linken Korb gestanden? Egal.

Trappeln, Schritte, Aufruhr im Gang. Schon viel näher, etwa auf der Höhe von Gorgs Haus.

Ich wollte aus der Vorratskammer hasten, stolperte über ein Bündel, riß den Honigtopf um, rappelte mich wieder auf. Schneller. Meine Bewegungen erschienen mir so langsam, als versuchte ich unter Wasser zu laufen.

»Schämt euch, ihr ekelhaften kleinen Ungeheuer!« O gütige Mutter Erde, das war Leles Stimme! Sie mußte kurz vor der Biegung sein, hinter der der Eingang zu Illibs Haus lag.

Es schien eine Ewigkeit zu dauern, den Honigtopf wieder

aufzurichten, den Deckel vom Boden aufzuheben und wieder auf den Krug zu setzen. Der Rand war verschmiert, Honigkleckse klebten auf dem Binsenkorb. Mir war, als lähme ein tückisches Gift meine Glieder, so wie man es manchmal in Alpträumen erlebt, wenn man nur noch weglaufen will und doch nicht vom Fleck kommt.

Ich schlug den Ledervorhang der Vorratskammer zurück, lief am Herdfeuer vorbei, erreichte den Eingang und riß die Lederhaut zur Seite.

In der Nische vor dem Hauseingang wuchs Lele vor mir aus dem Boden. Sie atmete schwer und kreuzte die Arme vor dem nackten Oberkörper. Das arme Oberkleid hatte der doppelten Belastung des Tages nicht standgehalten.

Johlend holte die Kindermeute auf. Im Augenblick amüsierten sich unsere Kleinen mit lauten »Wupp! Wupp! Wupp!«-Rufen.

»Laß mich vorbei!« Lele funkelte mich wütend an.

Ich trat beiseite. »Ich wollte nur ... ich muß ... mit dir reden ...«, stotterte ich.

Erst jetzt schien sie mich richtig wahrzunehmen, reckte das Kinn vor und vertrat mir den Weg. »Was hast du überhaupt hier zu suchen? Du warst in meinem Haus!«

»Lele ist gepla-hatzt! Lele ist gepla-hatzt!« skandierten die Kinder erneut. Sie waren so klug, außerhalb von Leles Reichweite zu bleiben.

»Ich war nicht ...«

»Du *warst* in meinem Haus!« rief Lele. »Die Türhaut bewegt sich ja noch!« Ungeachtet der Folgen, die diese Bewegung haben mußte, streckte sie anklagend den Arm gegen mich aus. Ihr Oberkleid, entlang der Vordernaht bis zum Bauchnabel aufgerissen, entblößte die weiße, wogende Fleischespracht. Die Pfiffe und das Johlen, die sie nun erntete, schienen sie nur noch mehr zum Zorn zu reizen.

Sie wirbelte zu den Kindern herum, die Hände angriffslustig in die Hüften gestemmt, und fuhr sie an: »Da staunt ihr, was? Noch nie 'ne nackte Frau gesehn? Im Süden laufen die Frauen *nur* so rum. Die, die es sich *leisten* können! Aber davon versteht ihr ja nichts, ihr dummen Gören! *Mir* hat Sihrus davon erzählt.«

Dann fiel ich ihr wieder ein.

Ich drückte mich an die Steinwand vor ihrem Haus.

»Lasra ist in mein Haus eingedrungen!« schrie Lele in den Gang hinaus.

»Nein, so glaub mir doch, ich habe um Einlaß gebeten – und als niemand da war – ich habe nur hier gestanden«, beteuerte ich.

Ihre Stimme schwoll noch lauter an. »Lasra hat –«

»Lasra hat dich mit Gorg gesehen!« zischte ich ihr ins Ohr, so daß die Kinder es nicht hören konnten.

Sie klappte auf der Stelle den Mund zu und starrte mich haßerfüllt an. Ich starrte zurück. Vermutlich auch haßerfüllt, denn ich hatte Angst. In diesem Moment hegte ich keinen Zweifel daran, daß sie fähig war, einen Menschen umzubringen. Und daß ich die nächste sein würde.

Ihr Gesicht schien noch flacher geworden zu sein, als es ohnehin schon war. Die braunen Augen waren zu Schlitzen zusammengekniffen. Ihre Nase mit den wie witternd hochgezogenen Nasenlöchern kräuselte sich. Die Oberlippe entblößte schneeweiße Schneidezähne. Alles jenseits ihres Kopfes verschwamm zu einer Art Nebelwand, in der sich undeutlich aufgerissene Kindermünder und auf und ab hüpfende Köpfe abzeichneten. In meinen Ohren war ein dumpfes Brausen.

»Ich will auch gucken!«

»Gleich hauen sie sich!«

»Heb mich hoch!«

Die Stimmen drangen wie von fern zu mir herüber. Viel lauter als das ohrenbetäubende Gebrüll der Kinder erschien mir Leles Knurren. Oder bildete ich mir das nur ein? Füchschen erzählte mir später, ich hätte die Zähne gebleckt wie ein Hund. Möglicherweise war ich diejenige, die knurrte.

Leles Gestalt, ihre Gesichtszüge wirkten wie festgefroren. Auch ich vermochte mich nicht mehr zu rühren. Der Augenblick wollte kein Ende nehmen.

Es war Sarra, die mich aus meiner Verlegenheit erlöste.

»Kinder, Kinder!« rief sie tadelnd. »Was ist denn das für ein Geschrei?«

Als sie mich erblickte, winkte sie mich zu sich. »Du mußt heute abend bei uns essen. Ich habe eine prächtige Gans im Feuer! Und Ard möchte dich dringend sprechen.«

Mein Bruder glitt geschickt durch die Menge auf mich zu.

»Du bist auch herzlich eingeladen, Füchschen.« Sarra lächelte.

Wir traten ein, und Sarra schloß den Vorhang vor der neugierigen Meute draußen. Der Blick, mit dem mein Bruder an Nuki hing, erinnerte mich an Wibos treue Hunde. So kannte ich ihn gar nicht.

Doch Nuki würdigte ihn keines Blickes. Sie pflanzte sich vor mir auf und deutete vorwurfsvoll auf Ard, die wie ein Häufchen Elend auf ihrem Bett hockte. »Sie ist abgehauen!« sagte sie.

»Abgehauen?«

»Gestern abend. Konnte kaum aus den Augen gucken, und dann war sie auf einmal weg. Wir haben gesucht und gesucht, und dann wankte sie ins Haus, ließ sich aufs Bett fallen und hat geschlafen wie eine Tote. Frische Luft schnappen, ha!« Nukis Stimme bebte vor Ärger und Empörung.

Ich setzte mich zu Ard. Ihre Augen waren ein wenig abgeschwollen, so daß sie mich wieder sehen konnte, aber ihr allgemeiner Zustand war beklagenswert. Sie zitterte und glühte vor Fieber.

»Du darfst auf keinen Fall draußen herumlaufen«, sagte ich. »Ruh dich aus.«

Illib kam herein und beäugte mit dem hungrigen Blick des Schwerstarbeiters den in der Holzkohle stehenden großen Topf. Ein betörender Geruch nach Gänsefleisch und Kräutern stieg auf, als sie den Deckel lüpfte. Es brutzelte und blubberte in dem Topf, als sei die Gans zu einem zweiten Leben erwacht. Die drei Frauen machten sich mit dem Essen zu schaffen.

Ard rückte ganz nah an mich heran und flüsterte mir ins Ohr: »Du mußt mir helfen!«

»O nein!« entgegnete ich. »Nicht schon wieder. Ich dachte, das hätten wir geklärt.«

»Ich mußte ihn noch einmal sehen«, sagte sie unvermittelt.

»Wen?« fragte ich verwirrt.

»Wen wohl«, zischte sie mir ins Ohr.

Langsam dämmerte mir, was sie mir da gerade gestanden hatte. Ich schlug die Hand vor den Mund. »Du … du hast … du hast doch nicht etwa …?«

»Ich mußte ihn noch einmal sehen«, wiederholte sie. »Ich habe ihn gefragt, ob er mich geheiratet hätte. Ich hatte ihn schon einmal gefragt, als ich wußte, daß ich … Aber er hat mir nicht geantwortet.« Ihr Atem schien mein Ohr zu versengen. »Er hat mir einfach nicht geantwortet. Kannst du dir das vorstellen?« Sie kicherte.

Sie mußte den Verstand verloren haben.

»Sie war ein prachtvolles Tier, jung und saftig«, sagte Sarra vom Herd her. »Seit heute mittag gart sie im Topf. Das Fleisch sollte so mürbe sein, daß es zerfällt. Hier«, erläuterte sie, während sie eine Schale bis zum Rand füllte, »siehst du, Lasra, das Fleisch fällt fast von selbst von den Knochen. Man muß den Deckel dicht geschlossen halten, damit das Gänschen in seinem eigenen Sud vor sich hin köchelt: Das ist das Geheimnis.«

»Und jetzt …«, stammelte ich in dem Versuch, das Ungeheuerliche zu begreifen.

»Jetzt«, sagte Ard, »klafft die Totenhaut auf. Wenn Adlersohn die Totenhaut öffnen will …«

Mir war klar, was dann geschehen würde. Kein Lebender außer dem Schamanen durfte die Toten berühren. Ard drohte eine schwere Buße, womöglich sogar die Ausstoßung.

Als Gast bekam ich die erste Schale in die Hand gedrückt. Auf der Oberfläche schwammen Fettaugen. Sarra hatte es gut mit mir gemeint und mir eine saftige Keule und ein Stückchen zarte Brust aufgetan. Die Gänsehaut mit den charakteristischen Pickeln war mehrfach aufgeplatzt, so daß sie den Blick auf die nahrhafte Fettschicht, das helle Muskelfleisch und die weiß glänzenden Knorpel freigab.

Während alles um mich herum in begeistertes Schmatzen und Schlürfen verfiel, verging mir schlagartig der Appetit. Ich langte nach dem knusprig braunen Brotlaib.

»Iß, Kind!« forderte Sarra mich freundlich auf.

»Noch zu heiß«, meinte ich entschuldigend und blies in meine Schale, bis winzige, von Fettaugen gekrönte Wellen um Haut und Knochen leckten.

»Wirst du mir helfen?« hauchte Ard. Sie trank ein wenig von der Brühe, doch ihre Hände zitterten so stark, daß die Flüssigkeit ihr aus den Mundwinkeln rann. Uns war wohl beiden klar, daß *sie* keinen zweiten Ausflug überstehen würde. Ganz abgesehen davon, daß ihre Familie sie nun bewachen würde wie der Kornmeister das Saatgut.

»Die Menschen auf der großen Insel im Südmeer«, sagte sie so laut, daß auch die anderen sie verstehen konnten, »haben ihre verstorbenen Verwandten liebevoll gewaschen und geschmückt und drei Tage lang Totenwache neben ihnen gehalten. Dabei streicheln und küssen sie ihre Lieben, und sie geben ihnen kostbare Dinge mit auf den Weg. Oder Dinge, an denen die Toten zu Lebzeiten besonders gehangen haben – ein Tonpferd für einen kleinen Jungen, ein Töpfchen mit Lippenrot für eine junge Frau. Könnt ihr euch das vorstellen?«

»Nein, kann ich nicht.« Ich mußte aufstoßen, denn der Bratengeruch, vorhin noch so verlockend, verursachte mir Übelkeit. Durfte ich meine Freundin im Stich lassen? Aber sie war möglicherweise eine Mörderin!

»Haben sie denn keine Angst, daß der Geist der Toten in sie fährt?« Füchschen schauderte.

»Wer weiß?« antwortete Ard herausfordernd. »Vielleicht wollen sie das ja.«

»Tochter, hüte deine Worte!« herrschte Sarra sie an. »Ich kenne dich ja kaum wieder.«

»In mich ist auch kein Geist gefahren«, flüsterte sie mir ins Ohr, als die anderen sich über die sonderbaren Sitten der Südmeerleute zu unterhalten begannen. »Da war – nichts. Du mußt keine Angst haben. Hilf mir, Lasra!«

In diesem Augenblick traf ich eine Entscheidung. Ich mußte sie zum Reden bringen und mehr über Sihrus' Reise erfahren.

»Unter einer Bedingung«, flüsterte ich zurück. »Du mußt mir alles über Sihrus erzählen, was du weißt. Wie es dort im Süden war, wie er sich dir gegenüber … benommen hat. Alles.«

»Danke«, flüsterte sie. »Du mußt es noch heute abend machen.«

»Iß, Kind!« wiederholte Sarra und nickte mir aufmunternd zu. Ich nahm einen Bissen, denn alles andere wäre unhöflich gewesen. Zwang mich zum Kauen, spürte, wie das heiße Fett meinen Gaumen auskleidete wie ein ekliger Belag.

Die anderen spuckten die zerbrechlichen Geflügelknöchelchen neben sich, schlürften den sämigen Sud und zerknackten lustvoll die Knorpel.

»Wußtet ihr, daß sie auf der Insel im Südmeer Fett aus Pflanzen gewinnen?« nuschelte Ard.

»Wie sollte das möglich sein?« staunte Illib.

»Sihrus erzählte, sie hätten einen Baum dort, an dem viele und nochmals viele grüne Kügelchen wachsen. Uralt sind diese Bäume, älter als jeder Mensch. Sie werden vom Vater auf den Sohn weitervererbt wie eine kostbare Steinaxt. Sammelt man die Kügelchen ab und preßt sie mit einem schweren Stein aus, schwitzen sie Öl aus wie der Wal, wenn wir sein Fett auskochen. Sihrus sagte, es schmecke viel besser als unser Tran und habe eine leicht trübe, grünliche Färbung. Die einfachen Leute dort ernähren sich von in Öl getränktem Brot, und die *Edelleute* lassen ihre Köche Wildbret und Singvögel in diesem Öl braten. *Olive*, so heißt diese Beere mit einem Stein als Herz, und *Ölbaum* der Baum, der beinahe wie ein Gott verehrt wird. Ihr könnt euch denken, weshalb.«

Voller Eifer machte Ard sich daran, ihren Teil unserer Abmachung zu erfüllen.

»Kochen die Menschen dort denn nicht selbst?« wunderte sich Sarra.

»Doch, die Menschen schon«, entgegnete Ard. »Die *einfachen*

Leute. Die *Edelleute* haben Menschen, die das für sie erledigen – Köche eben.«

»Was sind denn Edelleute?« wollte mein Bruder wissen. »Sind sie besonders feinfühlig im Umgang mit ihren Sippengeschwistern? Oder besonders begabt in irgendeiner Fertigkeit – wer weiß, im ... Ölbaum-Säen.« Sein Lachen klang eine Spur zu laut, während er einen verstohlenen Blick zu Nuki hinüberwarf.

»Ölbäume werden nicht gesät wie unser Korn«, wies Ard ihn gönnerhaft zurecht.

»Wie bringt man sie denn zum Wachsen?« fragte Füchschen.

»Na ... sie wachsen eben«, sagte Ard. »Sie stehen schon seit Naps Tagen dort herum.« Sie schlürfte ihren Fleischsud. »Die Götter haben sie gepflanzt.«

Mein Bruder nickte. Gegen Götter ließ sich nichts mehr einwenden. »Aber«, wiederholte er nach einer Weile, »was sind Edelleute?« Sollte Nuki auf neugierige Burschen stehen, war mein Bruder genau der Richtige für sie.

»Edelleute«, setzte Ard mit vollem Mund an, »Edelleute stehen ... *über* den einfachen Leuten.« Als wir sie alle verständnislos anguckten, führte sie aus: »Sie sind etwas Besonderes. Angesehen und bedeutend. Reich«, fügte sie zögernd hinzu. Unsere Mienen blieben ratlos. »Was weiß ich, sie werden besonders schöne Töpfe und Ketten besitzen. Besonders viele Ölbäume. Ihr Haus wird größer sein als das der anderen. Außerdem bemalen sie ihre Häuserwände mit bunten Farben. Denkt nur«, begeisterte sie sich, »sie haben nicht nur Ocker, sondern auch grüne, gelbe und blaue Farben. Ihre Häuser haben mehrere Räume, und sie schmücken sie mit Bildern von Jünglingen und Jungfrauen, die mit halsbrecherischen Sprüngen über die gebogenen Hörner stolzer Stiere –«

»Vater Himmel hat den Menschen untersagt, Bildnisse von den Geschöpfen der Götter anzufertigen. Kein Sterblicher darf sich anmaßen, seine Schöpferkraft nachzuahmen!« rügte Sarra ihre Tochter. Mißbilligend schwangen die schweren Fleischsäcke an Kinn und Hals hin und her.

Ards Hals überzog sich mit einer dunklen Röte.

Ein verlegenes Schweigen senkte sich über unsere Runde. Das Prasseln des Herdfeuers und das Schmatzen der Lippen schienen viel zu laut zu klingen. Schließlich fragte Füchschen, zaghaft grinsend: »Ard, ich kann mir noch immer nicht vorstellen, was deine Edelleute sind.« Die Sturheit hatten wir beide von Kea geerbt.

»Merkwürdig, diese Frage habe ich Sihrus nie gestellt, obwohl ich es offenbar selbst nicht genau weiß«, entschuldigte sich Ard. »Für Sihrus war es selbstverständlich, daß es Edelleute und einfache Menschen gibt. Dort im Süden, meine ich. Du weißt ja, er konnte so packend erzählen, daß du irgendwann alles mit seinen Augen sahst.« Als sie nachdenklich die Zeigefinger an die Schläfen legte, zuckte sie vor Schmerz zusammen. Sie ließ die Hände wieder in ihren Schoß sinken. »Ich glaube, die Edelleute geben den anderen Öl und Brot zu essen, und dafür erledigen die bestimmte Aufgaben für sie: Sie kochen für sie, hüten ihre Schafe, fertigen ihre Tonkrüge.«

»So wie Lura diese Gans für uns erlegt hat, weil ich in letzter Zeit soviel mit der Aussaat zu tun hatte?« warf Illib ein.

»In etwa«, gab Ard gedehnt zurück und griff wieder nach ihrer Schale. Ohne mir ihr geschwollenes Gesicht zuzuwenden, sagte sie. »Man sagt ja: Eine Hand wäscht die andere.« Nach einer Weile fügte sie hinzu: »Aber andererseits hat Sihrus auch erzählt, die einfachen Menschen hätten dem Edelmann, in dessen Haushalt er lebte, Körbe voller Nahrungsmittel gebracht, die von ihnen angebaut und geerntet wurden.«

»Sind diese Menschen im Südmeer noch bei Trost?« Mein Bruder kicherte. »Erst geben die einfachen Leute den Edelleuten ihre Ernte, und dann geben die Edelleute den einfachen Leuten ihre Ernte zurück, nur daß die dafür auch noch arbeiten müssen?«

Eine Woge der Heiterkeit schwemmte den letzten Rest von Unbehagen fort. Füchschen schwoll unter der Sonne von Nukis ausgelassenem Lachen die Brust. Die wohlige Wärme des Herdfeuers hüllte uns mit der Gewißheit ein, gut und recht nach dem alten Weg zu leben. Unsere Wangen glühten, unsere Hände flogen, Scherze und Gelächter erfüllten das Haus der Frauen. Ard räumte ein, daß die Sache mit den Edelleuten sich komisch anhörte, blieb aber dabei, Sihrus habe es so und nicht anders beschrieben.

Dann erzählte sie von seltsamen Kannen mit Schnäbeln wie ein Papageitaucher und von *Schminkdöschen* aus schwarzem Stein, auf deren Deckel ein grazil ausgestreckter Hund ruhte, von sonnendurchglühten Felslandschaften und blauem, glattem Meer, so glatt, daß man sein Gesicht darin sehen konnte, von *Spiegeln* aus Bronze, in denen man sein Gesicht auch dann sah, wenn Stürme das Meer aufwühlten, was häufiger vorkam, als den Südmeerleuten lieb war. Ard erzählte von wohlriechenden Salben aus Baumharz und gewaltigen Vorratskellern im *Palast* des Herrn, wo mannsgroße Töpfe die Nahrung der gesamten *Stadt* aufbewahrten.

So warm war es im Sommer auf der großen Insel im Südmeer, daß die einfachen Leute nur mit einem Lendenschurz bekleidet ihrer Arbeit nachgingen und die Frauen der Edelleute ihre Brüste entblößt trugen, zusammengepreßt von einem steifen, prachtvoll verzierten Mieder.

Lele hatte also die Wahrheit gesagt. Falls sie heute morgen die freizügige Tracht nachgeahmt hatte, mußte sie dabei mehr gefroren haben als die Frauen der Südmeerleute in ihrem gesamten Leben.

Die Gans war beinahe auf ihre Knochen zusammengeschrumpft, als Ard uns die *Prozession* am sommerlichen Festtag der höchsten Göttin schilderte. Vorneweg zog der Herr, unmittelbar hinter dem *Idol* der Göttin. Mit prunkvollen blauen und grünen Gewändern angetan war der Herr, auf dem Kopf ein *Diadem* und einen wogenden Federbusch in allen Farben des Regenbogens. Einen Schritt hinter ihm folgten die *Priester*, Tiersöhne der Südmeerleute, die mit klangvollen Stimmen sangen und Gefäße mit einem brennenden Stoff schwenkten, der alles in beißende, freudig stimmende Rauchschwaden hüllte.

Meinem Bruder sprangen fast die Augen aus dem Kopf, als

Ard zum wogenden Meer der Brüste kam, ockerrot bemalt und mit glänzendem Olivenöl eingefettet. »Als hätten sie Säuglinge zu stillen«, murrte Sarra, ganz Mißbilligung für die schmalen Taillen, langen Hälse und hohen Kopfbedeckungen der fernen Südlandfrauen, Töchter und Schwestern des Herrn, die Ard vor unserem geistigen Auge erstehen ließ. Bis zum Boden reichten die Kleider der *Damen*, die aus vielen Röcken übereinander bestanden, jeder eine Handbreit kürzer als der darunterliegende. Manch ein Jüngling aus der Schar der Zuschauer muß sich, erzählten die Geschichten der Südlandleute, in eine der stolz blickenden Schönheiten verliebt und, verstand er seine Leidenschaft nicht geheimzuhalten, mit dem Leben dafür bezahlt haben.

Hinter den Trommeln schlagenden, flötenden und Rasseln schüttelnden *Dienern* stolzierten die *Krieger* des Herrn, *gerüstet* und *bewaffnet* mit *Schild*, Speer und Bronzeaxt, begleitet von den hochbeinigen braunen und schwarzen Hunden, die ich bereits aus Wibos knappem Bericht kannte.

Wir lernten viele neue Begriffe aus der fremden Sprache kennen, für die es in unserer keine Entsprechung gab. Füchschen vertrat die Ansicht, der Herr, der Sihrus Gastfreundschaft gewährt hatte, gliche den Stierleuten, doch Ard widersprach und lehrte uns noch ein neues Wort, *König*, mit dem die Menschen des Südens ihren Herrn anredeten. Sihrus hätte gelacht, versicherte sie uns, als sie damals Stierleute und Südlandherren verglichen hätte. »Kleine Fische« hätte er die Stierleute genannt, und wir staunten nicht schlecht, denn für uns war die Sippe am Nabel der Inseln alles andere als klein.

Ards Erschöpfung brach sich schließlich Bahn. Vor Müdigkeit taumelnd, umarmte sie mich, nannte mich Schwester und drückte mir die Hände. Die vier Frauen und wir beiden Geschwister verabschiedeten uns mit einem leisen Lächeln in den Augen, im Herzen die wohltuende Wärme der Freundschaft.

Erst als ich in den kalten Gang hinaustrat, schloß sich die Faust der Angst um mein Herz. Hinter uns knirschte die Türplatte, als das Haus der Frauen zur Nacht versiegelt wurde.

Durch ein totenstilles, finsteres Dorf tasteten mein Bruder und ich uns nach Hause. Ich weihte ihn schnell ein. Er versuchte mir mein Vorhaben auszureden, doch ich hatte meine Entscheidung getroffen.

»Du mußt es ja wissen«, sagte er schließlich schulterzuckend.

Lin und Ulera schliefen bereits. Möglichst geräuschlos suchte ich mehrere Beinnadeln verschiedener Größe zusammen. Wahrscheinlich hätte ich mich gar nicht so in acht nehmen müssen, denn das Schnarchduett der beiden alten Frauen übertönte alles unterhalb der Lautstärke eines Donnerschlags.

Füchschen durchstöberte die Nische über unserem Bett, in der er seine Habseligkeiten aufbewahrte, und überreichte mir sechs Lederriemen. »Das müßte die richtige Farbe sein«, raunte er mir zu. »Du hast ja ganz blaue Lippen! Nimm einen Tontopf mit glühender Holzkohle mit, damit du wenigstens ein bißchen was siehst.«

Ich schüttelte den Kopf. Meine Hände zitterten wie Schmetterlingsflügel.

Mein Bruder und ich schoben die Türplatte so weit zu, daß ein schmaler Spalt blieb, durch den ich später wieder schlüpfen konnte. »Wird schon nicht so schlimm werden«, sagte er.

»Du verstehst es, einem Mut zu machen«, entgegnete ich so kaltschnäuzig, wie meine klappernden Zähne es zuließen.

Er schaute mir zu, wie ich mich durch den Spalt zwängte. Der mitleidige Blick in seinen Augen machte mir noch mehr Angst.

15

Ahnsohn Mond hatte seit dem Frühlingstag beinahe die Hälfte seiner Fülle eingebüßt. Eine frische Brise raffte den Wolkenvorhang an zahllosen Stellen beiseite, so daß Ahnsohn Mond die dunkle, umrißhafte Welt zu seinen Füßen in ein fahles Licht tauchen konnte. Wenn die Wolkenfetzen vor dem Nachtgestirn selbst aufrissen, gewannen die sanften Wellen der Ackerhügel sogar eine Ahnung von Farbe.

Obgleich die Sicht nicht so gut wie am Frühlingstag war, konnte ich mich auch ohne Lichtquelle mühelos zurechtfinden.

Geduckt trat ich aus der Schlupfpforte und schlich durch die nach Moder und Tang riechenden Felder an unserem Dorf vorbei, die Tür von Adlersohns Haus fest im Blick. Die Türplatte schien vorgelegt zu sein, soweit ich das aus der Entfernung beurteilen konnte. Adlersohns und Regis Häuser wirkten wie zwei dem großen Dorfhügel vorgelagerte Inselchen. Sie besaßen als einzige im Dorf keinen Zugang zu den Gängen; ihre Türen führten unmittelbar nach draußen zu den Feldern auf der Landseite.

Der nie verstummende Wellenschlag war das einzige Geräusch in der nächtlichen Stille. Selbst die zänkischen Seevögel hatten sich zur Nachtruhe in ihre Felsnischen zurückgezogen. Ich wünschte mir fast, ich wäre einer von ihnen und müßte mir keine anderen Sorgen machen, als mir den Wanst zu füllen und mein Gelege auszubrüten. Ich vergewisserte mich noch einmal, daß Nadeln und Lederschnüre sicher in meiner Gürteltasche verstaut waren. Wie kalt und steif meine Hände waren! Beim Gehen ließ ich die Gelenke knacken und knetete die Finger durch. Gleich auf dem Totengerüst würde ich meine ganze Fingerfertigkeit benötigen.

Um mich abzulenken, blickte ich auf die See hinaus, über deren ruhige Oberfläche viele und nochmals viele Glanzlichter flimmerten, der kalte Widerschein von Ahnsohn Mond. Die stille, seltsam feierliche Stimmung schien alles und nichts zu verheißen, Gelingen oder Verderben für das Menschlein, das sich hier unten abmühte. Mir gingen die Anfangssätze unserer Schöpfungsgeschichte durch den Sinn: *Vor allem Anbeginn waren die Ahngötter Mutter Erde und Vater Himmel. Unsere Mutter ist die Herrin von Leben und Tod, das Opfer von Werden und Vergehen. Unser Vater ist der ewige Himmel, ohne Anfang und Ende, allsehend, gegenwärtig jenseits von Raum und Zeit. Der Anbeginn der Zeiten jedoch war die Liebe zwischen diesen beiden. Und am Horizont, jenem Ort, an dem sie sich berührten, wurden die Gotteskinder Sterne geboren und als Mächtigste unter ihnen die Ältesten Gotteskinder, Ahntochter Sonne und Ahnsohn Mond.*

Mit einem leisen Knirschen fiel die Steinplatte des Meertors hinter mir zu. Wo Sihrus' Geist wohl nun weilte? Am Tag der Heimholung hatte Adlersohn ihn mühevoll eingefangen, aber anscheinend hatte er sich danach wieder auf die Reise gemacht. Alte Gewohnheiten sterben langsam.

Angestrengt versuchte ich an etwas anderes zu denken. In den Wolkenschlitzen funkelten die Gotteskinder, kalt, unnahbar, entrückt. Ob sie wohl froren da oben in ihrer eisigen Höhe? Nicht so wie ich hier unten, entschied ich. Der Wind schnitt mir durch Mark und Bein, aber noch schlimmer war die Kälte, die von der Hand in meiner Brust ausging. Diese Hand hielt mein Herz so fest umklammert, als wolle sie sein Pochen ersticken.

Verschämt schaute ich über die Schulter zurück, ohne etwas Ungewöhnliches zu entdecken. Was hätte ich auch entdecken sollen? Schließlich war ich allein hier draußen. Mit äußerster Selbstbeherrschung vermied ich es, mich noch einmal umzuschauen, und rief mir den Fortgang der Schöpfungsgeschichte in Erinnerung.

Doch es kam so, daß Mutter Erde ihre Kinder zwar sehen, aber nie in den Armen halten konnte. »Wenn ich sie dir gebe, werden sie vergehen«, sagte Vater Himmel und behielt sie trotz ihres Flehens bei sich. Mutter Erde weinte über die Hartherzigkeit ihres Gemahls, und aus den Tränen ihrer Einsamkeit wurde Bruder Wasser geboren. Da umfing Bruder Wasser sie in einer tröstenden Umarmung und drang in sie ein. Und aus dieser göttlichen Blutschande gingen alle Tierahnen und Pflanzenahnen hervor und aus diesen wiederum alle Tiere und Pflanzen, die damals lebten und heute leben und je sein werden.

Ich sprach die vertrauten Sätze halblaut vor mich hin. Sie beruhigten mich ein wenig. Beim Gedanken an die Prüfung, die mein Bruder gestern abend hatte ablegen müssen, huschte sogar ein Lächeln über meine Lippen. »Vater Himmel zürnte

Mutter Erde, weil sie sich der Umarmung von Bruder Wasser hingegeben hatte, und er schickte die heiße Spucke seines Zorns auf sie herab. Doch da wurde Mutter Erde ihrerseits zornig und spuckte zu Vater Himmel empor, und als ihre Spucke die heiße Spucke von Vater Himmels Zorn berührte, wurde Schwester Feuer geboren. Sie war immer ein sprunghaftes, unberechenbares Kind. Nie verzieh es seinen Eltern, daß es im Zorn gezeugt worden war. Doch Schwester Feuer ist eine große Wohltäterin der Menschen, so daß es heißt: ›Das Feuer im Herd und die Liebe sind das gleiche – sie retten uns vor dem Erfrieren.‹

Eines Tages besann sich Vater Himmel, er wolle den stetigen Kampf mit seiner Frau beilegen und neue Kinder mit ihr zeugen. Sie wölbte sich ihm entgegen, und so entstanden die unfaßbar hohen Berge, dort, wo tief im Süden die Welt endet.«

Ich hatte das Ahnenhaus erreicht. Stumm ragten die schwarzen Umrisse über mir auf.

Schnell wie ein Pfeil schoß ein Schatten aus dem Ahnenhaus auf mich zu. Etwas Weiches streifte knisternd meine Wange. Gellend schrie ich auf, doch der Wind trug den Laut aufs Meer hinaus, wo er im Donner der Brandung unterging. Etwas Warmes tropfte mir auf den Nacken, auf jene empfindliche Stelle unterhalb des Haaransatzes, die Nomak so gerne geküßt hatte. Mein Kreischen vermischte sich mit dem hellen, nicht enden wollenden Schrei, den der Schatten ausstieß. Instinktiv tupfte ich das Warme mit dem Finger ab und hielt ihn mir vor die Augen. Eine dunkle Flüssigkeit bedeckte meine Fingerkuppe. Blut. Das würde ich noch unter der schmalsten Mondsichel erkennen. In panischer Flucht stolperte ich weiter, nur fort vom Ahnenhaus.

Es muß eine Eule gewesen sein, sagte ich mir, eine Eule mit ihrer halb verschlungenen Beute. Dennoch klammerte sich der Schrecken an mich wie eine Klette. Ich wußte, da war nichts. Trotzdem war mir, als lauere in der undurchdringlichen Finsternis des Ahnenhauses eine namenlose Gefahr. Sosehr ich die Augen auch zusammenkniff, ich entdeckte nichts. Es mußte hinter mir sein. Ich wirbelte herum, um es zu überraschen, und sah doch nur die Klippen unter bleichen Wolkenschlieren.

Wieder drehte ich mich um, zurück zum Ahnenhaus. Hinter dem rechten Ausläufer des Hornwerks meinte ich eine flüchtige Bewegung wahrzunehmen. Mit dem Mut der Verzweiflung lief ich brüllend auf das Ahnenhaus zu und einmal drum herum. Ich entdeckte nichts. Nein, sagte ich mir, da *ist* ja auch nichts.

Während ich weiterging, sprach ich wie eine Beschwörung die Fortsetzung der Schöpfungsgeschichte vor mich hin: »Auf dem höchsten Gipfel dieser Berge tief im Süden, dort, wo die Welt endet, formte Vater Himmel aus Lehm und Stein seine und Mutter Erdes letzte gemeinsame Kinder, die Menschen, und verlieh ihnen Festigkeit durch das Feuer ihrer Liebesglut. Aus dem Hauch, den Vater Himmel beim Liebesakt verströmte, entstand Kind Luft, und da niemand es sehen kann, vermag auch niemand zu sagen, ob es männlichen oder weiblichen Geschlechts ist. Vater Himmel jedoch wurde der Menschen schnell überdrüssig, da sie zwar schön anzusehen waren und emsig umherliefen, aber noch weniger Geist zu besitzen schienen als selbst das Gras, das die Kuh frißt. Leer war der Blick der ersten Menschen, wie Fische auf dem Trockenen öffneten und schlossen sie ihre Münder, und fahrig verebbten ihre Bewegungen.

Da ergriff Vater Himmel sie und warf sie von dem hohen Berg. Während die ersten Menschen hinabstürzten und sich ihre Münder immer weiter öffneten und schlossen, nahmen sie Kind Luft in sich auf und begannen zu leben, beseelt vom Brodem ihres Erzeugers. Wie groß aber muß ihr Entsetzen gewesen sein, als sie erkannten, daß sie in unaufhaltsamem Fall ins Verderben stürzten und sterben würden, kaum daß sie zu leben begonnen hatten? Doch bevor sie zerschellten, fing die barmherzige Mutter Erde ihre Sprößlinge mit weichen Händen auf. Und Mutter Erde trug den ersten Menschen auf, sie sollten hinfort die hohen Berge meiden und nach Norden ziehen, wo sie vor dem Zorn von Vater Himmel sicher seien. So geschah es, und die Menschen lebten im Norden, wo es keine hohen Berge gibt, von denen sie fallen könnten.«

Anders als ein Nachtmahr, der noch lange an dem erwachten Träumer klebt, machte sich der Trost, den die Schöpfungsgeschichte mir gespendet hatte, sofort wieder davon. Der Feigling floh vor der leise schlagenden Wellentrommel in Hams Wiesenloch und der schwarzen Silhouette des Totengerüsts in freundlichere Gefilde. Ich fühlte mich noch einmal so verlassen.

Schau dich um, raunte die Angst mir zu. Erst wenn du dich umgeschaut hast, kannst du sicher sein. Wenn du dich jetzt nicht umschaust ... Das erstemal schaute ich mich um, als ich den Raum zwischen den hölzernen Tragpfosten absuchte. Das zweitemal schaute ich mich um, als ich die Leiter an das Gerüst anlegte. Eine Brise trug einen starken Geruch nach Meer herbei, nach Salz und Muscheln und Krebsscheren im Tang.

»Was glaubst du denn, wer hinter dir hersein könnte?« drang ein Flüstern an mein Ohr. Ich brauchte einen Augenblick, bis ich begriff, daß es meine eigene Stimme war, die sich tapfer gegen das laute Flattern über mir zu behaupten versuchte. Das lose Ende der Totenhaut schlug im Wind, dort, wo Sihrus' Kopf lag. Der Wind hatte Ards Werk fortgeführt. Wenn ich die Naht nicht wieder schloß, würden die Böen die Lederhülle vollends aufreißen.

Als ich auf halber Höhe der Leiter den Kopf ein drittes Mal zurückwandte, begann alles um mich herum zu schwanken. Die Erde selbst schien sich in Wellen und Wellentäler aufgefaltet zu haben und mit gierigen Zungen aus Schaum zu mir hochzuschlecken, so daß ich ein ganzes Meer von Verfolgern zu erblicken meinte. Ich klammerte mich an die Leiter, schloß kurz die Augen und atmete tief durch.

Der Geruch über mir war mittlerweile stärker als der der See. In meinem Magen flatterte Sarras Gans mit den Flügeln und wollte hinaus.

Ich würde Sihrus nicht berühren. Ich würde das Gesetz nicht brechen. Noch eine Sprosse, dann noch eine. Ich mußte ihn auch nicht ansehen, sondern nur die Haut wieder zusammennähen. Meine Finger tasteten nach Nadel und Schnur. Ich wagte es, flüchtig nach oben zu spähen. Noch zwei Sprossen, dann konnte ich feststellen, welche Nadel am besten durch die von Adlersohn vorgebohrten Löcher passen würde und welcher meiner Riemen dem von ihm benutzten am ähnlichsten sah.

»Adlersohn ist dir nicht gefolgt«, flüsterte ich, konnte aber keine Ruhe finden, bis ich mich noch einmal umgedreht und vergewissert hatte, daß hier draußen außer mir niemand war. »Seine Tür war geschlossen. Der Schamane schläft wie ein Toter«, wisperte ich und hätte mir, kaum daß die Worte verklungen waren, am liebsten auf die Zunge gebissen. Mit klammen, ungelenken Fingern nestelte ich die Riemen hervor, die sich jedoch in der Naht meiner Gürteltasche verfangen hatten. Als ich sie mit einem kleinen Ruck losriß, fielen die drei Nadeln heraus.

Einen erstickten Fluch auf den Lippen kletterte ich die Leiter wieder hinunter, tastete auf dem Boden zwischen Steinen und Gras herum und sammelte meine Nadeln wieder ein. Ich wählte die größte aus und fädelte den dunkelsten meiner Riemen durch das Nadelöhr. Mit Füßen aus Stein stieg ich zum zweitenmal in dieser Nacht die Leiter hoch. Vaterkind Wind blies, und die Wolkenfrau vor dem Halbmond jagte davon. Trübes, kaltes Licht ergoß sich in die Tiefe von Hams Wiesenloch und über das Totengerüst. Auf dem Grunde des Kessels funkelte das Wasser auf, und unter der Totenhaut war etwas Helles zu sehen. Hastig wandte ich den Blick ab.

Was weißt du über die Wege der Geister, mit denen der Schamane spricht? raunte mir die Angst zu. Vielleicht hatten sie ihm schon alles offenbart? Unterdessen hatte ich zwei weitere Sprossen erobert. Wenn er Bescheid weiß, dachte ich ergeben, werde ich es früh genug erfahren. Dann wird er *mir* eine Sippensühne auferlegen. Möglich, daß die Eule vorhin am Ahnenhaus seine Kundschafterin war. Gegen solche Mächte kam ich ohnehin nicht an. Ich hatte die Plattform erreicht.

Und wenn es keine Eule, sondern ein Geist war? dachte ich. Wenn dieser Schatten einer Bewegung, den ich ständig in meinem Rücken zu spüren meinte, der körperlose Hauch von Sihrus' Geist war? Ard hatte zwar nichts bemerkt, aber vielleicht hatte ihr untreuer Liebhaber sich absichtlich vor ihr verborgen? Vielleicht war er erst in dieser Nacht zurückgekehrt?

Am äußersten Rand der Plattform ließ ich mich auf die Knie nieder. Sihrus lag in der Mitte des Astgeflechts; bespannt war es mit breiten, über Kreuz verlegten Lederstreifen. Auf Händen und Knien rutschte ich ein Stückchen näher zu ihm. Wenn sein Geist schon nicht in Ard gefahren ist, dachte ich mit bitterer Erleichterung, dann wird er *mich* ganz gewiß verschmähen. Die Äste stachen mir schmerzhaft in die Knie. Vorsichtig, mit Gliedern, so schlaff wie mein Frühlingssalat, kroch ich zu dem Leichnam hin. Eine Windbö fuhr unter meine von kaltem Schweiß durchnäßte Kleidung.

Ein rascher Blick zeigte mir, daß Ard gestern nacht lediglich die Lederschnüre durchtrennt hatte. Das derbe Leder der Totenhaut selbst war unbeschädigt geblieben.

Mit halb abgewendetem Blick packte ich das flatternde Ende der Totenhaut und zog es herunter. Als ich das Leder straffte, zeichneten sich Profil und Körperumrisse schemenhaft darunter ab. Sihrus' Nase war zu erahnen. Gerade und schmal war sie gewesen, groß, aber nicht zu groß, und an der Spitze ein ganz klein wenig abgeflacht. Die Ausbuchtungen des Leders zeigten mir, wo seine Schultern lagen. Ich versuchte die Bilder zu verdrängen, die auf mich einstürmten. Ich wollte nicht an seine breiten Schultern, nicht an seine blonden Haare denken.

Peinlich achtete ich darauf, ihn nicht zu berühren, während ich mit ein paar raschen Stichen auf Höhe der linken Schulter begann. Zunächst mußte ich die klaffende Lücke in der Mitte schließen, damit nicht eine plötzliche Bö die Haut in die Höhe wehte.

Ungebeten kam die Erinnerung. Wie der Wind ihm die langen Haare aus dem Gesicht geweht hatte, als er zu seiner letzten Reise aufgebrochen war. Wie er vor dem Dorftor gestanden hatte, der Körper aufrecht und gespannt wie eine Bogensehne, das rechte Bein vorgestellt, der Kopf leicht gesenkt. Alles an ihm atmete Ungeduld. Er wollte wieder fort. Gorgs salbungsvolle Abschiedsworte nahm er wie eine selbstverständliche, wenn auch lästige Huldigung entgegen. Dann hatte er den Kopf mit jener unnachahmlichen Bewegung in den Nacken geworfen, zu der er stets dies hinreißend anmaßende Lächeln getragen hatte. Vor meinem inneren Auge hob er noch einmal die Hand zum Gruß und wandte sich wortlos zum Gehen, während dieses Wunderding von einer Bronzeaxt an seinem Gürtel glitzerte.

Die Naht, die ich flicken mußte, verlief an seiner Seite entlang bis zur Hüfte. Mit einem zweiten Riemen würde ich dann die Lücke von der Schulter bis hinauf zu seinem Schädel schließen. Vielleicht wunderte ich mich, daß meine Finger so behende die Nadel führten. Völlig in meine Arbeit versunken, führte ich Stich um Stich, immer darauf bedacht, die vorgestanzten Löcher zu benutzen, damit Adlersohn später keinen Verdacht schöpfte.

Die Furcht vor unserem Schamanen war verschwunden. Ich verspürte nicht mehr den Zwang, mich dauernd umzuschauen, und auch an namenlose Verfolger verschwendete ich keine Gedanken mehr. Im nachhinein glaube ich nicht, daß ich überhaupt viel gedacht habe. Nur, wie ich die Nadel hielt und den Faden führte. Ich bemühte mich, den Arm und die Hand, die halb aus der Totenhaut gerutscht waren, nie genau anzusehen.

Indem ich die Totenhaut wie eine Art Handschuh für meine Linke benutzte, gelang es mir, das bleiche Schimmern seiner Haut nach und nach zum Verschwinden zu bringen. Dann war der Spalt geschlossen. Meinen neuen und Adlersohns alten Lederriemen verknüpfte ich mit einem Knoten, wie der Schamane ihn an einer ähnlichen Stelle zu Füßen des Leichnams verwendet hatte.

Als ich zu Sihrus' Kopf kroch, um die Naht von der Schulter an aufwärts zu schließen, geriet die Lederbespannung in Bewegung. Der Leichnam und ich bewegten uns im Takt der leisen

Schwingungen sachte auf und ab. Meine Hände zitterten nicht mehr. Eine ruhige, tiefe Trauer hatte sich in mir ausgebreitet. Ich hatte Sihrus in die Welt des Dunkels zurückgestopft, hatte ihm endgültig Luft und Licht genommen.

Der Wind wehte mir meine Zöpfe und die losen Haarsträhnen ins Gesicht und trocknete meine Tränen. In den langen, beinah zeitlosen Augenblicken, in denen ich die aufgetrennte Naht zu seinem Schädel hin zunähte, begriff ich endgültig, daß es Sihrus nicht mehr gab. Nie wieder würde ich seinen Geschichten am Sprechtag lauschen. Dieser Mund hatte seine Stimme und ich die letzte Hoffnung verloren, ihn doch noch irgendwann für mich zu gewinnen.

Ich hatte keine Eile, und der Geruch störte mich nicht mehr. Ich nahm Abschied von Sihrus. Einen Geist traf ich nicht an, und später bedauerte ich das fast ein wenig, denn womöglich hätte ich ihn in der seltsam schwerelosen Stimmung, in der diese Nacht ausklang, nach seinem Mörder gefragt und mir viel Zeit und Mühe erspart. Ahnsohn Mond ließ mich nicht im Stich, so daß ich meine Arbeit ungestört beenden konnte.

16

»Juchhu!« gellte es neben meinem Ohr. »Ich hab's! Ich hab's gehabt!«

Mit schlaftrunkenen Augen blinzelte ich in das Zwielicht unseres Hauses, in dem sich der Hauch eines Hauchs meiner Atemwolken abzeichnete. Neben mir auf dem Bett hopste Füchschen auf und ab. Träge hoben sich ein grauer und ein weißer Haarschopf aus dem Bett der ehrwürdigen Ahnfrauen. Die Augen darunter wirkten nicht wacher als meine.

»Es ist soweit!« jauchzte mein Bruder unter merkwürdigen Verrenkungen, die dadurch zustande kamen, daß er breitbeinig und mit um den Schritt gekrallten Händen um den Herd hüpfte. »Ich bin ein Mann!«

»Ich hab dir jahrelang den Hintern abgewischt«, schnauzte

ich ihn an. »Ich weiß, daß du etwas zwischen den Beinen hängen hast. Mußt du mich deshalb mitten in der Nacht wecken?«

»Ich bin naß!« erklärte Füchschen aufgeregt. »Meine Hose – sie ist naß!« Tatsächlich stand er am Herd, als hätte er sich in die Hose gemacht. »Ich habe geträumt!« fügte er schwärmerisch hinzu.

»Dein Bruder möchte dir mitteilen, daß er seinen ersten Samenerguß gehabt hat«, übersetzte Ulera, während sie sich mit knirschenden Gelenken im Bett aufrichtete.

Ich schlug mir mit der Hand vor die Stirn. »War ein anregender Abend gestern im Haus der Frauen. Ards Erzählungen von den freizügigen Südlandfrauen – ach, und Nuki war auch da, wenn ich mich recht entsinne.«

»Du bist gemein!« verkündete er mit großer Würde und hörte auf zu zappeln.

Ich versicherte ihm, wie sehr ich mich für ihn freute, und nahm ihn in den Arm. Ein wehmütiges Gefühl beschlich mich, als ich beim Drücken mehr Sehnen und Muskeln spürte, als seine magere Gestalt erahnen ließ. Tatsächlich hatte ich Mühe, mein Kinn auf seinen Scheitel zu legen. Ich sah ihn noch vor mir, wie er schreiend auf den Armen unseres Vaters Simo strampelte, auf den roten, verhutzelten Wangen die zwei Striche aus Schafblut und Getreidebrei, wie es Brauch ist bei den Adlerleuten.

Unser Frühstück bestand zur Feier des Tages aus Ziegenkäse, getrockneten Beeren, einem Brei aus gerösteten und zerstampften Haselnüssen und Gerstenbrot. Wann würde Adlersohn ihn seinen Tag der Zweiten Geburt feiern lassen? Der Schamane mußte träumen, welcher Art Füchschens Prüfung sein würde. Diese Prüfung unterlag strengster Geheimhaltung. Nur soviel stand fest, daß dem jungen Menschen das Schwierigste abverlangt wurde, was es für ihn gab. Als Vorbereitung darauf konnte der Tiersohn seine Absonderung von der Sippe für einen oder mehrere Tage anordnen, begleitet von Fasten und Erbrechen, Meerbädern oder sonstigen körperlichen Entbehrungen.

»Länger als bis zum Tag des Überflusses darf er sich jedenfalls nicht Zeit lassen«, stellte Ulera fest, die in allen Fragen von Brauch und Sitte bewandert war.

»So lange wird er mich doch wohl nicht warten lassen?« rief mein Bruder.

»Falls ja, bedanke dich bei deiner Schwester«, sagte Lin mit vollem Mund, so daß ihr roter Beerenschleim aus dem Mundwinkel lief. »Sie hat sich mit ihrer Fragerei so unbeliebt bei der feisten Raupe gemacht, daß sie dich dafür auf kleiner Flamme schmoren lassen wird.«

»Lin!« wies meine Großmutter sie entrüstet zurecht. Es galt als höchst unschicklich, schlecht über den Schamanen zu sprechen. Noch unschicklicher jedoch war es, einen Erwachsenen bei seinem Kindernamen zu nennen.

»Darwe war eine brave Frau«, sagte Lin schmatzend. »Wenn auch nicht besonders helle. Hat es jedenfalls nicht mehr erlebt, daß aus ihrer häßlichen kleinen Raupe ein häßlicher großer Schamane geschlüpft ist.«

Eingehüllt in den Staub von viel zu vielen Wintertagen, fegte ich die alte Binsenschicht zusammen und zerbrach mir den Kopf über mein weiteres Vorgehen. Die Aufregungen des letzten Tages hatten mich nicht nur körperlich erschöpft, sondern auch meine Entschlußkraft geschwächt und meinen Scharfsinn getrübt. Eins wußte ich allerdings genau: Adlersohn wollte ich nach der gestrigen Nacht nicht begegnen.

Irgendwann zwischen dem Auskehren der Herdasche und dem Aufschichten der neuen Grassoden und Dungfladen tauchte Madragena zwischen den Türpfosten des Hauseingangs auf. Dreimal schlug sie mit einem Hirschknochen an den Stein, um dann, als Ulera, Lin und ich ihr die Blicke zuwandten, wortlos auf den Sprechstein in ihrer Rechten zu deuten. Ebenfalls schweigend bekundeten wir mit unserem Nicken, daß wir ihrer Einladung zum heutigen Sprechtag Folge leisten würden.

Nachdem ich sämtliche leeren Töpfe und Schalen mit Sand geschrubbt hatte, schleppte ich unsere Ziegenschläuche zur

Quelle, spülte sie aus und schüttelte sie, als seien sie meine Feinde.

Morgennebel lag über dem Land. Darüber ahnte man blauen Himmel und Sonne. Unter Ahntochters Strahlen lösten sich die Dunstschleier allmählich auf und enthüllten Stück um Stück von der Welt um mich herum. Ich wünschte, meine Fragen würden auf gleiche Weise die Wahrheit zu Sihrus' Tod enthüllen.

Bettfelle und Farnmatratzen waren gelüftet, dann machte ich mich über die Werkzeuge in unserer Arbeitsnische her. Vergebliche Liebesmüh. Ich fühlte mich noch genauso unentschieden und lustlos wie vorher. Die Aufgabe, die ich zu bewältigen hatte, türmte sich vor mir zu einem Berg auf, höher, als es ihn auf den Inseln gab. Kaum meinte ich einen Zipfel der Wahrheit gesichtet zu haben, zog wieder Nebel auf und verhüllte alles.

Sollte ich Gorg und seinem abscheulichen Bruder auf den Bärenpelz rücken? Durfte ich unseren Häuptling in die Enge treiben, indem ich ihn wissen ließ, daß ich sein Stelldichein mit Lele belauscht hatte? Hatte Lele es ihm schon erzählt? Beabsichtigte sie überhaupt, es ihm zu erzählen? Unschlüssig schwankte ich hin und her. Verzweiflung und Trauer waren einem nervösen Unbehagen gewichen. Gestern hatte ich den Bären in Gorg mit eigenen Augen gesehen, und er hatte mir Angst eingejagt. Wie konnte ich mich schützen, wenn er auf mich losging?

Ich verließ das Haus, um ein Bad im Meer zu nehmen. Das eiskalte Wasser weckte meine Lebensgeister. Ich rieb mich mit Keas Alkfettsalbe ein, ein Geheimnis, das in unserer Familie von der Mutter an die Tochter weitergegeben wird, und fühlte mich rundum erfrischt.

Auf dem Rückweg zum Dorf traf ich auf Madragena, die eine schwere Last trug. Tief schnitt der Tragriemen in das Ledertuch ein, mit dem sie ihre Stirn schützte. Vornübergebeugt, schleppte sie den tropfenden Ledereimer auf ihrem Rücken. Ich lief auf sie zu und wollte ihr schon die Last abnehmen, als ich begriff. Ihre grau verschmierten Hände, auf denen der trocknende Ton Schuppen bildete. Der schmutzige, von Feuchtigkeit schwere Saum ihres Umhangs, die Tonkleckse in ihrem Haar. In dem Ledereimer befand sich Tonerde für mehrere große Gefäße. Sie würde Sihrus' Totenschale töpfern.

»Begleite mich, wenn du magst«, sagte Madragena, als sie meine mitten in der Bewegung erstarrten Arme sah. »Tragen muß ich den Ton allein, aber wir können über Sihrus sprechen und ihm so Ehre erweisen.«

Dankbar neigte ich den Kopf und ging neben ihr her zum Dorf.

Madragena begann die Geschichte von Sihrus und dem Allsamenbaum zu erzählen. Ich hätte nie erwähnt, daß sie mir diese Geschichte bereits am Tag der Heimholung erzählt hatte, aber irgendwie mußte sie meine Verlegenheit gespürt haben, denn nach wenigen Sätzen stockte sie und fragte: »Ich habe sie dir neulich schon erzählt, nicht wahr? Du kannst mich ruhig darauf hinweisen. So ist das, wenn man alt wird.« Sie schwieg eine Weile.

Als es mir langsam unbehaglich wurde, sagte ich: »Ard war ziemlich betrübt, daß du nicht mehr Begeisterung über ihr Kind gezeigt hast.« Sie sagte noch immer nichts, sondern stapfte mit schweren Schritten aufs Dorf zu.

»Zweifelst du daran, daß es Sihrus' Kind ist?« fragte ich.

Sie wandte mir kurz den Kopf zu, bevor sie scheinbar zusammenhanglos sagte: »Du bist die richtige Frau für diese Aufgabe.«

»Welche Aufgabe?« fragte ich, obwohl ich natürlich wußte, was sie meinte.

»Das Fragenstellen war schon immer deine Leidenschaft. Neuerdings scheint es dich immer weniger zu kümmern, ob diese Fragen aufdringlich sind und die Menschen kränken.« Außer Atem blieb sie stehen, setzte den Trageimer ab und ruhte sich kurz aus. Der Wind preßte das Kleid wie eine zweite Haut an ihren Rücken, und als sie sich vorbeugte und mit den Händen auf den Knien abstützte, zeichneten die Hüftschaufeln sich ab wie die einer halb verhungerten Kuh.

Ich entschuldigte mich. Sie winkte ab.

»Ard«, stieß sie schließlich noch immer eine Spur atemlos hervor. »Nein, ich zweifle nicht daran, daß sie die Wahrheit sagt. Außerdem hat die gesamte Sippe gesehen, wie sie und Sihrus sich mit Blicken verschlungen haben.«

Meine Lehrmeisterin tat mir unrecht. Es machte mir etwas aus, wenn die Menschen mich für aufdringlich hielten. Es machte mir etwas aus, wenn ich sie, ausgerechnet sie, kränkte.

»Hat Sihrus je mit dir über Ard gesprochen?« wollte ich wissen.

»Nein.«

»Hatte er die Absicht, sie zur Frau zu nehmen?«

»Das weiß ich nicht«, antwortete Madragena. »Eine Mutter ist die letzte Person, mit der ein Mann sein Liebesleben erörtert. Seine Freunde können dir vermutlich besser Auskunft geben. Bei mir hat er lediglich hin und wieder eine Bemerkung fallenlassen. Eine Häuptlingstochter auf dem festen Land, ein Mädchen bei den Hirschleuten ...« Ein grüblerischer Ausdruck trat in ihre Augen. »Als fürchtete er, ich könne es mißbilligen, und hoffte gleichzeitig auf Lob. Eine seltsame Vorstellung in Verbindung mit ihm. Ich habe selten einen Menschen gekannt, der so wenig auf das Urteil der Menschen gab.«

»Aber an deinem Urteil hat ihm viel gelegen.«

Ächzend richtete sie sich auf, doch bevor sie sich den Tragriemen wieder über den Kopf legte, fuhr sie fort: »Ich wußte aber, daß da stets Frauen waren. Lele gehörte zu ihnen. Auch bei anderen Sippen wird es Freundinnen gegeben haben. Vielleicht habe ich schon mehrere Enkelkinder.«

»Weißt du von einem?« fragte ich, nachdem wir eine Zeitlang über die windzerzausten Wiesen gegangen waren.

Der Wind, launenhaft wie eine Schwangere, wechselte die Richtung. Eine Bö blies uns ihren frischen Atem ins Gesicht. Immer wieder kreisten Möwen über unseren Köpfen. Nicht weit entfernt an der Küste wartete ihre hungrige Brut, den rosigen Schlund weit aufgerissen. Madragena stolperte über eine Steinspitze, die sich unter einem dicken Moospolster verborgen hatte. Als sie sich wieder gefangen hatte, sagte sie einfach: »Ja. Ich kenne eins.«

Ich traute meinen Ohren nicht. »Du meinst ... eins von unseren Kindern ...« Fieberhaft rechnete ich nach, um Sihrus' vierjährige Abwesenheit sowie die zehn Monde einer Schwangerschaft mit dem Alter einiger Kinder zu vergleichen, die in Frage kamen. Mein rechter Stiefel versank bis zum Schaft in einem kleinen Tümpel, der sich gut unter einem trügerischen Mooskissen getarnt hatte. Stolpernd lief ich Madragena hinterher. »Ist es Siras Blauauge ... nein, warte, Twirks Biber ... Oder Wölfchen ... Doch nicht etwa ein Kind aus Gorgs Haus? Färse oder Bückelein hätten das entsprechende Alter, aber Gorg ... die Ehe mit Um war doch gut –«

Ein scharfer, durchdringender Gestank nach Schweinegülle und Kuhdung verriet uns, daß die Pferche an der Nordmauer nicht mehr weit waren. In den beiden mit großen Steinplatten abgetrennten Pferchen wurden diejenigen Tiere gehalten, die krank waren oder gepaart wurden und deshalb von ihren Artgenossen auf der Weide getrennt wurden.

»Bitte sag mir, wer es ist!«

»Das kann ich nicht«, weigerte sie sich in einem sanften, unerträglich duldsamen Tonfall.

»Eine Erdfrau ist verpflichtet, die Wahrheit zu sagen!« erinnerte ich sie.

»Es sei denn, ein Kranker hat ihr bei Mutter Erde ein Gelöbnis abgenommen, das ihr ebendies verbietet«, erinnerte sie mich. »Oder ...«

»Oder der alte Weg ist in Gefahr«, leierte ich lustlos herunter.

»Meine Lasra hat ihre Lektion ja doch gelernt.« Ihr sanfter Spott brannte wie Nesseln. Ich hielt meiner Lehrmeisterin das Pferchtor auf. Mit ihrer tropfnassen Last schwankte sie zwischen den beiden Steinpfosten hindurch.

Die Kinder aus Twirks Haus tollten ausgelassen über den Bach im neuen Gerstenfeld: Biber, Wölfchen, Blase und Ringel aus seiner ersten Ehe mit Ayne sowie Bienchen, Wibbel und

Hasel, die Kinder seines verstorbenen Bruders. Bei Madragenas Anblick erstarrten sie ehrfürchtig. »Spielt weiter, Kinder«, forderte sie die Kleinen auf, die stumm zu Boden schauten und nicht wußten, wohin mit ihren Händen. »Sihrus ist tot, aber deshalb müßt ihr nicht die Luft anhalten, bis ihr blau werdet.« Wir waren schon ein gutes Stück weitergegangen, als das fröhliche Krähen in unserem Rücken wieder einsetzte. War eins von ihnen Sihrus' Kind? Nicht ahnend, daß es gerade seinen Vater verloren hatte?

»Willst du denn nicht, daß Sihrus' Mörder gefunden wird?« fragte ich, verletzt durch ihr Schweigen wie durch ihren Spott.

»Ich will es, und ich will es nicht«, versetzte sie, ohne mich anzusehen.

»Geht es auch etwas weniger rätselhaft?« meinte ich spitz.

»Als seine Mutter will ich Sihrus' Mörder bestraft und aus der Sippe ausgestoßen sehen. Ich will, daß dem Gesetz der Inseln Genüge getan wird.« Sie hielt kurz inne. »Als Erdfrau der Adlerleute fürchte ich die Folgen für unsere Sippe. Ich fürchte um den Fortbestand des alten Wegs. All die Verdächtigungen, das Mißtrauen unter den Sippengeschwistern, die Unruhe, die lauernde Gewalt. All die Angst. Die Angst ist das schlimmste. Sie öffnet der Gewalt das Tor. Vielleicht ist es besser zu vergessen.«

Vorerst kam ich nicht dazu, zu widersprechen. Madragena blieb bei jedem Sippenmitglied stehen, dem wir innerhalb der Dorfmauern begegneten. Ausführlich und mit unangreifbarer Ruhe berichtete sie von ihrer Absicht, Sihrus' Totenschale zu töpfern. Die Adlerleute hielten, respektvoll nickend, inne und ließen Steine, Schaufeln und Heideseile liegen.

In Madragenas Kielwasser kehrte so etwas wie Besinnung ein. Eine Totenschale zu fertigen ist eine langwierige Aufgabe, die wohl durchdacht sein will, eine Arbeit, für die kein Material zu kostbar, keine Anstrengung zu groß ist. Alle Sippengeschwister sollen daran Anteil nehmen, so daß von jedem etwas in das Gefäß einfließt.

Nachdem Madragena einen nachdenklich vor sich hin

blickenden Gorg vor dem Steinehaus zurückgelassen hatte, zwängte sie sich ächzend durch die Schlupfpforte. Obwohl sie mich nicht ausdrücklich dazu aufgefordert hatte, begleitete ich sie in ihr Haus.

»Ich glaube nicht, daß man so etwas vergessen kann«, nahm ich den Faden wieder auf. »Wir können es nur zu Ende bringen. So gut wie möglich.«

Mit einem Seufzer der Erleichterung kniete Madragena sich neben eine der Steinkisten vor der Anrichte, setzte ihre Last ab und streifte sich den Tragriemen vom Kopf.

»Du kennst die Menschen schlecht«, sagte sie, bevor die rötlichgraue Tonerde mit einem satten, schmatzenden Geräusch in die Steinkiste glitt. Mit ächzenden Gelenken ließ sich Madragena auf den Sitz daneben sinken.

»Dann sag mir wenigstens, warum du es mir verschweigen mußt: Gelöbnis oder alter Weg?«

Kopfschüttelnd, lächelnd sah sie mir in die Augen. »Meine Antwort wird dir keine Freude bereiten, kleine Lasra. Im Leben läßt sich selten eine klare Grenze ziehen. Du wirst es selbst herausfinden müssen.« Sie nahm einen Becher von der Anrichte, füllte ihn mit Wasser und reichte ihn mir. »Du kommst heute abend zum Sprechtag.« Das war eine Feststellung.

Ich nickte, war jedoch nicht bei der Sache. In meinem Kopf verbanden sich zwei Wörter zu einem funkensprühenden Regenbogen. Da war sie, die Idee. Ich seufzte, genoß das kühle Wasser und leistete meiner Lehrmeisterin noch ein wenig Gesellschaft.

Madragena begann die Tonerde zu kneten. Der Rhythmus, mit dem sie das Wasser zugab, zeugte von großer Erfahrung.

»Wie lange wirst du den Ton kneten?«

»Bis heute abend«, gab sie zurück. »Dann ist er weich wie Butter und kann zwei Tage ruhen, bevor ich den Härter beigebe. Ich hatte an Muschelkalk und ein zerstoßenes Tongefäß gedacht. Nur ganz wenig Muschelkalk, damit die glitzernden Perlmuttstückchen nicht zu sehr auffallen.«

Ich pflichtete ihr bei.

»Morgen früh breche ich zu den Wanderfalkenleuten auf«, sagte sie, nachdem sie eine Weile schweigend ihre Fingerknöchel in die geschmeidige Tonmasse gepreßt hatte.

»Was willst du denn bei den Wanderfalkenleuten?« wunderte ich mich.

Sie runzelte die Stirn. »Die Neugier ist deine zweite Haut«, erwiderte sie vorwurfsvoll. »Ich besuche Noresha. Sie ist die beste Töpferin, die ich kenne. Ich werde mit ihr über Sihrus' Totenschale sprechen.« Ihre Stimme, rauh geworden, geriet ins Stocken. »Ich bleibe über Nacht bei ihnen. Eine alte Frau wie ich schafft den weiten Weg nicht mehr an einem Tag.«

Mir kam noch eine Idee. »Könntest du dich für mich etwas umhören? Ich meine, wie die Wanderfalkenleute den Frühlingstag gefeiert haben, was sie alle so gemacht haben …«

»Was Brim so gemacht hat«, führte sie meinen Gedanken zu Ende.

»Ja«, stimmte ich ihr zu. »Auch, was Brim so gemacht hat.«

Sie versprach es. Wir unterhielten uns noch eine Zeitlang über unverfängliche Dinge, und ich wollte mich gerade zum Gehen wenden, als sie sagte: »Mir ist da noch etwas eingefallen. Zu deiner Frage, ob Sihrus Ard zur Frau nehmen wollte.«

»Ja?«

»Ich glaube es nicht.«

»Was bringt dich zu der Annahme?«

»Er hat eine Andeutung fallenlassen«, antwortete sie bedächtig, als versuche sie mit den langsamen Bewegungen eines Tauchers zu einer kostbaren Muschel tief unten im Meer vorzustoßen. »Diese Andeutung hatte auch nichts mit Ard zu tun. Wenn ich mich recht entsinne, sprachen wir über die Insel im Südmeer und ihren gottlosen Weg. Ich bekomme es nicht mehr genau zusammen.« Tastend griff der Taucher unter einen Stein, ganz vorsichtig, um nur ja keine Muräne aufzustören. »Es war ziemlich … vage. Du weißt, manchmal tat er absichtlich geheimnisvoll. Seltsamerweise liebten die Menschen das. Ich glaube, es machte einen Teil seines Zaubers aus. Du weißt, wie er dann immer lächelte – als würde er dem anderen zuzwinkern. ›Es ist ein Spiel, das wir jetzt spielen‹, schien er zu sagen, ›und es wird uns beiden Spaß machen.‹« Sie stockte und strich sich mit Zeige- und Mittelfinger über die Augen. »Diese Andeutung ... es handelte sich um etwas Wichtiges ... Er schien irgend etwas in Aussicht zu haben ... Er vermittelte mir das Gefühl, ich würde stolz auf ihn sein. Und er wollte, daß ich seine Vorfreude teilte, ohne genau zu wissen, worum es ging.«

Sie schüttelte den Kopf, unzufrieden mit ihrem eigenen Gestammel. »Und es hatte etwas mit einer Frau zu tun. Er hatte diesen besonderen Gesichtsausdruck, wenn Frauen im Spiel waren. Nun, jedenfalls bilde ich mir ein, es gespürt zu haben. Und ich bilde mir auch ein zu wissen, daß es nicht um die kleine Ard ging. Ich weiß, das muß alles sehr merkwürdig für dich klingen. Er redete nicht viel, aber wenn man ihn lange kannte, konnte man vieles ahnen. Wem sage ich das. Du kanntest ihn ja auch recht gut.«

Ich dankte ihr, obwohl ich mit ihrer Beobachtung nicht viel anfangen konnte. Ich ging aufs Weizenfeld, um Illib zu helfen. Manchmal muß man die Leute einfach überraschen.

17

In fast derselben Sitzordnung wie vor drei Tagen hatten sich die Adlerleute in Gorgs Haus zusammengefunden. Nur Lele hatte den Platz an der Seite ihres Mannes verlassen und sich auf das Bett zwischen Osi und Lura gequetscht. Ard saß zwischen Illib und Sarra auf dem Bett rechts vom Eingang. Ihr übel zugerichtetes Gesicht hatte neugierige Blicke auf sich gezogen.

Ich bat Wibo, beiseite zu rücken, und setzte mich neben Ibbe. Den Platz auf der Ehrenbank am Herd nahm wie gewohnt Madragena ein. In der Kammer neben dem Eingang lauschte wie üblich Füchschen, diesmal allerdings mit schwesterlicher Erlaubnis. Er sollte die Reaktionen einiger Sippenbrüder und -schwestern beobachten, die meiner Aufmerksamkeit möglicherweise entgingen.

Der Sprechstein ging von Hand zu Hand, Faden um Faden legte sich in die Mulden zwischen seinen Zacken. Illibs Bericht vom erfolgreichen Abschluß der Aussaat rief eine Woge der Begeisterung hervor, die auch die rituellen Klagen der ehrwürdigen Ahnfrauen nicht zu dämpfen vermochten. Wibo wußte von der Schafherde, Kebro von unseren Rindern und Schweinen nur Gutes zu berichten. Erneut waren mehr gesunde Jungtiere als im Jahr zuvor geboren worden.

Schließlich ergriff Gorg den Sprechstein und ließ mit gebieterischer Geste Ruhe einkehren. »Wir sind alle gespannt, was unsere Sippenschwester Lasra zu berichten hat. Hast du herausgefunden, wie der geehrte Sihrus zu Tode gekommen ist?«

Mein Herz schlug schneller. Ich nahm den Sprechstein aus Gorgs Hand entgegen und stellte mich neben den Herd. »Erstaunt es euch, wenn ich euch sage, daß ich Sihrus' Mörder noch nicht gefunden habe?« fragte ich in die Runde.

Sarra tat mir den Gefallen, nachhaltig den Kopf zu schütteln.

»Meine Fragen haben einige interessante Dinge an den Tag gebracht. Nur darf ich sie euch noch nicht mitteilen.« Ich ließ den Blick über die Versammelten schweifen. »Jeder von uns könnte es gewesen sein.«

»Jeder?« rief Nuki mit roten Wangen aus. »Das kannst du nicht ernst meinen!«

»Also gut«, räumte ich ein, »nicht jeder. Einige Sippengeschwister kann ich ausschließen. Alle Kinder.« Zustimmendes Nicken um mich herum. »Ich weigere mich einfach zu glauben, daß ein Kind einen Mord begeht. Den Jüngeren hätten ohnehin Mittel und Kräfte dazu gefehlt. Außerdem befanden sich in der Nacht des Frühlingstages alle in der Obhut der Älteren, die abwechselnd wachen mußten. Keiner hätte sich unbemerkt davonstehlen können.«

»Wieso am Frühlingstag?« rief Osi dazwischen.

Ich hob die Hand und bat um ein wenig Geduld. »Die ehrwürdigen Ahnfrauen Ulera und Lin möchte ich genauso ausschließen wie Siras Vater Bun, Sarra und Lari, die wegen ihrer Gebrechen und Krankheiten –«

»Ich bin nicht krank«, keifte Lari. »Ich bin nur schwanger!«

»– sowie wegen vorübergehender Beeinträchtigungen nicht dazu imstande waren«, fügte ich mit einem entschuldigenden Lächeln in Laris Richtung hinzu. »Erdfrau Madragena kommt als seine Mutter ebenfalls nicht in Betracht. Daß ich selbst keine Mörderin bin, weiß ich.«

»Fein«, sagte Lin, »und woher wissen wir es?« Doch niemand nahm ihren Einwurf ernst.

»Stimmt ihr mir bis hierher zu?« wandte ich mich an die Adlerleute.

»Du kannst doch nicht ernsthaft unseren Tiersohn und unseren Häuptling verdächtigen!« sagte Eno im Brustton der Überzeugung.

»Ich sage nicht, daß ich sie verdächtige«, gab ich zurück. »Ich sage nur, daß die anfangs Genannten es *keinesfalls* gewesen sein können.«

»*Mich* hast du noch vergessen! Erinnerst du dich? Ich bin deine *Schwester*«, rief Regi. »Dein eigen Fleisch und Blut! Und dein Schwager Ibbe. Einen friedfertigeren Menschen gibt es auf allen Inseln nicht! Wo bleiben wir in deiner Aufzählung?«

»Liebste Schwester, bitte beruhige dich. Mir fällt beim besten Willen kein Grund ein, warum einer von euch beiden Sihrus hätte umbringen sollen. Ich halte es für höchst unwahrscheinlich und denke, daß die Adlerleute mir zustimmen werden. Aber *ausschließen* darf ich euch nicht.«

Ibbe legte den Arm um seine Frau und redete beschwichtigend auf sie ein. Ab und zu drang noch ein »unerhört« und »die eigene Schwester!« an mein Ohr.

»Alle Kinder, Madragena, Bun, Ulera, Lin, Sarra, Lari und ich können den Mord nicht begangen haben – stimmen mir die Adlerleute darin zu?«

»Mit Ausnahme deines Bruders – ja«, ergriff Adlersohn das Wort und den Sprechstein. »Er befand sich am Abend des Frühlingstages nicht bei den Kindern im Dorf, sondern ... nun, sagen wir, am Busen von Mutter Erde. Alt und kräftig genug wäre er.«

Ich wollte schon leidenschaftlich widersprechen, sah jedoch um mich herum nur allgemeines Nicken. Da meinem Bruder ohnehin keine Gefahr drohte, neigte auch ich zum Zeichen meines Einverständnisses das Haupt. Bevor mir irgendein Übereifriger den Stein abnehmen konnte, fuhr ich fort: »Nun komme ich zum Frühlingstag. Ich weiß, daß Sihrus am Frühlingstag ermordet wurde. Am Abend oder in der Nacht. Es kann schon auf den Morgen zugegangen sein.«

»Ach nein!« spottete Brim. »Und woher willst du das so genau wissen? Ist dir Sihrus' Geist erschienen und hat dich mit seiner Weisheit befruchtet?«

Ich spürte, wie mir das Blut aus den Wangen wich.

»*Ich* habe die Geister befragt«, verkündete Adlersohn im großen Tonfall des Schamanen, nachdem er mit einer ungehaltenen Geste den Sprechstein von Brim eingefordert hatte, »und sie haben mir geantwortet.« Ehrfürchtiges Schweigen senkte sich über die Versammlung.

Mir war äußerst unbehaglich zumute. Hatten die Geister ihm auch verraten, was ich gestern nacht getan hatte? Ich zwang mich fortzufahren: »Dieser Zeitpunkt stimmt mit dem Zustand von Sihrus' Nahrungs- und Biervorrat überein. Und mit dem seines Leichnams.« Ich mußte schlucken. »Darüber hinaus bot der Frühlingstag die beste Gelegenheit, die der Mörder – oder die Mörderin – sich wünschen konnte. Alle waren berauscht vom Honigbier –«

»Und von der Liebe!« Kebro lachte und zeigte dabei seine blendend weißen, regelmäßigen Zähne.

Adlersohn bedachte ihn mit einem tadelnden Blick.

»– und von der Liebe«, gab ich dem jungen Mann von den Stierleuten recht. »Niemand hat bemerkt, daß der Mörder entweder zu Fuß aufbrach oder sich ein Kerrag aus der Schwarzspalte holte. Ahnsohn Mond erhellte die Südliche fast wie das Tagesgestirn. Der Mörder lief also nicht Gefahr, sich zu verirren. Das Dorftor und sämtliche Haustüren blieben die Nacht über offen, so daß er sich jederzeit unbemerkt zurückschleichen konnte.«

Ulera verlangte den Sprechstein. »Vielleicht mußte er sich gar nicht zurückschleichen«, gab sie zu bedenken. »Wibo war am nächsten Tag nicht im Dorf, sondern bei seinen Schafen, und Brim besuchte die Wanderfalkenleute, deren Dorf viel näher am Großen Kessel liegt als unseres.«

Brim begann sich gerade aufzuplustern, als Osi, das Töchterchen an der schweren, blau geäderten Brust, um den Sprechstein bat: »Warum willst du die Möglichkeit ausschließen, daß es jemand aus einem anderen Dorf gewesen ist, Lasra? Hatte Sihrus nicht vor, den Frühlingstag bei den Hirschleuten auf dem Kleinen Nordlicht zu verbringen?«

Madragena bejahte ihre Frage. Es war das erste Mal nach den Eröffnungsworten, daß sie auf diesem Sprechtag das Wort ergriff. »Ja, und vorher wollte er sich mit seinem Freund Errill treffen.« Ihr braunes, wettergegerbtes Gesicht glänzte im Schein des Feuers.

»Ich schließe diese Möglichkeit nicht aus, Osi«, erklärte ich in die Unruhe hinein, die Madragenas Äußerung verursacht hatte. Offensichtlich fiel der Gedanke, die Schuld anderswo als bei den Adlerleuten zu suchen, auf fruchtbaren Boden. »Auch den anderen Sippen werden Fragen gestellt werden. Aber zuerst suche ich den Haken in dem Fisch, den ich an der Angel habe.«

»So groß sind die Fische in diesem Dorf nicht!« rief Sira in die Runde. Als das Gelächter verebbte, hatte es ein wenig von der gedrückten Stimmung mitgenommen. Dennoch hatte ich die Adlerleute schon befreiter lachen hören.

»So ist es in etwa abgelaufen«, setzte ich erneut an, nachdem wieder Stille eingekehrt war. Das leise Schmatzen der kleinen Sonne, von einem gelegentlichen Aufstoßen unterbrochen, war zu hören. »Der Mörder hat sich in der Nacht des Frühlingstages mit Sihrus an jener Bucht im Norden unserer Insel verabredet, wo ich vier Tage später seinen Leichnam fand. Dort hat sich der Mörder versteckt, vermutlich in dem Wäldchen im Rücken der Bucht, und Sihrus von hinten mit einem schweren, stumpfen Gegenstand erschlagen. Sihrus war auf der Stelle tot.

Den Schlag hätte eine Frau ebenso wie ein Mann ausführen können. Um sein Opfer dorthin zu locken, muß der Mörder ihm einen überzeugenden Grund genannt haben. Wir wissen nicht, welchen Vorwand er benutzt hat, aber es muß etwas von großer Bedeutung für Sihrus gewesen sein. Immerhin hat er seine Verabredung mit Errill und den Hirschleuten dafür aufgegeben. All das spricht dafür, daß Opfer und Täter sich kannten, wahrscheinlich gut kannten. Ich glaube, eine zufällige Begegnung läßt sich ausschließen. Man trifft sich nicht zufällig mitten in der Nacht an einem einsamen Strand.«

Die Adlerleute hingen gebannt an meinen Lippen. Ich fühlte mich wie berauscht von meinen eigenen Worten. Zu meinem eigenen Erstaunen fügten sich die Fragen und Antworten der letzten Tage zu einem Bild zusammen, das zwar noch umrißhaft, aber doch deutlicher war, als ich geahnt hatte.

»Was spricht dagegen, daß Errill der Mörder ist?« unterbrach mich Gorg. Der Sprechstein verschwand fast in seiner behaarten Hand. Ich sah einen Bären auf der Herdbank neben Madragena sitzen, träge lauernd in seinem dunkelbraunen Pelz. Das Bild verschmolz mit dem breiten Rücken des Bärenmannes, der Lele gegen den Felsen gedrängt hatte.

»Nichts spricht dagegen«, räumte ich ein.

»Nichts außer ihrer Freundschaft«, warf Madragena ein, während sie bedächtig ihren Faden um den Sprechstein wickelte. »Und das ist ein guter Grund. Vielleicht der beste überhaupt.«

»Freundschaft kann in Feindschaft umschlagen«, erklärte Gorg in seiner besonnenen Sprechweise. »Schneller als Gleichgültigkeit. Auch ein Freund ist nicht gegen Neid gefeit. Vier Jahre zusammen mit einem Helden wie Sihrus! Wer würde da nicht neidisch werden?«

»Ein wahrer Freund«, erwiderte Madragena. »Vergeßt nicht, daß Freundschaft und Gastfreundschaft die Grundlagen jeglicher Gemeinschaft sind. So lehrt es uns der alte Weg.« Sie war aufgestanden und ließ, den Sprechstein in der seltsam leblos herunterhängenden Rechten, ihre braunen Augen über die Sippe der Adlerleute gleiten. Ein schwacher Geruch nach feuchter Tonerde stieg von ihr auf, als sie sich wieder setzte und mir den Sprechstein übergab.

»Wir sollten Errill jedenfalls nicht ausschließen«, faßte ich die widersprüchlichen Meinungen zusammen. »Ich möchte euch noch einmal in die Mordnacht zurückführen. Jeder mittelmäßige Läufer oder Kerragfahrer hätte es in jener Nacht vom Dorf zu der besagten Bucht und wieder zurück geschafft. Einige Sippenschwestern und -brüder waren schon *vor* Adlersohns zweitem Geisterflug in die Nacht hinausgegangen. Sie hätten noch mehr Zeit gehabt, doch auch für die anderen hätte die Zeit gereicht. Wie stets am Morgen nach dem Frühlingstag beginnt das Leben im Dorf spät. Es war die perfekte Gelegenheit.« Ich holte tief Luft, doch die Mischung aus schlechtem Atem, Rauch und Kinderkacke war alles andere als eine frische Brise, die meine Gedanken hätte klären können. »Dennoch braucht es seine Zeit, zum Nordufer der Südlichen und zurück zu gelangen: etwa eine Flut, würde ich schätzen – ihr wißt, ich habe den Weg in letzter Zeit mehrfach zurückgelegt. Darum meine ich zwei weitere Sippenbrüder ausschließen zu können, die aus den unterschiedlichsten Gründen nicht bei Sinnen waren: Twirk und Adlersohn.«

Gekicher wurde laut. »Man hat schon Schwäne kotzen sehen«, feixte Eno, der wie vor drei Tagen auf dem Boden gegenüber vom Herd saß. »Aber wenn Twirk an dem Abend noch irgendein Glied rühren konnte, dann muß Zauberei im Spiel gewesen sein!« Lura versetzte ihm von oben einen spielerischen Tritt gegen den Hinterkopf.

»Adlersohns Ohnmacht kann ich bezeugen«, bestätigte Madragena meine Beobachtungen. »Nach menschlichem Ermessen hat er nach den Anstrengungen der beiden Geisterflüge die ganze Nacht tief und fest geschlafen.«

Der Schamane blickte ungnädig in die Runde. Vermutlich kränkte es ihn, daß seine Unschuld überhaupt erörtert werden mußte. Er spielte mit der dreifachen Knochenkette um sein Handgelenk.

Der Geruch, der mir in diesem Augenblick von den abgenagten Lammknochen unterhalb der Anrichte in die Nase stieg, weckte Hunger und Widerwillen zugleich in mir. Das Feuer im Herd, fast heruntergebrannt, schien ebenso wie das nun einsetzende Schweigen und Gähnen darauf hinzuweisen, daß der Sprechtag sich seinem Ende zuneigte.

Mit bescheiden gesenktem Kopf nahm ich Madragena den Sprechstein aus der Hand, stellte mich an ihre Seite und sagte: »Manchmal ist es schwierig, die richtigen Fragen zu stellen. Aber noch schwieriger ist es, zu beurteilen, ob die Antworten der Wahrheit entsprechen oder nicht. Darum bitte ich meine verehrten Sippengeschwister, mir meine Aufgabe zu erleichtern. Ich bitte die Adlerleute, bei Mutter Erde zu schwören. Ihr sollt mir jetzt alle bei unserer großen Mutter schwören, daß ihr mir die Wahrheit sagen werdet!«

Ein unfreundliches Murren lief durch das Haus. Die Adlerleute waren noch nicht zu müde, um beleidigt zu sein. Gleichzeitig mußte jedem von ihnen klar sein, daß er sich mit einer Weigerung verdächtig machen würde. Eine Weile war es so still, daß ich mir einbildete, Füchschen in seinem Versteck atmen zu hören.

»Ich glaube nicht, daß der Mörder zögern würde, auch noch einen falschen Eid auf sich zu nehmen«, sprach schließlich Sarra die Bedenken der meisten aus.

»In der Tat«, antwortete ich entschlossen, während ich der gichtgeplagten Frau den Sprechstein wieder abnahm, »du hast völlig recht: Natürlich wird der Mörder lügen.«

In Gorgs Haus wurde es trotz der späten Zeit unruhig. »Warum dann dieser Quatsch?« hörte ich Lari sagen.

»Aber«, fuhr ich fort, »für alle anderen gibt es, abgesehen von dem Mord, vielfältige Gründe, nicht die Wahrheit zu sagen. Mir bestimmte Dinge zu verschweigen, mir nur einen Teil der Wahrheit zu sagen. Um den Mord an Sihrus aufzuklären, muß ich aber die ganze Wahrheit kennen. Auch wenn meine Fragen auf den ersten Blick nichts mit dem Mord zu tun haben mögen, müßt ihr mir die Wahrheit sagen.«

Im Schatten von Gorgs massiger Gestalt wurde der zweite Bär wach. Brim, der verhältnismäßig still neben Kebro auf dem

Boden gesessen hatte, richtete sich mit einer Schnelligkeit auf, die man einem so schweren, behäbigen Lebewesen gar nicht zugetraut hätte. Er stand seinem älteren Bruder in nichts nach: Körpergröße, Schulterbreite, Behaarung. Es war ein unbehagliches Gefühl, ihn hinter meinem Rücken zur Anrichte gehen zu spüren, bis er mir von Angesicht zu Angesicht gegenüberstand. Als er mir den Sprechstein abnahm und seinen Faden darumschlang, roch ich alten Schweiß und Holz – salzgetränktes Treibgut, frisch entrindete Birke.

»Die ganze Wahrheit«, sagte er verächtlich. »Was hat dich die Wahrheit der Adlerleute zu kümmern? Willst du von mir erfahren, mit welchem Weib ich den Frühlingstag verbracht habe? Muß ich dir erzählen, wie oft ich es ihr gemacht habe? Ob sie auf mir gelegen hat oder ich auf ihr?« Sein Blick haftete kurz auf meinem Gesicht, bevor er tiefer glitt. »Das ist Sitte und Brauch bei den Menschen des alten Wegs: Schlag nicht den Türvorhang zurück. Warte, bis ich herauskomme.«

Er umfaßte mein Handgelenk, drehte die Handfläche nach oben und drückte mir den Sprechstein hinein. Ich konnte verhindern, mich zu schütteln, aber die Starrheit meiner Hand und mein leichtes Zurückweichen sagten ihm genug. Ein haßerfüllter Blick beantwortete die stumme Kränkung. Ja, dachte ich, der Mann könnte töten. Und: Merkwürdig, wie sich alles verändert hat. Vor vier Tagen mochte ich ihn zwar nicht besser leiden, aber ich hätte ihn nicht für einen Mörder gehalten.

»Brim«, begann ich seufzend, als hätte ich es mit einem unartigen Kind zu tun, »mich interessiert nicht, wer oben und wer unten lag. Aber wenn du mir eine Frau nennen kannst, die bezeugt, daß du die ganze Nacht des Frühlingstags mit ihr verbracht hast, dann spreche ich dich von jeglichem Verdacht frei.«

Dieses Mal berührte er mich absichtlich länger, als es die Übergabe des Sprechsteins erfordert hätte. »Nehmen wir an, ich nenne dir einen Namen. Bin ich der Mörder, lüge ich sowieso. Aber vielleicht bin ich gar nicht der Mörder, lüge aber trotzdem? Du vertraust meinem Schwur und sitzt einer Lüge auf. Du versuchst doch nur deine eigene Neugier zu befriedigen! Oder willst du davon ablenken, daß du noch nichts herausgefunden hast?«

Brim drückte mir wieder den Sprechstein in die Hand. Erst mit einem Lidschlag Verspätung wurde mir klar, daß das Kitzeln an meinem Unterarm sein behaarter Handrücken war, der ungeniert über meine Haut strich. Er grinste mir ins Gesicht. Ich straffte die Schultern und atmete tief durch. »Nun gut, du hast mich also angelogen und deinen Schwur gebrochen. Dann nehmen wir doch mal an, ich hätte eine Freundin bei den Otterleuten. Und deren Tante hätte eine gute Freundin bei den Wanderfalkenleuten. Angenommen, die wäre die beste Freundin der Frau, deren Namen du mir genannt hast. Angenommen, die könnte sich um nichts auf der Welt an eine nähere Bekanntschaft mit dir erinnern – und welche Frau würde *das* wohl vergessen?« Ich legte eine kleine Pause ein. Ich war nicht die einzige im Raum, die grinste. »Nun, dann wüßten die Adlerleute, daß du gelogen hast. Du gerietest in den Verdacht, Sihrus' Mörder zu sein. Und selbst wenn du nicht der Mörder bist, hättest du die Götter beleidigt und müßtest mit einer harten Sippensühne rechnen. Und deshalb, lieber Brim«, schloß ich in versöhnlichem Tonfall, »glaube ich nicht, daß du so dumm bist, mich anzulügen.«

Er war jedenfalls nicht so dumm, das Angebot auszuschlagen, mit dem er sein Gesicht wahren konnte. Er lachte dröhnend und tat so, als hätte ich ihm soeben den besten Witz seines Lebens erzählt.

Ich sonnte mich noch in meinem Sieg, als sich von hinten eine Hand um meinen Oberarm legte und mich zu Tode erschreckte. Zu meiner größten Überraschung hatte sich Lele von ihrem Platz herunterbemüht. Während sie trotzig einen Wollfaden auf den Stein warf, sagte sie, an Brim gewandt: »Was regst du dich auf? *Ich* habe nichts zu verbergen. Soll sie doch fragen! Ich schwöre bei Mutter Erde, daß ich die Wahrheit sagen werde, wenn sie mir ihre Fragen stellt!« Sie überreichte mir den Sprechstein, kreuzte die Arme, die Handflächen auf die Schultern gelegt, und verneigte sich vor Adlersohn und Madragena. Es war die würdigste Geste, die ich je von ihr gesehen hatte.

Auf einmal beteuerte jeder, nichts zu verbergen zu haben und schwören zu wollen. Die ehrwürdige Ahnfrau Lin sprach für die Sippe: »Lasra ist vielleicht ein bißchen ungestüm, aber nur, weil Pflicht und Verantwortung sie dazu treiben. Neugier ist ihr völlig fremd.« Das leise Gackern an dieser Stelle kam mir überflüssig vor. »Sie wird uns gewiß versprechen, heikle Gespräche nur unter vier Augen zu führen und die Antworten für sich zu behalten, sofern sich herausstellt, daß sie nichts mit dem Mord an Sihrus zu tun haben. Nicht wahr, Lasra?« Sie sah mich mit hochgezogener Augenbraue an. Natürlich nickte ich. »Dann sind wir uns ja einig. Ich will die erste sein, die den Schwur leistet. Frag nur, Kindchen, von mir kannst du mehr lernen als von diesem Frischling Brim. Er ziert sich doch nur so, von seinem Liebesleben zu berichten, weil es da nichts zu berichten gibt!«

Wie nicht anders zu erwarten, verneigten sich alle mit gekreuzten Armen und schworen, die Wahrheit zu sagen. Madragena und Adlersohn schworen nicht, denn sie hatten mit dem Antritt ihres Amtes bereits einen feierlichen Eid geleistet, ihr Leben lang nur die Wahrheit zu sagen.

Wieder zurück in unserem Haus, war es mir mit einemmal gar nicht mehr wohl bei dem Gedanken an das Geschenk, das die Sippe mir gemacht hatte. Mir war zumute wie Durwe aus der Geschichte von der Gastfreundschaft, die von einer Nachbarsippe eine Hirschkeule geschenkt bekommt, zu Hause das Ledertuch auseinanderschlägt und ein von Maden wimmelndes Aas erblickt.

Meine Gedanken verästelten sich wie die Wedel eines Farns. Immer wenn ich am Ende eines Gedankengangs angelangt zu sein meinte, mußte ich entdecken, daß auch dieses vermeintlich letzte Blatt noch weiter unterteilt war.

Kurz vor dem Einschlafen brummte es neben meinem Ohr, und winzige Beine krabbelten über meine Wange. Die erste Fliege hatte ihren Weg in unser Dorf gefunden.

18

Unter Fischmauls stummem, eindringlichem Blick konnte es einem mulmig zumute werden. Sira schien meine Verlegenheit zu spüren und winkte die Kleine zu sich, um ihr zu zeigen, wie man eine schadhafte Reuse ausbessert. Geschickt fädelte das dünne Mädchen die Weidenrute durch die Längsstäbe, wie ihre Mutter es ihr vorgemacht hatte. Dumm war die Kleine nicht. Nur – anders.

Als Sira sie vor einigen Jahren ausgesetzt am Strand der Prächtigen gefunden hatte, war sie in einem Alter gewesen, in dem manche Kinder eben noch nicht sprechen. Nun mochte sie sechs, sieben Jahre alt sein. Nach all den vergeblichen Versuchen, sie zum Sprechen zu bringen, war klar, daß sie sich nicht auf diese Weise mit ihren Sippengeschwistern verständigen konnte. Sira behandelte sie wie ein leibliches Kind, und Fischmaul dankte es ihr durch ihre anhängliche, anstellige Art.

Draußen prasselten die ersten Regentropfen auf die Fischblase über dem Rauchloch. Mein Blick wanderte ziellos über die Anrichte, auf der die drei kunstvoll verzierten Tontöpfe, nach Art der Rundhügler mit flachem Boden, einen besonderen Platz einnahmen.

Der mittlere Topf, dessen kompliziertes Muster aus Rauten und Punkten die Gefäßwände überzog wie Schuppen einen Fisch, hatte es mir angetan. Ob er wohl aus Buns Häuptlingszeit stammte, ein Freundschaftsgeschenk der Stierleute an den Führer einer bedeutenden Haifischmaulsippe? Vielleicht hatte sie aber auch Kebro als Morgengabe mitgebracht?

Siras Antworten auf meine Fragen zum Frühlingstag bestätigten Kebros Aussagen. Ihn hatte ich kurz zuvor im Rinderpferch aufgesucht. Kebro hatte zwei prächtige Färsen von den Stierleuten erhalten, die in wenigen Tagen kalben sollten. Nun wachte unser Herdenvater Tag und Nacht bei den kostbaren Tieren.

Kebro und Sira hatten sich irgendwann vor Adlersohns zweitem Geisterflug davongemacht, was ich und viele andere am Feuer bezeugen konnten. Irgendwann vor Anbruch der Dämmerung waren sie, was niemand bestätigen konnte, mit steifen Gliedern ins Bett getaumelt, nachdem die Wirkung des Honigbiers nachgelassen hatte und das Heidelager zu ungemütlich geworden war. Sie hätten demnach genügend Zeit gehabt, einzeln oder zusammen zur Bucht im Norden zu kommen und Sihrus zu erschlagen. Aber warum hätten sie das tun sollen? Mir fiel dazu nur eine Möglichkeit ein.

Bun flocht ein feines Seil, indem er hingebungsvoll zwei Strohhalme immer und immer wieder umeinanderknickte. Auch den kniffligen Arbeitsschritt, einen neuen Strohhalm so anzulegen, daß er später nicht aus dem Strang rutschte, bewältigte er. Zu solchen Verrichtungen, die durch jahrelange Übung in Fleisch und Blut übergegangen waren, war er noch immer fähig. Er brabbelte unablässig vor sich hin, unverständliches Zeug, dem ich von Zeit zu Zeit etwas von »groß« und »Adlerleute« entnahm.

»Hat Sihrus dir je schöne Augen gemacht?« fragte ich, Sira fest im Blick.

»Ach«, meinte sie, »schöne Augen, na ja, wie man's nimmt ...«

»Könntest du dich bitte ein wenig genauer ausdrücken?« fragte ich sanft.

Sie hob den Blick von der Reuse, und gleichzeitig sah mir auch ihre Ziehtochter in die Augen. »Er hat mich manchmal so angelächelt, daß man meinen konnte ...« Sie zögerte, doch falls sie errötete, verbarg ihre tiefe Bräune das vor meinen forschenden Augen. Sie schlang sich die langen, nachtschwarzen Haare um das Handgelenk und schob sie mit einer anmutigen Bewegung in den Nacken. Die vereinzelten grauen Strähnen standen ihr gut zu Gesicht. Sie unterstrichen die herbe Schönheit ihrer Züge.

»Zwei und zwei, flechte ich, flechte ich, umeinander, ineinander, knick, knick, beug dich, Halm, knick das Knie, knickeknacke, knickeknacke ...«, skandierte Bun im Takt seiner Handbewegungen.

Sira und Fischmaul beachteten ihn überhaupt nicht. »Einmal

hat er mich gebeten, ob er mit aufs Meer hinausfahren dürfte. Nein«, berichtigte sie sich, »er hat mir *angeboten*, mit mir im Kerrag hinauszufahren.«

»Warum?«

»Er nannte keinen Grund.«

Unsere Blicke trafen sich. Wir stellten fest, daß wir beide lächelten. Natürlich hatte er keinen Grund genannt. Natürlich hatte er sie nicht gebeten.

»Und? Hast du sein Angebot angenommen?«

Sira verneinte. »Es war kurz nach Sihrus' Rückkehr, an diesem sonnigen, ungewöhnlich schönen Wintertag nach den Stürmen, als Füchschen mich dann begleitet hat. Du erinnerst dich vielleicht noch? Die Körbe quollen über von zappelndem Kabeljau und Köhlerfischen. Es wäre mir unpassend erschienen. Kebro hätte das nicht gutgeheißen.«

»Sihrus, knick, Kebro, knick, Sihrus, knack, Kebro, knack, knickeknacke knick«, brabbelte Bun mit wachsender Begeisterung.

An diesem sonnigen Wintertag mochte Sira ihn abgewiesen haben. Aber wer sagte mir, daß Sihrus bei einem zweiten Anlauf nicht mehr Erfolg gehabt hatte? Sihrus war hartnäckig und Sira empfänglich für männliche Schönheit. Diese Blicke, mit denen sie Kebro manchmal maß, wenn sie sich unbeobachtet fühlte! Kebro. Die beiden waren vernarrt ineinander, das konnte jeder sehen, der Augen im Kopf hatte.

War es möglich, daß Sira Sihrus' Werben trotzdem nachgegeben hatte? In einem schwachen Augenblick, aus Neugier, aus Lust, aus – weil er eben Sihrus war? Dann hätte Kebro einen guten Grund gehabt, den Nebenbuhler zu ermorden. Gestern auf dem Sprechtag hatte Sira bei Mutter Erde geschworen. Aber würde Sira den Eid nicht für ihren Geliebten brechen? Ja, dachte ich, und das galt für alle Sippengeschwister. Auch sie würden nicht nur für sich selbst, sondern auch für einen Mann, ein Kind, einen Vater lügen.

»Stiermänner, Stiermänner, überall sind Stiermänner, knick, knick, knickeknacke knick, Stiermänner im Himmel, Stiermänner« – Bun hob fragend das Gesicht zur Decke – »im Meer, Stiermänner im Feld, Stiermänner« – er kicherte listig – »im Bett … knick, knack, umeinander, ineinander. Knickeknacke knick, knickeknacke knack …«

Ich bewunderte Siras Geduld mit ihrem zählebigen Vater, der durchaus nicht ins Ahnenhaus gehen wollte. Sein Geist hatte ihn nach und nach verlassen, aber sein Körper lebte einfach weiter.

»War Kebro eifersüchtig auf Sihrus?« fragte ich, nachdem ich meine Gedanken von Bun losgerissen hatte. Sein Singsang lullte mich ein wie das Meeresrauschen an einem warmen Tag.

»Ja, ein bißchen«, meinte Sira. »Es ist vielleicht töricht, aber es hat mir geschmeichelt.« Sie lächelte, um dann plötzlich auszurufen: »Aber Lasra! Du glaubst doch nicht etwa –? Kebro könnte nie … Du kennst uns doch!«

»Kenne uns, kenne uns, ich kenne uns, ich kenne euch, knickeknacke knick, knickeknacke knack«, kam es aus Buns Ecke.

»Ich muß dir noch eine Frage stellen. Es geht um die Zeit vor Kebro. Als du mit Durh gelebt hast – dem besten Holzmeister, den wir je hatten.«

»Ja, das war er«, sagte Sira gedehnt. »Und?«

Die Frage schien mir die Zunge zu verbrennen. »Ist eins deiner Kinder nicht von Durh?« stieß ich hervor.

»Nicht von –«, stammelte sie.

»– Durh, sondern von einem anderen Mann?« wiederholte ich.

»Nein!« rief sie. Die Erregung schnürte ihr die Stimme ab. »Nein! Das ist –«

»Zum Beispiel von Sihrus?«

»Nein!« Sira schrie fast. Fischmaul schaute sie bestürzt an und zupfte an ihrem Ärmel. Ihre Mutter faßte sich mit sichtlicher Mühe, legte den Arm um das Mädchen und erklärte mit leiser, bebender Stimme: »Müschelchen, Krabbe und Seeigel sind meine und Durhs Kinder. Fischmauls Eltern kenne ich nicht. Ich bin nicht ihre leibliche Mutter, und Sihrus ist nach allem, was ich weiß, nicht ihr Vater. Bist du jetzt zufrieden?« Sie wirkte verletzt.

»Knick knack, knick knack, steck den Sihrus in den Sack«, reimte Bun gut gelaunt.

»Ach, Vater, halt den Mund!« fuhr Sira ihn an. Buns Gebrabbel steigerte sich. Sira eilte sofort zu ihm. Sie nahm ihn in den Arm und wiegte ihn wie ein kleines Kind. »Schon gut«, redete sie begütigend auf ihn ein, »ist ja gut. Ich hab's nicht so gemeint.«

Der Alte wurde immer unruhiger und versuchte sich den Armen seiner Tochter zu entwinden. »Sie kommen, sie kommen«, rief er mit ängstlichem Blick zur Tür.

Fischmaul sah mich mit schief gelegtem Kopf an. Der Regen, der inzwischen an Stärke zugenommen hatte, trommelte auf die Steinplatten des Dorfplatzes. Siras Haus war das erste hinter dem Dorftor.

»Ich *muß* diese Fragen stellen, Sira«, verteidigte ich mich. »Einer von uns *war* es, auch wenn ich nicht glaube, daß du es warst oder Kebro. Aber deine Antworten könnten mich auf eine Spur führen, die sich später als wichtig erweist. Ich habe Verständnis dafür, daß es dir schwerfällt, in einer so heiklen Angelegenheit offen zu sein, aber du weißt so gut wie ich, daß Sihrus und die Frauen –«

»Nein, nicht, Bun ist lieb, ganz lieb, nichts tun, nichts tun, knick, knick, knack«, wimmerte Bun, ließ sich aber nun von seiner Tochter trösten.

»Niemand tut dir etwas, Vater. Ich bin ja bei dir. Ich lasse nicht zu, daß sie dir etwas zuleide tun.« Sira sah mich seufzend an, während sie Bun über den kahlen Schädel und den breiten, kräftigen Nacken streichelte. Alle paar Tage bekam Bun diese Angstzustände und wähnte sich von unsichtbaren Gegnern verfolgt. Der Alte schaute seine Tochter aus weit aufgerissenen Augen an, legte den Finger auf den Mund und machte dringlich: »Pst. Pst.« Er duckte sich, schloß die Augen und wisperte: »Bun ist nicht da. Ist weg.«

Fischmaul zeigte in Richtung der Vorratsnische in der Außenwand.

»Sihrus und die Frauen«, grübelte Sira. »Weißt du, ich glaube, er mochte lieber Frauen, die« – sie suchte nach Worten –, »die sich ihre Männer nicht selbst aussuchen. Die –« Sie verstummte.

»Sprich weiter«, forderte ich sie auf.

»Ach, Lasra, ich will nicht schlecht über jemanden sprechen«, seufzte sie. »Aber ich finde, seine Frauen waren immer ein bißchen – dumm. Dümmer, als du und ich es sind.« Sie lachte verlegen. »Und ich bin ja auch schon eine alte Frau«, fügte sie halb kokett, halb wehmütig hinzu.

»Du bist gerade mal fünf Jahre älter als er.« Mein Herz schlug schneller, und ich war so aufgeregt, als hätte ich etwas Wichtiges über den Mord herausgefunden. Ich war also nicht dumm genug. Das klang gut. Es taugte als Erklärung für Sihrus' Gleichgültigkeit mir gegenüber. Ich glaube, es war diese tröstliche Überlegung, die mich ablenkte.

Fischmaul lief zu ihrer Mutter und zerrte an ihrem Ärmel.

»Laß mich, Liebes«, sagte Sira. »Ich muß jetzt bei deinem Großvater bleiben.«

Fischmaul zog mit aller Kraft ihres zierlichen Kinderkörpers an Siras Ärmel. Sie stemmte die Beine in den Boden und streckte den Po heraus. Sira schüttelte sie sanft ab und versuchte mit der einen Hand ihren Vater, mit der anderen ihre Ziehtochter zu beruhigen.

»Ich hab dich verstanden, Kleines. Lasra, gehst du bitte in die Vorratskammer hinter dem Bett und holst Bun einen Becher von dem Kräutergebräu, das du uns gegeben hast?« bat Sira mich. »Es ist in dem Krug mit der Borte am Rand.«

Ich kroch durch die enge Maueröffnung in die Vorratsnische, um den Krug mit dem Sud aus getrockneten Herzblattblüten zu holen.

»Sihrus ist doch nicht böse auf mich?« erkundigte Bun sich mit banger Stimme. »Weil ich ihn so verdroschen habe? Ich hab es doch nur gut gemeint. Knick, knick, knack, knack. Sie sollen mir nichts tun, sag ihnen, sie sollen mir nichts tun. Ich sag nichts. Pst! Pst!« Nach diesen für ihn ungewohnt klaren Sätzen begann unser früherer Häuptling wieder zu wimmern.

Wenn er einmal still war, hörte ich Fischmauls beharrliches, verzweifeltes Kinderkeuchen. »Mama kann jetzt nicht mitkommen, Schatz, aber Lasra holt Großvaters Medizin. Bitte laß mich los.« Ich fand den Krug. Dann folgte ein Moment, in dem weder Bun brabbelte, noch Sira etwas sagte. Fischmaul hatte ihre Bemühungen wohl aufgegeben, denn ihr Keuchen war verstummt.

Da hörte ich es.

Das Stimmengewirr draußen, gedämpft durch die dicken Steinwände. Männerstimmen. Brim oder Gorg? Aber da war auch ein schrilles Piepsen, das sich eher nach Twirk anhörte. Was riefen sie? »Mörder! Mörder!«

Ich mußte mich verhört haben.

Hastige Schritte, noch mehr Geschrei. Kamen die Geräusche vom Dorfplatz oder von weiter weg? Eine erstaunte Stimme, irgendwo in Richtung des Steinehauses: »Halt, Freunde! Ich bin's!«

Die Stimme kam mir irgendwie bekannt vor. Dann hörte ich nichts mehr, denn im Gang vor Siras Haustür wurde es laut. Hastig kroch ich zurück ins Haus, drückte Sira den Krug in die Hand und lief zur Tür.

»Wechselbalg!« heulte Bun auf. Fischmaul wich traurig vor ihrem Großvater zurück und versteckte sich hinter ihrer Mutter. Ich schlug den Türvorhang zurück. Der Aufruhr im Gang verschluckte Buns Geschrei hinter mir. Ich versuchte mich zwischen die anderen zu zwängen und nach draußen zu gelangen, wurde jedoch ausgespuckt wie ein Stück Holz, das auf einem Wasserwirbel tanzt, ohne unterzugehen. Lele stieß mich mit einem gezielten Ellbogenhieb wieder in den Türgang von Siras Haus zurück.

»Dreckiger Verräter!« gellte es von draußen. »Er hat Sihrus umgebracht!« Die Stimmen kamen vom Dorfplatz. »Was soll das? Halt! Nein!« rief die Männerstimme draußen, die ich immer noch nicht einordnen konnte. Als eine der letzten gelangte ich nach draußen. Wie ein Pfropfen steckten wir im Dorftor fest. Mit quälender Langsamkeit spie das Tor einen nach dem anderen in die graue Welt des Sturzregens hinaus.

Die Sicht war so beschränkt durch den Regen, daß ich nur eine dunkle Masse aus wogenden Umrissen vor dem Eingang des Steinehauses ausmachen konnte.

Ich hörte ein dumpfes Geräusch, als schlage ein starker Mann mit einem Hammerstein einen Pfahl in den Boden. Ein erstickter Aufschrei folgte. »Mörder! Mörder!« gellte eine Frauenstimme. »Was soll das? Nein! Aufhö-« Plötzlich erkannte ich die Stimme. Es war Errill, der Hirschleutemann und Sihrus' Freund. Wieder dieses dumpfe Geräusch. Mit einemmal wußte ich, was es war. Sie schlugen auf ihn ein.

Der Regen strömte mir über das Gesicht und in die Augen. Verzweifelt versuchte ich mir Einlaß zu verschaffen. Die tropfenden Rücken bildeten eine Mauer, undurchdringlich wie die Wände eines türlosen Hauses. Im Inneren dieses Hauses ging etwas Schreckliches vor.

Arme reckten sich in die Höhe und fielen wieder herunter, einzelne Köpfe und Oberkörper hoben sich und sanken zurück. Eine Faust hielt etwas hell Glitzerndes in den tristen Himmel. Es glänzte sogar in der stumpfen Regenflut, die alle Farben löschte. Sihrus' Axt. Die Bronzeaxt unseres Strahlenden. Und Errill hatte sie gebracht? Ich konnte keine einzelnen Stimmen mehr ausmachen. War es Brim, der da »Das wirst du mir büßen!« rief? Lura, die »Rache für Sihrus!« kreischte?

Ich trommelte, so kräftig ich konnte, auf den nächsten Rücken vor mir ein. Das picklige Gesicht des kleinen Gorg wirbelte zu mir herum und schrie mit entrüsteter Stimme: »Aua!« Ich packte ihn am Ohr, zerrte ihn weg und zwängte mich in die Lücke, wie der Steinbrecher seinen Holzkeil zwischen die Platten treibt. »Halt! Halt!« hörte ich mich selbst brüllen. Die Sippenschwester vor mir drehte sich um und wurde unsanft zur Seite gestoßen. Das haßverzerrte Gesicht, das kurz an mir vorbeitrieb, gehörte Nuki. Ich erntete Püffe und Tritte, doch es kümmerte mich nicht.

Der Rücken vor mir richtete sich auf. Von irgendwo rammte mir jemand einen Ellbogen in den Bauch. Ein Arm fuhr in die Höhe und fuchtelte mit dem glitzernden Ding, der Bronzeaxt, vor meiner Nase herum. Kebros Stimme schrie, heiser vor Wut: »Nimm das, Verräter!« Ich hängte mich an den Arm, der, wie ich jetzt feststellte, auch Kebro gehörte, und hielt ihn fest, als gelte es mein Leben zu retten, während ich dem Mob, der einmal meine Sippe gewesen war, zurief: »Nein, das dürft ihr nicht! Halt! Hört auf! Laßt ihn los!«

Es war Twirk, unser schmächtiger Baumeister, der neben mir zappelte wie ein Fisch auf dem Trockenen und mich anschrie: »Halt dich da raus! Errill hat Sihrus umgebracht. Jetzt muß er dafür büßen.«

Errill kniete auf den Steinplatten des Dorfplatzes. Brim und Eno hielten ihn an den Armen fest, die sie ihm in einem schmerzhaften Winkel auf den Rücken gedreht hatten. Errill versuchte aufzustehen, aber Brim stieß ihm das Knie in den Rücken und zog seine Arme noch ein Stück höher.

Umhang und Gepäck mußte Errill schon früher verloren haben. Sein Hemd war zerrissen, die weiße Haut seiner Brust leuchtete hell, wenn auch nicht so hell wie die Bronzeaxt. Bei meinem Gerangel mit Kebro war sie auf den Steinboden geklirrt und lag zu Errills Füßen wie eine stumme Anklage. Sihrus' Freund ließ den Kopf vornüberhängen, um die schmerzhafte Haltung seiner Arme auszugleichen. Das nasse Haar hing ihm in langen schwarzen Strähnen ins Gesicht und über die Brust.

»Mörder! Du hast Sihrus' Axt gestohlen!« kreischte Lura und versetzte ihm eine Ohrfeige.

Sein Kopf pendelte zur Seite, die Haare schwangen durch die Luft. »Ich wollte –«, hustete Errill, als Lura ein zweites Mal mit voller Kraft zuschlug.

»Wolltest wohl damit prahlen!« höhnte sie.

Er sagte nichts mehr.

Die Kinder johlten und hüpften auf und ab.

Ein kleiner Stein traf Errill an der Schläfe.

»Laßt ihn doch zu Wort kommen!« rief ich. »Schämt euch! Laßt ihn los!«

Errills Brust war zerkratzt, als wäre er in ein Brombeergestrüpp gefallen. Welche von meinen Sippenschwestern hatte wohl ihre Fingernägel über seine Haut gezogen? Der Regen wusch das Blut im Nu wieder ab. Auch der dünne Blutfaden in seinem Mundwinkel blieb nicht lange an dem Körper, aus dem er geflossen war.

»Halt dich da raus, Lasra!« fauchte Lele mich an. »Das ist Sihrus' Mörder!« Sie heulte voller Wut auf und ging auf den Hirschleutemann zu. »Wir werden ihn bestrafen!«

Lura, die Wangen gerötet, den Mund leicht geöffnet, trat zur Seite und rief: »Strafe für den Mörder!«

Brim und Eno grinsten sich im geheimen Einverständnis an und rissen Errill in die Höhe. Unter seinen wirren Haaren sah er die Frau an.

Lele stellte sich so dicht vor Errill, daß ich meinte, ihre wütend vorgereckte Brust müsse ihn berühren. Sie hob das Knie und rammte es Errill mit voller Wucht zwischen die Beine. Er brüllte. Sein Körper versuchte sich zusammenzukrümmen, aber Brim und Eno hielten seine Arme unbarmherzig fest. Ich sah, wie Errill die Zähne zusammenpreßte, bis der Unterkiefer sich unter der Haut abzeichnete, weiß wie gebleichtes Ahnengebein.

»Er verdient einen ordentlichen Sprechtag«, schrie ich verzweifelt, während ich Lele von dem Hirschleutemann wegriß. »Die Menschen der Inseln töten keine Menschen!«

Während ich die um sich schlagende, schwere Frau zu bändigen versuchte, ließ Brim Errills rechten Arm los. Eno griff sich mühelos beide Arme, denn ihr Opfer wehrte sich nicht mehr. Dann hörte ich wieder das Geräusch, als ramme jemand einen Pfahl in den Boden, nur klang es diesmal lauter.

Brim schlug Errill die Fäuste in den Magen, in die Seiten, ins Gesicht. Die Adlerleute begannen ihn anzufeuern. Brim schlug erst links, dann rechts zu, mal höher, mal tiefer, überlegt und regelmäßig, in einem gnadenlosen, beinahe musikalischen Rhythmus. Eno geriet unter der Wucht der Hiebe ins Wanken. Die Sippe tobte. Errills Schreie gingen in dem entfesselten Lärm unter.

»Er wäre nicht so dumm, uns die Axt zu bringen, wenn er der Mörder wäre!« rief ich. Doch für solche Feinheiten wären die Adlerleute auch dann nicht empfänglich gewesen, wenn sie mich gehört hätten. Ich warf mich auf Brims Rücken und bekam selbst einen Hieb ab, daß ich zu Boden ging. »Die Menschen der Inseln töten keine Menschen!« schrie ich. Sie beachteten mich nicht. Tränen der Ohnmacht und Schande liefen mir übers Gesicht. Errill wollte einfach nicht ohnmächtig werden. Er schrie nun nicht mehr. Ich glaube, sie hätten ihn totgeschlagen.

Dann donnerte es. Wir zuckten alle zusammen. Erst als sich das Donnern wiederholte, erkannte ich, daß es eine Stimme war, ein Wort. »Zurück!« Das tobende, geifernde Rückentier kam langsam zur Ruhe und verstummte nach zwei, drei weiteren Herzschlägen. Im Geprassel des Regens waren nur Errills Husten und das verzweifelte Pfeifen zu hören, mit dem er die Luft einsog. Die Gasse, um die ich so hart hatte kämpfen müssen, tat sich, wie von Zauberhand geschaffen, auf.

Nur Adlersohn verfügte über diese rätselhafte Fähigkeit, seine Stimme wie Donnerhall klingen zu lassen. Sooft ich mir den Kopf darüber zerbrochen hatte, wie er das wohl anstellte – das und all seine anderen Wunder –, in diesem Augenblick war es mir völlig gleichgültig. Ich hätte ihm die Füße küssen mögen. Insgeheim leistete ich Abbitte für all das Böse, was ich je über ihn gedacht hatte, und nahm mir fest vor, ihn zu mögen.

»Schande über euch«, fuhr er mit seiner gewohnten festen, aber nicht übermäßig lauten Stimme fort, während er neben Errill trat, der auf dem Boden zusammengesackt war. Eno hatte ihn losgelassen und war einen Schritt zurückgetreten. »Die Menschen der Inseln töten keine Menschen. Euer Vergehen verpestet die Luft über den Inseln! Viele und nochmals viele Geisterflüge können die Schuld nicht tilgen! Gorg!« Flüchtig sah ich Füchschens entsetztes Gesicht hinter dem Schamanen auftauchen. Ich beruhigte meinen Bruder mit einer Handbewegung und rappelte mich vom Boden auf.

Unser Häuptling trat in die Mitte zu Errill und Adlersohn.

Wo hatte er gesteckt? Rasch ließ ich den Blick über die keuchende, unruhige Menge schweifen. Außer Madragena, Sarra und Bun fehlte niemand. Selbst Wibo, der sonst meist bei der Schafherde war, stand in dem sich nun rasch erweiternden Kreis. Alles wich zurück und versuchte hinter einem anderen Sippenbruder zu verschwinden, doch die Steinwände setzten der Bewegung ein rasches Ende. Vor dem Dorftor entdeckte ich die ehrwürdigen Ahnmütter meines Hauses, Ard und Sira. Wie gelähmt standen sie da.

»Bring Errill in dein Haus. Dort werden wir besprechen, was zu besprechen ist«, trug Adlersohn Gorg auf. Sein Blick fiel auf das glitzernde Bronzeding auf dem Boden. Er nickte, sah zu mir herüber, nickte noch einmal und ging wortlos voran ins Dorf.

Gorg scheuchte die aufgeregt zappelnden Kinder und die Erwachsenen beiseite. In vielen Augen brannte noch die Wut, viele Fäuste waren noch geballt. Der Regen würde den Zorn der Adlerleute mit der Zeit abkühlen, aber in diesem Augenblick hätte es vielleicht nur eines winzigen Funkens bedurft, um den Brand erneut zu entfachen.

Gorg richtete den Oberkörper des Hirschleutemanns auf. Errill erbrach sich auf den Steinboden. Der Regen spülte das Erbrochene fort, und die Menschen im Kreis wichen wortlos zur Seite, um den bräunlichen Bach in Richtung Meer abfließen zu lassen. Gorg faßte Errill unter den Achseln. Der Hirschleutemann stöhnte. Die Adlerleute schienen noch einmal zusammenzurücken. Sie zögerten, als würden ihre Raubtierinstinkte erneut geweckt. Die Beute war wehrlos, soviel stand fest. Aber ein stärkerer Räuber hockte über ihr. Da lösten sie sich auf und gaben Gorg den Weg frei.

Vor dem Dorftor angekommen, bückte Gorg sich und schleifte seine Last rückwärts durch den Gang. Ein Kind spuckte Errill ins Gesicht. Der Rotz lief ihm den Hals hinunter. Gorg lehnte Errill an die Anrichte seines Hauses. Errill zog die Beine an, hustete und hielt den Blick gesenkt.

Obwohl ich nie viel mit ihm zu tun gehabt und ihn immer

ziemlich hochnäsig gefunden hatte, kniete ich mich vor ihn und wischte ihm, so gut es ging, Blut und Erbrochenes mit einem Tuch ab. Als ich ihm einen Schluck Wasser anbot, schüttelte er den Kopf und mußte wieder würgen. Dann verzog er den Mund. Ich brauchte einen Augenblick, um zu erkennen, daß es der Versuch eines Lächelns gewesen war. Nach und nach füllte sich das Haus. Ohne einander anzusehen, setzten sich die Adlerleute auf die Betten oder hockten sich auf die Erde.

Als Adlersohn, nun im Schamanenumhang, das Haus betrat, entstand ein zaghaftes Murren, das jedoch bald wieder verebbte. Einige Sippengeschwister sahen betreten zu Boden. Nuki und Regi gehörten zu ihnen. Andere, wie Kebro oder Brim, warfen funkelnde Blicke zu dem Hirschleutemann hinüber.

Ard mit ihrem verquollenen Gesicht näherte sich dem Mann an der Anrichte. Sie kniete sich vor ihn, strich ihm eine nasse Strähne aus der Stirn und redete mit leiser Stimme auf ihn ein. Er ließ sich nicht anmerken, ob er sie erkannt hatte oder auch nur hörte, was sie sagte. Ard richtete sich auf und wandte sich mit vor Wut bebender Stimme an die anderen: »Was habt ihr mit ihm gemacht? Er war Sihrus' Freund! Das ist doch Wahnsinn!«

Adlersohn schob sie unsanft zu einem Bett hinüber und drückte sie an den Schultern nieder, so daß sie neben Osi saß. »Gerade dir stehen solche Worte schlecht an, Frau.« Mir wurde schlagartig kalt. Er bedachte Ard, die zu zittern begann, mit einem strafenden Blick, baute sich neben der Anrichte auf und rieb die Perlen seines Knochenarmbands.

»Sippe der Adlerleute!« begann er in seinem getragenen Tonfall. »Der Mann Errill von den Hirschleuten ist als Gast zu uns gekommen. Ihr habt euch eines ungeheuerlichen Frevels schuldig gemacht: Ihr habt den Gast angegriffen. Was habt ihr zu eurer Verteidigung vorzubringen?«

»Er hat Sihrus getötet!« behauptete Lele trotzig. Schüchternheit gehörte nicht zu ihren Schwächen.

»Woher willst du das wissen, Frau?« Das linke Auge des

Schamanen zuckte gefährlich. »Selbst wenn er es getan hätte: Die Menschen der Inseln töten keine Menschen. Und die Strafe für einen, der so krank ist, daß er es dennoch tut, ist die Ausstoßung. Alles weitere liegt nicht in unserer Hand. Die Götter sind es, die Tod und Leben geben.«

In dem nun einsetzenden Schweigen waren nur das Prasseln des Herdfeuers und Errills pfeifender Atem zu hören.

»Er kam mit Sihrus' Axt«, erklärte Brim nach einer Weile. »Wir haben ihn vor dem Steinehaus abgepaßt. Gorg, Twirk, Kebro und ich. Er fragte nach Sihrus.«

»Nur Sihrus' Mörder kann seine Axt besitzen!« rief Kebro.

Gorg, Brim, Kebro, dachte ich. Was lag näher für den Mörder, als den Verdacht auf einen anderen abzuwälzen?

Es hielt mich nicht länger auf meinem Platz am Herd. »Haltet ihr Errill für so dumm?« fuhr ich die Männer an. »Glaubt ihr, er wäre fröhlich winkend mit der Bronzeaxt in unser Dorf spaziert, wenn er unseren Sippenbruder ermordet hätte?«

Brim sprang zu dem Mann an der Anrichte, packte ihn an den Schultern und riß ihn hoch. Errill begann wieder zu würgen. Brim versenkte die Hand in seinem Haar und zog ihm den Kopf in den Nacken. Errills Adamsapfel, weiß wie ein Knöchel auf einer verkrampften Faust, hüpfte auf und ab, als er zu schlucken versuchte. »Frag den Bastard selbst!« fauchte Brim.

Irgendwie gelang es Errill, den Würgereiz zu unterdrücken und mehr oder weniger aufrecht stehenzubleiben, den Rücken an die Anrichte gelehnt. Ich weiß noch, daß ich mich über seinen Blick wunderte. Es lag kein Haß darin. Stärker als die Angst schien mir die ungläubige Neugier zu sein, mit der er seine Peiniger betrachtete. Ohne sich die Mühe zu machen, sein zerfetztes Hemd auch nur notdürftig um sich zu raffen, wandte er sich mit heiserer Stimme an Adlersohn. »Ich wußte nicht, daß Sihrus tot ist. Ihr glaubt, er sei ermordet worden?«

»Das Wort geht ihm leicht von den Lippen.« Es war das erste Mal an diesem Morgen, daß Gorg seine Rolle als Beobachter aufgab.

»Was braucht ihr noch für Beweise?« sagte Twirk. »Die

Todesbotschaft war doch herum, ich meine, die Wanderfalkenleute haben sie … und so weiter, von Sippe zu Sippe … Er hat es gewußt!« Twirk besann sich. »Natürlich hat er es gewußt, also … schon vorher. Er hat ihn ja ermordet!«

»Es ist erst drei Tage her«, meldete Illib sich zu Wort. Sie kaute verlegen auf ihrer Unterlippe. »Es ist gut möglich, daß Errill aufgebrochen ist, bevor der Bote auf dem Kleinen Nordlicht eintraf.«

»Ich bin gestern morgen in mein Kerrag gestiegen«, sagte Errill. »Die Strömung im Schabersund war ungünstig, so daß ich bis Einbruch der Dunkelheit nur bis zum Hummer kam.« Ein Hustenanfall zwang ihn innezuhalten. »Ich habe an seiner rechten Schere übernachtet und bin mit dem ersten Tageslicht zu euch weitergefahren. Dann hat mich der Regen überrascht.«

»Er lügt doch!« entrüstete sich Kebro.

»Ich trauere um Sihrus wie ihr«, sagte Errill mit leiser Stimme. In Gorgs Haus wurde es so still, daß man einen Strohhalm hätte fallen hören können. »Er war mein Freund. Ich hätte ihm nie etwas antun können. Er hat mir das Leben gerettet, und ich habe ihm das Leben gerettet. Wir waren Brüder.«

»*Wir* waren seine Freunde. *Wir* waren seine Verwandten«, trumpfte Lele auf. »Der da ist ein heimtückischer Verräter. Wer hätte je einem von den Hirschleuten vertraut? Sie hausen da oben in erbärmlichen Hütten und leben von der Jagd wie Irs' Volk. Unmenschen sind das! Verfluchte Jäger und Mörder!« Sie sprang auf, doch diesmal war ich auf der Hut. Ich würde nicht zulassen, daß sie unseren Gast noch einmal demütigte.

»Sagt mir, wie Sihrus umgekommen ist«, bat Errill.

»Als wenn er das nicht selbst wüßte!« höhnte der kleine Gorg. Diese Gehässigkeit hätte ich ihm gar nicht zugetraut.

Eno der Jäger kratzte sich unschlüssig am Kopf. Leles Ausfall mußte ihm klargemacht haben, daß der Hirschleutemann einiges mit ihm gemeinsam hatte.

Ich wollte Errills Bitte schon nachkommen, als mich eine innere Stimme davon abhielt. Nur weil Errill mir im Augenblick leid tat, durfte ich ihn nicht als Verdächtigen ausschließen. Immerhin *hatte* er die Bronzeaxt, wegen der ich gestern heimlich das Haus eines Sippenbruders durchsucht hatte. Vom Gang her fegte ein Windstoß herein. Das Feuer begann zu qualmen.

Die Rauchschwaden wehten geradewegs auf die Anrichte zu und brachten den Mann, der an ihr lehnte, erneut zum Husten und Würgen. Diesmal erbrach er flüssige Galle in die Binsenstreu. Ein paar Sippengeschwister wandten angewidert den Kopf ab.

»Dieser erbärmliche Feigling! Versucht unser Mitleid zu erregen«, sagte Brim verächtlich. »Merkt ihr nicht, wie er uns um den Finger wickelt mit seinem unschuldigen Getue?«

»Schäm dich, Brim«, hörte ich Ulera leise von hinten sagen. »Du häufst so viel Schande auf uns, daß die Adlerleute nie wieder erhobenen Hauptes vor den Sippen der Inseln stehen können.«

Errill fuhr sich mit dem nackten Unterarm über den Mund. Der Ärmel seines Hemdes, an der Schulternaht aufgeplatzt, war bei Brims letztem Angriff endgültig abgerissen. Trotz der entwürdigenden Lage, in der er sich befand, wirkte er auf mich nicht erbärmlich. Im Gegenteil, es war gerade sein unglaublich besonnenes Verhalten, das meinen Verdacht weckte. Diese Geistesgegenwart, mit der er, ungeachtet aller Demütigungen und Qualen, auf seine Chance zu warten schien. Wer so geschickt mit den Menschen umzugehen verstand –

»Der Hirschleutemann ist klug«, sprach Gorg auf beinahe unheimliche Weise meine Gedanken aus. »Wie könnte er besser den Verdacht von sich abwenden, als in aller Unschuld hier aufzukreuzen? ›Schaut, ich bringe euch Sihrus' Axt‹, sagt er, ›das würde ich doch wohl nicht wagen, wenn ich sein Mörder wäre, oder?‹ Er baut darauf, daß wir ihn nicht für so dumm halten. Was aber, wenn er noch mal so klug ist, als wir ihm zugestehen?«

Ein knisterndes Schweigen trat ein. Draußen im Gang scharrten die ausgesperrten Kinder mit den Füßen und schubsten sich gegenseitig zur Seite, um einen besseren Platz zu ergattern.

»Das ist in der Tat ein bemerkenswerter Gedanke, Gorg«, brach Errill das Schweigen. »Aber glaubt mir, ich liebe mein Leben und würde es nicht wissentlich aufs Spiel setzen.«

»Ferner baut er darauf«, fuhr Gorg ungerührt fort, »daß uns auch die freiwillige Rückgabe der kostbaren Axt für ihn einnimmt. ›Diese Bronzewaffe ist einmalig auf den Inseln‹, sagt er. ›Würde ich eine solche Beute, würdig eines Häuptlings, nicht behalten, wenn ich es könnte?‹ Ja, sage ich, wenn du es könntest, würdest du sie behalten. Aber jedes Kind auf den Inseln kennt die Bronzeaxt. Du könntest sie nie benutzen, dich nie mit ihr brüsten. Die Bronzeaxt ist für dich so nutzlos wie ein Stück Fleisch für einen Säugling.«

Errill schwieg. Der Ring der Adlerleute schien sich enger um ihn zu schließen, auch wenn sich keiner bewegt hatte. Ich hätte gern gewußt, ob die Angst in seinen Augen nun über die Neugier siegen würde, aber er hielt den Blick gesenkt.

»Sag mir, Errill«, fragte ich ihn, »wie kommst du an Sihrus' Axt?«

Er sah mir ins Gesicht. Um sein rechtes Auge begann sich ein Bluterguß zu bilden. Die Augenbraue über dem linken war aufgeplatzt. »Wir hatten uns verabredet, den Frühlingstag gemeinsam bei meinen Leuten zu verbringen«, begann er, immer wieder von Husten unterbrochen. »Einen Tag davor wollten wir uns im Verlauf des Vormittags an der Südbucht von Sarraland treffen, um Robben zu jagen. Wir haben auch tatsächlich Robben gejagt. Dann gab er mir die Bronzeaxt und sagte, ich solle eine Zeitlang auf sie aufpassen. Den Frühlingstag könne er nicht bei uns auf dem Kleinen Nordlicht verbringen. ›In den Tagen darauf‹, wie er sich ausdrückte, wollte er bei uns vorbeischauen. Ich sagte ihm, ich wüßte nicht, ob ich so lange im Dorf bleiben würde. Er sagte, dann sollte ich die Axt bei meiner Schwester Luwe lassen.«

»Dreister Lügner!« rief Lele.

»Warum wollte er den Frühlingstag entgegen eurer Abmachung nicht bei den Hirschleuten feiern?« fragte ich, ohne sie zu beachten.

»Ich weiß es nicht«, antwortete Errill.

»Hat er dir keinen Grund dafür genannt?«

Sein Mundwinkel zuckte wieder. »Nein«, gab er zurück, »er hat keinen Grund genannt.«

»Keiner von euch hat ihm etwas erzählt?« wandte ich mich an die Adlerleute. Alles schüttelte den Kopf oder sagte brav »Nein«.

Ich drehte mich zu Errill um, dessen Blick ich in meinem Rücken gespürt hatte. Er wirkte sehr aufmerksam, doch darüber hinaus gaben seine Augen, seine Haltung nicht das geringste preis.

»Dann habt ihr euch getrennt?«

»Wir haben auf Sarraland übernachtet, und am nächsten Morgen haben wir uns getrennt.«

»Und du bist im Kerrag zu deinen Leuten gefahren?«

»Ja.«

»Mit der Axt.«

»Mit Axt und Robbe«, bestätigte er. Er wirkte – belustigt.

»Wie lange brauchst du mit deinem Kerrag von Sarraland bis zum Kleinen Nordlicht?«

»Bei normalem Wetter einen halben Tag. Am Frühlingstag jedoch herrschten keine normalen Bedingungen.«

»Drück dich genauer aus!«

»Es herrschten ausgezeichnete Bedingungen. Die Strömung um den Schaber, so widrig sie gestern war, trug mich bereitwillig nach Norden. Selbst der Wind blies mein Kerrag heim.«

»Wann bist du bei deinen Leuten eingetroffen?« Meine Stimme klang eine Spur zu schrill.

»Gegen Mittag. Die Sonne stand im Himmelsscheitel.«

»Und die Hirschleute können das bestätigen?«

»Gewiß. Sie sind alle zusammengelaufen, als ich mit dem glitzernden Ding ins Dorf kam. Ich kann dir diejenigen Sippenbrüder nennen, mit denen ich den weiteren Frühlingstag in unserem Dorf verbracht habe.« Er unterdrückte das Zucken seines Mundwinkels, aber so, daß ich mitbekam, daß er es unterdrückte. »Wenn du magst, nenne ich dir auch die Namen der

Sippenschwestern, die dir sagen können, was ich bis zum Morgen gemacht habe. Und«, fügte er nach einer winzigen Pause hinzu, »habe ich die Prüfung bestanden?«

Er *war* dreist.

Ich wandte mich an Adlersohn und meine Sippe. »Er kann Sihrus nicht ermordet haben, und wenn ihr nachdenkt, wißt ihr auch, warum«, stellte ich fest. »Sihrus wurde am Abend oder in der Nacht des Frühlingstages ermordet, genau in der Zeit also, in der Errill bei seiner Sippe war. Erst nachdem Sihrus sich von Errill verabschiedet hatte, ist er seinem Mörder begegnet.«

»Dann ist er ... eben in der Nacht noch mal rausgefahren«, redete Twirk drauflos. »Ein so guter Seemann, wie er ist ... Irgendwie hat er ... Irgendwie muß er doch ... *Sippenschwestern* ... dieser Angeber ...« Sein Gestammel war so hilflos, daß er nur müdes Schulterzucken erntete.

»Wir haben nur seine Aussage«, wandte Nuki ein. »Wer sagt uns, daß er nicht lügt?«

»Ich werde die Hirschleute fragen«, versprach ich.

»Und wer sagt, daß die nicht auch lügen?« beharrte Nuki.

»Tochter, du mußt lernen, deine Zunge im Zaum zu halten!« schalt Sarra ihre Jüngste. »Es ist mehr als ungebührlich, eine andere Langhüglersippe zu beleidigen.«

Adlersohn nickte und hob die Hand. Alle sahen ihn an. »Wir haben keinerlei Handhabe, den Mann Errill von den Hirschleuten zu verdächtigen. Er hat unseren Sippenbruder Sihrus nicht ermordet«, verkündete der Schamane in einem Ton, der keinen Widerspruch duldete.

Einigen Gesichtern war anzusehen, daß sie nicht ganz einverstanden mit diesem Spruch waren. Aber keiner würde etwas gegen das Machtwort des Schamanen einwenden. Wenn die Sippe uneins war, galt die Entscheidung des Tiersohns. Ich war froh, daß sie so und nicht anders ausgefallen war. Nach allem, was ich wußte, hatte Errill seinen Freund tatsächlich nicht getötet.

»Die Sippe der Adlerleute hat ein großes Unrecht begangen an ihrem Gast Errill«, fuhr der Schamane mit erhobenen Armen fort. Bei dem Wort »Gast« ließ er den Blick anklagend über die Versammlung wandern. »Ich werde die Ahngeister befragen, mit welcher Buße der Frevel gesühnt werden kann.«

Ulera, unterstützt von einigen weiteren Frauenstimmen, klagte den Ahngeistern unser Leid. Eine wahrhaft schlimme Zeit, wenn man die rituellen Klagen nicht heucheln mußte!

Brim trat mit verzerrtem Gesicht vor. »Ich nehme die Buße auf mich«, erklärte er mit einem verächtlichen Blick zur Anrichte und spuckte in die Binsenstreu.

»Und ich«, erklärte Kebro und trat an seine Seite. Sira schlug sich entsetzt die Hände vor den Mund.

Eno und Twirk blickten zu Boden, ohne sich zu rühren. Lele und Lura erstarrten vor Schreck.

Adlersohn sah die beiden Sündenböcke an. »Eure Buße wird am Tag der ersten Sonne festgelegt werden.«

»Ich bitte um Verzeihung für das Unrecht, das die Adlerleute dir angetan haben«, ergriff Gorg das Wort, während er Osi zunickte und mit dem Kopf zur Anrichte wies. Osi erhob sich, holte ein in Marderfell eingeschlagenes längliches Bündel von der Anrichte und brachte es ihrem Mann.

Gorg schlug das Fell auseinander. »Bitte nimm meine Sühne dafür an, daß ich dich nicht geschützt habe. Diese Axt aus Blutstein hat mir mein Vater vererbt. Nie ist sie benutzt worden. Sie besteht aus dem einzigen Stein, der beim Schleifen Blut schwitzt. Ich bitte dich, nimm die Axt für dein Blut, das wir vergossen haben, und gewähre mir deine Verzeihung.«

Die Adlerleute sogen den Atem ein wie ein Mann. Gorgs Blutsteinaxt war weithin berühmt, sowohl wegen des kostbaren Materials, das kaum je in einem so großen Klumpen auf den Inseln gefunden worden war, als auch wegen der Kunstfertigkeit seines Vaters, des alten Gorg, die diejenige seines Sohns noch übertroffen hatte. Gorg ergriff die makellos glatt polierte Axt an ihrem Holzschaft und besah sie sich. Das Feuer zauberte Lichtblitze wie Sterne auf den stumpf glänzenden blutroten Stein. Gorg hielt Errill, der erneut von einem Hustenanfall geschüttelt wurde, die Axt hin.

Nach einem Moment des Überlegens sagte Errill, ohne die Axt eines Blickes zu würdigen: »Dein Sühnevorschlag ist großzügig. Er steht in keinem Verhältnis zu deiner Schuld. Ich verarge es dir nicht, nehme aber deine Axt nicht.«

Plötzlich traf ein schwerer Gegenstand klirrend auf die steinerne Einfassung des Herdes. Sihrus' Bronzeaxt drehte sich zweimal um die eigene Achse und kam zu Errills Füßen zum Stillstand. »Soll er *die* doch nehmen«, zischte Brim, »wenn ihm Vaters Blutsteinaxt nicht gut genug ist.«

»Aber du kannst nicht einfach … sie gehört doch … oder?« stotterte Twirk, offenbar ohne rechte Vorstellung, wem sie denn nun gehörte. Ein Blick in die Gesichter meiner Sippengeschwister zeigte mir, daß sie ähnlich ahnungslos waren wie Twirk und ich.

»Es ist Sihrus' Axt«, sagte Errill. »Nach seinem Tod gehört sie vermutlich seiner Mutter. Gebt sie Madragena. Ich kann sie nicht nehmen.«

»Madragena wird sie nicht haben wollen«, wandte ich ein. »Sie würde dieses Ding von der Südmeerinsel, wo die Menschen den Göttern so fern sind, nicht anfassen.«

»Lasra hat recht.« Adlersohn nickte. »Überdies steht die Axt Madragena gar nicht zu.« Ein fassungsloses Raunen ging durch den Raum. Reihum schaute Adlersohn in die erwartungsvoll auf ihn gerichteten Gesichter. Er war ein Meister darin, die Spannung zu erhöhen. »Sie steht seiner Mutter nicht zu, denn weder wurde sie bei dem Toten gefunden, noch befand sie sich zum Zeitpunkt seines Todes in seinem Haus oder seinem Kerrag.«

»Dann nimm du sie stellvertretend für deine Sippe«, schlug Errill vor.

»Nein«, widersprach unser Schamane und wich kaum merklich zurück, »das darf ich nicht. Nach dem Gesetz der Adlerleute gehört die Axt dir. Nimm sie!«

Zum erstenmal, seit die Bronzeaxt in Gorgs Haus aufgetaucht war, hob Errill den Kopf. Ein Ausdruck der Verwunderung huschte über seine Züge, und in seinen Augen sah ich kurz noch etwas anderes aufblitzen. Unverhoffte Freude? Schrecken? Genugtuung? Ich konnte es nicht deuten, aber es war etwas Schillerndes, unstet wie ein Irrlicht im Moor.

Gorg ging zum Herd, hob die Bronzeaxt auf und bot sie Errill dar. »Meine Sühnegabe hast du abgelehnt, so lehne diese Gabe nicht auch ab. Die Adlerleute bitten dich, Sihrus' Bronzeaxt anzunehmen als Sühne für das Unrecht, das dir durch ihre Hand auf ihrem Land widerfahren ist.«

Errill zögerte einen Augenblick, dann streckte er die Hand aus und schloß die Finger um den hölzernen Griff der Waffe. Der Widerschein des Feuers schien den Axtkopf zu glitzerndem Leben zu erwecken. Er hätte ruhig ein wenig länger zögern können, dachte ich.

»Ich nehme Sihrus' Bronzeaxt als sein Freund. Als Zeichen unserer Freundschaft will ich eine Zeitlang auf sie achtgeben. Am Tag der Wiedergeburt wird er sie von mir zurückbekommen.« Er steckte sie in eine Lederschlaufe an seinem Gürtel. »Ich will eure Gastfreundschaft nicht länger in Anspruch nehmen.« Seine Selbstbeherrschung war nahezu unglaublich, aber mir konnte er nichts vormachen: Die aschfahle Gesichtshaut, der Schweiß auf seiner Stirn, die stockende Stimme sagten mir, daß er unter Schwindel und starken Schmerzen litt.

»Du kannst in deinem Zustand unmöglich nach Hause fahren«, bestimmte ich.

»Keine Angst, ich kenne den Weg«, meinte er.

»Nicht in dem Regen«, beharrte ich. Er machte mich wütend mit dieser Halsstarrigkeit. »Laß mich dich untersuchen. Du mußt ruhen und –«

»Du hast heute schon genug für mich getan«, entschied er, während er sich zum Gehen wandte. Er schwankte leicht. Ich hätte keine Napfschnecke auf seine Heimkehr gewettet. Warum wollte er sein Leben wegwerfen, um das er gerade so erfolgreich gekämpft hatte?

Adlersohn erklärte, ihn zu seinem Kerrag begleiten zu wollen. Obwohl ich mir genau das selbst vorgenommen hatte, erstaunte und beunruhigte es mich, daß der Schamane unseren

Sippengeschwistern offenbar genausowenig traute wie ich. Ein Blick in sein Gesicht offenbarte mir die tiefe Sorge, die er empfand. Abermals war ein als unumstößlich geltendes Gesetz des alten Wegs gebrochen worden. Von Tag zu Tag gewannen die Adlerleute mehr Übung darin, gegen all das zu verstoßen, was unsere Gemeinschaft ausmachte.

19

Als Errill sich unter dem Dorftor hindurchbücken wollte, knickte er ein, als hätte ihm jemand mit einem Grabstock in die Kniekehlen geschlagen. Adlersohn und ich fingen ihn auf, bevor er zu Boden stürzte. Behutsam trugen wir ihn an Schultern und Füßen in mein Haus. Sein Haar war noch immer so naß, daß die Feuchtigkeit durch mein Hemd drang. Die Kühle auf meiner Haut ließ mich schaudern.

Ungeachtet dessen trug er sich angenehmer als Adlersohn vor neun Tagen. Er war schwerer, als ich gedacht hätte, und trotz seiner Ohnmacht irgendwie ... sperriger.

Mit vereinten Kräften hoben wir ihn auf Füchschens und mein Bett. Puls, Atem und die Augäpfel unter den Lidern, die manchmal wie Schmetterlingsflügel zitterten, gaben keinen Anlaß zu übermäßiger Besorgnis. Als ich seine feuchte, kalte Wange berührte, pieksten die Bartstoppeln mich in die Hand. Er mußte sich am Morgen rasiert haben, dennoch lag ein durchsichtiger schwarzer Schatten auf seiner blassen Haut.

Rein äußerlich schien er bis auf Prellungen, Kratzer und Schürfwunden in guter Verfassung zu sein. Ich säuberte die Kratzspuren auf seiner Brust und seine aufgeplatzte Lippe, kühlte die blau angelaufene Augenhöhle und die gerissene Braue. Vorsichtig tastete ich Bauch und Unterleib ab, um herauszufinden, ob er möglicherweise innere Verletzungen davongetragen hatte.

Von seiner rechten Schulter verlief quer über die Brust eine der längsten Narben, die ich je gesehen hatte. Die Narbe war weißer als die übrige Haut und ein wenig glänzend, hatte aber kaum Wülste gebildet. Die Erdfrau, die diese Verwundung behandelt hatte, hatte ihr Handwerk verstanden. Mit vielen feinen, kleinen Stichen hatte sie ihn wieder zugenäht.

Damit Errill sich nicht schnitt, zog ich die Bronzeaxt aus seiner Gürtelschlaufe und legte sie ans Fußende des Betts. Sie war schwer wie Stein und ebenso kalt.

»Los, jetzt zieh ihn schon aus!« Lin kicherte, während sie sich hinter meinem Rücken auf die Zehenspitzen stellte und mir über die Schulter spähte. »So schnell kriegst du keinen nackten Mann mehr in die Finger.« Ich bemühte mich, sie trotz der Hitze, die mir in den Kopf stieg, zu ignorieren, hätte es aber besser wissen müssen. Nichtbeachtung stachelte meine gräßliche Schwiegermutter nur noch mehr an.

»Sollte mich nicht wundern, wenn die Weiber sich über seine empfindlichen Teile hergemacht hätten! Bei der alten Ehebrecherin, bist du Erdfrau oder nicht? Guck nach, ob seine Eier noch dran sind!«

Adlersohns Entrüstung über diese Bezeichnung für Mutter Erde – eine der schimpflichsten, welche die Menschen der Inseln kannten – äußerte sich wortreich. Lin amüsierte sich köstlich, da Ulera dem Schamanen beisprang und sie nun ihr Gift gegen zwei Gegner versprühen konnte. All das lenkte von mir und meiner Verlegenheit ab, so daß ich unbeobachtet Lins Rat beherzigen konnte. Dankbar, daß mein Patient nichts davon mitbekam, öffnete ich seine Hose und vergewisserte mich, daß auch hier kein Anlaß zur Besorgnis bestand.

Wir deckten ihn zu und legten Dungfladen im Herd nach, bis es warm im Haus wurde. Adlersohn, ungesellig, wie er war, verließ uns bald. Ich hätte viel um Madragenas Rat gegeben, aber wir erwarteten sie erst am nächsten Tag von den Wanderfalkenleuten zurück.

»Wenn du mich nicht mehr brauchst, gehe ich zu den Kindern und hör mich weiter um«, sagte Füchschen mit einem unverschämten Grinsen in meine Richtung. Er zog beide Augenbrauen so hoch, daß sie unter seinem widerspenstigen Pony verschwanden, betrachtete seinen Hosenbund und stürzte hinaus.

Lin und Ulera vertrieben sich die Zeit damit, in wechselnden Rollen die Geschichte von unseren Ahnmüttern und Ahnvätern zu erzählen. Irgendwann begann ich, einen Sud aus den getrockneten gelben Blüten des Johanniskrauts zu brühen, die Wunden schneller heilen lassen. So kam es, daß ich nur mit einem Ohr zuhörte, wie die schöne Nemala und ihre Schwestern die Männer Gorh, Borh und Durh in ihre Betten und schließlich auf die Inseln lockten. Aus diesen Verwicklungen, zweideutig in mehr als einer Hinsicht, sind die Adlerleute entstanden. Lin suhlte sich in den schlüpfrigen Passagen, während Ulera sich bemühte, einen getragenen, schicksalhaften Ton anzuschlagen.

Völlig einig schienen sich beide Erzählerinnen darüber zu sein, daß unsere Ahnväter im besonderen und Männer im allgemeinen ausgemachte Trottel sind.

Nach langer Zeit erwachte Errill. Durch die abrupte Bewegung, mit der er sich aufrichtete, glitt die Felldecke von seinen Schultern. In den Kratzspuren auf seiner Brust standen in Perlschnüren nachgesickerte Blutstropfen, und die Schweißschicht auf seinem Oberkörper glänzte wie Blätter nach einem Regenguß. Einen Augenblick lang trat ein gehetzter Ausdruck in seine Augen, dann schnaubte er kurz und sah mich an.

Ich gab ihm von dem Wundtee zu trinken, und er verzog den Mund. Wider Erwarten kam er meiner Bitte nach, sich noch ein wenig auszuruhen. Er bat mich, mir von Sihrus' Tod zu erzählen, und diesmal tat ich ihm den Gefallen.

Errill hielt die Augen geschlossen, solange ich sprach. Seine Hand strich gedankenverloren über die Decke. »Was hast *du* damit zu tun?« fragte er plötzlich, stützte sich auf die Ellbogen auf und sah mich mit einem so eindringlichen Blick an, daß ich die Augen niederschlagen mußte.

»Die Sippe hat mich damit beauftragt, Fragen zu Sihrus' Tod zu stellen«, ließ ich ihn wissen. »Ich soll seinen Mörder finden.«

Er betrachtete mich mit diesem aufmerksamen Blick, der ihm eigen zu sein schien.

Um seinen Blick nicht erwidern zu müssen, stützte ich seinen Kopf mit der einen Hand und flößte ihm mit der anderen eine weitere Schale Wundtee ein. Er bekleckerte sich ziemlich mit dem Tee, da er nicht die Schale, sondern mich ansah. »Ich habe dir von Sihrus' Tod berichtet. Jetzt ist die Reihe an dir. Erzähl mir, wie ihr euch kennengelernt habt.«

»Hat er nie davon erzählt?« wunderte sich Errill.

Ich schüttelte den Kopf. Ich erinnerte mich an eine Bemerkung hier und da, meist so, daß der Zuhörer Schwierigkeiten hatte, einen Zusammenhang herzustellen. Wenn Sihrus Geschichten von Anfang bis Ende erzählt hatte, hatten sie nicht von ihm gehandelt.

Errill richtete sich langsam auf, hielt inne und verzog das Gesicht. Er schwang die Beine über den Bettrand und zog sich die Felldecke um die Schultern. Ich setzte mich zu seinen Füßen an den Herd.

»Sihrus kam zu uns aufs Kleine Nordlicht. Das war zwei Jahre, bevor wir zu unserer Fahrt aufbrachen. Er war –« Errill zögerte, und ich sah ihn aufmunternd an. »Er war damals mit meiner Schwester Luwe befreundet«, sagte er schließlich. »Da er und ich im selben Jahr geboren sind, kannten wir uns schon von früher, von den Kreisen der Gleichaltrigen auf Naps Tagen. Unsere Freundschaft jedoch stammt aus jenen Tagen, als wir gemeinsam jagten und tranken und die nördlichen Inseln unsicher machten ... womit man sich als junger Mann halt so die Zeit vertreibt.« Was bei jedem anderen nach Prahlerei geklungen hätte, war bei Errill eine nüchterne Feststellung.

»War er lange mit Luwe befreundet?« wollte ich wissen.

»Lange?« gab Errill tastend zurück, als wisse er es selbst nicht genau. »Für ihn war es vermutlich lange. Fast ein Jahr.«

»Du hast es ihm nie nachgetragen?«

»Was?« Er grinste. »Du scheinst nicht zu glauben, daß Luwe ihn davongejagt hat.«

»Entschuldige«, sagte ich verlegen, »ich habe nur gedacht –«

»Du hast richtig gedacht«, sagte Errill. »Sihrus hat sie verlassen, aber meine Schwester hat es nicht so schwer genommen. Ich vermute, sie war sogar erleichtert. Es ist … war kräftezehrend für eine Frau, mit ihm befreundet zu sein. Sie ist eine vernünftige Frau, meine große Schwester, fünf Jahre älter als ich, und damals, als sie und Sihrus sich trennten, hatte sie bereits ihren jetzigen Mann kennengelernt. Ich mag ihn sehr gern. Und ich habe drei prächtige Neffen«, erzählte er stolz. Dann geriet er ins Grübeln. »Aber ja, in deinen Augen wäre das wohl ein Grund, nicht wahr?«

»Fällt dir jemand ein, der ihn so gehaßt haben könnte, daß er ihm das angetan hat?« Ich wechselte das Thema, ohne mir anmerken zu lassen, daß ich Luwes gescheiterte Liebesbeziehung zu Sihrus tatsächlich sehr interessant fand. Außerdem überraschte es mich, wie wenig wir von Sihrus gewußt hatten. Namen hatten die Runde gemacht, aber Luwes war nicht darunter gewesen.

Errill dachte kurz nach, dann antwortete er langsam: »Sihrus hatte viele Neider und viele Bewunderer. Er erregte heftige Gefühle in den Menschen. Aber ich vermag mir nicht vorzustellen, daß jemand von den Inseln ihn so gehaßt haben könnte. Auf unserer Reise, da fallen mir zwanzig und mehr ein, die ihm nach dem Leben trachteten. Aber hier –«

»Ist es wirklich so … mörderisch da unten im Süden?«

»Ja«, gab er nachdenklich zurück. »Die Inseln sind etwas ganz Besonderes.«

Errill warf die Felldecke ab, streifte sich die Reste seines Lederhemds über und versuchte es notdürftig um sich zu raffen, indem er es in die Hose stopfte. Das zerrissene, weiche Leder spottete seinen Bemühungen. Als sein Blick auf den Knoten fiel, mit dem ich seinen Hosengurt wieder geschlossen hatte, stutzte er kurz. Dann sah er mir in die Augen. »Und«, fragte er mit einem Zucken um den Mund, »war alles zu deiner Zufriedenheit?«

»Ich habe nichts Außergewöhnliches entdecken können«, entgegnete ich spitz. »Du solltest trotzdem bis morgen bei uns bleiben. Du könntest mit Madragena sprechen. Sie kommt morgen zurück.«

Er bat mich, Madragena auszurichten, wie sehr er mit ihr litt, und ihr seine Hilfe und Unterstützung anzubieten. Dann steckte er Sihrus' Bronzeaxt in die Schlaufe seines Gurtes, verabschiedete sich von den ehrwürdigen Ahnfrauen, die ihm huldvoll zunickten, und ging zur Tür.

»Halt!« rief ich, nahm mir meinen triefenden Umhang und rannte ihm hinterher. »Du kannst doch nicht einfach so gehen! Ich habe noch Fragen an dich!«

»Dann begleite mich zu meinem Kerrag«, schlug er vor. »Alleine fürchte ich mich.«

»Nimm den hier!« sagte Ulera und drückte mir ihren trockenen Umhang in die Hand. Ich warf ihn mir über die Schultern und eilte hinter Errill her. Diesmal bückte er sich anstandslos unter dem Dorftor hindurch. Draußen tröpfelte es nur noch schwach. Auf der Wiese vor dem Dorf standen Pfützen. Den gepflasterten Platz zwischen Steinehaus und Dorfhügel jedoch hatte der Wind schon beinahe getrocknet. Ein unbekannter Vorgänger von Twirk hatte ihn mit einem leichten Gefälle zum Meer hin angelegt, so daß die Adlerleute stets trockenen Fußes in ihr Dorf gelangen konnten.

Brim lehnte an der Westmauer des Steinehauses. Stumm folgte er Errill mit Blicken, die beredter als jedes Wort waren. Errill sah nicht zu ihm hinüber, sondern schaute prüfend in den trüben Himmel. Ein paar Mannlängen vor uns auf dem Kerragpfad lag etwas, das von weitem wie ein leerer Schafbalg aussah.

Errill bückte sich, und ich erkannte, daß es sein Umhang und Wasserschlauch waren. Hier hatten sie ihn also in Empfang genommen. Er sah sich noch ein wenig um, zuckte dann die Schultern und ging weiter.

Als ich mich umdrehte, war Brim uns auf die Nordseite des Steinehauses gefolgt.

»Warum haßt Brim dich so?« fragte ich Errill, während wir auf dem Pfad durch das frisch gesäte Weizenfeld stapften. Der

Lehm, der an unseren Stiefeln klebte, wurde mit jedem Schritt schwerer.

»So viele Fragen«, wiegelte er ab. »Gibt es auch irgend etwas, was du weißt?«

»Warum haßt Brim dich?« wiederholte ich stur.

»Bist du sicher, daß du die Antwort auf deine Fragen wirklich wissen willst? Manche Antworten sind ziemlich unerfreulich und vielleicht gefährlich.« Er schwieg, bis wir den Kopf der Schwarzspalte erreichten. Hier mündete der Dorfbach, aus dem wir unser Wasser holten. Das Land senkte sich zunächst mit einer sanften Böschung und dann über eine steile Felswand zu den grauen Wellen des Meers hinab.

Eine Treppe, teils in den Stein gehauen, teils natürlichen Vorsprüngen folgend, gewährte Zugang zu der kleinen Felsplattform, die als Landesteg für unsere Kerrags diente. Zur Zeit dümpelte nur ein Boot auf den kabbeligen Wellen, denn Sira und alle anderen Kerragbesitzer hatten ihre Boote in den Schutz eines Felsüberhangs auf halber Höhe gezogen.

»Warum haßt Brim dich?« fragte ich ein drittes Mal.

»Nun gut. Ich nehme an, ich schulde dir etwas, weil du so mutig für mich eingetreten bist«, seufzte Errill, der sich Zeit dabei ließ, die steilen Steinstufen hinunterzusteigen. Einmal, als sein Knöchel umknickte und ihn zu einer heftigen Bewegung zwang, konnte er einen Aufschrei nicht unterdrücken. »Er wollte mit Sihrus in den Süden reisen«, sagte er schließlich.

»Brim? Das glaube ich nicht!« rief ich aus.

»Es bleibt dir überlassen, was du glauben willst und was nicht«, versetzte er mit aufreizendem Gleichmut. Wir hatten den Landesteg erreicht. Die Längsseiten der Schwarzspalte waren unzugängliche Steilwände, bezwingbar nur von den besten Eiersammlern der Inseln. Wo die Klippen unter der Wasserlinie verschwanden, brachen sich die Ebbewellen. Bei Flut hätte ein Seemann es nur im äußersten Notfall gewagt, in der Schwarzspalte anzulegen. Bei Sturm verwandelte sie sich in einen tödlichen Gischtkessel.

Mit Sihrus' Axt schnitt Errill ein Stück vom Tragriemen des

Wasserschlauchs ab und knotete sich damit die Haare im Nacken zusammen. Mühelos durchtrennte die Schneide das Lederband. Ich begriff zum erstenmal richtig, wie scharf diese Waffe sein mußte. Wie mächtig dieses Material war, diese … Bronze. Dann zog der Hirschleutemann den hinderlichen Umhang aus und warf ihn auf die Erde.

»Du kannst doch nicht tagelang halbnackt im Kerrag sitzen!« schimpfte ich. »So schaffst du es nie bis zum Kleinen Nordlicht!«

»Das habe ich auch nicht vor.« Er lächelte. »Ich werde heute abend die Gastfreundschaft einer Sippe in Anspruch nehmen, der ich keine Kostbarkeiten zurückbringe.« Ächzend zog er das Boot an Land. Das Gestell bestand aus biegsamen Haselstämmen, überzogen mit einer gegerbten, dick mit Talg bestrichenen Haut aus Robbenleder. Die Anstrengung bereitete ihm sichtlich Schmerzen. Sein rechtes Auge war so stark geschwollen, daß er damit kaum noch etwas sehen konnte. Er begann, sein Fahrzeug mit einer Holzschale leer zu schöpfen.

»Es tut mir leid«, sagte ich leise. »Ich schäme mich für meine Sippe. Vergib den Adlerleuten. Sie sind keine schlechten Menschen, nur ein wenig verwirrt.«

»Ich habe sie als ausgesprochen zielstrebig erlebt«, erwiderte er. »Du darfst mir helfen«, meinte er mit einem Blick auf das Regenwasser, das sich in seinem Kerrag gesammelt hatte. Er hatte Mühe mit dem Atmen, und nach ein paar Schöpfbewegungen glänzte sein Oberkörper vor Schweiß. Ich nahm ihm die Holzschale ab. Er hockte neben mir, die Arme um die Knie geschlungen, und sah mir beim Arbeiten zu. Auf einmal begann er zu wittern wie ein Hund im Wind.

»Was ist?« fuhr ich ihn an, um mein Unbehagen zu überspielen. »Habe ich etwas an mir, was deine feine Nase beleidigt?«

»O nein.« Er lächelte. »Du riechst gut. Nach einem Bad im Meer, nach Salz und frischem Tang … und da ist noch etwas, was ich nicht genau einordnen kann. Was nicht aus dem Meer stammt, sondern nach den Pflanzen von Mutter Erde duftet. Verrätst du mir dein Geheimnis?«

Froh, daß die anstrengende Arbeit des Schöpfens die Röte erklären konnte, die ich auf meinen Wangen brennen fühlte, antwortete ich möglichst beiläufig: »Du hast eine gute Nase. Meer und Tang stimmen. Was die Pflanzen anbelangt: ein altes Familienrezept. Und, nein, ich verrate es dir nicht.«

Er zuckte die Schultern, nahm mir die Holzschale aus der Hand und löste mich wieder beim Schöpfen ab. Ich hatte Muße, die gelben Flechten auf den schräg geschichteten Steinplatten um uns herum zu betrachten. Wenn die Flechten starben, bleichten sie zu farblosen Flecken aus, die den grauen Stein mit einem unregelmäßigen Muster wie von Vogelkot überzogen. In den Spalten zitterten braune Gräser und die weißen Köpfchen von Grasnelken. In Kürze würden sich die Polster wieder ihr violettes Sommerkleid überstreifen.

»Erzähl mir von Brim«, verlangte ich. »Er ist also neidisch auf dich, weil du mit Sihrus ins Südland gefahren bist.« Errills Kerrag war beinahe leer geschöpft, und ich bekam plötzlich Angst, er würde einsteigen und wegfahren und mich mit meinen Fragen allein lassen.

»Du glaubst mir ja doch nicht.« Klang da eine Spur von Gekränktheit in seinem gelassenen Tonfall mit?

»Doch«, versicherte ich ihm, »ich glaube dir. Erzähl schon!«

Errill verstaute die hölzerne Schöpfschale, den Umhang und den Wasserschlauch im Heck des Kerrags und machte sich daran, es zum Wasser zu schieben. Es schabte über die Kante, platschte hart aufs Wasser und schaukelte mit kurzen, abgehackten Bewegungen im Wind. Das Bugseil in der Hand, ließ Errill sich auf einer trockenen Stelle des Stegs nieder, ohne das heftige Heben und Senken seiner Brust oder das harte Rasseln seines Atems unterdrücken zu können.

»Als Sihrus vor mehr als vier Jahren von Madragena und Adlersohn auf die große Reise geschickt wurde, bat Brim ihn mehrfach, ihn als Begleiter mitzunehmen. Das letztemal geschah dies im Haus von Jonbro Stierherr am Vorabend von Naps Tag. Um genau zu sein«, unterbrach er sich, als er mein ungläubiges Aufkeuchen bemerkte, »war es nicht Jonbros

Haus, sondern sein Gästehaus, in dem Sihrus damals wohnte. Die Sonne stand tief am Himmel und tauchte das Dorf der Stierleute in ihren Honigglanz. Es war warm, die Luft mild. Die Haut strahlte die Wärme ab, die sie tagsüber empfangen hatte.« Er schaute mit sehnsüchtigem Blick in den trüben Himmel hoch und sagte: »Ja, so können sie auch manchmal sein, die Inseln. Ich kehrte von der Entenjagd zurück, und irgendwie kam ich auf die kindische Idee, mich anzuschleichen und Sihrus zu überraschen. Unglücklicherweise gelang es mir. Ich verbarg mich also am Eingang und belauschte, wie Brim Sihrus anflehte, ihn mitzunehmen.«

»Brim hat jemand angefleht?«

»Angefleht«, bekräftigte Errill. »Du glaubst mir ja schon wieder nicht.« Er schnalzte mit der Zunge. »Es war peinlich. Brim bettelte, seine Stimme brach mehrfach. Er sagte Dinge, die ... Ich will dich lieber damit verschonen. Brim ist ein bissiger Köter!« stieß er plötzlich hervor. Der Haß in seiner Stimme ließ mir den Hirschleutemann menschlicher erscheinen. »Sihrus stand angewidert auf«, fuhr er nach einem Augenblick in seiner gewohnten Art fort. »Ich hielt es für höchste Zeit, mich davonzumachen, hatte aber die Sonne außer acht gelassen. Sie warf meinen Schatten in den Raum, lang wie der des Peilsteins zu Mittwinter.

›Komm rein, Errill‹, rief Sihrus und zeigte auf mich. ›Das ist der Freund, mit dem ich in den Süden aufbrechen werde.‹ Der Blick, den Brim mir zuwarf, war nicht freundlich. Die Südlandleute haben eine Redewendung dafür: Wenn Blicke töten könnten. Jetzt weißt du, warum Brim mich nicht leiden kann. Er dürfte heute auf seine Kosten gekommen sein«, schloß Errill.

Eine Zeitlang sagte keiner von uns etwas, und die Möwen auf den Felsvorsprüngen der Schwarzspalte füllten das Schweigen mit ihren geschwätzigen Schreien. »Ich verstehe nicht«, sagte ich nach einer Weile, »was du mir sagen willst. Brim hat also gebettelt, obwohl es mir sehr schwerfällt, mir das vorzustellen. Was genau hat er gesagt?«

Errill drückte mir das Bugseil in die Hand und holte die Paddel, die er, mit zwei Steinen beschwert, in einer kleinen Höhle in der Felswand verwahrt hatte. »Ich muß jetzt fahren«, erklärte er und fügte mit einem Blick in den gleichmäßig stumpfen Himmel hinzu: »Die Sonne dürfte bald ihr Nachtlager im Osten erreichen.«

»Wie kannst du das wissen? Die Wolkenfrauen lassen heute nicht den geringsten Lichtstrahl durch. Du hast noch Zeit. Außerdem kannst du bei uns im Haus übernachten. Komm mit mir zurück! Dort wird dir nichts geschehen.«

Er ging mit keinem Wort auf mein Angebot ein. »Das mit der Sonne hat man im Gespür nach Jahren auf See«, antwortete er. »Es ist wie mit der Wahrheit: Sie verbirgt sich, aber nach einer gewissen Zeit ahnt man, wo.«

»Ich bin kein Seefahrer. Sag mir die Wahrheit über Brim!«

Errill sah mir in die Augen. »Er hat Sihrus bewundert und beneidet. Ich denke auch, daß er ihn auf seine Weise … geliebt hat. Ich bin mir sicher, daß diese Zuneigung nicht erwidert wurde. Mehr mußt du nicht wissen.« Mit diesen Worten nahm er mir das Bugseil aus der Hand, setzte mit einem erstaunlich behenden Sprung in sein Kerrag, balancierte das Schwanken des leichten Gefährts aus und stieß sich gleichzeitig mit dem Paddel ab.

»Was ich wissen muß, entscheide ich selbst!« schrie ich ihm wütend hinterher, während er geschickt durch die tückischen Wirbel der Schwarzspalte manövrierte. Er schien weniger mit Kraft voranzukommen als dadurch, daß er das Spiel der Wellen zu seinen Zwecken nutzte. Seine Meisterschaft im Umgang mit dem Boot konnte selbst ich erkennen, lausige Kerragfahrerin, die ich war.

»Ich habe noch Fragen zu eurer Reise«, rief ich gegen das Grollen der See an. »Es ist wichtig!« Verzweiflung gewann die Oberhand über meine Wut. Wieder hatte ich nicht die richtigen Fragen gestellt!

»… eingeladen«, brüllte er zurück. Ich sah ihn den Mund bewegen, doch der Wind verwob seine Stimme mit dem Krächzen der Seevögel und dem Tosen der Brandung zu einem unverständlichen Gesang. »... Hirschleute ...«, war das einzige Wort, das noch zu mir herüberwehte. Dann tanzte sein Kerrag um die Südecke der Schwarzspalte und entzog sich meinen Blicken wie der Mann Errill von den Hirschleuten meinen Fragen.

20

Die Mahlzeit aus Sauerampfersalat, frischem Meeraal, Beeren-Gerste-Kompott und Kuhmilch, die ich am Abend nach Errills Abfahrt in unserem Haus einnahm, hätte mehr Aufmerksamkeit verdient, als ich ihr schenkte. Zum einen war sie für Lins Verhältnisse schmackhaft, zum anderen die letzte, die ich vor Abschluß der Feierlichkeiten am Tag der ersten Sonne bekommen würde. Klares Wasser war das einzige, was ich in den nächsten drei Tagen zu mir nehmen durfte.

Sämtliche Antworten, die ich am darauffolgenden Tag von meinen Sippengeschwistern erhielt, sollten das Bild vom Ablauf des Frühlingstages bestätigen, das Ulera, Lin, Füchschen und ich uns während jener Mahlzeit zurechtlegten. Nach unseren Beobachtungen zerfiel die Sippe in zwei Gruppen.

Die erste bestand aus jenen Sippengeschwistern, die Adlersohns zweiten Geisterflug nicht miterlebt hatten, weil sie sich schon früher von dem Kreis um das Feuer verabschiedet hatten, die zweite aus jenen geselligen Adlerleuten, die den größten Teil des Abends singend, tanzend oder am Feuer sitzend verbracht hatten und bei Adlersohns Auftritt noch dagewesen waren. Dazu gehörten neben Madragena, mir und Twirk, die ja aus dem Kreis der Verdächtigen ausschieden, Regi und Ibbe, Wibo, Nuki, Gorg und der kleine Gorg sowie Lura und Eno. Jeder aus der zweiten Gruppe hätte genügend, jeder aus der ersten mehr als genügend Zeit für den Mord gehabt.

Sira und Kebro durfte ich fast zur zweiten Gruppe zählen, da sie bis zu Adlersohns zweitem Geisterflug mehr oder weniger unter Beobachtung gestanden hatten. Mein Bruder, der Beobachter, hatte den Anstand zu erröten, als er uns davon berichtete.

Wibo hatte ein paar Becher Honigbier mit uns am Feuer getrunken, bevor er gegangen war – in sein eigenes Haus zu seiner eigenen Frau, wenn man seinen Worten Glauben schenken durfte. Da er zu den Stillen in der Sippe gehörte, fiel keinem von uns ein, wann er verschwunden war. Als wir den ohnmächtigen Adlersohn in sein Haus gebracht hatten, war er wieder zu uns gestoßen.

Kurze Zeit vor dem zweiten Geisterflug hatten sich Ulera und Lin zurückgezogen und es der kranken Sarra, Bun, der schwangeren Lari und Osi gleichgetan, die das Feuer schon früher verlassen hatten.

Für Osis Unschuld hätte ich genauso bereitwillig die Hand ins Feuer gelegt wie für die des alten Bun. Sie hatte zusammen mit Lari in Twirks Haus übernachtet, da in Gorgs Haus die Kinder untergebracht worden waren. Wibo und Gorg, die den ohnmächtigen Baumeister in sein Bett geschafft hatten, bestätigten unabhängig voneinander, daß beide Frauen tief geschlafen hatten.

Übrig blieben Lele, Illib und Ard, die niemand am Feuer zu Gesicht bekommen hatte. Alle drei zeigten sich ausgesprochen redselig.

Illib hatte sich in den Hügeln südlich von Hams Wiesenloch mit dem jungen Twag von den Silbermöwenleuten getroffen. Die Begegnung auf halbem Weg zwischen den beiden Dörfern sei so zufriedenstellend verlaufen, vertraute Illib mir mit glänzenden Augen an, daß sie der nächtlichen Kälte bis zu den ersten Strahlen der Morgenröte getrotzt hätten. Außerdem sei Twag ein vorausschauender Mann, der zwei Felldecken und einen Schlauch Honigbier mitgebracht hatte.

Ard war ziellos umhergewandert, getrieben von einer starken inneren Unruhe und schmerzlichen Zweifeln an der Liebe eines Mannes, der es vorgezogen hatte, den Frühlingstag nicht mit ihr zu verbringen. Sie war niemandem begegnet. Irgendwann, es mochte in der Mitte der Nacht gewesen sein, war der Kummer so stark geworden, daß sie sich im Schutz eines Felsens zusammengekauert und lange Zeit regungslos dagelegen hatte. Als die Lähmung von ihr abgefallen war, war sie ins Haus der Frauen zurückgekehrt. Sarra und Nuki hatten bereits fest geschlafen.

Bereitwillig erzählte Ard mir anschließend von üppigen Gelagen und bunten Kleidern auf der Insel im Südmeer, von einem kostbaren Material namens *Gold* und von gigantischen Höhlen, in denen die Menschen seit Äonen ihren Göttern opferten. In der Schicht aus Tonfigürchen und gebleichten Knochen auf dem feuchten Höhlengrund wäre selbst ein großer Mann versunken. Sie wollte mir sogar weismachen, daß in diesem Treibgut der Götzenanbetung auch menschliche Gebeine lägen. Bestimmt hatte Sihrus dem leichtgläubigen Kind ein Märchen erzählt.

Überhaupt mochte ich so kurz vor dem Besuch des Ahnenhauses nicht an menschliche Gebeine erinnert werden. Mir war flau im Magen. Vom Fasten, redete ich mir ein.

»Was hat Sihrus denn nun ein Jahr lang auf dieser Insel gemacht?« fragte ich.

»Er lebte als geehrter Gast im Haus des Häuptlings«, gab Ard verträumt zurück. »Des Königs«, berichtigte sie sich nach einer kleinen Pause. »Er hatte keine Mühe, die Sprache der Südländer zu lernen, anders als Errill, der sich nie so gut an die schnarrenden Laute und die blumige, umständliche Redeweise dieser Leute gewöhnen konnte. Krekouross – so hieß der König – war hingerissen von Sihrus' blonden Haaren und seiner Größe. Menschen mit so hellen Haaren gibt es nämlich in seinem Land nicht, und selbst der König reichte ihm kaum bis zur Nase. ›Goldriese‹ nannten sie ihn.«

Ards Gesicht war noch immer dunkellila verfärbt, aber die Schwellungen um die Augen waren deutlich zurückgegangen. »Einmal habe ich ihn gefragt, wie er und Errill zu der Insel im Südmeer gekommen sind, aber er meinte, das wäre eine langweilige Geschichte, die er mir erzählen würde, wenn wir beide alt und grau an unserem Herdfeuer säßen. Statt dessen erzählte er immer etwas, mit dem man nicht rechnete.« Wir seufzten beide, vereint in der Erinnerung.

Ard hatte ihre Lider nicht geschlossen. Dennoch bekam ich den Eindruck, ihr Blick habe sich völlig nach innen gekehrt und sehe nichts mehr von der Welt um sie herum. »›Alles an Katero war klein‹, erzählte Sihrus, ›außer seinem Schiff und seinem Herzen.‹ Ich glaube, er hat den Mann gemocht, der im Auftrag des Königs übers Meer fuhr, um Waren für die Südmeerinsel zu beschaffen. ›Unsere Kerrags sind nichts als Haselnußschalen gegen die hölzernen Schiffe, mit denen sie an den Küsten des Südmeers entlang und zwischen den Inseln fahren, um Baumstämme, Getreide, Steine und Metalle von einem Land zum anderen zu bringen. Katero sagte uns, wie wir zu seinem Herrn auf der großen Insel im Südmeer gelangen würden, und seine Beschreibungen erwiesen sich als so zuverlässig wie der ganze Mann. An einem Tag im Frühling erreichten wir das Land seines Königs an der Südostküste der Insel.

Du kannst dir nicht vorstellen, wie tief das Blau des Meers dort ist! An einem milden Tag meinst du, du gleitest über einen zugefrorenen See. Anfangs verbrannte uns die Sonne, so stark scheint sie dort im Süden. Wir sahen aus wie gehäutet, und das, obwohl wir uns nach den Monden auf See bereits für abgehärtet hielten. Nach einiger Zeit im Südmeer nahmen wir eine dunklere Färbung an, und die Sonne machte uns nichts mehr aus. Es ist eine Lust, unbehindert von jeglicher Kleidung das Kerrag zu lenken, im warmen Wasser zu schwimmen und zu spüren, wie die sanften Hände von Ahntochter Sonne deine nackte Haut liebkosen.

An jenem Frühlingstag fuhren wir mit unseren Kerrags auf den langen Sandstrand zu, den Katero uns beschrieben hatte. Vier Schiffe lagen vertäut an den Landestegen. Im Rücken der Bucht erstreckte sich eine fruchtbare Ebene, die allmählich zu einem hohen Berg anstieg. Die höchsten Berge hier bei uns wären es nicht wert, Sandhaufen zu den Füßen des Südlandriesen genannt zu werden! Weiß glänzten seine zerklüfteten Gipfel, denn bis in den Sommer hinein lag dort Schnee. Auf einem Hügel ein Stückchen im Landesinneren erhoben sich so viele Häuser, wie ich sie noch nie auf einem Fleck gesehen hatte.

Rot wie Ochsenblut leuchteten sie auf den weißen Kalksteinfelsen, umgeben von grünen Feldern und Hainen, und darüber dieser lichte blaue Himmel! Ich hätte singen mögen, denn es ist eine Lust zu leben, dort im Süden. Stell dir vor, die prächtigsten dieser Häuser besaßen zwei Stockwerke –‹«

»Was hat Sihrus damit gemeint?« unterbrach ich Ard.

»Ein Haus steht auf dem anderen«, erläuterte sie. »Sie haben auch keine Erdhügel drum herum, und die Häuser sind nicht aus Stein, sondern aus einer Art Ton. Der Palast des Königs ist der größte und prächtigste von allen.«

Ich machte »Ah!« und Oh!«, zweifelte aber insgeheim an ihren Worten. Sihrus hatte immer gern ein wenig übertrieben.

»So erzählte Sihrus weiter: ›Die Menschen liefen auf uns zu, während wir unsere Boote an Land zogen‹«, fuhr Ard fort. »›Von den Handelsschiffen, von den Fischerbooten, aus den Feldern und Olivenhainen, in denen sie gearbeitet hatten. Ohne Scheu umdrängten sie uns und faßten uns an. Ich konnte mich nicht mehr anziehen. Wenn die Frauen mein Haar und meine Schultern streichelten, war das nicht unangenehm, aber die Männer taten das Gleiche. Sie betasteten mich überall. Einen Mann wie mich hatten sie noch nie gesehen.‹«

Ard kicherte. Ich konnte mir denken, woran sie dachte.

»›Für den schwarzhaarigen Errill schienen sie sich weniger zu interessieren. Er konnte sich rasch seine Tunika überstreifen, aber mich ließen sie nicht mehr los. Nackt, wie ich war, zerrten und stießen sie mich bis zu dem Hügel mit der Stadt, durch die gepflasterten Straßen den Hang hinauf vor den Palast des Königs. Obwohl sie im Grunde genommen freundlich wirkten, ließen sie keinen Zweifel daran aufkommen, daß wir nicht die Wahl hatten, wieder zu gehen.

Krekouross, der König, prüfte auf dem weiten Platz vor dem Palast eine Holzlieferung aus der Nachbarstadt, als die Menschen sich vor ihm teilten und den Blick auf mich freigaben. Ich spüre noch immer seine Hände auf meinem Körper, als er mich begutachtete wie zuvor die Baumstämme. Immer wieder zeigten er und seine Leute auf mein Haar und meine Gestalt, und sie lachten und schnalzten mit der Zunge und klatschten in die Hände.

Ich begrüßte den König so ehrerbietig, als wäre er Nap persönlich, aber er verstand die Sprache nicht, in der die Händler und Seefahrer des Südmeers sich verständigen, und die Sprache der Inseln rief nur noch mehr Gelächter bei allen hervor. Nachdem der König mir ein Haarbüschel ausgerissen hatte, rief er eine Gruppe prächtig gekleideter Frauen herbei, die Königin, seine beiden Schwestern und seine Tochter, wie ich später erfuhr. Auch sie ließen mein Haar durch ihre Finger gleiten, zogen meine Augenlider und Lippen auseinander – Mutter Erde weiß, was sie dahinter zu finden dachten –, stellten sich neben mich und lachten, weil sie mir nur bis zur Schulter reichten. Die ganze Zeit standen die Männer des Königs mit ihren Äxten und Speeren um uns herum. Ich wechselte einen kurzen Blick mit Errill. Jeder Gedanke an Flucht oder Widerstand verbot sich von selbst.

Die Tochter berührte mich zaghaft mit den Fingerspitzen, kicherte und errötete, aber die Königin und Krekouross' Schwestern zeigten keinerlei Scheu, mich auch an den intimsten Stellen anzufassen. Ich hätte nie gedacht, daß die Hände einer Frau mir einmal Widerwillen erregen würden. Ich sagte mir, daß ich nichts zu verbergen hätte, und ließ ihre Prüfung über mich ergehen, denn etwas anderes blieb mir nicht übrig. Schließlich berieten sich alle unter lautem Gekicher. Ihre Sprache verstand ich damals noch nicht, aber ihre Gesten waren beredt und anzüglich. Obwohl es mir ganz und gar nicht gefiel, Gegenstand ihrer Scherze zu sein, machte ich gute Miene zum bösen Spiel. Krekouross schickte einen Diener los, der Mann kam mit einem bunten Wollgewand zurück. Der König ließ mich von den Frauen ankleiden, was sie erneut zum Anlaß nahmen, mich ausgiebig zu begutachten.

Dann trat der König auf mich zu. Er legte den Daumen seiner rechten Hand erst auf seinen und dann auf meinen Mund, klopfte mir auf die Schulter und zog das Gewand zurecht. Sein Gefolge lachte und applaudierte, und alle schienen sich mächtig zu freuen. Ich nickte freundlich und lachte ebenfalls, was mir in meiner Erleichterung nicht schwerfiel.

Von da an begegnete mir jeder, auch die Mitglieder des königlichen Haushalts, mit dem größten Respekt. Ihre Gastfreundschaft war überwältigend. Nach längerer Suche fand sich ein anderer Seefahrer, mit dem wir uns mehr schlecht als recht verständigen konnten. Auch er hieß Katero, denn all die Seefahrer und Handwerker gehörten dem König.

Wir erhielten drei Räume im Palast, zwei große für mich und einen kleineren für Errill. Sie schienen ihn für meinen Gefolgsmann zu halten. Errill und ich kamen überein, sie vorerst in dem Glauben zu lassen. Sie schienen mich für eine Art Herr zu halten, und ein Herr hatte in ihren Augen Diener, aber keine Freunde. Zwei junge Frauen kümmerten sich um mein leibliches Wohl und lehrten mich Sprache und Sitten der Südländer. Nie fehlte es an Fleisch, Brot, Käse, Oliven und jenen kleinen süßen Früchten, die sie Trauben nennen.

Die Frauen der Südmeerleute sind klein und grazil, und alle haben sie dunkle Haare und braune Augen. Auch an jenen Teilen des Körpers, die gewöhnlich durch die Kleidung geschützt werden, war ihre Haut so dunkel, daß Errill und ich von ihnen abstachen wie zwei weiße Schafe. Die jungen Mädchen sind sehr schön und anmutig, aber sie altern rasch. Frauen im Alter von Sira sind dick und grobschlächtig, und auf ihren Armen und im Gesicht wächst ihnen ein schwarzer Flaum. Sie sind nicht zu vergleichen mit den Frauen der Inseln.

Dir hätte der vorderste Platz in ihren Prozessionen gebührt. Die jungen Männer hätten für dich die waghalsigsten Kunststücke beim Stierspiel vollführt. Ich sehe dich in den gefälteten Röcken der Edelfrauen auf einem Thron sitzen, mit kostbarem Schmuck angetan, in dem engen, steifen Mieder, das die Brüste frei läßt. Deine Haut hätte geleuchtet unter den dunklen Frauen wie der Mond unter den Sternen des Nachthimmels. Selbst die Tochter des Königs wäre neben dir verblaßt.‹«

Ard schien aus ihrer Geschichte aufzutauchen. »So hat er mich verführt«, flüsterte sie. »Er zeigte mir, wie die Frauen der

Südmeerinsel ihn berührt hatten. Sie hatten recht, ihn zu bewundern.« Sie lächelte, und ich wurde blaß vor Neid.

Wir saßen auf ihrem Bett im Haus der Frauen. Jede von uns hockte mit angezogenen Beinen in einer Ecke des Betts. Am Herd klapperte Nuki mit dem Kochtopf.

»Aber was hat Sihrus *getan?*« wiederholte ich. »Er hat sich doch bestimmt nicht ein ganzes Jahr lang nur verwöhnen lassen!«

»Nun, zuerst mußte er ihre Sprache lernen. Krekouross wollte möglichst viel von Sihrus' Heimat erfahren. Sihrus hat Geschichten erzählt. Er hat ihn auf die Jagd begleitet. Wenn fremde Herren zu Besuch kamen, mußte er stets dabeisein und von den Inseln erzählen. Als er die Sprache beherrschte, hat er seine Tage mit den Gefolgsleuten des Königs verbracht. Er mußte viel lernen. Wie man mit Axt und Speer umgeht, wie man die Spiele der Südländer spielt, daß man nur in Anwesenheit des Königs mit den Frauen des Hofstaats reden darf, wie man den Priestern seine Ehrerbietung erweist, daß man sich nicht mit dem Volk gemein macht.

Einmal landeten fremde Schiffe in der Stadt weiter östlich, auf die Krekouross Anspruch erhob. Die Fremden plünderten die Stadt und töteten viele Bewohner. Krekouross' Gefolgschaft kämpfte gegen sie und trug den Sieg davon. Die Fremden flohen voller Angst vor dem blonden Riesen. Sie hielten ihn für einen Geist ohne Blut, weil er so hell war. Viele Männer starben. Sihrus allein hat drei von ihnen erschlagen.«

»Er hat Menschen getötet?« fragte ich erschrocken.

»Es waren Räuber und Mörder«, wies Ard mich zurecht. »Er war dazu verpflichtet, Krekouross' Ehre und Besitz zu verteidigen. Zum Dank für seinen Mut hat der König ihm den Schwarzen geschenkt. Du weißt schon, diesen komischen Hund, der hier bald nach seiner Ankunft erfroren ist.«

»Der Schwarze ist von der Klippe gestürzt«, stellte ich richtig.

Ard winkte ab. »Was hätte er denn tun sollen? Er mußte sich den Sitten der Südländer anpassen. Wir können uns glücklich schätzen, daß es hier bei uns keine Fremden gibt, die uns berauben wollen.«

Ich kaute auf meiner Unterlippe herum. Auf den Sprechtagen hatte Sihrus nicht erzählt, daß er für diesen fremden Herrn gekämpft und getötet hatte.

»Und Errill?« fragte ich. Hätte ich nicht am Tag zuvor selbst seine Unschuld bewiesen, Ards Geschichte hätte meinen Verdacht erneut geweckt. »Hat er weiter den Diener gespielt?«

Ard zuckte mit der Schulter. »Er hat wohl auch Kämpfen gelernt, denn beim Sieg gegen die Räuber haben sie sich gegenseitig den Rücken geschützt. Als Gefolgsmann von Sihrus durfte er Umgang mit den gewöhnlichen Leuten haben. Vielleicht hat er auf den Feldern gearbeitet oder den Handwerkern geholfen.« Sie gähnte. »Errill war Sihrus immer ein treuer Freund. Du darfst nichts Schlechtes von ihm denken.«

»Ruh dich aus«, sagte ich. »Du siehst erschöpft aus.«

Sie hatte sich schon hingelegt und die Augen geschlossen.

Lele saß züchtig am Herd ihres Hauses und flocht den Binsenkorb, den ich bei meinem Eindringen vor drei Tagen gesehen hatte. Sie war die Zuvorkommenheit selbst.

»Ich bereite mich auf den Ahnenbesuch vor«, verriet sie mir mit einem in weite Fernen schweifenden Blick. Dann bot sie mir gar einen Becher Wasser an.

Auf meine Frage, warum sie in der Mordnacht nicht bei den anderen am Feuer gesessen habe, antwortete sie ohne Zögern, sie habe zunächst mit ihrem Mann Wibo und sodann mit unserem Häuptling Gorg »den Frühlingstag begangen«.

Ich zog die Augenbraue hoch.

»Ja, wir lieben uns. Und ich schäme mich dessen nicht«, behauptete sie mit gleichmäßiger Stimme und blickte mir offen in die Augen.

Ich staunte über ihre Dreistigkeit. Mann und Liebhaber hatten sich den Türvorhang in die Hand gegeben, und sie sprach von Liebe!

»Wann ist Wibo gekommen, und wann ist er gegangen?« fragte ich, um einen ebenso ruhigen Ton bemüht.

»Irgendwann im Verlauf des Abends ist er gekommen. Er

hatte noch ein, zwei Becher Honigbier am Feuer getrunken, so daß ich Zeit hatte, das restliche Fleisch vom Festmahl zum Räuchern aufzuhängen. Gegangen ist er, als er fertig war«, sagte sie, und dann brach ganz kurz die alte Lele durch, und sie kicherte: »Kurz darauf also.«

»Hat er gesagt, warum er ging? Wohin er ging?«

»Wir hatten Lärm draußen gehört, und ich habe ihn nachgucken geschickt«, erzählte sie, nun wieder mit ernster Miene. »Er hat mir kurz Bescheid gegeben, daß es etwas mit Adlersohn war. Dann habe ich ihn weggeschickt. Was ich ihm als Grund genannt habe? Weiß ich nicht mehr. Ich nehme an, daß er wieder zu seinen Schafen gegangen ist.« Mit bewundernswerter Geduld zog sie neun oder zehn Binsen durch einen Knochenring, schlang in immer gleichen Abständen Lederriemen um den Strang und schob von Zeit zu Zeit neue Binsen in seine Mitte, um ihn zu verlängern.

»Und Gorg?«

»Der Häuptling kam, nachdem er Adlersohn versorgt hatte.« Sie schien um zwei Handbreit gewachsen zu sein.

»Und ging er auch ... kurz darauf?« fragte ich.

Lele schnaubte. »Gorg ist ein *Mann*«, verkündete sie mit Überzeugung. »Aber natürlich konnte er nicht bleiben.«

»Er ging also ebenfalls, als er fertig war.«

Lele ließ den unfertigen Binsenkorb auf ihren Schoß sinken und musterte mich ernsthaft. Mehr als sechs, sieben Rundungen hatte sie noch nicht aufeinandergenäht. »Bei einem Mann wie Gorg ...«, setzte sie an. »Aber ja, er mußte ziemlich bald gehen. Übrigens verlasse ich mich darauf, daß du die Worte der ehrwürdigen Ahnfrau Lin beherzigst und dieses Gespräch vertraulich behandelst. Und diese Sache neulich im Wäldchen auch.«

»Warum sollte ich das?« fragte ich, mehr, um sie zu ärgern, als daß ich eine bestimmte Absicht verfolgt hätte. »Diese Sache fällt nicht unter den Entschluß des Sprechtags. Warum sollte ich den schamlosen Verstoß gegen unsere Sitten verschweigen?«

»Du hast uns belauscht! Das ist ebenfalls ein schamloser Verstoß gegen die Sitten!«

Ich zuckte die Achseln.

»Aber denk doch nur – unser Häuptling – die arme Osi –. Zum Wohle der Sippe bleibt manches besser ungesagt. All die Unruhe, die das schaffen würde –«

Ich sah sie schweigend an. Sie vergaß ihre Binsen.

»Mondkind ist Sihrus' Kind«, stellte ich dann fest.

»Das habe ich nie bestritten.«

»Hirschlein auch?«

»Guck ihn dir doch an!« fuhr sie auf. Das war im Augenblick nicht möglich, denn die Kinder arbeiteten bei Twirk im Steinbruch, aber ich wußte, was sie meinte. Hirschlein war, von dem schütteren Bart abgesehen, Wibo wie aus dem Gesicht geschnitten. »Nein«, fuhr sie dann wieder ruhiger fort, »Mondkind ist mein einziges Kind von Sihrus.«

Ähnliche Antworten hatte ich von allen Sippenschwestern und -brüdern zu hören bekommen, die ich zu Sihrus' geheimnisvollem Sprößling befragt hatte.

»Weißt du von jemandem?« fragte ich, denn Lele war eine unerschöpfliche Quelle des Klatsches. »Irgendeine Ahnung?«

»Nein.« Sie wirkte leicht verwundert.

Ich bedankte mich höflich für ihre Auskünfte und wandte mich zum Gehen.

»Den Weg findest du allein?« sagte Lele. »Du solltest dich inzwischen gut in meinem Haus auskennen.«

Die Augen in ihrem flachen, breiten Gesicht waren schmal wie Schlitze. Alles an ihr schien die Farbe der Erde zu haben: Haare, Augen, Haut, Kleid, die üppigen, geschwungenen Lippen, die lange Kette aus gefärbten Eberhauern. Ich sah sie plötzlich mit anderen Augen: eine schwere, fast blockartige Gestalt, umtanzt von Flammenschatten, hinter ihr auf der Anrichte der hörnerartige Stein der Stierleute. Vielleicht hatte Sihrus das in ihr gesehen? Diese Frau am Feuer, eine Göttin des Herdes mit mächtigen Schenkeln, mächtigen Brüsten, mächtigem Fleisch?

»Ich werde es für mich behalten«, versprach ich ihr. »Vorausgesetzt, es hat nichts mit Sihrus' Tod zu tun. Aber dafür schuldest du mir einen Gefallen.«

Die Göttin hinter dem Feuer nickte huldvoll. »Löse ihn ein, wann immer du willst.«

21

Das ständige Herumlaufen und Fragen hatte mich ermüdet. Vom Steinbruch zum Schweinepferch, vom Haus der Frauen zu Wibos Haus, von einem braven Sippenbruder zur anderen rückhaltlos offenen Sippenschwester. Zu allem Überfluß glaubte ich ihnen allen. Keiner verwickelte sich in Widersprüche, und der Schwur vom Sprechtag schien eine beinahe feierliche Bereitschaft zum Reden in ihnen geweckt zu haben.

Blieben die beiden Bären. Nun rächte es sich, daß ich die unangenehmen Dinge gern bis zuletzt aufschob. Ein leichter Schwindel hatte sich in meinem Kopf eingenistet und sorgte dafür, daß die vertraute Welt um mich herum eine Heimtücke an den Tag legte, die ich ihr nie zugetraut hätte: Der Boden schien ganz plötzlich eine Handbreit tiefer zu liegen, als ich es gewöhnt war. Immer wieder stieß ich mir den Kopf, weil die Entfernung zur Decke einfach nicht mehr zu stimmen schien. Die Trockenheit in meinem Mund ließ sich auch mit allem Wasser des Dorfbachs nicht wegspülen. Wenn ich mich erhob, drehte sich alles, und ich hatte das Gefühl, auf tönernen Beinen einen federleichten Kopf zu balancieren.

Ich begab mich zum Steinehaus. Hier bearbeitete Gorg seine Tschörtknollen, hier wurden Bein und Holz geschnitzt, Leder gegerbt und manchmal auch Stroh und Heide geflochten. Die mehr als mannshohen, sanft geschwungenen Wände aus dicht gefugten Steinen legten Zeugnis für Twirks Meisterschaft ab: Es war das einzige frei stehende Gebäude in unserem Dorf. Um das Dach tragen zu können, mußten die Wände besonders dick sein.

Beide Brüder arbeiteten in dem großen Raum, als hätten sie mich erwartet. Es roch nach geschliffenem Stein und kokelndem Holz. Gorg hielt eine schwarz geäderte Steinkeule zwischen den Knien, in die er mit Hilfe eines Haselholzstabes ein Loch bohrte. Brim, der für die Sandzufuhr im Bohrloch gesorgt hatte – eine Aufgabe, die sonst die Kinder erledigten –, erhob sich bei meinem Eintritt aus seiner knienden Stellung und machte sich im hinteren, halb von einer Steinplatte abgetrennten Teil des Hauses zu schaffen. Durch seine Bewegung entstand ein Luftzug. Ich roch Schweiß.

»Du bist gekommen, um mich zu Sihrus' Tod zu befragen«, stellte Gorg unaufgefordert fest.

Ich nickte und sah zu Brim hinüber.

»Mein Bruder kann alles mit anhören, was ich zu sagen habe. Ich habe nichts zu verbergen«, fuhr unser Häuptling fort. Wie oft ich diesen Satz an diesem Tag schon gehört hatte! Gorg bedeckte die Spitze des Bohrstabs mit einem Napfschneckengehäuse, das er links locker festhielt, und zog rechts den Bogen vor und zurück, in dessen Sehne er den Bohrstab eingeschlungen hatte. Der Stab, in schnelle und immer schnellere Drehungen versetzt, nahm wieder seine lange, mühsame Reise ins Innere des Steins auf.

»Bitte erzähl mir, was du am Frühlingstag gemacht hast«, begann ich wie immer. Oder doch nicht wie immer? Mir wollte es scheinen, als ob meine Stimme ein wenig zaghafter klang als bei den anderen Adlerleuten.

Gorg bohrte ungerührt eine Weile weiter, bevor er antwortete: »Das solltest du noch wissen, denn wenn ich mich recht entsinne, hattest du Madragenas Honigbier nicht übermäßig zugesprochen. Wir haben zusammen am Feuer gesessen, und irgendwann haben wir beide den ohnmächtigen Schamanen in sein Haus getragen. Anschließend habe ich gemeinsam mit Wibo den betrunkenen Twirk ins Dorf geschafft. Aber das ist es nicht, was du hören willst, nicht wahr?«

In dem Augenblick wußte ich, daß Lele mit ihm gesprochen hatte. Der Geruch, der von dem Steinbohrer aufstieg, war nicht unangenehm: kalt und leicht bitter, nach Rauch und ein wenig auch nach Blut. Ich machte eine auffordernde Geste.

»Danach habe ich die Freiheit ausgenutzt, die der Frühlingstag uns gewährt. Ich bin in das Haus unseres Sippenbruders Wibo gegangen und habe bei seiner Frau Lele gelegen.« Er hob die Hand, obwohl ich keine Anstalten gemacht hatte, etwas zu sagen. »Ich weiß, was ich der Sippe schuldig bin. Es wird aufhören.« Er legte eine kleine Pause ein. »Nachdem ich Lele verlassen hatte, bin ich in Twirks Haus gegangen, denn in meinem schliefen die Kinder. Lari und Twirk schnarchten um die Wette. Da ich Osi nicht stören wollte, legte ich mich in das dritte Bett. Um deine Frage vorwegzunehmen: Nein, niemand hat mich kommen hören. Sie schliefen alle tief und fest.«

»Dann mußt *du* mir wohl sagen, wie lange du bei der Frau deines Sippenbruders Wibo – gelegen hast«, entgegnete ich.

Der Sand knirschte, und hin und wieder gelang ein paar Körnern die Flucht aus dem Bohrloch. Brim kam aus der Nische und ließ Nachschub durch seine Finger rieseln. »Wie lange es halt dauert, bei einer Frau zu liegen«, sagte er grinsend. »Ach ja, ich vergaß: Du weißt vermutlich gar nicht mehr, wie das geht.«

»Zu dir komme ich später«, beschied ich ihn. »Gorg?«

Der Steinmeister wirkte eine Spur ungeduldig, als er mit einem unterdrückten Seufzer erklärte: »Nicht so lange, wie es dauert, ein Loch in diesen Stein zu bohren. Nicht so lange, wie die Zeremonie im Ahnenhaus morgen dauern wird.« Er hielt kurz inne, dann fügte er hinzu: »Du hast uns im Haselhain belauscht. Also hast du eine Ahnung, wie lange so etwas dauert.«

»Du bist nicht zufällig nach deinem Besuch bei Lele nach draußen gegangen? Hast dir noch ein wenig die Beine vertreten? Etwa am Strand der Bucht, an der ich Sihrus gefunden habe?« Er hätte nicht in diesem herablassenden Ton mit mir reden sollen.

»Nein«, gab er mit fester, leiser Stimme zurück. »Das habe ich nicht. Glaubst du, ich hätte mir vor einer so schwierigen Sache wie einem Mord noch Zeit für eine Frau genommen?« Dann legte er Bogen, Bohrstab und Stein behutsam auf die festgestampfte Erde neben sich und sah mich an. Ich schaute zurück. Ich glaube, es war das erste Mal, daß ich die gelben Flecken in seinen Augen sah. Sie trieben in der braunen Iris wie ein Bienenschwarm.

»Ich weiß, daß außer Mondkind ein weiteres Kind der Sippe von Sihrus ist«, fuhr ich fort. Seine Augen weiteten sich unwillkürlich, doch die Bewegung war so rasch wieder verschwunden, daß ich mir nicht sicher war, ob mir nicht meine Sinne einen Streich spielten. »Ist es eins der Kinder in deinem Haus?«

Die schöne Färse mit ihren acht und Bückelein mit seinen vier Jahren würden in Frage kommen. Hummel und der kleine Gorg, die schon elf beziehungsweise fünfzehn waren, erschienen mir zu alt. Sihrus' war zwanzig und sechs Jahre alt geworden – mit vierzehn, fünfzehn Jahren zeugt man noch keine Kinder.

Der Mann vor mir richtete sich mit träger Geschmeidigkeit auf, bis er wie ein Stehender Stein vor mir aufragte. Ich roch den kalten Staub des Steins, den strengen Duft von männlichem Samen, und dann war da noch ein schwacher, rührender Hauch nach Säugling und Muttermilch. »Die Kinder in meinem Haus sind die Kinder von mir und meiner toten Frau Um«, gab er zurück. »Abgesehen von Mondkind weiß ich auch von keinem anderen Kind in der Sippe, das Sihrus zum Vater hätte.«

Ich war aufgestanden, damit seine Größe mich nicht völlig erdrückte. »Als Häuptling der Adlerleute rate ich dir eins, Lasra. Grab nicht zu tief mit deinen Fragen. Keiner von uns weiß, was du damit aufstöberst. Tu deine Arbeit, aber halte dich an die Gebräuche unserer Sippe, und vermeide allzu aufdringliche Fragen. Damit wirst du dir nur Feinde machen, nicht die Wahrheit ans Licht bringen.« Er trat an meine Seite und legte mir den Arm um die Schulter, ganz leicht, so daß ich sein Gewicht nur ahnte. »Sieh unser Dorf. Warm und schützend umfängt uns der Hügel. Aber wenn die Fürze der Nachbarn durch alle Gänge ziehen, kann jede Familie die Steintür vor ihr Haus legen und ungestört sein. Mit dieser Lebensweise waren alle zufrieden, viele und nochmals viele Jahre lang. Laß wieder Ruhe einkehren. Laß uns Sihrus' Tod betrauern und weiterleben.«

Mit jedem Wort schien er ein Stückchen zu wachsen, doch zum Bären wurde er in meinen Augen diesmal nicht. Neben mir stand nur ein sehr großer, sehr starker Mann, der mich einzuschüchtern versuchte. Wie gut ihm das gelang, merkte ich an dem kalten Schweiß, den ich in meinen Achselhöhlen spürte.

»Selbst wenn ich es könnte«, sagte ich. »*Wir* können es nicht. Die Adlerleute können erst wieder in Frieden leben, wenn die Wahrheit über den Mord ans Licht gekommen ist.«

Mit einem Seufzer nahm er den Arm von meiner Schulter, rieb sich das Kinn und nickte. »Fast habe ich mir gedacht, daß du das sagen würdest. Vielleicht bist du ja empfänglicher für eine Warnung – eine gut gemeinte Warnung. *Ich* bin dein Freund, aber wenn du mit deiner Vermutung recht hast und Sihrus tatsächlich ermordet wurde, hast du in diesem Dorf oder auf diesen Inseln einen Feind. Der Mörder kann erneut zuschlagen. Du bringst dich mit deinen Fragen in Gefahr. Gib Ruhe, die Toten kannst du nicht wieder lebendig machen.«

»Was du Warnung nennst, hört sich für mich nach einer Drohung an«, versetzte ich.

Gorg ließ sich auf seinem Steinsitz nieder, nahm seine Arbeit wieder auf und beachtete mich nicht weiter. Obwohl ich es haßte, wie er mit mir umsprang, wollte ich um nichts auf der Welt noch einmal von ihm umarmt werden. Außerdem fiel mir beim besten Willen nichts ein, was ich ihn noch hätte fragen können.

Gorgs Verhalten hatte meinen Verdacht gegen ihn nicht entkräftet. Sein Einwand, daß er vor dem Mord wohl nicht mehr bei einer Frau gelegen hätte, leuchtete auf den ersten Blick ein. Aber war es nicht möglich, daß er gemeinsam mit Lele zur Kesselbucht aufgebrochen war und Sihrus' Geliebte als Ablenkung benutzt hatte?

Während ich noch unschlüssig vor Gorg stand, sah ich im Augenwinkel Brim auf mich zukommen. »Du platzt bestimmt vor Neugier, was ich am Frühlingstag getrieben habe«, feixte er. »Komm mit, wenn du's hören willst.« Er holte eine roh zusammengeflochtene Trage aus der vorderen Ecke des Steinehauses, schlang sich mehrere grobe Strohseile über die Schulter und bückte sich unter dem Eingang hindurch. Ich folgte ihm.

Der Wind schlug ihm das leichte Geflecht aus Haselzweigen aus der Hand, so daß er es sich fluchend unter den Arm klemmte. Ich hielt mich neben ihm, um nicht in seinem Dunst gehen zu müssen. Er nahm den großen Inselweg zum Wegtor. Schon seine Ausrüstung hatte mir verraten, was er vorhatte: Er würde in der Wihkbucht im Westen unserer Insel Treibholz sammeln.

»Guter Wind!« Er lachte. »Schickt uns das beste Holz übers Meer. Verflucht, das, was nicht an der Gebirgigen oder in den gierigen Klauen der Fledermausleute hängenbleibt.« Armer Brim! Da die Südliche im Osten der Inseln lag und das Treibholz aus dem Westen kam, war Holz bei uns noch knapper als auf der Großen oder der Gebirgigen, deren Küsten das letzte Land vor der unendlichen Weite des Meers waren. Zu dieser Benachteiligung kam die überragende Kunstfertigkeit seines Vorgängers Durh hinzu, gegen die Brims eher durchschnittliche Fähigkeiten noch mehr abfielen.

Vor mehr als vier Jahren, kurz vor Sihrus' Abreise, war Brims Frau bei der Geburt der kleinen Birke gestorben. Seitdem lebte er mit ihr und dem neunjährigen Hasel bei seinem Bruder Gorg. Nach dem vergeblichen Versuch, mich nach Nomaks Tod vor vier Jahren zur Frau zu gewinnen, war er allein geblieben. »Jetzt dürfte trotzdem der eine oder andere Ast angeschwemmt worden sein«, warf er im Plauderton hin, als hätten wir uns zu einem Spaziergang verabredet.

»Meine Kinder sind meine Kinder und nicht die von Sihrus«, sagte er ungefragt. Er drängte sich vor mir durchs Wegtor, und ich mußte fast zurückspringen, um nicht mit ihm zusammenzustoßen. Er hielt an und drehte sich zu mir um: »*Ich* hatte meine Frau im Griff. Frauen mögen das, weißt du. Du hättest es auch gemocht. Die, die sich am heftigsten wehren, haben es sogar am liebsten.«

Er zwang mich, in seiner Wolke aus Schweiß stehenzubleiben und mir sein widerliches Grinsen anzusehen. Als ich die Nase rümpfte, lächelte er: »Ich bin mir meiner männlichen Ausdünstungen sehr wohl bewußt.« Wie sein Bruder war er einen guten Kopf größer als ich und wohl doppelt so breit.

»Welche von den Frauen der Wanderfalkenleute hat sich denn am Frühlingstag für männliche Ausdünstungen begeistert?« fragte ich so ruhig, wie Abscheu und Ärger es zuließen.

Er setzte sich wieder in Bewegung, verhedderte sich mit der Trage zwischen der Torplatte und dem Pfosten und riß sie fluchend los. Mit vorgebeugtem Oberkörper mußten wir uns gegen den Wind stemmen. Hoch oben jagte Vaterkind Wind die graue Herde der Wolkenfrauen über den Himmel und stauchte sie zusammen, ein übereifriger Hütehund, vor dessen Fängen sie sich schutzsuchend zu einem einzigen Knäuel zusammenballten.

Auf dem Hügel rechts vom Weg sah ich ein Mutterschaf mit seinen Zwillingen, die sich weit vom Frühlingspferch entfernt hatten. Die Zibbe, deren zotteliges Fell fast bis zum Boden reichte, rupfte die frischen grünen Grasspitzen mit eingeknickten Vorderbeinen und in die Höhe gerecktem Hinterteil, so daß die beiden Lämmer gleichzeitig trinken konnten. Ich schnupperte in den brausenden Wind, in dem trotz seiner Kühle das würzige Versprechen des Frühlings lag.

»Beantworte meine Frage, Brim! Welche der Frauen von den Wanderfalkenleuten kann bezeugen, daß du die Nacht mit ihr verbracht hast?«

»Das interessiert dich wirklich, nicht wahr?«

»Es ist meine Aufgabe, mich dafür zu interessieren«, versetzte ich. Sanft wie Wellen bei Ebbe rollten die windgepeitschten Anhöhen zu beiden Seiten des Wegs dahin. So sachte gerundet, so grün, so unauffällig war unsere ganze Insel: keine schroffen Felszacken, keine kahlen Berge, nur die immer gleichen Erdwellen aus Gras und Heide, die selbst die Langmut des

Windes auf eine harte Probe zu stellen schienen. Der festgetrampelte Inselweg zog sich auf halber Höhe einer Hügelkette dahin. Bis zur Wihkbucht verlief er mehr oder weniger schnurgerade nach Westen, um dann in einem scharfen Knick nach Norden abzubiegen.

»Wenn du es genau wissen willst: Mehrere Frauen der Wanderfalkenleute waren scharf auf meine männlichen Ausdünstungen.« Er grinste selbstgefällig.

»Nenn mir Namen!« verlangte ich.

»Was braucht es Namen am Frühlingstag«, erwiderte er. »Sie setzen ein starkes Honigbier auf, die Wanderfalkenleute. Ich bin von einem weichen Paar Arme in das nächste getaumelt. Von einem feisten Tittenpaar auf das nächste gerutscht. Die verstehen zu feiern, die da oben, zu feiern und zu –« Er schlug sich spielerisch mit der Hand auf den Mund. »Bitte vielmals um Verzeihung. Was ich doch für böse Wörter kenne! Aber die bleiben einem im Halse stecken, wenn man neben der prüdesten Frau der Inseln hergeht.« Er hüstelte und griff sich an den Hals, als bekomme er keine Luft.

»Schade«, sagte ich, ohne auf seine Bemerkungen einzugehen. »Ich hätte dich gern aus der Schar der Verdächtigen entlassen. Aber so …« Ich seufzte. »Wenn du mir keine Frau nennen kannst, mit der du die Mordnacht verbracht hast …« Auf einmal fiel mir ein, was Errill über ihn und Sihrus erzählt hatte. »Keine Frau und keinen Mann«, fügte ich hinzu.

Als Brim die Trage hinwarf und sich zu mir herumdrehte, wünschte ich mir inständig, ich hätte den Mund gehalten. Oder mir wenigstens vorher überlegt, wo ich ihn aufmachte: in der Sicherheit des Dorfs und nicht auf einsamer Flur.

Sein Gesicht war so verzerrt, daß der gewohnte Brim mir dagegen geradezu hübsch vorkam. So dicht, daß unsere Körper sich fast berührten, baute er sich vor mir auf und blies mir seinen unangenehmen Atem ins Gesicht.

»Du kommst dir wohl sehr klug vor«, zischte er. »Hältst dich für was Besseres. Denkst, du hättest was Besseres verdient als mich. Aber gekriegt hast du gar keinen! Keiner will dich!

Erdfrau! Daß ich nicht lache! Ein vertrocknetes altes Weib bist du!«

Rechts des Weges wucherte ein kleines Brombeergebüsch. Mit überdeutlicher Schärfe sah ich die Stacheln der verdorrten Ranken und die Blätter mit dem eingerollten braunen Rand.

»Nenn mir einen Namen, und ich spreche dich von jeglichem Verdacht frei«, wiederholte ich mit zitternder Stimme und wich in Richtung des Gestrüpps zurück. Auf einmal roch es nach Verwesung, so stark, daß mir übel wurde.

»Ich pfeife auf deinen Verdacht. Halt mich ruhig für den Mörder. Auch ohne dir einen Namen zu nennen, bin ich nicht mehr und nicht weniger verdächtig als alle anderen Adlerleute.«

»Wie du willst«, stieß ich hervor. »Wenn du mir nichts zu erzählen hast …« Ich wollte nur noch weg.

Um unsere Köpfe brauste der Wind, und so traute ich anfangs meinen Ohren nicht recht, aber er sagte es wirklich: »Es macht dich scharf, nicht wahr? Gib's ruhig zu. Du geilst dich daran auf, wie andere es miteinander treiben! Du kannst es ruhig zugeben. Brim versteht dich!«

Der Gestank wurde unerträglich. In dem Gestrüpp mußte ein größeres Tier liegen, vielleicht ein junges Schaf. Ich strafte Brim mit einem Blick stummer Verachtung und wandte mich zum Gehen. Er hielt mich am Oberarm fest, nicht so, daß es weh tat, aber so, daß ich nicht weg kam. Seine Fingernägel waren gelb, kurz und schmutzig.

Dann zeigte er in das Gebüsch. Er grinste und zog die Augenbrauen hoch. »Püh!« machte er und rümpfte übertrieben die Nase, so daß man die Vorderzähne sah, die genauso gelb waren wie seine Fingernägel. »Kein angenehmer Geruch. Aber unser Held Sihrus liegt doch ganz woanders, oder?«

Obwohl es geklatscht haben muß, denn ich schlug mit aller Kraft zu, hörte ich nichts außer dem Rauschen des Bluts in meinen Ohren. Seine Ohrfeige hörte ich aber dann doch, ein dumpfer Schlag, als würde man einen Deckel auf ein Gefäß werfen. Er traf mich halb aufs Ohr, halb auf die Wange.

Ich war so erstaunt, daß ich einfach nur stehenblieb. Besonders demütigend daran war, daß die Berührung nicht enden zu wollen schien: Die Abdrücke seiner Finger brannten heiß wie eine Wunde in meinem Gesicht.

Dann ging alles sehr schnell.

Er zog mich an sich und beugte meinen Oberkörper so weit nach hinten, daß ich rückwärts zu Boden fiel. Brim ließ mich nicht los und stürzte auf mich. Der Aufprall preßte mir die Luft aus dem Leib. Sosehr ich auch strampelte und mich wand und den Kopf hin und her warf, ich konnte den stinkenden Bären nicht abwerfen, der mich zu erdrücken drohte. Hilflos wie ein Käfer auf dem Rücken. Wie ein Hase, in dessen Bauch der Adler seine Krallen geschlagen hat.

Schließlich blieb ich still liegen. Brim richtete den Oberkörper ein Stück auf und stützte sich so auf meine Armbeugen, daß es ordentlich schmerzte. Langsam begann ich meine Umgebung wieder wahrzunehmen. Er stinkt nach den Tieren, die er vor langer Zeit gefressen hat, sagte meine Nase. Bart- und Haupthaar sind rettungslos verfilzt, sagten meine Augen, und um die Schnauze herum ist er schon ziemlich grau. Sein Glied ist hart, sagte meine Haut.

»Bilde dir bloß nicht ein, ich wollte was von dir«, flüsterte er mir ins Gesicht. »Ich mußte mich nur gegen deinen Angriff schützen. Behalt es für dich, und du ersparst es dir, zum Gespött der ganzen Sippe zu werden.«

Ich drehte den Kopf zur Seite, bis die Steinchen des Inselwegs mich in die Wange stachen. Es war so ziemlich die einzige Bewegung, mit der ich mich von ihm abwenden konnte.

»Und hör auf mit deinen Fragen. Laß die Toten in Frieden verrotten. Die Adlerleute haben einen Wichtigtuer weniger! Was soll's? Sie werden's überleben.«

Ich bekam keine Luft mehr. Sein Körper lastete auf mir wie Stein.

»Sieh zu, daß du es auch überlebst.« Dann beugte er sich ein wenig tiefer und raunte mir mit rauher Stimme ins Ohr: »Ich könnte mit dir machen, was ich will. Nachher könnte ich dich töten, und vertrau mir, niemand würde dich finden.« Ich konnte meinen Kopf nicht weiter wegdrehen, und mein Ohr wurde heiß von seinem Atem. »Bist du so dumm zu glauben, auf den Inseln hätte noch nie ein Mensch einen anderen erschlagen? Was glaubst du, wie viele Kerle auf dem Grund des Meeres verfaulen und nie mehr gefunden werden? Wer da alles zerschmettert am Fuß einer Felswand liegt? Oh, welch bedauerlicher Unfall! Wenn *ich* Sihrus umgebracht hätte, würde Adlersohn kein Fingerknöchelchen mehr finden, das er ins Ahnenhaus legen kann!« Mit diesen Worten drückte er sich von mir ab und richtete sich gemächlich auf.

Ich japste nach Luft, rollte mich weg und rappelte mich, ein Stück von ihm entfernt, hoch. Das Schwindelgefühl war so stark, daß ich fürchtete, ohnmächtig zu werden. Mein Blick trübte sich, und Brims brauner Schaffellumhang und sein dunkler Haarwust verschwammen zu einer hoch aufgerichteten, ungeschlachten Gestalt. Die Gestalt bückte sich nach Trage und Strohseilen, winkte mir höhnisch zu und setzte sich in Richtung Wihkbucht in Marsch.

Ich taumelte über den Weg, immer wieder über die Schulter blickend, ob er es sich nicht anders überlegt hatte und mich doch noch töten wollte. Aber ich blieb allein mit dem heulenden Wind, der mich zu unserem Dorf zurückschob. Vor dem Wegtor lenkte ich meine Schritte nach Norden, wo ein schmaler Trampelpfad sich zwischen zwei Hügeln hindurch zu unserer Quelle schlängelte.

Zwischen Farnkraut und vertrockneten Heidestöcken sprudelte das klare Wasser aus zahlreichen Öffnungen in Mutter Erde hervor, um sich etwas weiter unten zu jenem Bach zu vereinigen, der schließlich in die Schwarzspalte mündete. Ich tauchte Hände und Gesicht in das kühle Naß und rieb schluchzend Brims Berührungen und Geruch von mir ab. Ich schrubbte so wütend, daß ich mir mit einem Kiesel die Wange aufschrammte. Weinend blieb ich noch eine Weile an der Quelle sitzen, und als die Tränen versiegten, wusch ich mir noch einmal das Gesicht und ging ins Dorf zurück.

»Du mußt es für dich behalten«, erklärte Ulera. »Die Schande fällt auf dich zurück.«

Wir saßen auf den Betten in unserem Haus und stierten ins Feuer. Füchschen hatte mir beschützend den Arm um die Schulter gelegt und stieß wüste Drohungen gegen Brim aus. Ich hatte meiner Familie beim Abendessen zugesehen. Die Sandklaffmuscheln, sonst ein Grund, mich irgendwo anders zum Essen einzuladen, hatten verführerisch geduftet.

»Brim ist ein Ekel«, sagte Lin und stocherte mit einer Beinnadel in ihren Backenzähnen herum. »Das hab ich schon immer gesagt.«

»Nichts da!« fuhr ihr Ulera über den Mund. »Zugeraten hast du ihr damals! Lieber Brim als gar keinen Mann zwischen den Schenkeln, höre ich dich noch sagen.«

Ich hielt mir die Ohren zu, so daß ihr Keifen nur noch gedämpft zu hören war wie das Meeresrauschen in einer Wellhornschnecke. Eine Erschöpfung, schwer wie die Deckensteine im Ahnenhaus, hatte sich auf mich gelegt. Dennoch war mir die ganze Zeit, als hätte ich etwas versäumt oder übersehen. Vor Unruhe zappelte ich wie unser Baumeister Twirk.

Füchschen zog mir behutsam die eine Hand vom Ohr und flüsterte mir zu: »Ich hab mich für dich bei den Kindern umgehört.«

»Danke, das ist lieb.«

»Und ich hab was rausgefunden«, orakelte er.

»So.«

»Ich weiß, wer der Mörder ist!«

»Und wer ist es?«

»Ein wenig mehr Begeisterung würde nicht schaden.«

Ich wandte ihm das Gesicht zu. »Begeisterung?«

»Ja«, sagte er. »Begeisterung.« Und schwieg.

»Na komm schon«, seufzte ich. »Wer ist der Mörder?«

»Ist doch sonnenklar. Wibo hat es getan!«

»Ich verdächtige Wibo auch«, gab ich zu. »Was hast du herausgefunden?«

»Also.« Er rückte näher an mich heran und legte mir den

Arm um die Schulter wie einem begriffsstutzigen Kind, das man Schritt für Schritt an eine Aufgabe heranführen muß. »Wibo hat Speer und Pfeil je zweimal zu den Stierleuten geschickt! Mit Botschaften!« Die Unzertrennlichen, Luras zweitälteste Kinder, glichen sich wie ein Ei dem anderen und gingen seit einem Jahr bei Wibo in die Lehre. »Und jetzt rate mal, worum es in den Botschaften gegangen ist!«

»Vermutlich um Hunde«, sagte ich.

»Wie kannst du das wissen?« Er sackte förmlich in sich zusammen, und sein Arm auf meiner Schulter wurde schwer vor Enttäuschung.

»Ich habe nur geraten«, beschwichtigte ich ihn. »Wibo hat mir von Hunden erzählt, und da ... Wem haben die beiden denn die Botschaften überbracht?«

Füchschen richtete sich wieder auf, holte tief Luft und berichtete: »Einmal Ibarek, einem Verwandten von Jonbro Stierherr, zweimal einem gewissen Ribi, der bei den Stierleuten für die Hunde zuständig ist, und einmal Toshag, Jonbros Neffe.«

»Haben die Zwillinge auch erzählt –«

»Haben sie«, unterbrach mich Füchschen grinsend. »Das erste Mal schickte Wibo die beiden vor über einem Jahr auf die Große, zu Ibarek. Das war, kurz bevor Wibo sie als Lehrlinge annahm. Dann etwa einen Mond nach Naps Tag, also auch noch vor Sihrus' Rückkehr, dann noch einmal kurz nach seiner Rückkehr. Diese beiden Male haben sie Ribi aufgesucht. Das letztemal – »fuhr er mit erhobener Stimme fort, um meiner Frage zuvorzukommen »– sind sie ungefähr einen Mond vor Sihrus' Tod zu Toshag geschickt worden. Pfeil war sich nicht ganz sicher, aber Speer meinte, es hätte Schnee gelegen, und einen Mond vor Sihrus' Tod hatte es geschneit. Die Stierleute hatten vier Hündinnen und einen Deckrüden von Wibo bekommen, und die Zwillinge haben ausgerichtet, wann die Welpen von der Mutter getrennt werden konnten, wann Wibo sie vorbeibringen würde –«

»Vorbeibringen? Er war also selbst bei den Stierleuten?«

»Natürlich! Er hat die Hunde selbst hingebracht und Ribi

gesagt, was sie zu fressen kriegen sollen und so weiter. Wenn Wibo zum Nabel der Inseln gewandert ist, haben Pfeil und Speer auf die Herde aufgepaßt.« Er kicherte. »Mit anderen Worten, sie haben Unfug getrieben und herumgealbert. Na, die Schafe fressen ja von allein.« Wie alle Kinder waren auch mein Bruder und ich eine Weile von unserem alten Schafhirten unterrichtet worden. Meist erwies sich schon recht früh, zu welcher Arbeit ein Kind neigte und taugte, und weder Füchschen noch ich hatten viel mit Tieren im Sinn.

»Beim dritten und vierten Mal«, berichtete mein Bruder weiter und schaute mir beschwörend in die Augen, »ging es um Sihrus' Hund, den Schwarzen. Du erinnerst dich?«

Ich nickte. Ohne mein Gespräch mit Wibo hätte ich mich vermutlich nicht an das Tier erinnert. Erinnert. Da war es wieder, dieses Gefühl, etwas übersehen zu haben. Ein abgebrochener Dorn direkt unter meiner Haut, der nur bei bestimmten Bewegungen stach und sagte: Ich bin noch da.

»Hörst du mir überhaupt zu?« krächzte die ehrwürdige Ahnfrau Lin von ihrem Bett auf der anderen Seite des Herdes. Ihre Gegnerin hatte sich in die Abortnische zurückgezogen.

»Nein, ehrwürdige Ahnfrau«, sagte ich, »ich höre dir nicht zu, da ich mich mit meinem Bruder unterhalte.«

»Solltest du aber«, schnauzte sie.

Füchschen und ich sahen uns seufzend an. Gegen Naturgewalten und Lin war man machtlos.

»Ich habe vorhin Madragena und Sarra im Seitengang erwischt.«

»Erwischt?« rief Füchschen.

»Glaub mir, Söhnchen, ich weiß, wann ich jemanden *erwische*«, bekräftigte Lin. »Die beiden kamen aus Madragenas Haus und wollten zur Schlupfpforte hinaus. Haben sich ziemlich erschreckt, als sie mich aus unserem Haus kommen sahen. Man hat nicht alle Tage Gelegenheit, unsere gelassene Erdfrau zusammenzucken zu sehen.«

»Und?« fragte ich gedehnt.

»Sie führten ein ... angeregtes Gespräch«, sagte Lin.

»So angeregt, wie du und Ulera euch immer unterhaltet?« wollte Füchschen wissen.

»Nicht ganz«, räumte meine Schwiegermutter ein. »Eine Spur würdevoller. Aber die Funken flogen. Lange, scharfe Blitze, und der Donner nur einen Wimpernschlag später.«

»Und worum ging es bei diesem ... Gewitter?« fragte ich.

»Weiß nicht. Ich bin nicht klug daraus geworden. ›Es ist deine Pflicht‹, hat Madragena gesagt. ›Du weißt, was *deine* Pflicht ist‹, hat Sarra gesagt. ›Daran mußt du –‹ Na, und dann haben sie mich gesehen und nichts mehr gesagt.«

»Du hast dich angeschlichen!« sagte ich empört.

»Von hinten!« kicherte Lin. »Ich war leise wie ein Mäuschen.«

»Ich werde Madragena morgen fragen, was es damit auf sich hatte«, versprach ich. »Geh jetzt schlafen, ehrwürdige Ahnfrau.«

Lin kicherte noch immer.

Mein Bruder und ich zogen uns die Decken über die Köpfe und begannen zu tuscheln. Wir waren uns einig, daß der erste Botengang der Zwillinge in die Zeit fiel, als Wibo von den Stierleuten den kunstvoll gefertigten Stein mit den drei Spitzen erhalten hatte. Vier Sprechtage vor dem letztjährigen Frühlingstag war das gewesen. Lele hatte viel Aufhebens davon gemacht, so daß wir uns noch gut daran erinnerten. Füchschen berichtete mir weiter, die Stierleute hätten Interesse an Welpen von Sihrus' Schwarzem bekundet. Die Zwillinge waren der Meinung, Wibo Hundezüchter hätte ihnen einen versprochen, aber ausdrücklich gesagt hatte er es wohl nicht. Jedenfalls hatten Speer und Pfeil Toshag ausgerichtet, daß Wibos Leithündin trächtig war. Unklar blieb, ob Sihrus von der Abmachung gewußt und ihr zugestimmt hatte. Aber das dürfte, und da konnte ich mit meinem Bruder nicht übereinstimmen, kaum ein Grund für einen Mord sein.

22

Mir war schlecht, meine Knie fühlten sich an wie Quallen, und morgen war der Tag der ersten Sonne. Dann würde die Sonne ins Ahnenhaus scheinen und die Ahngeister mit neuem Leben und neuer Kraft erfüllen. Ein Blick nach oben weckte allerdings Zweifel in mir, ob Ahntochter Sonne uns morgen früh den Gefallen tun würde zu scheinen. Am Himmel hing ein blasser Käselaib mit zerfaserten Rändern, der in grauer Lake dümpelte. Während ich noch hinsah, versank er langsam, und die trübe Lake schwappte über ihm zusammen.

Ich wanderte auf dem Kerragpfad vor dem Dorf auf und ab, um die Traumgespinste der Nacht abzuschütteln. Nomak, mein toter Mann, war vom Grunde des Meeres auferstanden und hatte seine fahlen Arme nach mir ausgestreckt. Sein Körper war kein schöner Anblick gewesen, hatte mich im Traum jedoch nicht mit Entsetzen, sondern eher mit trotziger Neugier erfüllt: Ich würde es Adlersohn zeigen! Als der Traum-Nomak den Mund geöffnet und meinen Namen gerufen hatte, war ein winziger, frisch geschlüpfter Aal herausgeglitten und hatte sich, froh über die wiedergewonnene Freiheit, durchs Wasser davongeschlängelt. Ja, was glaubte ich, wie viele Kerle auf dem Grund des Meeres verfaulen und nie mehr gefunden werden?

Und die ganze Zeit wußte ich, daß da irgend etwas war, das mir entglitt wie der Aal Nomaks Mund.

Trotz der fehlenden Sonnenstrahlen herrschte eine lichte Atmosphäre unter dem hohen grauen Himmel. Es war wahrscheinlich diese gleichmäßige, beinahe schattenlose Helligkeit, die mich ein kleines Stückchen abseits vom Kerragpfad, dort, wo vor zwei Tagen die Männer aus dem Steinehaus Errill in Empfang genommen hatten, auf etwas aufmerksam machte. Auf den sternförmigen Blättern eines Frauenhaarpolsters lag zwischen glitzernden Wasserkügelchen ein kleiner schwarzer Würfel.

Ich verließ den Pfad, kauerte mich in das feuchte Moos und

entdeckte eine ganze Handvoll weiterer Würfelchen mit gefällig abgerundeten Kanten. Die Würfel waren durchbohrt und mußten zu einer Kette gehört haben. Das Material kannte ich nicht. Ob es sich um Bein oder Holz handelte, hätte ich nicht sagen können, aber es besaß die glänzende Glätte polierten Steins und die Schwärze reifer Brombeeren. Nach einigem Suchen fand ich die dazugehörige Kette. Auf der ebenfalls schwarzen, geflochtenen Schnur aus Haaren steckten noch fünf weitere Perlen. Ich sammelte alles ein, verstaute es in einem kleinen Beutel an meinem Gürtel und nahm mir vor, Errill das Schmuckstück zurückzubringen. Es gab schlechtere Vorwände für einen Besuch bei den Hirschleuten, und diesmal würde ich nicht lockerlassen, bis er mir all meine Fragen beantwortet hatte.

Mit einem nicht unangenehmen Gefühl von Leichtigkeit wanderte ich noch ein wenig in Richtung Schwarzspalte, und als ich mich von dort wieder zum Dorf zurückwandte, sah ich Madragena und Sarra auf mich zukommen. Die gichtgekrümmte alte Frau stützte sich auf die noch ältere, aber stockgerade Erdfrau. Ich ging ihnen entgegen und begrüßte sie respektvoll.

Madragena war gestern von den Wanderfalkenleuten zurückgekehrt. Sie bat mich, Sarra auf der anderen Seite zu stützen. »Wir wollen zur Schwarzspalte und zu dir«, erklärte sie.

Um meinen Ruf als taktloser Quälgeist nicht weiter zu festigen, beschränkte ich mich auf einen erstaunten Blick, den sie beide souverän ignorierten. Mühsam wankte Sarra zwischen uns her über den Pfad. Sie war schwer und dick, und beim Gehen wackelten die Körpermassen unter ihrem Kleid hin und her. Meine Neugier ließ mir jeden Schritt doppelt lang erscheinen.

Was hatten die beiden alten Frauen in der Schwarzspalte zu suchen? Wollten sie mir etwas zeigen, das im Zusammenhang mit Sihrus' Tod stand? Die Mordwaffe etwa? Unser seltsamer Ausflug mußte etwas mit dem von Lin belauschten *Gewitter* gestern abend zu tun haben.

Am Kopf der Schwarzspalte angelangt, verkündete Sarra,

daß sie tatsächlich hinunterklettern wolle. Madragena und ich wuchteten sie, so gut es ging, über die Stufen des Steilabschnitts. Als wir, Madragena keuchend, ich mit zitternden Knien, die Hälfte des Abstiegs bewältigt hatten, stellte sich heraus, daß unser Ziel der Felsüberhang war, in dem die Seefahrer ihre Kerrags unterstellten. Fünf Fellboote warteten darauf, die Rümpfe wieder ins salzige Naß zu tauchen: die gesamte Flotte der Adlerleute. Im Gegensatz zu den Silbermöwenleuten, die wir Fischer mit einem kleinen Acker nannten, waren wir eher Bauern mit einem kleinen Boot.

Sarra ließ sich ächzend auf dem einen Sitzstein im Eingangsbereich des Felsüberhangs nieder, Madragena mit weniger Ächzen auf dem zweiten. Ich hockte mich auf die Steinfläche davor. Ein Möwenpärchen schlug zwei Trottellummen in die Flucht, die sich einen Nistplatz hoch oben in der Felswand ausgeguckt hatten, nicht ahnend, daß die Schwarzspalte fest in Möwenhand war.

»Sarra möchte dir etwas erzählen«, begann Madragena, als das Schweigen sich in die Länge zog.

»*Mögen* ist nicht das richtige Wort«, versetzte die Meisterköchin verlegen. Sie richtete den Blick in den Felsüberhang hinter sich und ließ ihn über die Kerrags gleiten. Seufzte. Sah mich an. »Du warst gestern im Haus der Frauen und hast Illib und Ard Fragen gestellt«, sagte sie.

Ich wartete ab. Ich hatte viele Fragen gestellt.

»Du hast Illib gefragt, ob eins ihrer Kinder von Sihrus wäre. Eins, das lebt, oder eins, das tot ist.«

»Sie hat mir eins verschwiegen? Eine Fehlgeburt vielleicht?« fragte ich aufgeregt. »Sihrus hat also doch mit Illib ...«

Sarra lachte, und ihr Busen wogte auf und ab wie die Wellen am Landesteg.

Mich beschlich ein gräßlicher Verdacht. »Du willst doch nicht sagen, daß er mit Nuki –«

Sarras Gelächter, so laut es war, klang eher verzweifelt als heiter. »Lassen diese Haare nicht jede Frau vor Neid erblassen?« Sie kicherte, während sie sich mit ihren knotigen Fingern in die langen, dünn gewordenen Haare griff. Wie bei den meisten weizenblonden Menschen hatte das Altersgrau bei ihr einen gelblichen Stich bekommen, wie schmutziger Schnee, in den ein Hund gepinkelt hat. »Sind diese Brüste nicht der Traum eines jeden Mannes?« Sie hob ihre großen, bis auf die Taille herunterhängenden Brüste an und gluckste die ganze Zeit vor sich hin, während ihr die Tränen über die Wangen liefen.

Zunächst verstand ich gar nichts. Ich blickte zu Madragena hinüber, die meinen Blick, ohne mit der Wimper zu zucken, erwiderte. Dann wieder zu Sarra, deren Glucksen allmählich verebbte.

Und da begriff ich.

Sarra nickte mir zu, so lange, daß ich schon dachte, sie würde nie mehr damit aufhören.

»Aber –«, setzte ich an.

»Halt den Mund, Lasra«, fuhr Madragena mich an. »Hör zu!«

»Ich war nicht immer alt«, begann Sarra. »Ich war sogar mal recht hübsch. Sieh dir Illib an. Sie ist mein jüngeres Ebenbild.« Sie stützte die Ellbogen auf die Knie, verstummte und sah eine Weile vor sich auf den Boden, bevor sie fortfuhr: »Ich war damals zwanzig und elf Jahre alt. Mein Mann Hern war einen Mond vor dem Frühlingstag gestorben. Er wurde vom Leitbullen zu Tode getrampelt.«

O Mutter Erde, das kannte ich doch! Lin hatte mir erzählt, daß Nuki ein Mutterkind sein mußte! Dann hatte uns Adlersohn besucht, und ich hatte nicht weiter darüber nachgedacht.

»Sihrus war dreizehn«, erzählte Sarra mit abwesendem Blick. »Er hatte kurz zuvor seinen Tag der Zweiten Geburt gefeiert.«

Füchschen! dachte ich. Sihrus war damals so alt gewesen wie mein Bruder heute.

»Ich muß dir ja nicht beschreiben, wie er schon damals ausgesehen hat«, sagte Sarra, tat es dann aber trotzdem. »Er war schon fast so groß wie als erwachsener Mann. Seine Glieder erinnerten an die eines jungen Hirschs, auch wenn Schultern und

Brust bereits erkennen ließen, wie er als Mann einmal aussehen würde.«

Madragena nickte. Sie hatte sich vollständig in sich zurückgezogen.

»Ihr Kinder«, fuhr Sarra mit einem Nicken in meine Richtung fort, »seid hinter ihm hergelaufen wie die Küken hinter der Gans. Er mußte nur mit dem Finger schnippen, und die Menschen gehorchten ihm. Wie er das anstellte, habe ich nie herausgefunden, aber er hatte diese Gabe. Wir hielten es für selbstverständlich, daß Bun ihn zum nächsten Häuptling machen würde. Aber das wißt ihr ja alles.

Es kam also dieser Frühlingstag, ein milder, sonniger Tag wie der in diesem Jahr. Meine Trauer um Hern war einem dumpfen Gefühl der Leere gewichen. Ich kam mir alt und verbraucht vor, nur noch dazu gut, meine Kinder großzuziehen und dann zu meinem Mann ins Ahnenhaus zu gehen. Mir war, als ob mein Leben zu Ende wäre, und doch duftete der Frühling verlockender denn je, die Inseln legten ihre Winterstarre ab, die Pflanzen keimten und trieben aus.

Sihrus hatte mich schon den ganzen Tag über angesehen. Während der Zeremonien hatte ich seinen Blick auf meinem Rücken gespürt, und einmal hatte ich mich umgedreht und ihm ins Gesicht gesehen, und er hatte die Augen nicht niedergeschlagen. Als wir um das Feuer tanzten, hatten mich seine Hände wie zufällig berührt. Wir tranken immer mehr und tanzten immer ausgelassener.

Die Nacht war schon fortgeschritten, als er mir zuflüsterte, ich solle zur Schwarzspalte kommen. Es war keine Frage – er schien zu wissen, daß ich kommen würde. Er schenkte mir sein hinreißendes Lächeln, das damals noch nicht so … geübt war, wie es mit der Zeit wurde. Dann wirbelte er im Tanz davon, und nach einiger Zeit bemerkte ich, daß er sich fortgestohlen hatte. Ich wartete eine Weile und folgte ihm. Niemand hat uns bemerkt. Meine Haut prickelte, heiß schoß das Blut durch meinen Körper, verscheuchte die Steifheit in meinen Gelenken. Die tückische Krankheit hatte kaum begonnen.

Als ich oben an der Schwarzspalte ankam, sah ich, daß er im Meer schwamm. Er entdeckte mich, schwamm ans Ufer und stemmte sich auf den Landesteg hoch. Das Wasser lief an ihm herunter und bildete eine Pfütze zu seinen Füßen, die mit seinen blonden Haaren und dem hellen Körper im Mondlicht um die Wette schimmerte. Einen kurzen Augenblick lang, während er dort unten stand und zu mir hochsah, schien die Welt um mich herum den Atem anzuhalten und ganz still zu stehen. Dann lief er auf mich zu.

Ihr wißt, wie er lief: mit großen, leichtfüßigen Sätzen, als müßten seine Füße nur das Gewicht einer Möwenfeder tragen. Er machte sich nicht die Mühe, sich wieder anzuziehen. Als wir uns auf halber Höhe begegneten, war er noch so naß, daß seine Haut im Mondlicht glänzte. Ich wunderte mich, wie sehnig und muskulös er war, obwohl er überhaupt kein Fett auf den Knochen hatte. Er wirkte furchtbar mager. Ich empfand Mitleid, weil ich seine Rippen zählen konnte und seine Schulterknochen so spitz herausstanden. Über dieses Mitleid kam er zu mir. Aber wahrscheinlich hatte ich mich schon entschieden, als ich das Feuer der Adlerleute verlassen hatte.

›Ich mache deine Kleider noch ganz naß‹, sagte er entschuldigend und begann mich auszuziehen. Dann nahm er mich an der Hand und zog mich zu dem Felsüberhang. Erst schämte ich mich, weil mein letztes Bad im Meer ziemlich lange zurücklag und die Haut an meinem Bauch faltig war, aber das Zwielicht und das Honigbier taten ihr Übriges. Er hatte sein Kerrag in den Überhang gezogen. Die Schaffelle, mit denen er das Boot ausgepolstert hatte, schimmerten in Ahnbruder Monds bleichem Licht. Er versuchte mich über den Bootsrand zu heben, stolperte aber und brach unter meinem Gewicht zusammen. Damals vertrug er noch nicht so viel Honigbier«, erinnerte sich Sarra mit einem wehmütigen, vergnügten Lächeln. »Wir konnten gar nicht mehr aufhören zu lachen. Jegliche Fremdheit war gewichen. Obwohl ich um so vieles älter war, hatte ich nie das Gefühl, die Bestimmende zu sein. Ich wußte sofort, daß ich ein Kind empfangen würde. Ich meine, es war nicht nur eine Möglichkeit, weil ich meine fruchtbaren Tage hatte, sondern eine Gewißheit. Ich kann es nicht erklären.

Hinterher, als alles vorbei war, habe ich mir manchmal vorzumachen versucht, ich hätte in dieser Nacht die Augen geschlossen und Herns Gesicht vor Augen gehabt, aber das ist nicht wahr. Meine Augen waren weit geöffnet, und sie sahen nur Sihrus' junges Gesicht, so eifrig, so angestrengt und gleichzeitig so gelöst. Die Wahrheit ist, daß ich überhaupt nicht an Hern gedacht habe.«

Sie hielt inne und sah zu Madragena hinüber, die sich während ihrer Erzählung nicht gerührt hatte. »Außer Madragena, der ich es erzählt habe, wußte niemand, daß Nuki Sihrus' Tochter ist. Es wurde gemunkelt, weil Hern erst so kurz tot war, und zumindest die Frauen wußten, daß keine Frau elf, sondern nur zehn Monde trägt, aber dann verlief alles im Sande. Sihrus und ich haben uns noch einige Monde lang regelmäßig gesehen. Wir haben unsere Treffen immer geheimgehalten, obwohl unsere Beziehung ja nicht gegen die Bräuche des alten Wegs verstieß. Dann begann er häufiger zu reisen, mein Bauch wurde dicker, er kam immer seltener ins Dorf. Wie das eben so ist.« Sie seufzte.

»Nach Nukis Geburt schlug die Krankheit ihre Krallen in meine Knochen. Wir haben uns nie ausdrücklich getrennt, aber irgendwann schlief er nicht mehr mit mir. Ich wurde alt und er unser strahlender Held. So ist das eben«, wiederholte sie. Eine lange Zeit schaute sie in das Dämmerlicht des Felsüberhangs, in dem sich die dunklen Umrisse der fünf Kerrags undeutlich von der noch dunkleren Wand abhoben. »Nachdem es zu Ende war«, schloß sie, »bin ich nicht mehr hierhergekommen. Und ich werde auch nie mehr hierherkommen.«

Eine Weile sagte niemand von uns dreien etwas. Aus dem Felsüberhang roch es feucht, nach Algen, Leder und ganz schwach nach würzigem Rauch. Das war das Birkenpech, mit dem die Seefahrer ihre Kerrags abdichteten. »Wußte Sihrus von seinem Kind?« fragte ich dann.

»Natürlich.«

»Und Nuki?«

»Niemand außer Madragena und dir. Niemand von den Lebenden.«

»Du weißt jetzt, was du wissen mußt. Wir sollten gehen«, entschied Madragena. »Ich will mich vor dem morgigen Opfer noch reinigen.«

Nachdem wir den ungleich schwierigeren Aufstieg mit vereinten Kräften bewältigt hatten, ließ Madragena uns allein und stapfte in Richtung von Borhs Zuflucht, um ihr Bad im Meer zu nehmen. Sie hielt sich so aufrecht, daß ich meinte, sie müsse jeden Augenblick stolpern und der Länge nach hinschlagen wie ein gefällter Baum.

»Es muß sehr schmerzhaft für sie sein«, sagte ich zu Sarra, während wir uns mit der Geschwindigkeit von zwei großen alten Schnecken zum Dorf zurück bewegten.

»*Sie* hat es von *mir* verlangt«, versetzte Sarra mit leicht gekränktem Unterton. Wir schwiegen eine Zeitlang. Der Schweiß auf meinem Körper wurde kalt und ließ mich frösteln.

»Doch du hast recht«, begann sie erneut. »Es muß ihr weh getan haben, von ihrem Jungen zu hören. Darum habe ich vorhin auch nicht alles erzählt. Aber ich habe den Schwur geleistet wie alle anderen Adlerleute und will dir nichts verschweigen, was zur Aufklärung des Verbrechens beitragen könnte – auch wenn ich es für unwichtig halte.

Sihrus und ich haben nicht nur miteinander geschlafen. Wir haben auch miteinander geredet. Er war jung damals, mitteilsamer, als er es in den letzten Jahren war. Er sprach häufig vom Allsamenbaum. Ich hatte nicht den Eindruck, daß er an die Geschichte glaubte, aber die Suche nach einem Schößling vom Allsamenbaum war für ihn zu einer Art Besessenheit geworden. Ich denke nicht, daß ihm an dem Schößling selbst lag.« Sie blieb stehen und machte eine ratlose Handbewegung. »Es ging ihm wohl eher darum, was er damit für sich gewinnen konnte. Eines Abends – er hatte die Hand auf meinen Bauch gelegt, der sich eben zu runden begann, und ich fühlte mich ihm sehr nah – saßen wir auf den Klippen bei Hams Felsentor.

Mit glühenden Augen erzählte er mir, wie er sich vorstellte, an Naps Tag mit dem Schößling vor die Sippen der Inseln zu treten. Ich habe nie eine solch kindliche, unverhohlene Begeisterung an ihm erlebt wie an jenem Abend am Meer, als er mir von seinem Traum erzählte. Scham war ihm eigentlich fremd, aber nachdem er mir das erzählt hatte, spürte ich eine gewisse Verlegenheit an ihm.«

In meine Verlegenheit mischte sich ein guter Teil Empörung. »Du hast dich mit Sihrus getroffen, während Hern einen Steinwurf entfernt auf dem Totengerüst lag?« rief ich aus.

Sie wirkte ehrlich erstaunt, als sie zögernd erwiderte: »Jetzt, wo du es sagst ...«

Ich wechselte das Thema. »Warum denkst du, diese Dinge könnten Madragena Kummer bereiten? Sie hat mir selbst erzählt, daß Sihrus sich schon als kleines Kind für den Allsamenbaum begeisterte. Außerdem glaube ich, jeder Junge von den Inseln träumt davon, im Angesicht aller Sippen als Held geehrt zu werden. Und manches Mädchen auch.«

Sarra dachte kurz nach, um dann sehr entschlossen zu antworten: »Es würde Madragena weh tun zu hören, daß er nicht so stark im Glauben an den alten Weg war, wie sie es von ihm verlangte. Nicht, daß er sich je abfällig über seine Mutter oder die Sitten der Adlerleute geäußert hätte. Es war nur irgendwie ... zuwenig für ihn. Er suchte etwas auf seinen Reisen. Ich weiß nicht, was, und wahrscheinlich wußte er das selbst nicht. Es hätte Madragena aber nicht gefallen, da bin ich mir sicher.«

»Sie hat ihn doch selbst auf die Reise in den Süden geschickt!«

Sarra legte die Stirn in Falten. »Ja, das stimmt«, räumte sie schließlich ein. »Trotzdem denke ich, daß er auch ohne ihre Erlaubnis gefahren wäre.«

»Vielleicht verwechselst du den dreizehnjährigen Jungen mit dem erwachsenen Mann«, entgegnete ich spitzer, als ich beabsichtigt hatte. »Die Menschen ändern sich. Sihrus war kein schwärmerischer Jüngling mehr, als er sich auf die Reise machte. Sein Ziel war es, mehr über den neuen Weg herauszufinden, damit wir Anhänger des alten Wegs ihn besser bekämpfen können.«

»Und?« entgegnete sie. »Hat er sein Ziel erreicht?«

»Aber ja!« rief ich aus. »Du hast doch gehört, was Adlersohn auf dem Sprechtag gesagt hat. Wir wissen jetzt viel mehr. Auch wenn Sihrus nicht den Ursprung des neuen Wegs entdeckt hat, hat er uns doch die Augen dafür geöffnet, wie mörderisch die Welt da draußen ist.« Errills Worte fielen mir ein. »Daß die Inseln etwas ganz Besonderes sind.«

»Mag sein«, erwiderte Sarra. »In manchen Dingen bewunderte er damals sogar die Stierleute, und das würde Madragena erst recht nicht gerne hören. Im Jahr von Nukis Geburt war Jonbro Stierherr nach dem Tod seines Vaters Häuptling geworden. Sihrus sprach mit sehnsüchtigem Schauder von der Macht, die Jonbro über die Sippen am Nabel der Inseln ausübte. In dieser Zeit begann er, sich gelegentlich bei den Stierleuten aufzuhalten, und dann hat Sternenseher ihm ja auch das eine oder andere über die Nachtgestirne beigebracht.«

Ich seufzte. »Du hast recht. Madragena wird ja schon stocksteif, wenn jemand nur diesen Namen erwähnt.« Bereits in den letzten Jahren von Jonbros Vater Tem Stierherr waren die Stierleute dazu übergegangen, ihren Tiersohn Sternenseher zu nennen, was mit den veränderten Aufgaben des Schamanen zusammenhing. Sternenseher begab sich immer seltener auf den Geisterflug und beobachtete dafür den nächtlichen Himmel und die Bewegungen der Gestirne.

Madragena hatte sich damals nur widerwillig damit einverstanden erklärt, ihren Sohn von Sternenseher unterrichten zu lassen, doch zu guter Letzt hatte sie sich davon überzeugen lassen, daß diese Kenntnisse ihm auf seinen Reisen von großem Nutzen sein würden.

Wir hatten das Pferchtor erreicht. Vor der Dorfmauer stieg mit aufgebrachtem Zwitschern ein Schwarm Spatzen in sichere Höhen auf.

»Ich muß nachdenken über das, was du mir erzählt hast«, sagte ich, während ich den Riegel zurückschob und geistesabwesend die Steinplatte für Sarra öffnete. Das Bild unseres Helden hatte Flecken bekommen. Wer war Sihrus gewesen?

Und was bedeuteten Sarras Enthüllungen für meine Aufgabe? Sarra schied als Verdächtige aus. Nicht nur, daß alles schon so lange zurücklag, sie schien für ihren einstigen Geliebten noch immer nichts als Zuneigung zu empfinden.

Nuki? Der Gedanke, die junge Frau könnte ihren eigenen Vater ermordet haben, war erschreckend. Möglicherweise hatte sie das Geheimnis irgendwie in Erfahrung gebracht; sie hatte Sihrus zu der Bucht im Norden bestellt, hatte ihm Vorwürfe gemacht, weil er ihre Mutter verlassen hatte. Unsinn, sagte ich mir, das paßte nicht zu der Wunde im Hinterkopf. Und Nuki war nicht der Mensch dazu. Nuki hätte ihn höchstens zur Rede gestellt, aber nicht hinterrücks erschlagen.

Noch schrecklicher, ja eigentlich undenkbar war ein anderer Verdacht: Sollte Madragena, die überzeugte Bewahrerin des alten Wegs, etwas mit der Ermordung ihres eigensinnigen Sohnes zu tun haben? Ich schämte mich für den bloßen Gedanken. Alles sprach gegen eine solch ungeheuerliche Vermutung.

Andererseits ließ sich nicht leugnen, daß Sihrus' Glauben so unverrückbar nicht gewesen war. Die Erkenntnis machte mir Angst, aber im Grunde überraschte sie mich nicht. Dieser Mann war so unergründlich gewesen wie die Bahnen der Gestirne am Nachthimmel. Konnte man aber daraus folgern, daß der Held der Adlerleute eine solche Gefahr für den Fortbestand des alten Wegs geworden war, daß man ihn aus dem Weg räumen mußte?

Adlersohn? Der Schamane schied ja auch als Verdächtiger aus. Er hätte schon Wunderkräfte entwickeln müssen, um in der Nacht des Frühlingstags aus seiner Ohnmacht zu erwachen und die gesamte Südliche zu durchqueren. Oder die Ohnmacht so geschickt vorzutäuschen, daß er nicht nur mich, sondern eine der erfahrensten Erdfrauen der Inseln hinters Licht führen konnte.

»Denk nicht, es wäre mir leichtgefallen«, sagte Sarra, bevor wir uns unter dem Dorftor hindurchbückten.

»Was?« fragte ich verdutzt.

»Ihn aufzugeben«, sagte sie. »Obwohl von vornherein klar war, wie es enden würde. Die Krankheit ließ mich vor der Zeit altern. Doch selbst wenn die Gicht in meine Gelenke biß und meine Nieren wie Feuer brannten, der Schmerz, ihn zu sehen und nicht mehr berühren zu dürfen, war noch stärker. Anfangs habe ich ihm aufgelauert, habe ihm Vorwürfe gemacht, habe gezetert, geweint und gebettelt. Natürlich ging er mir danach erst recht aus dem Weg. Manchmal habe ich daran gedacht, mich umzubringen. Am Ende war ich beinahe froh, als die Krankheit mich ans Haus fesselte und es mir unmöglich machte, mich weiter zu erniedrigen.«

Ich dankte ihr für ihre Offenheit und verneigte mich ehrerbietig vor ihr. Da tätschelte sie liebevoll meine Wange und sagte traurig: »Daß sie ausgerechnet dir diese Last aufgebürdet haben …«

Ich blieb noch eine Weile stehen und sah ihr nach, wie sie sich durch den Dorfgang quälte. Die bange Frage blieb. Ahnte sie etwas?

23

Das Schwarz der Nacht war gerade zu einem dunklen Grau verblaßt, da rief Adlersohn mit Schwirrgerät und Pfahlmuschelketten unsere festlich geschmückten Familien zum Tag der ersten Sonne.

Die Angst hatte inzwischen genügend Zeit gehabt, sich meiner zu bemächtigen. Als leise Unruhe hatte sie sich, kaum daß Ulera uns zu nachtschlafener Zeit geweckt hatte, in meine müßigen Gedanken geschlichen. Dann war sie mir in die Glieder gefahren. Nun saß sie in meinem Nacken und drückte mich nieder. Meine Eingeweide hatte sie zu ihrem ureigenen Land erklärt, so daß ich mich wie aus meinem eigenen Körper ausgestoßen fühlte.

Sooft ich mich auch unter den Achseln wusch, der kalte Schweiß brach immer wieder aus und bildete zwei feuchte

Flecken auf meinem guten Lederkleid. Ard hatte es mit viel Geschick mit ockerfarbenen Beinperlen, rosa Plattmuscheln und Strandschneckengehäusen bestickt, so daß Busen und Taille gebührend zur Geltung kamen. Dazu hatte ich meine glänzend polierten Armreifen aus Walbein und die lange Kette aus Otterzähnen und Federn angelegt. Seit gestern abend hatte ich nichts mehr getrunken. Der schlechte Geschmack in meinem Mund war dadurch nicht besser geworden, aber im Ahnenhaus würde das ohnehin nicht auffallen.

Bevor wir das Haus verließen, drückte Füchschen mich liebevoll an sich und flüsterte mir ins Ohr: »Wird schon nicht so schlimm werden.« Seine gutgemeinten Worte beruhigten mich ebensowenig wie Uleras weihevoller Segen und Lins Klaps auf den Hinterkopf.

Auf dem gepflasterten Platz vor dem Dorf hatte sich die festlich gestimmte Sippe in ihren besten Kleidern eingefunden. Keiner fehlte. Die meisten rochen besser als gewöhnlich. Über dem Meer verriet die Ahnung eines Schimmers, wo die Sonne aufgehen würde, verborgen hinter dichten Wolkenschichten. Jenseits des Dorfplatzes schlief die Welt grau in grau.

Adlersohn trug sein volles Ornat. Sein Zeremonienumhang, dessen Leder unter den aufgenähten Federn, Knöchelchen, Schnecken, Muscheln, Zähnen und Beinperlen fast vollständig verschwand, beulte sich gewaltig über der Schamanenausrüstung aus, die er niemand anderem zu tragen erlaubte. Die Adlermaske auf seinem Kopf verdeckte sein Gesicht. Die gelben, eingetrockneten Adleraugen gaben nichts preis. Wen von uns würde Adlersohn dieses Jahr als Opfer auswählen?

Mit herrischen Gesten ordnete er den Festzug. Voran gingen Lura mit ihrer Flöte und Nuki, die auf ihrer Trommel einen getragenen Rhythmus schlug. Die dumpfen, stetigen Trommelschläge erhöhten unsere Spannung. Hinter den beiden Musikantinnen kamen die sechs Auserwählten, die heute ins Ahnenhaus gehen durften. Neben dem Bärenmann Gorg wirkte der kleine Gorg noch schmächtiger, auch wenn er sich die Schultern unter der Festtunika ausgepolstert hatte. Unser

Häuptling hatte sich einen stattlichen, nahezu eine Elle langen Anhänger aus Walroßzahn um den Hals gehängt.

Lele und ich schritten möglichst würdevoll zwischen den beiden Gorgs sowie Kebro und Eno einher. Der hübsche Kebro hatte sich seine dunkelblonden Haare zu zahllosen kleinen Zöpfen geflochten. Er schüttelte seine Mähne, so daß die hineingeflochtenen Schwanenfedern und Perlen mit seinen weißen Zähnen um die Wette blitzten. Doch auch er wirkte ein wenig blaß um die Nase.

Selbst Eno hatte sich schön gemacht. Sein schwarzbrauner Vollbart und sein Haupthaar, die ihm sonst zottelig wie das abfallende Winterfell eines Hirschs ins Gesicht hingen, waren ordentlich gestutzt. Die lohfarbene Ledertunika ließ seine muskelbepackten Arme frei, über die sich verschlungene Muster aus Ockerfarbe zogen. Die ausgefallene Kette aus den rot, schwarz und gelb gestreiften Papageitaucher-Schnäbeln trug er zum erstenmal. Lura konnte es sich nicht verkneifen, sich immer wieder zu ihrem Mann umzusehen und stolze Blicke um sich zu werfen.

Auf die Sechsergruppe der Ahnenbesucher, deren Zahl an die Ahnmütter und -väter der Adlerleute erinnerte, folgten die übrigen Sippengeschwister mit Adlersohn und Madragena an der Spitze. Die kleinen Kinder, ebenfalls festlich herausgeputzt, gingen an der Hand ihrer Eltern. Osi und Müschelchen, Siras vierzehnjährige Tochter, trugen die Säuglinge auf dem Arm. Oft wählte der Schamane ein älteres Kind als Opfer für den Tag der ersten Sonne aus. Die Ungewißheit verstärkte meine Angst, und die Schwitzflecken unter meinen Armen wurden immer größer.

Ich warf einen raschen Blick zurück. Die beiden ehrwürdigen Ahnfrauen meines Hauses schritten in seltener Eintracht hinter Tiersohn und Erdfrau. Meinen Bruder entdeckte ich, seinem Alter und Rang entsprechend, im hinteren Drittel des Zugs. Immerhin hatte er es geschafft, sich vor seinen Rivalen Hirschkalb zu postieren.

»Adlersohn wird ganz schön ins Schwitzen kommen, wenn das Wetter so bleibt«, flüsterte mir Lele zu.

Im oberen Bereich ihres Ausschnitts baumelte die prächtige neue Kette, die sie offenbar für diesen Festtag aufgespart hatte. Die Beinperlen der sieben Schnüre waren abwechselnd mit Ocker eingerieben und im Feuer getempert, was ein lebhaftes Farbspiel aus rötlichen und bläulichen Strängen ergab. Leles Prachtkette war lang, aber nicht so lang, daß sie den unteren Bereich des Ausschnitts bedeckt hätte, der den Brustansatz und einiges mehr sehen ließ.

Ich nickte nur, und danach war auch Lele wieder ein Muster an stummer Sittsamkeit. Ich spähte nach oben. Der gleichmäßig graue Himmel ließ keinerlei Bewegung erkennen. Die Wolkenfrauen mußten noch schlafen. Wir konnten nur hoffen, daß es Adlersohn gelingen würde, sie gnädig zu stimmen und Ahntochter Sonne zu überreden, in jenem Augenblick nach ihrem Erwachen zu scheinen, in dem ihre Strahlen ins Ahnenhaus fallen konnten. Falls nicht – ich wollte es mir lieber nicht vorstellen. Das würde ein schlimmes Jahr geben.

Schließlich langten wir am nördlichen Ausläufer des Hornwerks an. Seine Mauern gingen wie zwei Stierhörner vom eigentlichen Körper des Ahnenhauses ab. In sanftem Schwung umfingen sie den zur Seeseite hin gelegenen Zeremonienplatz. Die Prozession schritt zunächst auf der Landseite um den länglichen Steinhügel des Ahnenhauses herum, wo sich eine halbkreisförmige Stützmauer am Fuße des Hügels gegen den Druck der Steine stemmte.

Der Hügel war etwa zwei Mannlängen hoch, zehn Mannlängen breit und sechs Mannlängen tief. Generationen von Adlerleuten hatten an dem Ahnenhaus gebaut, hatten Haut um Haut aus Trockenmauerwerk mit Schichten aus Ton und Geröll gefüllt und um die Kammer im Innern des Steinhügels gelegt. Unser Ahnenhaus war das prächtigste der Südlichen. Wir erreichten wieder den Zeremonienplatz aus festgestampfter Erde.

Hinter uns brandeten die Wellen gegen die Klippen, vor uns

ragte, senkrecht wie eine Klippe von Menschenhand, die Ahnenhausfassade über uns auf. In ihrer Mitte versperrte eine mit vielfältigen Ritzmustern verzierte Steinplatte jenen mehr als drei Mannlängen langen Gang, der in die Kammer führte. So eng und niedrig war der Gang, daß man auf Händen und Knien durch ihn hindurchkriechen mußte. Kinder, Kranke und Schwangere wurden deshalb nicht ins Ahnenhaus gerufen, aber wenn der Tiersohn den Angehörigen einer anderen Sippe einlud, so galt das als große Ehre.

Nachdem der Festzug das Ahnenhaus weitere fünf Male umschritten hatte, hob Adlersohn die Arme zum Himmel, und er und Madragena stimmten das Große Gebet an unsere Göttereltern an. Nur Luras Hirschbeinflöte untermalte mit leisem Wehklagen die heiligen Verse, die mit den von uns allen gesprochenen Worten endeten:

»Verwahrtes erschaut,
Verdecktes enthüllt.
Unermeßlich, unbegrenzt,
Beständig seid ihr,
Nie erlöschend,
Bis an der Welten Ende ewiglich.«

Bevor das rituelle Mahl aus Gerstenmehlfladen und Wasser begann, verschwand Adlersohn. Wir sechs Ahnenbesucher teilten das Mahl natürlich nicht. Wir hockten im Mittelpunkt des Platzes nicht weit vom Eingangsstein, in dessen sorgsam geglättete Oberfläche regelmäßige Ovale eingemeißelt waren. Der Strich im Innern dieser Kreise symbolisierte das männliche Glied, das in die Scheide eindringt, ein Bild des Lebens am Haus des Todes.

Während unsere Sippengeschwister klagten und jammerten, um die Ahngeister milde zu stimmen, führte Wibo den einjährigen Schafbock heran, der zum Tieropfer auserkoren war. Es war ein gut genährtes Tier mit glänzend braunem Fell und klaren Augen, aus dessen Stirn gerade die ersten Hörner wuchsen.

Als Adlersohn wieder hinter dem Ahnenhaus hervortrat, war er verwandelt. Die Adlermaske hatte er abgesetzt. Er trug den Knochenreif. Der dicke, geflochtene Strang bestand aus Menschenhaar und getrockneten Hautstreifen. Auf den Strang waren Knochen genäht, die um den Kopf des Schamanen aufragten wie die Steine in Naps Kreis. Es waren die Rippen, Oberschenkelknochen und Ellen namenloser Vorfahren.

Adlersohn hatte sich das Gesicht mit heller Tonerde und die Augenhöhlen mit Ruß beschmiert, so daß es einem Totenschädel glich. Die Beinrassel in seiner linken Hand hatte einen schauerlichen Klang, der um so eindringlicher wirkte, als die Sippe bei Adlersohns Anblick schlagartig verstummt war. In der Rechten trug der Schamane die steinerne Opferaxt, deren Blatt nie gesäubert wurde. Um den Hals hing der Schädelbecher, gefertigt aus der Kalotte eines Ahnen, der vor langer, langer Zeit gestorben war.

Der Schafbock schien das Verhängnis zu spüren, das auf ihn zukam. Wibo hielt das blökende Tier fest, streichelte es und redete ihm beruhigend zu, während Adlersohn Ahntochter Sonne bat, das Opfer gnädig anzunehmen und ihren Kindern ein strahlendes Gesicht zu zeigen. Madragena zog die große Opferschale heran, deren Rand mit einem umlaufenden Band aus Dreiecken und Rauten verziert war. Dann richtete der Schamane sich hoch auf, schwang die Axt über seinen Kopf und zertrümmerte dem Schafbock mit einem einzigen Schlag den Hinterkopf. Das Tier brach zusammen, kaum daß das splitternde Geräusch seiner berstenden Hirnschale verklungen war.

Blutspritzer trafen auf die Gesichter der Umstehenden, doch keiner wischte sie ab. Die Beine des Opfertiers zuckten noch, als der Schamane sein scharfes Steinmesser zückte und dem Bock die Kehle durchschnitt. Als das Blut in einem hellen, gut gezielten Strahl in die Opferschale schoß, überfiel mich wieder dieses Gefühl, etwas übersehen zu haben. Es hatte etwas mit der Zeremonie zu tun …

Eine leichte Brise trug mir den unverkennbaren Geruch

heißen Bluts zu. Adlersohn schöpfte sich den Schamanentrunk aus dem Opferkessel, legte den Kopf weit in den Nacken und trank die Schädelschale in einem mächtigen Zug leer. Zwei schmale rote Fäden rannen aus seinen Mundwinkeln über das weiß beschmierte Gesicht. Bis zu diesem Augenblick hatte sich mein Magen so leicht angefühlt wie eins dieser nackten, eingetrockneten Vogelküken, die man häufig unter den Nestern findet. Jetzt raffte er sich zu einem letzten Lebenszeichen auf und würgte weißlichen Schleim hervor.

Lele hielt sich die Nase zu. Ihr unverschämtes Grinsen erlosch erst, als ich sie anzischte: »Du riechst auch nicht besser.«

Der kleine Gorg schien ähnliche Probleme mit seinem Magen zu haben, die anderen Männer wirkten ungerührt. Adlersohn und Madragena zerteilten das Opfertier und legten einen Teil des Fleischs in gehörigem Abstand zu der Menschenmenge aus. Unverzüglich senkte sich der Möwenschwarm, der unablässig über uns gekreist hatte, auf die frischen Leckerbissen.

Dann ging ein ehrfürchtiges Raunen durch die Versammlung. Ich blickte in die Richtung, in die sich alle Köpfe wandten, und entdeckte einen Seeadler, der als schwarzer Schatten seine Kreise vor dem durchscheinend grauen Himmel zog. Das Meer, von der verhüllten Sonne in ein milchiges Licht getaucht, war eine verzauberte Nebelwelt. Mit lautem Kreischen stieß der Seeadler auf seine Opfergabe nieder und vertrieb die kreischende Möwenbrut.

»Ahntochter Sonne hat das Opfer angenommen!« rief Adlersohn. »Sie zeigt sich bereit, zur festgesetzten Zeit zu scheinen. Nun ist es an uns! Laßt uns erneut ein Opfer bringen, ein Opfer aus unseren eigenen Reihen! Laßt uns die Ahngeister geneigt stimmen, auf daß sie die Wolkenfrauen wecken und bewegen, den Schleier von unseren törichten Augen zu ziehen.«

Tatsächlich schien die leichte Brise von eben ihre größeren Schwestern geholt zu haben. Im Westen entdeckte ich sogar ein winziges Stück blauen Himmel. Wozu noch ein Opfer? hätte ich dem Schamanen am liebsten zugerufen. Laß es gut sein. Ahntochter Sonne wird zur festgesetzten Zeit scheinen. Mein Herz schlug wie wild.

Aber der Tiersohn erhörte mein stummes Flehen nicht. Mit blutigem Mund und blutiger Axt tanzte er auf die versammelten Adlerleute zu. Erst blieb er vor Sira stehen, lärmte mit seiner Beinrassel und vollführte obszöne Gesten. Doch die Axt blieb unten, und mit abgehackten Sprüngen hüpfte der Knochenmann weiter. Stumm drückte Osi ihre Kleine an sich, als er dem Kind mit der Beinrassel über das flaumige Köpfchen strich. Doch auch hier hob sich die Axt nicht. Der Knochenmann hüpfte weiter.

Vor Füchschen blieb er stehen. Er erstarrte mitten im Sprung, die Knie nach außen gespreizt, die Arme abgewinkelt wie eine flügellahme Ente. Er hob den Kopf, als lausche er einer fernen Stimme, und dann hob sich die Opferaxt und zeigte auf meinen Bruder. Alles in mir schrie »Nein! Nicht ihn! Du darfst ihn nicht nehmen!«, aber ich beherrschte mich und schwieg. Mein Bruder war unter seiner Sonnenbräune erbleicht, hielt sich jedoch tapfer. Nach kurzem Zögern erhob er sich und sprach die rituellen Worte: »Ich bin willig. Ich bin das Opfer. Mögen die Ahngeister es gnädig annehmen.«

Adlersohn ging ihm voraus zur gepflasterten Opferstätte in der Mitte des Zeremonienplatzes, wo der Schafbock gestorben war und die großen Steinplatten dunkel waren von dem Blut, das hier seit Generationen vergossen wurde. Füchschen blieb mit gesenktem Kopf stehen und ließ sich von Adlersohn und Madragena entkleiden. Ich biß mir die Lippe blutig, als ich ihn da stehen sah, mit hängenden Armen, nackt, mager wie ein neugeborenes Rind. Nein, er war nicht Sihrus, wie Sarra ihn geschildert hatte. Mein Bruder war ein großer Junge, der noch ein paar Jahre brauchen würde, um zum Mann heranzuwachsen, doch er nahm es wie ein Mann, daß er das Opfer sein würde. Ich war stolz auf ihn.

Adlersohn bedeutete ihm, sich ausgestreckt auf den Boden zu legen. Das Opferlied, das er mit rauher, weithin hallender Stimme sang, dauerte lange. Manche Strophe sang er zweimal, und mir kam es vor, als rollten seine gelben Augen in den rußgeschwärzten Höhlen gelegentlich zu mir herüber und ruhten voller Genugtuung auf mir. Die ganze Zeit lag mein Bruder dort auf dem Rücken, auf dem kalten, harten Stein, die Augen geschlossen, Beine und Arme gespreizt und die Handflächen nach oben gedreht, Ahntochter Sonne entgegen, die sein Opfer hervorlocken sollte.

Er lag nicht weit entfernt von dem Platz, wo wir sechs Ahnenbesucher hockten. Ich sah, wie Füchschens Brust sich hob und senkte, wie die zarte Haut am Bauch zuckte. Ich wandte den Blick ab, weil die Tränen mit Macht in mir hochstiegen. Als ich wieder zu ihm hinsah, schlug er kurz die Augen auf, um sich zu vergewissern, wie weit der Tiersohn mit seinen Vorbereitungen war.

Madragena stellte die Opferschale neben den Kopf meines Bruders. Dann tauchte Adlersohn einen Schafschwanz in das Blut und bestrich meinen Bruder mit der leicht eingedickten Flüssigkeit. Füchschen preßte die Lider zusammen.

Als Füchschens Körper rot war wie ein abgebalgter Hirschkadaver, hob der Knochenmann den Kessel hoch über seinen Kopf und kippte den restlichen Inhalt über dem Opfer aus. Das Blut spritzte von den Steinen hoch und überzog Adlersohns und Madragenas Umhänge mit einem roten Muster.

Nun war es Zeit für die Adlerleute, ihrem Sippenbruder für sein Opfer zu danken und von ihm Abschied zu nehmen. Nukis Trommel schlug einen eintönigen, dringlichen Rhythmus, der sich kaum merklich beschleunigte und dumpf in meinem Bauch vibrierte. Einer nach dem anderen zogen wir an meinem Bruder vorbei, berührten ihn und zeichneten uns mit dem Blut des Schafbocks das Dreieck auf die Stirn. Füchschen hielt die Augen geschlossen, wie es vom Opfer verlangt wurde, und lag totenstarr da. Doch als ich bei ihm kniete, rasch seine Hand drückte und ihm zuflüsterte: »Wird schon nicht so schlimm werden«, erwiderte seine Hand meinen Druck.

Klappernd, rasselnd, klirrend tanzte Adlersohn den Großen Tanz des Seeadlers. Seine Füße stampften im Takt der Trommel, sein Oberkörper beugte sich fast bis zur Erde und schnellte wieder empor, daß man meinte, sein Rückgrat müsse brechen. Dann warf er den Schamanenumhang ab. Darunter war er nackt bis auf die Beinperlenkette an seinem Handgelenk. Sein gesamter Körper war mit hellgrauem Lehm und schwarzem Ruß bemalt. Mit weit ausgebreiteten Armen flog er über den blutgetränkten Boden. Die Laute, die er ausstieß, schienen nicht aus einem menschlichen Mund, sondern aus dem gelben Schnabel unseres Sippentiers zu kommen. So lockte der Adler seine Partnerin, so schlug er seine Widersacher in die Flucht.

Ich schaute hoch. Schon wurde die Wolkendecke stellenweise so durchsichtig, daß das kalte Grau des Ahnenhauses einen warmen Schimmer annahm und Adlersohns umherwirbelnde Gestalt den Abglanz eines Schattens warf.

Gorg und Eno erhoben sich, und ich stellte staunend fest, daß unser Häuptling leicht schwankte und einen abwesenden, glasigen Blick bekommen hatte. Die beiden wuchteten den Eingangsstein mit den Ritzmustern beiseite, der so schwer war, daß selbst Gorg ihn nicht allein bewegen konnte.

Vielleicht bildete ich es mir nur ein, vielleicht ließen Fasten, Trommelschlag und das viele Blut mich auch Dinge sehen, die sonst nicht zu sehen waren. Ich *sah* jedenfalls die Wolke aus Gestank und Verwesung, die aus dem Ahnenhaus quoll, kaum daß Gorg und Eno den Stein beiseite gewälzt hatten. Ihre ersten Opfer waren die beiden hustenden und spuckenden Männer am Eingang, doch bald hüllte sie den gesamten Zeremonienplatz ein und senkte sich in dicken, klebrigen Schwaden auf die Adlerleute. Leles Schulterzucken, als sie sich das Erbrochene vom Kleid wischte, machte sie mir beinahe sympathisch. Für meine geschärften Sinne hatte die Wolke aus dem Ahnenhaus die grünbraune Farbe jener Flüssigkeit, die sich im Hochsommer in den Madenlöchern der Kuhfladen sammelt wie Eiter in der Wunde.

Nur Adlersohn schien gefeit gegen den Gestank, der die ganze Welt zu überfluten schien. Sein Opfer lag regungslos da, während der Tanz des Knochenmann-Adlers immer ekstatischer und zügelloser wurde. Er schüttelte sich in wilden Zuckungen, als schlenkerten die bleichen Knochen eines Skeletts gegeneinander. Nun wurde mir klar, daß der Große Tanz keine Brutpartnerin anlocken, keinen Rivalen vertreiben sollte. Es war der Tanz des toten Seeadlers, dessen Geist sich in die Lüfte erhob und ein letztes Mal die Inseln in der Morgensonne gleißen sah.

Dann stieß er herab und nahm das Opfer mit sich. Adlersohns Axt schwebte einen Wimpernschlag lang über Füchschens Körper.

Er tut ihm ja nichts, rief ich mir immer wieder in Erinnerung. Doch in gewisser Weise starb mein Bruder nun. Zu denken, daß es eine Zeit gegeben haben könnte, eine Zeit lange vor Naps Tagen, in der das Opfer tatsächlich geschlachtet worden war, in der Eltern, Geschwister, Eheleute hatten mit ansehen müssen, wie ihre Lieben …

Die blutige Steinaxt des Knochenadlers sauste nieder und schlug keine Handbreit neben Füchschens Kopf auf die Steinplatten auf. Ich konnte einen entsetzten Aufschrei nicht unterdrücken. Taumelnd, keuchend nach der Anstrengung des Tanzes, lehnte sich Adlersohn auf den Axtschaft und beugte sich über den blutigen Körper. Hatte er das absichtlich getan, um sich an mir zu rächen? Wenn er nun gestolpert wäre und meinen Bruder verletzt hätte! Hiflos, mit gesenktem Kopf hockte ich neben meinen fünf Leidensgenossen und wartete.

Die Adlerleute hatten sich unterdessen in zwei Reihen vor dem Eingang zum Ahnenhaus aufgestellt. Unablässig sangen sie die gleichen Worte, untermalt von Nukis Trommel:

»Mit offenen Händen,
Mit offenen Augen,
Mit offenen Herzen,
Mit offenem Geist.«

Adlersohn war der erste, den der Gang verschlucken sollte. Er griff sich seinen prall gefüllten Ledersack und ließ sich auf alle viere nieder. Einen Augenblick lang bot sich mir der absurde Anblick seiner weiß verkrusteten Gesäßbacken und runden Oberschenkel. Nachdem er in die dunkle Öffnung gekrochen war, verschlossen die Adlerleute den Eingang wieder mit ihren Körpern.

Aus dem Innern des Ahnenhauses drang ein schauerliches Heulen, die Trommel steigerte sich zu einem Wirbel, und Gorg trat vor das Menschenspalier. Illib und Regi nahmen unserem Häuptling die Kette mit dem Walroßzahn ab und begannen ihn zu entkleiden. Auch nachdem sie ihm Hose und Tunika ausgezogen hatten, wirkte er nicht nackt. Seine schwarze Körperbehaarung bedeckte sogar große Teile seines Rückens und verbarg ihn vor unseren Blicken wie eine zweite, angewachsene Kleidungsschicht.

Dann war die Reihe an dem kleinen Gorg. Weiß leuchtete seine dürftige Gestalt zwischen Illib und Regi. Lele stieß mich beim Aufstehen an. Sie hatte nichts von der verschämten Art des kleinen Gorg an sich, als ihre Sippenschwestern sie entkleideten.

Zum viertenmal erklang das Heulen, zum viertenmal schlug Nuki den rasenden Trommelwirbel. Ich ging aufs Ahnenhaus zu. Illib und meine Schwester gaben acht, mein neues Kleid nicht zu beschädigen, als sie es mir über den Kopf zogen. Ich spürte Regis Hand auf meiner Schulter, die mich beruhigend streichelte.

Als meine Sippengeschwister den Eingang vor mir wieder freigaben, schlug mir der Gestank ins Gesicht wie eine Faust.

Ich bückte mich und begann in die Finsternis zu kriechen.

Ganz kurz erblickte ich in dem von hinten einfallenden Tageslicht den ungewöhnlich niedrigen Deckstein, ließ mich auf den Bauch fallen und robbte das nächste Stück. Dann gab es auch den schwachen Schimmer von hinten nicht mehr, und ich befand mich in völliger Dunkelheit. An Brust und Bauch wurde es unangenehm kalt. Meine Hände ertasteten den Grund unter mir: festgestampfter, feuchter Lehm mit Geröll, eine kleine Pfütze, wieder Lehm. Die Steine zerschrammten mir die Haut. Als weiter hinten die Bodenplatten einsetzten, war ich beschmiert wie das Neugeborene, das durch den mütterlichen Schoß gepreßt wird.

Der Gestank war das schlimmste. Ich versuchte durch den Mund zu atmen, aber irgendwie schienen auch meine Zunge, meine Augen, meine Ohren riechen zu können. Der Geruch der Verwesung legte sich um mich, als wolle er mich bei lebendigem Leib zersetzen. Um hier wieder herauszukommen, mußte ich erst in den Schoß des Todes selbst kriechen.

Ich stützte mich auf Knie und Ellbogen auf. Etwas Klebrig-Weiches streifte durch mein Gesicht. Spinnweben, die meine Vorgänger noch nicht beiseite gewischt hatten. Das Krabbeln auf meiner Wange bestätigte meine Befürchtung. Voller Panik schlug ich mir die Spinne aus dem Gesicht, holte zu weit aus und stieß mir den Ellbogen an einer Steinkante. Der Schmerz vibrierte durch meinen ganzen Körper.

Aus dem Innern des Ahnenhauses hörte ich schweres Atmen. Wenn mir der Gang ins Grab schon so schwerfiel, wie mußten sich dann erst Gorg und Lele geplagt haben! Und Adlersohn mit seinem Ledersack.

An den Veränderungen der Luft und des Widerhalls meiner Bewegungen spürte ich sofort, daß ich die Einmündung des Gangs in die zentrale Kammer erreicht hatte. Meine Hände griffen in etwas Glitschiges, dessen Duft sich sogar in dem überwältigenden Gestank hier drinnen behauptete: Es hatte einmal zu einem Schaf gehört, soviel stand fest. Ich zuckte unwillkürlich zurück, wodurch ich mir den Hinterkopf am Türsturz des Gangs stieß. Mit äußerster Selbstbeherrschung gelang es mir, jeglichen Schmerzenslaut zu unterdrücken.

In der Kammer konnte man sich ohne weiteres aufrichten. Vorsichtig tasteten meine Füße sich über den mit verfaulenden Fischen, Napfschnecken, Schweinekeulen und Rinderlenden bedeckten Boden nach links vor.

Ich ging über die Überreste des Speiseopfers, das der Tiersohn den Ahngeistern im Herbst, am Tag des Überflusses, darbrachte. Es waren diese Opferreste, nicht die säuberlich entfleischten Hüllen der Ahngeister, die für den erstickenden Gestank sorgten.

Als ich mich fast bis zum Südende des linken Kammerarms

vorgepirscht hatte, muß Eno in den Gang eingelassen worden sein, denn ein schwacher Lichteinfall gestattete mir einen kurzen Blick auf die länglichen, kantig zurechtgehauenen Steine der Wände, die sich über meinem Kopf zu einem dicht gefugten Kraggewölbe schlossen. Vor mir ragten Steinplatten, so hoch wie mein Scheitel, zwei, drei Handbreit aus der Wand hervor. Sie teilten die ungefähr vier Mannlängen breite, aber kaum eine Mannlänge tiefe Kammer in drei annähernd gleiche Abschnitte – der Oberkiefer des Haifischs.

Am Fuß der Wände zog sich ein hell schimmerndes Band hin. Die Gebeine der Ahnen. Hinter mir ragten drei weitere Steinzähne aus dem Unterkiefer des Haifischs. Unser Haifisch war ein altes Tier mit wenigen Zähnen, spotteten unsere Nachbarn, aber die Haifische mancher Sippen auf der Prächtigen hatten mehr als zwanzig Zähne im Maul.

Nun herrschte wieder nachtschwarze Finsternis. Ich ließ mich auf die Knie nieder, den Kopf gesenkt, die Arme vor der Brust gekreuzt, was ein wenig gegen die klamme Kälte half. Meine Knie drückten etwas Weiches zur Seite. Ich versuchte eine Weile die Luft anzuhalten, doch der Gestank drang durch meine Poren.

Ein gutes Stück rechts von mir hörte ich die beiden Gorgs und Lele atmen, aus dem Gang Enos näher kommende Kriechbewegungen. Dann knirschte und knackte der Boden der Kammer unter seinen Füßen. Dazwischen gab es seltsam schmatzende Laute, als trete er in einen frischen Kuhfladen. Als ich den beschleunigten Atem des Jägers neben meiner rechten Schulter vernahm, wurde mir leichter ums Herz. Es tat gut, ein lebendes Wesen an seiner Seite zu haben, wenn man die augenlosen Blicke der Schädel in Rücken und Brust zu fühlen meint.

Ich richtete ein stummes Gebet an die sechs Ahnmütter und Ahnväter, deren Gebeine in der abgeteilten Kammer zu meiner Linken unter der Bodenplatte lagen. Vermutlich würde nie eine Erdfrau ihren Ahngeist freisetzen, damit er zum Himmelsgeist aufsteigen konnte. Solange noch jemand eine Geschichte über einen Ahngeist kannte, wurde er nicht freigesetzt, und die

Geschichte von den Ahnmüttern und Ahnvätern würde so lange erzählt werden, wie es Adlerleute gab. Ahnvater Durh hatte es selbst so bestimmt. Wir konnten nur hoffen, daß sein Ahngeist nicht vor lauter Langeweile seine Meinung geändert hatte.

Als letzter kam Kebro ins Ahnenhaus. Meine Augen gewöhnten sich allmählich an die Lichtverhältnisse, so daß ich den fahlen Schimmer der Gebeine wahrnahm und sogar eine Ahnung von den runden Schädelumrissen in der Nische erhielt, die sich, kaum mehr als kniehoch, vor mir in der Wand öffnete. Mit diesen von der Hauptkammer abgehenden Nischen stattete das Rundhüglervolk seine Ahnenhäuser aus. Es war ein Erbe unserer drei Ahnväter, wohingegen unsere drei Ahnmütter, die dem Langhüglervolk angehört hatten, uns das Haifischmaul und den Langhügel vermacht hatten.

In der Nähe der Einmündung des Ganges reihte der Schamane die zuletzt Verstorbenen auf. Irgendwo dort lagen auch die Gebeine meiner Eltern. Schädel, Oberschenkelknochen, Zehen und Becken von Kea, Schädel, rechte Hand und Unterschenkel von Simo. Bevor der Schamane die Ahnen barg, träumte er, in welchen Teilen der Ahngeist sich gesammelt hatte, und nur diese entfleischten Gebeine gelangten ins Ahnenhaus.

Ich wußte nicht, welche der grinsenden Schädel einmal Keas und Simos Gedanken beherbergt hatten, und ich wollte es auch nicht wissen. Es waren nicht mehr meine Eltern, sondern Ehrfurcht einflößende Ahngeister. Mich schauderte. Meine Hände und Füße waren eiskalt, und doch lief der Schweiß in Strömen über meinen Oberkörper.

Ich verlor jegliches Zeitgefühl in diesem von Fäulnis gesättigten Dunkel. Ständig mußte ich schlucken wie beim Muscheltauchen. Irgendwann setzten die Trommeln ein. Einem zaghaften Trommelschlag von draußen folgte ein wütender Trommelwirbel aus dem Innern des Ahnenhauses: Adlersohn, der in der abgetrennten Kammer am Nordende seine dunkle Tontrommel schlug.

Die dumpfen Schwingungen der beiden Trommeln, die sich in undurchschaubaren Mustern um- und wieder auseinanderwanden, vibrierten in meinem Bauch, meinem Brustkorb, meinem Schädel. Mein Kopf tat schauderhaft weh. Wenn ich jetzt aufstehe, dachte ich, wohin soll ich dann meine Füße setzen? Wo ist der Boden? War es dieses schwankende Kerrag unter mir, das bald in tiefe Täler gestürzt, bald auf unglaublich hohe Wellenkämme geschleudert zu werden schien?

Eine donnernde Stimme rief: »Zurück!«

Dann fluteten die Strahlen der Sonne ins Ahnenhaus. Ich riß die Hände hoch und schützte meine Augen vor der blendenden Helligkeit. Trotzdem traf mich ein stechender Schmerz.

Grellgelbes Licht ließ die Wand mir gegenüber erstrahlen. Die Gebeine an ihrem Fuß leuchteten weiß, strahlend weiß, unerträglich weiß. Am hellsten leuchteten die Zähne. Die Schädel schienen im lebenspendenden Licht der Ahntochter zu lächeln.

Mit dem Eintritt der Sonne ins Ahnenhaus waren die Trommeln verstummt, und obwohl das Gleißen den stechenden Schmerz in meinem Kopf verstärkte, hörten doch der Schwindel und die verstörenden Sinnestäuschungen auf.

Als die Trommelschläge im Innern des Ahnenhauses wieder einsetzten, dienten sie nur noch zur Untermalung der Worte, die aus der nördlichen Kammer drangen. Es war Adlersohns Stimme, die da erklang. Und doch wieder nicht. Es war eher, als sprächen die Steine. Oder die Schädel.

»Tot der Bär, dessen Ahngeist den Norden hütet. Tot der Wolf, dessen Ahngeist im Westen wacht. Tot der Luchs des Südens, das Mammut am Grenzwall gen Osten. Tot die Menschen, die vom Weg der Ahnen abweichen. Untergang für die Sippe, die das Gesetz der Götter mißachtet! Ein Ungeheuer wird kommen aus den tiefsten Tiefen der See, mit dem Leib des Kraken, Adlerkrallen an den zwanzig mal zwanzig Armen. Feuer sind seine zwanzig mal zwanzig Augen, Stein ist seine Haut. Sein Maul ist das des Wals, größer als die Kesselbucht. In einem Mahlstrom taucht es auf. Verschlingen wird es die Inseln und alles, was auf ihnen lebt. Hütet euch, Adlerleute! Hütet euch!«

Es folgte ein Augenblick atemloser Stille, und dann setzten Jammern und Wehklagen ein. Die dumpfe Stimme aus dem Ahnenhaus ließ den Adlerleuten Zeit, ihre Furcht bis zur Neige auszukosten. Dann begann die Trommel von neuem zu schlagen, und das Schluchzen verebbte gleichzeitig mit dem Sonnenlicht, das sich aus dem Ahnenhaus zurückzog wie die Ebbe vom Strand. Meine Augen, verwöhnt von der Helligkeit, sahen nur noch Schwärze.

»Hütet euch, Adlerleute!« raunte die Stimme aus der Düsternis. »Wir sind die Ahngeister. Unsere Füße stehen im Sternenraum, Ungeheuer tretend, und ihr Anblick ist Tod. Unsere Augen schauen die Herrlichkeit unseres Vaters. Unsere Hände, schneller als der Wolkenflug, flechten Schalen aus dem Licht des Regenbogens. Wir sprechen: Verlaßt ihr den alten Weg, so stürzen die Ungeheuer aus den Höhen des Himmels. Sie kommen über euch, und ihr seid des Todes. Hütet euch!«

Übergangslos ging Menschenstimme in Trommelstimme über. Die dunklen Schläge sprachen weiter zu uns, nur diese zwei Wörter: »Hütet euch! Hütet euch!« Ich hörte, wie Eno neben mir sich im Rhythmus der Trommel mit den Fäusten gegen die Brust zu schlagen begann. Ein dumpfer Druck legte sich auf meine Ohren, und mein Herz raste wie verrückt. Es gab nichts mehr außer der Trommel und ihrer dunklen Stimme. »Hütet euch!« hämmerte sie. »Hütet euch!«

Mit sturer Gleichförmigkeit richtete sie die Wucht ihrer Schläge gegen meine Ohren, meinen Kopf, meine Brust. Mein Atem unterwarf sich der Trommel als erster. Nur noch in ihrem Takt durfte er durch meinen Mund ein- und ausströmen. Ich begann zu hecheln wie ein abgehetzter Hütehund und meinte doch keine Luft mehr zu bekommen. Wo war oben, wo unten? Versank ich kopfüber in einem stinkenden Sumpf, hob mich eine Welle aus Licht zum Himmel empor? Die Trommel spielte in meinem Kopf. In meinem Kopf klangen die Schläge. Dröhnend. Pulsierend. Quälend. Mein Kopf zersprang. Ein lauter Schrei zerriß den Trommelsturm. Ich wurde emporgeschleudert und stürzte ins Leere. In der Dunkelheit am Fuß der Wände blieb ich zwischen den Gebeinen liegen.

24

Dieses grelle Licht störte. Rote Flecken tanzten vor meinen Augen, Schlieren aus Eidotter trieben unter meinen Lidern dahin.

»Wach endlich auf!« hörte ich eine Stimme.

Ich schlug die Augen auf und kniff sie auf der Stelle wieder zu. Die Sonne stand senkrecht über mir und schien mir ins Gesicht. Ich lag auf dem Zeremonienplatz vor dem Ahnenhaus, einen zusammengefalteten Umhang unter meinem Kopf, einen weiteren über meinem nackten Körper. Mir gegenüber hockte Lin und kaute Gerstenmehlfladen. Auch Ulera und Madragena waren da, zusammen mit einigen anderen Adlerleuten, die den Zeremonienplatz säuberten oder einfach nur schwatzend herumsaßen. Ich atmete tief durch und setzte mich auf.

»Ich habe ... ich bin ... es war schrecklich«, stammelte ich.

»Schweig!« herrschte Madragena mich an, während sie sich neben mich kniete und mir ihre kühle Hand auf die Stirn legte. »Die Ahngeister haben zu dir gesprochen. Bete zu Mutter Erde und geh in dich!«

Ich steckte den Rüffel weg. Während Madragena mir den Puls fühlte, schaute ich zu Lin hinüber, die respektlos die Augen verdrehte. »Wo ist Füchschen?« fragte ich sie.

»Hab ihn zum Baden geschickt. Obwohl deine ehrwürdige Großmutter hier der Meinung war, *das Opfer*« – knurrte Lin – »sollte noch länger da rumliegen.« Mit einer Kopfbewegung wies sie in Richtung des Opferplatzes, wo inmitten des braun eingetrockneten Bluts die groben Umrisse eines menschlichen Körpers zu erkennen waren.

Uleras würdevolle Erwiderung hörte ich nur mit halbem Ohr. Da war er, der Gedanke, der sich mir so lange entzogen hatte. Der gute Brim! So roh und doch so scharfsichtig! *Was glaubst du, wer da alles zerschmettert am Fuß einer Felswand liegt? Wenn ich Sihrus umgebracht hätte, würde Adlersohn kein Fingerknöchelchen mehr finden, das er ins Ahnenhaus legen könnte!* Und dann hörte ich Lin noch einmal *das Opfer* sagen.

Natürlich behielt ich meine Erlebnisse im Ahnenhaus nicht für mich. Gestärkt von frischer Kuhmilch und Gerstenmehlfladen, die mir als das Köstlichste der Welt erschienen, erstattete ich meiner Familie Bericht. Nach Fleisch stand mir nicht der Sinn, und das sollte sich auch in den nächsten Tagen nicht ändern.

Füchschen tat es ebenfalls gut, sich seine Erlebnisse von der Seele zu reden. Mit großspurigen Reden half er sich über die Bedrücktheit hinweg, die er um nichts auf der Welt eingestehen wollte. Einmal, als Lin und Ulera wegsahen, ließ er sich von mir umarmen und schmiegte sich an mich wie ein Kind.

Wir waren alle froh, als ich dem Gespräch eine andere Wendung gab. »Wer immer Sihrus ermordet hat«, ließ ich sie an meiner plötzlichen Eingebung teilhaben, »hat sich nicht die Mühe gemacht, die Leiche zu beseitigen und damit die einzige Spur seines Verbrechens zu tilgen. Möglicherweise hatte er keine Gelegenheit dazu, aber irgendwie erscheint mir das unwahrscheinlich. Schließlich hat Sihrus vier Tage dort gelegen. Denkbar wäre«, fuhr ich mit erhobener Stimme fort, um meinen Bruder an einem Einwurf zu hindern, »daß er nach der Tat Hals über Kopf geflohen ist. Und sich später nicht mehr an den Ort des Verbrechens zurückgewagt hat. Denkbar, ja. Allerdings nicht wahrscheinlich. War es das, was du sagen wolltest, Bruder?«

»Du hast wie immer keine Ahnung«, entgegnete er. »Ich wollte sagen, daß es einer Frau wesentlich schwerer als einem Mann gefallen sein muß, die Leiche verschwinden zu lassen.«

»Das stimmt«, räumte ich ein. »Unmöglich wäre es jedoch nicht. Sie hätte sich eben etwas einfallen lassen müssen. Verscharren. Von einem Kerrag aus im Meer versenken. Nein«, fuhr ich fort, »der Mörder *wollte*, daß Sihrus gefunden wird.

Und dafür gibt es nur eine Erklärung: Er war stolz auf seine Tat und dachte recht gehandelt zu haben.«

Der Gedanke war so abwegig, daß bisher keiner von uns darauf gekommen war. Selbst ich hatte ihn zunächst mit jenem ungläubigen Kopfschütteln abgetan, das ich nun überall um mich herum sah.

»Worauf willst du hinaus?« fragte Ulera. »Wie kann man auf etwas so Abscheuliches stolz sein? Wie kann ein Mensch, ob er nun nach dem alten oder dem neuen Weg lebt, Mord für recht halten?«

»Wen verdächtigst du überhaupt?« fragte mein Bruder.

»Sie verdächtigt die Menschenfresserin persönlich!« Lin kicherte.

»Eins nach dem anderen!« Ich aß in aller Ruhe einen Gerstenmehlfladen. »Da hätten wir zunächst die Verdächtigen für einen Mord aus Eifersucht, aus verschmähter Liebe, wie immer ihr es nennen wollt. Nuki, Sira und Kebro halte ich nicht für den Täter, obwohl es auch bei ihnen das eine oder andere gibt, was mich nachdenklich stimmt. Meine wahren Verdächtigen heißen Ard, Lele, Wibo, Gorg und Brim. Laßt uns nun von der Annahme ausgehen, daß der Mörder seine Tat ... bekanntmachen wollte. Das paßt schlecht zu Leidenschaft. Nehmt zum Beispiel Lele: Wenn sie es selbst getan oder Wibo dazu angestiftet hätte, hätte sie die Spuren beseitigt. Sie hätte alles getan, um der Strafe der Ausstoßung zu entgehen. Und Brim hat mir gegenüber sogar zugegeben, daß er die Leiche beseitigt *hätte*.«

»Ein geschickter Zug, um dich von seiner Fährte abzulenken«, wandte Lin ein, ohne mich aus dem Takt bringen zu können.

Das blieb Ulera überlassen. »Und Ard?« fragte sie und schaute mich eindringlich an. »Ihr Geist ist verwirrt. Wir alle kennen ihre unglückliche Veranlagung. Sie bestraft sich selbst. Sie kann nicht ohne Sihrus leben, aber sie kann auch nicht mit dem Mord leben. Jetzt hofft und fürchtet sie zugleich, entdeckt zu werden.«

Drei Gerstenmehlfladen waren noch übrig. Ich nahm mir

noch einen und verzehrte ihn mit andächtigem Genuß. Im Herd prasselte das Feuer. Eine wohlige Müdigkeit überfiel mich. Ich konnte mir nicht vorstellen, daß meine Freundin Ard ihren Geliebten ermordet hatte. Ich konnte mir überhaupt nicht vorstellen, daß ein Mensch der Inseln gemordet haben sollte. Es war behaglich warm. Meine Gedanken tanzten mit den Flammen auf und ab.

»Dann hätte sie schon gestanden«, erklärte Füchschen. »Meine große Schwester hat Ard so zugesetzt, daß sie es zugegeben hätte, wenn sie es gewesen wäre.«

»Hätte, wäre, täte«, sagte Ulera mißbilligend. »Das alles gefällt mir ganz und gar nicht.«

»Das waren deine *Mör-der aus Lei-den-schaft*«, meinte Lin in übertrieben deutlicher Sprechweise. »Hast du auch *Mör-der aus Be-rech-nung*?«

Es fiel mir schwer, meine Gedanken zu ordnen. Auf dem Zeremonienplatz war mir alles so eindeutig erschienen. In der Wärme des Feuers gestand ich mir nun ein, daß ich womöglich doch keine Offenbarung gehabt hatte. Ich fühlte mich, als versuchte ich, bei einlaufender Flut aus dem Watt zu fliehen, während immer neue und immer tiefere Priele mich weiter und weiter vom rettenden Land abdrängten.

»Und Errill?« neckte mich Füchschen. »Haben dir seine schwarzen Haare so gut gefallen, daß du ihn unbedingt beschützen willst?«

»Errill *kann* es nicht gewesen sein«, sagte ich gelassen. »Darf ich dir in Erinnerung rufen, was wir über den *Zeitpunkt* des Mordes herausgefunden haben?«

»Das hängt davon ab, ob wir der fetten Raupe abnehmen, daß sie sich nicht nur wichtig machen wollte!« meckerte Lin.

»Ich dulde es nicht, daß du den Tiersohn der Adlerleute in meinem Haus beleidigst, indem du ihn eine fette Raupe nennst und ihm unterstellst, seine Sippe zu belügen!« erklärte Ulera mit Entschiedenheit.

Ich schwieg. Nach einer Weile hörten sie auf, sich zu zanken, nach einer weiteren Weile richteten sie ihre erwartungsvollen Blicke auf mich. Ich ließ sie noch ein wenig zappeln, bevor ich sagte: »Es gibt vielleicht auch Mörder aus Überzeugung. Ich glaube, Sihrus' Tod könnte etwas mit seiner letzten Reise zu tun haben. Ich halte es für denkbar, daß er den Anhängern des alten Wegs ein Dorn im Auge war. Er hat dagelegen wie ... wie ein Opfer«, schloß ich mit heiserer Stimme. Es erschien mir selbst ungeheuerlich.

»*Niemals* würde ein Anhänger des alten Wegs einen anderen Menschen ermorden!« rief Ulera. »Schon in Naps Tagen wurden auf den Inseln keine Menschenopfer mehr gebracht.« Ihre Stimme hatte einen ängstlichen Unterton.

»Wie frech sie leugnet! Da sitzt deine *Mörderin aus Überzeugung*!« krähte Lin begeistert und verschluckte sich an einem Fladenstück. Wir anderen schwiegen erschrocken. Auch Lins Husten verebbte schließlich.

»Aber wer ...«, begann Ulera nach einer Zeit, die uns allen lang vorkam. Falls sie der Meinung war, daß ihre Hausgenossin nun eindeutig zu weit gegangen war, so ließ sie es sich nicht anmerken.

»Gorg. Auch wenn sein Glaube an den alten Weg eher kühler Berechnung als glühender Überzeugung entstammt, hat er doch als Häuptling einiges zu verlieren. Mit Lele hätte er doppelt Grund gehabt. Für noch wahrscheinlicher halte ich es, daß Brim in seinem Auftrag gehandelt hat. Er hatte bei den Wanderfalkenleuten zudem die beste Gelegenheit von uns allen. Für ihn wäre die Demütigung durch Sihrus, von der Errill mir berichtet hat, ein zusätzlicher Ansporn gewesen«, überlegte ich. »Allerdings liegt das schon sehr lange zurück.«

»Sihrus war vier Jahre lang weg. Er konnte sich gar nicht früher rächen«, meinte Füchschen. Ich entdeckte einen roten Fleck hinter seinem Ohr, spuckte mir auf den Finger und rieb das eingetrocknete Blut ab. Mein Bruder versuchte sich wegzudrehen, aber ich hielt ihn am Ohrläppchen fest. »Du bist ekelhaft«, sagte er, um dann hinzuzufügen: »Sarra oder Illib.« Keiner von uns machte sich die Mühe, ihm zu widersprechen.

»Madragena«, sagte Lin betont munter, und ich hörte an

ihrer Stimme, daß sie, vielleicht zum ersten Mal in ihrem Leben, vor ihrer eigenen Geschmacklosigkeit zurückschreckte.

»Unmöglich!« riefen Ulera, mein Bruder und ich gleichzeitig. »Seine eigene Mutter!«

Lin zuckte die Achseln.

Wieder trat Schweigen ein. Keiner schaute den anderen an. Füchschen trommelte mit den Zehen auf den Boden, Lin suchte mit der Zunge ihre Zahnlücken ab, und Ulera kratzte sich ausdauernd an der Schläfe.

»Schweinemist und Schafspisse!« flüsterte Füchschen, ohne daß eine von uns ihn dafür tadelte.

»Adlersohn?« sprach ich den letzten Namen aus, der noch fehlte. »Ich meine ja nur, mit dem Opfern kennt er sich aus …«

»Lasra!« sagte Ulera. »Du als künftige Erdfrau!«

»Adlersohn *kann* es nicht gewesen sein.« Mein Bruder grinste hämisch. »Darf ich dir in Erinnerung rufen, was wir über den *Zeitpunkt* des Mordes herausgefunden haben?«

»Eben«, meinte Lin. »Ich hab's ja gesagt.«

Zwischen den Festen

In den folgenden beiden Monden lernte ich die Inseln besser kennen als in den zwanzig und vier Jahren davor. Ich besuchte sämtliche Sippen der Südlichen, und mein Auftrag sprach sich herum. Bei den Wanderfalkenleuten half mir die Vermittlung von Madragenas Freundin Noresha, Zugang zu zwei Frauen der Sippe zu finden, die Brims männliche Ausdünstungen erstaunlicherweise nicht abstoßend gefunden hatten. Keine von ihnen war jedoch bis zum nächsten Morgen mit ihm zusammengeblieben.

Bei keiner der Haifischmaulsippen gewann ich den Eindruck, sie würden mir etwas verschweigen, auch wenn sie, wie nicht anders zu erwarten, nicht begeistert über meine Fragen waren. Die Silbermöwenleute, zu denen ich durch meinen Vater Simo enge Beziehungen hatte – zwei seiner Brüder lebten noch –, waren sogar äußerst zuvorkommend. Während Twag mir Illibs Darstellung vom Frühlingstag bestätigte, bekam er denselben Glanz in die Augen wie sie.

Was Sihrus anbetraf, schien man allgemein der Auffassung zu sein, mit ihm so etwas wie den letzten Helden des Langhüglervolks verloren zu haben. Es hatte ja so kommen müssen, hörte ich mehr als einmal, mal mit gehässigem Unterton, mal aufrichtig betrübt. Sihrus war zu außergewöhnlich gewesen. *In Köpfe, die so hoch getragen werden, schlägt leicht der Blitz ein.*

Sogar zu dem unwirtlichen Eiland der Fledermausleute, das ein gutes Stück westlich von der Südspitze unserer Insel dem Ansturm der Fördeströmungen trotzt, ließ ich mich übersetzen. Nachdem ich mich eine schier endlose Zeit übergeben hatte, teilten mir die sonderbaren, aber freundlichen Menschen mit, daß seit dem Besuch des Händlers zu Naps Tag letztes

Jahr kein fremdes Schiff mehr gesichtet worden war. Da es bei keiner Sippe der Inseln auch nur das leiseste Gerücht über unbekannte Boote gab, hätte ein fremder Besucher schon die Gabe der Unsichtbarkeit besitzen müssen, um Sihrus zu erschlagen und unbemerkt wieder zu entkommen.

Als das Getreide keimte und die Äcker der Inseln sich mit grünen Stoppeln überzogen, reiste ich zu den Hirschleuten auf dem Kleinen Nordlicht. Vier Tage brauchte ich für die Reise, die längste, die ich je unternommen hatte. Als die schlechte Kerragfahrerin, die ich war, legte ich so viele Strecken wie möglich zu Fuß zurück und ließ mich gegen Kräuter und gute Ratschläge von Ortsansässigen über die zahlreichen Wasserflächen zwischen den Inseln setzen. Errill traf ich zu meiner Enttäuschung nicht an.

Ich lernte seine Schwester Luwe kennen, eine herzliche kleine Frau mit den schwarzen Haaren ihres Bruders. Sie bot mir die Gastfreundschaft ihres Hauses an und erzählte bereitwillig von Sihrus, ihrem Bruder, der Freundschaft zwischen den beiden Männern und dem, was sie ihr von der Reise ins Südmeer berichtet hatten. Sie war der Meinung, die beiden Freunde hätten ziemlich überstürzt von der Südmeerinsel abreisen müssen, weil Sihrus der Königstochter schöne Augen gemacht hatte oder sie ihm. Was ihr Verhältnis zu ihrem Bruder anging, so gewann ich den Eindruck, daß es dem zwischen Füchschen und mir nicht unähnlich war. Sollte ich sie je verdächtigt haben, schlug ich mir das rasch aus dem Kopf. Errills zerrissene Halskette wollte sie nicht entgegennehmen. »Die mußt du ihm schon selbst geben«, sagte sie mit einem feinen Lächeln.

Auf dem Rückweg übernachtete ich bei den Delphinleuten, einer Haifischmaulsippe auf der Warze, einem östlichen Anhängsel der Großen und von dieser lediglich durch einen flachen, bei Ebbe begehbaren Gezeitensand getrennt. Durch schieres Glück geriet ich an eine Frau, die am frühen Nachmittag des Frühlingstages ein Kerrag auf dem Meer hatte vorbeifahren sehen. Der blonde Fahrer hatte es in Richtung Süden gelenkt. Diese bislang letzte Sichtung von Sihrus vor seiner Ermordung bestätigte, was wir über die Zeitabläufe am Frühlingstag wußten.

Wenig später sprach Adlersohn die Sippensühne für Errills Mißhandlung aus. Brim und Kebro wurden zum Meerbad geführt. Von Gorg entkleidet und gefesselt, mußten sie vor den Augen der gesamten Sippe im kalten Wasser frieren. Kebro behielt von der Unterkühlung stetig wiederkehrende Schmerzen zurück. Bei Kälte schwitzten seine Hände und Füße übermäßig und nahmen eine bläuliche Färbung an, was seine Fingerfertigkeit ernsthaft beeinträchtigte und Sira so erzürnte, daß sie mir ungefragt von einem Gespräch zwischen Gorg und Sihrus berichtete, das sie letztes Jahr um den Tag der Wiedergeburt herum belauscht hatte.

Die beiden Männer hatten sie angeblich an der Rückwand des Kerragüberhangs, wo sie ihr Boot ausgebessert hatte, nicht bemerkt. Sie mußte sich indes regelrecht versteckt haben, sonst wäre sie den beiden wohl aufgefallen. Da die Männer sich nur rasch ein Kerrag geholt und in Richtung Norden davongefahren waren, hatte sie lediglich mitbekommen, wie Gorg Sihrus gewarnt hatte, »es nicht zu übertreiben und ihre Macht nicht zu unterschätzen«, woraufhin Sihrus gelacht und Gorg einen Speichellecker der Stierleute genannt hatte.

Gorg konnte sich nicht an einen Streit mit Sihrus erinnern, wußte aber noch, daß sie an jenem Tag zu den Stierleuten gefahren waren, um Naps Tag vorzubereiten. Nicht nur ihn, sondern auch die anderen Sippenbrüder und -schwestern quälte ich zwischen meinen Reisen mit Fragen. Ich erfuhr nichts Neues. Irgendwann erlahmten meine Fragen. Auf den Sprechtagen war nicht mehr von dem Mord die Rede.

Der Sommer hielt Einzug auf den Inseln, und das bedeutete viel Arbeit für die Erdfrauen. Wir mußten die Kräutervorräte auffrischen, für manche Gebrechen benötigten wir dringend frische Pflanzen. Nachts träumte ich häufig von Toten, die ich gekannt hatte. Einmal träumte ich, Kea und Sihrus winkten mir Seite an Seite zu, ich solle zu ihnen kommen.

Gorg und Brim drohten mir nicht mehr. Sie beschränkten sich auf Herablassung und Häme, was um so mehr kränkte, als ich tatsächlich keine neuen Ergebnisse vorweisen konnte. Lele begegnete mir mit ausgesuchter Höflichkeit. Schließlich hatte ich ihr Geheimnis bewahrt und bewahrte es noch. Füchschen wußte zu berichten, daß Gorg die ehebrecherische Beziehung zu ihr keineswegs beendet hatte. Der Haselhain war für meinen Bruder zu einem ergiebigen Jagdrevier geworden. Osi schien nichts zu ahnen.

Wibo hütete seine Schafe und teilte seine Aufmerksamkeit zwischen den beiden Leles. Die treue Lele hatte drei schwarzweiß gefleckte Welpen mit kugelrunden Bäuchen und breiter Brust bekommen, auf die der Hundezüchter ausnehmend stolz war. Er zeigte sie mir, als ich ihn einmal im Frühlingspferch besuchte. Solange sie nicht im Dorf lebten, waren sie wirklich drollig.

Ard nahm ein wenig zu, vor allem um die Körpermitte, was ihr gut stand. Ihr Gesicht war längst verheilt, und alles in allem wirkte sie zufriedener und gelassener, als ich sie je erlebt hatte. Ihre Erzählungen von der großen Reise wiederholten sich allmählich, und ich sah ein, daß sie mir wohl alles berichtet hatte, was sie wußte. Manchmal sprach sie von ihrer Liebe zu Sihrus, doch ich stellte schnell fest, daß ich eigentlich gar nicht wissen wollte, wo sie sich getroffen hatten und was für ein außergewöhnlicher Liebhaber er gewesen war. Trotzdem war ich häufig zu Gast im Haus der Frauen und genoß Sarras Kochkünste und die Freundschaft der vier Frauen. Hier konnte ich mich von den verächtlichen und mitleidigen Blicken der anderen erholen.

Adlersohn hatte bald nach dem Tag der ersten Sonne die Totenhaut geöffnet. Weder er noch Madragena drängten mich, meine Befragungen fortzusetzen, rieten mir jedoch auch nicht davon ab. Als ich Adlersohn in meiner Verzweiflung offen von meinem Verdacht berichtete, ein Anhänger des alten Wegs könne Sihrus ermordet haben, lachte er mich aus.

Madragena töpferte Sihrus' Totenschale. Dreimal zerschlug

sie das bereits fertige Gefäß, weil es ihren Anforderungen nicht genügte. Durch den Tod ihres Sohnes schien sie schlagartig um zehn Jahre gealtert zu sein. Über ihr Verhältnis zu Sihrus wollte sie nicht mehr preisgeben, als ich nach Sarras Enthüllungen bereits ahnte. Regi, die nach dem Tag der ersten Sonne endlich zu dem versprochenen Abendessen bei mir kam, hatte an dem Morgen, an dem Sihrus zu seiner letzten Reise aufgebrochen war, einen heftigen Streit zwischen Mutter und Sohn belauscht. Madragena stritt nichts ab – ja, sie hatte gesagt, daß es Herren und Knechte, Götzenbilder und Frauenkleider, die die Brüste entblößten, auf den Inseln nur über ihre Leiche geben würde. Unsere Beziehung kühlte merklich ab. Auch den Todeszauber wollte sie mir nicht verraten.

Die übrigen Adlerleute taten das, was sie immer taten: Lura und Eno schossen Wildvögel und den einen oder anderen Hirsch, Ibbe vergrub sich in Filz und Wolle, und Füchschen entdeckte immer neue Winkel und Hohlräume in unserem Dorf. Twirk räumte immerhin den Schutt aus dem zusammengebrochenen Haus gegenüber von unserem, das Regi in irgendeiner fernen Zukunft beziehen sollte. Er platzte vor Stolz auf die kleine Zecke, die Lari bald nach dem Tag der ersten Sonne zur Welt gebracht hatte. Lari verbarg ihre weicheren Gefühle gekonnt hinter stetiger Nörgelei. Uleras Husten und Sarras Gicht besserten sich wie immer im Sommer, nur Buns Verwirrtheit nahm zu. Er plapperte häufiger von Sihrus als seinem Nachfolger und schien endgültig in die glorreichen Tage seiner Häuptlingszeit abgetaucht zu sein.

Sie dachten wohl alle, daß ich aufgegeben hatte. Selbst meine Familie ließ gelegentlich durchblicken, daß sie nicht mehr daran glaubte, ich würde Sihrus' Mörder finden.

Aber ich hatte nicht aufgegeben.

Drei Sprechtage vor Naps Tag, dem großen Fest zum Mittsommer, an dem sich die Sippen am Nabel der Inseln trafen, brach ich zu einer Reise auf. Meine jüngste Schwester Ela, noch keine achtzehn Jahre alt, hatte im vergangenen Jahr den Stierleutemann Yarbro geheiratet, obwohl wir alle davon abgeraten hatten. Ihr gedachte ich einen längeren Verwandtenbesuch abzustatten. Um ehrlich zu sein, ich hatte von vornherein vor, ihn bis zu Naps Tag auszudehnen.

Und so ging ich zu den Stierleuten, zu denen ohnehin alle Spuren zu führen schienen.

Teil zwei

Die Stierleute

Personen der Handlung

Jonbro Stierherr, der Häuptling der Stierleute, liebt bewegliche Frauen, fettiges Essen und ausgefallene Dinge.

Jonara Perle, seine Tochter, trägt ihre hübsche Nase ganz schön hoch.

Toshag, sein Neffe, ist ein Mann mit Macht, Muskeln und Träumen.

Ragh, Toshags jüngerer Bruder und Steinmeister für Alltagsgegenstände, hat bei seiner Frau *Kes* nichts zu lachen.

Ibarek, Jonbros Großneffe und Baumeister der Stierleute, leidet an einer üblen Verletzung.

Allib, seine Frau, verbirgt ein schlaues Köpfchen hinter natürlicher Freundlichkeit.

Sternenseher, der Schamane der Stierleute und Verfechter des neuen Wegs, deutet Alakos Willen aus dem Lauf der Gestirne.

Jonara Steinkraut, die stattliche Erdfrau der Stierleute, steht als Vertreterin des alten Wegs auf verlorenem Posten.

Yarbro, der gutaussehende Beinmeister der Stierleute, ist Elas Mann. Größer als sein Ehrgeiz ist nur sein Durst.

Ela, Lasras jüngste Schwester, betet ihren Mann an und versucht, ihm eine gute Stierleutefrau zu sein.

Lasra, immer noch Witwe, immer noch Erdfraulehrling, strapaziert Yarbros Gastfreundschaft und fragt jetzt den Stierleuten Löcher in den Bauch.

Ruff, der sympathische Tonmeister, hat mehr Herz als Mumm.

Loll, eine verrückte alte Frau, lebt in Ruffs Haus.

Ribi, der Herr der Hunde, liebt die Fachsimpelei mit dem Adlerleutemann Wibo.

Aleha, seine mütterliche Frau, ist die wahre Hundekennerin in der Familie.

Errill, Kerragmeister der Hirschleute, wird von den Stierleuten wesentlich gastfreundlicher aufgenommen als von den Adlerleuten.

25

Ela neigte den Kopf und hielt den Blick eine Zeitlang gesenkt. Sie trug ihr Haar, zu Zöpfen geflochten, auf dem Scheitel aufgetürmt, und die Sommersonne hatte ihren Nacken beim Getreidemahlen kräftig verbrannt. Er war rot wie ein in siedendes Wasser geworfener Hummer. Dann hielt Ela es nicht länger aus, richtete den Blick auf die am Seeufer vorüberziehende Gruppe und stieß mich an: »Da ist er!«

Yarbro trug eine bis zu den Knien reichende Hose aus rehbraunem Leder und ansonsten viel nackte Haut, über die ihm der Schweiß in Strömen rann.

Seinen drei ebenfalls jungen und ebenfalls kräftigen Gefährten – Tonmeister Ruff und den beiden Steinmeistern Golbro und Ragh – erging es nicht besser. Die vier ächzten unter der Last des dicksten Mannes, den ich je gesehen hatte. Hoch aufgerichtet wie ein Walroß im Brunstkampf, saß Jonbro Stierherr auf dem Tragstuhl, einem Gestell aus schneeweiß poliertem Walbein, mit Seehundfell bespannt. Ein Hals oder eine Körpermitte war unter den glänzenden Fettwülsten, die wie Wellen an Jonbros Körper herunterzufließen schienen, nicht auszumachen.

Ich führe den Befehl über die Nachfahren von Nap, sagte jeder Zug des Gesichts über diesem Berg aus Fleisch: ein breiter, gefällig geschwungener Mund unter einer kühnen Hakennase, mitternachtsblaue Augen im Schatten vortretender Brauenwülste, lange schwarze Wimpern und ein kahler Schädel, gebräunt wie der ganze Körper. Jede Einzelheit seiner Erscheinung wirkte, als habe ihr Träger selbst sie mit purer Willenskraft bestimmt. Ich fand ihn gutaussehend.

Sein Brudersohn Toshag war ebenso kahl wie sein Onkel,

auch wenn ein ringförmiger Schatten auf seinem Schädel darauf hinwies, daß er sich die spärlichen Reste lieber gleich schor. Die gekrümmte Nase, der sinnliche Mund, die durchdringenden Augen und das sichere Auftreten legten die Vermutung nahe, so müsse Jonbro vor fünfzehn oder zwanzig Jahren ausgesehen haben, bevor der unmäßige Verzehr von Speck, Gänseschmalz und Honigbier seine Muskeln unter Fettschicht um Fettschicht begraben hatte.

Toshags Blick glitt über Ela und blieb kurz auf mir liegen. Er lächelte mir zu, und dann waren sie weitergegangen.

»Was haben sie vor?« erkundigte ich mich bei meiner Schwester, als die anderen Männer des Gefolges an uns vorüberzogen. Flüchtig kam mir Ards Erzählung über den König der Südmeerinsel in den Sinn.

Ela schaute mit schräg gelegtem Kopf Yarbros Rücken hinterher. »Sie überwachen den Aufbau der Zelte auf der Ebene. Das Häuptlingszelt hat letztes Jahr stark gelitten – bei der Rauferei zwischen den Hirschleuten und den Hundeleuten sind etliche Häute zerrissen. Jonbro hat die Hundeleute zur Buße dafür angewiesen, Ersatz aus ihrem eigenen Herdenanteil zu stellen. Und weil Rarf von den Lachsleuten auch dabei war, muß seine Sippe das Treibholz für die gebrochenen Zeltstangen besorgen.«

Es war Brauch auf den Inseln, daß die vielen und nochmals vielen Menschen, die sich in den Tagen vor Naps Tag am Nabel der Inseln zu versammeln pflegten, um gemeinsam die Sommersonnenwende zu begehen, ihre eigene Verpflegung mitbrachten. Selbst die Reichtümer der Stierleute hätten nicht ausgereicht, all diese Frauen, Männer und Kinder über mehrere Tage zu bewirten. Das große Nachtmahl am Vorabend des Festtages richteten die Stierleute allerdings gemeinsam mit den Sippen der Gemeinschaft aus.

Darüber hinaus bauten die Stierleute das große Zelt für die Häuptlinge der viermal zwanzig und fünfzehn Sippen der Inseln und brachten besonders geehrte Gäste in ihren drei Gästehäusern unter. Die anderen Sippen trugen durch Naps Dank zum Fest bei.

»Aha«, meinte ich.

»Das paßt dir wohl nicht?« versetzte meine Schwester.

»Ich verstehe nicht«, antwortete ich nach kurzem Nachdenken, »daß die Sippen der Gemeinschaft mit dieser Lebensweise einverstanden sind. Niemand hat etwas gegen Naps Dank einzuwenden, aber die Gemeinschaft geht doch weit darüber hinaus. Was haben sie denn davon, daß sie die Herden der Stierleute hüten oder ihnen Fische schicken oder für sie die Zelte errichten?«

Ela schnaubte verächtlich. »Wenn du das nicht verstehst, kann ich dir auch nicht helfen!«

»Versuch's trotzdem!«

»Du willst dich doch nur über uns lustig machen.«

»Ist es denn zum Lachen?«

»Nein, natürlich nicht!« empörte sich Ela.

»Dann sei so gut und klär mich auf.«

Sie zögerte. »Es geht um Größe«, sagte sie mit wichtiger Miene.

»Größe?« wunderte ich mich.

Sie schnaubte erneut. »Genau«, sagte sie, und eine Zeitlang sahen ihre heruntergezogenen Mundwinkel aus, als wolle sie mich mindestens den nächsten Tag mit wortloser Mißachtung strafen. »Aber das könnt ihr mit eurem alten Weg ja nicht begreifen«, fuhr sie dann fort. »Da kocht jede Sippe ihr eigenes Süppchen. Wir aber haben teil an etwas Größerem.«

»Der Größe eben«, entgegnete ich trocken.

»Spotte du nur! Ein verdienter Mann aus einer Gemeinschaftssippe kann durchaus damit rechnen, einmal im Ahnenhaus der Stierleute neben Naps Gebeinen zu ruhen. Und fähige Leute wie Borh von den Lachsleuten oder Eno von den Hundeleuten sind sogar Geehrte Helfer des Sternensehers geworden!« Sie schaute mich triumphierend an.

»Fähige Männer«, wandte ich ein. »Würden sie auch eine fähige Frau ins Ahnenhaus legen?«

»Eine Frau hat teil an der Größe ihres Mannes!« entgegnete sie.

»Das hast du aber brav auswendig gelernt«, sagte ich. Es tat mir sofort leid, als ich ihr ins Gesicht sah, denn das war, was ich kaum für möglich gehalten hatte, noch röter geworden als vorher. Sie wollte sich gerade zu ereifern beginnen, als ich entschuldigend die Hand hob. »Bitte, Ela, es tut mir leid. Du hast ja recht. Mir steht kein Urteil über dein Leben zu, auch wenn du meine kleine Schwester bist. Geh ins Haus, die Sonne ist nicht gut für dich und das Kind. Ich mahle das Getreide für dich. In deinem Zustand sollte dich keiner mehr zum Getreidemahlen schicken.«

Ich selbst war durch meine zahlreichen Reisen so gebräunt, daß mir selbst die Mittagssonne nichts mehr anhaben konnte.

»Immer mäkelst du an Yarbro herum«, beschwerte sie sich. »Nichts kann er dir recht machen. Du magst ihn nicht! Ihr mögt ihn alle nicht! Eine schöne Familie habe ich!« Sie funkelte mich an, Tränen der Wut in den Augen.

»Doch«, widersprach ich lahm. »Dein Yarbro sieht blendend aus. Und er liebt dich wirklich.« Mehr fiel mir im Augenblick zu seinen Gunsten nicht ein. Mein Einlenken schien sie versöhnlich zu stimmen. Sie watschelte ins Haus, die Hände ins Hohlkreuz gestemmt, um das Gewicht des kugelig vorstehenden Bauchs ein wenig auszugleichen.

Ich stand auf, zog meinen knielangen Lederrock über die Oberschenkel hoch, kniete mich vor die ovale Handmühle und schob mir das Schaffell unter die nackten Knie. Seufzend gab ich zwei Handvoll Körner in die Mulde des Unterliegers und begann den Läuferstein vor und zurück zu reiben. Das Getreidemahlen gehörte zu jenen beschwerlichen, nicht besonders hoch angesehenen Arbeiten, welche die Stierleute ihren Frauen überließen. Trotzdem genoß ich den tranceförmigen Zustand, in den die rhythmische Bewegung und die gleißende Sonne mich versetzten.

Von dem kleinen Platz aus festgestampftem Lehm vor der Tür zu Yarbros Haus hatte ich einen ungehinderten Blick auf das Ufer des Süßen. Leuchtend gelbe Schwertlilien blühten zwischen den hohen, sattgrünen Gräsern des Röhrichts. Über die kaum gekräuselte Wasseroberfläche huschten glitzernde Sonnentupfen, unterbrochen von dahintreibenden Kolonien von Wasserlinse und Wasserschlauch. Aus dem Ufersaum und von den kleinen Eilanden weiter draußen im See klangen die Stimmen von Enten, Schwänen und Schnepfen herüber.

Ohne Kerrag gelangten die Frauen zu den Gelegen auf diesen Grasbuckeln, um die schmackhaften Eier zu sammeln. Große braune Süßwasserforellen tummelten sich in dem klaren Wasser. Manchmal sah ich ein offenes Fischmaul durch die Oberfläche stoßen, und ein Wasserläufer hatte sein kurzes Leben beendet.

Ich hielt kurz inne, um mir den Schweiß von der Stirn zu wischen, bevor ich weiterrieb. Am rechten Rand meines Blickfelds ragten die Steinmauern des Gästehauses auf. Im Grunde genommen glichen die Häuser der Stierleute denen in unserem Dorf – auch sie waren annähernd rund, hatten Dächer aus Treibholzstämmen und dieselbe Einrichtung aus Herd, Anrichte und Betten aus Steinplatten. Doch die Häuser standen jedes für sich. Hier gab es keine gedeckten Gänge, keinen alles umschließenden Erdhügel. War das überhaupt noch ein Dorf?

In diesem Gästehaus hatte Sihrus gewohnt, als Errill Zeuge von Brims Demütigung geworden war. Was hatte Sihrus bei den Stierleuten gewollt? fragte ich mich die ganze Zeit. Vor seiner großen Reise, ja sogar in den vier Monden von seiner Rückkehr bis zu seinem Tod hatte sich niemand von den Adlerleuten diese Frage gestellt. So kannten wir unseren Helden: immer unterwegs. Und da er auf Fragen bestenfalls ausweichend zu antworten pflegte, hatten sich die Adlerleute irgendwann abgewöhnt, seine Handlungsweise in Frage zu ziehen. Sihrus besucht hin und wieder die Stierleute? Nun, er wird seine Gründe dafür haben. So oder ähnlich hatten wir alle gedacht. Auch mir fiel immer noch keine befriedigende Antwort auf die Frage ein. Ich rief mir Erinnerung, was ich wußte.

Anfangs war Sihrus vom alten Sternenseher, dem Vorgänger des jetzigen Tiersohns, in die Grundlagen der Himmelskunde eingeführt worden. Nach seiner Rückkehr mochte es um die

Hundewelpen, die Wibo mit Sihrus' Schwarzem züchtete, sowie um die Reise selbst gegangen sein. Bei einem seiner Besuche, als Sira Gorg und Sihrus bei den Kerrags belauscht hatte, hatte es sich um alltägliche Sippenangelegenheiten gehandelt, und Sihrus war als eine Art zweiter Häuptling aufgetreten.

Dabei hatte Gorg Sihrus vor zu viel Eigenmächtigkeit gewarnt – in Köpfe, die so hoch getragen werden, schlägt leicht der Blitz ein –, und Sihrus hatte unseren Häuptling im Gegenzug als jemanden beschimpft, der, vornehm ausgedrückt, im Einverständnis mit den Stierleuten stand. Schwer zu glauben, daß der Häuptling einer der angesehensten Haifischmaulsippen in die Nähe der *Gemeinschaft* der Stierleute geraten sollte.

Noch schwerer fiel mir indes zu glauben, was sich aus Gorgs Warnung ergab: Bei seinen früheren Besuchen mußte auch unser Strahlender auf irgendeine Weise im Einverständnis mit den Stierleuten gestanden haben. Wenn die Stierherren über Gorg ausrichten ließen, daß ihnen allmählich die Geduld riß, mußte es eine Zeit gegeben haben, in der Sihrus sich der Führerschaft der Stierleute *gebeugt* hatte. Das Wort in einem Atemzug mit dem unberechenbaren, faszinierenden Mann zu nennen, den ich gekannt hatte, erschien mir unpassend. Mir war, als würde ich ihn verleumden. Doch was lag näher als die Annahme, daß Sihrus' große Reise den Wendepunkt in seinem Verhältnis zu den Stierleuten darstellte?

Hatten also die Stierleute Sihrus ermordet? O Mutter Erde, worauf hatte ich mich da eingelassen? Ich verdächtigte Naps Nachfahren, die Führer der Gemeinschaft, die mächtigste Sippe der Inseln! Mutlosigkeit und Angst ergriffen mich. Ich mußte vorsichtig sein. Aber was nützte alle Vorsicht, wenn man erst einmal in den Mahlstrom gefallen war?

Während ich das fertig gemahlene Getreide mit einer Tonkelle in den hochwandigen Mehltopf schöpfte, bewunderte ich Ruffs Töpferkunst. Er hatte die gesamte Oberfläche geschmückt: Neben gleichmäßigen, mit den Fingernägeln – oder war es der Rand einer Muschelschale gewesen? – eingeritzten Zickzackstreifen verliehen aufgesetzte Tonröllchen und -kügelchen dem Gefäß tiefe Schatten, die in dem hellen Sonnenlicht ihre volle Wirkung entfalteten. Wir Haifischmäuler verzierten höchstens den Rand eines Gefäßes.

Dann spürte ich ein leises Beben der Erde, das aus der Richtung des Gästehauses zu kommen schien, und unmittelbar darauf fiel ein breiter Schatten über mich.

Mein Blick wanderte hoch und höher. Vor mir stand die größte und dickste Frau, die ich je gesehen hatte. Jonara Steinkraut war eine der besten Heilerinnen, die es auf den Inseln gab, eine lebende Legende. Nur ihren unersetzlichen Kenntnissen war es zu verdanken, daß die Stierleute sie weiterhin als Erdfrau arbeiten ließen, doch als erklärte Anhängerin des alten Wegs stand sie hier auf verlorenem Posten.

Ela hatte mich vor ihrer Klatschsucht gewarnt und mir hinter vorgehaltener Hand anvertraut, daß Yarbro und seine Zechkumpane sie »Fettkraut« nannten. Auch wenn Jonaras Schultern und Oberarme nicht ganz Jonbros Maße erreichten, so stellten ihr Busen und ihre Hüften die entsprechenden Körperteile des Stierherrn glatt in den Schatten. Anders als bei Sarra wirkte ihr Fett fest und hart, und auch ihr Busen war noch so standfest, daß er meine Sicht auf das Vierfachkinn, die kurzen grauen, wie eine Kappe am Kopf anliegenden Löckchen und den verdrießlichen Mund einschränkte.

»Hat die künftige Erdfrau der Adlerleute nichts Wichtigeres zu tun, als Korn zu mahlen?« sprach sie zu mir herunter.

»Ehrwürdige Erdfrau«, erwiderte ich und richtete mich auf, »ich versuche nur, meiner Schwester einen Teil der großzügigen Gastfreundschaft zu vergelten, die sie und ihr Mann Yarbro mir erweisen.«

Jonara winkte ab. Das Armband aus bläulich verfärbten Beinperlen klimperte. »Kannst du dir vorstellen, daß sie selbst *mich* zwingen wollten, die Gerste für das Haus der Sternenseher zu mahlen? *Mich!*«

»Nein!« rief ich gehorsam aus.

»Du glaubst es nicht?«

»Das ist so ungeheuerlich ...«, stammelte ich.

»Junge Frau, du kannst mich beim Wort nehmen, sie *haben* es versucht!«

Ich schüttelte ungläubig den Kopf. Ein Vorteil von Leuten ohne Humor ist, daß man kaum zu dick auftragen kann.

»Ha!« machte sie, doch weder in ihren Augen noch um ihren Mund lag auch nur der Abglanz eines Lachens. »Ha! Da haben sie mich aber kennengelernt! ›Laß die schamlosen Weiber aus deinem Haus das Getreide mahlen‹, habe ich zu Jonbro gesagt. ›Die sind ja sowieso nur nachts beschäftigt. Ich aber bin Jonara Steinkraut, die Erdfrau der Stierleute, und an deiner Stelle wäre ich vorsichtiger. Denk an meine Worte: Wenn du demnächst wieder einmal keine Luft bekommst, kannst du ja deinen Sternenseher um Rat fragen.‹ Dann«, sagte Jonara zu mir und hob den Zeigefinger, »habe ich ihn ein wenig zappeln lassen, bevor ich gesagt habe: ›Aber ich glaube, du wirst lieber deine alte Erdfrau um Hilfe bitten und froh sein, daß bei den Stierleuten noch nicht alle dem neuen Weg huldigen.‹«

»Das war sehr mutig von dir«, sagte ich im Brustton der Bewunderung. Im stillen kam ich zu dem Ergebnis, daß ich nichts gegen klatschsüchtige Menschen hatte. Seit Sihrus' Tod hätte ich sie mir im Grunde alle viel redseliger gewünscht.

»Ich lasse mir von niemandem den Mund verbieten«, stellte Jonara fest. »Auch nicht von dem großen Jonbro. Am Ende ist auch der Stierherr nichts als ein Sack Haut über stinkendem Gekröse.«

»Wie wahr, ehrwürdige Erdfrau«, pflichtete ich ihr bei. Aus der Richtung, in die vorhin Jonbro mit seinem Gefolge verschwunden war, ertönte ein gedämpftes Geräusch. Erst als es sich wiederholte, erkannte ich, daß da ein Mensch kreischte.

Jonara wandte den Kopf in die Richtung des Geräuschs. »Junge Frau, hast du das gehört?« wollte sie von mir wissen.

»Ja«, antwortete ich. »Was war das?«

»Das war die arme Loll«, ließ die Erdfrau mich wissen, während sie ausgiebig nickte. Ihre kurzen Löckchen bewegten sich dabei kaum.

Ich setzte einen Ausdruck gespannter Erwartung auf.

»Sie ist ... nicht bei Verstand. Aber so weit ist es sogar bei den Stierleuten noch nicht gekommen, daß sie sich einer Kranken entledigen würden. Da ist immer noch Jonara Steinkraut vor!«

»Die Stierleute können von Glück sagen, daß sie eine Jonara Steinkraut haben«, sagte ich und fürchtete im selben Moment, daß ich nun doch übertrieben haben könnte.

»Das können sie, junge Frau«, bekräftigte meine Gesprächspartnerin. »Das können sie wahrhaftig! Ruff und seine Frau Tura pflegen die arme Loll, und, nun ja, sie sorgen auch dafür, daß sie nicht zu sehr ... in Erscheinung tritt. Das wäre natürlich für die ganze Sippe nicht ... nicht gut.« Nach einer Pause, in der das erstickte Schreien wieder zu hören war, fügte sie hinzu: »Ruff ist unser Tonmeister, mußt du wissen.«

»Ah«, machte ich, obwohl ich wußte, wer Ruff war. Schließlich hatte ich die sechs Tage meines Aufenthalts hier dazu benutzt, unauffällig Erkundigungen einzuziehen und die Stierleute besser kennenzulernen. Von Loll hatte ich allerdings noch nichts gehört. »Ist sie von Geburt an so?« fragte ich.

Jonara schüttelte den Kopf.

»Und was hat den Wahnsinn bei ihr zum Ausbruch gebracht?«

»Das ist alles sehr lange her. Wer mag sich noch daran erinnern?« antwortete sie kopfschüttelnd. »Manche Menschen ertragen das Schicksal nicht, das die Götter ihnen zuteilen. Schwache Menschen, die unser Mitleid und unsere Hilfe benötigen. Ja, junge Frau, du willst einmal Erdfrau werden, also hör mir gut zu: Ein bißchen Menschlichkeit hat noch keinem geschadet.« Jetzt nickte sie wieder, und ich nickte mit. Ihre stets mißbilligend heruntergezogenen Mundwinkel sackten noch ein wenig tiefer.

»Warst du schon auf der Welt, als es passierte?« fragte ich schüchtern.

»Ha! Kind!« rief sie aus. »Ich bin seit zwanzig und neun Jahren die Erdfrau der Stierleute.«

»Das glaube ich nicht!« rief ich nun meinerseits aus. »Ich meine ... von deinem Aussehen her. Ich hätte dich für jünger als meine verehrte Lehrmeisterin gehalten.«

»Ich bin ein Jahr älter als Madragena«, erklärte sie zufrieden. »Ja, ich habe mich gut gehalten. Arbeiten und noch mal arbeiten, das ist das ganze Geheimnis. Und auf keinen Fall Kinder bekommen! Damit kannst du uralt werden und deine Figur behalten. Denk an meine Worte, junge Frau.« Sie nickte, während sie mich musterte, als wolle sie meine Chancen abschätzen, uralt zu werden und meine Figur zu behalten.

»Wenn es so lange her ist, lebte Madragena ja vielleicht noch hier«, warf ich ein. »Ich könnte sie fragen, ob sie sich an Loll erinnert. Ihr Gedächtnis funktioniert tadellos, auch wenn ihr Rücken sie manchmal im Stich läßt.«

»Auch mein Gedächtnis läßt nichts zu wünschen übrig, junge Lasra«, versetzte Jonara. »Laß mich nachdenken. Ich war seit zwei Jahren Erdfrau. Also ist es zwanzig und sieben Jahre her. Um diese Zeit herum hat Madragena die Stierleute verlassen und ist mit dem kleinen Sihrus zu den Adlerleuten gezogen. Ihr Mann Deneb war kurz zuvor gestorben, sie suchte eine neue Aufgabe. Ich weiß gar nicht mehr, ob sie die Geschichte mit Loll noch mitbekommen hat.«

»Und warum hat Loll den Verstand verloren?«

Sie kniff das linke Auge zusammen und fixierte mich mit dem rechten. »Du fragst viel, junge Lasra«, stellte sie fest. »Die Adlerleute haben dich beauftragt, Sihrus' Mörder zu finden, nicht wahr?«

Ich mußte meine Überraschung nicht heucheln.

»Ja, da staunst du! Auf den Inseln geschieht nichts, was Jonara Steinkraut nicht erfährt.«

»Wissen sie es alle? Ich meine ...«, stotterte ich. »Jonbro und ...?«

»Das will ich doch meinen«, antwortete sie. »Nicht, daß ich es ihm gesagt hätte. Aber er hat sein eigenes Netz von Quellen. Und er ist klug. Er wird sich denken, daß du ihn verdächtigst. Du verdächtigst ihn doch, nicht wahr?«

»Nein!« beeilte ich mich zu widersprechen. »Ich würde mir nie anmaßen, den Stierherrn zu verdächtigen. Ich habe nur ein paar Fragen …«, schloß ich lahm, um mich dann zu besinnen: »Zum Beispiel, was den Wahnsinn bei Loll zum Ausbruch gebracht hat.«

»Junge Frau«, sagte Jonara, während sie so unvermittelt auf mich zutrat, daß ich mich nur noch zur Seite werfen konnte. »Du scheinst einen langen Atem zu haben. Man kann dir nur wünschen, daß du ihn noch recht lange behältst. Nun werde ich deiner Schwester einen Besuch abstatten, um mich zu vergewissern, daß mit ihrer Leibesfrucht alles zum besten steht.« Als sie vor dem offenen Hauseingang angelangt war, drehte sie sich zu mir um und winkte mich zu sich. »Komm ruhig mit. Meine verehrte Schwester Madragena war in Geburtshilfe immer etwas … schwach. Vielleicht kannst du ja von mir noch etwas lernen.«

Was für eine Frechheit! Ich wollte mich gerade dagegen verwahren, als sie hinzufügte: »Nur um dir zu zeigen, daß mein Gedächtnis keinerlei Lücken aufweist: Loll hat eine Fehlgeburt erlitten, und darüber hat sie ihren Verstand eingebüßt. Ein Verlust, der andere Frauen nur in ihrem Wunsch bestärkt, ein gesundes Kind zur Welt zu bringen, hat ihr Leben unwiderruflich zerrüttet«, schloß sie in ihrer salbungsvollen Redeweise und ließ ihren Blick auf mir ruhen.

Die Sonne stand hoch über dem See und warf Jonaras und meinen Schatten in den Lichtbalken, der durch die Türöffnung ins Innere des Hauses fiel. Jonara sprach die Begrüßungsformeln. Ich folgte der Erdfrau über die Türschwelle, die bei den Stierleuten deutlich höher war als bei uns. Während meine Augen sich noch an die unterschiedlichen Lichtverhältnisse gewöhnten, nahm ich links von der Tür einen großen hellen Fleck wahr.

Der Fleck entwickelte sich zu den Umrissen einer Person, die Person zu einem Muskelpaket namens Ormo. Ormo war Yarbros fünfzehnjähriger Bruder, und er störte mich mehr als alle Mückenschwärme der Inseln.

»Püh!« rief er aus, sprang auf und ließ die Steinknolle fallen, die er gerade behauen hatte. »Wonach stinkt es denn hier plötzlich? Diese trächtige Kuh da drüben ist schlimm genug, aber ungewaschene alte Weiber ertrage ich einfach nicht!« Breitbeinig, als könne er vor lauter Kraft nicht mehr laufen, stakste er zum Eingang.

»Paß auf, daß du nicht an deinem eigenen Gift erstickst!« schrie ich ihm aufgebracht hinterher.

Er blieb wie angewurzelt im Türgang stehen und drehte sich zu mir um. »Wie kannst du es wagen, Adlerschlampe?« Er war ziemlich groß und muskulös für sein Alter, auch wenn er um Brust und Hüften noch jede Menge Babyspeck hatte. Seine weit auseinander stehenden Augen, die immer ein wenig aus den Höhlen hervortraten, starrten mich an, als wolle er sich auf mich stürzen. Vor Zorn war er dunkelrot angelaufen, was die Pusteln in seinem Gesicht unvorteilhaft betonte.

»Wie kannst du es wagen, die ehrwürdige Erdfrau der Stierleute zu beleidigen, die dich Wurm auf die Welt geholt hat? Wie kannst du es wagen, deine Bruderfrau und deinen ungeborenen Neffen zu beleidigen? Ich schweige mit Absicht von der Frau, der dein Bruder seine Gastfreundschaft gewährt«, gab ich würdevoll zurück.

»Was haben Gäste und Fische gemeinsam?« höhnte er. Ich wußte, er würde die Antwort selbst geben. »Nach drei Tagen fangen sie an zu stinken.« Er bog sich vor Lachen.

»Junger Mann!« brüllte Jonara. »Deine Unverschämtheit wird Folgen haben, das kannst du mir glauben!«

»Aber verehrte Erdfrau!« jammerte Ormo und verbeugte sich übertrieben oft. »Ein bißchen Menschlichkeit hat noch keinem geschadet.« Dann lief er, brüllend vor Lachen, weg.

»Verehrte Erdfrau, du mußt meinem Mannbruder verzeihen«, ließ sich Ela von dem Bett rechts vom Herd vernehmen, »und du auch, Lasra. Er meint es nicht so. Ormo ist kein schlechter Kerl, nur ...«

»Ein Ekel!« stellte ich fest. »Wieso nimmst du ihn in Schutz?«

Während Jonara mehrfach »So weit ist es gekommen!« rief,

erhob Ela sich ächzend, um die alte Erdfrau willkommen zu heißen.

»Bleib liegen, Mädchen«, wies Jonara meine Schwester an und begann ohne Umschweife mit der Untersuchung. Mit sicheren Bewegungen, an denen im Gegensatz zu ihrer Sprechweise nichts Überflüssiges war, führte sie meine Hand über Elas Bauch, so daß ich das Ungeborene ertasten konnte. Mich beschlich eine Ahnung, daß sie vielleicht wirklich die erfahrenere Hebamme war. »Das Kleine hat fleißig gearbeitet«, eröffnete sie schließlich der werdenden Mutter, auf deren Gesicht sich ein Lächeln der Erleichterung ausbreitete. »Es hat sich schon gedreht und wartet mit dem Kopf nach unten darauf, geboren zu werden. Fruchtwasser ist auch genug vorhanden.«

»Aber das ist doch noch viel zu früh!« Ela erschrak.

»Keine Angst, Mädchen, es läßt sich noch ein wenig Zeit. Zwei Monde darfst du es noch mit dir herumtragen. Tritt es schon kräftig?«

»O ja!« bestätigte Ela. »Besonders nachts. Die Bauchdecke beult sich manchmal richtig aus. Yarbro ist begeistert, weil er meint, sein Sohn würde deshalb besonders stark und mutig werden.« Sie hielt kurz inne, bevor sie nach einem raschen Blick zu mir herüber fortfuhr: »Lasra hat gesagt, es gibt keine Möglichkeit festzustellen, ob es …?«

»Das schlag dir mal ganz schnell aus dem Kopf, Mädchen«, antwortete Jonara. »Die junge Frau hier hat recht. Iß gut, trink viel, und beweg dich in Maßen. Schwere Sachen darfst du keinesfalls heben. Sieh auch zu, daß du das Kleine nicht zu sehr einengst, zum Beispiel beim Getreidemahlen. Du hast nicht den geringsten Anlaß zur Sorge. Alles entwickelt sich prächtig, und mit deiner Schwester hast du eine tüchtige Erdfrau an deiner Seite!«

Ela setzte sich auf und schwang die Beine über den Bettrand. »Aber sie verläßt uns ja nach Naps Tag wieder! Oh, ich wünschte, sie könnte hierbleiben!«

»Wenn du willst, kann ich vor der Entbindung wiederkommen«, versprach ich gerührt. »Yarbro würde es bestimmt nicht gerne sehen, wenn ich die ganze Zeit hierbliebe. Und Ormo …«

»Ach, Ormo ist doch noch ein Kind! Ich rede mit Yarbro«, meinte Ela.

»Das«, erklärte die Erdfrau mit erhobenem Zeigefinger, »übernehme ich. Hört auf meine Worte, ihr beiden: Ein solches Benehmen läßt sich Jonara Steinkraut nicht bieten!« Die Lippen entschlossen zusammengepreßt, setzte sie ihre Massen in Richtung Tür in Bewegung.

26

Ahntochter Sonne war schon so weit gewandert, daß keine ihrer Strahlen mehr ins Haus fiel, als Yarbro eintraf. In jeder Hand trug er eine Schweinshaxe. Grußlos stapfte er zur Arbeitsnische, hockte sich hin und begann, das in dicke Fettschichten gebettete Fleisch zu häuten. Ela sprang von ihrer Flechtarbeit auf und flog an seinen Hals.

»Rat mal, wer hier war, Schatz!« flötete sie.

Mit einem gutmütigen Seufzen löste er ihre Arme von seinem Hals. »Das Fettkraut«, gab er zurück.

Ela stutzte kurz. Dann legte sie die Hände auf ihren Bauch. »Es ist alles in bester Ordnung«, erklärte sie ihrem Mann strahlend.

Yarbro schüttelte seine dunklen Locken, auf deren Pflege er wie alle Stiermänner viel Zeit verwendete. »Nichts ist in Ordnung«, sagte er mürrisch. »Wo ist Ormo?«

»Weggegangen«, antwortete Ela.

Yarbro grunzte. »Übrigens, ich möchte, daß du die Haxen in Honig garst. Auf deine Bärlauchzwiebeln kann ich verzichten. War 'ne appetitliche kleine Sau, von der diese strammen Schenkelchen stammen. Den Rest kannst du in dem Fett einmachen, das essen wir morgen. Bekommst du das hin? Falls nicht, frag Aleha um Rat.«

»Natürlich bekomme ich das hin!« versetzte meine Schwester mit gekränkter Miene. Ich fand die Küche der Stierleute seltsam, vor allem ihren Hang, alles mit Honig zuzubereiten, mußte jedoch zugeben, daß es nicht schlecht schmeckte.

Nachdem Yarbro das braun-weiß gefleckte Borstenfell abgezogen hatte, zerlegte er das Fleisch mit zielsicheren Hieben seines Steinbeils in drei, vier kleinere Stücke. Ela stand unschlüssig neben ihm.

»Mit deinem Sohn ist alles in Ordnung«, sagte sie schließlich.

»Oh«, meinte Yarbro. »Das freut mich. Aber warum sollte etwas auch nicht in Ordnung sein? Du machst dir zu viele Sorgen. Meine Mutter hat immer erzählt, wir wären nur so rausgeflutscht.« Er lachte. »Ich gehe noch zu Klebh. Wenn das Schweinchen fertig ist, bin ich wieder da.«

Ela holte den randvollen Tontopf mit Honig aus der Vorratskammer, zusammen mit einem Korb Strohseile mein Gastgeschenk für die beiden. Ihre runden grauen Augen standen voll Tränen. »Er behandelt mich wie ein kleines Mädchen. Dabei lebe ich schon fast ein Jahr bei seiner Sippe. Es hat nie Schwierigkeiten gegeben, weil ich mich gut anpassen kann«, plapperte sie, während sie das Fleisch in mundgerechte Happen zerteilte. Die kleine Tschörtklinge, in einem handlichen Geweihende gefaßt, glitt durch das Fleisch wie durch Butter. »Ich habe viele Freundinnen, und die Kocherei lernt man schnell, wenn man sich ein bißchen Mühe gibt. Iburs Frau Gubala hat neulich noch gesagt, meine Graupensuppe würde so schmecken, als wenn ich bei den Stierleuten aufgewachsen wäre.«

Ich warf ihr einen verstohlenen Blick von der Seite zu und fragte mich, wieviel sie selbst davon glaubte. Bislang war mir entgangen, daß Freundinnen ihr das Haus einrannten.

Als der Fleischtopf mit Honig, frischem Bachwasser und Wasserkräutern aufgesetzt war und im Feuer vor sich hin köchelte, konnte ich meine Schwester zu einem kleinen Spaziergang überreden. Die Abendsonne umschmeichelte uns mit ihrem milden Licht und ihrer Wärme. Nun, da es nur noch zwölf Tage bis zur Sommersonnenwende waren, verschwand Ahntochter Sonne erst nach Mitternacht hinter dem Horizont, um eine halbe Flut später bereits wieder aufzugehen. Wir legten uns bei Sonnenschein ins Bett und wachten bei Sonnenschein auf. Zu keiner anderen Jahreszeit bekamen Mensch und Tier so wenig Schlaf wie in diesen weißen, lichten Nächten.

Ela hakte sich bei mir unter, und gemeinsam schlenderten wir an Klebhs Haus vorbei. Yarbros Onkel Klebh, der Steinmeister, hatte mit zweimal zwanzig Jahren ein stattliches Alter erreicht und zwei Frauen überlebt. Sein Sohn Mishag war Helfer des Sternensehers, während seine hübsche Tochter Morwe in Jonbros Haus lebte. Sie war eine von den «schamlosen Weibern«, die Jonara Steinkraut vorhin erwähnt hatte. Von dem ständig durch Klebhs Haus tollenden Kinderhaufen gehörten die vier mit den bezeichnenden Namen Kiesel, Tschört, Knolle und Splitter dem Steinmeister selbst.

Auch jetzt drangen Kindergeschrei und laute Männerstimmen durch die unverhängte Tür. Yarbro machte mit verstellter Stimme Jonara Steinkraut nach. Sein »Ein bißchen Menschlichkeit hat noch keinem geschadet!« ging in dröhnendem Gelächter unter. Mir war, als würden Schwaden von Honigbier aus dem Haus dringen.

»Klebh ist einer der angesehensten Männer im Dorf«, flüsterte Ela mir zu. »Jonbro ehrt ihn, indem er ihn häufig zu den Beratungen des inneren Kreises hinzuzieht.«

»Wer gehört denn noch zum inneren Kreis?« erkundigte ich mich, während wir um die mächtige Mauerrundung des Stierherrenhauses herumgingen. Die frisch aufgeschichteten Grassoden leuchteten im Licht der Abendsonne in einem tiefen, warmen Grün. Eine betörende Duftmischung aus frisch gestochenem Gras und Bratenfleisch lag in der Luft.

Wir kamen zu den beiden größten und prächtigsten Bauten der ganzen Inseln. Das Haus der Stierherren, gut doppelt so groß wie ein gewöhnliches Haus und von länglich ovalem Grundriß, lag im Norden des mit Steinplatten gepflasterten Platzes, der so etwas wie den Mittelpunkt des Dorfes bildete und im Süden von dem unglaublichsten Gebäude abgeschlossen wurde, das ich je erblickt hatte. Das ließ sich getrost behaupten, obwohl man vom Haus der Götter nur eine übermanngroße Steinmauer sah, die den Blick auf das gewaltige Gebäude in ihrer Mitte versperrte. Der Zugang erfolgte über einen fast zwei Mannlängen langen gemauerten Gang, der dem Eingang des Stierherrenhauses gegenüberlag. Durch diesen Gang erblickte man einen kleinen Teil des weiträumigen Innenhofs aus gelbem, festgestampftem Lehm sowie die monumentale Pforte zum eigentlichen Haus.

Außer zu bestimmten Festtagen war den Stierleuten mit Ausnahme von Jonbro, Sternenseher und seinen Helfern der Zutritt zu diesem Bezirk bei Strafe der Ausstoßung verboten. Mich als Sippenfremde würde man wohl nie einen Blick in das einzigartige Bauwerk werfen lassen.

»Jonbros erste Berater sind natürlich Sternenseher«, antwortete Ela mir mit gedämpfter Stimme, »und Toshag. Der Sohn seines gestorbenen älteren Bruders Jark ist so etwas wie seine rechte Hand. Er nimmt ihm fast die gesamte Arbeit ab, vor allem die unangenehme, so daß der Stierherr sich auf seine Pflichten den Göttern gegenüber konzentrieren kann. Und seinem Magen gegenüber«, fügte sie kichernd hinzu. Das war meine kleine Schwester, wie ich sie kannte – im Grunde ihres Wesens ein herzensguter, friedlicher Mensch, funkelte hin und wieder auch in ihr etwas von jener Spottlust auf, die ein Erbteil unserer Mutter Kea war.

»Was denn für unangenehme Arbeit?« fragte ich mit gesenkter Stimme. Im Dorf der Stierleute lebten fast doppelt so viele Erwachsene wie in meinem Heimatdorf, und da neben den ständigen Bewohnern jederzeit Gäste oder Mitglieder der Gemeinschaft anwesend waren, herrschte ein Kommen und Gehen wie in einem Bienenschwarm. Nicht an diese Menschenmengen gewöhnt, fühlte ich mich unsicher und wie unter ständiger Beobachtung.

In der gemächlichen Geschwindigkeit, die Elas dicker Bauch uns aufzwang, gingen wir um die Mauer des Götterhauses herum. Selbst ich, die ich keine besonderen Kenntnisse in der Baukunde besitze, konnte auf Anhieb feststellen, daß die Steine der Mauer sowie die großen Bodenplatten des Platzes so unendlich fein gefugt und behauen waren, daß selbst Twirks beste Werke nicht an die Kunst dieser Baumeister heranreichten. Entstanden war das Meisterwerk in den letzten Jahren von Jonbros Vater Tem Stierherr. Als Madragena hier mit ihrem Mann Deneb gelebt hatte, hatte es das Haus der Götter noch nicht gegeben.

»Ach, du weißt schon«, plauderte Ela. »Wenn eine Sippe mal wieder verdorbenes Fleisch oder zuwenig Honig geliefert hat, dann geht Toshag zu ihnen und redet ihnen ins Gewissen. Oder wenn es darum geht, von einer Eheverbindung abzuraten, die Jonbro nicht zusagt ... Letztes Jahr hat er Jom von den Forellenleuten verdroschen.«

»Verdroschen?« wunderte ich mich. »Einen erwachsenen Mann?«

»Er hatte es verdient«, stellte meine Schwester mit harter Stimme fest. »Warib – das ist Jonara Perles Freundin – hatte sich bei den Stierherren beschwert, Jom würde ständig seine Frau, ihre ältere Schwester, verprügeln. Ich meine, richtig schlimm verprügeln«, beeilte sie sich hinzuzufügen, als sie meinen fragenden Blick sah. Einer der Gründe, warum meine gesamte Familie Ela von dieser Heirat abgeraten hatte, waren die Gerüchte über den rauhen Umgang der Stiermänner mit ihren Frauen.

Elas Reaktion bewies mir, daß die Gerüchte offenbar nicht aus der Luft gegriffen waren. »Sie hat gebrochene Rippen davongetragen. Alle Vorderzähne hat Jom ihr ausgeschlagen. Jetzt hat er selbst keine mehr! Recht ist ihm geschehen! Toshag wurde ungeheuer wütend, als er davon erfuhr, und hat Jonara Perle versprochen, sich darum zu kümmern.«

Ela grüßte zwei junge Frauen, die uns entgegenkamen. Die Ältere mit den braunen Haaren grüßte zurück.

»Das da ist übrigens das Haus von Sternenseher«, sagte Ela ungerührt und deutete auf ein gewöhnliches rundes Haus ein paar Mannlängen vor der Südwestecke des Götterhauses. »Und da oben«, fuhr sie fort, während sie mit ausgestrecktem Arm auf ein rundes Gebäude im Schatten des Stierherrenhauses zeigte, »wohnt Jonbros Haushalt.«

Jonbros Haushalt, soviel wußte ich inzwischen, bestand aus dem Stierherrn, seiner Tochter Jonara Perle und deren Freundin Warib, Jonbros Freundinnen Takra und Morwe sowie Toshag. »Jetzt haben die Stierleute schon die zwei größten Häuser errichtet, die es auf den Inseln gibt, und trotzdem brauchen ihr Häuptling und ihr Schamane noch ein zusätzliches Haus!« Ich spürte, wie etwas an mir nagte – Neid, ein Gefühl der Unterlegenheit. Diesen Leuten, bei denen alles besser, schöner und größer war, wollte ich einen Mord nachweisen?

»Wir – ich meine, die Adlerleute – haben ja auch ein Steinehaus«, stellte Ela heraus.

Ich kam nicht umhin, ihr recht zu geben. »Arbeiten denn auch die Steinmeister im Haus der Stierherren?« wollte ich wissen.

»Ja, das auch«, gab meine Schwester zurück. »Jonbro hält die Beratungen im Steinehaus ab. Sie essen und trinken dort, und wenn er Mitglieder der Gemeinschaftssippen empfängt, geschieht es dort. Ich war noch nie drin. Die Frauen aus Jonbros Haushalt kochen für die Männer und halten das Haus sauber.«

»Aber Yarbro war doch sicher schon einmal im Haus der Stierherren?«

Ela strich sich nervös die Haare hinter die Ohren. »Du hast vorhin gefragt, wer noch zum inneren Kreis gehört«, sagte sie zögernd. »Yarbro gehört nicht dazu. Noch nicht. Es ist schwierig für ihn, vor allem, weil er mich geheiratet hat.« Sie hielt inne und seufzte. »Sein Onkel versucht ihm zu helfen, wo er kann. Die anderen Mitglieder des inneren Kreises sind entweder ältere, erfahrene Männer wie Achak, der die Stiersteine herstellt, oder Verwandte der Stierherren wie Ragh, Toshags jüngerer Bruder, und Ibarek, Jonbros Großneffe. Aber Yarbro ist sehr ehrgeizig. Er ist ein guter Beinmeister, und Jonbro könnte sich keinen treueren Gefolgsmann wünschen. Er hat einmal gesagt, er würde seine rechte Hand dafür geben, in den inneren Kreis aufgenommen zu werden. Seine Zeit wird kommen.«

»Dann sollte er weniger Honigbier trinken«, empfahl ich.

Ela kniff mich in den Arm, daß ich vor Schreck aufschrie.

Genau in diesem Augenblick traten wir aus dem Schatten der Umfassungsmauer hervor und sahen uns unmittelbar vor dem Durchlaß zum Götterhaus einer aus zwei Frauen und drei Kindern bestehenden Gruppe gegenüber, deren angeregte Unterhaltung bei unserem Näherkommen erstarb. Ich spürte, wie sich Elas Körper neben mir versteifte. »Verehrte Kes, verehrte Allib, erlaubt mir, daß ich euch meine Schwester Lasra von den Adlerleuten vorstelle. Ich glaube, ihr habt euch noch nicht kennengelernt.«

Die schwarzäugige Frau, die Ela als Kes angesprochen hatte, schätzte ich auf an die zwanzig und zehn Jahre. Sie war groß und schlank, ihre schon stark ergrauten blonden Haare trug sie in dem geflochtenen, lose herabhängenden Nackenzopf der verheirateten Stierleutefrauen. Der verhärmte Zug um ihren schmalen Mund verstärkte sich bei unserem Anblick.

Allib, die Frau des Baumeisters Ibarek, wirkte jünger und freundlicher, ein Eindruck, der durch die beiden Kinder an ihren Knien und den Säugling auf ihrem Arm verstärkt wurde. Sie mußte ungefähr in meinem Alter sein. Glänzend polierte Hirschgeweihnadeln hielten ihre glatten, etwas dünnen braunen Zöpfe in einem Kranz an ihrem Hinterkopf fest. Das längliche, eher angenehme als schöne Gesicht wurde von großen braunen Augen beherrscht.

Ich hatte also die Ehre, den Gemahlinnen von Ragh und Ibarek zu begegnen, Verwandte Jonbros, Mitglieder des inneren Kreises und mögliche Nachfolger des Stierherrn. Ich merkte, wie auch meine Schultern sich unwillkürlich strafften. Allib lächelte mir vorsichtig zu, als ich sie begrüßte.

Kes musterte mich wortlos.

»Lasra wohnt bis Naps Tag bei uns. Ich hoffe, sie kommt mich zu meiner Entbindung auch wieder besuchen. Meine große Schwester lernt nämlich bei Madragena, der Erdfrau der Adlerleute. Sie wird die nächste Erdfrau der Adlerleute werden«, erzählte meine Schwester mit ihrem gewinnendsten Lächeln. Ich kannte nur wenige Leute, die dem Charme ihrer schüchternen Rehaugen nicht erlagen. Kes gehörte dazu.

»Wie interessant«, antwortete Allib. »Vielleicht möchtest du uns einmal besuchen. Ibarek hat seit längerer Zeit eine Wunde an der Wade, die sich einfach nicht schließen will. Jonara Steinkraut hat schon all ihre Künste an ihm ausprobiert – ohne Erfolg. Ich habe gehört, daß die Erdfrauen der Langhügler in den Geheimnissen der Kräuter besonders bewandert sind.«

»Oh«, erwiderte ich. »Ich würde mir niemals anmaßen, es besser als Jonara Steinkraut machen zu wollen, der erfahrensten Heilerin der Inseln. Aber selbstverständlich schaue ich mir Ibareks Wunde gerne an. Wenn es in meiner Macht liegt, dem verehrten Ibarek zu helfen, wird mir das große Freude bereiten.«

Ela strahlte.

»Erdfrauen!« Kes brach ihr Schweigen, ohne mich oder Ela eines Blickes zu würdigen. Die Augen unverwandt auf Allib gerichtet, fuhr sie fort: »Das ist doch alles Aberglauben. Ich habe dir gleich gesagt, geh zu Sternenseher und laß die Wunde besprechen. Im Lauf der Sterne sieht der Wissende alles, was not tut.«

»Für gewöhnlich wächst gegen jedes Gebrechen ein Kraut, das heilt oder doch zumindest die Beschwerden lindert«, stellte ich freundlich fest. »Bleibt eine Besserung aus, müssen wir hinnehmen, daß Mutter Erde es so will.«

Kes' Blick streifte mich kurz. »Es ist allgemein bekannt, daß die Adlerleute zu den Unverbesserlichen gehören, die noch den Irrtümern des alten Wegs anhängen.« Dann sah sie wieder zu Allib hinüber. »Meinetwegen können sie auf ihrer abgeschiedenen Insel nach Herzenslust ihrem rückständigen Hokuspokus frönen.« Sie lachte, schien jedoch selbst wenig Spaß dabei zu haben. »Solange sie da unten bleiben! Unter sich.« Wieder streifte mich ihr Blick. Unwillkürlich fiel mir die Redewendung der Südlandleute ein, von der Errill mir erzählt hatte: Wenn Blicke töten könnten …

Ela drückte verzweifelt meinen Arm. »Die Heilmittel der Erdfrauen beruhen auf langer Erfahrung, die bis in Naps Zeit und vermutlich weiter zurückreichen«, erklärte ich, um einen ruhigen Ton bemüht. »Meine Lehrmeisterin Madragena hat schon zahllosen Sippengeschwistern geholfen, und ich bin mir sicher, daß viele Stierleute Jonara Steinkraut ihre Gesundheit, wenn nicht gar ihr Leben verdanken.«

Kes strafte mich mit Nichtachtung. »Es wundert mich doch sehr, warum Ibarek sich nicht Sternenseher anvertraut«, sagte sie zu Allib. »Ragh hatte sich am Frühlingstag ein übles Fieber zugezogen. Sternenseher hat es weggesprochen und ihm auf den Kopf zugesagt, es würde sieben Tage später verschwinden, wenn Alako über der Gebirgigen aufginge. Und genauso ist es geschehen! Das Fieber flammte noch einmal auf, und dann war Ragh wieder gesund. Und weißt du, was der Grund seiner Erkrankung war?« Sie verstummte und wartete so lange, bis Allib folgsam den Kopf schüttelte. »Es waren die üblen Geister der Walleute, die seine Gesundheit angegriffen haben. Haifischmäuler! Was kann man von denen auch anderes erwarten?«

»Was haben denn die Walleute damit zu tun?« rief ich aus. Die Walleute waren eine Haifischmaulsippe auf dem Hummer, der kleinen Insel zwischen der Südlichen und der Großen.

Allib unterdrückte ein Lächeln. »Meine liebe Verwandte spielt darauf an, daß Jonbro Stierherr und seine engsten Vertrauten das diesjährige Frühlingsfest bei den Walleuten gefeiert haben, um sie von den Vorzügen der Gemeinschaft zu überzeugen.«

Ganz langsam begriff ich, was Allib mir da erzählt hatte. Kes' verächtliches Gefasel bekam ich kaum noch mit. »Statt den Stierherren auf Knien für diese Ehre zu danken, haben sie abgelehnt! Diese ... Menschen haben sich geweigert, der Gemeinschaft beizutreten!«

Ich starrte Allib mit offenem Mund an. Da keine der anderen Frauen etwas sagte, wurde es langsam peinlich. Schließlich wandte Kes den Blick von Allib ab und starrte mich ihrerseits herausfordernd an.

»Du meinst ...«, setzte ich an, ohne sie zu beachten.

»Was hat die Adlerleutefrau?« fragte Kes voller Widerwillen, als wäre ich ein ekliger fetter Wurm. »Sie verfällt doch nicht etwa in Trance? Windet sich gleich mit Schaum vor dem Mund auf dem Boden oder schlimmer noch …«

Ich sollte nie erfahren, was für Kes noch schlimmer gewesen wäre, denn sie verriet es uns nicht, und niemand fragte nach. »Du meinst, Jonbro hat den Frühlingstag nicht hier am Nabel der Inseln verbracht?« fragte ich Allib.

»Genau das meine ich«, gab Allib lächelnd zurück. »Er und Jonara Perle sowie die Männer des inneren Kreises haben den Frühlingstag als geehrte Gäste der Walleute auf dem Hummer verbracht.«

»Ach, das ist mir neu«, sagte ich, weil ich das Bedürfnis verspürte, irgend etwas zu sagen.

»Wenn du es genau wissen willst«, fuhr Allib fort, »es handelte sich um Sternenseher, Toshag, Achak, Klebh, den verehrten Ragh, den Mann meiner lieben Verwandten hier, und Ibarek, der meine Wenigkeit geheiratet hat.«

»Die Walleute müssen sich geehrt gefühlt haben«, sagte ich, um einen beiläufigen Ton bemüht. Die führenden Männer der Stierleute hatten die Mordnacht bei den Walleuten verbracht! Mein Verdacht erhielt neue Nahrung.

Das Dorf der Walleute lag ein Stück landeinwärts von der Südküste. Für einen auch nur halbwegs geübten Kerragfahrer war es ein leichtes, vom Dorf der Walleute zu der in Sichtweite gelegenen Bucht zu steuern, in der Sihrus ermordet worden war. Wie lange würde er dafür benötigen? überlegte ich. So lange, wie Elas Fleischtopf vor sich hin köchelte?

»Vom Dorf der Walleute ist es nicht weit bis zu – uns«, fügte ich hinzu.

»Nein«, stimmte Allib mir beiläufig zu. »Und zu den kleinen Buchten am Nordufer eurer Insel ist es noch näher. Mit dem Kerrag ist man im Nu drüben.« Während mir der Schreck in die Glieder fuhr, weil sie meine Gedanken erraten zu haben schien, zerrte ihr kleiner Sohn an ihrem Rockzipfel und maulte. Er wollte nach Hause. »Sollen ergiebige Fischgründe dort unten sein«, sagte sie noch, bevor sie ihre Einladung an mich wiederholte und sich verabschiedete. Kes ließ Ela und mich ohne ein weiteres Wort, aber nicht ohne einen letzten bösen Blick stehen.

»Kannst du mir vielleicht verraten, was das sollte?« zischte Ela mir zu, auf dem Gesicht das gleiche angestrengte Lächeln, das sie die ganze Zeit über getragen hatte.

Ich seufzte. »Weißt du, warum ich hier bin?«

»Um mich zu besuchen«, antwortete sie zögernd. »Und weil du die Bequemlichkeit unserer weichen Betten einem zugigen Zelt vorziehst.«

Ich mußte lachen, denn das kam der Wahrheit recht nah. Ich haßte den Lärm, den Gestank und das Geschwätz in den Gemeinschaftsunterkünften. »Du hast recht, aber es hat auch mit Sihrus' Tod zu tun«, erläuterte ich. Aus der Tür zu Yarbros und Elas Haus drang ein verführerischer Duft nach Fleisch und Honig. Während meine Schwester sich zwei kleine Schaffelle um die Hände wickelte und den Topfdeckel abnahm, fuhr ich fort: »Die Adlerleute haben mich damit beauftragt, seinen Tod aufzuklären.«

Den heißen Deckel in den Händen, drehte Ela sich zu mir um. »Wieso …?« fragte sie verständnislos.

»Ich soll Sihrus' Mörder finden.«

»Mörder?« stotterte sie. »Aber wieso … Ist er denn …?« Voller Entsetzen sah sie mich an. Dann begann sie zu weinen.

»Komm!« sagte ich, nahm mir ein Schaffell, rührte den köchelnden Fleischtopf um und verschloß ihn wieder. Die Tränen liefen ihr übers Gesicht. Sie hatte Sihrus immer gemocht und ein wenig angehimmelt.

»Aber die Todesbotschaft sprach nicht davon, daß er …« Sie wehrte sich gegen die furchtbare Erkenntnis. »Sternenseher hat eine kleine Zeremonie abgehalten, und die Stierherren haben zwei Tage um den verehrten Gast getrauert. Nie war die Rede von …«

»Allib wußte Bescheid«, sagte ich. »Ich nehme an, daß die Männer des inneren Kreises und einige ihrer Frauen über meinen Auftrag unterrichtet sind. Jetzt gehörst auch du zu den Geheimnisträgern!« versuchte ich sie aufzumuntern. »Während dieses gräßliche Weib von vorhin nichtsahnend wie ein Säugling ist.«

»Kes ist gar nicht so übel«, verteidigte meine Schwester sie ohne rechte Überzeugung. »Sie ist schon zwanzig und sieben Jahre alt und leidet entsetzlich unter ihrer Kinderlosigkeit. Jonara Steinkraut konnte ihr nicht helfen, und seitdem ist sie nicht gut auf Erdfrauen zu sprechen.«

»Das ist mir nicht entgangen«, sagte ich.

»Toshag, Ragh und Ibarek können sich Hoffnungen auf die Nachfolge von Jonbro Stierherr machen«, erklärte sie mir, während sie sich die Tränen aus dem Gesicht wischte. »Aber ohne Kinder, die ihren Vater dann ihrerseits beerben können, sieht es schlecht für Ragh aus. Du verstehst?«

Ich verstand. Die Sippe der Stierleute hatte schon vor langer Zeit die Freiheit eingebüßt, ihre Häuptlinge nach Tüchtigkeit und Eignung auszuwählen. Seit Generationen kamen ihre Führer aus Jonbros Familie. »Toshag hat auch keine Kinder?« vergewisserte ich mich.

»Nein. Er ist nicht verheiratet, obwohl er jede Frau hier haben könnte. Na ja, jede außer Jonara Perle vermutlich«, überlegte Ela. Mir kam das Lächeln in den Sinn, das Toshag mir heute mittag geschenkt hatte, und ich wußte, daß Ela nicht übertrieb. Nicht, daß er *mich* hätte haben können, dachte ich sofort. Aber er hatte etwas. Etwas unwiderstehlich Gefährliches.

»Und warum bist du jetzt hier?« fragte Ela unvermittelt.

»Kannst du dir das nicht denken?«

»Nein!« behauptete sie.

»Es könnte sein«, antwortete ich so vorsichtig wie möglich, »daß die Stierleute etwas mit Sihrus' Tod zu tun haben.«

»Sag bloß, du verdächtigst meinen Yarbro?« fauchte Ela mich an, die Hände schützend auf ihren Bauch gelegt.

»Nein«, sagte ich.

»Nein«, äffte sie mich nach. Sie war außer sich vor Empörung. »Nun sag doch schon was!« schrie sie mich an.

»Ich verdächtige Yarbro nicht, weil er dein Mann ist«, log ich. »Abgesehen davon hat er, wenn ich es richtig verstanden habe, den Frühlingstag hier zusammen mit dir verbracht, oder?«

»Jetzt horcht sie mich auch noch aus!« jammerte Ela.

»Habt ihr einen schönen Frühlingstag gehabt?«

»O ja, das haben wir«, erklang Yarbros Stimme von der Tür. Ela und ich schraken zusammen und starrten ihn an wie eine Erscheinung. »Was ist?« Er lachte. »So betrunken bin ich doch gar nicht.« Das stimmte. Gestern abend hatte er noch mehr getrunken.

Während Yarbro leicht schwankend hinter dem Ledervorhang zum Abort verschwand, machte Ela sich mit dem Abendessen zu schaffen. In dem Kämmerchen links von der Anrichte plätscherte es. »Wir haben uns köstlich amüsiert«, kicherte Elas Mann. Ein erleichtertes Stöhnen, und wenig später wurde die Lederhaut zurückgeschlagen. »Vor allem, nachdem wir unsere süßen kleinen Ehefrauen ins Bett geschickt hatten!«

»Setz dich doch, Liebling!« sagte Ela.

Unter wohligem Seufzen ließ er sich den schweißnassen Oberkörper trocken reiben. Elas zornige Miene wich einem selbstvergessenen Lächeln, als sie mit kreisenden Bewegungen des Schaffells über Yarbros glänzende Schultern und muskelbepackte Arme strich.

»Ich nehme an, daß es den Stierleuten nicht an Honigbier gefehlt hat«, bemerkte ich.

»In Strömen ist es geflossen, meine Schöne«, grunzte Yarbro. »Das ist nichts für verheiratete Frauen«, fügte er kopfschüttelnd hinzu. »Vor allem mein schwangeres kleines Walroß hier habe ich früh ins Haus geschickt.«

»Ich tische auf!« rief Ela voller Tatendrang. »Weißt du, wen wir heute abend auf dem Platz getroffen haben?«

»Noch nicht«, nuschelte Yarbro. »Laß uns auf Ormo warten! Hab noch was mit ihm zu besprechen.«

»Gibt es denn bei den Stierleuten auch unanständige Frauen?« Ich lächelte meinen Schwestermann an.

»Stell dir vor, Kes und Allib!« erklärte Ela mit erhobener Stimme.

Yarbro feixte mir zu. »Aber gewiß, kleine Lasra! Die Weiber aus dem Haus vom alten Fettkraut! Außerdem haben wir immer viel Besuch von auswärts.«

»Allib hat Lasra eingeladen, sich die Wunde des verehrten Ibarek anzusehen«, rief Ela.

»Warum schreist du denn so, Schatz?« meinte Yarbro. »Nicht, daß ich ... ich bin ja verheiratet, und mit so einer kleinen –« Er stand auf und versuchte den Arm um Elas Taille zu legen, was aufgrund ihres Leibesumfangs nur bedingt gelang.

In dem Moment betrat Ormo das Haus. »Gibt's endlich was zu essen?« maulte er.

Yarbro ließ seine Frau los. Er richtete sich auf. Ich sah zum erstenmal in meinem Leben, wie ein Mensch schlagartig nüchtern wurde. »Komm her, Ormo!« herrschte er seinen jüngeren Bruder an.

Ormo gehorchte. Das unzufriedene Gehabe war sichtbarer Besorgnis gewichen.

Als sein jüngerer Bruder vor ihm stand, holte Yarbro aus. Mit einem stumpfen Klatschen landete seine Faust im Gesicht des Jungen. Ormo fiel auf den Rücken. Er war so überrascht, daß er nicht einmal schrie. Blut sickerte ihm aus der Nase. Ela schlug sich beide Hände vor den Mund.

»Dieses Fettkraut hat mich zum Gespött der anderen Männer gemacht«, sagte Yarbro gefährlich leise. »Vor Jonbro und Toshag hat sie sich über dein Verhalten beschwert! Im Schweiße meines Angesichts schleppe ich unseren Stierherrn zum Häuptlingszelt, und da taucht diese Vettel auf. Ich mußte mich bei ihr für deine Unverschämtheit entschuldigen! *Entschuldigen!*« Seine Stimme überschlug sich. »Vor allen anderen!«

Ormo besaß die Klugheit liegenzubleiben. »Es tut mir leid«, nuschelte er.

Yarbro trat zu. Nicht mit voller Kraft, aber so, daß es weh tat. Ela faßte ihn beschwichtigend am Arm. »Du wirst jetzt um Verzeihung bitten!« befahl er mit mühsam beherrschter Wut. »Zunächst die Schwester meiner Frau, die Gast in meinem Haus ist. Sodann meine Frau. Und am Ende mich, deinen gedemütigten Bruder!« Er machte Anstalten, noch einmal zuzutreten, besann sich dann jedoch eines Besseren.

Ormo bat mich um Verzeihung. Ich gewährte sie ihm. Er bat Ela um Verzeihung. Sie gewährte sie ihm ebenfalls. Er entschuldigte sich bei seinem Bruder. Yarbro brummte etwas vor sich hin. Beim Abendessen wurde nicht mehr viel geredet.

27

Die Sonne blendete mich, während ich im mageren Grasland am Fuße der Windberge nach den blaßlila Blütentrauben des Ehrenpreis Ausschau hielt. Jonara Steinkraut hatte mich darum gebeten. Sie wollte sie mit der Ringelblumensalbe mischen, die sie, bislang vergeblich, auf Ibareks Wunde aufgetragen hatte. Ich hatte das Gefühl, daß Jonara mit ihrem Wissen am Ende war und auf gut Glück Neues ausprobierte.

Am Vortag hatte ich Allib einen Besuch abgestattet und die Wunde am Unterschenkel ihres Mannes untersucht. Sie sah böse, wenn auch nicht lebensbedrohlich aus, aber es war klar, daß etwas unternommen werden mußte. Obwohl Jonara die Wundränder genäht hatte, wollten sie nicht zusammenwachsen. Das Gewebe begann an den Rändern abzufaulen, und das war der Grund, warum ich neben dem Ehrenpreis noch etwas anderes suchte: ein Wühlmaus- oder Hasenaas mit Fliegeneiern, aus denen noch keine Maden geschlüpft waren.

Wenn Füchschen doch nur da wäre! Ich brauchte so dringend einen Freund, dem ich mich rückhaltlos anvertrauen konnte. Seine vielseitigen Begabungen hätten mir außerdem Einblick in die geschlossene Männergesellschaft der Stierleute geben können. Nur noch acht Tage bis Mittsommer! Die Zeit wurde knapp für mich.

Gestern hatte ich Toshag auf der Ebene zwischen Dorf und Ahnenhaus aufgesucht, wo man ihn zur Zeit meist bei den Vorbereitungen für Naps Tag antraf. Es war mir zwar gelungen, den richtigen Ton zu treffen, nicht jedoch, eine Unterredung mit Jonbro zu erhalten. Da die Stierherren ohnehin Bescheid zu wissen schienen, hatte ich Toshag von dem Auftrag berichtet, den die Adlerleute mir erteilt hatten. Zugleich hatte ich freimütig eingeräumt, daß die Stierleute selbstverständlich zu nichts verpflichtet seien.

Toshag hatte mit großer Freundlichkeit erwidert, der Stierherr wisse zwar nicht, wie er mir bei meiner zweifellos ehrenvollen Aufgabe helfen könne, werde jedoch bald mit mir sprechen. Dann hatte er mir ein sehr nettes Kompliment zu meiner verantwortungsvollen Tätigkeit als zukünftige Erdfrau gemacht und seiner Hoffnung Ausdruck verliehen, mich vor meiner Abreise noch häufig zu sehen. Sein Verhalten mir gegenüber war von vollendeter Höflichkeit gewesen. Trotzdem war ich mir unter seinen Blicken wie nackt vorgekommen.

Von meinem Standpunkt auf halber Höhe der Windberge hatte ich einen ausgezeichneten Blick auf den Nabel der Inseln. Winzige Püppchen wuselten unter mir auf der Ebene zwischen Zelten und Unterständen herum. Noch waren außer den Sippen der Gemeinschaft kaum Fremde angekommen, aber die Vorbereitungen waren in vollem Gange.

Hier oben war es still bis auf das leise Pfeifen des Windes und das Summen der zahllosen Fliegen, Käfer und Bienen, die den kurzen Sommer auf den Inseln nutzten. Nach Nordwesten erstreckten sich die schillernden Wasserflächen der beiden Seen, des Brackigen und des Süßen. In der Ferne verschwamm der Kranz kahler Hügelkuppen im Dunst, der das Tal am Nabel der Insel umgab wie ein Erdwall den Steinkreis.

Die hohe Warte, die Stille und die klare Luft verschafften mir jenen Abstand, der mir dort unten im Angesicht der mächtigen Stierleute verlorengegangen war. Ja, in der Tat, dachte ich mit einem Gefühl von Unwirklichkeit, alle Spuren führten zu den Stierleuten. Wenn ich den Mord an Sihrus noch aufklären konnte, dann hier. Im Moment schien, auch wenn ich meine Sippengeschwister nicht von jedem Verdacht freisprechen konnte, alles auf die Stierleute zu deuten. Von dem Dorf zu meinen Füßen hätte man in der Nacht des Frühlingstags unmöglich die Strecke zu jener Bucht an der Nordküste der Südlichen zurücklegen können. Der Weg wäre etwa doppelt so lang wie der von der Bucht zum Dorf der Adlerleute gewesen. Aber von den Walleuten aus war es eine Spazierfahrt mit dem Kerrag!

Und der Grund? War Sihrus trotz aller innerer Bedenken bei den Stierherren doch als Anhänger des alten Wegs aufgetreten? Hatte er auf seiner großen Fahrt irgend etwas entdeckt, was dem alten Weg und den Haifischmäulern auf den Inseln neue Geltung verschafft hätte? Aber hätte er das nicht Madragena und Adlersohn mitgeteilt? Ich geriet ins Grübeln. War der unberechenbare Charakter des Helden der Langhügler zu einer Gefahr für den Machtanspruch der Stierherren geworden? Aber wie? Ich hatte eine Ahnung, daß es um Macht ging, aber Ahnungen genügten nicht.

Jonbro würde sich kaum selbst die Hände schmutzig machen, abgesehen von seiner selbst für Spazierfahrten im Kerrag untauglichen Statur. Für Sternenseher, den ich noch nicht zu Gesicht bekommen hatte, galt im Grunde genommen dasselbe wie für Jonbro: Seine Hände hatten die Mordwaffe wohl nicht geführt. Jonbro und Sternenseher mochten den Mörder angestiftet, ermutigt oder seine Tat stillschweigend gebilligt haben – in der Nacht des Frühlingstags hatten sie das Dorf der Walleute höchstwahrscheinlich nicht verlassen.

Damit blieben Toshag, Achak, Klebh, Ragh und Ibarek. Klebh war zwar schon zweimal zwanzig Jahre alt, dafür aber kerngesund und kräftig. Durch seine Tochter Morwe, die Geliebte Jonbros, hatte er enge Verbindungen zu den Stierherren. Doch was konnte er sich für sich selbst noch wünschen? Oder war ihm das Fortkommen seines Sohnes Mishag und seines Neffen Yarbro ein Verbrechen wert gewesen? Ich schüttelte den Kopf.

Hinter einer Ansammlung von Steinen, von der Nachmittagssonne beleuchtet, entdeckte ich eine kuriose Totengesellschaft: eine Krähe, eine Kornweihe und einen Seeadler. Die Krähe, säuberlich abgenagt bis auf die ausgebreiteten Flügel, war von den dreien offenbar am längsten tot. Die weißen Knochen des Brustkorbs und der ausgestreckten Beine wirkten so jämmerlich zart, so schutzlos, daß ich eine unerklärliche Traurigkeit in mir aufwallen spürte. Die Kornweihe und der ungleich größere Seeadler waren nahezu unverwest. Was hatte sich hier abgespielt? Welche seltsame Verwicklung von Umständen hatte zu diesem dreifachen Tod geführt? Ich konnte keinerlei äußere Verletzungen entdecken, keine Spuren, daß die beiden Raubvögel um das Krähenaas gekämpft hatten.

Nachdem ich ein Gebet an den Seeadlerahn geschickt hatte, nahm ich mir respektvoll drei Schwanzfedern von unserem Sippentier. Im rechten Auge der Kornweihe fand ich, wonach ich gesucht hatte. Ich kratzte die Schmeißfliegeneier mit einem Schaber heraus, spülte sie in einem nahen Bach vorsichtig ab und tat sie in den kleinen Beinbehälter, in dem ich sonst Arzneien aufbewahrte.

Achak, mit zwanzig und fünfzehn Jahren ebenfalls kein Jüngling mehr, fertigte die kunstvollen Stiersteine, von denen auch Wibo einen besaß. In jedem Haus im Dorf der Stierleute, das ich bisher betreten hatte, lag ein Stierstein auf der Anrichte. Ich nahm mir vor, mich gelegentlich nach der Bedeutung dieser Steine zu erkundigen. Ob sie wirklich das Stiergehörn darstellten, wie man annehmen konnte? Was mochte Achak antreiben? überlegte ich. Als geschätzter Steinmeister und Mitglied des inneren Kreises hatte er erreicht, was er erreichen konnte. Die Stellung seines Sohnes Gran und seiner Tochter Skete war dagegen noch nicht gefestigt, die seiner jüngeren Kinder – hatte er drei oder vier? – ebenfalls nicht. War das ein Grund, für seinen Häuptling zu morden?

Ich blieb wie immer bei den Männern aus der Familie der Stierherren hängen. Alle drei konnten sich Hoffnungen auf die Nachfolge Jonbros machen, der außer Jonara Perle keine Kinder gezeugt zu haben schien. Jonbros Neffe Ragh, mit einer unfruchtbaren Frau geschlagen, hatte vermutlich die schlechtesten Aussichten. Ein Grund mehr, sagte ich mir, sich dem Stierherrn durch eine Gefälligkeit zu empfehlen. Ibarek, der zum Zeitpunkt des Mordes noch nicht durch seine Beinwunde behindert gewesen war, hätte vergleichbare Gründe gehabt. Als Mann der gebärfreudigen Allib hatte er zwar für den Fortbestand der Häuptlingsfamilie gesorgt, dennoch war er nur Jonbros Großneffe. Gut möglich, dachte ich, obwohl ich Allib und Ibarek recht gerne mochte.

Ich blieb stehen und schaute noch einmal auf die belebte Ebene zwischen Steinkreis und Ahnenhaus hinunter. Auf einmal schienen alle Bewegungen auf einen Punkt zuzustreben. Ich fragte mich neugierig, was wohl diesen Auflauf verursacht haben mochte. Von hier oben sah es aus, als stürzten sich drei Ameisenströme auf einmal auf eine tote Hummel.

Zuletzt kam ich zu Toshag. Ich konnte mir vorstellen, daß er einen Menschen tötete. Ela hatte erzählt, daß er einen Mann verprügelt und ihm sämtliche Zähne ausgeschlagen hatte. Auch wenn es mir gefiel, daß er die Frau des Schlägers hatte schützen wollen, blieb doch die Tatsache bestehen, daß er brutal sein konnte. Als ältester Neffe Jonbros war er der aussichtsreichste Kandidat für eine Nachfolge. Seine Frauen- und Kinderlosigkeit ließ sich vermutlich rasch beheben und schien überdies auf kühler Berechnung zu beruhen. Jonara Perle könnte er nicht haben, hatte Ela behauptet. Warum eigentlich nicht? Er war ihr Vetter. Eine Heirat zwischen so nahen Verwandten war unüblich, aber nicht verboten.

Was hatte Sihrus und die Stierherren verbunden? Wodurch hatte Sihrus sich ihren Haß zugezogen? Oder war es doch ein einzelner Stierleutemann gewesen, der den Mord begangen hatte, ohne daß seine Sippenbrüder davon wußten? »Vorausgesetzt«, sagte ich leise vor mich hin, »du bist nicht auf der völlig falschen Fährte und die Person, die du suchst, lebt nicht doch im Dorf der Adlerleute.« Seufzend machte ich mich an den Abstieg.

Als ich im Zeltdorf ankam, hatte sich der Auflauf, den ich von den Windbergen aus beobachtet hatte, wieder verlaufen, doch es lag immer noch eine gewisse Aufregung in der Luft. Mehrere mir unbekannte Männer schleppten in hohen Rückenkiepen getrockneten Tierdung in einen etwas abseits gelegenen Schuppen. Sie hinterließen eine unangenehme Duftspur, aber die vielen und nochmals vielen Menschen, die bald hier eintreffen würden, brauchten ungeheure Mengen an Brennstoff, um sich ihre Mahlzeiten zuzubereiten.

Noch weiter abseits hob eine andere Gruppe jene Gruben aus, über denen die Festgäste ihre Notdurft verrichten konnten. Eine kreischende Kinderhorde kam auf mich zugerannt, öffnete im allerletzten Augenblick eine Gasse und strömte an mir vorbei. Aus ihrem Geschnatter schnappte ich ein Wort auf: »Hirschleute«. Ich spürte mein Herz schlagen. Der Ausflug in die Berge, sagte ich mir, mußte mich mehr angestrengt haben, als mir klar gewesen war.

Am Dorfrand angelangt, entdeckte ich Golbro vor dem Vorratshaus. Golbro, der junge Steinmeister für Zeremonienäxte, war Ormos Lehrmeister. Er hatte eine grimmige Miene aufgesetzt, die nicht recht zu seinem harmlosen runden Gesicht passen wollte. Als Verantwortlicher für die kostbaren Vorräte – die Männer der Stierleute hielten reihum Tag und Nacht Wache – glaubte er vermutlich, sich und seiner Sippe ein möglichst abschreckendes Äußeres schuldig zu sein.

Ich blieb stehen.

Er sah zu mir herüber.

Ich lächelte.

Er winkte mich mit einer Geste näher, die er Jonbro abgeschaut haben mußte: den rechten Arm ausgestreckt, Handfläche nach oben gedreht, Zeige- und Mittelfinger gekrümmt. Gehorsam trat ich vor ihn. Er musterte mich eingehend, bevor er seinem Mitteilungsbedürfnis nachgab.

»Was glaubst du wohl«, begann er mit ernstem Nicken, »was da hinter mir im Haus lagert?«

»Nahrung für Naps Mahl«, antwortete ich achselzuckend.

»Du bist Elas Schwester, nicht wahr?«

Ich nickte. »Ich heiße Lasra.«

»Nette Frau, deine Schwester. Bescheiden und lieb. Paßt sich gut an, obwohl sie von den Adlerleuten kommt. Lasra«, fuhr er mit gerunzelter Braue fort. »Ich will dir etwas verraten. Dort im Keller liegen drei gepökelte Kühe. Drei«, wiederholte er, während er drei Finger in die Höhe hielt.

Ich zeigte mich beeindruckt.

»Zwei hätten sie nur bringen müssen, die Hirschleute«, klärte Golbro mich auf.

Es waren also tatsächlich die Hirschleute, die den Aufruhr vorhin verursacht hatten. Mein Bauch knurrte vernehmlich, und ich lächelte entschuldigend.

»Der Stierherr hat ihnen zwei Kühe als Buße auferlegt für einen Streit im letzten Jahr. Und jetzt schleppen sie drei an. Was soll man davon halten?«

»Wer hat sie denn gebracht?« fragte ich mit vor Aufregung heiserer Stimme.

»Ja, das ist schon erstaunlich«, sagte Golbro und wiegte bedeutungsschwer den Kopf hin und her. »Drei ganze Tiere. Mit Keulen, Innereien, Kopf – alles, was man sich wünschen kann. Und frisches Fleisch, alles eingepökelt. Keine verdorbenen Abfälle, die sie selbst nicht mehr essen wollten. Da gibt es nichts dran auszusetzen.« Er sah aus, als hätte er gern etwas ausgesetzt.

»Wer von den Hirschleuten –«, versuchte ich es erneut.

»Errill und zwei weitere Männer, ein Junger und ein Alter, an deren Namen ich mich nicht mehr erinnere«, antwortete er endlich.

In meinem Magen wechselten sich Kribbeln, Rumoren und ein unangenehm flaues Gefühl in raschem Wechsel ab. »Wo sind sie denn jetzt?« fragte ich.

»Jonbro empfängt sie im Haus der Stierherren«, gab Golbro zurück und ließ wortlos durchblicken, daß er diese Gunst für übertrieben hielt.

»Welche Ehre!« hauchte ich. »Ich habe gehört, daß Errill schon ein paarmal hier zu Gast war. Mit seinem Freund Sihrus.« Wieder versagte mir die Stimme, und der Satz endete in einem unpassenden Krächzen.

»Ja, so war es«, bestätigte Golbro. »Traurige Sache, das mit eurem Sihrus. Waren alle tief betroffen.«

»Deine Anteilnahme ehrt die Adlerleute«, erwiderte ich. »Du weißt so gut Bescheid über alles, was bei den Stierleuten geschieht. Ich kann mir ja gar nicht vorstellen, was Sihrus und Errill hier gemacht haben.«

»In der Tat«, sagte er. »Ich darf mir schmeicheln, das eine oder andere zu wissen.« Er lachte zufrieden. »Um die Wahrheit zu sagen, auch wenn es vielleicht unbescheiden klingt, du hättest niemanden finden können, der besser über alles Bescheid weiß.«

»Sihrus hat immer in den höchsten Tönen von den Stierleuten gesprochen«, plapperte ich drauflos. »Er war begeistert von … von allem hier. Aber was er bei euch gemacht hat, hat er uns nie erzählt. Ich meine –«

»Warum willst du das wissen?«

»Oh, er war der Sohn meiner Lehrmeisterin. Man interessiert sich halt …«

»Ja, da sagst du etwas Wahres«, stimmte er mir zu. »Wenn man sich für nichts mehr interessiert, was hat man dann noch vom Leben? Ich sage immer, Menschen, die sich für nichts interessieren, sind nichts für mich.«

»Aber Sihrus –«

»Mit Sihrus hat man sich nie gelangweilt«, unterbrach er mich. »Bei seinen Besuchen hat er übrigens im alten Gästehaus neben Yarbro gewohnt. Wenn du willst, kann ich es dir später einmal zeigen.«

»Oh, vielen Dank«, antwortete ich, »aber ich kenne es schon. War Sihrus denn oft bei euch zu Besuch?«

Golbro dachte nach. »So oft eigentlich nicht. Es war immer etwas Besonderes, wenn er kam. Er war ein phantastischer Erzähler. Was hat er uns nicht für Geschichten erzählt! Selbst die alten Märchen von Mutter Erde und den Ahnmüttern und Ahnvätern, und wie sie alle heißen, hat er so lebendig und lustig erzählt, daß wir uns fast totgelacht haben! Wenn ich nur an die Geschichte von Skarn denke …« Golbro kicherte vor sich hin.

»Die Adlerleute lieben diese Erzählung«, sagte ich.

»Ja, köstlich, wie der arme Kerl sich wünscht, daß die Erdfrau seinen Ahngeist möglichst schnell freisetzt und damit das genaue Gegenteil bewirkt. Wahrscheinlich muß er bis in alle Ewigkeit in eurem Ahnenhaus bleiben, weil sich jedes Kind an ihn erinnert. Eine der besten Geschichten, die ich kenne, obwohl sie von den Adlerleuten stammt.« Er lachte noch immer vor sich hin.

»Und das war der Grund seiner Besuche«, wunderte ich mich, »das Geschichtenerzählen?«

»Er war ein gerne gesehener Gast«, versicherte der Steinmeister.

»Obwohl er ein Mann der Adlerleute war?«

Golbro nickte ernst. »Er war ein so interessanter Gesellschafter, daß man das beinahe vergaß. Jonbro liebt es, sich mit interessanten Menschen zu umgeben. Er kann endlos mit mir über die Gestalt einer neuen Zeremonienaxt reden. Neulich hat er einen ganzen Vormittag im Haus der Stierherren neben mir gesessen und mir auf die Finger geschaut, wie ich die Schneide der neuen Pechsteinaxt geschliffen habe. Es gibt da einen geheimen Kunstgriff, den nur ganz wenige Steinmeister beherrschen. Nun, wenn du versprichst, es nicht weiterzuerzählen, könnte ich –«

»Ich möchte dich auf keinen Fall in Gewissensnöte stürzen«, erklärte ich und hob erschrocken die Hände. »Sihrus hat sicher auch viel von den Stierleuten gelernt. Oder?«

»Gewiß. Obwohl er sich recht wenig für die Kunst der Steinbearbeitung interessiert hat.« Golbros Gesichtsausdruck besagte deutlich, was er von dieser Einstellung hielt. »Nach seiner großen Fahrt hat er oft mit Ribi zusammengesessen. Alako weiß, was man an diesen Kötern finden kann. Und mit dem früheren Sternenseher hat er sich gut verstanden. Eigentlich waren alle gern mit ihm zusammen – nun, was sie hinterher über ihn gesagt haben, war dann oft nicht mehr so freundlich. Aber wir hatten immer viel Spaß in dem Kreis, der sich um ihn gebildet hatte. Ich vermisse die Tage mit ihm. Einmal hat er die jüngeren Männer mit zum Eiersammeln genommen. Du mußt wissen, das Klettern ist bei uns ein wenig in Vergessenheit geraten, da die Tordalkleute von den Birsaklippen uns ziemlich anständig mit Eiern und Meeresvögeln versorgen. Na, es ist ja auch ziemlich gefährlich. Aber den Nachmittag in den Klippen werde ich so schnell nicht vergessen! Ohne ein bißchen Nervenkitzel ist das Leben doch nichts wert!«

»Du sprichst mir aus der Seele«, erwiderte ich.

Golbro strich sich über seinen widerspenstigen Bart und schüttelte seine Mähne, die er wie alle Stierleutemänner zu vielen kleinen Zöpfen geflochten trug. Da er offenbar stark gelocktes Haar hatte, standen die Zöpfchen wie mit Birkenpech zugekleistert von seinem runden Kopf ab. »Du bist bestimmt verheiratet, Lasra?« fragte er mit einem verschämten Lächeln.

»Nein«, gestand ich nach kurzem Zögern.

»Dann kann ich dir ja noch etwas anvertrauen, ohne daß mich ein eifersüchtiger Ehemann mißversteht«, sagte er, legte den Arm um meine Schulter und sprach mir mit gesenkter Stimme ins Ohr: »Aber nicht weitererzählen. Versprochen?«

»Versprochen!«

»Wo wir gerade von Nervenkitzel sprechen ... Ich meine, es kitzelt einen ja nicht nur in Augenblicken der Gefahr, sondern auch ... wenn du verstehst, was ich sagen will ...«

»Nicht ganz«, antwortete ich. »Vor allem nicht, was das mit Sihrus zu tun hat.«

Der Steinmeister drückte sich ein wenig an mich. »Ich rede von Frauen«, raunte er. »Und von Sihrus. Muß ich mehr sagen?«

»Ich würde gerne mehr hören«, säuselte ich und drückte mich auch ein wenig an ihn.

»Man konnte schon neidisch werden auf euren Helden, wenn man sah, wie die Weiber auf ihn flogen«, fuhr er fort, um dann erschrocken innezuhalten. »Entschuldige bitte. Ich wollte nicht ...«

»Schon gut.« Er war einer jener netten Kerle, die einen zum Lachen bringen, wenn sie den unwiderstehlichen Verführer spielen.

»Die Frauen, die beim Fettkraut in die Lehre gehen, kamen

immer gerne herüber, wenn Sihrus da war. Und er kannte viele Frauen von den anderen Sippen, die gelegentlich zu Besuch kamen. Wir haben uns oft im neuen Gästehaus getroffen, getrunken, getanzt und – viel gelacht. Sihrus konnte eben so packend erzählen. Manche seiner Geschichten waren überaus anregend. Die Frauen hingen an seinen Lippen.« Golbro grinste anzüglich und holte einmal tief Luft. »Im Moment steht das neue Gästehaus noch leer. Du hättest nicht zufällig Lust, daß ich es dir zeige?«

»Aber Golbro!« rief ich empört aus und rückte wieder von ihm ab. »Du bist verheiratet!«

»Oh, ich wollte dir nicht zu nahe treten«, behauptete er und bekam eine kräftige Gesichtsfarbe. »Du darfst mich nicht mißverstehen! Bitte denk jetzt nichts Falsches! Ich hatte nicht vor –«

»Da bin ich aber froh«, versetzte ich. »Es war nett, mit dir zu plaudern. Ich würde unsere Unterhaltung gern ein andermal fortführen.«

»Ich auch«, versicherte er mir. »Jederzeit, wann du willst.«

Ich schenkte ihm ein Lächeln und überließ ihn seiner einsamen Wache. Innerlich bebte ich vor Empörung. Sihrus hatte bei den Stierleuten für Unterhaltung gesorgt! Wie hatte er nur so tief sinken können, seine Gaben auf diese Weise zu vergeuden? Was für ein Leben hatte er bei den Stierleuten geführt? Eins, von dem wir Adlerleute nicht die geringste Ahnung hatten, soviel stand fest.

Allmählich machte die Empörung einem nüchternen Blick Platz. Mir war nicht entgangen, daß Golbro einer jener Großsprecher war, die einem ständig Geheimnisse anvertrauen, die keine sind. Er gehörte nicht zum inneren Kreis und wußte offenkundig nicht, was in der Führungsriege besprochen wurde. Trotzdem oder gerade deshalb war sein Prahlen aufschlußreich gewesen, da er mir arglos das erzählt hatte, was er wußte.

Ich fragte mich, ob von den Adlerleuten noch jemand Bescheid über die Rolle wußte, die Sihrus während seiner Besuche bei den Stierleuten gespielt hatte. Gorg womöglich?

Madragena? Hatte sie von dem schamlosen Betragen ihres Sohnes erfahren und sich bei ihrer letzten Begegnung mit ihm darüber gestritten? Ich fragte mich auch, inwiefern es überhaupt eine Rolle gewesen war, die Sihrus gespielt hatte. Vermutlich hatte er sich nicht allzu sehr verstellen müssen. Er liebte es, Geschichten zu erzählen, er liebte die Gefahr, er liebte es, seinen Charme auszuspielen, und er liebte die Frauen. Traf es sich nicht gut, daß ihm diese Vorlieben Zutritt zu den Stierleuten verschafft hatten? Eins jedoch hatte mir Golbros Geplapper auch nicht erklären können: wodurch das Einvernehmen mit den Stierleuten gestört worden war.

28

Eigentlich hatte ich mich nicht anschleichen wollen. Ich näherte mich dem gepflasterten Platz, als ich aus der Richtung des Stierherrenhauses ein helles Frauenlachen und kurz darauf eine Männerstimme hörte, die ich kannte. Unwillkürlich schmiegte ich mich an die kühle Trockensteinmauer.

Einzelne Worte konnte ich nicht verstehen, dafür waren die Frau und der Mann zu weit entfernt und sprachen zu leise. Ich spähte vorsichtig um die Mauerrundung. Die Frau war Jonara Perle. Sie stand mit dem Rücken zur Tür des Stierherrenhauses, aus dem sie den Gast soeben hinausgeführt zu haben schien. Jonara trug ein fließendes, gelbgrünes Gewand aus feiner Wolle, das in der Taille durch einen geflochtenen Ledergürtel gehalten wurde. Allein das Kleid ließ mich den Atem anhalten. Der kräftige Farbton, den man mit geschnittenen Birkenblättern erreichte, hielt nur auf weißer Wolle, und weiße Schafe gab es vielleicht eins unter viermal zwanzig braunen. Aber noch kostbarer war der feine Stoff selbst, den zu weben, zu beizen und zu färben Monde gedauert haben mußte.

Die Armreifen aus Walbein, durch Erhitzen im Feuer bläulich verfärbt, und die mehrsträngige graublaue Muschelkette bildeten einen aparten Kontrast zu dem Gewand. Nach der

Sitte der Stierleute trug Jonara als unverheiratete Frau ihr Haar offen. Glänzend und dicht fiel ihr die hellblonde Pracht über Rücken, Schultern, Brust. Ihre Haut, makellos und von einer leichten Bräune überzogen, schien im Licht der Nachmittagssonne wie von innen heraus zu leuchten. Der leichte Stoff und der ärmellose, lockere Schnitt zeichneten, ohne etwas zu enthüllen, ihren schlanken, wohlproportionierten Körper nach. Jonara Perle war zweifellos eine der schönsten Frauen, die ich je gesehen hatte. Und sie unterhielt sich mit Errill. Angeregt, wie ihr häufiges Lachen und die lebhaften Gesten bezeugten. Von Errills beiden Begleitern war nichts zu sehen.

Der Hirschleutemann drehte mir den Rücken zu. Er und Jonara waren so mit sich beschäftigt, daß er mich vermutlich nicht einmal bemerkt hätte, wenn ich zwischen ihnen hindurchmarschiert wäre. Wieder erklang das helle Lachen. Errill sagte etwas, und Jonara beugte sich zu ihm vor und legte ihm die Hand auf den Arm. Errill trug eine ärmellose Jagdtunika, der man die lange Reise vom Kleinen Nordlicht hierher ansah. Der Transport der drei Kühe mußte selbst für die kurze Strecke von den Kerrags zum Lagerhaus eine schweißtreibende Angelegenheit gewesen sein. Um den schwarzer Zopf herum, der ihm vom Nacken bis zu dem breiten Ledergürtel in der Taille fiel, war das Leder dunkelbraun vor Nässe. Jonara schien es nicht zu stören, denn ihre Hand lag noch immer auf seinem sonnengebräunten Arm. Erst da sah ich, daß Sihrus' Bronzeaxt an Errills Seite hing. Die Lederscheide bedeckte das Metall fast vollständig. Er beugte sich nun seinerseits zu Jonara vor und sagte ihr etwas ins Ohr. Sie lachte schon wieder. Daran, daß sie Errill bis zu den Augen reichte, erkannte ich, daß sie etwa so groß sein mußte wie ich.

Ich ging ein Stück an der Mauer zurück, um Jonbros Wohnhaus und die beiden neuen Gästehäuser herum und von dort ins Haus meiner Schwester. Errill zu begegnen war das letzte, was ich wollte. Mir war übel vor Aufregung und Zorn. Wie ein Auerhahn hatte er mit dieser Frau gebalzt, einer Frau aus der Sippe, die seinen besten Freund ermordet hatte!

Glücklicherweise hatte ich Yarbros Haus für mich. Ich legte

mich auf mein Bett und versuchte mich zu beruhigen, doch das untätige Herumliegen machte mich nur noch nervöser. In meinen Augen versuchte Errill nichts anderes, als in die Fußstapfen seines Freundes zu treten. Sie dürften zu groß für ihn sein, dachte ich boshaft. Würde Errill nun auch den Unterhalter für die Stierleute spielen und seine Bekanntschaft mit diesen Frauen ausnutzen, die er Sihrus verdankte? Entwürdigend! Er verriet seinen Freund für ein helles Lachen und ein bißchen Macht. Wenn ich mir in Erinnerung rief, wie er sich benommen hatte, könnte man fast auf böse Gedanken kommen. Nein, rief ich mich zur Ordnung, Errill hatte Sihrus nicht ermordet. *Das* hatte ich zweifelsfrei bewiesen.

Ich bereitete mir einen Tee aus den Weißdornblüten zu, die ich vorhin in einem Gebüsch am Feldrain geerntet hatte. Auch die Atemübungen, die Madragena mir beigebracht hatte, halfen. Als Erdfrau wußte man, wie man Erregung, Angst und Unsicherheit unterdrückte, um seine Arbeit tun zu können. Dann säuberte ich das gelbliche Häufchen Fliegeneier noch einmal gründlich im Steinbecken, um etwaiges Leichengift des Kornweihenkadavers zu entfernen. Schließlich machte ich mich auf den Weg zu Ibareks und Allibs Haus, keine zwanzig Schritte westlich von Yarbros Unterkunft.

Schon in der Tür, von der der Ledervorhang zurückgeschlagen war, wehte mir der unangenehme Geruch entgegen. »Ich, Lasra, Erdfraulehrling der Adlerleute, bitte dies Haus betreten zu dürfen«, sagte ich mit lauter Stimme.

»Du ehrst unser Haus mit deiner Anwesenheit, Lasra, Erdfraulehrling der Adlerleute«, erwiderte Allib förmlich, bevor sie mir mit einem liebenswürdigen Lächeln entgegenkam und mich ins Haus führte.

Ibarek, hochgewachsen und von der Krankheit ausgezehrt, saß aufgerichtet in seinem Bett. Der spärliche Haarkranz um seinen glänzenden Schädel kennzeichnete ihn als echten Sproß der Stierherrenfamilie. Dabei war er erst zwanzig und acht Jahre alt – eigentlich zu früh, um sein Haupthaar zu verlieren, ganz bestimmt zu früh, um zu sterben.

Wir unterhielten uns höflich noch eine Weile über die Festvorbereitungen, bevor der Baumeister der Stierleute mich bat, seine Wunde zu behandeln. Ibarek legte sich auf den Bauch, denn die Verletzung befand sich auf der Rückseite der Wade. Ich entfernte den dick mit Salbe eingeschmierten Moosumschlag und säuberte die Wundränder mit einem Schwamm und lauwarmem Wasser, das Allib mir brachte. Sie strahlte ruhige Tatkraft aus und zuckte auch vor dem unerfreulichen Anblick und Geruch der Wunde nicht zurück.

Dann holte ich die Fliegeneier aus dem Beinbehälter und zeigte sie dem Kranken. »Es wird ein bißchen kitzeln«, warnte ich ihn vor. »Ich glaube nicht, daß es besonders unangenehm sein wird. Versprechen kann ich nichts, aber wir haben Grund zur Hoffnung. Folgendes wird geschehen: Aus den Eiern schlüpfen Maden, die das abgefaulte Gewebe fressen, so daß die Wunde heilen kann. Damit die Maden schnell schlüpfen, legen wir einen neuen Verband an. Sie mögen es, wenn sie es schön warm haben.«

Ich lächelte ihn zuversichtlich an. Sich vor einem Kranken Zweifel anmerken zu lassen war das Schlimmste, was eine Erdfrau tun konnte. In Gedanken sah ich mich wieder vor dem Totengerüst stehen, während Adlersohn mich mit seinen ekligen Ausführungen aus der Fassung zu bringen versuchte. Beinahe drei Monde war das jetzt her. Unser Schamane hatte sich wohl nicht träumen lassen, auf welche Idee er mich bringen würde.

»Ich will alles tun, um es den lieben Tierchen gemütlich zu machen«, scherzte Ibarek. »Soll ich sie noch ein bißchen streicheln, damit sie sich bei mir wohl fühlen?«

Allib und ich lachten. *Das ist der rechte Geist,* sagten ihm unsere Blicke.

Nachdem ich die Fliegeneier vorsichtig voneinander getrennt und auf den schwärzlich angelaufenen Rändern der etwa handgroßen Wunde verteilt hatte, legte ich frisches Moos auf und wickelte das Ganze mit einem Schaffell und Lederriemen fest. »Bei dieser Wärme wäre ein kalter Wadenwickel vermutlich angenehmer«, sagte ich entschuldigend.

»Alles ist angenehmer, als sein Bein zu verlieren. Oder sein Leben«, versetzte Ibarek mit plötzlichem Ernst.

Ich schluckte. »Wo und wann hast du dir die Verletzung zugezogen?« erkundigte ich mich.

»Es war nach dem Frühlingstag«, gab er zurück. »Vor vielleicht … eineinhalb Monden. Ich habe im Steinbruch den Halt verloren und bin mit dem rechten Bein in eine Spalte gerutscht. Ich steckte fest, es tat sehr weh. Ich bekam mein Bein nicht mehr heraus. Ich hatte das Gefühl, die Steine würden es zerquetschen. Dann haben sie mich mit zwei Männern herausgezogen. Ich spürte, wie das Fleisch aufgerissen wurde, und konnte meine eigenen Knochen sehen. Ein scheußliches Gefühl!«

»Das muß furchtbar gewesen sein«, sagte ich mitfühlend. Frühlingstag, Frühlingstag, ging es mir unablässig durch den Kopf. »Gut, daß es erst nach dem Frühlingstag passiert ist. Mit einer so schweren Verletzung hättest du kaum zu den Walleuten reisen können.«

Allib hob den Kopf und sah mich von der Seite an.

»Nein«, sagte Ibarek. »Das wäre wohl nicht möglich gewesen. Die Wunde hat anfangs stark geblutet.«

»Hatten die Walleute ein reiches Fest ausgerichtet?«

»O ja«, antwortete Ibarek. »Geiz kann man ihnen nicht vorwerfen.«

»Mit genügend Honigbier?« Ich lachte.

»Mit genügend Honigbier«, bestätigte er.

»Dann hat das Fest bestimmt lange gedauert?«

»O ja, ziemlich lange.«

Allib legte mir den Arm um die Schulter. »Mein Mann ist sehr erschöpft«, sagte sie. »Besser, wir lassen ihn nun ein wenig ruhen und Bekanntschaft mit seinen neuen Hausgenossen schließen.«

Wir erhoben uns.

»Das Fieber verwirrt meine Sinne«, sagte Ibarek vom Bett, als ich Kreis und Dreieck auf den Türpfosten zeichnete. »Ich bin sicher, die Erinnerung wird zurückkehren, wenn ich genese.«

Ich versprach, alles in meiner Macht Stehende zu tun. Allib lächelte mir freundlich zu. Falls meine Behandlung Erfolg hatte, würde ich etwas erfahren.

»Es heißt doch, alte Menschen bräuchten weniger Schlaf!« hörte ich Ormo brüllen.

Ich schrak hoch und schlug die Augen auf. Das Aufstehen gehört sowieso nicht zu meinen Lieblingsbeschäftigungen, aber von dem Ekel Ormo geweckt zu werden war mehr, als ich ertragen konnte. Zu allem Überfluß hatten er und ich die beiden Betten links vom Herd und schliefen, getrennt durch eine niedrige Steinplatte und einen Vorhang, Scheitel an Scheitel. Ich stützte mich auf meine Ellbogen und legte meinen Kopf in den Nacken. Statt auf den Vorhang blickte ich auf die Unterseite eines Gemächts, das zwei Hände mit eindeutigen Bewegungen bearbeiteten. Ich nahm an, daß sämtliche Körperteile Ormo gehörten, auch wenn sich der dazugehörige Kopf außerhalb meines Blickfelds befand.

Yarbro und Ela konnten nicht dasein, sonst hätte er sich diese Dreistigkeit nicht herausgenommen. Von seinem Gelächter verfolgt, sprang ich aus dem Bett, stolperte über meinen Binsenkorb und taumelte weiter zur Tür, wo ich mit Errill zusammenprallte. Ich schrie vor Schreck auf.

»Ich, Errill, Kerragmeister der Hirschleute, bitte dies Haus betreten zu dürfen«, sagte unser Besucher, ohne eine Miene zu verziehen. Seine Augen wanderten ins Haus und entdeckten Ormo, der mit heruntergelassener Hose und dümmlichem Gesichtsausdruck in seinem Bett kniete.

»Du ehrst unser Haus mit deiner Anwesenheit, Errill, Kerragmeister der Hirschleute«, stammelte ich im Zurückweichen.

Verwirrt bot ich ihm zu trinken an, aber er lehnte dankend ab. Vom Bett hinter mir hörte ich hastige Geräusche. Ormo zog sich an. Errill schwang die Last, die er über der linken Schulter getragen hatte, vor mich auf einen Strohsitz. Es war eine Hammelkeule. »Bitte nimm dieses Geschenk von mir an. Ich möchte mich damit für deine Hilfe an jenem Tag bedanken.« Ohne Ormo eines Blickes zu würdigen, nahm er mich am Ellbogen, drehte mich zur Tür und sagte: »Wir wollen den jungen Mann nicht bei seinen Fingerübungen stören.«

Während er mich sanft aus dem Haus schob, begriff ich, daß ich ungekämmt und ungewaschen war und mir nicht einmal den Mund gespült, geschweige denn die Zähne mit Ruß und Stöckchen gereinigt hatte. Gütige Mutter Erde, wenigstens hatte ich, Ormos wegen, nicht nackt geschlafen, wie ich das bei diesem Wetter daheim getan hätte. Sobald wir durch den Eingang getreten waren, wich ich einen Schritt vor Errill zurück. Er bekam wieder dieses Zucken um den Mundwinkel. Wahrscheinlich amüsierte er sich köstlich.

Er griff in seine Gürteltasche, holte einen Weizenfladen heraus und bot ihn mir an: »Hier, iß, du hast noch nicht gefrühstückt.«

Ich nahm den Fladen mit angehaltenem Atem.

»Du brauchst keine Angst vor mir zu haben.« Er lächelte. »So früh am Tag beiße ich noch nicht.«

»Es freut mich zu hören, daß die rüde Behandlung durch die Adlerleute keine bleibenden Schäden bei dir hinterlassen hat«, versetzte ich. Er wirkte irgendwie verändert, und kurz darauf ging mir auf, warum: Seine weiße Haut, die für mich zu dem Bild gehörte, das ich mir an jenem Tag von ihm gemacht hatte, war nun noch dunkler als meine eigene.

Er zuckte die Schultern. »Es tut mir leid, wenn du das so empfindest. Was machst du hier?« wollte er wissen. Wir schlenderten zum Seeufer hinunter.

»Ich besuche meine Schwester Ela und ihren Mann Yarbro, und ich ... helfe ihr ein bißchen ... und ...«

Er sah mich aufmerksam an. »Du hast nicht aufgegeben«, sagte er. Uns war beiden klar, was er meinte.

»Nein«, bestätigte ich. »Und was tust du hier?«

»Oh, ich besuche meinen Freund Arki und seine Frau Gonke, und ich ... habe ein bißchen was zu essen hergebracht ... und ...« Er ging in die Hocke, suchte sich einen platten Stein und ließ ihn über die Wasserfläche hüpfen.

Ich überhörte den leisen Spott und besann mich auf meine Aufgabe: »Errill, ich würde dir gerne ein paar Fragen stellen. Es könnte etwas länger dauern. Vielleicht können wir am Nachmittag ein wenig spazierengehen.« Er schwieg. Ich merkte, daß ich rot wurde. »Ich meine nur ... es muß ja nicht jeder mithören.«

»Fragen beantworten!« erklärte er nachdenklich, holte aus und ließ einen weiteren Stein über den See hüpfen. »Natürlich kann ich dir ein paar Fragen beantworten. Aber bist du sicher, daß du weitermachen willst?« Sein Tonfall klang besorgt und überhaupt nicht mehr ironisch. Auch sein Blick, den er mir zuwarf, war ernst.

»Das kannst du getrost meine Sorge sein lassen!« entgegnete ich unfreundlicher, als ich es beabsichtigt hatte.

Errill richtete sich geschmeidig auf. »Ich meine es ernst«, sagte er mit gesenkter Stimme. »Es könnte gefährlich werden.«

»Ich weiß«, antwortete ich. »Und ich meine es auch ernst.« Ich sprach es nicht aus, aber seit einiger Zeit wußte ich, daß ich Sihrus' Mörder finden *mußte* und daß ich nicht aufgeben würde. Es war kein großartiger Entschluß gewesen, den ich irgendwann getroffen hatte. Ich war mir nur völlig sicher, daß es meine Aufgabe war. Nicht mehr und nicht weniger.

Er hob die Hände, als wolle er jegliche Verantwortung von sich weisen, und um seinen Mund lag wieder das altbekannte Lächeln. »Heute nachmittag habe ich die Ehre, Jonara Perle und ihre Freundin Warib auf die Entenjagd zu begleiten«, erklärte er. »Und gleich nimmt mich Arki zu den Herden mit. Du verstehst, daß ich dir deine Fragen erst später beantworten kann.« Er wandte sich zum Gehen.

»Du kannst doch nicht –«, rief ich, und der Zorn von gestern stieg wieder in mir empor. Auf die Entenjagd! Mit Jonara Perle!

»Nein?« fragte er lächelnd. »Kann ich das nicht?«

Ich wollte ihm dieses unerträgliche Grinsen aus dem Gesicht wischen. »Ich habe noch etwas für dich!« Meine eigene Stimme überraschte mich, denn sie klang fast ein wenig verzweifelt.

Wie würdelos, einen Mann zu halten zu versuchen, der gehen will!

»Kann warten«, sagte er und hob zum Abschied die Hand. An seiner Seite hing, wie schon gestern, Sihrus' Bronzeaxt. Er entfernte sich am Seeufer entlang und bog um Dubhals Haus. In den beiden Häusern dahinter wohnten Ibur und sein Freund Arki. Mir fielen zwanzig mal zwanzig Dinge ein, die ich hätte sagen können und die ihn *vernichtet* hätten. Warum hatte ich ihm nicht an den Kopf geworfen, wie niederträchtig es war, sich bei den Mördern seines besten Freundes anzubiedern? Warum hatte ich ihn nicht gefragt, was er dafür bekam? Aber ich hatte die Gelegenheit verstreichen lassen. Wenn ich ihm nicht hinterherlaufen wollte – und ich wollte ihm *auf keinen Fall* hinterherlaufen –, mußte ich mich gedulden.

Als ich mich zu Elas Haus umdrehte, sah ich im Eingang des alten Gästehauses, der zum See hinausblickte, eine Gestalt ins Innere weghuschen. Ich trat näher und wünschte ein freundliches »Guten Morgen« in den dämmrigen Raum. Takra, die junge Frau von den Hundeleuten, die in Jonbros Haus lebte, winkte mir munter zu. Sie fegte die alte Binsenstreu aus. Die Gäste, die bald hier eintreffen würden, sollten frische Streu vorfinden. Wenn Takra nicht so schnell zu verschwinden versucht hätte, hätte ich sie gar nicht bemerkt.

29

Ich sah jeden Tag nach Ibarek und überprüfte den Verband, obwohl die Maden wohl nicht vor Ablauf von drei, vier Tagen schlüpfen würden. Auch wenn bei meinem Patienten noch keine Besserung zu spüren war, hatte seine Stimmung sich gehoben. Hoffnung ist oft die beste Erdfrau.

Allib war eine angenehme Gesprächspartnerin. Sie lud mich häufig zu Spaziergängen auf den Platz ein, wobei sie mich den anderen Frauen vorstellte. Ein Mann verirrte sich nie in unsere Kreise: Wenn einer von ihnen aus dem Haus der Stierherren kam, sah er mit wichtiger Miene durch uns hindurch. Ich bekam bestätigt, was Ela mir widerwillig anvertraut hatte: Die Männer der Stierleute machten die Sippenämter unter sich aus. Ihre Frauen gingen nur in Ausnahmefällen bei jemandem in die Lehre.

Sie übten ihr Leben lang jene einfachen Tätigkeiten aus, die wir alle im Kindesalter lernten: Steine transportieren, Gruben ausheben, flechten, nähen, grobe Werkzeuge herstellen, Getreide mahlen, die Felder bestellen und die Tiere versorgen. Ela hatte bei den Adlerleuten ein außergewöhnliches Geschick beim Töpfern an den Tag gelegt. Trotzdem wollte Yarbro ihr nicht die Erlaubnis erteilen, bei Tonmeister Ruff in die Lehre zu gehen. Er fürchtete um seinen Ruf bei den anderen Männern, ließ aber zu, daß sie Ruff häufig besuchte, und der hatte offenbar einen Narren an meiner Schwester gefressen.

In der Annahme, daß Ibarek keine Geheimnisse vor seiner Frau hatte, versuchte ich Allib zum Reden zu bringen, aber sie wechselte immer geschickt das Thema, wenn ich auf den Frühlingstag zu sprechen kam. Am zweiten Tag nach Ibareks Behandlung nahm meine neue Freundin mich zu einem Treffen in Alehas Haus mit. Ein warmer Nieselregen fiel, der erste seit langem. Gierig saugten der festgestampfte Lehmboden und die Grassoden der Häuser die lange entbehrte Nässe auf. Es roch nach Sommer und feuchtem Staub.

Die Getreidejungfrauen würden sich über den Regen freuen, die Hunde in dem Pferch hinter Ribis und Alehas Haus wirkten dagegen entschieden unglücklich. Ihr langes Fell, weiß, braun, schwarz oder bunt gefleckt, hing tropfnaß herunter. Ich staunte, was für magere Körper sich darunter verbargen. Einige Hündinnen waren offensichtlich trächtig. Neben etwas kleineren gefleckten Tieren entdeckte ich drei von Wibos großen weißen Hunden, für die er im vergangenen Jahr den Stierstein erhalten hatte. Ein Hund, der Sihrus' Schwarzem geähnelt hätte, befand sich nicht in dem Pferch.

»Ich, Lasra, Erdfraulehrling der Adlerleute, bitte –«, setzte ich an, bevor ich durch die Tür trat. Weil Allib mir schmerzhaft die Hand zusammenpreßte und den Kopf schüttelte, hielt ich mitten im Satz inne. Und weil das Stimmengewirr im Haus schlagartig verstummte. Die Gesichter von etwa zehn Frauen und mehreren Kindern wandten sich mir zu.

»Mama, woher kommt die komische Frau?« fragte eine klare Kinderstimme. Unter Gekicher und rasch unterdrücktem Grinsen schob Allib mich in den Raum zu Aleha, die auf dem Bett rechts vom Herd saß. Ein strenger Geruch nach Hund erfüllte den Raum. Die Frau des Hundezüchters war eine mollige, mütterliche Frau mit weißblondem Haar. Sie erhob sich, hieß uns herzlich willkommen und stellte mir ihre drei Söhne Rute, Pfote und Fang vor.

Die Frauen machten sich an ihre Flecht- und Näharbeiten und nahmen ihre Gespräche wieder auf. Ich setzte mich neben Aleha aufs Bett, das voller Haare war.

Alehas Zweitältester, der Frager von vorhin, mochte vielleicht sechs Jahre alt sein. »Ich komme von den Adlerleuten, Pfote. Wir wohnen auf der Südlichen. Das ist ein ganzes Stück von hier entfernt. Warum findest du mich denn komisch?«

Er sah mich wortlos an und schob verstockt die Unterlippe vor.

Ich mußte lächeln. »Also das finde ich auch komisch«, sagte ich und machte ihn nach. Er mußte lachen.

»Du sagst so komische Sachen«, antwortete er schließlich.

»Die Gebräuche in Lasras Dorf sind ein wenig anders als bei uns«, wies Aleha ihren kleinen Sohn zurecht. »Du bist wirklich noch ein Säugling, wenn du darüber lachst.«

»Du bist gemein!« rief Pfote. »Ihr habt auch gelacht!« Da war sie wieder, die schmollende Unterlippe. Und er hatte nicht unrecht.

Wir Erwachsenen überhörten seine letzte Bemerkung und unterhielten uns höflich über Alehas Arbeit, ein Männerhemd aus Hirschleder, auf das sie mit drei verschieden großen Beinnadeln wellenförmige Linien aus bunten Muscheln nähte. Ich erzählte von meiner Lehre als Erdfrau. Aleha erkundigte sich nach Ibareks Zustand. Allib berichtete von meiner Behandlung und lobte mich in den höchsten Tönen. Ich winkte bescheiden ab.

»Das ist ja unverantwortlich!« rief eine Stimme vom Ehrenplatz am Kopfende des Herdes. Die Frau drehte sich um, und ich erkannte Kes. »Willst du deinen Ehemann umbringen, daß du nicht Sternenseher, sondern eine von diesen Frauen an sein Krankenbett holst?«

Allib lief dunkelrot an. Es wurde still in dem Raum.

»Kes, nimm doch noch ein wenig von dem Kompott aus Walderdbeeren!« Aleha stand auf und brachte Kes eine Schale mit Beeren, die diese mit einer Handbewegung ablehnte.

»Ich liebe und ehre meinen Ehemann, Kes«, erklärte Allib, nachdem sie sich wieder gefaßt hatte. »Und ich tue das, was ich für das Beste für ihn halte.«

Das Stimmengewirr setzte wieder ein. Aleha stieß Allib freundschaftlich den Ellbogen in die Seite. »Gar keine schlechte Idee! Dann wärst du frei für Toshag!« Sie kicherte leise.

Allib errötete erneut. Ich tat so, als hätte ich nichts gehört. Sollte diese freundschaftliche Neckerei ein Körnchen Wahrheit enthalten? überlegte ich. Eine ehebrecherische Beziehung zu dem Verwandten des eigenen Mannes mußte für eine Stierleutefrau eine gefährliche Sache sein. Oder war alles ganz harmlos, und Allib hatte lediglich ihrer Freundin in einem schwachen Augenblick gestanden, dieser Toshag könnte ihr schon gefallen, wenn nicht …?

Allib schaute mich fragend an.

Ich wandte den Blick ab. Da ich mir vorgenommen hatte, mehr über Wibos Beziehung zu den Stierleuten herauszufinden, brachte ich das Gespräch auf Hunde. Es stellte sich schnell heraus, daß Aleha mindestens genauso hundelieb war wie ihr Mann. Zu meiner Überraschung erfuhr ich, daß die Stierleute Hunde auch zur Jagd benutzten. Mit den kleineren, schwarz-braun-weiß gefleckten Tieren gingen sie auf Schwäne- und Entenjagd im Ufersumpf der beiden großen Seen. Die Hunde scheuchten die Vögel auf, und der Jäger konnte einen gezielten Schuß abgeben. Anschließend stöberten die Hunde das Wild auf und brachten es ihren Herren, ohne es selbst zu fressen. Erstaunlich! Ich erwähnte Wibos Hütehunde.

»Oh, ich *liebe* sie«, rief Aleha aus. »Sarra ist mein Liebling. Sie und zwei ihrer Schwestern sind trächtig. Ich kann es kaum erwarten, daß die Welpen geboren werden! Eigentlich«, fuhr sie mit gesenkter Stimme fort, »leben sie hier bei uns im Haus, aber wenn ich Besuch bekomme, müssen sie in den Pferch. Sarra schläft immer auf meinem Bett. Sie ist ja *so* lieb! Die Kinder können mit ihr machen, was sie wollen. Und sie riecht überhaupt nicht.«

»Mein Sippenbruder Wibo hält auch große Stücke auf seine Hunde«, sagte ich.

»Ach, Wibo!« meinte Aleha. »Den habe ich ins Herz geschlossen. Ich glaube zwar nicht, daß er mehr als zwanzig Worte zu mir gesagt hat, die sich nicht um Hunde gedreht haben, aber seine Hütehunde sind die besten der Inseln. Er ist ein begnadeter Züchter. Er und Ribi können einen halben Tag am Pferch stehen und über Welpen reden.«

Allib verdrehte die Augen. Sie schlenderte zu zwei jungen Frauen hinüber, die links vom Herd auf der Erde hockten und abwechselnd an einem Rinderknochen herumschnitzten. Es waren Yanela und Sarra, die Frau und die Schwester von Geheimnisträger Golbro.

»Er war wohl oft hier zu Besuch?« setzte ich das Gespräch mit der Hundefreundin fort.

Aleha schürzte die Lippen. »Zehn-, elfmal wird er im Laufe der Zeit hier gewesen sein. Wenn er über Nacht geblieben ist, was selten vorkam, weil er immer schnell zu seinen Schafen zurück wollte, hat er bei uns geschlafen. Ribi liebt diese Besuche. Sie unterhalten sich bis spät in die Nacht, und niemand im Haus kann einschlafen. Übrigens ist es gut mög-«

Kes trat vor das Bett, auf dem wir saßen. Neben ihr stand eine bleiche, ausgezehrte junge Frau mit offenen blonden Haaren, deren Gesichtszüge große Ähnlichkeit mit ihren aufwiesen. »Sarra und ich werden jetzt gehen«, verkündete Kes, und es gelang ihr, selbst diesen einfachen Satz wie einen Vorwurf klingen zu lassen. Sarra blickte schüchtern zu Boden.

»Ich hoffe, es hat dir und deiner Schwester bei uns gefallen, verehrte Kes«, antwortete Aleha freundlich und erhob sich, um die beiden zur Tür zu begleiten.

Da wandte Kes sich überraschend zu mir um. »Ist es bei den Frauen der Adlerleute nicht Brauch, die Hände mit einer nützlichen Arbeit zu beschäftigen, wenn der Mund schon müßig geht?« fragte sie in scharfem Ton.

»Doch, schon«, stammelte ich, »für gewöhnlich schon, ich habe nur ...«

Sie ging, ohne mir Gelegenheit zu geben, doch noch einen vernünftigen Satz zustande zu bringen.

Aleha kehrte zu mir zurück und zog entschuldigend die Schultern hoch. »Ärger dich nicht«, riet sie mir, »wir haben auch unter ihr zu leiden.«

»Ihre Schwester ist sehr krank, nicht wahr?«

»Sie hustet viel, manchmal Blut. Und nimmt immer weiter ab.«

Ich nickte betrübt. »Hat Jonara Steinkraut –?« fragte ich, obwohl ich die Antwort schon kannte.

»Kes läßt keine Erdfrau in ihr Haus. Aber Sternenseher bespricht Sarra.« Aleha ließ sich nicht anmerken, was sie davon hielt. »Wo waren wir stehengeblieben?«

»Bei Wibo.«

»Richtig, Wibo. Vielleicht kommt er ja zu Naps Tag. Nun, ich glaube, er kommt bestimmt. Bei seinem letzten Besuch« – als sie meinen fragenden Blick auffing, fügte sie hinzu –, »vielleicht einen Mond vor dem Frühlingstag, hat er mehr oder weniger versprochen, zu Naps Tag bei uns zu wohnen und« – sie sah sich kurz um und senkte verschwörerisch die Stimme – »einen Rüden mitzubringen. Einen ganz besonderen Rüden!« sagte sie mit blitzenden Augen.

»Wieso besonders?«

»Er ist« – sie flüsterte noch leiser –, »er ist ein Sohn von Sihrus' Schwarzem und Wibos Leithündin. Schreckliche Geschichte übrigens, das mit Sihrus. Es tut mir sehr leid.«

»Deine Anteilnahme ehrt die Adlerleute«, sagte ich abwesend. »Du mußt entschuldigen, aber ich kenne mich mit Hunden überhaupt nicht aus.«

Aleha hielt mir sogleich einen längeren Vortrag über Zucht, Pflege, Erziehung und Charakter von Hunden. Die Zucht, sagte sie, habe nur das eine Ziel, bestimmte Eigenschaften eines Tiers zu fördern und andere, unerwünschte verschwinden zu lassen. Der Schwarze habe Eigenschaften besessen, die kein Hund der Inseln aufwies. Nachkommen von ihm seien also überaus kostbar. Sein Tod sei ein großer Verlust, denn nun könne man seine weiblichen Nachkommen nicht mehr mit ihm paaren und seine Eigenschaften auf diese Weise verstärken.

Was das denn für Eigenschaften wären, erkundigte ich mich.

»Kraft, Mut, Intelligenz und unbedingter Gehorsam gegenüber seinem Herrn«, gab sie mir zur Antwort. »Die Hunde der Inseln sind seit Naps Tagen auf Friedfertigkeit und Treue gezüchtet worden. Angriffslust ist bei einem Hütehund eine unerwünschte Eigenschaft. Hunde, die ein Schaf anfallen, werden sofort getötet – bevor sie Nachkommen in die Welt setzen können.«

»Aber warum braucht man dann den Schwarzen?« wunderte ich mich. »Seine Eigenschaften gleichen denen, die eure Vorgänger bei den Hunden der Inseln ausgemerzt haben. Ich meine, wen sollte er hier auf den Inseln angreifen? Es gibt keine Raubtiere mehr.«

Aleha zuckte die Achseln, holte einmal Luft und schlug jenen duldsamen Ton an, den ich einer anderen als ihr nicht verziehen hätte. »Darum geht es gar nicht. Der Schwarze ist für uns Züchter etwas ganz Besonderes. Eine einmalige Gelegenheit, die wir uns nicht entgehen lassen dürfen. Wir könnten ganz neue Hunde schaffen. Und wer weiß, vielleicht werden wir diese Eigenschaften, die unsere Vorväter für nachteilig erachteten, einmal benötigen. Wir haben Hunde für die Jagd, Hunde für die Herden, und mit diesen neuen Hunden … Wie dem auch sei, die Eigenschaften des Schwarzen, gepaart mit den Eigenschaften der besten Leithündin der Inseln – ihre Nachkommen wären einfach …« Sie machte eine vage Handbewegung. »Sie wären unübertrefflich.«

»Du kennst dich ungeheuer gut mit Hunden aus«, staunte ich, nachdem sich drei weitere Frauen verabschiedet hatten.

»Ja.« Aleha lachte etwas traurig. »Ich bin die wahre Hundekennerin in unserer Familie. Aber Ribi liebt sie auch!« beeilte sie sich hinzufügen.

»Wußte Sihrus eigentlich, daß Ribi einen Welpen von seinem Schwarzen bekommen sollte?« fragte ich.

Allib pflanzte sich mit in die Hüften gestützten Händen vor uns auf. »Ihr seid doch nicht etwa immer noch bei *Hunden*?« sagte sie mit einem Gesicht, als hätte sie soeben bittere Medizin geschluckt.

»Gibt es etwas anderes, meine Liebe?« versetzte Aleha.

»Du bist ein hoffnungsloser Fall.« Allib seufzte und wandte sich zum Gehen. »Kommst du mit, Lasra?« fragte sie mich.

Die Höflichkeit hätte verlangt, daß ich mich jetzt auch verabschiedet hätte, aber ich entgegnete: »Ich *muß* die Gelegenheit nutzen, mich über Hunde schlau zu machen. Ich weiß *nichts*!«

»Dann möchte ich auch schlauer werden«, erklärte meine neue Freundin und setzte sich wieder zu uns. »Ihr wart gerade beim Nachwuchs von Sihrus' Schwarzem«, fügte sie hilfreich hinzu.

»Ob Sihrus Bescheid wußte?« wiederholte Aleha meine Frage. »Ich muß gestehen, daß ich es nicht weiß. Weißt du es, Allib?«

»Nein«, antwortete sie, »aber ich denke schon. Warum sollte er nicht Bescheid gewußt haben?«

»Außerdem«, fuhr Aleha fort, »ist es in der Zucht so üblich, daß die Hälfte der Jungen demjenigen zusteht, der das Muttertier besitzt. Wibo hätte Sihrus also gar nicht um Erlaubnis fragen müssen, es sei denn, sie hätten etwas anderes ausgemacht. Für gewöhnlich treffen die Züchter vor der Paarung eine Absprache.«

Ich starrte in die Herdflammen und überlegte, während die beiden Frauen sich weiter unterhielten. Wenn Wibo tatsächlich zu Naps Tag kam, würde er sich einige Fragen von mir gefallen lassen müssen! In dem letzten Gespräch, das Wibo und Sihrus am Tag von dessen Weggang geführt hatten, mußte es um die Nachkommen des Schwarzen gegangen sein. Was hatte Wibo gesagt? Den erstgeborenen Rüden und die stärkste Hündin hatte Sihrus für sich verlangt. So hatte also die Züchterabsprache gelautet.

Hatte Sihrus Wibo verboten, die anderen, Leles Herrn zustehenden Welpen an die Stierleute weiterzugeben? Und hatte Wibo sich geweigert, weil er aus dem Hundehandel mit den Stierleuten Ansehen und wertvolle Gegenstände bezog und darauf nicht verzichten wollte? Für mich stand fest, daß Wibo vorhatte, den Stierleuten einen Nachkommen des Schwarzen zu verschaffen. Einen Mond vor dem Frühlingstag hatte er bei Ribi und Aleha gewohnt. Bei dieser Gelegenheit hatte er versprochen, das Tier an Naps Tag zu bringen. Etwa um dieselbe Zeit, ob vorher oder nachher, ließ sich aufgrund der lückenhaften Erinnerung von Aleha und den Schafhirten-Zwillingen nicht mehr feststellen, hatten Speer und Pfeil Toshag die Nachricht überbracht, daß Lele trächtig war. Warum Toshag? grübelte ich. Warum nicht dem Hundemann Ribi? Welches Interesse konnte Toshag an diesem Hund haben, diesem ganz besonderen Hund?

Die Vermutung lag nahe, daß sich das Zerwürfnis zwischen Sihrus und den Stierherren auch in der Art und Weise widerspiegelte, wie Jonbros Neffe unseren Helden bezüglich dieses Hundes hintergangen und einen Sippenbruder gegen ihn ausgespielt hatte. Worum es jedoch in Wahrheit ging, wußte ich heute genausowenig wie an jenem Tag, an dem ich den Adler von Sihrus' Leichnam aufgescheucht hatte.

Aleha und Allib unterhielten sich über Wibo. Allib zog über das unvorteilhafte Äußere unseres Schafhirten her, während Aleha ihn in Schutz nahm. Dann kicherten sie beide wie zwei Mädchen vor ihrem Tag der Zweiten Geburt.

»Ein Blinder kann sehen, daß es schönere Männer als meinen Sippenbruder Wibo gibt«, meldete ich mich wieder zu Wort. »Toshag zum Beispiel.«

Die Wirkung war verblüffend. Allibs brennende Wangen sagten mir, daß der Neffe des Stierherrn ihr tatsächlich nicht gleichgültig war.

»Nun müssen wir aber wirklich gehen«, drängte sie mich und sprang auf, um ihr Erröten zu überspielen. Wir verabschiedeten uns von unserer liebenswürdigen Gastgeberin und verließen das Haus. Ich machte einen Abstecher zum Hundepferch. »Gleich kannst du wieder ins Bett, Sarra«, tröstete ich diejenige der drei trächtigen Hündinnen, die mir Alehas Liebling zu sein schien. Sie wedelte matt mit dem Schwanz. Ihre braunen Augen, von einem haarlosen schwarzen Kranz umgeben wie von Rußschminke, sahen mich unter weißen Wimpern hervor an. Fast so, als hätte sie mich verstanden.

Am Abend hatte Yarbro zum Festmahl geladen. Ela war den ganzen Tag wie ein aufgescheuchtes Moorhuhn herumgelaufen, voller Sorge, ob der Männerabend ein Erfolg würde. Zur gebratenen Hammelkeule gab es kalte, in Fett eingelegte Entenstücke, Gerstenbrei, in der Herdasche gegarte Forellen, Buttermilch und jede Menge Honigbier. Klebh und sein Sohn Mishag, Achak und sein Sohn Gran, Ragh, Dubhal, Golbro und Ibur praßten und amüsierten sich prächtig, während Ela und ich ihre Schalen füllten und über ihre schlichten Witze lachten. Toshag war, die einzige Enttäuschung an diesem Abend, nicht gekommen, obwohl er die Einladung angenommen hatte.

Ich hatte mir viel von dem Abend versprochen. Zu viel, wie sich herausstellte. Die Männer besprachen nichts von Bedeutung, plauderten keine Geheimnisse aus und ließen sich keine Fragen stellen. Ela und ich, das machten sie mir unmißverständlich klar, waren zum Bedienen und nicht zum Feiern hier. Meine Gereiztheit nahm zu, während sie Jonara Perles Schönheit priesen, Jonbros Weitsicht lobten, Jonara Steinkraut verspotteten und abwesende Sippengeschwister durch den Dung zogen.

»Bitte, füll du Ormos Trinkschale«, bat ich Ela flüsternd. »Ich schreie, wenn ich ihn bedienen muß.«

Ich horchte auf, als Yarbro sagte: »Errill wird dieser Tage hoch geehrt von den Stierherren. Ich wüßte zu gern, warum.«

»Vielleicht will Jonbro den Sippen zu Naps Tag beweisen, daß wir nichts gegen Langhügler haben«, schlug Golbro vor.

»Jonara ist mit ihm auf die Jagd gegangen«, stellte Gran fest, ein ernster, schlanker Mann von vielleicht achtzehn Jahren, und rülpste herzhaft.

Stiermeister Ibur, mächtig wie einer der Bullen, die unter seiner Obhut standen, lächelte anzüglich. »Fragt sich nur, wer hier wen jagt!«

»Jonara ist die schönste Frau, die ich kenne. Man könnte eifersüchtig werden. Diese Augen, diese Haltung, diese Haare!« schwärmte Grans Vater Achak, der Steinmeister für Stiersteine. Sein graues Haar wollte nicht recht zu dem jünglingshaften Geständnis passen.

»Du solltest wieder heiraten«, riet ihm Ragh, der Steinmeister und Kes' Mann.

»Unser verehrter Steinmeister muß eben selbst Hand anlegen. Wenn ein Mann kein Loch hat, wo er ihn reinstecken kann, wird er am Ende wunderlich.« Ormo grinste, was ihm einen bösen Blick seines Bruders eintrug.

»Die Stimme der Jugend.« Achak winkte gutmütig ab.

»Ich wüßte wirklich gern, was das mit Errill soll. Was wollen die Stierherren von ihm?« sagte Yarbro. Ich hätte ihm diese Beharrlichkeit gar nicht zugetraut.

»Vielleicht weiß er irgendwas, was sie auch gerne wüßten«, überlegte Gran.

»Was sollte ein Langhügler schon wissen?« widersprach Klebh. »Ich würde unser Perlchen auch nicht verschmähen, wenn ihr versteht, was ich meine.«

Natürlich verstanden sie. Alle grinsten.

»Was meint ihr: Preßt sie ihre Muschelschälchen fein zusammen?« meinte Ormo. »Oder hat sie schon jemand an dem Perlchen schnuppern lassen?«

»Diese Haut!« schwärmte Achak.

»Diese Titten!« grölte Klebh. »Aber die hier sind auch nicht schlecht.« Mit diesen Worten zog er mich auf seinen Schoß und faßte mir an die Brust.

Ich verpaßte ihm eine schallende Ohrfeige.

»Lasra!« schrie Yarbro. »Du beleidigst unseren Gast!«

»Und dein Gast«, rief ich, außer mir vor Empörung, während ich von Klebhs fetten Oberschenkeln aufsprang, »beleidigt mich!«

»Sie hat recht«, knurrte Klebh überraschenderweise. »Es ist meine Schuld. Tut mir leid.«

»Keine Ursache«, versetzte ich mit spröder Stimme. »Vermutlich hat niemand etwas dagegen, wenn ich jetzt frische Luft schnappe.« Der kleine Zwischenfall trübte die Stimmung nicht, wie ich von draußen feststellen konnte.

In der linden Abendluft beruhigte ich mich rasch. Es regnete nicht mehr, doch der Himmel, von einem lichten, halb durchsichtigen Grau, war noch verhangen. Obwohl es schon auf Mitternacht zugehen mußte, hätte man fast noch draußen nähen können. Nur noch sechs Tage bis zum längsten Tag des Jahrs. Nur noch sechs Tage, um die richtigen Fragen zu stellen und Sihrus' Mörder zu finden.

Im alten Gästehaus brannte zwar kein Feuer, aber Kichern und eindeutige Geräusche sagten mir, daß es nicht leerstand. Jeder wußte, daß sich die unverheirateten Helfer des Sternensehers und die ebenfalls unverheirateten Frauen aus Jonara Steinkrauts Haus hier trafen. Golbros Erzählungen über die Abende mit Sihrus ließen vermuten, daß die Örtlichkeiten auch den verheirateten Männern der Stierleute nicht unbekannt waren.

Die Bewohner der anderen Häuser schienen bereits schlafen gegangen zu sein. Viele Türsteine waren vorgelegt. Hier und da, wie in Ruffs Haus, an dem ich nun vorbeikam, flatterte noch der Ledervorhang in der Abendbrise, obwohl lautes Schnarchen aus dem Inneren drang. Die getrennte Bauweise der Stierleute, überlegte ich, hatte ihre Vorteile, was die Zufuhr von frischer Luft betraf.

Im Zwielicht der weißen Nacht wanderte ich am Seeufer entlang. Schnattern, Quaken und Summen bewiesen, daß viele Tiere in der Nacht unterwegs waren und das Fest des Inselsommers auf ihre Weise feierten. Ich versuchte die Dinge zu ordnen, die ich in Erfahrung gebracht hatte. Mein Verdacht gegen Wibo hatte sich wieder verstärkt. Er und die mysteriöse Sache mit den Hunden war von neuem in den Mittelpunkt meiner Überlegungen gerückt. Was hatte Toshag mit Hunden zu tun? Hatten Toshag und Wibo Sihrus gemeinsam ermordet? Wegen eines Welpen?

Wie sehr sehnte ich mich nach jemandem, dessen Treue und Urteilskraft ich vertrauen konnte! Ich nahm mir fest vor, morgen erneut auf einem Treffen mit Jonbro zu bestehen und mich nicht wieder abwimmeln zu lassen. Ich würde Toshag so lästig fallen, daß er mir anstelle eines Treffens mit Jonbro anbieten würde, sich mit mir zu unterhalten. Dann würde ich seiner verwunderlichen Hundeliebe auf den Grund gehen.

Der Himmel nahm ein dunkleres Grau an. Die Farben der Erde verblaßten. Hinter der Wolkendecke mußte Ahntochter Sonne ihren kurzen Schlaf angetreten haben – um den Mittsommertag herum verschwand sie nur für etwa eine halbe Flut unter dem Horizont. Das nasse Gras duftete, wie es nur nach einem Sommerregen duften kann. Regentropfen hingen an den Halmen, der Boden unter meinen feuchten Schuhen federte und gluckste leise. Nachdem ich eine Weile am Ufer entlangspaziert war, sah ich vor mir eine Gestalt in der Nähe des Wassersaums hocken. In dem weichen Licht der Sommernacht wirkte sie wie von Spinnweben umhüllt. Beim Näherkommen erkannte ich, daß es ihre unglaublich langen weißen Haare waren. Im Hocken reichten sie bis auf den Boden.

Als ich nicht mehr weit von ihr entfernt war, hob sie den Kopf. Ihr knochiges, langes Gesicht, von tiefen Runzeln zerschnitten wie ein Haublock von der Axt, jagte mir einen gehörigen Schrecken ein. Einen Moment dachte ich wirklich einem Geist zu begegnen. Dann hob mir der Geist in der Geste der Anbetung die Handflächen entgegen und stimmte einen Singsang an, aus dem ich so etwas wie »Mondjungfrau« heraushörte. Das mußte sie sein: Loll, die Verrückte der Stierleute.

Nach einer Weile begann ich zu verstehen, was sie halb sang, halb sagte: »O hohe Mondjungfrau, erhöre Loll! Loll bittet dich! Sieh, Loll liegt im Staub vor dir! Sei lieb zu Loll!«

»Hab keine Angst, ich tue dir nichts«, beruhigte ich die alte Frau. Sie schien mir älter zu sein als selbst meine verehrte Großmutter Ulera, aber der Irrsinn läßt Menschen oft älter wirken, als sie es den Jahren nach sind.

»Hier«, flehte sie mich an und hielt mir etwas in ihren ausgestreckten Händen entgegen, »hier! Hilf! Hilf, Mondjungfrau!«

Ich trat drei Schritte näher und sah, was sie in ihren zur Schale gewölbten Handflächen barg. Es war ein winziges Kiebitzküken, noch ohne Federkleid und zweifellos tot.

»Gütige Mondjungfrau, du kannst es wieder lebendig machen. Laß es nicht entgelten, daß Loll böse war. Es ist klein, es ist unschuldig, es ist lieb. Loll ist auch lieb. Du kannst ihm das Leben wiedergeben«, beschwor sie mich und nickte ernsthaft.

Ich kniete mich neben sie, überwand meine Scheu und machte Anstalten, den Arm um sie zu legen. Mit einer Geschmeidigkeit, die ich ihr nicht zugetraut hätte, wand sie sich unter meinem Arm weg. »Nein! Nicht anfassen!« rief sie. »Die Mondjungfrau bringt den Tod! Loll will nicht sterben! Loll darf noch nicht sterben!«

»Ich heiße Lasra und bin ein Mensch wie du, Loll«, redete ich beruhigend auf sie ein. »Aber wenn du es nicht willst, fasse ich dich nicht an.«

Sie war ein Stückchen von mir weggekrochen. Bei ihrer heftigen Reaktion hatte sie das Küken fallen gelassen. Sie hob es wieder vom Boden auf, hauchte es an und schmiegte ihre Wange an den nackten kleinen Körper. »Lolls Kleines«, weinte sie. »Mach es lebendig. Bitte! Gute Mondjungfrau. Loll ist auch lieb. Loll war böse, aber jetzt ist Loll lieb. Mach es lebendig.«

»Liebe Loll«, ich lächelte sie an, »du bist sehr lieb. Aber ich bin keine Mondjungfrau. Ich bin ein Mensch. Sieh, ich muß niesen!« Ich nieste, und sie sah mich ein wenig erstaunt an.

»Du stellst Loll auf die Probe«, antwortete sie mit einem schlauen Lächeln. »Aber Loll besteht die Probe. Du bist Lolls gütige Mondjungfrau.«

Fieberhaft überlegte ich, womit ich sie beruhigen und wieder in Ruffs Haus bringen konnte. In ihrem Zustand war sie eine Gefahr für sich selbst. Loll wirkte trotz ihrer Magerkeit recht groß und stark, und ich wußte, daß Wahnsinnige unglaubliche Kräfte entwickeln können. Möglicherweise war sie auch eine Gefahr für mich.

»Loll hat es geboren«, vertraute sie mir an. »Ganz allein. Lolls Kleines. So arm, so nackt. Aber es wird wachsen. Ganz groß wird es. Es ist nicht tot«, flüsterte sie, sah sich um und kicherte verschlagen. »Sie denken, es ist tot, aber es ist nicht tot.«

»Nein«, stimmte ich ihr zu, obwohl ich nicht wußte, ob das der richtige Weg war. »Es ist nicht tot.«

Loll beugte sich zu meinem Ohr vor, ohne es zu berühren. Ganz leise flüsterte sie: »Loll hat dich auch auf die Probe gestellt. Loll vertraut dir. Nimm Lolls Kind und bring es in Sicherheit. Bring es zu Ahnbruder Mond! Du darfst niemandem etwas davon sagen. Sonst kommen sie es holen. Sie wollen es Loll wegnehmen.«

»Ich bringe es in Sicherheit«, versprach ich. Mir war furchtbar unbehaglich zumute. »Aber jetzt müssen wir nach Hause gehen, sonst schöpfen sie Verdacht.«

Loll nickte eifrig. »Du bist klug, Mondjungfrau. Loll will auch klug sein.« Sie griff unter ihr langärmliges Ledergewand, das sauber und verhältnismäßig neu war, und holte ein Wolltuch und getrocknetes Moos hervor, wie manche Sippen es zum Wickeln der Säuglinge verwenden. Zärtlich packte sie das tote Kiebitzküken darin ein und legte mir das Bündel in die Hand, ohne mit meiner Haut in Berührung zu kommen.

Dann ging sie zum Dorf zurück. Mit dem Zeigerfinger winkte sie mich hinter sich her. »Loll vertraut dir«, wiederholte sie, als wir vor Ruffs Haus angelangt waren.

Ich räusperte mich, aber das Schnarchen aus dem Haus klang unvermindert laut. Kein Rascheln oder Schlurfen, das angezeigt hätte, daß jemand aufstand.

»Loll ist wieder da!« brüllte da die Frau neben mir in erstaunlich herrischem Tonfall. »He, Loll ist wieder da, habt ihr nicht gehört?«

Drei Herzschläge später stand Ruff mit zerzaustem Haar in der Tür. »Alako sei Dank!« seufzte er verschlafen. Gleichzeitig schob er die Verrückte ins Haus, wo seine Frau Tura ihre Schutzbefohlene in Empfang nahm. Loll drehte sich noch einmal zu mir um und zwinkerte mir zu.

Ich hatte mich schon zum Gehen gewandt, als hastige Schritte hinter mir mich innehalten ließen. Ruff holte mich ein. »Ich danke dir, Lasra, daß du sie zurückgebracht hast. Sie ist uns entwischt«, begann er, das sympathische Gesicht zu einem entschuldigenden Lächeln verzogen. Seine Haut hat die Farbe von Ton, dachte ich.

»Keine Ursache«, entgegnete ich, »als zukünftige Erdfrau gehört auch der Umgang mit Menschen, deren Verstand getrübt ist, zu meinen Aufgaben. Haltet ihr sie die ganze Zeit im Haus fest?«

»Nein«, antwortete er, »das ginge ja nicht. Aber jetzt, zu Naps Tag, habe ich den Auftrag, dafür zu sorgen, daß sie im Haus bleibt. Wegen der vielen Gäste, du verstehst?« Der kleine Mann wirkte verlegen. Er erweckte den Eindruck, daß er Lolls Freiheit nur ungern beschnitt.

Ich nickte. Gleich würde er mich um etwas bitten.

»Siehst du«, fuhr Ruff fort, »Jonbro oder Toshag wären nicht erfreut, wenn sie von Lolls Ausflug heute nacht erfahren würden. Du tätest mir einen großen Gefallen, wenn du ...«

Ich ließ mir ein wenig Zeit, um dann zu nicken. »Warum sollte es nicht unter uns bleiben? Wie alt ist die arme Frau eigentlich?«

»Als ich geboren wurde, lebte sie schon drei Jahre im Haus meines Vaters. Ich bin mit ihr aufgewachsen. Im Grunde ist sie ein lieber Mensch.« Ruff lachte wehmütig auf. »In gewisser Weise war sie nach dem frühen Tod meiner Mutter so etwas wie eine Tante für mich. Eine eigenartige Tante, könnte man meinen, aber ... wir kommen gut miteinander aus. Nur manchmal bekommt sie Tobsuchtsanfälle, und dann müssen wir sie festbinden, damit sie sich selbst und anderen nichts antut. Ich habe vier kleine Kinder im Haus.« Er verstummte kurz, um dann strahlend hinzuzufügen: »Zweimal Zwillinge, denk nur! Taube und Täuberich sind sieben, Böckchen und Hippe drei.«

»Das ist schön«, sagte ich und meinte es ernst. »Stammt sie aus eurer Familie?«

Ruff schüttelte den Kopf. »Das ist alles schon so lange her. Vielleicht wurde sie von einer der Sippen der Gemeinschaft hierhergebracht, um von Jonara Steinkraut behandelt zu werden. Die Erdfrau gibt uns regelmäßig Tränke, die Loll ruhiger machen. Hat sie dir auch ihr *Kind* anvertraut?« fragte er dann.

»Ja«, gab ich überrascht zurück.

»Sie hat schon dem halben Dorf ihre *Kinder* in die Hand gedrückt. Tote Küken, Mäuse ohne Kopf. Es ist, weil sie als junge Frau ihr ungeborenes Kind verloren hat. Sie lebt in ihrer eigenen Welt.«

»Jedenfalls wird gut für sie gesorgt. Sie wird geliebt und gepflegt. Sie hat schöne Kleider an«, versuchte ich ihn zu trösten.

»Oh, die Stierherren sind sehr großzügig, was das betrifft«, entgegnete Ruff. »Sie lassen mir Essen und Kleidung zukommen. Wir leiden keinen Mangel.«

Wir wünschten uns eine gute Nacht. Was mischte ich mich in fremde Dinge? schalt ich mich insgeheim. Das alles hatte nichts mit dem zu tun, weswegen ich hergekommen war. Offenbar war mir die Fragerei so in Fleisch und Blut übergegangen, daß ich nicht mehr zwischen Wichtigem und Unwichtigem unterscheiden konnte.

Bevor ich in Yarbros und Elas Haus zurückging, begrub ich das Küken am Seeufer.

30

Der Vormittag war schon fast vorüber, als ich das dämmrige, halbwegs kühle Haus verlassen konnte. Draußen schlug mir schwüle, drückende Luft entgegen. Am diesig verhangenen Himmel kreisten zwei Zwergfalkenpärchen. Mir brach auf der

Stelle der Schweiß aus. Ela neben mir taumelte und faßte sich an die Stirn. Ich stützte sie. Yarbro litt unter Kopfschmerzen und schlechter Laune und hatte uns ausgiebig daran teilhaben lassen. Er hatte Ela so angeschnauzt und herumgescheucht, daß ich sie nicht hatte allein lassen wollen. Außerdem drängten die Vorbereitungen für das Eintreffen der Adlerleute.

Nachdem wir dem verehrten Ibarek einen Besuch abgestattet und festgestellt hatten, daß alles unverändert war, schlenderten wir nach Westen zur Ebene, wo das Zeltdorf für Naps Tag entstand. Gruppen von älteren Kindern schleppten Steine herbei. Frauen ächzten unter der Last von Rückenkiepen, die sie mit Hilfe von Stirntragebändern trugen. Sie brachten duftendes getrocknetes Farnkraut zu den Zelten, wo sie es zu provisorischen Matratzen stopfen würden. Am Seeufer legten gerade zwei Kerrags an. Die vier Kerragfahrer begannen umgehend, ihre Fracht auszuladen.

»Getreide von den Regenpfeiferleuten«, ließ Ela mich wissen. »Toshag hat darauf gedrungen, daß sie es schon gemahlen bringen.«

Die Männer der Regenpfeiferleute hievten große Tonkrüge mit Deckel und noch größere Binsenkörbe ans Ufer. Mich schauderte, wenn ich an die Plackerei dachte, die hinter diesen Mengen von Mehl stand. Tagelang auf den Knien vor den Mahlsteinen hocken und den Läuferstein vor und zurück schieben, bis der Rücken ein einziger schmerzender Krampf ist, so daß man nachts nicht mehr liegen und tags nicht mehr stehen kann.

Während ich Ela fragte, ob die Regenpfeiferleute so überzeugte Anhänger der Gemeinschaft wie die Hundeleute seien, ging ich zwei Schritte rückwärts, um nichts vom Entladen zu verpassen. Ich sah Elas erschrockenes Gesicht, machte noch einen Schritt rückwärts und prallte gegen einen spitzen Gegenstand.

»Paß doch auf, du Trampel!« herrschte mich eine Frauenstimme an. Sie war es. Jonara Perle höchstpersönlich. Der Gegenstand war ihr Ellbogen gewesen. Und sie hatte ihn absichtlich ausgefahren, obwohl sie mich hatte kommen sehen. »Langhügler!« zischte es verächtlich. Dann rauschte sie an mir vorbei, um den vier Männern am Ufer Befehle zu erteilen. In ihrem Kielwasser hastete eine junge Frau, deren auffälligstes Merkmal ihre Unscheinbarkeit zu sein schien.

»Warib, Jonaras *Freundin*«, klärte mich meine Schwester auf.

Hierhin die Fladen und dorthin das Mehl, Beeilung, Beeilung, noch zwei Ladungen – die Stierherrentochter wußte, was sie wollte.

Ela und ich gingen weiter, während ich mir die schmerzende Seite rieb. »Das ist ja ein reizendes Mädchen!« sagte ich. »Und wie sie sich herausgeputzt hat!«

Jonara Perle trug ein enger geschnittenes Gewand aus dem glänzend weißen Fell, das die Heuler haben, bevor sie das gräulich gescheckte Kleid der erwachsenen Seehunde bekommen. Eine Kette aus dicken durchbohrten Beinperlen hing ihr bis auf den Bauch herunter. Als weiteren Schmuck trug sie nur ihr blondes Haar.

»Ach, das ist noch gar nichts! Das ist ihre Alltagstracht. Kann ruhig schmutzig werden«, spottete Ela. »Hast du schon ihr gelbgrünes Wollgewand gesehen?«

Ich nickte wehmütig.

Ela seufzte. »Letztes Jahr hat ihr Vater ihr ein Amulett von dem Händler gekauft, der zu Naps Tag gekommen war. Du wirst es nicht glauben, aber es war aus diesem neuen Metall! Wie sie damit geprahlt hat! Mir ist fast übel geworden davon, wie sie mit dem Ding auf der Brust durchs Dorf stolziert ist. Kannst du dir vorstellen, wie es auf ihrem gelbgrünen Kleid ausgesehen hat?«

»Kann ich«, entgegnete ich resigniert.

Ela seufzte noch einmal. »Eine Zeitlang war mir meine neue Kette aus Hirschgeweihperlen fast verleidet, aber in letzter Zeit hat sie es nicht mehr getragen.«

Ich nahm sie in den Arm. »Das ist sehr, sehr dumm von dir«, sagte ich, »denn diese Kette ist wunderschön, und Yarbro hat viel Liebe und Mühe darauf verwendet. Ich wünschte, ich hätte so eine schöne Kette.«

Sie lächelte mich dankbar an.

Etwas weiter weg stand Toshag inmitten einer kleinen Männergruppe um Dubhal und sein Kerrag, in dem der Fang des Tages zappelte. Ich atmete einmal tief durch, hakte Ela unter und ging auf die unverkennbare, die anderen Männer überragende Glatze zu. Stumm japsend taten vielleicht zweimal zwanzig braune Forellen ihre letzten Züge. Rechts von uns verankerten mehrere halbnackte Männer Walrippen im Boden, um sie später mit aneinandergenähten Häuten zu überspannen. Für die vorübergehenden Behausungen des Zeltdorfs nahmen wir diese stark geschwungenen Rippenbögen, während wir für die Dächer unserer Häuser lieber Treibholzstämme benutzten. Einer der Männer richtete sich auf, warf seine langen dunklen Haare zurück und kam eilig auf uns zu. Ich hatte ihn erkannt, bevor er uns zuwinkte.

»Warum zitterst du denn auf einmal?« erkundigte sich Ela besorgt.

»Ich zittere nicht!« erklärte ich. »Schließlich ist es nicht kalt, und ich bin nicht krank.«

Ela schaute mich zweifelnd an.

Errill begrüßte uns und begann höflich nach unseren Sippengeschwistern zu fragen, die bald eintreffen mußten. Ich starrte auf einen Punkt rechts hinter ihm, denn er trug nichts außer einem Lendenschurz mit breitem Gürtel und gewickelten Lederstiefeln. Sihrus' Axt hatte er auch heute bei sich. Auf keinen Fall wollte ich die Narbe anstarren, die von seiner rechten Schulter quer über die Brust verlief. Auf seiner braunen Haut leuchtete sie wie eine Quarzader in Granit.

»Sind sie etwa schon eingetroffen, verehrte Lasra?« fragte er plötzlich.

»Was? Wer?« stammelte ich.

»Deine Sippengeschwister«, erläuterte er bereitwillig. »Weil dein Blick so in die Ferne schweift.«

»Unglücklicherweise werden wir sie wohl noch zwei, drei Tage entbehren müssen«, antwortete ich, während ich ihm mit dem Mut der Verzweiflung in die Augen blickte.

»Oh, der verehrte Toshag!« hörte ich Errill sagen. Sein freundlich lässiges Verhalten blieb unverändert. Tatsächlich, von links strebte der Mann mit der Adlernase und dem sinnlichen Mund auf unsere kleine Gruppe zu. Auch er trug ein freundliches Gesicht zur Schau.

Nachdem wir uns begrüßt hatten, äußerte sich Toshag wohlwollend über Yarbro und entschuldigte sich für sein Fernbleiben am gestrigen Abend. In Elas Gesicht sah man Stolz und Verlegenheit miteinander kämpfen. Schließlich schlug sie die Augen nieder und verstummte vollends.

»Verehrte Lasra, du hast mich neulich gebeten, mit dem Stierherrn sprechen zu dürfen. Nun, unglücklicherweise ist er immer noch so von den Vorbereitungen für Naps Tag in Anspruch genommen, daß er sich dazu nicht in der Lage sieht. Aber« – er breitete seine Arme mit einem Lächeln aus – »ich stehe ganz zu deiner Verfügung. Auch uns liegt daran, den Tod des geschätzten Sihrus aufzuklären. Wir werden alles tun, was uns möglich ist, um den Adlerleuten zu helfen.«

»Sicher, danke, also –«, stotterte ich.

»Ist das nicht ein seltsamer Zufall?« Errill lachte. »Genau den Wunsch wollte ich der verehrten zukünftigen Erdfrau auch erfüllen: ein Gespräch unter vier Augen.«

»Dann ... können wir vielleicht ... nacheinander ...«, sagte ich.

»Auch ich werde selbstverständlich alles in meiner Macht Stehende tun, um Klarheit in die Ereignisse um den Tod meines Freundes Sihrus zu bringen«, fügte Errill hinzu.

Ich hätte ihn ohrfeigen, ins Wasser werfen, ich weiß nicht was können. Warum band er Toshag all das auf die Nase? Ich hatte ihn doch gebeten, Stillschweigen zu bewahren. Nun mußten die Stierherrn endgültig den Eindruck gewinnen, daß ich in allen Winkeln ihres Dorfs herumschnüffelte.

»Ich trete zurück«, erklärte Errill mit so betont argloser Miene, daß es schon anzüglich wirkte. Er gab schnell auf, dachte ich, immer noch verärgert. Errill starrte nun seinerseits auf einen Punkt hinter mir. »Denn heute scheint die Perle der Inseln für uns anstelle von Ahntochter Sonne!«

Errill und die Tochter des Stierherrn begrüßten sich mit einer Vertrautheit, die Übelkeit in mir erregte. Ins Meer werfen wäre zu gut für ihn, dachte ich. Um nicht weiter Jonaras Rücken anstarren zu müssen, der sich zwischen uns geschoben hatte, wandte ich mich Toshag zu und nahm sein Angebot an.

Der Weg zurück ins Dorf wurde Ela und mir nicht lang, denn Toshag erwies sich als angenehmer Gesprächspartner. Mehrfach stützte er Ela, um ihr über eine Pfütze oder ein kleines Hindernis zu helfen. Meine Schwester glühte vor Stolz, zumal so viele Leute unterwegs waren, die Zeuge ihrer Bevorzugung wurden. Vor Yarbros Haus angekommen, verabschiedete sich Toshag von ihr und bat mich, ihn zu begleiten. Ela schüttelte hinter seinem Rücken heftig den Kopf und rang die Hände.

Ich schlug ihre Warnung in den Wind und ließ mich von Toshag in eins der beiden neuen, erst unter Jonbro gebauten Gästehäuser führen. Toshag überragte mich um einen ganzen Kopf. Sein Schädel und seine Arme waren von Schweiß überzogen.

Das Haus war sehr geräumig. Auf den sechs Steinbetten lagen frische Farnmatratzen und saubere Felldecken, die Vorhänge waren zurückgeschlagen. Alles schien auf die Ehrengäste zu warten. Nell, eine gedrungene, schon etwas ältere Frau aus Jonara Steinkrauts Haus, schürte das Feuer und bot uns kalten Rinderbraten, Beeren und Wasser an. Toshag reichte mir die Schalen und schickte Nell mit einer Handbewegung hinaus. Er bot mir den Ehrenplatz zwischen Herd und Anrichte an und nahm mir gegenüber Platz. Eine Zeitlang aßen wir schweigend. Zwischen den Bissen schaute er mich lächelnd an, gerade so lange, daß man es nicht unverschämt nennen konnte.

»Ich danke dir für deine Hilfsbereitschaft«, begann ich. »Vermutlich kannst du mir meine Fragen ebensogut beantworten wie der geehrte Stierherr.«

Toshag machte eine vage Handbewegung. »Wir sind alle äußerst betrübt über das Hinscheiden des geehrten Sihrus, der ein gern gesehener Gast hier am Nabel der Inseln war. Doch von den Stierleuten hat keiner euren Sihrus umgebracht, falls du das glauben solltest.« Er nahm sich noch eine Scheibe Braten. »Und selbst wenn dem so wäre – hast du dich nicht schon selbst gefragt, was du in diesem Fall unternehmen könntest?«

»Das Problem gehe ich an, wenn ich Sihrus' Mörder gefunden habe«, gab ich zurück. »An Naps Tag kommen die Sippen im Steinkreis zusammen. Seit alters her ist das die Gelegenheit, um Beschwerde zu führen und Anklage zu erheben.«

»Gegen die Stierherren?« fragte er, und ein amüsiertes Lächeln glitt über sein Gesicht.

»Wenn nötig, auch gegen die Stierherren«, sagte ich.

Toshag zog die rechte Augenbraue hoch. »Du wirst sicher wissen wollen, wie die Stierleute den Frühlingstag verbracht haben«, fuhr er fort, nahm noch einen Schluck Wasser und wischte sich mit dem Handrücken über den Mund. Seine Bewegungen, obwohl geschmeidig, zeugten von mühsam gebändigter Kraft.

Ich nickte. Durch das Feuer war es sehr warm in dem Haus. Wozu verschwendeten sie wertvollen Brennstoff, wenn die Gäste noch nicht eingetroffen waren?

»Wie du weißt, haben Jonbros Haus und der innere Kreis bei den Walleuten gefeiert.« Er stockte kurz, sah mich an und lächelte. »Machen wir uns doch das Vergnügen, ganz genau zu sein. Es waren Jonbro Stierherr, Jonara Perle, Warib, Morwe, Takra und ich sowie Sternenseher und Mishag, Ragh, Ibarek, Achak und Klebh.«

Mir gefiel es gar nicht, daß er Antworten gab, ohne gefragt worden zu sein. Toshag wußte viel. Er wußte über das Gespräch zwischen mir und Allib Bescheid. Er kannte Sihrus' Sterbetag, der in der Todesbotschaft nicht erwähnt worden war. So verlockend es auch war, ich durfte daraus keinen Beweis für seine Täterschaft ableiten: Die Stierherren mußten mehr als die zwei Ohren haben, die einem Menschen für gewöhnlich wachsen. Und zwei der zusätzlichen Ohren gehörten, wie Toshags Gesprächsführung nahelegte, meiner neuen Freundin Allib. Mir fiel auf, daß sie in ihrer Aufzählung die drei untergeordneten Frauen – Warib, Morwe und Takra – ausgelassen hatte, sei es nun mit Bedacht oder aus Nachlässigkeit.

»Und ihr wart gewiß stets zusammen und habt bis in die frühen Morgenstunden gemeinsam mit den Walleuten getrunken und gesungen?« erkundigte ich mich und gönnte mir ebenfalls ein spöttisches Lächeln.

Mein Gegenüber richtete sich auf und kam zwei, drei Schritte auf mich zu. »Es ist heiß heute«, sagte er und knotete die Lederschnüre seines Wamses auf. Dann zog er es aus. Mit Ausnahme von Sihrus hatte ich noch nie einen so muskulösen Mann gesehen. Seine Brust war zum Ausgleich für seinen kahlen Schädel dicht behaart. Zwischen den Brustwarzen aber zeichnete sich ein weißes, haarloses Narbenmuster ab. Der Umriß war klar als Stiergehörn zu erkennen, nicht unähnlich den Stiersteinen, die Achak herstellte. Toshag blieb stehen und starrte ins Feuer. Im rötlichen Licht der Flammen schien er von innen heraus zu glühen wie eins der Holzscheite im Herd. Welch kostbares Material sie hier verbrannten!

»Solltest du meine Frage als zu aufdringlich empfinden …«, brachte ich mich nach einer Weile in Erinnerung.

»Nein«, antwortete er. »Schließlich will ich dich in aller Vernunft davon überzeugen, daß niemand von den Stierleuten Sihrus ermordet hat. An jenem Abend haben sich Jonara und Warib früh ins Gästehaus der Walleute zurückgezogen. Jonbro hat sich mit Morwe und Takra vergnügt, und –«

»Haben die Walleute zwei Gästehäuser?« unterbrach ich ihn.

»Nein.«

»Aber wo –?«

»Am Feuer.«

»Vor aller Augen?« fragte ich ihn ungläubig.

Toshag grinste. »Vor aller Augen. Der Stierherr ist ein mächtiger Mann. Nicht mehr sehr beweglich, aber das ist ja nicht unbedingt nötig. Beweglichkeit bringen seine beiden jungen Gespielinnen im Übermaß mit. Es gab eine Zeit, da verlor ein Häuptling, der die Frauen nicht mehr pflügen konnte, das Anrecht auf das Land. Manchmal scheint es mir, als hätten wir die alten Bräuche noch nicht ganz vergessen. Vielleicht werden diese Zeiten sogar einmal wiederkehren.« Er unterbrach sich. »Aber das wirst du nicht hören wollen. Sternenseher hat mit Mishag eine Zeremonie abgehalten, bei der alle noch zugegen waren. Klebh und Achak konnten sich nur noch mit Mühe aufrecht halten, und auch der gute Ragh hatte entschieden zu tief in die Schale geschaut – wahrscheinlich bestand für ihn das wahre Fest darin, daß er Kes' strengem Blick entronnen war. Die Walleute waren auch nicht mehr ganz munter.«

»Was war das für eine Zeremonie?« erkundigte ich mich.

»Alako Mondherr und seine Gefährten bildeten in jener Nacht ein seltenes Muster am Himmel. Mehr darf ich dir als Uneingeweihter nicht verraten. Die meisten von uns sind bis zum Morgengrauen wach geblieben, das nicht mehr lange auf sich warten ließ. Vielleicht eine halbe Flut – vielleicht weniger. Auch ich hatte Honigbier getrunken. Diese Nacht ist stets etwas Besonderes. Zu gleichen Teilen Licht und Dunkelheit. Die Zeit zwischen den Zeiten. Sie läßt uns vergessen, daß alles vergeht. Etwas Altes weicht, etwas Neues kommt. Der Träumer schwebt, furchtlos. Um ihn das Nichts«, sagte er versonnen und starrte wieder in die Flammen.

Als ich mich gerade dem Sog seiner Stimme ergeben wollte, ließ er blitzschnell den Arm vorschnellen und schnappte unmittelbar vor meinem Gesicht zu, als wolle er eine Fliege mit der Hand fangen.

Ich schrak zusammen, und er lachte. Trotzdem hatte ich das Gefühl, daß es ihm in gewisser Weise ernst gewesen war. »Die meisten?« fragte ich nach. »Wer gehört nicht zu den meisten?«

»Klebh, Achak und Ragh. Die Zeremonie mußten sie noch durchhalten, aber dann hat die Trunkenheit sie überwältigt. Und ich war auch nicht mehr bei den anderen.«

Ich nickte. Seine Aussage überraschte mich nicht. Offenbar wollte er mir etwas erzählen. Er führte mich wie an einem unsichtbaren Seil. Er hatte mich verwirrt, doch wenn ich etwas herausbekommen wollte, mußte *ich ihn* verwirren. Ich erhob mich ebenfalls, obwohl mir klar war, daß ich zu ihm aufschauen mußte. »Magst du Hunde?« fragte ich, während ich ihm in die Augen sah.

Seine Augen hatten sich geweitet, ganz kurz nur, aber ich hatte gesehen, was ich gesehen hatte. Ich *hatte* ihn überrascht. »Ja«, gab er dann mit einem Achselzucken zurück. »Ja, sie sind nützlich. Warum fragst du?«

»Einen Mond vor Sihrus' Tod haben Speer und Pfeil dir eine Nachricht von unserem Schafhirten Wibo überbracht. Es ging um Hunde. Du erinnerst dich?«

»Ja, erinnere ich mich?« sagte er gedehnt, als erwarte er die Antwort von mir. »Speer und Pfeil?«

»Die Zwillinge, die bei Wibo in die Lehre gehen. Worum ging es in dieser Botschaft?«

»Wenn ich das noch wüßte«, sagte er und zog ratlos die Augenbrauen hoch.

»Dann werde ich deiner Erinnerung auf die Sprünge helfen.«

Toshag sah mich erwartungsvoll an. Um seinen Mund entstand ein harter Zug. Nun entschied sich, ob er mich ernst nehmen würde oder nicht.

»Wibo hat dir ausrichten lassen, daß seine Leithündin trächtig war. Von Sihrus' Schwarzem«, sagte ich.

»Soso«, erwiderte er spöttisch. War er erleichtert? Möglich, dachte ich. »Du bist eine kluge Frau. Du hast recht. Ich mag kluge Frauen.«

Möglichst gelassen erwiderte ich seinen Blick. »Leider verstehe ich rein gar nichts von Hunden. Ich habe mich natürlich gefragt, was du mit so einem kleinen Kläffer anfangen willst.«

Toshag trat zur Anrichte und nahm den Stierstein aus poliertem roten Sandstein von der Gebirgigen in die Hand. Während er gedankenverloren die Spitzen streichelte, ging ich ein bißchen auf und ab, bevor ich mich auf die Herdumrandung setzte. Schließlich antwortete er: »Der Welpe ist nicht für mich bestimmt, sondern für Jonbro Stierherr. Ich habe lediglich die Vermittlung übernommen, da der Stierherr sehr beschäftigt war.«

»Und was will der verehrte Stierherr mit einem kleinen Kläffer anfangen?«

Toshag schlenderte zu mir, hockte sich vor mich hin und lächelte mir zu. Unsere Gesichter befanden sich auf gleicher Höhe. »Also gut, du läßt nicht locker. Auch das ist eine Eigenschaft, die ich an Frauen schätze. Jonbro sammelt seltene Dinge, wie du Heilkräuter sammelst. Wenn die Fischersippen einen besonders großen oder merkwürdigen Fisch fangen, bringen sie ihn Jonbro. Ständig spornt er Ruff an, ihm gewagtere Schalen zu töpfern. Sihrus hat ihm von einer seiner Reisen einen Pechsteinbrocken mitgebracht, der von einer Insel an der Westküste des Festlands stammt.«

»Ich glaube, ich verstehe«, sagte ich. »Ich hörte, der Stierherr habe Jonara Perle ein Amulett aus diesem neuen Metall –«

»Richtig«, unterbrach er mich. »Das ist ein Prunkstück von Jonbros Sammlung, und seine schöne Tochter stellt es besser zur Schau als jede Anrichte.«

»Und dieser Hund –«

»– würde ebenfalls gut in seine Sammlung passen«, vervollständigte Toshag meinen Satz. Die Hörner des Stiersteins verschwanden in seinen Händen. Er massierte sie wie ein Kuheuter. »Am liebsten hätte er den Schwarzen selbst gehabt, aber da ließ Sihrus nicht mit sich reden. Er hätte sich gut an Jonbros Seite gemacht, wenn seine Sippe am Stiertag vor ihn tritt, ihm ihre Treue darbringt und seinen Segen empfängt. Einer mächtiger und fetter als der andere. Der Schwarze war so eine Art Jonbro unter den Hunden«, sagte er, und nun lachten seine Augen mit.

»Wußte Sihrus Bescheid, daß Wibo euch einen Welpen versprochen hatte?« wollte ich wissen.

»Wir haben nicht darüber gesprochen«, entgegnete er, ohne eine Miene zu verziehen. »Wibo stehen nach der Züchterabsprache Welpen aus dem Wurf zu. Sihrus' Zustimmung war also nicht erforderlich.« Er hockte so dicht vor mir, daß ich nicht umhinkam, das Stiergehörn auf seiner Brust anzustarren. Die Linien bestanden aus unzähligen kleinen, akkurat senkrecht nebeneinander gesetzten Narben.

Er lächelte mich an. »Ja, es hat weh getan«, sagte er. »Manchmal muß man Opfer bringen.« Dann richtete er sich auf, um den Stierstein auf die Anrichte zurückzulegen.

»Ich wollte dich etwas ganz anderes fragen«, erklärte ich. »Mit welchen meiner Sippenbrüder und -schwestern haben die Stierherren in Verbindung gestanden, ich meine, wer ist häufig hier gewesen oder ...«

Toshag wandte sich von der Anrichte zu mir um. Er schien nachzudenken. »Von Wibo sprachen wir ja bereits. Er und Ribi sind Freunde. Gorg war natürlich mehrmals hier, um von Häuptling zu Häuptling die unterschiedlichsten Dinge zu besprechen.«

»Zum Beispiel?«

»Als Kebro eure Sira heiraten wollte, haben die Häuptlinge gemeinsam die Mitgift bestimmt.«

»Und als Sihrus und Gorg zusammen hier waren? Im Winter, um den Tag der Wiedergeburt herum?«

Toshag zögerte kurz. »Ja, früher hieß das wohl so. Bei uns ist es der Tag der Fürbitte.« Nach einer kurzen Pause erläuterte er: »Der Stierherr bringt im Ahnenhaus ein Opfer dar und bittet seine verstorbenen Vorgänger um Fürbitte bei Alako und um Erleuchtung. Ich glaube, es ging um Absprachen zu Naps Tag. Möglicherweise hat Gorg sich auch noch mit Golbro getroffen, unserem Steinmeister für Zeremonienäxte, denn unter den Steinmeistern besteht ein reger Austausch. Hier herrscht ein ständiges Kommen und Gehen von Häuptlingen, Steinmeistern und Herdenvätern, so daß ich mir unmöglich jeden Besuch merken kann.«

»Sonst war niemand von den Adlerleuten bei euch?«

Er seufzte und ließ erste Zeichen von Ungeduld erkennen. Ich war mir jedoch sicher, daß er sich so lange mit mir unterhalten würde, bis ich die Frage gestellt hatte, auf die er wartete. »Vor Gorg war Bun häufig hier. Kebro besucht natürlich seine Verwandten«, zählte er auf. »Die Treffen der Tiersöhne finden bei uns statt, wie du weißt. Euer Adlersohn wird also auch schon mal hier gewesen sein. Wann – tut mir leid!« Er hob entschuldigend die Schultern.

»Ard oder Lele hast du noch nicht hier gesehen?«

Er zog die Augenbraue hoch. »Ich kenne diese beiden Frauen nicht. Die Stierherren verhandeln lieber mit Männern«, sagte er, um dann verbindlich hinzuzufügen: »Wobei ich mich mit Frauen lieber *unterhalte.*«

Ich erhob mich. »Ich danke dir für die Bereitwilligkeit, mit der du meine Fragen beantwortet hast. Ich bin mir darüber im klaren, daß die Stierherren keinerlei Verpflichtung haben, den Adlerleuten bei der Suche nach Sihrus' Mörder zu helfen. Du warst mehr als freundlich.«

Er kam auf mich zu, neigte den Kopf ein wenig und erwiderte: »Es war mir ein Vergnügen, mich mit dir zu unterhalten.«

Ich ging zur Tür. Er sagte nichts, und er würde auch von selbst nichts sagen, obwohl ich diese stumme Erwartung an ihm spürte. An der Tür wandte ich mich zu ihm um. »Ach, da fällt mir noch etwas ein: Du sagtest vorhin, du wärst nach der Zeremonie nicht bei den anderen geblieben.«

Er nickte.

»Was hast du gemacht? Geschlafen?«

Toshag näherte sich mir bis auf Armlänge. »Nein«, sagte er leise, »ich habe nicht geschlafen.«

Seine Stimme war ganz rauh. Mir lief ein Schauer den Rücken hinunter. Ich wollte nicht in seine dunklen Augen hochsehen, aber wenn ich geradeaus schaute, fiel mein Blick auf das Stiergehörn und seine braunen, harten Brustwarzen.

Er beugte sich zu mir vor, ohne mich zu berühren, und flüsterte mir ins Ohr: »Wir waren zusammen. Jonara Perle und ich. Die Tochter des Stierherrn hat sich mit mir im Gebüsch gepaart wie eine ganz gewöhnliche Sterbliche. Wir waren zusammen, als früh am Morgen die Sonne aufging. Gemeinsam sahen wir Alako Mondherr im Westen hinter der Gebirgigen versinken. Die Strahlende und der Krieger standen noch am Himmel. Als sie verblaßten, haben wir uns ein letztes Mal geliebt.«

Toshag strahlte eine ungeheure Hitze aus, aber vielleicht bildete ich mir das auch ein, und mir war einfach nur heiß geworden. Obwohl er mich nirgendwo berührte, meinte ich die

Härte und Spannung seines Körpers zu fühlen. Er wich einen Schritt zurück und sagte in gewöhnlicher Lautstärke: »Ich muß wohl nicht betonen, daß du darüber Schweigen bewahren solltest.«

»Ich werde es für mich behalten«, versprach ich. Als hätten sie einen eigenen Willen, wanderten meine Augen an ihm herunter und verweilten auf der deutlich sichtbaren Ausbuchtung im Schritt seiner engen Lederhose.

Er sah ebenfalls an sich herab, zog entschuldigend die Augenbraue hoch und sagte: »Wenn du mehr darüber wissen willst, sag mir Bescheid.«

Er ging zurück zu dem Bett, auf das er sein Wams gelegt hatte, nahm es, führte mich aus dem Haus und verabschiedete sich. Ich sah ihm hinterher. Im Gehen zog er sich wieder an.

31

Seufzend wischte ich mir den Schweiß von der Stirn und schleppte mich zum Seeufer. Ich mußte Errill suchen. Eine lähmende Müdigkeit hatte sich über mich gelegt, die jede Bewegung zur Qual werden ließ. Ich wollte mich einfach ins Ufergras legen und schlafen, schlafen, schlafen …

Füchschen, wo bist du? rief ich in Gedanken verzweifelt. Großmutter, Lin, ich brauche euch! O gütige Erdmutter, wie ich Sarras Kochkünste vermißte! Unsere Abende im Haus der Frauen. Ich versank ganz in jener weinerlichen Stimmung, die kleine Kinder vor dem Einschlafen ergreift. Ich wollte nach Hause. Ich wollte mich mit Madragena vertragen. Ich wollte, daß Kea und Simo und Sihrus wieder lebten.

Vor allem wollte ich nicht mehr nachdenken. Links am Seeufer tauchte der perfekte Platz für ein spätes Mittagsschläfchen auf. Eine kleine, ins Wasser hinausragende Halbinsel, keine zwei Mannlängen tief, grasbestanden und von einem Gürtel aus gelben Schwertlilien gegen Blicke vom Land geschützt. Ich durchquerte das Gebüsch, legte mich hin und schloß die Augen.

Bevor der Schlaf mich übermannte, dachte ich noch: Ich habe meinen Mann. Es ist Toshag.

Das Krabbeln auf meiner Hand weckte mich. Ohne den Arm zu bewegen, schlug ich die Augen auf und blickte einer Gelbgebänderten Wasserjungfer in die kugligen Insektenaugen. Keine Elle vor meiner Nase hatte sie es sich auf meinem Handrücken gemütlich gemacht. Die durchsichtigen Flügel mit dem zarten Adernetz vibrierten leicht, ihr nadelförmiger, schwarz und gelb geringelter Hinterleib berührte meine Knöchel. Als ich mich aufrichtete, blieb sie noch einen Augenblick sitzen, unwillig, ihren Platz aufzugeben. Dann schwirrte sie davon. Mein Arm, den ich unter den Kopf gelegt hatte, war eingeschlafen und fing nun zu stechen und zu kribbeln an. Der Himmel war grau wie zuvor, aber die Lichtverhältnisse sagten mir, daß es schon spät am Nachmittag sein mußte. Ich hatte ausgiebig geschlafen.

Als ich mich dem Zeltdorf näherte, hörte ich die raschen Paddelschläge und das aufspritzende Bugwasser eines Kerrags. Eine Frauenstimme rief: »Ich werde ihnen Beine machen!« Ich sah ein Boot auf den See hinausfahren. Das helle Kleid, die schimmernden Haare ließen keinen Zweifel an seiner Insassin aufkommen: Jonara Perle.

»Nimm mich wenigstens mit, bitte!« flehte eine Stimme am Ufer. Ihre Freundin Warib.

»Unsinn!« schrie Jonara zurück. »Kümmere du dich um die Brotfladen. Wirst sehen, morgen haben wir die zweite Mehlladung von diesen Faulenzern.« Sie paddelte ihr Kerrag nach Norden. Die Regenpfeiferleute, denen ihr Besuch zweifellos galt, hatten mein Mitgefühl.

Warib war doch mit bei den Walleuten gewesen, fiel mir ein. Ich beschleunigte meinen Schritt, pirschte mich hinter einem Steinhaufen an und schlenderte dann weiter, bis sich unsere Wege kreuzten.

»Guten Tag, Warib«, begrüßte ich sie freundlich. »Meine Schwester Ela hat mir viel von dir erzählt. Verzeih, aber wir kennen uns noch gar nicht. Ich heiße Lasra und besuche meine Schwester.«

Ihr Blick huschte über mich hinweg.

»Ela ist meine Schwester«, führte ich aus.

»Ich weiß«, sagte sie.

»Oh«, antwortete ich erfreut. »Woher –?«

»Du hast es gerade gesagt.« Man hätte nicht behaupten können, sie sei unfreundlich. Sie war nur gleichgültig.

»Ich glaube, wir haben denselben Weg.« Ich lächelte sie an. Warib senkte den Blick.

»Wir könnten uns ein bißchen näher kennenlernen«, schlug ich vor. »Auf den Inseln hat man so selten Gelegenheit, außerhalb der eigenen Sippe Gleichaltrige zu treffen.«

»Ich muß zurück«, wehrte sie ab und setzte sich in Bewegung.

Ich blieb an ihrer Seite. »Also ich gehe bei der Erdfrau der Adlerleute in die Lehre. Es ist eine verantwortungsvolle Arbeit, aber etwas langweilig. Madragena ist sehr streng. Manchmal denke ich –«

»Was willst du?« fragte sie in ihrer verhuschten Art und blieb stehen, aber ohne mich anzusehen.

»Meine Sippe hat mich beauftragt, den Tod unseres Sippenbruders Sihrus aufzuklären. Du hast bestimmt davon gehört.«

Sie nickte, und wieder streifte mich ihr Blick. Ihre Augen waren ebenso farblos wie ihre übrige Erscheinung. Wahrscheinlich war sie es gewöhnt, übersehen zu werden. Kein Wunder, daß mein Interesse an ihrer Person sie mißtrauisch stimmte.

»Er wurde in der Nacht des Frühlingstages getötet. Nun habe ich gehört, daß du zu diesem Zeitpunkt mit deiner Freundin Jonara Perle und den Stierherren bei den Walleuten zu Besuch warst. Ich wollte dich fragen, ob dir an jenem Abend etwas Ungewöhnliches aufgefallen ist.«

»Nein«, sagte sie.

»Zum Beispiel irgendein fremdes Kerrag auf dem Meer oder ...«

»Nein. Mir ist kein fremdes Kerrag aufgefallen.« Sie setzte sich wieder in Bewegung.

Wieder folgte ich ihr. »Es könnte eine ganz unbedeutende

Sache sein, die du beobachtet hast. Du weißt vielleicht gar nicht –«

»Ich habe die ganze Nacht geschlafen. Ich habe nichts gesehen«, entgegnete sie.

Es wäre nicht nur ausgesprochen unhöflich, sondern auch sinnlos gewesen, weiter in sie zu dringen. Ich blieb stehen, und sie entfernte sich, ohne sich zu verabschieden oder noch einmal umzusehen.

Errill war nicht mehr bei dem Zelt aus Walrippen, das er am Morgen hatte aufbauen helfen, und auch sonst nirgendwo im Zeltdorf.

»Heda, suchst du den Hirschleutemann?« rief mir ein älterer Arbeiter zu, der eine Rückenkiepe voller Treibholz vom Kerraglandeplatz zum Zeltdorf schleppte.

»Ja, Errill suche ich«, gab ich zurück.

»Ist auf der Jagd«, ließ der Alte mich wissen, nachdem er seine schwere Last abgesetzt hatte. Auch im Stehen war sein Rücken fast genauso krumm wie unter der Kiepe. »Du findest ihn am Südufer des Brackigen, im Dickicht nicht weit vom Steinkreis. Übrigens, ich bin Korm von den Hirschleuten.«

»Im Dickicht«, versetzte ich säuerlich. »Da finde ich ihn ja ganz leicht.«

Korm grinste. »Er hat mir aufgetragen, dir das zu sagen.« Er kniete sich hin, legte sich Trageriemen und Polster um die Stirn und wuchtete seine Last wieder hoch.

Ich bedankte mich bei Korm und machte mich zum Ufer des Brackigen auf. Mein Weg führte zunächst ein Stück ins Landesinnere, bis ich den Südstein erreichte. Seine seltsame Silhouette erinnerte an einen der Länge nach durchgeschnittenen Pilz. Wie die letzten Haarbüschel auf dem Schädel eines alternden Mannes klammerten sich graugrüne Flechten an seine gerundete Kuppe. Düster zeichnete sich der Südstein vor dem grauen Himmel ab. Yarbro hatte erzählt, Sternenseher würde den Stein zum Peilen benutzen, wenn die letzten Strahlen der untergehenden Sonne am Tag der Wiedergeburt über den Horizont fielen. Wie hatte Toshag das Fest genannt? Tag der Fürbitte.

Vom Südstein wandte ich mich nach Westen und hatte bald das Ufer des westlichen der beiden großen Seen erreicht. Da der Brackige mit dem Meer in Verbindung stand, war sein Wasser zwar weniger salzig als das Meer, aber nicht so süß wie das seines östlichen Bruders, der nur über einen schmalen Durchlaß in der Landbrücke mit ihm verbunden war. Hier und da grasten ein gutgenährtes Kalb vom Vorjahr oder eine der langhörnigen braunen Kühe mit ihrem neuen Jungen.

Ich mußte nicht weit gehen, bis das Dickicht begann. Der kleine Bach aus den Windbergen, der hier in den Brackigen mündete, hatte eine abgeschlossene Welt aus Wasserarmen, Tümpeln und Inselchen gebildet. Zu Beginn meines Aufenthalts bei den Stierleuten hatte ich das Dickicht vergeblich nach Engelwurz und Wasserminze abgesucht – es war wohl noch zu früh im Jahr gewesen.

Jeder Schritt erforderte meine volle Aufmerksamkeit, denn überall gluckste es unter meinen Sohlen. Brackwasserlöcher versteckten sich heimtückisch unter den Binsen. Ich trat möglichst auf Flächen mit platt gelegtem langem Gras und mied die scharfen Spitzen der Binsen, doch alle Vorsicht nützte nichts. Ein hoher Buckel unter einem Grasbüschel überraschte mich, mein rechter Fuß knickte um, und als ich den anderen instinktiv nachzog, landete er mit lautem Platschen in einem Sumpfloch. Bis zum Knie sank ich in die trübe Brühe ein. Ein Geruch nach Moder und verwesendem Fisch stieg auf und blieb für den Rest des Tages an mir haften. Wie ein nasser Verband klebte der braune Matsch an meinem nackten Unterschenkel. Laut verfluchte ich meine Ungeschicklichkeit.

»Leise«, kam es von irgendwo rechts neben mir. »Du verscheuchst meine Beute.«

Vor mir flatterten Vögel auf. Ein Entenpärchen. Etwas pfiff durch die Luft. Ein Pfeil. Der Erpel stürzte zu Boden wie ein Stein. In dem Röhricht neben mir stand plötzlich ein Mann. Errill. Ich stieß die angehaltene Luft aus.

Bevor ich den Mund aufmachen konnte, verschwand er nach vorn, mit langen Sätzen von Grasbüschel zu Grasbüschel springend. Als er kurz darauf wieder vor mir stand, steckte er den Keulenpfeil in den Köcher, brach der Ente das Genick und steckte sie in seine Jagdtasche.

»Schön, daß du mich gefunden hast«, begrüßte er mich.

»Danke, daß du auf mich gewartet hast«, versetzte ich spitz.

»Du hast Bekanntschaft mit dem Sumpf gemacht.« Er rümpfte die Nase. »Ist dir jemand gefolgt?«

»Wer sollte mir gefolgt sein? Nein, ich glaube nicht.«

»Hast du dich einmal umgesehen?« fragte er, während er sich in Bewegung setzte und mich hinterherwinkte. Eine Bö fuhr mir durch die Haare.

»Nein«, mußte ich zugeben. »Aber auf der Ebene kann sich sowieso niemand verstecken. Ich sehe doch von hier bis zum Zeltdorf.«

»Und vom Zeltdorf hat jeder sehen können, wo du hingegangen bist.«

»Leidest du unter Verfolgungswahn?« fragte ich vorwurfsvoll. »Vorhin mußtest du Toshag unbedingt verraten, daß ich dir wegen Sihrus' Tod Fragen stellen will, und jetzt ...«

»Irgendwer hat unser kleines Gespräch vorgestern mit angehört«, sagte er. »Die Stierherren wissen Bescheid. Da ist es unverfänglicher, das zuzugeben, was sie ohnehin wissen.«

»Natürlich wissen die Stierherren von meinem Auftrag. Ich habe es ihnen ja selbst erzählt. Aber woher willst du wissen, daß sie auch über uns ... ich meine, über dich und mich, nein, also daß ich dir auch Fragen –«

»Jonara Perle hat es durchblicken lassen«, unterbrach er mein hilfloses Stammeln. »Es klang wie eine Warnung. Du trittst am besten dahin, wo ich auch hingetreten bin«, fügte er hinzu, während wir von Graspolster zu Binsenbüschel staksten.

»Ich weiß, es geht mich nichts an«, setzte ich an. Errill hatte nun eine vielleicht drei Mannlängen große Insel zwischen zwei Bacharmen erreicht, die mit niedrigen Gräsern bewachsen war. Er streckte den Arm aus, um mir über den Wasserlauf zu helfen. Ich übersah die ausgestreckte Hand und stieg trotzig mitten durchs Wasser, das hier über ein Bett aus Kieselsteinen floß. Zumindest meine Füße waren danach annähernd sauber.

Errill war stehen geblieben und hatte sich zu mir umgedreht. »Aber?«

»Was will die Tochter des Stierherrn von dir? Oder du von ihr?«

Er grinste. »Nun, ich bin ein gutaussehender Mann, und Jonara ist eine ausnehmend schöne Frau.«

»Und du glaubst, dafür würden die Stierherren vergessen, daß du ein Langhügler bist? Der Kerragmeister einer Jägersippe? Nicht einmal ein Häuptling?« Ich stieg auf die kleine, über den Bachlauf hinausragende Insel, auf der üppiges Schilfgras, purpurfarbenes Knabenkraut und Fieberklee wuchsen. In der Ferne war ein Donnergrollen zu hören.

»Ich kann nichts Nachteiliges daran entdecken, Kerragmeister zu sein und zum Langhüglervolk zu gehören«, entgegnete Errill. Seinem Ton konnte ich entnehmen, daß ich ihn gekränkt hatte.

»Die Frage ist doch nicht, ob *du* etwas Nachteiliges daran entdecken kannst«, versuchte ich einzulenken, »sondern was dieses hochnäsige Töchterchen meint. Glaubst du, du bist gut genug, um den Stierherrn Vater nennen zu dürfen?«

Er sah mich herausfordernd an. »Ja«, entgegnete er schließlich. »Ich bin gut genug.«

»Ja, dann!« höhnte ich. »Gegen so ein Selbstbewußtsein kommt die bescheidene Vernunft natürlich nicht an.«

»Was willst du?« fuhr Errill mich an, und ich staunte, wie wütend er klang. »Du bist eine gutaussehende Frau. Du bist kräftig und geschickt. Und vor allem hast du Verstand.« Dann tippte er mir mit dem Zeigefinger auf die Stirn.

Obwohl er mich nur ganz leicht berührt hatte, fühlte meine Stirn sich an, als hätte er sie mit einem seiner Keulenpfeile getroffen. Seine Frechheit verschlug mir die Sprache. Das Donnergrollen, nun lauter und näher, steigerte meine Wut, der auffrischende Wind fegte jegliche Zurückhaltung beiseite. »Ich weiß, daß meine Stirn zu hoch ist«, zischte ich ihn an. »Und zum Narren halten kann ich mich selbst! Ich weiß, wie ich aussehe!«

Er blickte mich fragend an, und unter seiner Wut stieg so etwas wie Überraschung an die Oberfläche.

»Ich kann gut damit leben, wie ich aussehe. Ich weiß, was ich wert bin. Aber das vorhin war gemein. Das mit meiner Stirn.« Meine Stimme zitterte. Und er stand da und betrachtete mich. Sie hatten über mich gesprochen! O ja, das war sonnenklar. Hergezogen waren sie über mich! Er und sein blonder, strahlender Heldenfreund! Und dann fiel es mir wie Schuppen von den Augen: Sihrus hatte es gewußt! Er hatte gewußt, daß ich in ihn verliebt war. Was lag näher, als sich damit vor seinem besten Freund zu brüsten? *Selbst die kleine Lasra* ..., hörte ich Sihrus in Gedanken sagen. *Aber irgendwie ... ihre Stirn ist wie bei einem Mann ... nicht sehr anziehend.* Die beiden Männer grinsten ein verschwörerisches Männergrinsen. *Wirkt ziemlich prüde, deine Lasra*, sagte der Errill in meiner Vorstellung. Und nun stand er mir gegenüber und dachte an dieses Gespräch und verhöhnte mich.

»Tu nicht so, als hättest du nie mit Sihrus darüber gesprochen! Ich kann mir gut vorstellen, wie ihr über mich gelästert habt, du und dein Held von einem Freund! Jede Frau auf den Inseln hat er flachgelegt. Jede außer mir! Ich war ihm zu häßlich!« Meine Stimme überschlug sich. Der Wind hatte wieder eine Pause eingelegt, und in der Stille klangen meine Worte noch schriller. Ich hielt die Luft an. Am liebsten hätte ich meine Hände so lange auf meinen Mund gepreßt, bis wir beide glauben würden, ich hätte nie etwas gesagt. Aber die Worte waren heraus und hingen irgendwo zwischen uns. Da Mutter Erde ihren Schoß nicht öffnete, um mich aufzunehmen, und Vater Himmel keinen Blitz herabsandte, um mich zu erschlagen, atmete ich notgedrungen weiter.

»Wir haben nie über dich gesprochen«, sagte Errill mit ruhiger Stimme. Er sah mich mit einer Mischung aus Mitgefühl und Interesse an. Unsere Blicke trafen sich, und ich spürte, wie mir die Röte ins Gesicht stieg.

In meiner Vorstellung hatte er blaue Augen gehabt. Jetzt sah ich, daß sie grau waren wie der Himmel, der sich über unseren

Köpfen verfinsterte. Dunkelgrau wie die Gewitterwolken. Ich sagte: »Ja, so ist das.«

Errill lächelte mich an, und diesmal war es ein echtes Lächeln, nicht dieses spöttische Zucken um den Mundwinkel. »Er war mein Freund, Lasra, aber wir waren nicht in allem einer Meinung. Wie sollte das auch möglich sein zwischen zwei Menschen? Es ist viel spannender, wenn man sich manchmal streiten kann.« Das Lächeln verblaßte. Sein Blick ruhte nachdenklich auf meinem Gesicht, aber ich hätte schwören können, daß er in Gedanken weit weg war von mir und meiner Stirn und diesem Uferdickicht. Im Norden über dem See war ein erstes Wetterleuchten zu sehen. Errill hängte seine Bogensehne aus, rollte sie zusammen und stopfte sie in seine Jagdtasche. »Komm mit«, befahl er, nahm den Bogen in die Hand und setzte sich in Bewegung.

»Wir sollten ins Dorf zurückgehen«, schlug ich vor. »Sonst geraten wir noch in das Gewitter.«

»Wir sind schon mittendrin. Komm!« Er nahm mich bei der Hand und zog mich in Richtung des Seeufers. Als er sah, daß ich mitkam, ließ er mich los und lief durch das Röhricht voran. Mir blieb keine Wahl, als ihm hinterherzurennen. Bald zuckten die ersten Blitze über dem See. Die Donnerschläge wurden immer lauter. Über uns hatten sich Wolkenberge zusammengeballt, die noch dunkler als Errills Augen waren. Er hatte recht. Wir mußten Schutz vor dem Unwetter suchen. Die ersten Regentropfen prasselten auf den Boden, dick und vereinzelt.

»Leg dich hin! Warte hier!« rief er mir zu. Der Wind heulte inzwischen so laut, daß ich ihn kaum verstand. Ich gehorchte und kauerte mich in das Riedgras. Errill rannte die paar Schritte zum Seeufer, zerrte sein Kerrag an Land und schleppte es weg vom Wasser. Krachend schlug ein Blitz in den See ein. Der Himmel hatte eine bläuliche Farbe angenommen. Wie ein grelles Adergeflecht durchzogen ihn die Blitze, um einen Wimpernschlag später wieder zu verblassen.

Errill drehte das Kerrag um, hob die eine Seite an und hockte sich unter den Bug. »Du gehst da drunter«, wies er mich an.

Ich kroch auf der Heckseite unter das Fellboot. »Mach den Rücken krumm«, fuhr er fort. »Das ist unbequem, aber wir müssen möglichst niedrig bleiben.« Ich tat wie geheißen. Es *war* unbequem. Errill legte seinen Bogen längs unter das Boot, vor meine und seine Füße, die einzige Möglichkeit, die fast mannsgroße Waffe trocken zu halten. Der Griffteil in der Mitte war leicht eingezogen, die schlanken Bogenarme liefen in eine Art Zapfen aus, in die die Sehne eingehängt wurde. Das helle, zart gemaserte Holz kannte ich nicht.

Der Regen prasselte mit zunehmender Heftigkeit auf die über das Holzgerüst gespannten Häute. »Die Ricke hält dicht«, versprach Errill. »Das bißchen Regen kann ihr nichts anhaben.«

»Dein Kerrag hat einen Namen?« staunte ich.

»Natürlich. Alle unsere Kerrags haben einen Namen. Das bringt Glück.« Wir schwiegen eine Zeitlang, lauschten dem Donner und der Regentrommel. »Jedenfalls wird uns hier niemand belauschen«, fügte er eine Weile darauf hinzu.

»Vertrauen gegen Vertrauen?« fragte ich ihn schließlich zaghaft.

»Vertrauen gegen Vertrauen«, versprach er. »Du fängst an. Was hast du bis jetzt herausgefunden? Was hat Toshag gesagt?«

»Halt, nicht so schnell! Ich habe den Anfang gemacht, jetzt bist du dran.«

»Du hast überhaupt keinen Anfang gemacht. Die Hälfte aller Frauen der Inseln war in Sihrus verliebt. Das hat nichts mit der Sache zu tun. Es interessiert mich nicht.« Er klang ziemlich schroff.

»*Ich* wollte *dir* Fragen stellen, aber gut. Ich will dir meinen guten Willen beweisen.« Dann erzählte ich ihm in möglichst knappen Worten, was ich wußte. Ich berichtete von Ards Schwangerschaft, ihrer Krankheit und ihrer Eifersucht. Als Errill erfuhr, daß Nuki Sihrus' Tochter war, stieß er einen Pfiff aus; in seiner Miene lagen Überraschung und Anerkennung. Ich verdrehte die Augen. Zu meinem nächtlichen Abenteuer auf dem Totengerüst sagte er nichts. Ich erzählte von Leles doppeltem Betrug, Wibos Händchen für Hunde und seinen Beziehungen zu Naps Erben.

»Sihrus wußte, daß Wibo den Stierherren einen Welpen von seinem Schwarzen geben wollte«, unterbrach mich Errill. »Es gefiel ihm nicht, aber ihm war klar, daß er es nicht verhindern konnte.«

»Damit wäre zumindest eine meiner Fragen beantwortet, eine eher unbedeutende, zugegeben.«

»Völlig unbedeutend.«

»Was wollte Sihrus mit dem Schwarzen? Und mit seinen Welpen?«

»Sihrus gefiel es, wie Krekouross über sein Volk herrschte. Seine Frauen, sein Palast, seine Krieger, seine Hunde ... alles eben. Selbst einige der Königsmänner fürchteten sich vor den Schwarzen, denn sie ließen sich nur von ihrem Herrn und dem Mann befehlen, der ihnen zu fressen gab. Zu den großen Festen saß Krekouross auf seinem bemalten Thron, die Schwarzen zu seinen Füßen. Keiner hätte sich ihm nähern können, ohne daß die Hunde dazwischengegangen wären. Diese Herrscher im Südmeer waren sehr mißtrauisch.«

»Und du glaubst«, fuhr ich fort, nachdem wir eine Weile schweigend dagesessen hatten, »daß Sihrus diesen Häuptling, diesen König – nachmachen wollte? Hier auf den Inseln? Selbst Jonbro Stierherr ist nicht so mißtrauisch, daß er einen Hund zu seinem Schutz brauchen würde!«

»Ich bin auf Vermutungen angewiesen wie du. Was genau Sihrus mit dem Hund vorhatte, weiß ich nicht. Er hat nie darüber gesprochen. Aber auf der Rückreise hat er uns gute Dienste geleistet. Eines Abends hatten wir unsere Kerrags ans Ufer gezogen, um unser Nachtlager wie immer an Land aufzuschlagen. Wir schliefen unter den hochgestellten Kerrags an einem großen Fluß, der von Norden ins Südmeer mündet. Wir erzählten uns Geschichten von zu Hause und träumten, wir säßen am Herd unseres warmen Hauses und würden Braten vom Rind essen und Honigbier trinken.

Das Knurren des Schwarzen weckte uns. Er bellte nicht. Er

stand mit gefletschten Zähnen am Rand des Lagerplatzes, die Ohren zurückgelegt, die Beine wie zum Sprung gebeugt. Sie waren in einem der Boote gekommen, die sie im Südmeer aus Holz bauen. Es waren vier, Seeräuber. Sie stürzten sich auf uns. Ihre Gesichter hatten sie weiß und schwarz bemalt. Sie trugen gehärtete Lederwämser, nicht einmal ihr Anführer besaß eine Bronzeaxt. Als der Schwarze sah, daß wir nach den Waffen griffen, sprang er dem Mann, der ihm am nächsten war, an die Kehle. Ich werde seine Schreie nie vergessen. Er hatte keinen leichten Tod.

Sihrus kämpfte mit dem Anführer, dem größten der vier Angreifer. Die beiden anderen warfen sich auf mich. Sie waren mager und keine guten Kämpfer. Ich duckte mich unter ihren Speeren hindurch und stieß dem Angreifer rechts von mir meinen Speer in den Rücken. Der zweite floh zu seinem Boot. Wir ließen ihn entkommen. Sihrus hatte dem Anführer den Schädel mit der Axt gespalten. Wir horchten noch eine Zeitlang, aber da waren keine weiteren Angreifer, nur die Ruderschläge des Flüchtenden, die sich immer weiter entfernten. Ich ging zu dem, den ich getötet hatte, zog meinen Speer aus seinem Rücken und drehte ihn um. Es war eine junge Frau, vielleicht sechzehn, siebzehn Jahre alt.

Sihrus rief den Schwarzen zurück, aber der hatte sich in seinen Gegner verbissen. Es war das einzige Mal, daß Sihrus einen Befehl wiederholen mußte. Einen Moment dachte ich, der Schwarze würde uns angreifen. Er hob den Kopf der Leiche, knurrte und bleckte die Zähne. Sihrus herrschte ihn an. Einen Augenblick lang standen sie sich so gegenüber. Ich weiß, daß es merkwürdig klingt, aber ich habe gesehen, wie der Hund sich mit einemmal schüttelte, als komme er wieder zu sich. Sihrus stand nur da und zeigte mit dem Finger auf den Boden vor sich, und der Hund kam angekrochen und legte sich vor seinem Herrn auf den Bauch. Sihrus packte ihn am Nacken und stieß ihn so kräftig und lange mit der Schnauze in den Sand, daß ich dachte, er würde ihn ersticken. Der Hund war völlig schlaff und wehrte sich nicht. Dann ließ Sihrus ihn los und befahl ihm, dort liegenzubleiben. Erst am nächsten Morgen durfte er sich wieder bewegen. Die drei Leichen warfen wir ins Meer.«

Ich starrte ihn entsetzt an. Der Regen fiel so dicht, daß die Sicht ein, zwei Mannlängen jenseits des Kerrags endete. Das Fleckchen unter der Ricke schien der einzige trockene Ort in dieser Wasserwelt zu sein. Ich schlang die Arme um meinen Oberkörper.

»Erzähl du weiter!« forderte Errill mich auf.

Ich räusperte mich und berichtete ihm von Sira und Kebro, der geheimnisvollen Fischmaul und dem alten Bun. Errill zuckte die Achseln. Schließlich kam ich zu Gorgs Kontakten zu den Stierherren, Brims Angriff auf mich und den guten Gründen der beiden Bärenbrüder, Sihrus aus dem Weg zu räumen. Als Errill hörte, daß Brim am Frühlingstag bei den Wanderfalkenleuten gewesen war, winkte er ab.

»Von eurem Dorf aus war der Weg auch zu schaffen. Nicht von den Alten und Kranken, aber von einem gesunden Mann. Oder einer gesunden Frau. Einige von den Stierleuten haben den Frühlingstag bei den Walleuten auf dem Hummer verbracht. Sie waren noch näher dran.«

»Ich sehe, daß ich dir nichts Neues berichten kann.«

»Ach, das weißt du auch schon?« Er lächelte. Die Donnerschläge folgten nun in längeren Abständen, doch der Regen prasselte mit unverminderter Wucht auf uns herab. Errill bedeutete mir, daß wir uns aufrichten konnten. Er stützte das Boot mit Paddel und Steinen ab. Unter der umgekippten Ricke, die wie versprochen dicht hielt, wurde es beinahe gemütlich.

»Ich werde erst zu Ende erzählen«, fuhr ich fort, »wenn du mir die Frage beantwortet hast, was *du* hier treibst.«

Errill holte seine Beute aus der Jagdtasche, zwei Erpel und eine Ente. »Da ich unbedingt verhindern möchte, daß du vor Neugier platzt«, sagte er, während er die Vögel zu rupfen begann, »will ich es dir verraten. Mich hat zwar niemand in irgendeiner Weise beauftragt, aber ich komme nicht umhin, mir immer wieder die eine Frage zu stellen: Wer hat meinen Freund getötet?«

»Warum hast du mir das nicht von vornherein gesagt?«

»Du mußt nicht gleich wieder beleidigt sein«, sagte er.

»Ich bin nicht beleidigt.«

»Gut.«

»Wir hätten zusammenarbeiten können.«

»Wir *arbeiten* zusammen«, stellte er fest. »Schon vergessen?«

»Genausowenig wie die Tatsache, daß du mir noch eine Antwort schuldest.«

Seufzend antwortete er: »Ich war im Zweifel, ob du ... unvoreingenommen ... Ich meine, es sind deine Freunde und Sippengeschwister ...« Es war das erste Mal, daß Errill um Worte verlegen war.

»Ich weiß, daß ich nicht unvoreingenommen bin, aber ich bemühe mich. Hör zu!« Dann erzählte ich ihm von meinem letzten, vagen Verdacht, ein Anhänger des alten Wegs könnte Sihrus getötet haben. Geopfert. Ich erzählte von Adlersohns undurchsichtigem Verhalten und meinem schleichenden Zerwürfnis mit Madragena. Das Unwetter war inzwischen abgezogen. Die Regengeräusche wurden leiser.

Errill schwieg. Der Erpel, der schlaff in seiner Hand lag, reckte einen kahlen Pürzel in die Luft. Dann sagte er: »Aber jetzt bist du hier bei den Stierleuten. Auf Verwandtenbesuch.« Er grinste, um sofort wieder ernst zu werden. »Bei den Adlerleuten hattest du jede Menge Verdächtige und keinen Mörder.« Wieder dachte er eine Weile nach. »Wenn man eine Jagdbeute abbalgt, hängt die Haut manchmal an einer Stelle so fest, daß man nicht weiterkommt. Dann hilft es, von einer anderen Seite aus von neuem anzufangen.«

Nach einer Weile fuhr er fort: »Er liebte seine Mutter, und er wollte von ihr anerkannt werden. Mehr als von irgendeinem anderen Menschen. Er hatte da diesen eigenartigen Traum von einem Baum, der angeblich die Knollen –«

»Samen«, verbesserte ich ihn.

»– die Samen aller Pflanzen der Erde enthält. Aber ich sehe, du kennst die Geschichte.«

»Selbstverständlich.«

»Den wollte er seiner Mutter bringen. Ein passendes Geschenk für eine Erdfrau.« Errill lächelte. »Davon abgesehen, stimmte er nicht mit ihr überein, daß der alte Weg die einzig wahre Art zu leben sei. Er fand seine Mutter zu unbeweglich, zu engstirnig. Er war der Ansicht, sie verschließe ihre Augen absichtlich vor der Tatsache, daß die Welt im Wandel begriffen ist. Auch auf den Inseln.«

»Und«, fragte ich, »was glaubst du? Wohin führt dieser Wandel die Inseln?«

»Das hängt von uns ab, nicht wahr?« Errill richtete sich auf und kippte das Kerrag um. Bei mir verlief das Aufrichten mühsamer. Mein Rücken schmerzte erbärmlich. Der Niederschlag war in ein sanftes Nieseln übergegangen, das man kaum Regen nennen konnte.

»Aber Madragena und Sihrus haben sich geliebt«, fuhr er fort. »Nie hätte sie ihrem Sohn etwas antun können. Dafür lege ich meine Hand ins Feuer.«

Ich nickte. »Ja, das wäre undenkbar.«

»Adlersohn hat er nicht geliebt, aber respektiert. Auch vor Gorgs Fähigkeit, jede Situation zu seinen Gunsten auszunutzen, hatte er Respekt. Er sah keinen Grund, sich mit den beiden Sippenführern anzulegen. Wenn er konnte, ging er Unannehmlichkeiten aus dem Weg. Über Kebro hat er nie ein böses Wort verloren; er hat ihm bei den Stierleuten den einen oder anderen Weg geebnet. Über Sarra oder Nuki hat er nie geredet. Wibo hat er nicht ganz ernst genommen, und Brim hat er verachtet. Er war ihm nach der Sache im Gästehaus der Stierleute zuwider. Wenn Brim ihn zu der Bucht bestellt hätte, wäre er gewiß nicht gekommen.«

»Es wäre möglich, daß jemand anders ihn bestellt hat und es trotzdem Brim war, der dann kam.«

»Möglich«, räumte er ein. »Lele –«

»Ja?« fragte ich so eilfertig, daß er zu grinsen begann.

»Lele war gut im Bett«, antwortete er barsch. »Für sie wird es immer Männer geben, die das Loch zwischen ihren Beinen stopfen. Warum dafür morden?«

»Und Ard? War Ard auch gut im Bett?«

»Das weiß ich nicht. In der Zeit nach der großen Reise haben Sihrus und ich uns nicht sehr oft gesehen. Wahrscheinlich hatten wir nach vier Jahren erst mal die Nase voll voneinander. Er hat nie mit mir über Ard gesprochen.« Ich spürte, wie sich meine Gesichtsfarbe unter seinem fragenden Blick verstärkte.

»Wie lange ist es her, daß du bei einem Mann gelegen hast?« fragte er in unverschämt sachlichem Ton.

»Du bist der letzte, den das etwas anginge!« rief ich empört.

»Das stimmt«, sagte er. »Es geht mich nichts an.« Er verstaute die halbgerupften Vögel in seiner Jagdtasche, griff seinen Bogen, stemmte die Ricke hoch und begann sie zum Ufer zurückzutragen.

»Einen Moment!« rief ich, während ich ihm folgte. »Diesmal läßt du mich nicht so einfach stehen. Vertrauen gegen Vertrauen, du erinnerst dich?«

»Ich lasse dich nicht stehen«, klang es dumpf aus dem umgestülpten Kerrag. »Aber ich will das Mißtrauen der Stierherren nicht unnötig erregen. Jetzt, wo das Unwetter vorbei ist, müssen wir beide schleunigst ins Dorf zurückkehren. Wir sind uns nie begegnet. Ich will nicht mit dir in Verbindung gebracht werden. Meine Möglichkeiten sind größer, wenn ich als ... unabhängig gelte. Verstehst du?«

»Sicher«, versetzte ich kurz angebunden.

»Ich würde an deiner Stelle übrigens kurz im Bach baden, damit es so aussieht, als wärst du in den Regen geraten.«

Obwohl der Regenguß die Luft abgekühlt hatte, war es noch immer so warm, daß ein leichter Nebel vom Boden aufzusteigen begann. Es duftete nach nassem Gras. Die Muskeln an Errills Waden und Oberschenkeln spannten sich an, aus dem Kerrag kam ein übermütiger Schrei, und dann drehte sich die Ricke und klatschte auf die kabbelige Dünung des Brackigen. Während Errill sich die langen Haare erneut im Nacken zusammenband, sagte er mit diesem ihm eigenen Zucken um den Mund: »Was habe ich also hier zu schaffen? Ich *bin* gut genug für die Stierleutefrau, aber ich fürchte, sie und ihr Vater teilen meine hohe Meinung von mir selbst nicht ganz. Sie wollen etwas von mir. Darum sind sie so freundlich zu dem Langhügler, der noch nicht mal ein Häuptling ist.«

»Was wollen sie von dir?«

»Damit sind sie noch nicht herausgerückt. Wir stehen noch am Beginn der ... Verhandlungen. Aber ich habe da so meine Vermutungen.« Er klopfte auf die Bronzeaxt, die auch heute an seiner Seite hing.

»Sie wollen Sihrus' Bronzeaxt?« fragte ich ungläubig.

»Diese Axt, aber am liebsten mehr davon. Du siehst mich an, als würdest du nicht viel begreifen.« Er nahm mein Schweigen als Eingeständnis. »Vielleicht hoffen sie, ich könnte ihnen mehr von dem Metall beschaffen, aus dem man so einzigartige Dinge herstellen kann.«

»Und kannst du das? Kannst du den Stierherren zeigen, wo ... wo die Bronze in der Erde liegt, damit sie noch mächtiger werden?«

»Ich weiß nicht, wo die Bronze in der Erde liegt«, antwortete er, um dann hinzuzufügen: »Aber das wissen die Stierherren nicht. Sie haben ja noch nicht gefragt.« Gorgs Warnung an Sihrus fiel mir ein: *Unterschätze die Macht der Stierleute nicht.* Bevor Errill in sein Kerrag stieg, verabredeten wir uns für den nächsten Abend am Ostufer des Süßen Sees, ungefähr an der Stelle, an der ich Loll begegnet war.

»Ist dir schon mal der Gedanke gekommen, daß sie von Sihrus dasselbe gewollt haben könnten?« fragte ich.

Er sah auf und nickte.

»Und wußte Sihrus, wo es Bronze gibt?«

»Möglich, daß Krekouross ihn eingeweiht hat. Möglich, daß Krekouross sein Geheimnis für sich behalten hat.«

»Möglich, daß Sihrus die Stierherren hingehalten hat wie du«, sagte ich. Wir wußten beide, was das bedeutete.

»Ich fahre noch ein wenig angeln, damit du Zeit hast, vor mir ins Dorf zurückzukehren.« Dann stieß er das Boot ab und lenkte es mit wenigen Schlägen zur Seemitte hin.

Ich ging so weit ins Dickicht zurück, daß Errill mich nicht

mehr sehen konnte. Dann beherzigte ich seinen Rat und schöpfte mir so viel Wasser über den Kopf, wie mir nötig schien, bevor ich ins Dorf zurückging. Auf der weiten Ebene zwischen dem Dickicht, dem Dorf und den Zelten trieb sich niemand herum, der uns hätte nachspionieren können. Es war schon recht spät am Abend, doch die Helligkeit unserer Sommernächte schimmerte auch durch die geschlossene Wolkendecke und tauchte das Dorf in ein unwirkliches Zwielicht.

Ela schimpfte mich aus, weil ich nicht zum Abendessen erschienen war. Sie wunderte sich, warum ich vor mich hin sang, obwohl ich bis auf die Haut durchnäßt war. Ich stopfte mir hastig eine Scheibe kaltes Lammfleisch und ein wenig Käse in den Mund, bevor ich mich hinter zugezogenen Vorhängen meiner nassen Kleidung entledigte. Ormo flüsterte mir durch einen Schlitz zwischen unseren Betten obszöne Bemerkungen zu, die mich zum Lachen brachten.

32

Der nächste Tag begann unter demselben grauen, drückenden Himmel wie sein Vorgänger. Im ganzen Dorf breitete sich eine gereizte Stimmung aus. Verwöhnt durch den strahlenden Sommer der letzten Tage, hatten wir vergessen, wie das Wetter auf den Inseln für gewöhnlich war.

Nervös half ich meiner Schwester bei den letzten Vorbereitungen für den ins Haus stehenden Verwandtenbesuch. Wir rechneten damit, mindestens Füchschen, Regi, Ibbe und ihre drei Kinder sowie Madragena zu beherbergen. Gorg und Adlersohn würden in anderen Häusern unterkommen.

Bei dem Versuch, den Gerstenbrei umzufüllen, zerbrach ich eine von Elas guten Schalen, weil ich mit dem Ellbogen an der Anrichte hängenblieb. Eine Schweinskeule fiel mir ins Feuer, als ich sie zum Räuchern aufhängen wollte. Als ich frisches Wasser aus dem See holte, um sie abzuwaschen, trat ich mir einen Dorn unter den Nagel des großen Zehs, weil ich mir in der Eile keine Schuhe gewickelt hatte.

Als ich dann mit dem vollen Ziegenbalg zum Haus zurückhumpelte, liefen mir Errill und Jonara über den Weg. Die Perle der Stierleute hatte eng anliegende Hosen aus Kalbsleder und eine ärmellose Weste an. Statt Schmuck trug sie ebenso wie Errill einen Lederköcher mit Keulenpfeilen über dem Rücken und den Haselbogen in der Hand, der so groß war wie sie selbst. Ihre Augen glühten in Erwartung der Jagd, während sie sich die Bogensehne um die Finger schlang.

Die beiden unterhielten sich so angeregt, daß sie mich nicht zu bemerken schienen. Konnte Errill dieses warmherzige Lachen vortäuschen? fragte ich mich. Diesen lebhaften Blick voller Bewunderung? Verstohlen schaute ich den beiden langen Haarzöpfen hinterher, dem hellblonden und dem schwarzen. Unter dem blonden sah ich zwei lange, schlanke Beine und eine beneidenswert schmale Taille. Errill hatte Augen im Kopf. Dunkelgraue, dachte ich, während ich ins Haus zurückhumpelte.

Ela ließ mich nicht in Nähe des Honigtopfs kommen und setzte das Bier selbst auf. Sie schickte mich vor die Tür, die Bettfelle für die Gäste auszuschlagen, die mehrere Monde unbenutzt in der Speichernische gelegen hatten. Von oben bis unten eingestaubt, kam ich zurück. Ela pflückte mir eine vertrocknete Käferlarve aus den Haaren und seufzte mitleidig. »Wenn ich dich nicht besser kennen würde, würde ich sagen, du bist verliebt.«

»Verliebt?« Ich lachte. Ihre Bemerkung hatte mich dennoch gekränkt. Wirkte ich tatsächlich so spröde auf die Menschen, daß sogar meine eigene Schwester meinte, ich könnte mich nicht verlieben?

Bei meinem täglichen Besuch an Ibareks Krankenlager konnte ich feststellen, daß die gereizte Stimmung nicht nur mir zu schaffen machte. Ibarek gab sich ungeduldig und verstimmt. Allibs Freundlichkeit war so wohldosiert wie die Fingerhutarznei, die Madragena Bun gegen sein Herzrasen verabreichte.

Beim täglichen Verbandwechsel stellte ich fest, daß sich die schwarzen Wundränder vergrößert hatten. Die Eier würden bald schlüpfen. Nachdem ich die Wunde gesäubert hatte, wurde der Gestank ein bißchen erträglicher. Dann trug ich Jonara Steinkrauts Salbe aus Sonnenwenden und Ehrenpreis auf. »Nein, Kind, *du* behandelst den verehrten Ibarek.« Mit diesen Worten hatte sie mir das reizende kleine Salbgefäß aus einem Walwirbel in die Hand gedrückt und ihren Patienten abgetreten. Seit wir uns bei Gesprächen über Heilkräuter und ihre Anwendung besser kennengelernt hatten, nannte sie mich nicht mehr »junge Frau«, sondern »Kind«.

Auf meinem täglichen Spaziergang mit Ela trafen wir die Hundenärrin Aleha und Ruffs Frau Tura. Während wir auf dem Platz ins Gespräch kamen, näherte sich eine Gruppe Männer vom Wohnhaus Sternensehers. Ich bekam zum erstenmal den Schamanen der Stierleute zu Gesicht. Zunächst sah man allerdings nicht viel von ihm, denn er war so klein, daß er im Kreis seiner Helfer verschwand. Wigo, Arkis Bruder, und Mishag, Klebhs Sohn, waren ausgesprochen kräftige, hochgewachsene Männer, und auch Borh von den Lachsleuten und Eno von den Hundeleuten überragten ihren Meister um einen halben Kopf. Alle fünf trugen ihre Haare lang und ungeflochten, um die Stirn ein Lederband mit aufgenähten Perlmuttstücken. Auch in die Bärte waren funkelnde Perlmuttsplitter geflochten. Wigos Prachtexemplar von einem Bart, schwarz mit aparten schneeweißen Strähnen, reichte ihm bis zum Bauch.

Aleha stieß mich kichernd in die Seite. »Wenn der schönste Bart Sternenseher würde, wäre Wigo es vor drei Jahren geworden.«

»Er scheint mir auch der Älteste in der Gruppe zu sein«, warf ich ein.

»Ja«, bestätigte Tura. »Sternenseher ist erst zwanzig und acht Jahre alt. Aber seine Mutter war die Schwester von Jonbros erster Frau Ake.«

Die fünf Männer hatten sich uns inzwischen so weit genähert, daß man den kleinen Schamanen sehen konnte. Obwohl der steife, ärmellose Lederumhang wenig von seinem Körperbau erkennen ließ, wirkte er extrem hager auf mich. Auf den Sehnen seiner nackten, mit Narbengeflechten überzogenen Arme lag auch nicht die dünnste Fettschicht. Seine Wangen wirkten eingefallen. Er hatte schwarze, tief in den Höhlen liegende Augen, wüste Haare irgendwo zwischen schwarz und braun und einen ungepflegten, dichten Bart. Um ihn herum schien es finsterer zu sein als sonst auf dem Platz.

Ela, Aleha und Tura senkten die Köpfe und schauten zu Boden, bis die kleine Prozession im Haus der Götter verschwunden war. Ich wurde nicht schlau aus den Gesängen, Kniefällen und Gesten, mit denen die fünf Männer das Haus der Götter betraten. Warum warfen sie sich reihum auf den Boden und der jeweils Nachfolgende setzte dem Vordermann den Fuß in den Nacken? Was bedeutete Enos Singsang? Immer wenn ich ein Wort erkannt zu haben meinte, preßte seine ausdrucksvolle Stimme Laute hervor, mit denen ich nicht das geringste anzufangen wußte.

»Was bedeuten eigentlich diese Riten?« wandte ich mich an Aleha.

»Du darfst nicht hinsehen«, hielt sie mir vor, ohne jedoch auf die Einhaltung des Verbots zu drängen.

»Aber an den großen Festtagen«, setzte ich erneut an, »da vollziehen sie ihre Riten doch vor der gesamten Sippe, oder?«

»Am Tag der Stierherren dürfen sogar die Frauen in das Haus der Götter«, klärte Tura mich auf. »Zu anderen Gelegenheiten sind nur der Sternenseher und seine Helfer sowie der innere Kreis zugelassen. Für gewöhnlich beten sie zu Alako, tanzen und singen oder bringen ein Opfer dar.«

»Das klingt nicht viel anders als das, was Adlersohn bei uns macht«, sagte ich.

Tura zuckte die Achseln.

»Und am Frühlingstag?« fragte ich.

»Am Frühlingstag tanzen die Männer den Grubentanz, Sternenseher oder einer seiner Helfer betet und entzündet das Frühlingsfeuer, und dann« – Tura lachte – »trinken die Menschen Honigbier und noch mehr Honigbier, machen Musik –«

»Und Liebe!« krähte Aleha dazwischen.

»– und trinken noch mehr Honigbier. Am nächsten Morgen weiß keiner mehr so recht, was er getrieben hat.«

Ich lächelte. Irgendwoher kam mir das bekannt vor.

»Die Männer, die etwas auf sich halten, schicken ihre Frauen früh ins Haus«, erklärte Ela mit würdevoller Miene.

»Ja, mein Kind, Ribi hält nicht ganz so viel auf sich«, räumte Aleha gutmütig ein. »Dafür haben wir viel Spaß gehabt.«

»Und irgendeine besondere Zeremonie gibt es nicht?« wunderte ich mich eingedenk dessen, was Toshag mir über ihr Fest bei den Walleuten berichtet hatte.

Drei Augenpaare sahen mich erstaunt an. »Sternensehers Zeremonien sind immer etwas Besonderes«, raunte Tura.

»Was verstehst du unter ›etwas Besonderes‹?« maulte Ela.

»Nun«, zögerte ich, »zum Beispiel daß Alako Mondherr und seine Gefährten am Himmel ein Muster bilden.«

»Mit dem Himmel beschäftigen wir uns am Frühlingstag nicht.« Aleha lachte. »Mehr mit der Erde.«

»Du stellst schon komische Fragen«, zischte Ela mir zu, als wir unseren kleinen Ausflug beendeten und uns wieder den häuslichen Pflichten zuwandten. »Blamiere mich bitte nicht vor den anderen Frauen.«

»Meinen komischen Fragen hast du es immerhin zu verdanken, daß Toshag dich vor allen anderen bevorzugt hat«, versetzte ich ärgerlich.

Auch dieser Tag verging, ohne daß die Adlerleute ankamen. Unsere Spannung steigerte sich, als Yarbro erzählte, ungefähr die Hälfte der erwarteten Besucher sei bereits eingetroffen. Die Walleute waren zu meinem Leidwesen nicht darunter. Ich hätte mich gerne mit einigen von ihnen unterhalten, um Toshags Bericht auf seinen Wahrheitsgehalt hin zu überprüfen.

»Zwischen uns und den Walleuten steht es seit dem Frühlingstag nicht zum besten«, eröffnete mir Yarbro. »Jonbro ist nicht gut auf sie zu sprechen, weil sie sein Angebot abgelehnt haben, sich der Gemeinschaft anzuschließen.«

»Auf die Hinterwäldler kann ich verzichten«, sagte Ormo, während er eine Spelze ins Herdfeuer spuckte. »Werden wohl erst an Naps Tag kommen.«

Ich bekam kaum einen Bissen herunter.

»Sie haben es ja nicht weit«, meinte Ela.

»Ich wünschte, das könnte man von deiner Sippe auch sagen«, spottete Ormo. »Aber die werden uns wohl schon früher auf die Pelle rücken.«

»Die Adlerleute sind uns stets willkommen. Mein Haus ist ihr Haus«, erklärte Yarbro. Ela lächelte ihn verzückt an.

Wir legten uns früh schlafen, denn je näher Naps Tag rückte, desto mehr arbeiteten wir, sogar die Männer. Ich hatte die Familie überzeugen können, der stickigen Luft wegen nur den Türvorhang vorzulegen, so daß ich mich später nach draußen schleichen konnte. Mehr Probleme bereitete mir das Wachbleiben, denn ich hatte geschuftet wie ein Steinträger. Um nicht einzuschlafen, versuchte ich die Fragen zu überdenken, die ich Errill stellen wollte. Irgendwie liefen sie aber stets darauf hinaus, was er von Jonara Perle hielt. Die glücklichen Schnarchgeräusche um mich herum störten mich irgendwann so, daß ich vor der verabredeten Zeit aufstand, lautlos die Bettvorhänge zurückschlug und wieder schloß, zum Türvorhang schlich und das Haus verließ.

Obwohl es, vier Tage vor dem längsten Tag des Jahres, ziemlich hell war, schien das ganze Dorf den Schlaf der Erschöpfung zu schlafen. Niemand war unterwegs, selbst Ribis Hunde ruhten offenbar aus. Vorsichtig näherte ich mich dem alten Gästehaus und lauschte. Nichts. Vor lauter Arbeit fand offenbar niemand mehr Zeit für Vergnügungen. Ich schlich unmittelbar zum Ufer hinunter und folgte der Küstenlinie um den Südzipfel des Süßen Sees herum. Das Dickicht bot einen gewissen Sichtschutz.

Ich schaute mich noch einmal um. Wie verlassen lag das Dorf da. Im Hintergrund hielten die hohen Steine des Steinkreises ihre einsame Wacht. Hinter vorgehaltener Hand hatte Ela mir erzählt, manch einer hätte nachts ein Wispern und Raunen im Kreis vernommen, als würden die Steine sich unterhalten. Ich schauderte unwillkürlich und machte mich auf den Weg.

Im Zeltdorf auf der Ebene huschte noch die eine oder andere Gestalt umher. Die meisten waren auf dem Weg zu den Abortgruben, die man in gehörigem Abstand östlich von den Zelten ausgehoben hatte. Da der Wind vorrangig aus Westen wehte, blieb man so meist von unangenehmen Gerüchen verschont. Eine Gestalt, die noch einen kleinen Spaziergang am See unternahm, würde hier keinerlei Aufmerksamkeit erregen. Nach dem gestrigen Unwetter war es im Dickicht dunstig und feucht. Kühl strichen mir die Gräser um die nackten Waden. Zum erstenmal seit vielen Tagen fröstelte ich. Die Luft roch feucht und erdig und aufregend. So hatte es gerochen, wenn die Kindermeute der Adlerleute sich zu einem verbotenen Nachtabenteuer getroffen hatte.

Rechter Hand ragte der dunkle Hügel des Ahnenhauses aus der flachen Weidelandschaft. Ob Sternenseher ihn dieses Mal in die Zeremonien zu Naps Tag einbeziehen würde? Yarbro, von mir darauf angesprochen, hatte geheimnisvoll getan, was mich zu der Überzeugung gebracht hatte, daß er nicht zu den Eingeweihten gehörte. Fest stand, daß die Bräuche immer verwickelter und undurchschaubarer wurden und bereits am Morgen beginnen sollten. Das letzte Mal hatte ich vor fünf Jahren an den Feierlichkeiten teilgenommen. Zusammen mit Nomak.

Nun hatte ich die Stelle erreicht, wo eine Halbinsel parallel zum Ufer verlief, so daß eine längliche, geschützte Bucht entstand. Am Kopf dieser Bucht hatten Errill und ich uns verabredet.

Bald darauf sah ich die Umrisse eines Kerrags um die Landspitze biegen. Ich hatte Muße gehabt, eine halbwegs trockene, von Röhricht und Schwertlilienbüschen gesäumte Grasfläche zu finden, auf der ein paar verstreute Steine zum Sitzen einluden.

Als das Kerrag sich so weit genähert hatte, daß ich Errills lange Haare und seine schlanke, geschmeidige Gestalt erkennen konnte, erhob ich mich und schwenkte die Arme. Die Gestalt im Boot winkte zurück. Fast lautlos glitt die Ricke an das grasbewachsene Ufer. Errill sprang heraus, zog das Boot halb an Land, so daß es nicht davontreiben konnte, holte etwas heraus und kam auf mich zu.

»Damit du dich ein bißchen für mich erwärmst.« Er grinste, während er mir einen Ziegenbalg mit Honigbier unter die Nase hielt.

Sein Lächeln wirkte so aufrichtig, daß ich mich beinahe gefreut hätte. Doch dann fiel mir ein, wie er Jonara angelächelt hatte. »Wir haben viel zu besprechen«, sagte ich, ohne die Miene zu verziehen, »und ich möchte diese Nacht irgendwann noch mal schlafen.«

Errill zuckte seufzend die Achseln und setzte sich auf einen Stein neben mir. Er zog den Hornpfropfen heraus, legte den Kopf in den Nacken und schüttete sich die Flüssigkeit in einem dünnen Strahl in den Mund. Er trug ein langärmliges, vorn geschnürtes Hemd. Durch die Bewegung klaffte es auf, so daß die große Narbe im Zwielicht der Sommernacht weiß auf seiner sonnengebräunten Brust aufleuchtete. Die Sehnenstränge an seinem Hals traten hervor, die kleine Mulde unter dem Kehlkopf zeichnete sich deutlich ab. Das erinnerte mich an etwas.

Ich öffnete den Beutel an meinem Gürtel, holte die Reste der Kette heraus, die ich am Tag nach Errills Besuch beim Steinehaus gefunden hatte, und reichte sie ihm herüber. »Entschuldige, daß ich sie dir nicht sofort gegeben habe«, sagte ich. »Manchmal weiß ich nicht, wo ich meinen Kopf habe.«

Die Hände, in die ich die schwarzen Perlenwürfel und die abgerissene Kette legte, waren warm und trocken. Ein Geruch, süß und vergoren zugleich, stieg mir in die Nase. Wortlos nahm ich ihm den Ziegenbalg ab, setzte mich auf meinen Stein und trank.

»Du machst mir eine große Freude damit«, sagte er. »Luwe hat mir erzählt, daß du auf dem Kleinen Nordlicht warst. Es tut mir leid, daß ich nicht da war, um dich zu begrüßen.«

Ich winkte ab.

»Ich meine es ernst. Es tut mir wirklich leid. Die Kette stammt von der Insel im Südmeer. Ich habe sie von einem Mann aus dem Haus des Königs erhalten, dem ich … einen Gefallen erweisen konnte. Es ist ein Holz, das noch weiter aus dem Süden stammt. Ebenholz nennen sie es. Es wäre ein unersetzlicher Verlust für mich gewesen. Danke.« Er begann die Perlen wieder auf die Haarschnur aufzufädeln.

Meine Füße fühlten sich klamm an, denn die Feuchtigkeit war durch das Leder gedrungen. Ein weiterer Schluck Honigbier versetzte mich in eine großzügige Stimmung. »Damit wir uns nicht wieder zanken, wer anfängt: Hier ist die Geschichte meiner Unterredung mit Toshag.« Dann erzählte ich.

Als ich geendet hatte, pfiff Errill anerkennend durch die Zähne. »Er war nett zu dir, der mächtige Toshag. Er scheint dich zu mögen.«

»Was hältst du davon?«

»Toshag ist ausgesprochen klug. Er hat sich die perfekte Entschuldigung für den Frühlingstag besorgt. Die einzige, die ihn bestätigen oder widerlegen kann, ist die Tochter des Stierherrn. Dabei kann er sich ausrechnen, daß du nicht vor sie hintrittst und sie freiheraus fragst, ob sie mit ihrem Vetter geschlafen hat.« Mein Herz schlug schnell, während ich seine Gesichtszüge nach einer verräterischen Regung absuchte. Nach einem Augenblick des Nachdenkens fügte er hinzu: »Wie hast du dir das Ganze überhaupt vorgestellt? Was willst du tun, wenn du den Mörder gefunden hast? Die Stierherren zur Rechenschaft ziehen?« Unsere Blicke begegneten sich. Seine Augen wirkten schwarz wie die Perlen der Kette, die in seiner Hand lag. Offenbar hatten wir, was Sihrus' Mörder anging, die gleiche Idee.

»Ich muß Madragena und Adlersohn überzeugen, auf Naps Tag im Steinkreis Rechenschaft zu fordern.«

»Das sind nur noch vier Tage.«

Ich schwieg.

»Und wenn Madragena und Adlersohn sich weigern?« wollte er wissen.

»Dann muß ich es selbst tun. Kann ich auf dich zählen?«

Er rückte unruhig auf seinem Stein hin und her, stand schließlich auf und holte sich den Ziegenbalg wieder zurück. »Du weißt, was du da verlangst«, sagte er.

Ich schwieg, schaute ihn weiter an und wunderte mich, wie einfach alles war, wenn man etwas ganz fest wollte.

»Ich werde dich unterstützen«, versprach er schließlich. »Jetzt habe ich mir genug Mut angetrunken.« Dann reichte er mir das Honigbier, und ich tat es ihm gleich. Er nahm mir den Schlauch ab und schüttete den restlichen Inhalt ins Wasser. »Ein Trankopfer für Bruder Wasser«, erläuterte er mit dem altbekannten Zucken um den Mund. »Wenn du Jonara Perle vor allen Sippen fragst, ob sie am Frühlingstag bei Toshag gelegen hat, wird sie es bestätigen.«

»Aber –«

»Toshag würde das Risiko nicht eingehen, wenn er sich nicht mit ihr abgesprochen hätte. Ihm erwachsen daraus nur Vorteile: Erstens kann er nicht des Mordes an Sihrus angeklagt werden, weil er ja die ganze Nacht mit Jonara zusammen war, und zweitens wird er nach diesem Geständnis seine Base heiraten müssen. Alles andere würde Schande über die Stierherren bringen. Ein Vergehen am Frühlingstag kann man den beiden nachsehen. In zwei, drei Jahren, wenn er der neue Stierherr ist, wird niemand mehr davon sprechen. Jonara Perle ist die Tür, durch die er sich Zugang ins Haus des Stierherrn verschafft.«

Ich schluckte. »Und wenn ich alles auf sich beruhen lasse, schadet es ihm auch nicht. Warum hatten sie es dann nötig, sich abzusprechen? Man sollte doch meinen, daß das Erlebnis an sich unvergeßlich für Jonara war.«

»Welches Erlebnis?« entgegnete Errill. »Ich könnte mir gut vorstellen, daß da gar nichts war. Und dann hätte Toshag Gelegenheit gehabt, zu der Bucht überzusetzen und Sihrus zu töten.«

Ich stand auf und stemmte wütend die Hände in die Hüften. Also doch! Diese Verblendung! So klug und gleichzeitig so dumm! »Du willst, daß da nichts war!« fuhr ich ihn an.

»Was meinst du damit?« fragte er verwirrt.

»Spiel doch bitte nicht den Ahnungslosen! Du wünschst dir, daß deine Jonara nicht mit Toshag geschlafen hat. Du wünschst dir, daß sie sich wahrhaftig und ehrlich in dich verguckt hat. Gib es ruhig zu!«

Aber Errill war weit davon entfernt, etwas zuzugeben. Er kicherte hemmungslos vor sich hin. Wir hätten eben doch kein Honigbier trinken sollen. Als er sich halbwegs beruhigt hatte, antwortete er: »Du bist wirklich zu klug für mich. Dieser Scharfsinn! Solange er sich auf andere richtet, kannst du stolz auf ihn sein. Aber wenn du selber ins Spiel kommst, tappst du im dunkeln wie ein Maulwurf.«

Ich schwieg.

»Wer steht denn in deiner Gunst im Augenblick am höchsten?« erkundigte er sich.

»In meiner Gunst?« fauchte ich.

»Ich meinte, wer ist dein Lieblingsverdächtiger?« erläuterte er mit ausgesuchter Höflichkeit. »Glaub mir, ich würde mir nicht anmaßen, dich zu fragen, wer deinem Herzen am nächsten steht.« Er hielt inne. »Zumal ich deinem Bericht über den Frühlingstag bei den Adlerleuten entnehme, daß du deine Gunst dieses Jahr nicht vergeben hast.«

Ich war froh um das Dämmerlicht, das meine Zornesröte verbarg. In einem so eisigen Ton, daß das Ahnenhaus dagegen ein gemütlicher Ort war, versetzte ich: »Hab Dank für dein Zartgefühl. Was deine Frage betrifft, ich denke, wir verdächtigen beide denselben Mann.«

Errill nickte. »Toshag.«

Mir ging auf, worauf er hinauswollte. »Du hast recht«, räumte ich widerwillig ein. »In jener Nacht kann er nur eins von beiden gemacht haben: mit Jonara schlafen oder Sihrus umbringen.«

Er seufzte übertrieben. »Siehst du, es war doch ganz einfach.«

»Aber«, fuhr ich ungerührt fort, »das heißt nicht, daß sie nicht doch ein Liebespaar sind. Falls es eine Absprache zwischen ihnen gibt, ist es sogar wahrscheinlich, daß zwischen ihnen eine, sagen wir, innige Beziehung besteht. Einen anderen Grund vermag ich mir nicht vorzustellen, warum Jonara für ihren Vetter zu lügen bereit sein sollte.«

Errill blies die Wangen auf und stieß die Luft aus. »Jetzt hast du recht, aber ich glaube es trotzdem nicht.«

»Und was«, fragte ich mit beißendem Spott, »veranlaßt dich

zu dieser Annahme? Hat Jonara dir ins Ohr gehaucht: ›O Errill, mit Toshag war nichts und ist nichts, das *mußt* du mir glauben?‹«

»Wir sind noch nicht beim Hauchen.« Dann wurde er wieder ernst. »Mein Gefühl sagt mir, daß die Tochter des Stierherrn noch nicht bei einem Mann gelegen hat. Natürlich kann ich mich irren. Obwohl ich es in diesem Fall für unwahrscheinlich halte.«

»Bitte gib mir rechtzeitig vorher Bescheid, wenn dieser Fall doch einmal eintreten sollte.«

»Wird gemacht. Aber mir scheint fast, du bist ein bißchen eifersüchtig.«

»Das hättest du wohl gern!« fuhr ich ihn an.

Er lächelte mich betont freundlich an. »Ich sehe nur eine Möglichkeit. Einer von uns muß die Walleute aufsuchen, um herauszufinden, was in jener Nacht vorgefallen ist. Du kannst hier nicht weg, ohne Argwohn zu erregen. Also werde ich zum Hummer fahren.« Er überlegte, um nach einer Weile fortzufahren: »Ich werde mit Korm und Eppe auf Robbenjagd gehen. Immer mehr Sippenabordnungen treffen ein, und die Stierleute bekommen es langsam mit der Angst zu tun, daß ihre Vorräte nicht ausreichen könnten. Meine beiden Verwandten sind vorzügliche Robbenjäger. Und ich, nun ich habe eine gute Freundin bei den Walleuten. Kwike und ich haben unseren Tag der Zweiten Geburt gemeinsam gefeiert. Sie war die beste Walfängerin der Hirschleute. Vor einigen Jahren hat sie einen Mann von den Walleuten geheiratet. Und danach –« Ein breites Grinsen im Gesicht, verstaute Errill seine halb aufgefädelte Ebenholzkette in einem Beutel an seinem Gürtel. »Danach war es natürlich vorbei mit dem Walfang.«

»Gibt es eigentlich irgend etwas auf dieser Welt, was vor deinem Spott sicher ist? Selbstverständlich töten Menschen, die nach dem alten Weg leben, nicht ihr Sippentier!« schimpfte ich.

»Spätestens daran merkt man, daß die Stierleute nicht nach dem alten Weg leben, nicht wahr? Du hast schon wieder recht«, gestand er. »Das sollte aber nicht zur Gewohnheit werden!«

»Die Stierleute waren schon immer die Stierleute und haben ihr eigenes Sippentier verzehrt«, erkannte ich verwundert. »Jetzt, wo du es sagst ... Wir haben uns nie Gedanken darüber gemacht. Merkwürdig.«

Errill schien das kein Kopfzerbrechen zu bereiten. Er erhob sich, um den schlaffen Ziegenbalg vom Boden aufzuheben. »Korm, Eppe und ich brechen morgen früh auf. Wir werden über Nacht wegbleiben. Spätestens zu den Wettbewerben bin ich wieder zurück.« Er gähnte und machte Anstalten, zu seinem Kerrag zu gehen.

Ich sprang auf, trat ihm in den Weg und hielt ihn mit ausgestreckten Armen auf. »O nein!« erklärte ich im Tonfall der Strafpredigten, die ich meinem Bruder zu halten pflegte. Vielleicht war Errill durch Luwes Erziehung ja empfänglich für schwesterliche Strenge. Er machte einen halben Schritt auf mich zu, bis seine Brust gegen meine Hände stieß. Sein Hemd aus hellem Lammleder war angenehm weich. Unter meiner rechten Handfläche schlug sein Herz. Ich zog meine Hände zurück. »Du wirst nicht gehen, bis du mir meine Fragen beantwortet hast!«

Seufzend ließ er sich rücklings ins Gras fallen. Als ich kein Erbarmen zeigte, setzte er sich auf, gähnte wieder und flüsterte wie mit letzter Kraft: »Also gut!«

»Welche Fragen hast *du* gestellt, und welche Antworten hast *du* erhalten?«

Er zog die Beine an, schlang die Arme um die Knie und zeigte nach Süden, wo der Himmel über der düsteren Gipfellinie der Windberge aufgerissen war. »Sieh, der Robbenjäger ist aufgegangen.« Ich mußte genau hinsehen, denn in dem hellen Schein des Mondlichts, das durch die Wolkenlücke fiel, war der Stern nur schwer zu erkennen.

»Ich verstehe nichts von den Sternen«, wehrte ich ab. »Was für ein Name!«

»Sihrus hat mir viel über die Gestirne beigebracht«, erzählte Errill. »Er schätzte den Robbenjäger. Es war ›sein‹ Stern. Im Augenblick folgt der Robbenjäger Alako Mondherr auf seiner Bahn über den Himmel.«

Mit einer ungeduldigen Handbewegung forderte ich ihn auf, zur Sache zu kommen.

»Wie du weißt, habe ich ohne Sippenauftrag gehandelt. Meine Fragen mußten daher stets unverfänglich klingen. Was habe ich also getan? Ich bin nach und nach noch einmal dort zu Besuch gewesen, wo ich mich häufiger mit Sihrus aufgehalten hatte oder wo Sihrus … innige Beziehungen gepflegt hat.«

»Erzähl!« verlangte ich.

Und er begann zu erzählen.

»All unsere Jagdgefährten und Freundinnen waren aufrichtig betrübt über Sihrus' Tod«, schloß er. »Keiner von ihnen wußte, daß es sich um einen Mord handelt, vielleicht haben manche aber auch die Wahrheit geahnt und wieder verdrängt. Den Menschen der Inseln fällt es schwer zu glauben, daß ein Mensch einen anderen töten kann. Jedenfalls wurde keiner dieser Gefährten von Haß getrieben oder benahm sich, als hätte er etwas zu verbergen. Und eins berichteten mir doch alle übereinstimmend: Nach unserer Rückkehr von der großen Reise hat Sihrus den alten Freunden und Freundinnen nur noch vereinzelte Besuche abgestattet. Die Beziehungen zu den Frauen hat er nicht wiederaufgenommen, mit Ausnahme von Bilse. Na ja, die meisten hatten sich während unserer langen Abwesenheit auch anderweitig gebunden. Also –«

»Bilse«, unterbrach ich ihn, »ist das nicht die Tochter Lorms, des Häuptlings der Krabbenleute?«

»Richtig, das ist die Rundhüglersippe auf der Prächtigen mit den beiden übereinandergebauten Ahnenhäusern«, führte Errill aus. »Wenn ich Bilse richtig verstanden habe, war das mit ihr und Sihrus auch eher eine Art Ausrutscher. Auf unsere alten Freunde hat Sihrus in den Monden nach unserer Rückkehr irgendwie verändert gewirkt. Hat sich mehr für ernste Gespräche als fürs Honigbier interessiert. Bis auf den einen Abend mit Bilse.« Errill hielt inne und schaute auf die schillernde Wasserfläche hinaus. Das Mondlicht drang inzwischen durch zahlreiche Wolkenlöcher hindurch. »Bilse brachte mich auf die Idee, bei den Stierleuten vorbeizuschauen. Sie wußte von ihrem Vater, daß Sihrus häufig hier gewesen war. Vor etwa einem Mond war ich zum erstenmal seit längerem wieder hier. Arki, einer der Herdenväter der Stierleute, ist ein guter Freund von mir.«

»Und waren die Stierleute von Anfang an so freundlich zu dir, Kerragmeister der Hirschleute?« fragte ich boshaft.

»Nein«, antwortete Errill und legte eine kleine Pause ein. »Das ist auch nicht weiter verwunderlich, denn bei meinem ersten Besuch hatte ich Sihrus' Axt … vergessen. Erst bei meinem zweiten Besuch trug ich sie an meiner Seite. Am dritten Tag dieses Besuchs erhielt ich eine Einladung ins Haus der Stierherren.«

»Und am vierten durftest du mit der Tochter des Hauses Enten jagen gehen«, ergänzte ich.

»So in etwa.« Er lächelte zufrieden. »Warib war natürlich immer dabei. Obwohl man schnell vergißt, daß es sie gibt.«

»Dann trifft deine Vermutung, die Stierherren hätten es auf die Bronzeaxt abgesehen, wohl zu. Jonbro dürfte danach gieren, seiner Sammlung ein solch seltenes Stück einzuverleiben.«

Hätte er doch das Honigbier nicht weggeschüttet! Ich ging zum See, schöpfte Wasser und trank es aus meinen Händen. Ich stellte mich vor ihn hin und fragte: »Welche Aufgaben hat Sihrus bei den Stierleuten wahrgenommen? Was wollten sie von ihm?«

Er dachte kurz nach, bevor er antwortete: »Sihrus hat den Stierleuten verschiedene Dinge beschafft. Geschichten, Frauen, Nervenkitzel, Spaß – aber das weißt du ja bereits.«

Ich zog die Augenbrauen hoch.

»Golbros Kulleraugen beginnen gefährlich zu glänzen, wenn er von dir spricht. Gestern abend war sein rundes Köpfchen ungefähr so rot wie der Sonnenball, kurz bevor er im Meer versinkt. Wußtest du das nicht? Sieh dich vor, wenn du ihn allein in der Nähe des Gästehauses triffst!« Sein Mundwinkel zuckte verräterisch.

Ich prustete los. Außerdem tat es mir gut, daß Errill davon wußte.

»Nun, das war noch nicht alles, was er ihnen vermittelt hat«, fuhr er fort. »Auf seinen Reisen hat er alles mögliche für sie gesammelt. Namen, Berichte, Kenntnisse, Gegenstände. Jonbros Interesse gilt der Welt jenseits der Inseln. Er glaubt, die Zeit der Abgeschiedenheit sei vorbei. Den Händler, der ein paarmal an Naps Tag hier aufgekreuzt ist, haben wir zu Beginn unserer Reise an der Westküste des Festlands getroffen. Wir stießen auf ihn, als wir mit unseren Kerrags in einer kleinen Bucht aus Korallensand anlegten, um zu übernachten. Enilo befehligte ein größeres Kerrag mit vier Mann Besatzung und hatte die gleiche Idee mit dem Nachtlager. Nachdem wir uns mißtrauisch beäugt hatten und zu dem Ergebnis gekommen waren, daß keine Gruppe der anderen Übles wollte, haben wir einen lustigen Abend verlebt. Sihrus hat ihm berichtet, was er auf den Inseln eintauschen kann, und der Mann –«

»Warte mal«, unterbrach ich ihn, als mir klar wurde, was an seinem Bericht mich gestört hatte. »Ihr habt ihn an der Westküste getroffen? Aber ihr solltet doch die Haifischmaulsippen der Ostküste besuchen …«

»So?« Mit verwundertem Blick schaute er zu mir hoch. Der Mond war aufgegangen und legte einen bläulichen Schimmer über seine Haare.

»Madragena und Adlersohn hatten Sihrus den Auftrag erteilt, bei der Haifischmaulsippe zu beginnen, aus der Madragena stammt, den Fuchsleuten. Ihre Verwandten sollten Sihrus mit Berichten über den neuen Weg versorgen und weiter in den Süden bringen.«

»Wir sind aber die Westküste entlanggereist«, stellte Errill achselzuckend fest. »Jonbros Auftrag lautete, mit den Rundhüglersippen an der Westküste Kontakte zu knüpfen und von dort weiter nach Süden zu ziehen. Sihrus hat mir nicht erzählt, daß seine Mutter ihm etwas anderes aufgetragen hatte. Irgendwie erscheint es mir auch sinnvoller, zu den Rundhüglern zu fahren«, überlegte er. »Wenn man schon etwas über den neuen Weg herausfinden soll.«

Ich mußte ihm recht geben. »Madragenas Gefühle bezüglich

seiner Reisen waren zwiespältig. Er sollte etwas herausfinden, aber sich nicht zu sehr auf das Neue einlassen. Vielleicht hoffte sie, ihre Verwandten von den Fuchsleuten würden ihn bekehren. Halt!« rief ich, als Errill sich erhob und auf sein Boot zuging.

Aber er griff nur zwischen das Gestell aus gebogenen Haselstäben und kehrte mit einem Bündel zurück. Als er mir den Rücken zudrehte, sah ich, daß sein Hose dort, wo er im nassen Gras gesessen hatte, ganz dunkel war. Ich mußte kichern. »Was ist?« fragte er, verfolgte meine Blickrichtung und griff sich an die Hose. Mit einem Achselzucken schlug er die Lederhülle auseinander und bot mir von dem Trockenfisch an. Ich bediente mich.

»Sihrus hatte also mehr als einen Auftrag«, faßte ich zusammen. »Er hat seine Reise für die Stierherren unternommen, nicht für die Adlerleute.«

»Da irrst du dich. Sihrus hat die Reise weder für die Stierherren noch für die Adlerleute unternommen. Er ist gereist, weil er reisen wollte. Weil er darauf brannte, fremde Länder kennenzulernen, Neues zu erfahren, den Allsamenbaum zu finden.«

Ich lachte bitter auf. »Also weder alter noch neuer Weg, sondern Sihrus' Weg.« Wir kauten auf dem salzigen Fisch herum, und während unsere Spucke das trockene Zeug in eßbaren Brei verwandelte, zog der Geruch nach altem Kabeljau durch die würzige Sommernacht.

Errill stand auf, legte mir kurz die Hand auf die Schulter und sagte: »Nimm es nicht so schwer. Du weißt doch, wie er war. Er hat euch geliebt. Ich bin sicher, er wollte das Beste für die Adlerleute. Sihrus hat Madragenas und Adlersohns Auftrag getreulich ausgeführt, auch wenn er nicht all ihre Anweisungen befolgt hat.«

Mein Mund wurde trocken. Mit Mühe schluckte ich den Fisch hinunter. »Und? Habt ihr den Ursprung des neuen Wegs gefunden?«

»Nein. Es gibt keinen neuen Weg«, behauptete er. »Die Menschen leben auf die unterschiedlichste Weise. Was für die einen neu ist, ist für die anderen schon alt.«

Wie hatte er doch gesagt: Wenn du irgendwo festhängst, fang an einer anderen Stelle noch mal an! »Dein Händler ist noch nicht eingetroffen. Handelt er auch mit Bronzeäxten?« fragte ich.

Errill schüttelte den Kopf. »So weit reist Enilo nicht. Zwei-, dreimal war er im Süden des Festlands, das übrigens auch kein Festland, sondern auf allen Seiten von Wasser umschlossen ist. Doch für gewöhnlich fahren seine Kerrags zwischen der Westküste des Festlands und der großen Insel vor der Westküste hin und her. Auf dieser Insel, die sie Regeninsel nennen, gibt es Gold.«

Mir dröhnte der Kopf von all dem Neuen, das er mir berichtete. »Was ist das schon wieder?«

»Gold ist ein Metall wie Bronze. Es ist ungeheuer kostbar und kommt nur in ganz kleinen Mengen vor. Die Farbe ist ähnlich wie Bronze, nur noch heller und strahlender.«

»Dann handelt Enilo also mit Goldäxten?«

Errill lachte. »Nein, aus Gold stellt man keine Äxte her. Nur kleine Gegenstände wie Schmuck. Die Südländer haben auch Gold.«

»Ja«, erinnerte ich mich vage. »Ard hat es wohl einmal erwähnt.«

Ich verstummte, und Errills Lachen verebbte. Er schaute mich aufmerksam an. »Ich möchte wieder nach Hause«, gestand ich. »Ich möchte das Getreide auf unserem Weizenfeld ernten helfen und mit meiner Familie am Herd sitzen. Ich will, daß alles so ist wie immer. Ich verspreche sogar, keine Witze mehr über Adlersohn zu erzählen.«

»Und ich«, sagte er nach einer Weile, »möchte in den Klippen des Kleinen Nordlichts herumklettern und Luwes Robbenbraten essen. Ich möchte mit Spatz und Küken im Kerrag sitzen, die Reusen heraufholen, Wolkenbilder gucken. Aber nicht alles wird so bleiben, wie es war.« Er spuckte eine Gräte aus, sprang auf und machte eine Geste, als werfe er mit der rechten Hand etwas in die Luft. »Vielleicht ist das ja gar nicht so schlimm. Solange Luwe einen so saftigen Robbenbraten zustande bringt.« Nach einer Weile fuhr er fort: »Die Sonne wird bald aufgehen. Wir sollten uns schlafen legen. Morgen wird für uns beide ein anstrengender Tag.«

Ich gähnte.

»Irgendwann mußt du mir *alles* erzählen, was ihr erlebt habt. Wie Sihrus an die Axt gekommen ist und –«

»Er hat sie gestohlen.«

»Nein!«

Er schob sein Kerrag ins Wasser. Errill stieß sich mit dem Paddel ab. Es spritzte kaum, wenn er es in die glänzende, glatte Seeoberfläche eintauchte, die sich um das Boot herum leicht kräuselte.

»Und wie du an deine Narbe gekommen bist«, sagte ich leise vor mich hin.

»Das ist eine lange Geschichte«, rief er zurück. »Aber eines Tages erzähle ich sie dir.«

33

Als sich die dunklen, stillen Umrisse der Häuser im ersten Dämmerlicht abzeichneten, sah ich vor mir eine Gestalt am Ufer hocken. Das Haargespinst sagte mir, daß es Loll war.

Ich versuchte mich auf der Landseite an ihr vorbeizuschleichen, aber sie bemerkte mich. Mit erstaunlicher Schnelligkeit richtete sie sich auf und lief auf mich zu. Ihre langen weißen Haare wehten hinter ihr her wie ein Wolkenschleier. Ich wandte mich um und tat so, als hätte ich sie erst jetzt bemerkt. Voll und schwer sank Ahnsohn Mond den Felsgraten der Gebirgigen entgegen.

»Mondjungfrau, warte auf Loll!« rief mir die Alte hinterher.

Trotz des unguten Gefühls, das sie in mir weckte, trotz der Müdigkeit, die mich beinah im Stehen einschlafen ließ, brachte ich es nicht übers Herz, einfach weiterzugehen.

Als sie mich eingeholt hatte, warf sie sich vor mir der Länge nach zu Boden, bevor sie sich in eine kniende Stellung aufrichtete und mir in ihrer seltsamen Sprechweise erklärte, daß sie ganz, ganz lieb gewesen sei. »Wo ist Lolls Kleines?« fragte sie. »Hat die Mondjungfrau es in Sicherheit gebracht?«

»Es ist in Sicherheit«, beruhigte ich sie. »Ahnbruder Mond hat es bei sich aufgenommen. Ihm wird es an nichts mangeln. Komm mit, liebe Loll. Ich bringe dich zu Ruff zurück.«

Loll kicherte und folgte mir, immer einen halben Schritt zurück, ins Dorf. Aus Ruffs Haus kam eine Gestalt auf uns zu. Es war Tura, die Frau des Tonmeisters. Ungefähr eine halbe Feldlänge vom Dorfrand entfernt trafen wir uns. Tura wirkte übermüdet. Obwohl sie ein Jahr jünger als ich war, hatten sich bereits dicke graue Strähnen in ihr rabenschwarzes Haar eingeschlichen. Sie wirkten wie mit Tonerde eingeschmiert. Noch immer stillte sie die dreijährigen Zwillinge Böckchen und Hippe. Vielleicht zehrte sie das so aus.

Tura legte der Verrückten den Arm um die Schultern, um sie zurück ins Haus zu lenken. Sie seufzte mir entschuldigend zu. »Liebe Loll, du hast doch versprochen, nicht wieder davonzulaufen«, schalt sie ihre Schutzbefohlene leise. Ihre Stimme klang nicht böse, nur ziemlich abgespannt.

»Die Mondjungfrau hat Loll erhört!« erklärte Loll voller Stolz.

»Sie ist keine Mondjungfrau«, sagte Tura abwesend.

»Loll hat gebetet, und die Mondjungfrau hat Loll erhört. Was bist du doch für ein dummer Mensch, Tura von den Stierleuten! Erkennst eine Mondjungfrau nicht, wenn sie vor dir steht.« Es war nicht mehr weit bis zu Ruffs Haus. Noch war niemand zu sehen. Das Dorf schlief in der lautlosen Erwartung des neuen Tages.

Tura trat an meine Seite und verdrehte die Augen. Im Licht der Dämmerung hatten ihre schwarzen Haare einen rosigen Schimmer angenommen. »Das ist Lasra«, sagte sie halb über die Schulter nach hinten, wo Loll irgendwo sein mußte.

»Loll weiß Bescheid«, erklang es in meinem Rücken. »Die Mondjungfrau hat ihr ihren Namen genannt. Mondjungfrau Lasra.«

Ich konnte den Türvorhang von Ruffs Haus im Wind flattern sehen. Von da hatte ich nur noch ein paar Schritte bis zu Yarbros Haus. Bis zu meinem Bett. Im Geiste war ich schon unter die Bettfelle geschlüpft.

»Das ist nicht Mondjungfrau Lasra«, sagte Tura ungeduldig. »Das ist Lasra von den Adlerleuten. Die Erdfrau der Adlerleute.«

Wenn ein Blitz den verheißungsvollen Sommermorgen zerrissen hätte, hätte mich das nicht mehr überrascht als der Angriff. Etwas Schweres prallte gegen meinen Rücken und riß mich seitwärts zu Boden. Knochige, unglaublich starke Finger schlossen sich um meinen Hals und drückten mir die Kehle zu. Ein scharfer Gegenstand schnitt mir ins Fleisch. Ich konnte nicht einmal mehr röcheln.

»Loll, nein!« schrie Tura. »Nein, laß sie los!« Die junge Frau warf sich auf Loll, und für einen Moment lockerte sich der Griff um meinen Hals. Ich bekam Luft für einen halben Atemzug, bevor die Schlinge sich wieder zuzog. Ich konnte nichts mehr denken. Ich wollte nur noch atmen. Meine Hände krallten sich um die Handgelenke der Angreiferin und versuchten die Finger zu lösen. Vergeblich. Vor meinen Augen tanzten funkelnde Sterne. Es dauerte eine Ewigkeit.

»Mörderin! Mörderin!« hörte ich es gellen, und: »Hilfe! Ruff! Zu Hilfe! Sie bringt sie um! Ruhuuuff!«

Um mich herum, um diese luftlose, schmerzhafte Welt aus Zappeln und Schrecken, fiel ein rosaroter Schleier. Die Sonne geht auf, dachte ich. Dann wurde es nachtschwarz. Jenseits der Schwärze mischte plötzlich eine Männerstimme in dem Gerangel mit. Mehrere Hände machten sich an meinem Hals zu schaffen. Meine Fersen schlugen auf den Boden. Ich dachte: Das ist das letzte, was ich spüren werde. Die Erde unter meinen Füßen. Dann gab es ein dumpfes Geräusch, und die Finger lösten sich von meinem Hals.

Ich konnte wieder atmen. Ich sog Feuer ein. Gleich würde meine Brust platzen, und weißglühende Flammen würden aus ihr hervorschießen.

In meinen Ohren klang ein eigenartig rasselndes Keuchen. Die Welt wurde nicht wieder hell.

Schlafen, dachte ich noch, endlich schlafen.

Irgendwann erhob ich mich wieder. Langsam streckte ich meine Beine, drückte den Rücken durch, legte den Kopf erst auf die eine, dann auf die andere Seite. Ich verflocht meine Finger miteinander, drehte die Handflächen nach außen und dehnte Arme und Oberkörper. Ein angenehmes Gefühl von Leichtigkeit durchströmte mich. Ich balancierte auf einem Bein und ließ den rechten Fuß kreisen. Ich lehnte mich an die Wand und wiederholte das Ganze mit dem linken Fuß. Auch wenn ich mich nicht fürchtete, war mir klar, daß ich die Kammer, in der ich mich befand, verlassen mußte. Ich stieg über Knochen, die auf dem Boden lagen, und betrat den Gang. Ich konnte aufrecht gehen, obwohl der Gang so niedrig war. Ich konnte einfach durch die Mauer gehen. Die anderen schienen mich nicht zu bemerken, als ich an ihnen vorbeiglitt. Draußen auf dem Platz aus festgestampftem Lehm lag eine ausgestreckte Gestalt, der Körper einer jungen Frau, einen zusammengefalteten Umhang unter dem Hinterkopf, einen zweiten ausgebreitet über sich. Drei alte Frauen standen oder hockten um sie herum. Ich schlüpfte unter den Umhang und legte mich auf die nackte junge Frau, so daß meine Arme ihre Arme, meine Beine ihre Beine, mein Mund ihren Mund berührten. Sie schlug die Augen auf.

Als ich erwachte, spürte ich eine weiche Farnmatratze und nicht den harten Lehmboden vor dem Ahnenhaus der Adlerleute. Die Welt war wieder hell, viel zu hell. Blinzelnd schloß ich die Augen, um sie kurz darauf einen Spaltbreit zu öffnen. Über mir ragte etwas auf wie mehrere prall gefüllte Ziegenbälge übereinander. Als sie sich über mich beugten, wurden sie gefährlich zusammengepreßt. Ein würdevolles, von unbeweglichen grauen Löckchen gerahmtes Gesicht senkte sich zu mir herunter.

»Bleib wach, Kind«, sagte die dicke Frau in einem Ton, der keinen Widerspruch duldete. Es klatschte zweimal, und meine Wangen begannen zu brennen. Meine Lider waren aus Stein und fielen gleich wieder zu. »Bleib wach!« befahl mir Jonara Steinkraut, während ihre Handflächen weiter in regelmäßigen Abständen auf meine Wangen klatschten.

»Ich will schlafen«, jammerte ich.

»Du hast lange genug geschlafen. Hier, trink das!« Mein Kopf wurde angehoben. Gehorsam öffnete ich den Mund, und ein zähflüssiger, galliger Sud rann meine Kehle hinunter. Hustend setzte ich mich auf. Mein Hals war ein einziger schmerzender Kloß. Ich hätte nicht sagen können, ob es von außen oder von innen mehr weh tat. Langsam kehrte die Erinnerung zurück.

»Wie sehe ich aus?« krächzte ich.

»Wie immer.« Ela tauchte hinter Jonara Steinkrauts breitem Rücken auf, neben ihr die besorgt dreinblickenden Triefaugen von ihrem Mann Yarbro. »Ich würde nur irgendwas um den Hals tragen. Die blutigen Kratzer stehen dir nicht.«

»Du solltest lieber fragen, wie es dir geht«, sagte die Erdfrau in ihrem gewohnt verdrießlichen Tonfall.

»Wie geht es mir?« flüsterte ich ergeben.

»Gut. Du hast Glück gehabt, daß Ruff so schnell zur Stelle war.«

»Schnell?« Mein Lachen mißlang kläglich.

Ein brauner Wuschelkopf tauchte im Eingang auf. »Entschuldigung.« Der schlaksige Junge mit dem hübschen Gesicht räusperte sich verlegen.

Ela ging auf ihn zu und legte ihm den Arm um die Schulter. »Komm nur herein, Kauz.« Mir wurde warm ums Herz. Meine kleine Schwester würde eine gute Mutter werden. Mir kamen die Tränen.

»Entschuldigung«, wiederholte Kauz leise. »Mein Bruder Arki schickt mich. Ich soll mich erkundigen, wie es eurem verehrten Gast geht.«

»Bitte richte dem verehrten Arki aus, daß es der Schwester

meiner Frau den Umständen entsprechend gutgeht. Seine Sorge ehrt uns«, teilte Yarbro dem Jungen mit, der es eilig hatte wieder wegzukommen.

»Auch meinen Dank an den verehrten Arki«, krächzte ich ihm zwischen zwei Schluchzern hinterher.

Jonara bestrich die Wunden an meinem Hals mit ihrer berühmten Ringelblumensalbe und empfahl mir, alle Eitelkeit zu vergessen und die Würgemale nicht zu bedecken.

»Ich weiß«, seufzte ich. »So heilen sie besser.«

Nachdem sie mich ermahnt hatte, Anstrengungen fürs erste zu meiden, begann sie ihre Kräuter und Salbtiegelchen einzusammeln. Ich umfaßte ihr Handgelenk. »Warum hat Loll das getan?«

»Ich weiß es nicht, Kind.«

»Wie kann sie mich nur so hassen? Ich habe ihr doch nichts getan!« Wieder stiegen die Tränen in mir hoch.

»Du darfst nicht soviel grübeln, Kind. Ruh dich aus, trink viel. Ich schaue am Abend noch einmal nach dir.«

Ich hielt ihr Handgelenk noch immer fest. In dem Moment bat Takra an der Tür um Einlaß. Jonaras Mundwinkel sackten so tief herab, daß sie beinahe wie eine Fremde aussah.

»Überaus verehrte Erdfrau«, begann Jonbros Geliebte mit einem strahlenden Lächeln, das ihre makellos weißen Zähne entblößte. »Der Stierherr leidet unter starken Atembeschwerden. Toshag und Ragh sind bei ihm. Sie stützen ihn, damit er Luft bekommt. Jonbro verlangt nach dir.«

»Sternenseher?«

»Leitet eine Zeremonie und ist unabkömmlich«, versetzte Takra lächelnd.

»Ich komme. Geh ruhig voraus!« beschied Jonara Steinkraut die schlanke junge Frau, die keine Anstalten machte, von der Tür zu verschwinden. »Wenn dein Zustand sich verschlechtert, ruf mich«, fügte Jonara, an mich gewandt, hinzu. Sie entzog mir ihre Hand und eilte hinaus, nahm sich jedoch noch Zeit, Dreieck und Kreis auf den Türpfosten zu zeichnen.

Ich verbrachte den Vormittag im Haus und versuchte Jonaras Ratschläge zu beherzigen. Ob Errill schon zur »Robbenjagd« aufgebrochen war? Ich traute mich nicht nachzufragen, um keinen Verdacht zu erregen. Während ich mich abwechselnd ausruhte und Ela bei leichten Handreichungen half, zerbrach ich mir den Kopf, bis er mir richtig weh tat. Aleha, Allib und Tura kamen mich besuchen, um sich nach meinem Gesundheitszustand zu erkundigen. Tura entschuldigte sich viele Male. Sie konnte sich Lolls Angriff nicht erklären, hatte aber etliche dieser offenbar grundlosen Wutausbrüche erlebt.

Wie ich es auch drehte und wendete, ich konnte das Rätsel nicht lösen. Ich fühlte mich benommen, als wäre ich noch immer in jenen rosigen Nebel eingesponnen, und über Mittag schlief ich lange und unruhig.

Als ich erwachte, trank ich zwei Becher Wasser und aß den Rest Rindfleisch vom letzten Abend. Das Schlucken der Flüssigkeit war mühsam, das der festen Nahrung die reinste Qual. Doch der Schmerz klärte meine Gedanken. Vorausgesetzt, es handelte sich nicht um einen jener grundlosen Wutanfälle, von denen Tura mir berichtet hatte, was konnte Loll dazu bewogen haben, mir an die Gurgel zu gehen? Was genau hatte Tura gesagt, bevor sich die Finger um meinen Hals gekrallt hatten?

»Das ist Lasra von den Adlerleuten. Die Erdfrau der Adlerleute.« Mein Name konnte es nicht gewesen sein. Ihn hatte ich der Alten bereits bei unserer ersten Begegnung genannt. Also blieben »Erdfrau« und »Adlerleute« übrig. Loll hatte nie etwas mit meiner Sippe zu tun gehabt. Also schieden auch die Adlerleute aus. Ihr Groll mußte sich also gegen Erdfrauen richten. Was lag näher als die Vermutung, daß ein Zusammenhang mit der Fehlgeburt bestand, die ihr Leben so nachhaltig verändert hatte? Die damalige Erdfrau hatte ihr ungeborenes Kind nicht retten können: In gewisser Weise konnte ich sogar verstehen, daß die Arme anscheinend irgend jemandem die Schuld für dieses tragische Verhängnis gab.

Und wer war die Erdfrau gewesen, die Lolls Kind nicht hatte retten können? Jonara Steinkraut! Damals eine junge Frau, die ihr schwieriges Amt erst drei Jahre innegehabt hatte. War es ihre Unerfahrenheit gewesen, die den Tod des Ungeborenen verursacht hatte? Ich würde dem alten Fettkraut auf den Zahn fühlen, nahm ich mir vor. Bis gestern nacht war mich Lolls Geheimnis nichts angegangen, doch nun hatte ich alles Recht der Welt, es zu erfahren. Wenn man um ein Haar erwürgt worden wäre, wüßte man gern, warum.

Am frühen Nachmittag war ich wieder so weit zu Kräften gekommen, daß ich Ibarek meinen täglichen Besuch abstatten konnte. Ela stützte mich auf dem kurzen Weg zu seinem Haus. Allib stand schon an der Tür und verneigte sich vor mir. Sie wirkte aufgeregt. Ibarek begrüßte mich mit einem irren Lächeln. Ohne seinen Nacken zu befühlen, konnte ich sagen, daß er hohes Fieber hatte.

»Meine Heilerin«, lallte er. Lachend zeigte er auf seine Wade: »Ich habe Besuhuuch.«

Bevor ich seinen Verband entfernt hatte, wußte ich, was er meinte. Weiße Maden wimmelten in seiner Beinwunde. Die schwärzlichen Wundränder waren kleiner geworden, die winzigen Mäuler verrichteten ihr Werk. Ela an meiner Seite wandte sich ab und würgte einige Male.

»Es wird alles gut«, versprach ich ihm. »Das Fieber ist der Beweis deiner Genesung. Wehr dich nicht dagegen! Gib dich der Hitze hin! Laß dich heilen und schlaf.«

Ibarek verdrehte die Augen. Allib wusch ihrem Mann die schweißnasse Stirn. Dann begleitete sie Ela und mich vor die Tür. Erst als die Sonne mich blendete, wurde mir klar, daß es keine Wolken, keinen grauen Himmel, keine Schwüle mehr gab.

Auf einmal riß Ela den Mund zu einem lautlosen Schrei auf. Ich drehte mich um und folgte ihrem Blick. Im Süden, vor dem großen Steinkreis, näherte sich eine Gruppe von Menschen dem Dorf. Männer, Frauen und Kinder, eine große Gruppe, verstärkt durch zahlreiche Zuschauer und Begleiter. Voran ging ein Mann in einem prachtvollen Umhang, dessen Rasseln und Klimpern ich von ferne zu hören meinte. Auf dem Kopf trug er einen Adler mit ausgebreiteten Schwingen. Die Frau zu seiner

Rechten war schlank, hochgewachsen und grauhaarig, und hinter ihr entdeckte ich ein dünnes, braunhaariges Bürschchen. Mein Herz setzte kurz aus, um dann einen gewaltigen Sprung zu machen. Zur Linken des Adlermannes stapfte ein Bär, groß, breit und stark.

»Da!« war alles, was ich herausbrachte.

»Sie sind gekommen!« rief Ela, und dann stürzten wir beide los. Sie war trotz ihres dicken Bauchs früher vor mir bei den Adlerleuten. Als ich schnaufend bei meiner Sippe anlangte, hing sie schon an Regis Hals. Meine beiden Schwestern schluchzten herzzerreißend. Danach waren Heuler, Ferkel und Sonnenschein an der Reihe, geherzt und abgeküßt zu werden. »Sonnenschein kann ja schon laufen!« rief Ela unter Tränen. Heuler, mit seinen fünf Jahren schon ein halber Mann, wischte sich mit einem leisen »Igitt!« über den Mund. Ibbe stand daneben, ein törichtes, glückliches Grinsen im Gesicht.

Madragena und Gorg machten keinen Hehl aus der Tatsache, daß sie eine würdevollere Begrüßung vorgezogen hätten. Von Adlersohn sah man nur die gelben Augen, die zornig funkelten. Ich wußte, was ich unserer Sippe schuldig war, und begrüßte zunächst Erdfrau, Tiersohn und Häuptling, bevor ich meine Familie in die Arme schloß. Füchschen drückte mich an sich, als wolle er mich nie mehr loslassen, und als er es dann doch tat, schwammen seine Augen in Tränen.

Nachdem sich die erste Wiedersehensfreude gelegt hatte, staunte ich nicht schlecht. Sie waren fast alle da. Regis Familie war vollständig angetreten, gefolgt von meinen drei Freundinnen aus dem Haus der Frauen, aus dem nur Sarra und die Zwillinge fehlten. Gorg hatte den kleinen Gorg, Hummel und Färse mitgenommen sowie zu meinem Leidwesen seinen Bruder Brim und dessen Sohn Hasel. Unser Baumeister Twirk wurde von seinem achtjährigen Sohn Biber begleitet, der bei ihm in die Lehre ging und vermutlich die Bauwunder am Nabel der Inseln kennenlernen sollte. Daß Lura und Eno mitsamt ihrer sechsköpfigen Brut fehlten, wunderte mich nicht, denn die Jäger liebten solche Zusammenkünfte nicht.

Mit einem Stich des Bedauerns stellte ich fest, daß Sira fehlte, Lele mit Hirschlein und Mondkind jedoch mitgekommen war. Die Nachhut bildeten Kebro und seine Stiefkinder, die vierzehnjährige Müschelchen und der zehnjährige Krabbe, sowie unser Schafhirt Wibo. Vor Wibo wuselten drei große weiße Hunde, die eine vielköpfige Herde aus Rindern und Schafen vor sich her trieben, indem sie immer wieder spielerisch nach den Beinen von Nachzüglern oder Ausbrechern schnappten. Hilfreiche Hände aus den anderen Sippen schleppten Binsenkörbe und Töpfe.

Ich zählte zwanzig und sechs Adlerleute. Beeindruckend! Der Auftritt war gelungen.

Ela und ich reihten uns ein. Je näher wir dem Dorf kamen, desto mehr Menschen säumten unseren Weg. Schweigend, lächelnd, glücklich tauchten wir ein in die Gemeinschaft unserer Sippe. Wir Geschwister hielten uns an der Hand, hinter uns gingen Ibbe und die drei Kinder. Die Hand meines Bruders in meiner Linken war warm und trocken, Elas in meiner Rechten warm und schwitzig. Ich hätte ewig so weitergehen können.

Als unsere Prozession den gepflasterten Platz erreichte, trat Toshag in Begleitung von Ragh und Jonara Perle aus dem Haus der Stierherren. Die beiden Männer trugen die gleichen Umhänge aus weichem, ockerrot gefärbtem Kalbsleder, deren Ränder mit Geweihperlen und Hundezähnen gesäumt waren. Während Ragh seinen schmächtigen Oberkörper unter einem Wollhemd verbarg, das unserem Filzmeister Ibbe einen bewundernden Seufzer abnötigte, zeigte Toshag seine behaarte Brust mit der Hörnernarbe. Jonaras eng geschnittenes weißes Kleid aus Seehundfell und die Beinperlenkette kannte ich bereits, die Armreifen aus Walbein noch nicht. Auf ihrer makellosen Stirn lagen, aufgezogen auf ein geflochtenes Haarband, drei Plättchen aus glänzendem, glatt poliertem Blutstein. Hinter mir ertönte ein langgezogenes »Oooohh!« aus mehreren Frauenmündern.

»In Naps Namen und aus Liebe zu den Kindern seiner Lenden«, begrüßte uns Toshag. »Die Adlerleute erweisen uns große Ehre, so zahlreich zu Naps Tag zu erscheinen. Verehrter Gorg, verehrter Adlersohn, verehrte Madragena, Jonbro Stierherr entbietet euch und euren Sippengeschwistern seinen Gruß und seine Liebe.«

»Verehrter Toshag, verehrter Ragh, verehrte Jonara«, antwortete Gorg, »ihr ehrt uns durch euren Empfang. Entbietet Jonbro Stierherr den Gruß und die Liebe der Adlerleute. In Naps Namen und aus Liebe zu den Kindern seiner Lenden.«

»Ihr werdet müde sein von der weiten Reise. Verehrter Gorg, erweise dem Stierherrn den Gefallen und wohne mit deiner Familie im neuen Gästehaus, wo alles für euch bereitsteht. Jonara wird euch hinführen.« Toshag legte andeutungsweise den Arm um die Schultern der Schönen, die sich bereits in Bewegung gesetzt hatte. Sie nahm unseren Häuptling an der Hand und führte ihn fort. Neben dem Bärenmann wirkte sie zerbrechlich wie ein weißer Falter, der zwischen den todbringenden Hufen einer Rinderherde von Blüte zu Blüte zu flattert. Der kleine Gorg, Brim, Färse und Hasel folgten dem ungleichen Paar.

»Verehrter Adlersohn, Sternenseher ist voller Freude über deinen Besuch. Er brennt darauf, sich mit dir über die Geheimnisse der Gestirne zu unterhalten. Da er gerade eine Zeremonie im Haus der Götter leitet, wird Ragh hier dich zum Haus Sternensehers führen.«

Ragh schickte sich an, es Jonara gleichzutun und Adlersohn an der Hand zu nehmen, doch der schien nicht gewillt, sich sang- und klanglos wegführen zu lassen. Die Menge zuckte ehrfurchtsvoll zusammen, als seine Stimme im großen Schamanentonfall unter der Adlermaske hervorhallte: »Verehrter Toshag, du ehrst uns mit deinem Empfang. Entbiete Jonbro Stierherr und seiner Sippe den Segen unserer Göttereltern und die Liebe der Adlerleute.« Er wandte sich halb um und zeigte auf die Körbe, Kiepen und Töpfe, die sich um den ehemaligen Stierleutemann Kebro stapelten. »Dies ist Naps Dank der Adlerleute: sechs Rinder, zwölf Schafe, sechs Körbe Trockenfisch, sechs Töpfe Getreide, drei Töpfe Honig, drei Körbe Seevögeleier, sechs Körbe Moos.«

Die Menge machte »Ah!« und »Oh!«. Selbst Toshag wirkte beeindruckt. Solche Mengen an Nahrung kamen Naps Dank der Stierleute gleich. Adlersohn schien um einen Kopf gewachsen zu sein. Als die Unruhe auf dem Platz sich gelegt hatte, ergriff Toshag erneut das Wort: »Die Reichtümer und die Größe der Adlerleute nötigen den Menschen der Inseln Bewunderung ab. Laß mich deiner Sippe im Namen der Stierleute Dank sagen. Alakos Segen für eure Häupter.«

Bevor der Schamane sich von Ragh wegführen ließ, gab er meinem Bruder einen knappen Wink. Widerstrebend glitt Füchschens warme Hand aus meiner. Ich hielt seine Fingerspitzen so lange fest, wie ich konnte. Mit hängendem Kopf trat mein Bruder hinter Adlersohn. »Erlaube, daß dieser junge Mann ebenfalls im Haus Sternensehers wohnt. Er soll mir zur Hand gehen«, sagte Adlersohn mit gewöhnlicher Stimme zu dem kahlköpfigen Stierherrn. Ich seufzte enttäuscht.

Dann wandte Toshag sich an Madragena, die das Schauspiel mit durchgedrücktem Rücken und regungsloser Miene verfolgt hatte. »Verehrte Madragena, du wirst gewiß in Jonara Steinkrauts Haus wohnen wollen.« Toshag hielt inne, sah sich in der Menge um und winkte schließlich Orrib von den Berghasenleuten heran, eine kräftig gebaute Frau um die Zwanzig. »Orrib lernt bei unserer Erdfrau. Vertrau dich ihrer Führung an. Für die anderen Adlerleute wird die Gastfreundschaft der Gemeinschaft sorgen. Scheut euch nicht, Nahrung und Unterkunft im Zeltdorf zu verlangen.«

Er wandte sich zum Gehen, als Madragena die Stimme erhob und ihn zum Bleiben zwang: »Mutter Erde wird dir Dank wissen für die Gastfreundschaft, die du den Adlerleuten erweist. Ich ziehe es vor, bei der Familie meines Lehrlings Lasra zu wohnen. In Naps Namen und aus Liebe zu den Kindern seiner Lenden.« Ihre Stimme trug weithin. Ein Raunen ging durch die Menge.

Toshag neigte den Kopf. »Wie du wünschst, Erdfrau der Adlerleute. Der Stierherr schuldet dir Dank und Liebe.«

Während Toshag ins Haus der Stierherren zurückging und

die Menge sich zerstreute, winkte Madragena den übriggebliebenen Sippengeschwistern und sagte mit gesenkter Stimme zu Ela: »Keine Angst, wir fallen nicht bei dir und Yarbro ein. Ich will nur alle noch einmal beisammen haben, dann gehen wir wieder.«

»Kommt nicht in Frage!« widersprach Ela mit Angstschweiß auf der Stirn.

Yarbro kämpfte sich durch die ihm entgegenströmenden Menschen zu uns vor. »Mein Haus ist euer Haus, verehrte Erdfrau, verehrte Sippengeschwister meiner Frau. Tretet ein in Alakos Namen.«

Ich sah, wie Madragenas Lippen bei diesem Segensspruch schmal wurden, und dann brachen diejenigen Adlerleute, denen nicht die besondere Gunst der Stierherren zuteil geworden war, zu Yarbros Haus auf.

34

Es wurde voll und eng. Zu den ursprünglichen Bewohnern des Hauses zählte ich zehn Erwachsene und neun Kinder, die sich auf den vier Betten, der Steinbank am Herd und dem sauber gefegten und mit frischen Binsen ausgelegten Boden zusammendrängten. Mehr Gäste, als Yarbro und Ormo in ihren schlimmsten Alpträumen erschienen sein dürften. Ormo, der ebenfalls unter den Zuschauern auf dem Platz gewesen war, versuchte mit leichenblasser Miene die Aufmerksamkeit seines älteren Bruders zu erlangen. Yarbro vermied angestrengt jeden Blickkontakt. Er schien fieberhaft nachzudenken. Ela warf mir einen bestürzten Blick zu. Die Vorräte, die wir angelegt hatten, würden keinen Tag lang ausreichen.

Während Yarbro zeigte, daß er die traditionellen Begrüßungsformeln, Alako hin, Alako her, durchaus noch beherrschte, verbreitete sich der durchdringende Geruch von Kinderkacke im Haus. Sonnenschein konnte mit ihren zwei Jahren zwar laufen, aber noch nicht allein auf die Rinne gehen. Da die Kleine wie all unsere Kinder im Sommer nur eine lose Tunika ohne Hose und

Moospolster trug, hatte es die frische Binsenstreu getroffen. Regi beeilte sich, den Kot zu beseitigen. Als sie Ormos angewidertes Gesicht sah, konnte sie sich nicht verkneifen zu sagen: »Besser, du gewöhnst dich schon mal an den Geruch. Elas Kleines wird auch nicht besser duften!«

Alles lachte, und Ormo stieg die Zornesröte ins Gesicht.

Ela reichte Wasser und Trockenfleisch zur Kräftigung nach der langen Reise. Madragena, die den Ehrenplatz erhalten hatte, wurde von ihr selbst bedient. Unsere Erdfrau wirkte müde und erschöpft, auch wenn sie ihren Oberkörper wie immer stocksteif hielt. Bewundernswert, wie sie in ihrem Alter die Strapazen der langen Reise ertrug. Hummel hockte hinter meiner Lehrmeisterin auf dem Boden. Warum war sie nicht bei ihrem Vater? schoß es mir durch den Kopf.

Madragena bedankte sich bei Yarbro für seine Gastfreundschaft und tat ihre Absicht kund, im Zelt der Erdfrauen zu übernachten. Da die Erdfrauen der bedeutenderen Sippen nicht im Zelt, sondern im Haus Jonara Steinkrauts wohnten, wunderten wir uns alle über diese Bescheidenheit, die nicht recht zu dem prächtigen Auftritt der Adlerleute zu passen schien.

Am meisten wunderte mich aber, daß Yarbro diese Bescheidenheit nicht dulden wollte. Dreimal lud er Madragena in sein Haus ein, dreimal lehnte sie ab. Die Höflichkeit hätte geboten, nun die Entscheidung der Erdfrau zu akzeptieren. Doch Yarbro erklärte auf sehr bestimmte Art, wie ich es bislang selten an ihm erlebt hatte: »Ich will nichts mehr davon hören. Die Erdfrau der Adlerleute muß nicht im Zeltdorf schlafen. Willst du mich und meine Frau beleidigen?«

Da gab Madragena sich geschlagen, senkte den Kopf und antwortete: »Deine Großzügigkeit beschämt mich. Ich nehme dein Angebot für mich und meinen Lehrling an.« Sie zeigte hinter sich auf Gorgs Tochter.

Mir blieb der Mund offenstehen. Ihr Lehrling? *Ich* war ihr Lehrling! Wie konnte sie nur? Stiche der Eifersucht durchbohrten mein Herz. Hummel aß, ohne den Blick vom Boden zu heben, zufrieden ihr Trockenfleisch. Sie war ein dicker

Säugling, ein dickes Krabbelkind und ein dickes Gör gewesen. Nun war sie eine dicke Elfjährige mit deutlich erkennbarem Brustansatz und fraulich gerundeten Hüften. Ausgerechnet *sie* hatte Madragena sich ausgesucht? Wahrscheinlich hatte sich die Tatsache, daß sie die Tochter des Häuptlings war, nicht als Nachteil erwiesen.

»Regi und Ibbe«, fuhr Yarbro fort, »ihr und die drei Kleinen wohnt natürlich auch bei mir.«

Kebro, schön wie immer, meldete sich zu Wort: »Der verehrte Herdenvater Ibur, mein Vetter, hat mir die Gastfreundschaft seines Hauses angeboten. Das macht drei weniger für dich.«

Der ehemalige Stierleutemann lachte und klopfte Yarbro auf die Schulter. Er mußte den Mann meiner Schwester gut kennen, denn sie waren beide zwanzig Jahre alt und hatten vermutlich alle Riten gemeinsam durchlaufen.

Nun fühlte auch Twirk sich bemüßigt, Stellung in Sachen Unterkunft zu nehmen. »Wir wohnen, ich meine, ich und Biber … das da ist Biber, er lernt auch … also … es wird lehrreich für ihn.«

»Was wird lehrreich für ihn, o Meister der Steine, wenn auch nicht der Vollendung?« fragte Regi mit ätzendem Spott.

Twirk kratzte sich am Kinn. »Habe ich das nicht … Ich wollte sagen, wir fallen hier niemandem … nicht, daß ich denken würde, du würdest … Yarbro, ich weiß, du würdest … aber wir würden lieber … weißt du, es ist bestimmt –«

»Lehrreich!« Nuki kicherte.

Twirk hatte nun endgültig den Faden verloren. Ich sprang ihm bei: »Unser verehrter Baumeister möchte uns sicher mitteilen, daß er mit seinem Sohn und Lehrling Biber im Zelt der Baumeister zu nächtigen gedenkt.«

»Ja«, stammelte Twirk dankbar. »Es ist eben … lehrreich.«

Madragena kramte in ihrem Binsensack, holte etwas hervor und hielt es in die Luft. Der Sprechstein. Sie sah mich an. »Ich habe die Adlerleute bereits heute morgen zum Sprechtag gerufen. Wir treffen uns im neuen Gästehaus, wo Gorg wohnt, Lasra.«

Ich nickte. Wibo räusperte sich und setzte zu sprechen an. »Lele und –«

»Der verehrte Ribi hat Hundemeister Wibo gebeten, mit seiner gesamten Familie als Gast in sein Haus zu kommen«, fiel Lele ihm ins Wort. Hundemeister! Wir drei Schwestern wechselten vielsagende Blicke. Hirschlein, acht Jahre alt und dem Vater wie aus dem Gesicht geschnitten, schien förmlich vor Stolz zu platzen. Die fünfjährige Mondkind saß auf Leles Schoß und betrachtete die Welt von dieser hohen Warte aus mit ungerührter Miene. Ich vermochte in ihrem runden Gesicht mit der flachen Nase keinerlei Ähnlichkeit mit Sihrus, sondern nur mit ihrer Mutter zu erkennen, die ihren Mund einfach nicht halten konnte: »Die verehrte Aleha hat meinen Gatten schon so oft gedrängt, mich mitzubringen, damit sie mich als Freundin an ihrem Herd begrüßen kann. Endlich vermag ich ihrer Bitte zu entsprechen.«

Nuki verdrehte die Augen. Regi seufzte. Kebro hüstelte. »Bei Alako!« Das kam von Ormo, dem Ekel.

Ein peinliches Schweigen trat ein.

Nach einer Weile räusperte sich Yarbro und sagte: »Verehrte Kornmeisterin, bitte sei auch du mit deiner Familie Gast in meinem Haus.«

Illib, die wohl fürchtete, er könne sein Angebot nicht, wie die gute Sitte es erforderte, zweimal wiederholen, willigte mit einem strahlenden Lächeln ein.

Madragena erbarmte sich des armen Yarbro, bevor er sich zu Tode schwitzte. Ich wußte, sie wäre nie ohne Gastgeschenke gekommen. »Kebro, sei so gut«, forderte sie unseren Herdenvater auf.

»Ich helfe dir«, erbot ich mich eilfertig. Die Neugier ließ mich Schmerzen und Schwäche vergessen.

»Warum ist Sira nicht mitgekommen?« erkundigte ich mich, sobald wir das Haus verlassen hatten.

Kebro schluckte und runzelte die Stirn. »Sie ist untröstlich«, sagte er. »Bun ist gestorben. Ganz unerwartet. Sie wollte auf keinen Fall mitkommen.«

»Bun? O nein. Ich trauere mit dir, Sippenbruder!« Ich meinte es ernst. Bun war mir trotz seiner Verwirrtheit immer wie ein Fels in der Brandung erschienen. Ein Fels meiner Kindheit. Aber auch Felsen bröckelten. Das rastlose Meer unterspülte sie, bis sie umkippten wie ein morscher Baum. »Er war doch kerngesund, als ich wegging!«

»Sein Herz«, gab Kebro zurück, während wir uns auf dem Dorfplatz jene Körbe und Töpfe griffen, die nicht zu Naps Dank der Adlerleute gehörten. »In den letzten Monden haben seine Angstzustände sich verstärkt. Seit du weg warst, ist es immer schlimmer geworden. Er phantasierte von bösen Männern, dunklen Schatten – es war nicht zum Aushalten. Vermutlich haben die Anfälle sein Herz angegriffen. Es geschah zwei Tage vor unserem Aufbruch. Bun klagte über das übliche Herzrasen. Madragena war noch da und hat ihm seine Arznei eingeflößt. Am Morgen lag er tot in seinem Bett. Fischmaul saß auf der Bettkante und hielt seine Hand.« Kebro wischte sich eine Träne aus dem Auge.

Ich legte ihm die Hand auf die Schulter und schwieg. Nun lag Sihrus nicht mehr allein auf dem Totengerüst. Der Mann, der ihm als väterlicher Freund die eine oder andere Abreibung verpaßt hatte, der Mann, dessen Nachfolge er hätte antreten sollen, leistete ihm Gesellschaft. Ob Geister sich unterhielten?

Als wir das Haus mit den Gastgeschenken betraten, hellte sich Yarbros Miene auf. Regi half der Hausherrin, die Töpfe mit Honigbier, das Trockenfleisch, die Brotfladen und die Beerenkörbe in der Vorratskammer zu verstauen. Kebro ging noch einmal weg, um vier geräucherte Lammhälften zu bringen. Drei hängte er über das Herdfeuer, eine ließ er gleich unten. Der würzige Räucherduft ließ mir das Wasser im Mund zusammenlaufen. Nur schade, daß das Schlucken noch so weh tat. Zusammen mit den Vorräten, die Ela und ich angelegt hatten, konnten wir nun tagelang prassen.

Ela hatte inzwischen die Betten vergeben. Regis Familie teilte sich das größte Bett, Yarbros Familie und die Frauen aus dem Haus der Frauen zwei weitere, und ich wurde mit Madragena und Hummel zusammengesteckt.

Während alle ihre persönlichen Habseligkeiten in den Nischen über den Betten verstauten, sagte Madragena zu mir: »Ich schulde dir eine Erklärung.«

»Ich höre«, versetzte ich spitz.

Sie legte mir die Hand auf den Arm. »Gorg hat mich ermahnt, mindestens einen weiteren Lehrling anzunehmen. Das Wissen darf nicht verlorengehen. Du bist und bleibst meine Nachfolgerin. Daran wird sich nichts ändern. Ich überlege noch, ob ich auch Nuki nehmen soll. Du hättest nichts dagegen?«

Ich schüttelte den Kopf. Vielleicht waren es nicht so sehr ihre Worte, die mich besänftigten, als ihre faltige Hand, die leicht wie ein Vogelflügel auf meinem Arm lag.

»Bun ist gestorben«, fügte sie hinzu.

»Ich weiß.«

»Ich trauere um ihn«, sagte sie. »Die Altersgenossen um mich herum werden immer weniger. Setz dich!« befahl sie dann plötzlich.

Ich setzte mich auf das Bett. Sie befühlte meinen Hals. »Kannst du schon wieder schlucken?«

Als sie mein Nicken sah, fragte sie: »Wer hat dich umzubringen versucht?«

»Loll«, antwortete ich mühsam, denn sie untersuchte noch immer meinen Hals.

Sie fuhr zurück, und ihre Augen weiteten sich vor Überraschung.

»Weißt du, warum?« fragte sie nach einem Augenblick, während sie ihre Untersuchung wiederaufnahm.

Ich schüttelte den Kopf, soweit ihre Hände an meiner Kehle es erlaubten. Schließlich zeigte sie sich zufrieden, setzte sich zu mir und erzählte: »Die arme Loll! An ihr haben sich viele Erdfrauen und Tiersöhne vergeblich versucht. Noch vor kurzem soll Hirschtochter probiert haben, den Geist der Krankheit aus ihr wegzulocken. Jonara Steinkraut hat ihr Kräuter eingeflößt und sie in kalten Jahren im Schnee gewälzt. Loll hat allen Heilungsversuchen widerstanden. Sie lehrt uns Demut vor Mutter Erde.«

»Die Hirschleute haben eine Schamanin?« Ich staunte.

»Noch nicht lange. Ja, sie haben eine Tiertochter«, sagte Madragena gedankenverloren. »Die Hirschleute sind treue Anhänger des alten Wegs. Bei den Stierleuten wäre eine *Sternenseherin* ein Ding der Unmöglichkeit.« Sie spuckte das Wort förmlich aus, als wolle sie es keinen Wimpernschlag länger als nötig in ihrem Mund behalten.

»Weißt du, warum Loll den Verstand verloren hat? Hast du zu der Zeit noch bei den Stierleuten gelebt?«

Madragena zog die Augenbraue hoch. Nach einer Weile sagte sie: »Sie hat ihr ungeborenes Kind verloren. Manche Frauen verlieren drei, vier Kinder, ohne übermäßig darunter zu leiden. Sie werden einfach wieder schwanger. Aber Loll –« Sie verstummte.

Verstohlen musterte ich sie von der Seite. Ihr Blick war in sich gekehrt. Wie fühlte es sich an, wenn man so alt war, daß man zwanzig und mehr Jahre zurückgehen mußte, um wieder in seine Jugend zu gelangen? Madragena hatte nie viel von ihrer Vergangenheit erzählt. Die strenge Mutter, der Tod ihres Mannes, der vorübergehende Abfall vom alten Weg – das Leben schien ihr mehr Leid als Freude zugeteilt zu haben. Ich hatte immer den Eindruck gehabt, daß ihr Leben irgendwie erst bei den Adlerleuten begonnen hatte.

»Manchen Menschen bürden die Götter mehr auf, als sie ertragen können«, sagte sie mit ungewöhnlich weicher Stimme. Ich war mir sicher, daß meine Lehrmeisterin Mitgefühl für ihre Patienten empfand, aber sie pflegte es selten zu zeigen. »Loll lehrt uns Demut«, wiederholte sie. »Sie war erst dreizehn.«

Ich rang nach Luft. »Dreizehn?« krächzte ich. »Kein Wunder, daß sie es nicht verkraftet hat! Ich habe sie für viel älter gehalten.« Mitleid erfüllte mich. Was für ein entsetzliches Schicksal!

Madragena schwieg.

Obwohl ich meinen Vorsatz, *Hundemeister* Wibo zu befragen, keineswegs vergessen hatte, verbrachte ich die wenige Zeit, die uns bis zum Abendessen blieb, mit meinen Freundinnen und Verwandten. Während Regi Sonnenschein stillte und auch der drei Jahre alte Ferkel seinen Teil abbekam, erzählte mir Ibbe, was in der Zwischenzeit bei den Adlerleuten geschehen war.

Illib, gut gelaunt wie immer, schien es nicht das geringste auszumachen, daß Yarbros Einladung erst nach einem gewissen Zögern zustande gekommen war. Das Getreide der Adlerleute gedieh prächtig, erzählte sie, besonders auf dem neuen Weizenfeld. Sie und Nuki setzten den Lammeintopf nach einem Rezept von Sarra mit wilden Möhren und Bärlauch auf, nachdem Yarbro die Lammhälfte zerlegt hatte. Nuki war noch ein bißchen draller und sehr nachdenklich geworden.

Ungetrübte Freude bereitete mir der Anblick meiner Freundin Ard. Obwohl sie erst im fünften Mond war, hatte sich ihre Leibesmitte schon prachtvoll gerundet. Gesicht, Brüste, Arme, alles an ihr war voller geworden. Ich hatte es häufig beobachtet, daß die Schwangerschaft sehr schlanke Frauen viel nachhaltiger verändert als füllige. Ards nervöse Unruhe schien einer sanften Melancholie gewichen zu sein, und oft sah man sie sogar lächeln oder zufrieden vor sich hin summen.

Von der geräucherten Lammhälfte blieb nicht viel übrig. Keine Furcht, den Gastgeber kahl zu fressen, dämpfte den Hunger der Adlerleute. Schließlich aßen wir lediglich unser eigenes Gastgeschenk. Yarbro lobte Madragenas Honigbier über den grünen Klee und sprach ihm mehr zu, als ihm guttat. Wir tauschten Neuigkeiten über die Sippen unserer Heimatinseln aus, und die beiden Stierleutebrüder verrieten den Adlerleuten – nachdem sie versprechen mußten, *kein Sterbenswörtchen* davon weiterzuerzählen –, welch komplizierte Zeremonien Sternenseher und seine Helfer an Naps Tag vor den Augen der Sippen vollziehen würden.

Ela beobachtete mit wachsamem Blick, wie Beinmeister Yarbro mit meiner Freundin Ard erörterte, auf welche Weise man Perlen aus einem Geweihende herstellte. Ard, eine Anhängerin der hergebrachten Methode, das längliche Stück mit einem scharfen Tschörtmesser zunächst in kleine Würfel zu zerteilen und diese dann zu durchbohren und in die gewünschte Form zu schleifen, nahm mit Begeisterung Yarbros Vorschlag auf, erst das ganze Geweih zu durchbohren und dann die einzelnen Perlen abzutrennen. Das sparte Zeit, erforderte aber größere Geschicklichkeit beim Handhaben des Holzbohrers, sonst zerbrach der Werkstoff.

Bevor die Adlerleute zum neuen Gästehaus aufbrachen, schenkte Yarbro Ard eine Austernschale, in der sich mit Fett vermischter Ocker befand. Überschwenglich bedankte Ard sich für das wertvolle Geschenk.

Ela blieb mit sehnsüchtigem Blick zurück. Als Stierleutefrau durfte sie nicht mehr an den Sprechtagen der Adlerleute teilnehmen. Sie und Hummel brachten die kleinen Kinder ins Bett.

35

Obschon wir auf unserem kurzen Gang niemanden zu Gesicht bekamen, meinte ich Blicke in meinem Rücken zu spüren. Das imposante Auftreten der Adlerleute hatte die Gerüchteküche im Dorf angeheizt. Zwischen Illib und Ard eingehakt, verlieh ich meinem Stolz über Naps Dank Ausdruck, den die Adlerleute aufgebracht hatten.

Illib grinste. »War ja auch nicht *nur* von den Adlerleuten«, flüsterte sie mir ins Ohr.

»Von wem dann?« flüsterte ich zurück. »Hat Vater Himmel die vollen Körbe herunterregnen lassen?«

»Es waren wohl eher *alle* Haifischmaulsippen der Südlichen.« Illib kicherte. »Oder sollten sich die Langhügler von der Gemeinschaft der Stierleute beschämen lassen?«

»Mit einem einzigen Dungfladen kann kein Mensch Feuer machen, aber wenn sechs sich zusammentun, müssen sie ihr Fleisch nicht mehr roh essen.« Den letzten Satz aus der Geschichte von Ahnvater Durh kannte jedes Kleinkind.

Gorg erwartete uns vor dem Gästehaus. Wir waren die letzten. Adlersohn, ohne Schamanenumhang, die Adlermaske neben sich auf dem Boden, saß auf einem zweiten Sitzstein zwischen Anrichte und Herd, doch der eigentliche Ehrenplatz war für Madragena vorgesehen. Im Herd prasselte ein Holzfeuer, auch wenn draußen noch die Sonne schien.

Ich stürzte auf das hintere Bett links vom Herd zu, vor dem wild gestikulierend Füchschen stand. Er hatte es für seine Familie frei gehalten. Obwohl er seinen Tag der Zweiten Geburt noch nicht gefeiert hatte, durfte er bereits an den Sprechtagen teilnehmen. Solange er den Mund hielt. Ich war gespannt, wie lange er es aushalten würde.

Während Madragena den Sprechtag mit den traditionellen Worten eröffnete und Adlersohn, nachdem er den ersten Faden gewickelt hatte, eine salbungsvolle Rede über den verstorbenen Sippenbruder Bun hielt, kuschelten mein Bruder und ich uns aneinander. Für kurze Zeit verspürte ich nur noch unvernünftiges, rasendes Glück. Flüsternd erkundigte ich mich nach den ehrwürdigen Ahnfrauen meines Hauses. Uleras Husten hatte sich verschlechtert, aber sonst ging es ihr gut. Lin war in der Wärme regelrecht aufgeblüht und hatte nur mit Mühe davon abgehalten werden können, mit zu Naps Tag zu kommen. Ihre Unverwüstlichkeit – und andere Eigenschaften – hatte sie mit Brennesseln gemeinsam.

»Falls«, donnerte Adlersohns Stimme, »*sämtliche* Anwesende nun die Güte hätten zuzuhören« – ein strafender Blick streifte uns –, »gebe ich den Sprechstein an Gorg weiter.«

Unser Häuptling beugte sich vor, um den Sprechstein in Empfang zu nehmen, den der Schamane, ohne sich dabei umzudrehen, über seine Schulter nach hinten reichte. »Die Adlerleute ehren dieses Haus, in dem ich vorübergehend wohne, mit ihrer Anwesenheit«, begann Gorg. »Ich denke, wir haben uns Achtung erworben bei unserer Ankunft.« Er wartete so lange, bis das zustimmende Gemurmel verklungen war. »Morgen und übermorgen werden die übrigen Sippenabordnungen von der Südlichen eintreffen. Wir werden uns hier beraten, wie wir am besten bei den Vorbereitungen für Naps Tag helfen und die Fähigkeiten des Langhüglervolks zur Geltung bringen können. Twirk, du solltest dich im Zeltdorf sehen lassen, um dort mit Rat und Tat zur Verfügung zu stehen.

Übermorgen, am Tag vor Naps Tag, finden, wie ihr alle wißt, die Wettbewerbe statt. Wir wollen uns alle nach Kräften bemühen, auch dort Ehre und Achtung zu erwerben, sei es, indem wir gewinnen, sei es, indem wir uns als würdige Teilnehmer erweisen. Ich selbst werde im Steineschlagen antreten, Brim im Ringen, Kebro im Bogenschießen, Ard im Wettbewerb um das schönste Schmuckstück. Regi und Twirk nehmen am Sonnenspiel teil, Illib erzählt eine Geschichte, und Nuki schlägt die Trommel. Ibbe versucht sich im Laufen.« Die Sippe stieß wie ein Mensch den Atem aus. »Lele wird das Strohseil flechten –«

»Sollen sie nicht vor dem ersten Schnee fertig werden?« rief mein Bruder aus. Alle außer Lele lachten. Selbst Adlersohn hatte sein Gesicht zu etwas verzogen, was entfernt an ein Schmunzeln erinnerte.

»Wibo und Ribi tragen schon morgen zusammen mit drei, vier anderen Schafhirten einen Wettbewerb mit ihren Hunden aus. Wibo!« Gorg ging zu dem Bett auf der rechten Herdseite, auf dem Wibo neben Lele saß. Die Frau des Hundeherren war mit sämtlichem verfügbaren Schmuck behängt.

Der Mann mit dem schütteren Bart wand seinen braunen Wollfaden um den Sprechstein und sagte. »Ja.« Als Gorg ihm auffordernd zunickte, fügte er hinzu: »Hab drei von den Hunden mitgebracht. Mal sehen, wie sie mit den Schafen hier zurechtkommen. Auf der Ebene zwischen Zeltdorf und Ahnenhaus.« Mehr war offenbar nicht aus ihm herauszubekommen.

Ich tat meinen Anspruch auf den Sprechstein kund und wickelte meinen Faden. »Ich habe eine Frage an Wibo.« Augen wurden verdreht, Stoßseufzer getan. »Falls es jemand hier vergessen haben sollte, frische ich sein Gedächtnis gern auf: Der Mord an Sihrus ist noch immer nicht aufgeklärt. Also, Wibo! Hast du deine Leithündin mitgebracht? Und wie geht es den Welpen, die sie mit Sihrus' Schwarzem hatte?«

Nun mußte der Hundemeister sich zu mir herbemühen. Er nahm den Sprechstein, schlug den Blick nieder und wickelte seinen Faden. Dann antwortete er im Stehen. »Nein, *sie* nicht. Sind alle tot. Bei der Geburt. Die Rassen haben sich nicht vertragen.« Wibo schaffte es nicht, mir in die Augen zu sehen. Er sah aus wie das leibhaftige schlechte Gewissen, als er mir den Stein wieder aushändigte.

Ich war mir fast sicher, daß er log. Hunde-Lele und ihr Wurf tollten wahrscheinlich gesund und munter um den Frühlingspferch herum. Vermutlich würde er den Stierleuten den Welpen nach Naps Tag in aller Stille übergeben.

»Wußte Sihrus, daß du den Stierherren ursprünglich einen dieser Welpen beschaffen wolltest? Und falls ja, was hielt er davon?«

Ein erstauntes Raunen ging durch den Raum. Madragena, Adlersohn und Gorg trugen eine unbewegte Miene zur Schau.

In diesem Augenblick hüpfte Lele von ihrem Sitzplatz auf dem Bett. Fordernd streckte sie die Hand nach dem Sprechstein aus. Sie strahlte schlechte Laune aus wie das Feuer Hitze. »Es ist ungebührlich, meinem Mann diese Fragen zu stellen. Morgen muß er ausgeruht und selbstbewußt in den Wettbewerb gehen, um Ehre für die Adlerleute zu erwerben. Laß ihn endlich in Ruhe, Lasra!«

Zustimmendes Gemurmel wurde laut. Sie hatte gut gesprochen. Doch zu meiner Überraschung nahm Wibo seiner Frau sanft den Sprechstein ab und antwortete mir in seiner langsamen, dumpfen Art: »Hat es mir verboten. Konnte aber nichts dagegen machen – Züchterabsprache.«

Wibo drückte mir den Stein in die Hand und wollte mit gesenktem Kopf wieder an seinen Platz gehen, wo Lele schon ungeduldig hin und her rückte. »Noch eine letzte Frage, Wibo«, begann ich. Lele sprang erneut auf, doch Adlersohn winkte sie gebieterisch zurück. »Was hat Toshag dir dafür versprochen?«

»Was geht dich das an?« fauchte Lele.

»Schweig, Lele!« mischte Gorg sich zu meiner Überraschung ein. »Und du, Wibo, antworte!«

Wibos Schultern sackten noch tiefer als gewöhnlich. Eine fliegende Röte überzog sein Gesicht. »Waren immer großzügig, die Stierherren. Für die Hündinnen in Ribis Zwinger haben sie mir den Stierstein gegeben. Für den Welpen ... sie machen mich zum Hundemeister.«

Rufe des Erstaunens und der Empörung wurden laut. »Dich?« rief Nuki.

»Hundemeister?« wunderte sich Kebro. »Das wäre ja völlig neu!«

Adlersohn winkte Wibo zu sich und streckte die Hand nach dem Sprechstein aus. »Du mußt mir helfen, Wibo«, begann er in leutseligem Tonfall. Einem Tonfall, dem ich an Wibos Stelle auf keinen Fall getraut hätte. »Was soll ich mir unter einem Hundemeister vorstellen? Ich bin nur ein altmodischer Tiersohn und habe noch nie etwas von einem *Hundemeister* gehört. Einem Hundemeister von Jonbros Gnaden!«

Wibo schien nicht zu entgehen, wie schnell sich der Tonfall unseres Schamanen verhärtete. »Toshag hat gesagt, es ist was ganz Neues. So 'ne Art ... oberster Hundezüchter. Hundemeister der Inseln. Hätte mir aus jeder Hundemeute die Besten aussuchen können. Hätte Futter von den Stierleuten gekriegt. Zwei junge Burschen als Hilfe.« Ein schwärmerischer Ausdruck trat in seine Augen, der bald wieder erlosch. »Aber das wird ja nun nichts. Die Welpen sind alle tot.«

Hatte er mich vorhin doch nicht belogen? Möglicherweise waren die Welpen tatsächlich eingegangen. Nun, das ließ sich feststellen, sobald wir wieder zu Hause waren.

Um mich herum sah ich verblüffte und gekränkte Mienen. Den Sippengeschwistern war offenbar klar, daß Hundemeister Wibo wohl kaum bei uns Adlerleuten geblieben wäre.

»Noch ein letztes, Wibo«, sagte ich. »Weißt du, was Toshag sich davon versprochen hat?«

Wibo zögerte.

»Nun?«

»Der Welpe war für Jonbro Stierherr. Sollte sein Ansehen vergrößern. Toshag ...« Wibo zuckte die Schulter. »Toshag und

Sihrus waren wie Feuer und Wasser. Wollte ihm eins auswischen, der Stierherr, glaube ich.« Er zuckte noch einmal die Schulter. Ich ließ ihn gehen.

Auf dem Weg zu seinem Platz vertrat ihm Twirk den Weg. »Also, vorhin hab ich mir gedacht: Twirk, hab ich gedacht, jetzt oder nie … wo wir alle hier, als Adlerleute sozusagen … weit weg von zu Hause … also da hab ich zu mir gesagt: Twirk! Erzähl die Geschichte von den Ahnmüttern und Ahn-«

Weiter kam er nicht, denn Adlersohn hatte sich erhoben. Niemand übersah den Schamanen, wenn er sich erhob. Murrend brachte unser Baumeister ihm den Sprechstein. »Danke, Twirk. Bevor wir zum Geschichtenerzählen kommen, sollten wir noch einiges klären. Madragena und ich nehmen ebensowenig wie die übrigen Erdfrauen und Tiersöhne an den Wettbewerben teil. Aber unsere verehrte Lasra sollte sich nicht scheuen, Ehre für die Adlerleute zu erwerben. Leider gibt es keinen Wettbewerb im Fragenstellen.« Selbst meine Verwandten kicherten. »Wie wäre es mit dem Nähwettbewerb, mein Kind?«

Mein Herz begann zu pochen, meine Gedanken zu rasen. Adlersohn wußte Bescheid! Die Geister mußten ihm davon berichtet haben. Oder hatte er es beim Öffnen der Totenhaut bemerkt? Aber er würde mich nicht anklagen. Ich ließ mir Zeit, den Sprechstein zu holen und meinen Faden zu wickeln.

Bei welchem der verdammten Wettbewerbe wollte ich mich lächerlich machen? Kerrag fahren? Wenn ich kenterte, was wahrscheinlich war, konnte ich versuchen, mit einem Fisch zwischen den Zähnen wieder aufzutauchen. Töpfern? Meinen Schalen sah man auch nach tagelangem Herumstreichen noch an, was sie ursprünglich waren: aufeinandergeklebte Tonwürste. Schlachten? Igitt! Tanzen? *So* lächerlich mochte ich mich denn doch nicht machen. Was konnte ich überhaupt? Womit machte ich mich und meine Sippe am wenigsten zum Gespött der Inseln? Geschichten erzählen? Das machte Illib schon. Egal. Zwei von jeder Sippe durften an einem Wettbewerb teilnehmen. Füchschen, Regi und Ibbe sahen mich besorgt an.

»Ich werde den Menschen der Inseln eine Geschichte erzählen«, erklärte ich.

Adlersohn nickte nur, ohne den Sprechstein zurückzufordern und einen Faden zu wickeln.

Madragena lächelte und hob die Hand. Ihr, seiner Hüterin, brachte ich den Sprechstein gern. Sie strich mir unbeholfen über die Hand. »*Ich* werde euch auch eine Geschichte erzählen«, begann sie.

Gorg verlagerte unauffällig das Gewicht auf den anderen Fuß. Die Geschichte von unseren Ahnmüttern und Ahnvätern war eine zeitraubende, schwer zu erzählende Geschichte, die, Nemala möge mir verzeihen, ihre Längen hatte.

Nachdem Madragena uns Gelegenheit zu stummen Seufzern gegeben hatte, sagte sie: »Ich werde euch die Geschichte von Imro erzählen.«

Sie legte die Hände in der Geste des Erzählens in den Schoß. Ihre Stimme war klangvoll und überhaupt nicht mehr brüchig. Sie pflegte ihre Worte nur mit wenigen ausdrucksvollen Gesten zu begleiten. »So lautet die Geschichte von Imro und Anach und den ersten Menschen: Da waren also die ersten Menschen, fünfzehn, zwanzig vielleicht, denn Vater Himmel war kein geduldiger Töpfer gewesen. Und sie froren und ernährten sich mühsam von Beeren und ausgegrabenen Wurzeln und kleinen Tieren, die dumm oder krank genug waren, sich von ihnen fangen zu lassen. Sie zogen nach Norden, wie Mutter Erde es ihnen befohlen hatte, und weinten nach ihr, doch sie hatte sich schlafen gelegt und ihre Söhne und Töchter sich selbst überlassen.

Da erbarmte sich Vater Himmel ihrer. Bei sich aber dachte er: Ich will sie ihrer Lebensretterin abspenstig machen. Ihn reute inzwischen seine Zornestat auf dem hohen Berg, und er fand die Menschen doch recht gelungen, wie sie da herumliefen und sich plagten. Aus diesem Grund unterdrückte er die Kinder von Mutter Erde und Bruder Wasser, und er zwang die Tiere und Pflanzen, zu den Menschen zu gehen. Auf sein Geheiß hin mußten sie seinen Kindern zeigen, wie sie sich von ihrem Fleisch und Samen nähren konnten.

Und so säte das Korn sich in eine Ackerfurche aus und keimte und setzte Frucht an. Der stolze Hirsch verriet den Menschen, wie sich ein Jäger gegen den Wind an ihn heranpirschen, ihn erlegen, abbalgen und sich wärmende Kleider aus seiner Haut fertigen konnte. Der wilde Wolf legte sich winselnd zu Füßen der Menschen nieder und trieb eine Herde Schafe für sie zusammen, und die wilde Kuh zeigte ihnen, wie sie sie melken und ihre Milch zu fetter Butter und köstlichem Käse machen konnten. Da war Vater Himmel zufrieden, daß es seinen Geschöpfen so gut und denen von Mutter Erde und Bruder Wasser so schlecht ging, und er wandte seine Aufmerksamkeit von den Menschen ab und wieder seinen geliebten Gotteskindern Sternen zu.

Die Menschen freuten sich ihres Daseins, war es doch recht angenehm, sich der Tiere und Pflanzen der Erde zu bedienen. Es gab aber einen unter ihnen, der zeichnete sich durch besondere Schönheit und Weisheit aus. Er hieß Imro. Ihn hatte Vater Himmel als dritten geformt. Es heißt, so schön sei Imro gewesen, daß die Schwäne sich freiwillig seinen Pfeilen dargeboten hätten, nur um als letztes in ihrem Leben einen Blick aus seinen blauen Augen zu erhalten. Die Wellen trugen ihn überallhin, nur damit sein süßer Atem sich mit ihrer Gischt vereinigte.

Eine der unbeständigen Töchter von Schwester Feuer, die Flammenfrau Anach, bekam Imro zu Gesicht und verzehrte sich in Liebe zu ihm. Sie nahm menschliche Gestalt an und bot sich Imro zur Frau an, und da sie ebenso schön war und zudem freundlich schien, nahm er sie gerne.

Doch Anachs Freundlichkeit hielt nicht lange vor. Sie wurde rasch ungeduldig mit der langsamen und rückständigen Art der Menschen und wußte alles besser. Imro und seine Brüder und Schwestern dagegen nahmen ihren Rat bereitwillig an und lernten von ihr, wo sie konnten, auch wenn ihr ständiges Zetern und Wüten sie kränkte. Ohne Anach hätten sie nie erfahren, wie man Steine aufeinanderschichtet, ohne daß sie in sich zusammenstürzen, noch, wie man das Salz aus dem Meer gewinnt, um die Speisen damit zu würzen, noch, wie man ein Feuer entfacht, um nicht zu frieren. Denn alles Lebendige hatte zwar Vater Himmels Gebot gehorcht, doch Steine und Salz, die kein Leben und keine Ohren haben, hatten seine Stimme nicht vernommen.

Anach gebar dem Imro viele und nochmals viele Kinder, und immer, wenn sie seiner vermeintlichen Begriffsstutzigkeit überdrüssig wurde, besänftigten seine Schönheit und sein weicher Mund sie von neuem.

Nach vielen und nochmals vielen Jahren jedoch, denn die Menschen damals lebten viel länger als wir heute, war Imro alt geworden, und seine Schönheit hatte den Glanz verloren, der Anach zu blenden vermochte. Da gedachte sie sich an ihm zu rächen für ihre Verliebtheit und die Jahre, die sie als Mensch verbracht hatte, und sie schaffte Ton aus einer nahen Lehmkuhle herbei und entfachte ein Feuer und lehrte Imro, Schalen und Töpfe zu formen, so wie Vater Himmel die Menschen geformt hatte, und sie zu brennen, so wie Vater Himmel die Menschen im Feuer seiner Liebesglut gebrannt hatte.

Nach langer Zeit geschah es, daß Vater Himmel seine Aufmerksamkeit wieder einmal den Menschen zuwandte, denn ein Morgen ist für ihn wie viele und nochmals viele Jahre für uns. Da entdeckte er gebrannte Tongefäße in den Häusern der Menschen. Sein Zorn war maßlos, hatte er diese Götterkunst doch nie und nimmer mit seinen Geschöpfen teilen wollen. Er weckte Mutter Erde auf und klagte ihr die Freveltat ihrer gemeinsamen Kinder. Mutter Erde ließ ihren müden Blick über die neue Welt der Menschen gleiten, denn damals schliefen auch die Götter noch länger, als sie heute schlafen. Da überkam sie große Trauer um das Schicksal ihrer Kinder von Bruder Wasser, die zu Dienern und Speise ihrer jüngeren Kinder geworden waren. Und aus dieser Trauer heraus willigte sie ein, die Menschen zu bestrafen.

Da gingen Vater Himmel und Mutter Erde zu den Menschen und verkündeten ihnen, daß sie sie zu strafen gedachten für ihre Missetat. Und Imro trat vor, nahm alle Schuld auf sich und sagte, die anderen hätten nie die Töpferkunst erlernt und er allein sei es gewesen, der mutwillig den Zorn Vater Himmels und Mutter Erdes herausgefordert habe. Ihm war weder entgangen, daß Anachs Leidenschaft für ihn mit der Zeit abgekühlt war, noch, daß sie nicht zu altern schien. Immer schwerer war es ihm gefallen, seine Frau mit kleinen Kunstgriffen zu betören, damit sie ihm und den anderen Menschen die Geheimnisse der Götter verriet. Doch damit war es nun vorbei, und er fühlte sich dem Tod nahe.

Vater Himmel und Mutter Erde kamen überein, der Bitte ihres Sohnes Imro zu entsprechen, galt er, der Vollkommenste unter den Menschengeschöpfen, ihnen doch als würdiges Opfer. Er bat nur darum, daß Anach es sein möge, die das Opfer vollzog, und so umschlang sie ihn in ihrer Gestalt als Flammenfrau und verbrannte ihn. Es heißt, er soll noch so lange am Leben festgehalten haben, bis er sehen konnte, daß er sein Ziel erreichte. Denn auch Anach wurde schwächer und schwächer, und schließlich fiel sie in sich zusammen und erlosch wie ein Herdfeuer ohne Nahrung.

Zum Gedenken an Imro untersagte Mutter Erde den Menschen, ihre Toten zu verbrennen, und Vater Himmel ließ ihnen die Kenntnis der Töpferkunst. Er lachte und dachte sich, daß selbst ein Gott sich von einem Mann, der noch im bittersten Tode so listenreich war, hintergehen lassen durfte.«

Madragena ließ den Kopf sinken, als habe die Anstrengung des Erzählens ihr die letzten Kräfte geraubt. Im neuen Gästehaus herrschte atemlose Stille. Nur das Herdfeuer knisterte und zischte.

Gorg fand als erster die Sprache wieder. »Wie heißt es doch gleich: ›Das Feuer im Herd und die Liebe sind das gleiche – sie retten uns vor dem Erfrieren.‹ Um uns aber vor dem Verbrennen zu retten, dürfen wir das Feuer nicht zu heiß werden lassen.«

Unsere Kornmeisterin Illib winkte, und Gorg war so freundlich, ihr den Sprechstein zu bringen. »Das Feuer ist immer heiß. Wäre es nicht heiß, wäre es kein Feuer. Vielleicht sollten wir besser einen gewissen Abstand zum Feuer wahren und stets darauf achten, daß es nicht über den Herd hinaus lodert.«

Illibs Worte ernteten fast überall zustimmendes Nicken. Nur ihre Schwestern schienen anderer Meinung zu sein. Als erste ergriff Nuki den Sprechstein. Noch während sie ihren Faden wickelte, stieß sie verärgert hervor: »Dieser Imro hat mich schon immer aufgebracht. Was läßt er sich umbringen, wenn seine Kinder und seine Sippe ihn brauchen! Er denkt nur an sich selbst. Ein bißchen Schmerz, und ewiger Ruhm ist ihm sicher!«

Ich sah Brim grinsen. Nuki hatte ihm wohl aus der Seele gesprochen. *Seinen* Kopf würde er niemals so hoch tragen können, daß ein Blitz in ihn einschlug.

Noch bevor Nuki ausgeredet hatte, bekundete Ard ihren Wunsch, als nächste zu sprechen. Als sie dann den Sprechstein in ihren Händen hielt und den Faden um ihn geschlungen hatte, schwieg sie zunächst. In der Versammlung machte sich eine leichte Unruhe bemerkbar. »Imro und Anach«, begann sie schließlich, »haben sich in Liebe verzehrt. Imro hat sich für die Menschen geopfert. Ich kann daran nichts Schlechtes erkennen. Ohne Imro hätten wir keine Töpfe, um unser Fleisch zu kochen, unseren Honig und unser Getreide zu verwahren. Ihr solltet ihm alle dankbar sein, anstatt ihn zu schmähen. Pfui, Schwester! Aus seinem Opfer ist etwas Großes entstanden.« Sie lehnte sich zurück, die Hände über ihrem Bauch gefaltet.

Adlersohn mußte nur den linken Arm ausstrecken, um den Sprechstein zu erhalten. »Imro hat gegen das Gebot der Götter verstoßen«, sagte er mit harter Stimme. »Das steht jedem frei. Er hat dafür bezahlt. Das ist notwendig.«

»So ist es«, sagte Madragena, nahm den Sprechstein an sich und verstaute ihn in dem Lederfutteral an ihrem Gürtel. »Wer dem Willen der Götter trotzt, der muß ihre Strafe auf sich nehmen.« Nun wirkte sie wieder wie die alte Frau, die sie war, nicht mehr wie die zeitlose Geschichtenerzählerin. »Im Namen der Erdmutter wünsche ich euch Schlaf und süße Träume.«

Während alles zum Ausgang wankte, flüsterte ich Füchschen etwas ins Ohr. Er sollte herausbekommen, wie der innere Kreis der Stierleute den Frühlingstag verbracht hatte, welche Zeremonien Sternenseher und sein Helfer Mishag abgehalten und welche Gestirnskonstellation sie gefeiert hatten. Mein Bruder schien bester Stimmung zu sein. »Endlich mal wieder was Spannendes!« flüsterte er zurück, bevor er sich in Adlersohns Kielwasser zum Haus Sternensehers begab.

Madragena unterhielt sich mit Brim vor der Tür zum Gästehaus. Da sie mich gebeten hatte, auf sie zu warten, schlenderte ich ein wenig umher, scharrte mit den Füßen und unterdrückte krampfhaft mein Gähnen. So fiel mir erst spät die gedrungene Gestalt auf, die meine Aufmerksamkeit zu erregen versuchte. Es war Nell von den Singschwanleuten, die bei Jonara Steinkraut lernte. Sie drückte sich in die Grassoden von Arkis Haus und winkte mich heran.

»Was gibt es?« fragte ich.

»Meine Lehrmeisterin läßt dir ausrichten, du sollst in Ruffs Haus kommen.« Nell sprach mit gedämpfter Stimme. Unruhig huschte ihr Blick umher.

»Wann?«

»Jetzt. Und sag's nicht weiter.«

»Worum geht es denn?« wollte ich wissen, denn diese späte Einladung behagte mir überhaupt nicht.

Nell zuckte die Schultern. »Jonara sagt, es ist dringend.«

»Sag ihr, ich komme gleich.« Ich war müde, mein Hals tat weh, und das letzte, was ich wollte, war eine Begegnung mit der verrückten Loll.

Nell verschwand. Ich sah mich um. Madragena betrachtete mich von ihrem Standort neben der Tür. Sie und Brim unterhielten sich noch eine Weile, dann verabschiedete sie den Holzmeister, kam zu mir herüber und hakte sich bei mir unter. Sie stützte sich schwer auf meinen Arm. »Was wollte denn Nell von dir?« erkundigte sie sich.

»Ich soll noch mal zu Ruff kommen«, stöhnte ich. »Wahrscheinlich geht es um Loll oder um Ibarek.«

Madragena nickte. Nachdem sie sich umgesehen hatte, sagte sie mit gesenkter Stimme: »Du bist soweit.«

»Wie – was?« stotterte ich.

»Ich werde dich den Todeszauber lehren. Morgen.«

Ich war zu überrascht, um etwas sagen zu können.

»Wir brechen morgen früh zur Gebirgigen auf. Das Kraut wächst nur dort. Brim hält sich bereit, um uns kurz nach Sonnenaufgang im Kerrag zu der kleinen Bucht gegenüber der Sauinsel zu bringen. Dann müssen wir beide etwa einen halben Tag quer durch die Gebirgige wandern. Es wird spät werden.«

Auf einen Schlag war ich wieder hellwach. Warum mußte meine Lehrmeisterin mir den Todeszauber zwei Tage vor Naps Tag beibringen? Ein Jahr und länger hatte ich sie darum gebeten, und ausgerechnet jetzt, wo mir ohnehin keine Zeit mehr blieb, wollte sie ihn mir zeigen!

»Warum morgen? Können wir es nicht bis nach Naps Tag verschieben?«

Madragena sah mich wortlos an, ließ meinen Arm los und bückte sich unter den Türsturz von Yarbros Haus.

Ich gab meiner Schwester kurz Bescheid, daß ich noch einen Krankenbesuch machen mußte. Als ich wieder in die linde, helle Nacht hinaustrat, spürte ich fragende Blicke in meinem Rücken. Widerwillig stapfte ich zu Ruffs Haus. Hoffentlich hatte die Familie des Tonmeisters Loll auf irgendeine Weise ruhiggestellt.

36

Eine leichte Brise bewegte den Türvorhang von Ruffs Haus. Behutsam öffnete ich mir mit einem Finger ein Guckloch. Die Verrückte lag mit geschlossenen Augen auf ihrem Bett links vom Herd. Dem Schnarchen nach zu urteilen, schlief sie tief und fest. Ich habe noch nie einen Menschen getroffen, der überzeugend die Geräusche des Schlafs vortäuschen kann.

Wie zu erwarten, saßen nicht nur Tura und Ruff am Herd, sondern neben ihnen, auf dem Ehrenplatz vor der Anrichte, auch Jonara Steinkraut. Die leicht vornübergebeugten Gestalten, in den rötlichen Schein des Feuers getaucht, die schlafenden Kinder in dem Bett auf der rechten Herdseite, die reichhaltige Sammlung von Tongefäßen auf der Anrichte, all das schaffte Geborgenheit. Als Tura zur Tür schaute, kam Bewegung in die Versammlung. »Komm rein, Lasra!« sagte sie leise, um die Kinder nicht zu wecken.

Tura erhob sich, um zusammen mit ihrem Mann die steinerne Türplatte vorzulegen. Mir entging nicht, daß sie kurz vorher noch einmal hinausspähte. Das war kein gewöhnlicher Krankenrat, zu dem die Erdfrau der Stierleute mich gerufen hatte.

»Junge Frau!« begann Jonara Steinkraut in dem für sie typischen Tonfall. »Ich hoffe doch sehr, du hast meinen Rat beherzigt und niemandem von dieser Zusammenkunft erzählt?«

»Nur meiner Lehrmeisterin Madragena«, räumte ich kleinlaut ein. »Und meiner Schwester Ela.«

Jonara schlug die Hände über dem Kopf zusammen. Ruff und Tura wechselten ratlose Blicke. »Dummes Ding!« fuhr Jonara mich mit gesenkter Stimme an. Sie warf einen Blick zu den Kindern hinüber, die glücklicherweise nicht aufgewacht waren. »Die Inseln wären ein besserer Ort, wenn die jungen Leute sich an das hielten, was die Alten in ihrer Weisheit ihnen sagen. Madragena hast du es erzählt! Du dummes Ding!«

»Sie hat gefragt«, verteidigte ich mich. »Sie hat mich mit Nell gesehen. Und meine Schwester hätte sich Sorgen gemacht, wenn ich ihr nicht Bescheid gegeben hätte.«

»Törichte Jugend!« ereiferte sich Jonara.

»Madragena und Ela gehören zu den Menschen, denen ich voll und ganz vertraue«, flüsterte ich heiser, denn mein Hals schmerzte inzwischen stärker.

»Ha!« stieß Jonara Steinkraut aus. Ihre Brüste und Oberarme vibrierten vor Empörung.

Ich schwieg trotzig. *Sie* hatte mich eingeladen. Ich konnte warten.

Tura bot mir wortlos Platz an. Ich setzte mich auf den Steinblock auf der linken Herdseite. Der Tonmeister und seine Frau auf der Bank mir gegenüber wirkten ebenso ahnungslos wie ich. Jonara Steinkraut atmete ein paarmal tief durch, bevor sie die Hände in der Geste des Erzählens in den Schoß legte. Die hagere Madragena und diese massige Frau hätten nicht verschiedener sein können, und doch überkam mich das Gefühl, genau diese Szene an diesem Abend schon einmal erlebt zu haben. Im Herd prasselte das Feuer und erzählte seine eigene, fremdartige Geschichte.

»Ich habe Mutter Erde befragt, und sie hat mir die Gnade gewährt zu antworten«, begann Jonara Steinkraut. »Furchtbare Dinge sind auf den Inseln geschehen. Die Vergehen der Väter holen uns ein. Schweigen war der falsche Weg.« Wieder hielt sie inne, schüttelte den mächtigen Kopf mit der eng anliegenden, grauen Löckchenkappe. »Mein halbes Leben lang habe ich geschwiegen. Es gab gute Gründe dafür. Die Sippe forderte meine Treue ein, für meine Schutzbefohlenen schienen Ruhe und Vergessen das beste zu sein. Ich habe gelogen, weil ich glaubte, der Schutz des alten Wegs würde die Lüge rechtfertigen. Aber dem ist nicht so, o nein!« Jonaras Zeigefinger erhob sich und stand uns vor Augen wie ein Mahnstein. »Wenn der alte Weg überleben soll, dann müssen die Wunden geheilt werden. Die Wunden, die den Inseln durch all diese schrecklichen Vergehen geschlagen worden sind. Ich weiß zwar nicht, junge Frau«, wandte sie sich mit strengem Blick an mich, »warum ausgerechnet du ausgewählt worden bist, töricht und vorlaut, wie ich dich kennengelernt habe, ohne Achtung vor dem Alter. Aber du wirst die Wunden heilen, oder die Inseln werden sterben.« Sie schüttelte ungläubig den Kopf. »Ich kann dir nur die Wahrheit erzählen. Was du daraus machst, mußt du selbst wissen.«

»Es geht um Loll«, stellte ich fest. In meinem Bauch war ein eigenartiges Flattern.

Jonara nickte und schaute zu der Gestalt hinüber, die links vom Herd schlief. Ihr Atem in meinem Rücken schien das gesamte Haus mit seinem schweren, gleichmäßigen Rhythmus zu erfüllen.

»Du warst die Erdfrau, die Lolls Ungeborenes nicht retten konnte«, fuhr ich fort. »Dir ist ein Fehler unterlaufen. Ein tödlicher Irrtum.«

Jonara kniff das linke Auge zusammen. »Ich weiß nicht, warum du ausgewählt wurdest, bei Mutter Erde, ich weiß es nicht!« stöhnte sie. »Doch wer sind wir, daß wir mit der Weisheit der Göttin rechten dürften!«

Ruff und Tura schauten uns mit leicht geöffneten Mündern an, während ihre Köpfe von mir zu Jonara und von Jonara zu mir pendelten.

»Dies ist die Geschichte der Frau, die dort drüben schläft. Ruff und Tura, meine Lieben, ihr sollt ihre Geschichte ebenfalls erfahren. Ihr liebt und pflegt sie, ihr habt ein Recht darauf, die Wahrheit zu erfahren. Falls ihr es aber vorzieht, unwissend zu bleiben, so müßt ihr es mir nun sagen und gehen.«

Der kleine Tonmeister schaute seine Frau an. Ein Lächeln trat auf die beiden rötlich erhellten Gesichter. Sie schüttelten den Kopf.

»Also gut. Die Frau, die ihr als Loll kennt, hieß ursprünglich Lerche, weil sie schon als Säugling so schön sang. Sie war die Tochter von Tem Stierherr und seiner zweiten Frau Jona, die ein paar Jahre später im Kindbett starb.«

Tura und Ruff sogen erschrocken die Luft ein. »Die Kleider … die –«, stammelte Ruff.

»Wenn sie ihren Tag der Zweiten Geburt gefeiert hätte, wie es ihr zugestanden hätte«, fuhr Jonara fort, »hätte sie den Namen Jonnib erhalten. Jonbro Stierherr ist ihr Halbbruder. Seine Mutter war Ake, Tems erste Frau. Jonbro war vernarrt in seine jüngere Schwester, das konnte jeder sehen, der Augen im Kopf hatte. Und die junge Lerche vergötterte ihren starken, gutaussehenden Bruder, der allen Mädchen den Kopf verdrehte. Keiner wußte jedoch, wie weit diese Liebe ging. Ich war damals seit drei Jahren Erdfrau. Lerche war dreizehn Jahre alt, als sie über ständige Übelkeit und Schwindel zu klagen begann. Ich untersuchte sie und stellte fest, daß sie schwanger war.

Tem geriet außer sich. Als er sich wieder beruhigt hatte, fragte er seine Tochter im Beisein seiner beiden Söhne Jark und Jonbro, wer der Vater ihres Kindes sei. Sie warf sich vor ihm zu Boden und schwieg. Als er sie schlug, trat Jonbro vor und bekannte sich zu dem Kind. Tem hat ihn fast totgeprügelt. Lerche wurde unter der Obhut des Schafhirten und einer alten Frau auf die Muckelinsel gebracht, eine unbewohnte Schäre in der Kesselbucht, auf der nur Schafe weideten. Sternenseher ließ verbreiten, sie bereite sich auf ihren Tag der Zweiten Geburt vor. Sie ließen nicht zu, daß irgend jemand sie besuchte, sogar mich ließen sie nicht zu ihr, obwohl ich darauf drängte. Trotzdem kamen mit der Zeit Gerüchte auf. Eines Tages – Lerche muß im sechsten Mond ihrer Schwangerschaft gewesen sein – kamen Tem, Jark und Jonbro zu mir. Sie baten mich, Lerche einen Trank zu verabreichen, der das Kind tötete, der Mutter jedoch nicht schadete. Insbesondere Jonbro bekniete mich. Sie hatten ihn überzeugt, daß es das beste für seine Schwester sei. Ich weigerte mich.«

Meine Hände und Füße waren so kalt, als hätte ich sie in eine Felswanne mit Eiswasser gesteckt.

»In Denebs Haus – heute gehört es Dubhal – lebte seine junge Witwe Madragena, die von einer Haifischmaulsippe vom Festland stammte. Ihre Mutter hatte sie zur Erdfrau ausgebildet, doch Deneb hatte es nicht gern gesehen, wenn sie Kräuter gesammelt und Arzneien gemischt hatte. Nach seinem Tod wäre sie gern Erdfrau geworden, aber ich hatte nicht vor, mein Amt so bald wieder aufzugeben. Sie war unglücklich. Etwa einen halben Mond später kam sie zu mir, um mich um Rat zu fragen. Die Stierherren waren mit ihrem Anliegen an sie herangetreten. Sie hatte sich geweigert. Ich lobte ihre Entscheidung und unterstützte sie, wo ich konnte. Dann boten sie ihr das an, was ihr sehnlichster Wunsch war: ein Kind.«

»Nein!« rief ich laut aus. Kinder haben einen erstaunlich festen Schlaf, wenn sie einmal schlafen, und zum Glück erwachte auch Loll nicht.

Tura legte den Finger auf den Mund. Leiser fuhr ich fort: »Ich glaube es nicht! Ich weigere mich, das zu glauben! Es kann nicht sein, daß Sihrus der Sohn des Stierherrn war!«

Jonara bedachte mich mit einem Blick, unter dem ich mich so klein fühlte wie eine Wanze.

»Wenige Tage später verließen Tem, Jark, Jonbro und Madragena das Dorf in einem Kerrag. Sie blieben über Nacht auf der Muckelinsel. Du weißt, junge Frau, was es bedeutet, wenn man einer Frau im siebten Mond den Trank aus Mutterkorn verabreicht. Ich sah die vier zurückkehren. Sie waren so bedrückt, daß sie keine Anstalten machten, sich zu verstellen. ›Unsere geliebte Tochter hat die Prüfung nicht bestanden‹, erklärte Tem seiner Sippe. Kurze Zeit später starb eine Frau der Hundeleute bei der Geburt ihres Sohnes. Der Vater hatte schon fünf Mäuler zu stopfen und gab das Neugeborene gerne gegen ein großzügiges Geschenk weg. Eine Frau von den Lachsleuten hat ihn ein halbes Jahr gestillt, dann starb Imse, die alte Erdfrau der Adlerleute. Tem traf eine Abmachung mit Bun, der damals frisch zum Häuptling eurer Sippe gewählt worden war. Man entwöhnte den Jungen, der wegen eines Feuermals auf seiner Stirn Sternchen genannt worden war. Er überlebte das frühe Abstillen. Madragena packte das Kind und ihre Habseligkeiten zusammen und ging zu den Adlerleuten, um deren neue Erdfrau zu werden.«

»Und Loll?« fragte Tura mit Tränen in den Augen. »Ich meine – Lerche?«

»Vorerst ließen sie Lerche auf der Muckelinsel. Schließlich gaben sie meinem Drängen nach und ließen mich zu ihr fahren, um sie zu untersuchen. Sie war ... so wie heute. Nur viel ruheloser, ungebärdiger. Der Schafhirt und die alte Frau mußten sie manchmal fesseln. Ich verlangte von Tem, daß er seine Tochter ins Dorf zurückholte. Auf der Schäre wäre sie über kurz oder lang gestorben. Er entsprach meiner Forderung unter der Bedingung, daß ich niemandem die Wahrheit erzählte und dafür sorgte, daß Lerche ... besonnener wurde, so drückte er sich aus.

Wir gaben sie bei Ruffs Vater in Pflege. Sie erhielt den Namen Loll, und Sternenseher verkündete, sie habe bei der Prüfung ihren Geist verloren und ein anderer Geist sei in sie gefahren. Mit der Zeit gerieten gewisse Dinge in Vergessenheit. Alle sahen nur noch die Person in ihr, als die die Stierherren sie behandelten: die verrückte Loll. Schon damals hatte sich ihr Aussehen so stark verändert, daß man sie kaum wiedererkannte. Jonbro hat sie ein paarmal besucht. Man konnte sehen, daß die Besuche ihm peinlich waren. Ihr wißt, wie sie ist. Natürlich hat sie auch ihm ihr ›Kind‹ anzuvertrauen versucht.«

Meine Kehle war wie zugeschnürt. »Das kann nicht sein«, krächzte ich. »So etwas hätte Madragena nie getan!«

»Willst du mich der Lüge zeihen, junge Frau?« erwiderte Jonara barsch.

»Nein«, stammelte ich. »Vielleicht hast du etwas mißverstanden …«

Jonara, Ruff und Tura schauten mich mitleidig an.

»Du magst sie nicht!« behauptete ich forsch.

»Daraus habe ich nie einen Hehl gemacht. Eine Erdfrau, die das Leben eines Menschen auslöscht, gehört ganz gewiß nicht zu Jonara Steinkrauts Freunden!«

Tura und Ruff nickten. Eins der Kinder drehte sich im Schlaf um und seufzte.

Ich glaubte ihr. Eine solche Geschichte konnte man nicht erfinden. Darum wollte Madragena nicht in Jonara Steinkrauts Haus bei den anderen Erdfrauen der großen Sippen wohnen. Darum hatte sie die Südliche kaum noch verlassen, seit sie Erdfrau der Adlerleute geworden war.

»Die Tat ist nie gesühnt worden«, fuhr Jonara Steinkraut fort. »Damals entstand die Wunde. Darüber wuchs eine dünne Haut, die Entzündung jedoch wuchs nach innen und begann zu schwären. Der Mord an Sihrus ist die Erschütterung, die das Häutchen reißen ließ. Ich will, daß die schlimme Tat von einst gesühnt wird. Vielleicht ist Sihrus' Tod der Beginn der Sühne.« Sie hielt inne und suchte meinen Blick. Ihre Augen hatten die Farbe eines frisch aufgebrochenen Ackers.

Eine hilflose Wut überkam mich. »Laßt mich bitte gehen, Tura, Ruff.«

Der Tonmeister erhob sich, um den Türstein wegzuschieben. Als ich hinausging, legte er mir die Hand auf die Schulter. Die Nacht war hell und mild, doch ich fror wie in einem Wintersturm.

Der Türvorhang von Yarbros Haus war halb zurückgeschlagen, damit die vielen Gäste die Luft nicht allzusehr verpesteten. Ich schlüpfte in das hintere Bett links vom Herd. Meine Erleichterung darüber, daß Madragena an der Wand lag und ich mich neben Hummel legen mußte, beschämte mich. Gorgs Tochter schnarchte vernehmlich, aber sie war warm und wie ein weiches Kissen in meinem Rücken. Obwohl ich müde und erschöpft war, brauchte ich noch lange, um einzuschlafen.

Imros schrecklicher Tod und Lerches unglückliche Lebensgeschichte wollten mir nicht aus dem Kopf gehen. Vor dem Auge meiner Erinnerung brach der Schafbock vor dem Ahnenhaus zusammen, von Adlersohns Axt gefällt. Ich sah den nackten Körper meines Bruders auf der Erde liegen, blutbeschmiert.

Imro hatte sich geopfert, Lerche war geopfert worden. Zum Wohle ihrer Sippen und deren Wege.

Und Sihrus? dachte ich. War er auch geopfert worden?

37

Hummel schnarchte noch immer, als Madragena mich am nächsten Morgen weckte. Alles schnarchte noch. Ich hatte von Kea geträumt. Wir hatten in den Felswannen von Borhs Zuflucht gebadet und waren gerade dabei gewesen, uns kichernd gegenseitig mit der Alkfettsalbe einzureiben, als ein Rütteln an der Schulter mich in das halbdunkle Innere von Yarbros Haus zurückrief. Lautlos schlichen wir uns aus dem Haus, nachdem Madragena sich einen Korbrucksack und einen Lederbeutel umgehängt hatte. Ich schützte meine schlaftrunkenen Augen mit den Händen vor der blendenden Morgensonne.

»Laß mich auch etwas tragen«, bot ich Madragena an.

Sie nickte und gab mir den Korbrucksack, in dem sich offenbar der Proviant befand. »Wasser gibt es auf der Gebirgigen genug.«

»Gib mir ruhig auch den Lederbeutel«, sagte ich, denn er sah schwer aus.

Sie schüttelte den Kopf.

Drei Häuser weiter erwartete uns Brim. Auch er trug eine große Ledertasche, das Paddel lehnte lässig an seinem nackten Oberschenkel.

In die Morgensonne hinein gingen wir die paar Schritte zum Ufer des Brackigen, wo die Meerkerrags der Stierleute und die vier Fellboote lagen, mit denen die Adlerleute gekommen waren. Das Wasser roch faulig wie meist. Aus dem bräunlichen Algenspülsaum ragte, schneeweiß und seltsam unberührt, der gebrochene Flügel eines toten Schwans. Eine Schwanenfamilie dümpelte auf dem Wasser, die Köpfe ins Rückengefieder gesteckt. Hinter uns hatte das Morgenlicht die hohen Platten des Steinkreises rosig gefärbt wie die Wangen eines jungen Mädchens. Hatte ich sie jemals als bedrohlich empfunden?

Vor uns im Osten sahen wir die dunkelgraue Silhouette der Gebirgigen. Zwischen den beiden gerundeten Bergen lag ein tiefer Einschnitt, der Ort, wo wir an Land gehen und unseren Weg zu Fuß fortsetzen würden. Unser Fährmann schob das Kerrag ins Wasser und hielt es fest, damit Madragena vorne in den Bug klettern konnte. Dann stieg er hinten ein, und ich mußte in die Mitte des schaukelnden Gefährts klettern und mich dort hinhocken. Ich kauerte mich mit dem Rücken zu Brim auf die harten Haselstangen des Bootsgerüsts. Madragena sah mich an. Ihr Blick kam mir fragend vor.

Brim stieß uns ab und steuerte das Kerrag am Südufer des Brackigen entlang. Wir passierten das Dickicht, in dem Errill und ich das Unwetter unter der umgekippten Ricke überstanden hatten, dann bog Brim um die kleine Landzunge, auf der Dorf und Ahnenhaus der Lachsleute einsam im Morgenlicht lagen. Noch war auch in diesem Dorf niemand auf den Beinen. Durch den Bruch, die schmale Verbindung zwischen See und Meer, konnten wir an diesem Morgen nicht fahren, denn die

Ebbe hatte ihn bis auf wenige Tümpel und Rinnsale trocken fallen lassen. Der Gestank nach verfaulendem Seetang wurde immer stärker. Nachdem wir ausgestiegen waren, wuchtete Brim das Kerrag hoch und trug es, über den Kopf gestülpt, die eine oder zwei Feldlängen über den Uferpfad, der zu diesem Zweck angelegt worden war.

Auf der anderen Seite des Bruchs ließ Brim das Kerrag wieder ins Wasser sinken, und wir stiegen ein. Die Strömung wurde ein wenig stärker, obwohl das Meer äußerst ruhig war. Auf dem ersten Stück paddelte Brim geschickt in der schmalen Fahrtrinne, danach traten die Küstenlinien auf beiden Seiten zurück und öffneten sich zur Strombucht. Das Wasser, schiefergrau, glänzend und undurchsichtig, kräuselte sich zu unregelmäßigen kleinen Wellen mit weißen Schaumkronen. Möwen und Austernfischer bildeten die einzigen Farbflecken in den dunklen, in der Strömung rollenden Tangfeldern.

Kaum von der flachen grünen Platte der Schweineinsel verdeckt, die rechts an uns vorbeiglitt, erhoben sich die Berge der Gebirgigen aus der See wie behäbige Walbuckel. Der Höhenkamm nördlich des Tals hatte täuschende Ähnlichkeit mit Kopfrundung, Rückenflosse und Schwanz eines Grindwals. Die niedrige Hügelkuppe davor mochte das Waljunge sein, das sich im Schutz seiner Mutter im Meer tummelte. Aufgewachsen inmitten der flachen Wellenlandschaft der Südlichen, war ich wie immer vom Anblick dieser Giganten tief beeindruckt.

Die Nebelschwaden, die so früh am Morgen noch aus dem Tal über die Gipfel hochzogen, verliehen ihnen eine geheimnisvoll entrückte Aura. Von beinahe allen leicht erhöhten Punkten der Inseln aus konnte man die Berge der Gebirgigen sehen, beherrschten sie den Horizont wie eine unüberwindliche Barriere am Ende der Welt.

Brim geriet langsam außer Atem. Ich hörte es an seinem rhythmischen Keuchen, roch es an dem Schweißhauch, der aufstieg, als er sein Hemd auszog. Bislang hatte die frische Meeresbrise alles weggeweht.

Madragena stimmte ein Lied an, das Lob eines Fischers auf

die Wohltaten von Bruder Wasser. Als sie geendet hatte, waren die Landmassen der Großen so weit zurückgefallen, daß eine Insel weiter südwestlich in Sicht kam, ein kleines grünes Stück Land inmitten der Kesselbucht, vielleicht halb so groß wie die Schweineinsel.

»Ist das nicht die Muckelinsel?« fragte ich Madragena krächzend. Mein Hals schmerzte noch immer erbärmlich. Ich räusperte mich lautstark. Wenigstens überdeckte das Krächzen das Zittern, das ich in meiner Kehle spürte.

Madragena wandte den Kopf nach rechts, sah mich an und nickte. »Dein Hals sieht schlimm aus«, sagte sie.

»Lebt irgend jemand da?«

»Früher pflegten die Stierleute ihre Schafe auf der Muckelinsel weiden zu lassen«, gab sie mir zur Antwort. »Aber es ist zu weit weg, als daß man mit bloßem Auge etwas erkennen könnte.«

»Warst du schon einmal dort?«

Wieder nickte sie.

»Ich war schon mal dort«, tönte es in meinem Rücken. Um Madragenas forschendem Blick auszuweichen, drehte ich mich zu Brim um. Sein Bart reichte so weit den Hals hinunter, daß er sich irgendwo in der Mitte mit dem Brusthaar traf, das seinen Hals hinaufwucherte. Der Braunbär mit dem Paddel in der Hand grinste selbstgefällig. »Hab mal den Schafhirten dort besucht, der ganz gut schnitzen konnte. Nichts als einen kleinen Steinverschlag gegen die Nachtkälte und den Regen gibt es da. Und natürlich jede Menge Schafe. Kein Ort, an dem ich auch nur einen räudigen Köter verscharren würde.«

Ansonsten wurde nichts mehr gesprochen. Nun, da wir uns der Gebirgigen immer mehr näherten, löste sich das Grau der Ferne zu kahlen grünen Kuppen auf, durchsetzt mit hell leuchtenden Felsen. Auf halber Höhe des Bergs verlief ein Klippenband, so regelmäßig, daß es wie die Bandverzierung an einem Tongefäß wirkte. Darunter hatte das abfließende Wasser tiefe Schründe in die flacheren unteren Abhänge gegraben. Dies war der Wachtberg.

Jede Insel hatte ihren Wachtberg. Den Namen erhielt bei uns

die jeweils höchste Erhebung einer Insel, auch wenn nicht jeder Wachtberg ein richtiger Berg war. Aber dies war die Bergwand, von der Irs in den Tod gestürzt war, die einzige, von der das auf den Inseln überhaupt möglich war. Mich fröstelte. Beinahe hätte ich Brim angeboten, mich beim Paddeln mit ihm abzuwechseln.

Das Kerrag umrundete die grüne Flunder der Schweineinsel und hielt auf eine Felszunge zwischen zwei Buchten zu. Gelb schimmerte der Ebbesand der nördlichen der beiden Buchten in der Morgensonne. Fette Seehunde aalten sich auf den stufenförmig ansteigenden Felsplatten an ihrem oberen Ende. Erst beim zweiten, dritten Hinsehen entdeckte man sie zwischen Fels und Algenhaufen. Traurig, aber gelassen musterten uns die großen schwarzen Augen. Wußten die Tiere, daß Brim keine Jagdwaffen dabei hatte? Jedenfalls machten sie keine Anstalten, ihr Sonnenbad zu unterbrechen. Mit einem leisen Knirschen lief der Kerragboden auf dem Kiesstrand auf.

»Ich warte hier. Laßt euch Zeit«, teilte unser Holzmeister uns mit. »Hab mir 'n bißchen Arbeit mitgebracht.« Er packte ein paar halbfertige Holzstücke, Tschörtmesser und Poliersteine aus dem Kerrag zusammen, zog es auf den Strand und suchte sich einen Platz zum Schnitzen. Das letzte, was ich sah, bevor ich mich landeinwärts wandte, war sein behaarter Rücken.

Ich hängte mir den Korbrucksack um und folgte meiner Lehrmeisterin, die über die flache Uferwiese hinweg auf einen Trampelpfad zusteuerte. Deutlich zu sehen, schlängelte sich der Inselweg der Gebirgigen durch das Tal zwischen den beiden Buckelbergen.

Hoch aufgerichtet wie immer, stapfte Madragena vor mir her. Vor den gewaltigen Bergkuppen rings um uns wirkte sie mitleiderregend klein. Das schüttere graue Haar, zu einem ordentlichen Zopf geflochten, wippte auf ihrem schmalen Rücken auf und ab. Sie trug auch im Sommer ein lose geschnittenes, langärmliges Lederkleid, das zwei Handbreit über ihre Knie reichte. Ihre Beine waren braun gebrannt und so gerade, wie man es bei alten Frauen selten findet. An dem geflochtenen Ledergürtel um ihre Taille hingen ein Beutelchen, ein Tschörtmesser und ein kleines Beil, das zum Abhacken zäher Pflanzen und zum Ausgraben von Wurzeln taugte. Den Tragbeutel aus dickem, hartem Leder, in dem sie einige sperrige Utensilien mit sich trug, hatte sie sich quer über Brust und Rücken geschlungen.

Ich mußte mich anstrengen, um mit ihr Schritt zu halten.

In der Stille, unterbrochen nur vom vielstimmigen Tschilpen der brütenden Vögel um uns herum, kamen die Gedanken wie von selbst. Mit ihrer unverwüstlichen Gesundheit hätte Madragena keine Mühe gehabt, am Frühlingstag den langen Weg vom Dorf der Adlerleute zu jener Bucht im Norden der Südlichen zurückzulegen.

Nein, dachte ich. Es ist nicht möglich. Nie hätte Madragena ihren geliebten Sohn getötet. Niemals. »Aber sie *hat* getötet«, meldete sich eine Stimme in mir. »Sie hat ein ungeborenes Kind getötet, sie hat das Leben der Mutter aufs Spiel gesetzt. Sie hat Lerches Leben so nachhaltig zerstört, als hätte sie ihr mit einem Beil den Hinterkopf eingeschlagen.«

»Nein!« widersprach eine andere Stimme in meinem Kopf. »Das hätte sie nie getan! Ein Trank, den ich einem Patienten verabreiche, ist etwas anderes, als einen Menschen – ihren eigenen Sohn! – auf diese gewaltsame Weise umzubringen.«

»So?« höhnte es in meinem Kopf. »Ist es nicht gleichgültig, *wie* man das Leben eines anderen beendet? Töten ist Töten.«

Ein Bach vom Berg zu unserer Linken mündete in das Flüßchen, das den Fußweg im Tal begleitete. Wälder aus Birken, Haseln und Erlen gediehen in den windgeschützten Mulden der Wasserläufe. Die Bäume waren gewiß doppelt so hoch wie die auf den anderen Inseln. Über ihren Wipfeln kreiste ein Habicht. An einem anderen Tag wäre ich über diese für die Inseln so ungewöhnlich reiche Pflanzenwelt in Begeisterung geraten. Duftete dort nicht ein Geißblatt? Und wie hoch diese Weide dort hinten die anderen Bäume überragte! An einem anderen Tag hätte ich die blaßgelben Blüten des Salbeigamanders gesammelt, um später einen Hustentee daraus anzusetzen, und ich hätte Madragena gefragt –

Aber Madragena wanderte unbeirrt weiter, ohne links und rechts zu schauen. Achtlos ging sie an einem dichten Polster der seltenen Blutwurz vorbei.

»Du darfst nicht vergessen«, begann die freundliche Stimme in meinem Kopf erneut, »daß die Sippe Madragena einstimmig von jeglichem Verdacht freigesprochen hat.«

»Der Freispruch erfolgte unter falschen Voraussetzungen«, sagte ihr Gegenspieler. »Die Adlerleute haben es für unmöglich gehalten, daß eine Mutter ihren Sohn umbringt. Aber Sihrus war nicht Madragenas Sohn.«

Die freundliche Stimme schwieg eine Zeitlang, bevor sie entgegnete: »Er *war* ihr Sohn. Die Liebe einer Mutter wächst im Laufe der Jahre und macht es ihr unmöglich, ihrem Schutzbefohlenen, ob leibliches Kind, ob Pflegekind, Böses zuzufügen. Denk an Sira und Fischmaul.«

»Nun«, sagte die andere Stimme nach einer Weile. Sie klang abstoßend höhnisch. »Da stellt sich doch die Frage, ob Madragena eine solche Mutter wie Sira war. Liebevoll, warmherzig, duldsam. Ist Madragena ein solcher Mensch? Für mich hört es sich nicht nach einer guten Mutter an, einen Säugling mit einem halben Jahr abzustillen, nur weil es einem gerade paßt. Nicht umsonst werden unsere Kinder bis zum zweiten oder dritten Lebensjahr gestillt. Madragena hat mit dem Leben des Kindes gespielt. Aber nun ja, der Kleine hat es überlebt …«

Die alte Frau vor mir war an der Stelle stehengeblieben, wo der Inselweg nach links abzweigte. Seit einiger Zeit begleitete kein Bach mehr unseren Weg, und die Wälder hatten niedriger Strauchheide Platz gemacht, aus der überall die purpurnen Blütendolden des Knabenkrauts hervorlugten. Unter einer steilen Klippe duckten sich, umgeben von Feldern, die runden Häuser und das seltsam flache Ahnenhaus der Kormoranleute.

Der Pfad, der nun durch das weite Tal zwischen den runden Bergrücken verlief, war wesentlich schmaler als bisher. Wir gingen eine Zeitlang hintereinander her, bis ein anderer Bach aus einer tief eingeschnittenen Klamm herunterschoß und nun in westlicher Richtung durch das Tal strömte. Er bildete Schleifen und Mäander, bis das Tal als sanft abfallende, breite Ebene über einer seichten Bucht endete. Hier legte Madragena die erste richtige Rast ein. Wir aßen Brotfladen und Käse, tranken das klare Wasser des Bachs, während dicke, pelzige Hummeln und glitzernde Libellen uns umschwirrten. Das Wasser schmeckte köstlich.

»Warum hat sich an diesem herrlichen Ort keine Sippe niedergelassen?« wunderte ich mich.

»Du fragst zuviel«, versetzte Madragena, während sie mir mit ernstem Blick in die Augen schaute. »Das war schon immer dein Fehler.«

Ihre Schroffheit hatte einen drohenden Unterton. Oder bildete ich mir das nur ein? Hatte ich Angst vor der Frau, die ich von Kindesbeinen an kannte, die mir seit vier Jahren fast täglich etwas Neues beigebracht hatte? Vor der Frau, in der ich so gern meine zweite Mutter sehen wollte? Habe ich sie je gekannt? fragte ich mich. Hatte sie mich an ihrem Schmerz um Sihrus' Tod teilhaben lassen?

Die Antwort auf *diese* Fragen kannte ich schon lange. Es war schwer, Madragena nahezukommen.

Madragena erhob sich. »Es wird ein Unwetter geben«, stellte sie fest. Sie hatte ihr Gesicht in den leichten Wind gereckt. »Wir sollten uns beeilen. Heute werde ich dir den Todeszauber zeigen.«

»Warum ausgerechnet heute?« beschwerte ich mich erneut. »Du hast mich so lange warten lassen. Auf ein, zwei Tage mehr oder weniger kommt es mir nicht an.«

Hastig schulterte ich den Korbrucksack und folgte Madragena, die mir schon wieder einige Schritte voraus war. Als ich sie eingeholt hatte, plapperte ich weiter: »Wenn es ein Unwetter gibt, wird es hier im Freien ziemlich ungemütlich. Meinst du nicht, wir sollten …? Was genau ist eigentlich unser Ziel?«

»Die Klippen der Nordwestküste«, gab sie zur Antwort.

»Aber …« Mir brach der Schweiß aus, und das nicht nur,

weil es nun bergan ging. Der Pfad wurde so schmal, daß ich hinter Madragena zurückfallen mußte. Ich stolperte über eine Baumwurzel. Die Klippen an der Nordwestküste, gütige Mutter Erde! Die höchsten der Insel, senkrechte Wände, an die sich selbst die geschicktesten Eiersammler nur in Notzeiten wagten. Die Klippen, über die mich Gorg und Brim in jenem Alptraum geworfen hatten, der mir in bleibender Erinnerung war. Es gefiel mir nicht, in wachem Zustand an den Ort meiner Alpträume zurückzukehren.

Als ich mich wieder ein wenig gefaßt hatte, fragte ich: »Woher willst du überhaupt wissen, daß es ein Unwetter gibt? Der Himmel ist wolkenlos, nun ja, ein bißchen diesig, aber ...«

Madragena drehte sich nicht zu mir um, als sie antwortete: »Du fragst zuviel. Ich glaube, ich habe das schon erwähnt.« Sie kletterte eine Zeitlang weiter über Felsstufen und Geröll, bevor sie hinzufügte: »Schau dich um!«

Ich schaute mich um. Im Südwesten zeigte sich eine einzige Wolke, ein geballter, massiger, weißgrauer Turm, der vom Horizont bis hoch in den Himmel reichte. *Eine* Wolke sollte ein Unwetter geben? Über uns kreiste ein Möwenschwarm. Mir fiel auf, daß sie unseren Köpfen immer näher kamen. Es ging auf die Klippen zu. Ich ließ mich ein Stück hinter Madragena zurückfallen.

Sie drehte sich zu mir um. »Komm!« Sie winkte mich heran. »Wir nähern uns ihren Brutfelsen. Beeil dich! Keine Angst. Der Pfad bleibt nur kurz oberhalb der Klippen, dann verläuft er wieder eine Weile durchs Landesinnere.«

Kreischend stürzte sich eine Möwe auf mich, um erst kurz über meinem Scheitel abzudrehen und wieder hochzusteigen. Ich beschleunigte meinen Schritt, behielt den Abstand zu meiner Lehrmeisterin vor mir aber bei.

Madragena hatte recht. Der Pfad folgte den Flanken des Berges zu unserer Rechten und bog bald darauf ins Landesinnere ab. Und das Wetter verschlechterte sich mit jedem Schritt. Der gesamte Himmel im Westen überzog sich mit Wolkentürmen. Warum mußte meine Lehrmeisterin mich in ein drohendes Unwetter hinein an diesen gefährlichen Ort führen? Der Schweiß unter meiner ärmellosen Tunika war kalt. Nun, da die Möwen keine Notwendigkeit mehr sahen, ihre Brut zu verteidigen, ließen sie von uns ab. Als ihr Lärmen verstummte, hörte ich zum erstenmal den Wind und die Brandungswellen.

Ein Weg war kaum noch zu erkennen. Wer kam auch schon hierher? Alle Jahre ein Eiersammler, ein paar Schafe und halbwilde Hirsche, eine Erdfrau auf der Suche nach der geheimnisvollen Pflanze, mit der sie den Todeszauber brauen konnte. Jenen Zauber, den sie nicht anwenden durfte, der aber den Abschluß ihrer Lehrzeit bedeutete, den Schlußstein im Gewölbe ihres Wissens, ihrer Macht. Seltsam, warum war mir dieser Widerspruch nie aufgefallen? Warum mußte ich töten können, um eine vollständige Erdfrau zu sein?

Mein Wunsch, den Todeszauber zu lernen, hatte mich so beherrscht, daß ich mich nie gefragt hatte, wozu er gut sein sollte. Warum es überhaupt so etwas wie einen Todeszauber geben mußte. Die Menschen der Inseln töten keine Menschen.

»Nicht alle Tage«, meldete sich die höhnische Stimme in meinem Kopf erneut.

»Ich sehe schon, daß du an nichts glaubst«, versetzte die freundliche Stimme in milde herablassendem Ton. »Darum will ich dich mit Vernunftgründen überzeugen, daß Madragena ihren Sohn nicht umgebracht haben kann. Wir waren uns darüber einig, daß der Mörder Sihrus unter einem Vorwand zur Bucht am Nordufer der Südlichen gelockt haben muß. Stell dir vor, Madragena hätte ihren Sohn, mit dem zu reden sie tagtäglich Gelegenheit hat, dorthin bestellt. Lächerlich! Sihrus hätte sich gewundert, warum sie solche Umstände machte. Und auch noch am Frühlingstag. Er konnte sich bestimmt angenehmere Beschäftigungen für diese Nacht vorstellen. Von einer Geliebten an einen einsamen Ort bestellt zu werden, das hätte er sich gewiß gefallen lassen, aber von seiner Mutter?«

Die andere Stimme schwieg lange. »Madragena kannte ihren Sohn besser als alle anderen. Sie kannte seine Schwächen und seinen Ehrgeiz, und sie wird gewußt haben, womit man ihn locken kann. Es könnte mit Macht zu tun haben. Oder mit etwas, was sie ihm zu zeigen vorgab. Dort oben.«

»Du warst schon mal besser«, sagte die freundliche Stimme. »Falls Madragena ihren Sohn hätte töten wollen, hätte sie einen Trank benutzt.«

»Ach, du meinst, weil sie darin bereits Übung hatte?«

Die freundliche Stimme überhörte die Spitze. »Weil es leichter gewesen wäre. Und weil es das Risiko der Entdeckung verringert hätte.«

»Da muß ich leider widersprechen. Ein Beil oder einen Knüppel kann jeder benutzen, den Todeszauber nur eine Erdfrau.«

»Niemand hätte herausgefunden, daß Kräuter mit im Spiel waren. Sihrus wäre einfach erkrankt und gestorben. Das kommt vor.«

»Nimm dich in acht!« Der Ankläger lachte. »Du klingst ja schon wie ich!«

Dann schwiegen die Stimmen in meinem Kopf. Hätten sie Zungen gehabt, hätten sie ihre Wunden geleckt.

Madragena und ich kamen an einem kleinen Tümpel vorbei. Die Blätter der Sumpflilien an seinem Ufersaum beugten sich tief unter dem böigen Wind und klapperten gegeneinander, als würden sie Beifall klatschen. Nur wenige Insekten waren noch unterwegs. Die paar Schmetterlinge, die sich noch nicht in Sicherheit gebracht hatten, taumelten hilflos durch die Luft. Ein schmerzhafter Stich an meiner Wade zeigte mir, daß Bremsen offenbar weniger Probleme mit den Böen hatten. Ich holte aus und erschlug den lästigen Blutsauger.

Nachdem wir die Bergflanke umrundet hatten und um einen zerklüfteten Felsvorsprung getreten waren, öffnete sich der Blick. Vor uns lag eine grüne Hochebene. Senkrecht fielen die Küsten der weit ins Meer vorstoßenden Halbinsel zu dem Geröllstrand tief unten ab. Wie hoch mochten die Klippen sein? Dreimal so hoch wie die Schwarzspalte? Viermal? Ein Wasserfall stürzte über die quer gefurchten Felsen. Der Wind peitschte seine Gischt übers Meer. Unter einer düsteren Wolkenwand schickte Ahntochter Sonne ihre letzten Strahlen auf die Inseln nieder. Die Felsen leuchteten in einem fast unwirklichen Rot wie die ersterbende Glut eines gewaltigen Feuers.

Madragena war stehengeblieben. »Es ist noch nicht einmal Mittag«, sagte sie. »Es zieht schnell auf, das Unwetter. Wir werden in einer Höhle an der Sauklamm Zuflucht suchen und das Schlimmste dort überstehen.«

»Laß uns doch umkehren«, bettelte ich. »Es ist zu gefährlich.«

»Das Leben endet stets mit dem Tod«, erklärte sie, und nun hatte ihre Stimme jenen Tonfall, der mir sagte, daß jeder Widerspruch zwecklos war.

Ich könnte umkehren und gehen, dachte ich.

»Ich kann dich nicht zwingen«, fuhr Madragena fort. »Deshalb will ich dir nun etwas erklären, auch wenn die Zeit drängt. Jedes Kind muß, um Zutritt zur Welt der Erwachsenen zu erlangen, eine Prüfung bestehen. Jeder Schamane stirbt einen oder auch mehrere Tode, bevor die Ahngeister ihn als einen anerkennen, mit dem sie sprechen. Und auch eine Erdfrau muß eine Prüfung bestehen, bevor Mutter Erde sie zur Tochter nimmt. Zu dieser Prüfung bist du nun gerufen. Es gibt nur einen Tag im Leben einer Frau, an dem sie zur Erdfrau werden kann. Einen bestimmten Tag, der ihrer Lehrmeisterin mitgeteilt wird. Ich habe in dieser Sache keine Wahl. Doch du hast die Wahl. Entscheide dich! Es ist dein Tag.«

»Das hat sie klug eingefädelt«, ertönte die boshafte Stimme in meinem Kopf. »Ich habe ja gesagt, daß sie sich gut mit den Schwächen der Menschen auskennt. Diese Einladung kannst du nicht ausschlagen, nicht wahr? Aber es ist eine Einladung zum Tod. Und keiner wird ihr Vorwürfe machen. Du hast eben deine Prüfung nicht bestanden. Kommt dir das bekannt vor?«

Gerade wie ein Stock stand Madragena vor mir. Der Wind preßte ihr das Ledergewand an den Körper, so daß sich die knochigen Schultern, die schlaffen, flachen Brüste und das eingefallene Dreieck zwischen ihre Schenkeln erbarmungslos abzeichneten. Es war ihr Lächeln, das schließlich den Ausschlag gab. Mit diesem Lächeln forderte sie mich heraus. Ich glaube, ich wäre vor Neugier geplatzt, wenn ich die Herausforderung nicht angenommen hätte.

»Wie weit ist es zu dieser Höhle in der Sauklamm?« fragte ich.

»Etwa halb so lang, wie wir von der Kormoranbucht bis zu diesem Punkt gebraucht haben.«

Sie hatte sich schon wieder in Bewegung gesetzt, und ich hastete ihr hinterher. Der Wind blies aus Südwesten und trieb uns an wie die Hand einer Mutter, die ihr Kind den Berg hochschiebt. Schwerelos tanzte ich über die Hochebene, die ganz sachte anstieg. Kaum schienen meine Füße das weiche Gras und die federnden Heidepflanzen zu berühren. Die Klippen werden nach Norden zu höher, dachte ich. Einmal im Herbst war ich in Siras Kerrag unter die Klippen gefahren, um Hummer zu fangen. Hier oben war ich noch nie gewesen.

Eine grenzenlose, unsinnige Zuversicht wie kaum jemals zuvor und danach erfüllte mich in jenen Augenblicken, als der Sturm mich über die Ebene trieb. Ich glaubte, daß mir tatsächlich eine Prüfung bevorstand. Ich wollte meiner Lehrmeisterin glauben. Und gleichzeitig glaubte ich, sie würde mich töten.

Irgendwann ließ die Hochstimmung nach. Mein Körper machte sich mit all seinem Gewicht bemerkbar. Auch Madragena keuchte, als der Wind alle paar Wimpernschläge seine Richtung wechselte. Unbarmherzig wurden wir hierhin und dorthin geschleudert.

Es begann zu regnen. Der Regen steigerte sich zum Wolkenbruch. Ich rutschte auf dem nassen Gras aus und schlug mir an einem Stein das Knie auf. Auch mein gequetschter Hals tat wieder weh.

Wie war ich nur auf die Idee gekommen, in meinem jämmerlichen Zustand einem Angriff Madragenas standhalten zu können? Die Riemen des Korbrucksacks, zwei grobe Seile aus geflochtenem Stroh, hatten mir die Schultern wund gescheuert. Mit jedem Schritt spürte ich, wie die harten Strohenden über das rohe Fleisch schabten.

Endlich wies Madragena mit ausgestrecktem Arm in Richtung Küste. Die Sauklamm, denn das mußte der Einschnitt in der Hochebene sein, verriet ihr Geheimnis nicht auf den ersten Blick. Von weitem sah sie aus wie eine harmlose Mulde, zu der die Wiese oberhalb der Klippen sich senkte, eine jener Mulden, in denen das Vieh gerne Zuflucht suchte, um in Ruhe wiederzukäuen. Nur daß es hier kein Vieh gab. Selbst Schafe verirrten sich kaum hierher.

Dann näherten wir uns dem Klippenrand. Ich schmeckte das Salz auf der Zunge. Auf den lila Blüten der Grasnelken und den aufgeblasenen weißen Kelchen des Leimkrauts lag eine feine kristalline Schicht.

Madragena stieg ohne Zögern in die Mulde hinab, die im oberen Bereich vielleicht zwei, drei Mannlängen breit war, um unten spitz zuzulaufen wie die Scham einer Frau. Unterhalb dieser Spitze ging es senkrecht hinab. Eine schmale Felsnadel war alles, was die Mulde und die kleine Höhle in ihrem Rücken hielt. Risse und Spalten zu beiden Seiten zeigten, wo das Meer, der Wind und der Regen ihre Meißel ansetzten, um in geduldiger Arbeit die Felsklippen zu zermürben. Rosige Geröllbrocken und Steintrümmer auf dem schmalen Strand schienen zu den stolzen Felstürmen emporzurufen: Was wir sind, werdet ihr sein, was ihr seid, waren wir!

Links von der Sauklamm trotzte ein mächtiger Felsturm dem Ansturm der Gezeiten. Scheinbar zum Greifen nah blühten in den windgeschützten Spalten Strandwegerich, Rosenwurz, Fingerhut und Strandastern. Ihre lebhaften Farben leuchteten tapfer gegen das trübe Grau von Himmel und See an. Nachdem ich die Umgebung rasch in Augenschein genommen hatte, stieg ich zu Madragena hinunter, die sich bereits in die Höhle gehockt hatte. Man mußte nicht einmal klettern, um hinabzugelangen. Es erschien mir ungefährlich, solange ich mich nicht unmittelbar an den Klippenrand stellte.

Madragena und ich fanden nebeneinander an der Rückwand der Höhle Platz. Dennoch war die Feuchtigkeit überall. Sie war in unseren Kleidern, sie war in der Luft, die ein feiner Sprühnebel erfüllte.

»Wir sollten uns besser Kiemen wachsen lassen«, sagte ich.

Madragena sah mich an, ohne eine Miene zu verziehen. »Bist du bereit?« fragte sie.

Ich nickte.

38

Madragena zog den Riemen ihres Lederbeutels über den Kopf, schlug die Lasche zurück und öffnete das Zugband. Sie griff mit beiden Händen hinein und holte einen schweren Steinwürfel heraus, so groß wie der Kopf eines einjährigen Kindes. Zwei Seiten waren leicht vorgewölbt, die anderen so ausgehöhlt, daß die Finger Halt fanden. Die dunklen Oberflächen waren nur grob geglättet. In den Vertiefungen hatten sich bräunlichrote Krusten festgesetzt.

Ich hielt voller Ehrfurcht den Atem an. Es war der Stein der Erdfrau, mit dem sie die Ahngeister freisetzte.

Madragena griff nun an den Gürtel und holte aus dem Beutelchen an ihrer Seite einen Holzflakon hervor, nicht größer als mein kleiner Finger. Sie zog den Stöpsel heraus und hielt mir das Gefäß hin. Mir wurde heiß und kalt. Ich hatte behauptet, bereit zu sein.

In diesem Moment begriff ich, daß ich es nicht war. Aus dem Spiel wurde Ernst.

Madragenas Augenbraue zuckte in die Höhe. Dann zog sie ihre Hand zurück, legte den Kopf in den Nacken, nahm einen Schluck und hielt mir das Fläschchen erneut hin. Natürlich war es unmöglich festzustellen, ob sie tatsächlich getrunken hatte. Ich zögerte kurz, bevor ich den Trank entgegennahm. Es war so wenig Flüssigkeit, daß sie kaum meine Zunge benetzte. Sie schmeckte nach Fisch.

Madragena griff von neuem in den Lederbeutel neben sich, mit beiden Händen, und holte den letzten Gegenstand heraus. Steif, wie das Leder war, behielt es seine Form auch, nachdem es ausgeweidet worden war. Das, was sie nun vor sich hinstellte, war ein annähernd rundes Gebilde von erheblichem

Umfang, etwa so groß wie ein Rinderkopf. Es war in eine von Ibbes Filzdecken eingepackt.

Meine Lehrmeisterin schlug den Stoff auseinander, unter dem eine weitere Lage ockerfarbenen Filzes sichtbar wurde. Als auch diese gefallen war, tauchte eine dicke Polsterschicht auf. In der Höhle verbreitete sich der süße Duft von frisch getrocknetem Moos.

Je mehr schützende Hüllen die Erdfrau entfernte, desto kleiner wurde der Gegenstand, desto deutlicher trat seine Form zutage.

Madragena begann leise zu summen. Behutsam zupfte sie das Moos aus den Augenhöhlen, dem Nasenloch und den Zähnen des Schädels. Das Schädeldach, ebenfalls mit Ocker eingerieben, leuchtete blutrot in der finsteren Höhle. Im Unterkiefer fehlten einige Zähne. An den fast bis auf die Wurzel abgekauten gelben Zähnen konnte man erkennen, daß dieser Ahn in hohem Alter gestorben war.

Wider Willen begann ich mich in dem monotonen Rhythmus von Madragenas Summen hin und her zu wiegen. Der Trank, was immer es gewesen sein mochte, schien sein Übriges zu tun. Ich glitt über die Schwelle einer Trance, ohne meine Wahrnehmungs- oder Bewegungsfähigkeit zu verlieren.

»Sie wird dir gewiß nichts tun«, raunte die zuversichtliche Stimme in meinem Kopf. »Madragena macht dich heute zur Erdfrau. Erweis dich der Ehre würdig.«

Die andere Stimme schwieg, eingelullt wie ein Säugling vom Schlaflied seiner Mutter.

In der Höhle wurde es noch finsterer. Draußen schien es Nacht geworden zu sein, obwohl meine Erfahrung mir sagte, daß es kaum Mittag sein konnte. Madragenas Stimme war zu einem tiefen Grollen geworden. Nein, das Grollen war die warnende Stimme des Donners, mit der sich das Gewitter ankündigte. Madragenas Singsang war verstummt.

»Teil deiner Prüfung«, sagte sie, »ist dies: Wahrheit gegen Wahrheit, nie Gehörtes gegen nie Gehörtes. Wer von uns jetzt lügt, soll verderben. Mutter Erdes Fluch über dich und mich.

Dieser Ahngeist ist das Siegel meines Fluchs.« Mit diesen Worten legte sie die Handflächen um die Stirn des Schädels, hob ihn vor ihr Gesicht und küßte ihn auf den Mund.

Die Höhle drehte sich um mich. In meinem Mund war der säuerliche Geschmack von Halbverdautem. Irgendwie gelang es mir, den Würgereiz zu unterdrücken. Madragena hielt mir den Schädel hin. Ich legte meine Handflächen um seine Stirn. Die Knochen fühlten sich härter an als alles, was ich je berührt hatte. Ich drückte meine Lippen auf die Zähne. So flüchtig die Berührung auch war, meinte ich zu riechen, was diese Zähne vor vielen und nochmals vielen Jahren zerkaut hatten. Ein Hauch von Schweinefleisch, eine Andeutung von Forelle, ein Duft von Gerstenbrei vermischten sich in meinem Kopf. Als Madragena mir den Schädel wieder abnahm und vorsichtig vor sich hinlegte, zitterte ich am ganzen Leib. Mir war klar, was ich erzählen mußte.

»Bloß nicht«, mahnte die mißtrauische Stimme in meinen Gedanken. »Erzähl ihr etwas anderes. Von deinem Verdacht gegen die Stierherren. Oder meinetwegen von deiner Liebe zu Sihrus. Aber bloß nicht *das*.«

»Was wäre eure Freundschaft wert, wenn du jetzt nicht aufrichtig wärst?« sagte die andere Stimme. »Du mußt ihr vertrauen. Sie ist deine Lehrmeisterin. Denk an den Fluch!«

Wahrheit gegen Wahrheit, nie Gehörtes gegen nie Gehörtes. Und so berichtete ich ihr denn von meinem Verdacht, sie könne etwas mit Sihrus' Tod zu tun haben. Von meiner Angst, sie werde auch mich töten. Meine Wangen brannten vor Scham, und ich flüsterte so leise, daß ich fürchtete, hoffte, sie würde mich nicht verstehen. Aber sie verstand mich. Sie nickte.

»Ich weiß«, sagte sie. Sonst nichts.

Nach einer Weile begann sie von neuem: »Ich habe geträumt. Und obwohl eine Erdfrau Schweigen bewahren soll über ihre Träume, denn selten treten Träume so ein, wie sie geträumt wurden, will ich dir von meinem Traum berichten. In der Nacht, bevor wir mit Naps Dank zu den Stierleuten aufbrechen wollten, träumte ich von dir. Mutter Erde ließ mich wissen, daß es Zeit sei, dich zur Prüfung zu rufen. Dreimal sah ich dich sterben. Dreimal erwachte ich in großer Angst, um sogleich wieder einzuschlafen. Dreimal weigerte ich mich, dich in die Gefahr zu führen. Als ich das letztemal erwachte, dämmerte es bereits. Mutter Erde hatte mich träumen lassen, daß du zurückkehrst von deiner Prüfung.« Wieder schwieg sie eine Weile. »Mein Traum bedeutet dies: Du wirst dem Tod nahekommen, kannst aber zurückkehren. Mehr weiß ich nicht. Der Ausgang ist ungewiß. Aber das ist das Leben auch.«

Ich zitterte vor Angst. Trotzdem konnte ich unmöglich aufspringen und fliehen. »Wie sah meine Prüfung aus?« fragte ich mühsam. Ich mußte achtgeben, mir die Zunge nicht abzubeißen, so sehr klapperten meine Zähne aufeinander.

Madragena lachte so laut, wie ich sie schon lange nicht mehr hatte lachen hören. Dann verschluckte der Donner das unheimliche Geräusch.

»Wenn Mutter Erde eine neue Frau zur Tochter nimmt«, fuhr sie bald darauf fort, »wird der Ahngeist einer anderen Erdfrau freigesetzt. Niemand außer Adlersohn kennt noch den Namen dieser Erdfrau. Niemand weiß eine Geschichte über sie zu erzählen. Niemand weiß, wie viele Generationen ihre Gebeine im Ahnenhaus gelegen haben, um den Adlerleuten den Willen der Götter zu verkünden und Fürsprache einzulegen für unsere Sippe. Bete, daß ihr Geist sich in dir neu verkörpern möge. Bete!«

Gehorsam senkte ich den Kopf und streckte die Arme zum Gebet aus. Dunkle Tropfen fielen von der Höhlendecke auf meine geöffneten Handflächen. »Mutter Erde, ich flehe dich an«, sang ich. »Mutter Erde, wende mir dein Antlitz zu. Segne mich mit dem Segen des Ackers und dem Segen der Blüte. Nimm mich an als deine Tochter.«

»Vater Himmel«, fiel Madragena in mein Lied ein, »wir flehen dich an. Vater Himmel, sei uns gnädig. Segne diese Frau mit dem Segen des Windes und dem Segen des Blitzes. Sprich für sie bei deiner Gemahlin, auf daß sie diese Frau annehme als ihre Tochter.«

Während Madragena den Würfelstein über dem Schädel meiner namenlosen Vorgängerin kreisen ließ, sang ich: »Verehrter Ahngeist, ich bitte dich. Fahre in mich und vereine deinen Geist mit meinem. Ehre mich mit der Gabe deines Geistes. Erhöhe mich mit deiner Macht, stärke mich mit deinem Wissen. Verlaß die Adlerleute nicht. Bleibe bei uns. Dein Heim ist in meinem Körper. Nimm mein Opfer an, ich bitte dich.«

Ich weiß nicht, wer mir die Worte eingab. Das Lied floß über meine Lippen wie ohne mein Zutun. Die Tropfen auf meinen Handflächen hinterließen dunkle Schlieren und schienen mich doch zu reinigen. Ich wurde ruhiger, doch ich hatte kaum zu Ende gesungen, als sich etwas in mir zu wehren begann.

Nein, ich wollte niemand anderen in diesem Kopf haben. Ich war Lasra, und ich wollte Lasra bleiben. Ich hatte nicht vor, diesen Körper mit jemandem zu teilen. Der verehrte Ahngeist, der schon so lange in diesem Schädel dort gefangen war, dürstete nach Freiheit. Erdfrau, Ahnin, Vorgängerin, betete ich still, du bist frei, in Vater Himmels Arme zurückzukehren. Tanze den Tanz der Himmelsgeister. Wenn der Winter wieder einkehrt auf den Inseln, wirst du in den bunten Lichtern der Nacht tanzen.

Ein Blitz zuckte über den schiefergrauen Himmel, und in der Höhle wurde es taghell. »Nimm das Opfer an!« schrie Madragena, und dann schmetterte sie den Würfelstein auf den Schädel der namenlosen Erdfrau. Das Splittern der Knochen ging in einem Donnerschlag unter. Das uralte Gebein setzte dem Werkzeug mehr Widerstand entgegen, als ich vermutet hätte. Ein großes Loch klaffte in der Schädeldecke, ein paar Zähne spritzten zur Seite.

Wieder und wieder schlug Madragena zu, bis der Boden vor ihr von einer Schicht aus Knochensplittern und Staub überzogen war.

Mein erleichtertes Seufzen ging in dem Getöse des Unwetters und den harten Schlägen unter. Niemand hatte sich in meinen Kopf gedrängt. Nicht die Ahnung eines Geistes hatte mich gestreift.

Aber die Stimme in meinem Kopf, die boshafte, die Siegerin, erklang erneut: »Sie hat Sihrus geopfert. O nein, getötet hat sie ihn nicht. Sie hat ihn Mutter Erde geopfert. Weil er dem alten Weg untreu geworden war. Weil er eine Gefahr für den Fortbestand des alten Wegs darstellte. Die größte Gefahr, wie nur ein Verräter aus den eigenen Reihen sie darstellen kann. Vielleicht hat sie ihren Sohn sogar geliebt, auch wenn es nicht ihr leiblicher war. Aber es gibt etwas, was sie noch mehr liebt: das Gesetz des alten Wegs, so wie sie es versteht. Sie ist eine harte Frau. Sieh, wie sie darin aufgeht, zu opfern.«

Opfern, opfern, hallte es in meinen Gedanken. Madragena schob Splitter und Staub, die einmal unsere Vorgängerin gewesen waren, mit den Händen zu einem Haufen zusammen. Sie hat ihn nicht getötet, dachte ich. Nur geopfert. So wurde das Undenkbare möglich. Eine Mutter, die ihren Sohn opfert. Um ihn zu retten. Um das zu retten, was ihr mehr bedeutete als alles andere: den alten Weg.

Madragena breitete die beiden roten Filztücher übereinander und begann die Überreste mit den Händen auf sie zu schaufeln. Zwei, drei Handvoll kamen zusammen. Außer ein paar Zähnen, außer ein paar größeren ockerfarbenen Splittern vom Schädeldach war nichts mehr zu erkennen. Zerschlagen, zermalmt, zerbröselt. Zusammenhanglose Bilder rasten mir durch den Sinn: blendend weiße Hundezähne ... ein prächtig geschmückter *König* am Kopf einer Prozession ... Sihrus' blonde Haarsträhnen ... Imros schmerzverzerrtes Gesicht inmitten einer Feuerlohe ... ein totes Vogelküken in einer Handfläche ... eine Bronzeaxt, die von der Herdumfassung abprallte ... Madragenas Schreie vor dem Totengerüst.

»Komm«, sagte meine Lehrmeisterin. »Am Ende müssen sie alle ins Meer, in die nasse Umarmung des Geliebten.« Sie raffte die Filztücher an den Rändern zusammen und richtete sich ächzend auf.

Madragena verließ den Schutz der Höhle. Ihr Zopf wurde zur Seite geweht, der Wind riß an ihrem Kleid. Ich trat neben sie. Es war etwas anderes, von der Höhle aus zu beobachten, wie die Blitze draußen zuckten und der Sturm heulte, und sich dem Toben der Elemente auszusetzen. Hohl klatschten die mächtigen Flutwellen gegen die schmale Felsnadel, auf der wir standen. Die Gischt sprühte bis zu uns hoch. Ein bläulicher, stark verzweigter Blitz funkelte in der finsteren Masse vor uns auf, ob Himmel oder Meer, wer konnte das schon sagen?

Madragena berührte mich am Ellbogen und drückte mir die Tücher mit dem Ahnenstaub in die Hand. Ich nahm sie entgegen, und es gelang mir, nichts von seinem Inhalt zu verlieren, obwohl der Wind kräftig an den Filztüchern zerrte.

»Du hast Sihrus umgebracht!« schrie ich die Frau neben mir an. Sie schien nicht zu reagieren. »Sag etwas! Bei allen Göttern! Antworte mir!« Hatte sie mich nicht verstanden?

Aber nein, der Felsturm links von uns bot einen gewissen Schutz, und ich hörte sie recht gut, als sie mir nun befahl, an den Rand zu treten und den Inhalt des Filzbeutels dem Meer zu übergeben. Ich machte einen Schritt nach vorn. »Warum hast du deinen eigenen Sohn umgebracht?« brüllte ich aus voller Kehle. Ich war mir sicher, daß sie mich verstanden hatte, denn in ihren Augen blitzte etwas auf, Wut, Trotz, Enttäuschung …

In demselben Augenblick schlug ein Blitz in den Turm neben uns ein. Der Donner war ohrenbetäubend. Endlos schien er zwischen den Felswänden hin und her zu hallen. Die Erde bebte. Ich taumelte und stürzte zu Boden, spürte den harten Fels und das nasse Gras unter meinem Bauch, unter meiner Brust. Der Beutel entglitt meiner Hand. Eine heftige Bö nahm ihn mit sich fort, und Staub, Knochensplitter und Zähne wirbelten davon. Steine begannen von der Klippe neben uns herabzuprasseln. Erde und ein paar kleinere Kiesel trafen mich schmerzhaft auf den Rücken, aber die schweren Gesteinsbrocken, die der Blitz losgesprengt hatte, stürzten fast senkrecht in die Spalte zwischen Felsturm und Nadel. Ich hörte das Bersten und Klatschen, wenn sie ins Meer fielen oder unten gegen die Klippen prallten. Madragena war ebenfalls gestürzt. Auf Händen und Knien kroch sie auf die Höhle zu.

Dann ertönte unter uns ein tiefes Grollen, ein furchterregendes, unbekanntes Geräusch, das mir die Haare zu Berge stehen ließ. Es war, als wenn der Fels selbst zum Leben erwachte, ein Rumoren aus den Tiefen der Erde. Und dann, binnen eines Wimpernschlags, sackte die Erde unter meinen Beinen und Hüften weg. Verzweifelt versuchte ich von der abbrechenden Klippenspitze wegzukriechen. Neben mir, unter mir bröckelte alles weg, während meine Hände sich auf der Suche nach einem Halt in den Boden krallten, nach einem Stein, einer Wurzel, einem Grasbüschel, irgend etwas in diesem Rutschen, dieser langsamen, unaufhaltsamen Bewegung, die nur eine Richtung kannte: abwärts. Meine Beine strampelten hilflos in der Luft, nur Arme und Oberkörper fühlten noch Erde unter sich. *Am Ende müssen sie alle ins Meer …*

Mein Körper kämpfte und wehrte sich, meine Gedanken jedoch wanderten an einen anderen Ort. Hier lief, so schnell und auch so verästelt wie der große Blitz vorhin, mein Leben noch einmal ab. Rückwärts. Ich erstickte unter Lolls Händen, empfand noch einmal die Ohnmacht, als meine Sippe Errill zusammenschlug, fand Sihrus tot am Strand liegen. Ein zweites Mal wurde ich von Madragena zum Lehrling erwählt, trauerte um den ertrunkenen Nomak, blutete zum erstenmal. Ich sah Simo und Kea auf dem Totengerüst liegen, wurde wieder zum Kind. Ich versuchte eine Sanddüne hochzukrabbeln, doch je mehr ich mich anstrengte, desto rascher glitt der Sand unter mir weg, und ich schrie vor Wut und Angst, während ich Keas gutmütiges Lachen hörte und rutschte und rutschte …

Ein weiteres Erdstück brach unter mir weg. Nun gab es kein Halten mehr. Ich würde stürzen. Einen langen, langen Augenblick fliegen und dann auf die Felsen dicht unter der Wasseroberfläche prallen. Ob es weh tun würde? Und wie lange? Ein Herzschlag war auf einmal eine Ewigkeit. Die Zeit dehnte sich ins Unermeßliche.

Dann fand ich Halt. Meine Fingerkuppen preßten sich in eine Spalte, die Handflächen schlossen sich um einen vorstehenden Grat. Meine Armmuskeln spannten sich zum Zerreißen an, doch sie hielten mein Gewicht. Es ging nicht weiter abwärts. Mit allem, was ich besaß, kämpfte ich um diese Chance. Mein ganzer Körper wurde starr und schmiegte sich an den rettenden Überhang. Ganz vorsichtig spannte ich die Bauchmuskeln an, zog die Knie ein wenig an und krümmte mich um den kostbaren Halt aus Felsgestein und Wurzelgeflecht. Sachte, ganz sachte, um ja nichts abzubrechen, tasteten meine Füße unter dem Überhang nach einem Halt. Und Mutter Erde war mir gnädig. Ich fand eine Ausbuchtung, Stein, Lehm, wer weiß, was es war, in die ich die Zehen meines rechten Fußes stemmen konnte. So hing ich dort zwischen Himmel und Erde, starr vor Angst und Anspannung.

Der Abgrund rief mich, er drohte mir, er lachte mich aus. Meine Arme schmerzten, meine Fingerkuppen fühlten sich an, als platzten die Nägel Stück für Stück ab. Dennoch wußte ich, ich würde die Qual nicht abkürzen. Mich nicht widerstandslos der Umarmung des rauhen Geliebten dort unten ergeben. Ich würde an diesem Überhang hängen, bis meine Muskelstränge rissen. Ich würde mich mit den Zähnen im Fels festbeißen …

Ich spürte die Schritte als kaum merkliches Beben unter meinen Handflächen. Madragena ließ sich unmittelbar vor meinen Fingerspitzen auf die Knie nieder.

Ich spähte ein wenig zu ihr hoch; den Kopf zu heben, wagte ich nicht, geschweige denn, in einer verzweifelten Bewegung nach ihr zu greifen. Ihre Haare hingen tropfnaß herunter, ihr Gesicht war schmutzig. Sie schien Zeit zu haben. Über dem Meer donnerte es, leiser diesmal. Das Gewitter zog ab.

Ich wollte all meine Kraft sparen, aber ich konnte nicht anders. »Madragena, hilf mir«, krächzte ich. »Bitte hilf mir doch.«

»Du glaubst also, ich hätte meinen Sohn umgebracht«, sagte sie. Es war keine Frage.

»Nein, nein«, beteuerte ich. »Das habe ich nur so gesagt, weil ich wütend war. Bei Mutter Erde, bitte –«

»Und du hast recht. Ich habe ihn der Göttin zum Opfer gebracht.«

Ich weinte. Meine Arme fühlten sich an wie morsches Holz.

Dennoch waren sie das Stärkste an mir. Ich würde sterben, indem das Gewicht meiner lose in der Luft hängenden Beine mich Haarbreite um Haarbreite nach unten ziehen würde.

»Ich kann mich nicht mehr halten, Madragena«, bettelte ich. »Bitte hilf mir. Ich will nicht sterben! Bitte!«

Madragena legte sich flach auf den Bauch. Ihr Gesicht war so dicht vor meinem, daß ich ihre nassen Haare roch und die Erde auf ihren Wangen. Ihr Atem, leicht säuerlich, wehte mir ins Gesicht, als sie sagte: »Das ist der Todeszauber. Daß du einen Menschen töten willst. Und es tust. So einfach ist das.«

Ich weinte, obwohl ich wußte, daß es mich Kraft kostete. Wider Erwarten waren es dann doch nicht meine erlahmenden Muskeln, die das Ende einleiteten, sondern der bröckelige Fels unter meinen Zehen. Er brach weg, und mein Fuß fand keinen Widerstand mehr. Die Beine baumelten frei in der Luft. Tränen und Gischt brannten mir in den Augen. In meinem Mund war nichts als Salz.

Ich winselte. Ich weiß nicht mehr, was, aber Madragena sagte mir später, ich hätte immer wieder »Mutter! Mutter!« gerufen. Dann schlossen sich kräftige Hände um meine Unterarme, und mein Körper wurde Handbreit um Handbreit hochgezogen. Unter meinem Bauch war wieder Erde, meine Knie wurden an einer Felskante aufgerissen. Weinend kroch ich auf die Höhle zu.

Madragena richtete sich auf und löste das Wollseil, das sie um ihren Fuß geknotet hatte. Das andere Ende war um einen Felsen vor der Höhle geschlungen. Ich kauerte davor und erbrach mich, bis ich meinte, ich würde meine Innereien auf das Polster aus Leimkraut vor mir spucken. Madragena kniete sich vor mich und zeichnete mir mit Erde Dreieck und Kreis auf Stirn, Lippen und Brust. »Willkommen im Kreis der Erdfrauen, Lasra, Keas Tochter«, sagte sie.

Die Zeremonie wurde immer wieder unterbrochen, denn ich konnte nicht aufhören zu würgen, bis nur noch gelbe Galle kam.

»Warum hast du –«, weinte ich.

»Komm«, schnitt sie mir das Wort ab. »Wir müssen gehen.«

Sie zerrte mich die Mulde hinauf. Ich taumelte willenlos mit. »Aber das Kraut«, stotterte ich. »Das Kraut ...« Noch immer weiß ich nicht, warum mir ausgerechnet das blöde Kraut in diesem Augenblick so wichtig war.

Als wir die Hochebene oberhalb der Sauklamm erreichten, ließ sie mich los, und ich legte mich einfach hin. Mitten in einer Pfütze blieb ich liegen. »Das Kraut!« Sie lachte. »Warum bist du nur so begriffsstutzig?« Sie schüttelte den Kopf. »Das Kraut kennst du längst. Es ist der rote Fingerhut, der in den Spalten des Felsturms dort drüben wächst. Der Sud, den ich Bun für sein Herz gegeben habe. Du weißt, ein halber Tropfen zuviel, und –« Sie machte eine vielsagende Bewegung mit der Hand.

»Aber –«, stammelte ich.

Dann hörte ich zum zweitenmal an diesem Tag dieses unheimliche, dunkle Rumoren. Der Schrecken fuhr mir erneut in die Glieder. »Wir sind hier sicher«, sagte Madragena und tätschelte mir die Hand.

Die Felsnadel, auf der wir Zuflucht vor dem Unwetter gesucht hatten, existierte nicht mehr. Fast bis zu uns spritzte das Wasser hoch, als die gewaltigen Trümmermassen im Meer versanken. Als das Poltern aufhörte, sahen wir, daß die Hälfte des Höhlenbodens in die Tiefe gerissen worden war. Bald würde auch der Rest ins Meer stürzen. Aus der Sauklamm würde eine Saubucht werden.

Der Regen fiel stetig. Ich war naß bis auf die Haut. In der Ferne grollte es noch, über den gleichförmig grauen Himmel huschte dann und wann ein Wetterleuchten.

»Hast du Bun auch – *geopfert*?« fragte ich müde.

»Nein«, antwortete meine Lehrmeisterin und zog ihre Hand zurück. »Dein Mißtrauen kränkt mich.«

»*Mein* Mißtrauen kränkt *dich*?« wiederholte ich ungläubig. »*Mein* Mißtrauen«, brüllte ich, Tränen der Wut in den Augen, »kränkt *dich*?« Wie viele Vertrauensbrüche hatte sie denn an mir begangen?

Ich rappelte mich hoch und begann den Weg zurückzustapfen, den wir gekommen waren. Die alte Frau kam an meine Seite und ging neben mir her. Es war absurd, aber ich mußte wohl neben der Kindsmörderin zu Brim zurückwandern, als wäre nichts geschehen.

»Ich möchte dich um Verzeihung bitten«, begann sie. »Ich habe dich vorhin getäuscht. Es gehörte zur Prüfung. Mutter Erde hat mich in dem Traum sehen lassen, welcher Art die Prüfung sein würde.«

»Und du wußtest nicht, wie es ausgehen würde?«

Madragena zögerte. »Das wußte niemand, nicht einmal die Göttin«, gab sie leise zurück. »Der Traum endete auf zweierlei Art. Ich habe gebetet, daß es so kommen möge, wie es gekommen ist.«

Ich zitterte vor Angst und Zorn, als mir klar wurde, wie nah ich dem Tod tatsächlich gewesen war. Erst nach einer Weile konnte ich weiterreden: »Womit hast du mich also getäuscht?«

»Ich habe etwas gesagt, das du mißverstehen solltest.«

»Du meinst, wegen Sihrus –«

»Ich habe meinen Sohn für den alten Weg geopfert«, sagte sie so leise, daß ich sie kaum verstand. »Er sollte Mutter Erdes Kämpfer werden, der strahlende Held des alten Wegs. Wenn du so willst, sollte er den Allsamenbaum für mich finden«, flüsterte sie.

Nach einiger Zeit – wir keuchten beide vor Anstrengung und mußten mit unseren Kräften haushalten – fuhr sie fort: »Ich habe ihn sehenden Auges in die Gefahr geschickt. Er hat sein Leben verloren, aber schon vorher habe ich ihn verloren. Als er von seiner großen Reise zurückkam, glaubte er nicht mehr an den alten Weg. Er glaubte nur noch an die Macht und an sich selbst. Nicht alter Weg, nicht neuer Weg, sondern Sihrus' Weg. Mein Sohn war eine Gefahr für die Anhänger des alten wie auch des neuen Wegs geworden.«

»Und da hast du ihn geopfert«, zischte ich. »Wahrscheinlich glaubst du auch noch, du hättest ihn damit gerettet! Wie konntest du nur?«

»Du willst mich nicht verstehen, nicht wahr?« schrie sie

mich an. Ruhiger fuhr sie fort: »Nein, ich habe ihn nicht mit eigenen Händen getötet. Nicht ich war es, die ihm am Frühlingstag an der Bucht aufgelauert hat. Aber meine Überzeugung, meine Ränke, mein Hochmut waren die wahre Ursache seiner Ermordung. Ich trage Schuld, so wie der Mörder Schuld an seinem Tod trägt.«

»Und das soll ich dir glauben?« Spielte sie mit mir? Ich wußte überhaupt nichts mehr. Klammerte mich an meinen Zorn wie vorhin an die Klippe.

Danach dauerte es lange, bis einer von uns wieder Kraft zum Sprechen fand. Mit schweren Beinen stolperten wir über den nassen Grund, der unsere Füße ansaugte und mit einem widerwilligen Glucksen freigab. Es kostete unsere letzten Kräfte. Wir fielen hin und halfen uns wieder auf die Beine, und der Regen hörte und hörte nicht auf.

Als wir das breite Tal des Inselwegs erreicht hatten, zog Madragena mich ein kleines Stück den Berghang hoch in den Regenschatten. Erschöpft sanken wir zu Boden und schlossen die Augen. Im Schutz eines Erlenhains schliefen wir ein wenig, und als wir wieder aufwachten, tranken wir aus einem der Quellbäche, die nun überall an den Hängen entsprangen.

»Ich habe dich nie belogen«, setzte Madragena die Unterhaltung fort, nachdem wir uns wieder auf den Weg gemacht hatten.

»Aber du hast mir die eine oder andere Kleinigkeit verschwiegen«, stellte ich richtig. »Du hast alles getan, um meine Fragen ins Leere laufen zu lassen.« Ich war nicht gewillt, sie so einfach davonkommen zu lassen.

Seufzend antwortete sie: »Auch dafür bitte ich dich um Verzeihung. Ich hatte wohl Angst, daß meine Schuld zutage treten könnte. Meine Schuld am Tod meines Sohnes – und eine alte, sehr alte Schuld.«

Stumm wanderte ich weiter.

»Ich vermute, du kennst die furchtbare Geschichte mit Lerche, der Tochter von Tem Stierherr.«

Ich schwieg beharrlich.

»Das, was ich getan habe, ist durch nichts zu entschuldigen«, fuhr sie fort. »Ich bin eine Mörderin. Ich habe ein ungeborenes Kind getötet. Mutter Erde möge mich strafen. Es war ein Junge«, fügte sie so leise hinzu, daß ich sie bitten mußte, den letzten Satz zu wiederholen.

»Du hast Lerches Leben vernichtet. Vielleicht wäre es gnädiger gewesen, sie wäre gestorben.«

Sie nickte und schüttelte dann den Kopf. »Meine Schande ist so unaussprechlich, daß ich sie lange Jahre verschwiegen und damit ein weiteres Verbrechen begangen habe. Selbst nach dem Tod meines Sohnes habe ich an meiner Feigheit festgehalten. Doch die Schande von einst hat mich eingeholt. Ich werde versuchen, es wiedergutzumachen.«

»Große Worte«, versetzte ich. Meinen Zorn zu bewahren fiel mir immer schwerer. Sie taten mir alle schrecklich leid. Lerche und ihr ungeborenes Kind und Jonbro – und sogar Madragena.

Wieder gingen wir eine Zeitlang schweigend den Inselweg entlang, bis links von uns die Felswände des Wachtbergs aufragten. Ich sah kurz zu ihr hinüber. Ihr Gesicht war so eingefallen, daß ich erschrak.

»Wenn es dir irgendwie hilft«, sagte Madragena, »ich lebe nur noch, weil es zu einfach wäre zu sterben. Welche Strafe könnte grausamer sein? Aber ich will nicht –« Sie schüttelte den Kopf und verstummte. »Damals, als der Mann Deneb gestorben war, wollte ich nur noch eins: ein Kind. Ich glaubte, es wäre meine Rettung. Die Sehnsucht nach einem Kind – ich wußte, daß ich selbst keins bekommen konnte – beherrschte mein gesamtes Denken und Streben. Einschlafen konnte ich nur, wenn ich ein zusammengewickeltes Schaffell in meinen Armen hielt und Wiegenlieder summte. Als die Stierherren mir die Erfüllung meines sehnlichsten Wunsches in Aussicht stellten, brachte ich es nicht über mich abzulehnen. Doch es wäre meine Pflicht gewesen abzulehnen.«

»Ja, das wäre es«, bekräftigte ich. Aber insgeheim dachte ich: Wie hätte ich mich entschieden? Hätte ich die Kraft aufgebracht abzulehnen?

Wir ließen das Tal hinter uns. Unsere durchweichten Stiefel platschten durch das hohe Gras oberhalb der Kiesbucht, auf der das Kerrag mit dem Boden nach oben lag. Brim war nirgends zu sehen. Vermutlich hockte er im Trockenen unter dem Boot.

»Ich kann dir nicht sagen, wie ich ihn geliebt habe«, begann Madragena erneut. »Jeder Tag mit ihm schien mich zu bestätigen. Hatte ich den Stierleuten und womöglich sogar Lerche nicht einen Dienst erwiesen? Was wäre aus dem Kind geworden, dieser Frucht einer blutschänderischen Liebe zwischen Bruder und Schwester? Würde Mutter Erde einer Verbrecherin so kostbare Geschenke gewähren wie meinen Sohn? Konnte etwas so Vollkommenes aus etwas durch und durch Falschem entstehen? Gewiß hätten die Götter mich gestraft, wenn meine Handlungsweise gegen ihre Gesetze verstoßen hätte. So legte ich mir die Welt zurecht.«

Wir kamen am Kerrag an. Es bewegte sich, wurde angehoben und umgekippt. Brim reckte sich. Haare, Bart und Kleidung sahen trocken aus. Er lachte laut über den jämmerlichen Anblick, den wir boten.

Der Regen fiel, zermürbend sanft, unaufhörlich. Auf der Fahrt zurück wurde auch Brim naß. Es war Abend, als wir ins Dorf der Stierleute zurückkehrten. Als Ela mir die nasse Kleidung vom Leib zog, war ich schon halb eingeschlafen. Meine letzte Erinnerung an jenem Tag war eine angenehme: Wie meine kleine Schwester mich mit einem groben Tuch abrieb und ins Bett steckte.

39

»Wibo war großartig!« Illib, ansonsten keine Freundin des Schafhirten, war voller Bewunderung.

»Du hättest sehen sollen, wie seine drei Hunde die dummen Schafe herumgescheucht haben.« Regi lachte. Obwohl Sonnenschein an ihrer Brust hing, ließ sie es sich nicht nehmen, mich freundschaftlich in die Rippen zu stoßen.

»Ein Pfiff, und die ganze Herde rannte blökend zum Graben, noch ein Pfiff, und sie blieb stehen. Es bestand kein Zweifel daran, wem die Preisrichter den Sieg zuerkennen würden«, fügte Ibbe hinzu.

Die Adlerleute schwelgten noch immer, einen Tag nach dem großen Triumph, in ihrem Stolz.

»Wartet nur, bis Lele sich im Strohseilflechten versucht«, unkte ich. Mein Hals fühlte sich eher noch rauher an als gestern, die wundgescheuerten Schultern und aufgerissenen Knie brannten, das rechte Knie war lila geschwollen.

»Wie bin ich nur so lange ohne deine schlechte Laune ausgekommen?« Regi seufzte übertrieben.

Unglücklicherweise bewahrheiteten sich meine Ahnungen. Leles Strohseil wollte einfach nicht länger werden, so lautstark die Adlerleute sie auch anfeuerten. Dabei bemühte sie sich durchaus. Unter den fünfzehn Teilnehmerinnen belegte sie den vierzehnten Platz. Die letzte, ein halbes Kind von den Fledermausleuten, mußte vor Ablauf der Zeit wegen eines Krampfes im Arm aufgeben.

»Nicht der Sieg zählt, sondern das Mitmachen«, sagte Ard mit einem feinen Lächeln um den Mund. So begann der Tag der Wettbewerbe.

Viele und nochmals viele Zuschauer und Teilnehmer hatten sich unter einem trüben Wolkenhimmel auf der Ebene zwischen Ahnenhaus und Dorf eingefunden. Ich staunte, wie viele Menschen es auf den Inseln gab. Die Wettbewerbe im Steineschlagen, im Töpfern sowie im Fertigen des schönsten Schmuckstücks begannen unmittelbar nach dem Strohseilflechten, der traditionellen Eröffnung. Sie würden erst am frühen Abend enden. Gorg saß als einer von neunzehn Steinmeistern in einem Kreis, um den sich die Zuschauer noch nicht allzu zahlreich drängten. Gegen Abend, wenn die Axtköpfe, die diesjährige Aufgabe, sich der Vollendung näherten, würde es auch hier voller werden.

Um Ard und ihre acht Konkurrentinnen herum herrschte

indes schon ein großes Gedränge. Frauen und Kinder bestaunten die bunten Muscheln, Schnecken, Beinstücke, Federn und Zähne, die jede der Frauen vor sich auf einer Lederdecke ausgebreitet hatte. Nachdem ich mich bis hinter Ards Rücken vorgearbeitet hatte, sah ich neben ihr das Austernschälchen mit der Ockerpaste liegen, das Yarbro ihr gestern abend geschenkt hatte. Zwei weitere, fein gearbeitete Tiegel mit Deckeln fielen mir auf, weil ich weder ihr Material noch ihren Stil einzuordnen vermochte. Daneben versteckte sich unter mehreren Steinen etwas wie Wolle oder Haare.

Ard begann damit, mit einem feinen Fischgrätstichel Löcher in die winzigen Schneckengehäuse zu bohren. Sie hatte die farbenprächtigsten Exemplare gesammelt, die ich je zu Gesicht bekommen hatte; jedes dieser Schneckengehäuse war für sich genommen bereits ein Schmuckstück. Als Ard ihren Gürtelbeutel öffnete, wurden Schreie des Entzückens unter den Zuschauerinnen laut. Vier weiße Beinperlen und ein glänzend polierter Hundezahn lagen auf ihrer Hand. Jeder Teilnehmerin war es gestattet, fünf vorgefertigte Schmuckteile mitzubringen, da die Herstellung von Perlen wesentlich mehr Zeit in Anspruch nahm, als hier zur Verfügung stand.

»Mögen sie vor Neid zerplatzen!« flüsterte ich meiner Freundin von hinten ins Ohr.

Da mein Schwestermann Unterstützung vermutlich nötiger haben würde als Ard, schlenderte ich zur Laufbahn. Die Strecke, von Zuschauern wie von zwei Mauern gesäumt, verlief vom Zeltdorf zum Steinkreis, um diesen herum und wieder zurück. Kurz vor dem Ausgangs- und Endpunkt zweigte in Richtung See ein Gang von genau zehn Mannlängen ab, der in einer Sandfläche endete. Ich kam gerade zum richtigen Zeitpunkt, denn die Preisrichter teilten mich für die Menschenmauer dieses Abzweigs ein, den begehrtesten Standort für das Rennen.

Ich zwängte mich zwischen einen jungen Mann in Seehundfellhosen und ein halbwüchsiges Mädchen mit auffallend roten Haaren. Hinter den beiden Männern mir gegenüber befand sich ein kleiner Pferch mit Jungschafen vom Vorjahr.

Ibbe hatte ein unglückliches Los gezogen, denn er mußte gegen einen berühmten Läufer antreten, Embro, Steinmeister Golbros Bruder. Die beiden Kontrahenten fröstelten in ihrer knappen Bekleidung. Der Regen hatte die Luft empfindlich abgekühlt, und Ahntochter Sonne ließ sich nicht blicken. Es sah aus, als habe der Sommer sich fürs erste von den Inseln verabschiedet. Embro, mit seinen langen, muskulösen Gliedern der geborene Läufer, hüpfte locker auf der Stelle, während Ibbe in seinem Filzlendenschurz eine eher traurige Figur machte. Der Tiersohn der Robbenleute hob die Entendaune über seinen Kopf und ließ sie los. Langsam trudelte sie zu Boden. Alles hielt den Atem an, bis die Feder den Boden berührte. Ibbe kam besser weg, doch bald hatte der Jüngere ihn überholt. Leichtfüßig lief Embro um den Steinkreis herum und dieselbe Strecke wieder zurück, doch der schwerste Teil des Rennens wartete noch auf ihn.

Kurz bevor er den Abzweig erreichte, zerrte der Mann mir gegenüber eins der Schafe aus dem Pferch und stach ihm mit einer Beinnadel in den Hinterlauf. Vom Schmerz getrieben rannte das Tier in Richtung See. Wir johlten und klatschten in die Hände, als Embro in den Gang einbog. Bekam er den Schafbock auf den zehn Mannlängen bis zum Seeufer nicht zu packen, schied er aus. Embro hatte jedoch offenbar noch etwas zuzusetzen. Mit gewaltigen Sätzen erreichte er das flüchtende Tier, kurz bevor dessen Vorderhufe den am Seeufer aufgeschütteten Sand erreichten. Er warf sich nach vorn, bekam den kotverkrusteten Schwanz zu packen und ging mitsamt dem Schaf zu Boden. Damit war die Aufgabe erfüllt, allerdings nicht eben elegant.

Dann bog Ibbe um die Ecke, und nun war das Glück auf seiner Seite. Der Mann mir gegenüber ließ Ibbes Schafbock erst recht spät los, und Ibbe überholte das Tier, konnte es an den Hörnern packen und in der Mitte des Gangs zum Stehen bringen. Ibbe grinste, als die Schiedsrichter ihm den Sieg zuerkannten.

Während die anderen Paarungen ihr Rennen liefen, konnte

er sich ausruhen, um dann ein zweites und drittes, möglicherweise ein viertes Mal antreten zu müssen. Das Rennen war nicht nur eine Frage der Schnelligkeit, sondern auch des Taktierens, Kräfteeinteilens und, wie Embros Beispiel zeigte, schlicht Glückssache. Regi war außer sich vor Freude. Keiner hatte damit gerechnet, daß ihr Mann die erste Runde überstehen würde.

Begleitet von meinen Schwestern und ihren Familien, schlenderte ich von Wettbewerb zu Wettbewerb. Eine eigenartige Erregung hatte die Zuschauer ergriffen, die sich in leidenschaftlichen Zurufen, erbitterten Debatten und bösen Blicken äußerte. Schiedsrichter und Teilnehmer des Schlachtwettbewerbs, beeinflußt von der gespannten Stimmung, waren in eine hitzige Auseinandersetzung darüber verwickelt, wie schnell der Hirsch des Favoriten, eines bärbeißigen alten Mannes von den Krabbenleuten, nach dem Kehlschnitt gestorben war. Das Wasser am Seeufer färbte sich rot von Blut.

Ela zog mich eilig von den Eingeweidehaufen fort. Morgen würden die Hirsche und Rinder appetitlich duftend über den großen Feuern brutzeln. Weiter draußen im See, wo sich die letzten blutigen Wirbel verliefen, steckten Helfer mit langen Pfählen den Verlauf des Kerragrennens ab. Die Töpfer – ich erkannte Tonmeister Ruff und Bekib von den Otterleuten, die ältere Schwester meiner Freundin Tari – hatten noch nicht viel zustande gebracht, außer sich von oben bis unten mit Ton zu beschmieren.

Beim Bogenschießen traf ich Füchschen, der als Adlersohns Gehilfe für die Ziele verantwortlich war, fünf lebensgroße Hirschpuppen aus Stroh. Würdevoll begrüßte er uns, durchdrungen von seiner Wichtigkeit. Kurz bevor er sich abwandte, um zu der linken Hirschpuppe zu laufen und zu prüfen, wo der letzte Pfeil getroffen hatte, zwinkerte er mir zu.

Der Pfeil hatte den Hirschhals getroffen. Kebros schärfster Konkurrent, Rihw von den Lerchenleuten, reckte jubelnd seinen Bogen in die Höhe. Drei weitere Schützen nahmen nacheinander Aufstellung, legten den Pfeil an, hoben die manngroßen Haselbögen, spannten die Sehnen und schossen. Mein Bruder kam ans Laufen, denn nach jedem Treffer verlangte das Publikum, daß er zu den Strohhirschen lief und das Ergebnis verkündete. Kein Schuß ging daneben, kein Schuß erreichte oder übertraf Rihws.

Als letzter kam Kebro an die Reihe. Selbstbewußt trat er hinter die Steinmarkierung, schüttelte seine geflochtenen Locken und legte den Pfeil an. Die längliche, scharf geschliffene Pfeilspitze sowie die dreifache Befiederung aus weißen Schwanenfedern waren mit Birkenpech am Holzschaft befestigt. Mit Daumen, Zeige- und Mittelfinger der rechten Hand zog Kebro die Sehne bis an seine Wange zurück, während der linke Arm, der den Bogen hielt, gerade ausgestreckt auf den Strohhirsch zeigte. Ich nahm an, daß auch er auf den Hals zielte, um ein Stechen zu erzwingen. Der einzige höherwertige Treffer, ein Schuß in die Augengegend des Strohhirschs, würde ihm wohl als zu riskant erscheinen.

Ein böser Blick Adlersohns traf meine Schwester Regi, die ein wenig zu laut die Luft einsog. Kebros Pfeil sirrte von der Sehne. Regis Hand drückte meine Finger zusammen, bis sie schmerzten. Während Regi die Arme hochriß, Heuler seinem Namen alle Ehre machte und Kebros Pfeil zielsicher in den Hirschhals einschlug, kam mir der blökende Schafbock von vorhin in den Sinn.

Mir lief die Zeit weg. Mit Naps Tag morgen ging *mein* Rennen zu Ende. Hatte ich den Mörder bis dahin nicht entlarvt, durfte er sich in Sicherheit wiegen. Ich mußte den Mörder hervorlocken und ihm weh tun, bis er seine Deckung aufgab und einen Fehler machte.

Um in Ruhe nachzudenken, schlich ich mich von meiner Familie fort, die dem Stechen zwischen Rihw und Kebro entgegenfieberte, und reihte mich unauffällig unter die Zuhörer des Musikwettbewerbs ein. Drei mir unbekannte Frauen, zwei Männer und Nuki rührten ihre Trommeln.

»Sie ist die Beste!« flüsterte mir eine bekannte Stimme ins Ohr. »Warum zögern die dummen Schiedsrichter denn noch?«

Ich grinste. So wichtig konnten Füchschens Aufgaben gar nicht sein, daß er dafür die Darbietung seiner Angebeteten verpaßt hätte. Allerdings konnte ich beim besten Willen keinen Unterschied zwischen den Musikanten feststellen. Sechs Händepaare senkten und hoben sich mit unglaublicher Körperbeherrschung, und der Rhythmus, den sie schlugen, schuf ein mächtiges Lied voller Harmonie und Kraft.

»Hör zu«, raunte mein Bruder mir ins Ohr. »Ich hab nicht viel Zeit, bis der letzte Durchgang im Bogenschießen beginnt. Also: In der Nacht des Frühlingstages erreichte Ahnsohn Mond seine Vollendung. Etwa eine halbe Flut vor Sonnenaufgang stand er auf dem Höhepunkt seiner Kraft als perfekter Kreis am Himmel. Ist unter den Schamanen kein Geheimnis. Dieses Jahr trafen Frühlingstag und Vollmond zusammen, ein besonders bedeutsames Ereignis in Vater Himmels Reich.«

»Stimmt«, wunderte ich mich. »Jetzt, wo du es erwähnst … Letztes Jahr war der Mond ja –«

»Unterbrich mich nicht!« zischte er. »Ich spreche von dem Zeitpunkt in jener Nacht, an dem Sihrus Adlersohns Ansicht nach ermordet wurde!«

»Aber –«

»Psst!« machte es um uns herum. Der Trommelwirbel verebbte, und plötzlich wob sich eine hohe, reine Flötenstimme in die verhaltenen Schläge. Mir blieb keine Zeit, mich an der Schönheit der Musik zu erfreuen, denn mein Bruder raunte mir ins Ohr: »Zum Zeitpunkt der Vollendung von Ahnsohn Mond standen drei sehr helle Sterne dicht über dem Horizont. Die Strahlende und der Robbenjäger gingen auf, der Hüter der Schwelle ging unter. Für kurze Zeit bildeten sie eine Linie über dem Horizont. Adlersohn sagt, es wäre eine sehr seltene Konstellation. Er sagt auch, für die Stierherren wäre das so was wie alle vier Jahresfeste auf einen Tag. Etwas ganz Besonderes.«

In der Tat, dachte ich. Der Tag, an dem Sihrus ermordet wurde, *war* etwas ganz Besonderes. Die Flötenspielerin entlockte ihrem Instrument nun so tiefe Töne, wie ich sie nie zuvor von einer Flöte gehört hatte. Obwohl ich von Musik genausowenig wie von Sternen verstand, war mir klar, daß wir einer Meisterin ihres Fachs lauschten. Als sie mit einem zarten Trillern endete, ergriff mich die Trauer um Sihrus mit einer Heftigkeit, die ich ausgestanden geglaubt hatte. Sie wurde eins mit der Trauer, daß dieses Lied zu Ende war.

Die Preisrichter ließen sich Zeit mit ihrer Entscheidung. Jonara Steinkraut befand sich in dem heftig gestikulierenden Dreiergrüppchen. Am Ende ging die Frau neben ihr, die Erdfrau der Hundeleute, auf die Flötenspielerin zu und erklärte sie zur Siegerin. Erst als sie sich lächelnd umdrehte, erkannte ich sie. Es war Warib von den Forellenleuten, Jonara Perles unauffällige Freundin.

Mein Bruder war vor Zorn dunkelrot angelaufen, aber er verstand es, sich zu beherrschen. Füchschen wächst langsam zu Mirko heran, dachte ich. »Es ist ungerecht«, wisperte er mir ins Ohr. »Noch eins«, sagte er und führte mich ein Stück abseits der Zuschauer. »Du weißt, wie Ahnsohn Mond bei den Anhängern des neuen Wegs heißt?«

Ich nickte. Sie nannten ihn Alako.

»Die Sterne haben bei ihnen auch andere Namen. Die Strahlende ist Alakos Geliebte, ich habe ihren Namen vergessen, der Robbenjäger heißt Kiriko und ist sein Heerführer, und der Hüter der Schwelle ist in ihren Geschichten der Böse, der Alako zu hintergehen und zu töten versucht, Duhrus oder so ähnlich. Ich höre mich weiter um.« Mein Bruder drehte sich um und verschwand.

Nach langer Zeit hatte ich wieder das Gefühl, einer wichtigen Sache auf der Spur zu sein. Ein Plan begann in meinem Kopf Gestalt anzunehmen. Wenn ich den Mörder ärgern wollte, mußte ich zumindest eine ungefähre Vorstellung davon haben, wer er war.

Insgeheim leistete ich Abbitte bei meinen Sippenbrüdern und -schwestern. Der Mörder gehörte offenbar nicht zu den Adlerleuten.

Eine hoch aufgerichtete, hagere Gestalt kam auf mich zu. Madragena wollte mit mir sprechen.

Ich begrüßte sie respektvoll, wie es der Erdfrau der Adlerleute zustand, doch mein Vorbehalt gegen sie muß mir deutlich anzumerken gewesen sein. Sie zuckte leicht zusammen.

»Ich muß dir etwas erzählen«, sagte sie, statt den Gruß zu erwidern.

Ich neigte den Kopf zum Zeichen meines Einverständnisses.

Wir schlenderten ein Stück auf die Windberge zu. In der Nähe einer lärmenden Zuschauermenge blieb sie stehen. Scherzhafte Zurufe und Anfeuerungen schallten zu uns herüber. Über dem Wall aus Rücken vollführten zwei halbnackte Männer sonderbare Verrenkungen. Der Ringwettbewerb fand auf einer Erdaufschüttung statt, an der die Sippen der Gemeinschaft tagelang gearbeitet hatten.

Madragena ergriff meine Hände und sah mir in die Augen. »Als ich meinen Sohn zum letztenmal lebendig sah, stritten wir erbittert. Es war am Morgen seines Aufbruchs. Dieser Streit nagt an meiner Seele. Jede Nacht träume ich, ich hätte ein versöhnliches Wort gefunden, bevor er ging. Dann werde ich wach.« Sie hielt kurz inne. »Wir stritten nicht über den neuen Weg, sondern über diese Südlandleute. Er entschuldigte ihre Lebensweise nicht, er *lobte* sie. Er fand es nachahmenswert, einen einzigen Mann mit der Führung eines Volkes zu betrauen. Er schwärmte für die verbotenen Nachbildungen von Mutter Erdes Geschöpfen, ja sogar von Göttern aus Ton, Farbe und Stein. Der Mann, bei dem er im Süden gelebt hatte, jener König, habe sie gesammelt. Lachend erzählte er mir, die Frauen der Südlandleute hätten ihre Brüste zur Schau gestellt, damit dieser Mann sie zu seiner vierten, fünften, ich weiß nicht wievielten Frau erwählte!« Ihre Stimme bebte vor Empörung. Sie holte tief Luft, zuckte mit den Achseln und fuhr ruhiger fort: »Gleichviel. Seine Untreue gegenüber dem alten Weg fällt auf mich zurück. Wer, wenn nicht eine Mutter, soll uns Ehrfurcht und Glauben lehren?«

»Verzeih, aber das hast du mir, wenn auch in knapperen Worten, bereits erzählt«, warf ich ein. Meine Stimme klang beleidigt.

»Du hast recht«, sagte sie und ließ meine Hände los. »Es ist, als wenn ein Damm durchstochen wäre. Ich könnte reden und reden.« Sie sammelte sich und fuhr fort: »Dann erinnerst du dich sicher auch an meine Ahnung, daß er Ard nicht zu heiraten beabsichtigte. Diese geheimnisvolle große Sache, die er mir angedeutet hatte.«

»Vage«, erwiderte ich ausweichend.

Sie sah mich fragend an.

»Um ehrlich zu sein, es würde nicht schaden, wenn du meine Erinnerung ein bißchen auffrischen könntest«, gestand ich errötend. »Ich habe so viele Fragen gestellt und so viele Antworten erhalten –«

»Ein unbestimmtes Gefühl sagte mir damals, daß es bei dieser großen Sache um eine Frau ging. Im nachhinein, als Ards Schwangerschaft offenbar wurde, schloß ich daraus, er hätte Ard nicht geheiratet. Aber mittlerweile bin ich mir dessen nicht mehr sicher. Seitdem habe ich oft darüber nachgedacht …«

»Du meinst, er hätte Ard doch geheiratet?«

»Mir fiel dieser König auf der Südmeerinsel ein«, sagte sie versonnen.

»Und der hatte –«

»Eben«, schnitt sie mir das Wort ab. Wir standen uns eine Weile stumm gegenüber, jede mit ihren eigenen Gedanken beschäftigt. Dann fuhr sie fort: »Ich erinnere mich nicht mehr an den genauen Wortlaut dieses Gesprächs, nur noch an meine Empfindungen … Es war auch kein richtiges Gespräch, es bestand mehr aus Andeutungen. Du weißt, Sihrus machte sich ein Vergnügen daraus, deine Neugier zu wecken und dich dann hinzuhalten. Es war ihm zur zweiten Natur geworden. Trotzdem kam er mir bei diesem Gespräch wie ein großes Kind vor. Ein Kind, das schwer an einem großen Geheimnis trägt – einem verbotenen Ausflug, den es mit seinen Kameraden geplant hat, einem genialen Streich, den man einem Erwachsenen spielen will. Das Kind platzt vor Begierde, sich einem Menschen anzuvertrauen, seinen zukünftigen Triumph, denn nichts anderes als ein Triumph wird es werden, mit jemandem zu teilen. Natürlich darf es das Geheimnis nicht verraten, doch alles in ihm jubelt und singt, und die Mutter spürt die Spannung, die übermütige Vorfreude ...

Natürlich fragt die Mutter, ob es irgend etwas Besonderes gibt. ›Aber nein‹, antwortet das Kind lachend, tanzt mit ihr herum und drückt ihr einen Kuß auf die Stirn, ›noch nicht, Mutter‹, und seine Fröhlichkeit ist so ansteckend, daß die Mutter sich lächelnd von ihm im Kreis drehen läßt und sich denkt: ›Nun, mein Kind ist ein freier Mensch, so übel wird der Streich nicht sein.‹ Schließlich wird der Mutter schwindlig. Atemlos bittet sie um Gnade. Das große Kind faßt sie an den Schultern und hält sie fest, bis der Schwindel nachläßt, und sagt halb im Scherz, halb im Ernst: ›Ich habe den Allsamenbaum gefunden. Ich muß dir nur noch das Samenkorn bringen.‹«

Ich geriet in den Sog von Madragenas Erzählung. Vor meinem inneren Auge tanzten Mutter und Kind, und ich nahm teil an ihrer ausgelassenen Freude. Das Siegesgebrüll vom Wettbewerb der Ringer riß mich in die Gegenwart zurück.

Auch Madragena machte eine Bewegung, als wolle sie etwas abschütteln. Sie deutete mit dem Kinn in Richtung der Ringer. »Brim hat gewonnen.«

»Wahrscheinlich ist der Gegner an seinen männlichen Ausdünstungen erstickt«, sagte ich. Madragena sah mich an, ohne eine Miene zu verziehen.

»Wann hat dieses Gespräch stattgefunden?« fuhr ich fort.

»Das ist es eben«, antwortete sie eifrig. »Das hat mich stutzig gemacht. Aber erst jetzt, wo ich hier bin, am Nabel der Inseln. Es muß eine Weile vor dem Frühlingstag gewesen sein. Zwanzig, fünfzehn Tage davor – ich weiß es nicht mehr genau. Sihrus war kurz davor bei den Stierleuten gewesen.«

Ich rang nach Luft. »Woher weißt du das? Hat er es dir erzählt?«

»Das hätte er nie getan. Er wußte doch, wie ich zu den Stierleuten stehe. Warum hätte er noch mehr Streit mir mir heraufbeschwören sollen, als wir ohnehin schon hatten? Nein, der kleine Gorg hat es mir erzählt. Er war mit seinem Vater hier, um Absprachen für Naps Tag zu treffen.«

Ich klatschte aufgeregt in die Hände. »Die Stierleute waren es!« rief ich. »Was ich herausbekommen habe, weist in dieselbe Richtung. Madragena, es war einer von ihnen!«

Madragena hob beschwichtigend die Hände, nickte aber gleichzeitig. Sie versprach, noch einmal mit dem kleinen Gorg zu sprechen, um herauszufinden, was er über Sihrus' Besuch bei den Stierleuten wußte. »Ich weiß nicht, was du herausbekommen hast, und ich will es auch gar nicht wissen«, sagte sie. »Du bist von der Sippe beauftragt worden, Sihrus' Mörder zu finden. Was immer du an Unterstützung von mir benötigst, wirst du erhalten.« Einen Moment später fügte sie zögernd hinzu: »Hast du einen Plan?«

»Ja«, behauptete ich. Ruhelos ging ich vor ihr auf und ab. Da war wieder dieses Gefühl, etwas übersehen zu haben. Eine Nebensächlichkeit, die in mein Gedankengebäude paßte wie ein kleiner, ganz bestimmter Stein, ohne den das Gewölbe nicht weitergebaut werden konnte. »Madragena«, sagte ich tastend, »du hast vorhin von einer Frau gesprochen, um die es deiner Meinung nach –«

»Es war nur ein Gefühl, Lasra«, unterbrach sie mich.

»Aber eine Frau.«

»Ja.«

»Bei den Stierleuten.«

»Ja.«

»Glaubst du, Sihrus hätte sich mit weniger als der Tochter des Stierherrn zufriedengegeben?«

Sie sah mich entgeistert an. Nicht so, als sei ihr der Gedanke völlig neu. Aber sie erschrak, daß ich ihn bestätigte. Dieser kleine Stein schien uns alle zu ängstigen. Vielleicht hatte ich ihn deshalb so lange übersehen? Es war doch der fehlende Gedanke, oder? Meine Erregung wuchs.

»Sihrus hat um Jonara Perle geworben«, erklärte ich mit mühsam beherrschter Stimme. »Ich weiß, daß Toshag selbst ein Auge auf sie geworfen hat. Sie ist schön, mehr noch, ihr Besitz verheißt Macht. Den Frühlingstag hat Toshag bei den Walleuten verbracht. Als alle betrunken waren, ist er im Kerrag über den schmalen Sund zwischen Hummer und Südlicher gefahren und hat Sihrus hinterrücks erschlagen.«

»Er hat ihn am Strand liegen lassen wie das Aas eines räudigen Hundes«, sagte Madragena heiser.

»O nein!« widersprach ich erregt. »Toshag hätte die Leiche mühelos beseitigen können. Nein, er wollte, daß sie gefunden würde. Es war eine Warnung an uns Haifischmäuler!«

Madragena war kalkweiß geworden. »Sei vorsichtig, Tochter«, sagte sie. »Ich möchte dich nicht auch noch verlieren.«

Wie viele Jahre hatte ich darauf gewartet, daß sie diese Worte sagen würde! Die Tränen kamen mir erst, als ich sie zum Dorf zurückgehen sah.

Ein Fremder hätte sich gewundert, daß die alte Frau sich so gerade hielt. Ich sah, wie tief ihre Schultern hingen, wie rund ihr Rücken war.

Ohne rechtes Ziel wanderte ich über die Ebene. In Gedanken ging ich meine Geschichte noch einmal durch. Bei Kebros Siegesfeier traf ich sie alle wieder. Twirk, früh beim Sonnenspiel ausgeschieden, drückte mir eine Schale Honigbier in die Hand. Kebros Stiefkinder, die vierzehnjährige Müschelchen und der zehnjährige Krabbe, tanzten ausgelassen um die Hirschpuppen. Adlersohn trug ein launiges Gedicht über eine Versammlung der Schamanen vor. Ich war nicht die einzige, die ihn mit offenem Mund anstaunte. Er ließ es sich sogar gefallen, daß der strahlende Sieger ihm herzhaft auf den Rücken klopfte. Was für ein Tag!

Ibbe hatte ein brandrotes Mal auf der Wange, das einem Schafhuf täuschend ähnlich sah. Halbherzig erkundigte ich mich nach dem Ausgang des Laufwettbewerbs.

»Man kann nicht immer Glück haben«, antwortete meine Schwester an seiner Statt. Stolz und Enttäuschung schwangen zu gleichen Teilen in ihrer Stimme mit. Hatte Regi tatsächlich geglaubt, sämtliche Schafböcke der Inseln würden sich gegen die Kontrahenten ihres Mannes verschwören und ihm zum Sieg verhelfen?

»Bis in den dritten Lauf ist er gekommen!« verkündete Heuler, der mit bewundernden Blicken und beiden Händen an seinem Vater hing.

Illib prustete los und hüllte uns in einen feinen Sprühregen aus Honigbier. »Weil Karf von den Forellenleuten im nassen Gras ausgerutscht ist und sich den Fuß verstaucht hat! So hat unser fliegender Filzmeister die dritte Runde erreicht.«

»Erzähl du erst mal deine Geschichte, bevor du dich über verdiente Sippengeschwister lustig machst!« fuhr Regi sie an, bevor sie uns würdevoll den Rücken zukehrte. Nach Twirks Ausscheiden lag es nun bei ihr, die Ehre der Adlerleute beim Sonnenspiel zu vertreten.

Illib und Nuki zogen mich weg. Wieder näherte ich mich der Erdaufschüttung, auf der die Männer miteinander rangen. Brim sollte wieder antreten. Es ging um den Sieg. Wir trafen zu spät ein, um uns einen guten Platz zu sichern. Während ich mich auf die Zehenspitzen stellte, um herauszufinden, wer Brims Gegner sein würde, tat sich eine Gasse neben mir auf. Jemand nahm mich bei der Hand. Es war Toshag, und er war nackt bis auf ein dunkelrotes Wolltuch, das er um einen Ledergürtel geschlungen hatte, um seine Blöße zu bedecken. Er führte mich an den Fuß der Erdaufschüttung, lächelte mich an und stieg zu Brim hinauf.

Meine Handfläche brannte, als hätte ich sie ins Feuer gelegt. Toshag schien eine Lücke in der Luft zu hinterlassen, nachdem er gegangen war. Ich ertappte mich bei dem Gedanken, mit den Fingerspitzen über das Narbenbild auf seiner Brust zu fahren.

Brim trug den hergebrachten Lendenschurz aus Leder und wirkte mehr denn je wie ein dunkler, wütender Bär. Es hätte mich nicht gewundert, wenn er sich brüllend auf seinen Gegner geworfen hätte. Beide Männer hatten sich mit Robbenfett eingeschmiert, um dem Gegner keinen Halt zu bieten. Obwohl Toshag alles andere als schmächtig war, reichte er dem Bären nur bis zum Mund. Wie lange konnte er ihm standhalten? Lauernd, mit vorgebeugtem Oberkörper, umkreisten sich die beiden Kämpfer.

»Ziemt sich das denn?« raunte mir eine Stimme zu. »Nackte Männer zu bewundern?« Ich fuhr zusammen und sah neben mich. Errill war von den Walleuten zurück. Seine Kleidung, die übliche lange Lederhose und Tunika der Hirschleute, war noch staubig von der Reise. An seiner Seite hing Sihrus' Bronzeaxt.

»Es ziemt sich durchaus, einen Sippenbruder bei den Wettbewerben zu unterstützen«, entgegnete ich.

»Gewiß«, sagte er ernst. Nur seine Augen funkelten amüsiert. Um uns herum standen fast ausschließlich Frauen.

Bald langweilten mich das ewige Umkreisen, die scheinbar trägen Ausfallschritte, das ständige Ausweichen vor dem Gegner. Ohne den Blick von dem Geschehen auf dem Erdpodest zu nehmen, begann Errill zu erzählen: »Die Walleute sind nicht gut auf die Stierherren zu sprechen. Nachdem sie es abgelehnt haben, der Gemeinschaft beizutreten, ärgern die Stierherren sie, wo sie können. Die Walleute werden lediglich ihre Erdfrau zu Naps Tag schicken. Das allein kommt einer Beleidigung verdächtig nah. Meine Freundin Kwike – du erinnerst dich? – hat mich bei ihrem Schamanen eingeführt. Es dauerte eine Zeit, bis er mir zu vertrauen begann.«

Ich sah Errill fragend an.

»Er hielt mich zunächst für einen Spitzel«, antwortete er unbefangen. »Es hat sich herumgesprochen, daß ich in letzter Zeit häufig bei den Stierleuten zu Gast bin. Trotzdem gewann ich sein Vertrauen. Es versteht sich von selbst, daß Walsohn bei den Zeremonien am Frühlingstag dabei war. Toshags Bericht, insbesondere den mehrfachen Beweis von Jonbros Manneskraft, hat er in etwa bestätigt. Die Frauen der Stierleute haben sich früh zurückgezogen, die der Walleute haben ihren Spaß gehabt. Ich glaube, Kwike und Mishag sind sich nähergekommen. Ihr Mann hat ein paar bittere Andeutungen fallenlassen ... Sternenseher hat viel über Alako erzählt, und um die Mitte der Nacht herum, als alle ziemlich betrunken waren, hat er einen weißen Schafbock geopfert.«

»Einen weißen Bock?« Ich staunte.

»Einen weißen Bock«, bestätigte Errill. Ein solches Tier war ausgesprochen selten. Die Stierherren hatten den Walleuten mit diesem kostbaren Opfer große Ehre erwiesen. Dennoch hatten die hartnäckigen Anhänger des alten Wegs sich nicht überzeugen lassen!

»Dann sind sie ins Bett oder in die Büsche gegangen, je nach Neigung und Vermögen.« Errill grinste. Ein allgemeines Aufkeuchen ging durch die Zuschauer. Die Frau neben mir schlug die Hände vor den Mund. Unter ihren Achseln hatten sich trotz der kühlen Witterung große Schweißflecken gebildet. Ich richtete meinen Blick auf die beiden kämpfenden Männer, die sich untätig in den Armen zu liegen schienen. Nur an ihren in den Boden gestemmten Beinen konnte man erkennen, daß sie ihre Kräfte maßen. Errill ließ die Augen nicht von dem Geschehen auf dem Podest.

»Scheint dich ja sehr zu fesseln«, sagte ich. »Was ist so Besonderes daran?«

Ohne sich zu mir umzudrehen, erklärte er: »Brim versucht seine Größe und sein Gewicht auszuspielen. Toshag muß etwas unternehmen.«

»Aber sie stehen doch bloß herum!« maulte ich.

Errill klang ein wenig herablassend, als er fortfuhr: »Keineswegs. Toshag täuscht jetzt vor, daß seine Kraft erlahmt. Sieh, er gibt den sicheren Halt auf und versucht mit dem Fuß nach Brims Wade zu angeln.«

In der Tat, Toshags Fuß angelte nach Brims Wade. Ich verdrehte gelangweilt die Augen. Toshag lief der Schweiß in Strömen übers Gesicht. Brims Nackenmuskeln, sofern sie unter dem Pelz zu sehen waren, schwollen an. Er sagte irgend etwas zu seinem Gegner. Toshag stöhnte, und mit ihm stöhnten die Frauen um uns herum.

»Paß auf!« flüsterte Errill.

Dann ging alles sehr schnell. Zu schnell für mich. Brim schob seinen Gegner zurück. Toshag strauchelte und schien zu fallen. Brim war über ihm. Plötzlich schnellte Toshags Arm vor und krallte sich in Brims Rückenfell. Mein Sippenbruder schrie auf, die beiden verschlungenen Körper drehten sich einmal um die eigene Achse, und im nächsten Augenblick lag der Bär mit dem Rücken auf der Erde. Toshag blieb auf ihm liegen wie ein erschöpfter Liebhaber, der seinen Samen in die Geliebte ergossen hat. Dann standen beide auf, klopften sich die Erde ab und gaben sich die Hand. Brim wandte sich ab und spuckte auf die Erde.

»Und das war alles?« fragte ich enttäuscht.

»Nein«, sagte Errill. »Schnuppe, Kwikes Stieftochter, war noch spät in der Nacht unterwegs. Sie ist ein ziemlich frühreifes kleines Ding, das meine Freundin bald zur Großmutter machen wird. Irgendwann spät in der Nacht ging sie jedenfalls ans Meer hinunter, um im Mondschein ein Bad zu nehmen, und sah ein Kerrag über den Sund zwischen Hummer und Südlicher fahren. Du mußt wissen, vom Dorf der Walleute kann man fast die gesamte Wasserfläche überblicken. Nur die Bucht, wo Sihrus ermordet wurde, kann man von dort nicht einsehen. Die Walleute haben übrigens einen Namen für die Bucht: Sie nennen sie Hosra. Im Kerrag saß eine Gestalt in einem hellen Kapuzenumhang. Schnuppe konnte nicht erkennen, wer so spät noch hinausfuhr, nicht einmal, ob es ein Mann oder eine Frau war. Es kam ihr zwar seltsam vor, aber ihr Augenmerk galt in dieser Nacht nun einmal anderen Dingen.«

Errill sah mich an, als erwarte er etwas von mir. In dem Gedränge, das die Stierleute um ihren Sieger veranstalteten, schienen wir uns unbeobachtet unterhalten zu können. Ich berichtete ihm von Füchschens Entdeckungen. »Das paßt«, sagte er da, und in seiner Stimme schwang ein triumphierender Unterton mit.

»Was paßt?«

»Frauen sind ausgezeichnete Beobachterinnen«, gab er zurück. »Kwike hat mir noch etwas erzählt. Mishag war nur kurz mit ihr zusammen. Sie beschwerte sich bei ihm, als er wieder gehen wollte. Sie meinte, es habe ihm leid getan, sie so früh zu verlassen, und an seiner … mangelnden Bereitschaft konnte es auch nicht liegen. Da hat er ihr anvertraut, er müsse noch mit den anderen beten. Die wahre Zeremonie sei den Stierleuten so heilig, daß kein Uneingeweihter daran teilnehmen dürfe.

Stimmst du mir zu, daß es paßt? Ihr geheimes Gebet könnte gut zu dem Zeitpunkt stattgefunden haben, als Alakos drei Gefährten eine Linie über dem Horizont bildeten.«

Ich nickte verhalten. »Und wer waren die *anderen*?«

»Kwike ist zwar eine gute Beobachterin, aber nicht übermäßig neugierig. Sie ist zu Bett gegangen.«

»Und dieses Kerrag, das ihre Tochter gesehen hat – war das vor oder nachdem ihre Mutter und deren Liebhaber sich getrennt hatten?«

Errill zuckte die Achseln.

Ich seufzte enttäuscht.

»Aber eins hat sie gesehen«, sagte er lächelnd. »Über der Kesselbucht stand ein einzelner Stern, sehr hell, heller als alle anderen.«

»Aber wir brauchen drei Sterne in einer Linie, nicht wahr?«

»Nein«, widersprach er. »Alle drei stehen nur eine kurze Zeit gemeinsam über dem Horizont. Als der Mörder über die Bucht fuhr, stand erst einer von ihnen am Himmel: der Hüter der Schwelle. Es paßt also genau. Schnuppe hat den Mörder zur Bucht Hosra paddeln sehen.«

Ich konnte seine Begeisterung nicht ganz teilen und zuckte die Schultern. Errill wirkte gekränkt.

Toshag verließ den Kampfplatz, umringt von einer Traube von Sippengeschwistern. Sein Blick wanderte über die Zuschauer. Morwe und Takra rieben Toshag im Gehen mit Tüchern ab. Allib reichte ihm eine Tonschale mit Honigbier. Sie würdigte mich keines Blicks, obwohl ich mir ziemlich sicher war, daß sie mich gesehen hatte. Toshag trank in einem Zug, und der klebrige Saft rann ihm über Hals und Brust. Morwe und Takra machten sich erneut an ihm zu schaffen, bevor sie ihm den roten Kalbslederumhang der Stierherren um die Schultern legten.

Errill und ich wechselten Blicke, und er nickte ernst. Ich mußte ihm nicht erst von meinem Verdacht erzählen.

Dann verabschiedete er sich. Er hatte versprochen, Jonara Perle als Schiedsrichterin beim Wettbewerb um das schönste

Schmuckstück zu unterstützen. Ich war so gekränkt, daß ich ihm nicht von meinem Plan erzählte, obwohl ich mir das fest vorgenommen hatte.

Auch Allibs Verhalten kränkte mich. Ich hätte ein Wort des Dankes von ihr erwartet. Am frühen Morgen hatte ich nach Ibarek gesehen, nachdem ich ihm gestern keinen Besuch hatte abstatten können. Die Maden hatten das schadhafte Gewebe aus seiner Wunde zu fressen begonnen. Die Entzündung schritt nicht weiter, der Heilungsprozeß hatte eingesetzt. »Wenn es mir morgen noch besser geht, ehrwürdige Heilerin«, hatte er mir fröhlich versprochen, »werde ich meinen Teil unserer Abmachung erfüllen.«

40

Im übrigen konnte ich mich nicht über mangelnde Gesellschaft beklagen. Unser Schafhirt war unauffällig wie immer, doch eine tiefe Zufriedenheit ließ ihn von innen heraus strahlen, denn an seinem Arm hing seine Gemahlin. Lele protzte mit ihrer siebensträngigen Beinperlenkette, dem Inhalt ihres tiefen Ausschnitts und ihrem siegreichen Hundemeister.

Mein Bruder hatte sich eine Weile abgesetzt, um sich mit der ganzen Familie den Wettbewerb im Steineschlagen anzusehen. Golbro, der Steinmeister für Zeremonienäxte, galt als Favorit, doch auch seinem Sippenbruder Ragh, dem Steinmeister der Stierleute für gewöhnliche Werkzeuge, sowie unserem Häuptling Gorg war der Sieg zuzutrauen. Jonbro selbst, diesmal ohne Sänfte, aber inmitten eines stattlichen Gefolges, begutachtete die Arbeiten.

Golbro schliff die Taille seines Axtkopfes – dort, wo er später durch den hölzernen Griff geschoben und mit Sehnen befestigt werden würde – mit Hilfe eines Bimssteins glatt. Wie alle anderen Teilnehmer hatte er Sandstein für die Aufgabe gewählt, denn an einem einzigen Tag konnte man unmöglich ein härteres Gestein bearbeiten. Er wirkte wesentlich älter und selbstsicherer als bei unserem Gespräch vor dem Vorratshaus.

Eine leichte Röte stieg ihm in die Stirn, als ich mich neben ihn hockte, um das fingerlange Werkstück näher zu betrachten. Flüchtig drehte er mir das Gesicht zu, bevor er sich wieder seiner Zeremonienaxt zuwandte.

In diesem Moment drang ein lauter Fluch zu uns herüber. Gorg war aufgesprungen, der rötliche, etwa zwei Hand lange Axtkopf, an dem er gefeilt hatte, lag vor ihm auf der Erde. Dann bückte er sich nach einem seiner Tschörtschlagsteine, holte aus und ließ ihn auf den Axtkopf fallen. Steinsplitter flogen in alle Richtungen. Die Zuschauer schrien durcheinander oder scharrten unruhig mit den Füßen.

Jonbro ging mit ausgebreiteten Armen auf Gorg zu. Den Kopf voller Bedauern zur Seite gelegt, dröhnte er in die plötzlich einsetzende Stille: »Ein wahrer Meister strebt nach Vollkommenheit. Er gibt sich nicht mit weniger als einem Wunder zufrieden!«

Gorg schüttelte gereizt den Kopf. »Ein versteckter Quarzeinschluß an der Schneide. Winzig klein nur, aber ein wahrer Meister hätte ihn unter der Oberfläche erahnt. Du tust mir zu viel Ehre an, Stierherr. Ich hätte es nie gewagt, solch erfahrenen Augen wie den deinen eine Arbeit zu unterbreiten, die mit einer Scharte behaftet ist.«

Auf die angespannten Gesichter im Zuschauerrund trat ein Lächeln, die Steinmeister hämmerten und polierten erneut drauflos, und das Stimmengewirr setzte wieder ein.

In ein angeregtes Gespräch mit Jonbro vertieft, verließ Gorg den Ort seiner Niederlage. Arm in Arm schlenderten die beiden in Richtung Dorf. Wie gelang es ihnen nur, Eintracht zu heucheln, wo die Kluft zwischen altem und neuem Weg sich mit jedem Tag vertiefte? Der Häuptling der Stierleute und der Häuptling der Adlerleute schienen mir wie die beiden Ringer vorhin mit der Umarmung ihre Kräfte zu messen.

Bevor ich mich meinen Freunden anschloß, um die Entscheidung in Ards Wettbewerb zu verfolgen, hatte ich noch etwas zu erledigen. Während ich mich zu der Erdaufschüttung zurückbegab, auf der Brim und Toshag miteinander gerungen hatten, brach die Wolkendecke hier und dort auf. Die Menschen begannen schwache Schatten zu werfen. Die Erdaufschüttung wurde gerade neu festgestampft. Raghs Frau Kes, Dubhals Tochter Nund, die bei Jonara Steinkraut in die Lehre ging, sowie eine mir unbekannte Frau mittleren Alters beaufsichtigten die Arbeiten.

Ich ging zu den drei Frauen, begrüßte sie und bat, am Abend eine Geschichte erzählen zu dürfen. Beim Anblick des Podests, auf dem bald der Erzählerstein aufgerichtet werden würde, verhaspelte ich mich vor lauter Aufregung. Vor so vielen und nochmals vielen Menschen zu reden! Wie war ich nur auf die Idee verfallen?

Kes schaute eine Handbreit über meinem Scheitel in die Landschaft. Nund lächelte schüchtern. Es blieb der Unbekannten überlassen, meine Bitte zu beantworten.

Die Frau stellte sich als Hirschtochter vor. Sie trug lange Lederhosen und eine langärmlige Ledertunika, auf die Federn, Geweihenden und Haarbüschel genäht waren. Ihr hochmütiges Gesicht mit den schmalen braunen Augen und den hohen Wangenknochen wandte sich mir prüfend zu. Nicht unfreundlich sagte sie: »Du bist der fünfte und letzte Erzähler. Ein guter Platz.«

Ich dankte ihr erfreut. Jeder Teilnehmer wollte als letzter den Erzählstein besteigen, erhöhte das doch seine Chancen bei den Schiedsrichtern. Wer sich allerdings zu spät anmeldete, der erhielt überhaupt keine Erlaubnis mehr. Jedes Jahr wurde die Anzahl der Erzähler mit einer komplizierten Losprozedur neu bestimmt. Mehr als neun und weniger als vier durften es nie sein.

Hirschtochter forderte mich mit den rituellen Worten auf, kurz und gut zu erzählen. »Lehrreich und fesselnd sei deine Geschichte. Lachen und Weinen sollen deine Zuhörer. Wahrheit magst du finden auf Erden, bei den Göttern oder in deiner Geschichte.«

»Wer sind die Schiedsrichter?« wollte ich wissen.

»Laß dich überraschen!« Hirschtochter grinste boshaft. »Ich bin jedenfalls dabei. Und zwei meiner Amtsbrüder.«

Ich bedankte mich und machte, daß ich zu meinen Freunden kam. Hinter mir hörte ich Kes' knarrende Stimme: »Es wird ihr noch leid tun, daß sie nicht bei ihren stinkenden Kräutern geblieben ist.«

Das aufgeregte Geschrei, das den Wettbewerb um das schönste Schmuckstück begleitete, war schon von weitem zu hören. Ich eilte zu der Menschenmenge und zwängte mich zu meinen Freunden vor, die einen Platz in Ards Nähe ergattert hatten. Errill, Jonara Perle und zwei weitere Frauen, beide jung und blond, bildeten einen Kreis in der Mitte, aus dem gedämpfte, aber dringliche Stimmen zu hören waren. Ormo stritt erbittert mit Ela. Regi, Ibbe und ihre Brut redeten auf Yarbro ein, der ziemlich unglücklich wirkte und es vorzog, gar nichts zu sagen. In dem allgemeinen Tumult ließ sich zunächst nicht herausfinden, worum es ging.

Die neun Teilnehmerinnen standen aufrecht vor ihren Arbeitsdecken und hielten die fertigen Schmuckstücke in die Höhe. Ich hatte nur Augen für Ards Meisterwerk. Sie hatte die bunten Schneckengehäuse, die vier Beinperlen und den Hundezahn auf eine geflochtene Kette aus blondem Haar aufgezogen. Vorne in der Mitte hing der Hundezahn, dessen Schmuckrillen – Rauten, Dreiecke und Kreise – Ard mit Ockerpaste eingerieben hatte, so daß sie trotz ihrer Winzigkeit deutlich hervortraten. Doch so kunstvoll das Flechtwerk aus Haarsträngen, die Ritzzeichnungen auf dem Hundezahn und die farbigen Schnecken auch sein mochten: Das wahre Wunder waren die Beinperlen oder besser ihre Farben. Zwei leuchteten in Blau, zwei in einem unerhört intensiven, funkelnden Gelb, das noch heller als die Bronzeaxt an Errills Gürtel glänzte. Solche Farben kannten wir auf den Inseln nur von Blumen, Meer und Himmel.

Ard hielt die Kette mit ausgestreckten Händen vor sich. Die Sonne spielte auf dem blonden Haargeflecht und verlieh den

Farben zusätzliche Leuchtkraft. Erst dann fiel mir auf, daß die Kette nie und nimmer um ihren Hals gepaßt hätte. Es war eine Kinderkette.

Jonara gebot den Zuschauern mit einer Handbewegung zu schweigen. Dann begaben die vier Schiedsrichter sich zu den Meisterinnen, ließen sie ihre Arbeiten erläutern und begutachteten sie öffentlich. Als letztes kamen sie zu Ard. Jonara und Ard maßen sich mit Blicken: die instinktive Abneigung einer schönen Frau, die auf eine genauso schöne Rivalin trifft.

Ard, der man ihre Schwangerschaft deutlich ansah, begann zu sprechen: »Diese Kette ist für mein ungeborenes Kind, das seinen Vater nie kennenlernen wird. Aber es soll etwas erhalten, das es immer an ihn erinnert. Bevor Sihrus ermordet wurde, gab er mir diese Strähnen von seinem Haar, um eine Kette für sein Kind daraus zu flechten. Und von der Insel im Südmeer brachte er mir zwei Salbtiegel mit blauer und gelber Farbe mit. Der König der Insel hat sie ihm geschenkt. Für seine Frau.«

Aus Jonaras Gesicht war alle Farbe gewichen. Starr sah sie die Adlerleutefrau an. »Was hat sie denn?« wisperte mir Regi ins Ohr. Ringsum war es so still geworden, daß man einen Grashalm hätte fallen hören können.

Jonara sagte nichts, aber die Anstrengung, sich zu beherrschen, war fast mit Händen zu greifen. Sihrus mußte tatsächlich um sie geworben haben, und er war ihr nicht gleichgültig gewesen.

Die junge Frau neben Jonara ergriff das Wort: »Die Kette ist zweifellos die außergewöhnlichste Arbeit dieses Wettbewerbs, aber wir können sie leider nicht zulassen. Erlaubt sind lediglich fünf vorgefertigte Teile, und die beiden Farbpasten aus dem fremden Land überschreiten diese Zahl. Ich erkenne den Sieg dem Walroßzahn zu, den Sarra von den Stierleuten geschnitzt hat. Meine geehrten Mitschiedsrichter stimmen mir doch gewiß zu?«

»Wer ist das?« fragte ich Ela.

»Norre von den Hundeleuten«, raunte Ela. »Steht treu zur Gemeinschaft.«

»Fürwahr!« rief Steinmeister Klebh, Yarbros Onkel, in die Runde. »Regeln gelten für alle, auch wenn das Weibsbild noch so hübsch ist.« Er erhielt Zustimmung aus dem Zuschauerkreis, aber es wurden auch Gegenrufe laut.

»Meiner Ansicht nach hat Ard von den Adlerleuten die erlaubte Zahl nicht überschritten, denn die Farbpasten mögen außergewöhnlich sein – verboten sind sie nicht«, erklärte die zweite Schiedsrichterin. Den Reaktionen meiner Umgebung nach zu urteilen, mußte sie aus einer Langhüglersippe stammen. »Ihre Kinderkette ist, wie Norre von den Hundeleuten gerade so trefflich bemerkte, das schönste Stück in diesem Kreis.« Beifall und Buhrufe erklangen. Ard legte beide Hände mit der Kette schützend auf ihren leicht gewölbten Leib.

Jonara hatte den Blick während des gesamten Wortwechsels nicht von Ard genommen. Nun wandte sie sich, ein Muster an Selbstbeherrschung, an ihren Begleiter. »Kerragmeister Errill, deine Stimme kann die Entscheidung bringen. Für wen stimmst du?«

»All diese Schmuckstücke sind wahre Meisterwerke. Ich würde mich glücklich schätzen, auch nur eins von ihnen mein eigen zu nennen«, entgegnete der Hirschleutemann mit einer angedeuteten Verbeugung vor den Künstlerinnen. Zaghaft lächelten sie zurück. Würde er eine dritte ins Spiel bringen, um den Streit zu schlichten?

»Freunde, warum haben sie vier Frauen als Schiedsrichter genommen? Weiber können nun mal keine Entscheidungen treffen«, rief Ormo. »Hier müssen Männer ran!«

Ein junger Mann aus dem Kreis um ihn lachte, und Embro erklärte grinsend: »Die mit den langen schwarzen Haaren schnappe ich mir heute nacht!«

»Verehrte Stiertochter, du wirst mir gewiß zustimmen, daß Ards Schmuckstück mit vier Beinperlen und einem Hundezahn die erlaubte Zahl nicht überschreitet«, fuhr Errill mit einem verbindlichen Lächeln fort. »Die blaue und die gelbe Farbe sind nicht Bestandteil der Kette, die uns zur Beurteilung vorliegt. Jede der begnadeten Künstlerinnen hier benutzt bei ihrer Arbeit Farbpasten, damit wir uns später an der Schönheit ihrer Werke erfreuen dürfen. Die Regeln beziehen sich auf das fertige Schmuckstück, nicht auf die Werkzeuge, mit denen es vollendet wurde. Wenn ich meine verehrte Vorrednerin Norre richtig verstanden habe, hält sie wie die verehrte Garrib Ards Arbeit für die außergewöhnlichste. Ich schließe mich ihrer Meinung an und stimme dafür, der Frau aus der Sippe der Adlerleute den Sieg zuzuerkennen.«

Jonara erbleichte zum zweitenmal an diesem Nachmittag. Der Blick, den sie Errill zuwarf, schien das Ende von Entenjagden und vertraulichen Gesprächen zu bedeuten. »Auch ich schließe mich der Meinung meiner verehrten Schiedsrichtergefährten an. Ard von den Adlerleuten, wir erkennen dir den Sieg zu.«

Errill legte ihr die Hand auf den Unterarm und machte Anstalten, sie fortzuführen. Jonara schüttelte seine Hand ab und verließ den Schauplatz, begleitet von Warib, Ragh, Morwe und Takra.

Aus der Horde um Ormo trat ein kräftiger, leicht untersetzter Jüngling mit verwachsener Oberlippe heraus. »Errill, hast du es nötig, dich hinter Weiberröcken zu verstecken? Mein Vater konnte es kaum erwarten, dich beim Kerragwettbewerb zu besiegen. Und dann hieß es überall: ›Errill nimmt nicht teil, weil er Angst hat, sich seine schönen Haare naß zu machen!‹ Mein Vater war sehr enttäuscht!«

Errill stand mit Ard zusammen. Sie hatte ihm die Kette gereicht, und er drehte sie staunend in seinen Händen, strich über die geflochtene Haarkette und hielt sie Ard probeweise vor die Brust. Er drehte sich halb zu dem jungen Mann um und erwiderte: »Nach so vielen vergeblichen Versuchen ist es nur gerecht, daß dein Vater einmal gewinnt, Truro.«

Dann widmete er sich wieder dem angeregten Gespräch mit Ard. Ein glückliches Lächeln zog über ihr voller gewordenes Gesicht. Die jungen Männer hielten Truro an den Schultern fest. Er wehrte sich gegen ihren Griff, als wolle er sich auf Errill stürzen. Der Hirschleutemann ging zusammen mit Ard ins

Dorf zurück. Die Menge löste sich auf. Mir wollte es scheinen, als blieben die Sippen mehr oder weniger für sich.

Ein häßliches Gefühl beschlich mich. Was, wenn diese beiden aus irgendwelchen Gründen gemeinsame Sache gemacht hatten? Besaß Errill nun, was er immer hatte besitzen wollen, Sihrus' Geliebte an der einen, Sihrus' Axt an der anderen Seite? Erschrocken rief ich mich zur Ordnung: Errill *kann* seinen Freund nicht ermordet haben. Außerdem vertraute ich ihm.

Was Ards Kette anging, war ich mir sicher. Niemals hätte Sihrus Strähnen von seinem Haar verschenkt. Er war schrecklich eitel gewesen, was seine Haare betraf. Die Kette, die einmal den Hals von Ards Baby schmücken würde, war aus den Haaren eines Toten geflochten.

41

»Nur fünf Erzähler!« ärgerte sich Illib und schlang den Gersteneintopf in sich hinein, als hätte sie seit Tagen nichts gegessen. Sie war nicht mehr zum Erzählwettbewerb zugelassen worden.

»Mach dir nichts draus«, tröstete Ard sie. Mit der Autorität der frisch gekürten Siegerin setzte sie hinzu: »Lasra hat dafür den letzten und fünften Platz zugeteilt bekommen. Sie wird die Ehre der Sippe verteidigen.«

»Die verehrte Kornmeisterin sollte weniger essen«, feixte Ormo. »Dünne Menschen kommen selten zu spät.«

Ein herrischer Blick unseres Gastgebers Yarbro brachte ihn zum Schweigen.

»Sie wird die Ehre des gesamten Langhüglervolks verteidigen!« rief Füchschen mit dem Eifer der Jugend.

Madragena verbot ihm, so zu sprechen. Die Siege in den Wettbewerben wurden den Ahnen aller Sippen gewidmet. Es hätte als höchst ungebührlich gegolten, Siege gegeneinander aufzurechnen. Genau das geschah natürlich. Zahlen machten die Runde. Nach Abschluß aller Wettbewerbe außer dem

Erzählwettbewerb stand es unentschieden zwischen den Völkern der Rundhügler und der Langhügler.

Ich bekam kaum einen Bissen hinunter. Mir war übel vor Aufregung.

»Welche Geschichte wolltest du erzählen, Illib?« erkundigte sich Hummel verschämt, um sofort wieder in ihre Schale zu starren. Es war das erste Mal, daß sie es wagte, im Kreis der Erwachsenen das Wort zu ergreifen.

»Ich hätte die Geschichte von den Ahnmüttern und Ahnvätern vorgetragen«, antwortete Illib freundlich, »und mir damit vermutlich den ewigen Haß von Twirk zugezogen. So ist es besser. Was wirst du erzählen, Lasra?«

Alle sahen von ihrem Mahl auf. Erwartungsvolle Gesichter starrten mich an. »Wartet's ab«, gab ich mit mehr Gelassenheit zurück, als ich verspürte.

Madragena reichte mir eine Schale Kamillensud. »Damit deine Stimme und dein Magen durchhalten«, sagte sie. »Hör weg, wenn die anderen erzählen. Es gibt nur deine Geschichte und sonst nichts.«

Gehorsam nickte ich und trank aus. Mein Hals tat weh. Ich wollte nach Hause.

Eine gewaltige Menschenmenge umgab den Erdhügel, auf dem früher am Tag die Ringer ihren Wettbewerb ausgetragen hatten. Die meisten hatten sich schon in kleinen Gruppen auf das niedergetrampelte Gras gesetzt. Braune Spinnen huschten zwischen den abgeknickten Blüten von wildem Fenchel und Kuckucksknabenkraut umher. Auf die Windberge zu war eine Gasse frei gelassen worden. Mit halbem Ohr hörte ich die aufmunternden Abschiedsworte meiner Sippe, die sich ihre Plätze suchte, während ich weiter auf das Podest aus Erde zuging.

Plötzlich spürte ich, wie jemand mein Handgelenk umfaßte. Aus meinen Gedanken aufgeschreckt, sah ich auf. Ard drückte mir etwas in die Hand, schloß sanft meine Finger darum und war verschwunden, bevor ich etwas sagen konnte. Ich mußte nicht nachsehen, was sie mir da gegeben hatte. Behutsam hielt ich die Kette von Ards ungeborenem Kind fest.

Man hatte den Erdhügel mit Rinderhäuten abgedeckt, und obendrauf in der Mitte stand der Erzählerstein, klobig, grau, leer. Hinter ihm hatten die drei Schiedsrichter Aufstellung genommen. Hirschtochter und ihre zwei Amtsbrüder trugen ihr volles Schamanenornat. Ihre Tiermasken ließen sie überlebensgroß erscheinen. Grüne Augen schimmerten unter dem mumifizierten Robbenkopf, braune blitzten unter den Fischschuppen der Forellenmaske. Das Geweih der Schamanin überragte sie alle. Sein Schatten, prachtvoll verästelt, reichte bis zu den Zuhörern im Rücken des Erdpodests.

Ich gesellte mich zu den anderen vier Erzählern links von der Gasse, hockte mich auf das freie Schaffell und versuchte meine innere Ruhe wiederzufinden. Neben mir saß Noresha von den Wanderfalkenleuten, Madragenas Freundin. Die anderen drei, einen jungen Mann und zwei Frauen mittleren Alters, kannte ich nicht.

Kurz darauf trafen Jonbro Stierherr und sein Gefolge ein und ließen sich zu Füßen des Podests auf der anderen Seite der Gasse nieder. Der Stierherr hatte sich in seiner Sänfte hertragen lassen. An seiner Seite stand Sternenseher, der neben dem massigen Häuptling noch hagerer wirkte. Jonara Perle in ihrem atemberaubenden Kleid aus gelbgrüner Wolle, Toshag, der seinen Adlerkopf in die Höhe reckte, Ragh, Golbro, Klebh, Achak, die undankbare Allib und die unerträgliche Kes, alle waren sie da.

Nach einem kurzen Wortwechsel zwischen Sternenseher und dem Stierherrn nickte dieser seinem Neffen Ragh zu. Ragh bestieg das Podest. Nach und nach verstummten alle Gespräche. Als nichts mehr zu hören war als die klagenden Schreie eines Austernfischerpärchens, eröffnete er den Erzählwettbewerb mit einem Gebet an Alako. Seine Stimme, laut, aber irgendwie quäkend, paßte gut zu seinem kahlen Kopf und der eingefallenen Brust.

Ragh stellte die Teilnehmer vor. Jägerin Karse von den Singschwanleuten würde den Anfang machen, ihr folgten der junge

Herdenvater Kwum von den Delphinleuten, Wakha von den Krabbenleuten und Noresha, die Tonmeisterin der Wanderfalkenleute. Lasra, zukünftige Erdfrau der Adlerleute, würde die Hand vervollständigen. Mit der Aufforderung, gut und kurz zu erzählen, verließ Ragh das Podest.

Karse erhob sich soeben von ihrem Schaffell, als oben auf dem Podest Hirschtochter aus der Reihe der Schiedsrichter ausscherte, vor den Erzählerstein trat und die Arme hob. Sie intonierte das Gebet an Mutter Erde und Vater Himmel. Die uralten Worte, die jedem Menschen auf den Inseln von Kindesbeinen an vertraut waren, klangen hohl hinter der Maske hervor. »Erzählt gut und kurz«, rief Hirschtochter und nahm erneut Aufstellung hinter dem Erzählerstein. Karse, die sich wieder gesetzt hatte, erhob sich zum zweitenmal und bestieg den Erdhügel.

Mit einer angenehm vollen, weithin tragenden Stimme begann sie die Abenteuer von Korf und Rena zu erzählen. Die meisten Erzähler wählten am Tag der Wettbewerbe die Geschichte ihrer Ahnmütter und Ahnväter, denn so lernten die Zuhörer etwas über den Ursprung der Inseln, und die jeweilige Sippe gewann Ansehen und Ehre. Ich befolgte Madragenas Rat und versenkte mich in meine Geschichte. Karses Stimme nahm ich nur noch so wahr, wie man das ewige Möwengeschrei oder das Quaken der Frösche wahrnimmt. Die Kinderkette hatte ich auf meinen Schoß gelegt. Meine Hände erkundeten die zerbrechlichen Rundungen der Schneckengehäuse, die Härte der Beinperlen und des Hundezahns, die weiche Glätte des Haargeflechts.

So kam es, daß ich doch einmal Sihrus' Haare streichelte, eine Erfahrung, nach der ich mich jahrelang gesehnt hatte. Eine wehmütige Zärtlichkeit ergriff mich, und ich versprach ihm, seinen Mörder zu finden und vor allen Sippen der Inseln anzuklagen. Kwum folgte Karse, Wakha bestieg das Podest, Noreshas vertraute Stimme erzählte von Meer und Wind und den Männern der Wanderfalkenleute, die den Gewalten trotzten. Als sie sich erhob und den Hügel verließ, setzte jenes Rascheln und Husten ein, das während des Erzählens aus Höflichkeit unterdrückt worden war.

Ich erhob mich, nachdem Noresha wieder auf ihrem Schaffell Platz genommen hatte. Nur nicht hasten, redete ich mir zu, nur nicht die Ruhe, den Mut verlieren. Zum Erzählpodest waren es nur wenige Schritte, dann ging es sieben Stufen hinauf, drei, vier Schritte bis zum Erzählerstein. Regungslos hielten die drei Schamanen Wacht. Ihre Schatten fielen lang und immer länger über die Ebene. Ich setzte mich auf den Stein. Kühl und hart war er. Schließlich sollte derjenige, der auf ihm Platz nahm, nicht den ganzen Abend reden. Die Sonne schien mir ins Gesicht. Land und See hatten im Gegenlicht einen hellen Schimmer angenommen.

Ich sah auf meinen Schoß hinunter und öffnete die Hände. Da glänzte Ards Meisterwerk in der Abendsonne. Ard hatte die Kette am Verschluß mit einer dünnen Haarschnur notdürftig verlängert, so daß sie einem Erwachsenen paßte. Ich streifte mir die Kette über den Hals und schloß die Augen.

»Das ist ja Ards Siegerstück!« flüsterte eine Stimme unter den Zuhörern.

Als auch das letzte Raunen und Rascheln sich gelegt hatte, begann ich mit meiner Geschichte.

»Für die Südlandleute war es ein kalter Tag. Auf den Inseln hätten die Menschen sich über die linde Luft gefreut. Auch im Südland wurde zu dieser Zeit die Saat in die Erde gebracht, und der König befahl das Fest des Frühlings. Seine Lenden hatten eine Tochter gezeugt, die sein Herz erfreute, auch wenn sie ihre Mutter, die Königin, das Leben gekostet hatte. Im Südland, wo das Haar der Frauen schwarz glänzte wie Rabengefieder, waren ihre blonden Locken weithin berühmt. Die jungen Männer träumten von ihr, die unerreichbar war wie das Adlernest in der Klippenwand.

Der König hatte einen Bruder, viele Jahre jünger als er selbst, von einer Nebenfrau des alten Königs, der war stark und stolz, und wenn er eine Frau verließ, so fühlte sie die Leere dort, wo er zuvor gewesen war. Des Königs Tochter spürte sein Verlangen nach ihr, und es ängstigte sie. Denn dieser Bruder des Königs war ein Held seines Volkes, der große Schmerzen erduldet hatte um des Volkes willen, und die Narben auf seiner Brust zeigten die Pranken des Bären, seines Widersachers. Mehr als alles andere ängstigten diese Narben die Tochter des Königs.

Wenige Tage zuvor war ein Schiff eingetroffen mit einem Mann, der hatte blondes Haar wie die Tochter des Königs und breite Schultern wie der Held. Er sagte, er komme aus einem Land im Norden, wo die Sonne im Sommer nicht untergeht und im Winter hinter Wolken aus Nacht schläft. Dieser Fremdling verstand es, Geschichten zu erzählen: Wenn er verstummte, so weinten die Menschen, und was er erzählt hatte, lebte fort in ihren Träumen.

Die Tochter des Königs sah den Fremdling an, den ihr Vater an das Herdfeuer seines Hauses geladen hatte. Und als der Fremdling ihre Blicke zu erwidern begann, mußte sie erkennen, daß es schmerzen würde, ohne diese Blicke zu leben. Der Bruder des Königs wußte um die Leere, welche die Frauen spürten, wenn er sie verließ, und um die Macht, die er über diese Frauen hatte. Aus diesem Grunde sah er die Blicke zwischen dem Fremdling und der Tochter des Königs mit ungläubigem Staunen, und aus dem Staunen wurde Haß. So heiß brannte der Haß in ihm, daß die Frau, die in dieser Nacht die Narbe auf seiner Brust streichelte, in ein Feuer zu fassen meinte.

›Es ist nicht Platz für dich und mich am Herd des Königs‹, sprach tags darauf der Bruder des Königs zu dem Fremdling. ›In der kleinen Bucht ein Stück westlich vom Tempel des Windgottes werden wir uns treffen und die Sache aus der Welt schaffen, wie die Männer des Südlandes dies tun.‹

›Dann sage mir‹, antwortete der Fremde, ›wie die Männer des Südlandes dergleichen halten.‹

›Das will ich tun‹, versetzte der Bruder des Königs. ›Wir kommen zu einem Strand und wenden uns zum Meer, wir heben einen Stein auf, wir werfen ihn in die Wellen. Wessen Stein am weitesten trifft, der ist der Würdigere von uns beiden und soll weiterhin sitzen am Herd des Königs.‹

›Das scheint mir keine unbillige Forderung zu sein‹, gab der Fremdling zurück. ›Obwohl ich nicht recht verstehe, wie dieser Stein entscheiden soll, bei wessen Anblick die Augen der Frauen heller leuchten. Denn um diese Sache scheint es mir doch zu gehen, obwohl ich ein unwissender Fremdling aus dem Norden bin.‹

›Kein Mann‹, erwiderte der Bruder des Königs, ›wird je herausfinden, warum die Augen der Frauen leuchten.‹

›Ich werde dort sein‹, versprach der Fremdling.

Doch über der Bucht, die der Bruder des Königs dem Fremdling gewiesen hatte, wuchs ein Wald, kein großer Wald, aber doch ein Wald mit duftendem Gebüsch und mit Ölbäumen, denn solche Pflanzen gedeihen im Südland. In diesem Wald verbarg sich der Bruder des Königs. Der Fremdling kam und zog sein Boot an Land, und dann bückte er sich nach einem Stein, um weithin zu treffen, und kehrte den Ölbäumen und den duftenden Sträuchern den Rücken zu. Da schlich der Bruder des Königs aus dem Wald, und in seiner Rechten hielt er einen Stein, der war viel zu groß, um mit ihm weithin zu treffen. Und er trat hinter den Fremdling und brachte den Stein auf ihn nieder und zerschmetterte seinen Kopf. Der Fremdling brach auf der Stelle zusammen, und die Aasvögel labten sich an seinem Körper. Der Bruder des Königs aber versenkte das Boot des Fremdlings, wusch das Blut im Meer ab und verließ die Bucht.

Am Mittag des nächsten Tages versammelte sich das Volk auf dem Platz vor dem Tempel, um zu sehen, wie der König dem Windgott opferte. Und die Sonne brannte nun unnatürlich heiß für die Jahreszeit, so daß manche meinten, die Götter zürnten dem Land.

Da trat der Bruder des Königs vor und sprach: ›Der Schoß deiner Tochter lädt mich ein, meinen Samen in ihn zu pflanzen. Ihre Hände sehnen sich danach, die Narben auf meiner Brust zu liebkosen und sie die Schmerzen vergessen zu machen, die ich um unseres Volkes willen gelitten habe. Gib sie mir zur Frau, und unsere Herrschaft wird ewig währen.‹ Der

König erschrak über diese Rede, und er bat sich Bedenkzeit aus.

Die Tochter des Königs aber sprang auf und rief: ›Nie werde ich diesen Mann heiraten! An seinen Händen klebt Blut. Er hat den Fremdling erschlagen, dessen Haar so hell war wie meins.‹

Und siehe da, ein Schwarm von Aasfliegen kreiste um den Bruder des Königs, und sosehr er sie auch zu verscheuchen suchte, sie klebten an seinen Händen wie Birkenpech. Der König ließ nach dem Fremdling suchen, und sie bestatteten seine Leiche mit allen Ehren. Seinen Mörder aber richteten sie nach den harten Gesetzen des Südlands. Der König weinte und verhüllte sein Haupt und sagte, dem Gesetz sei Genüge getan.«

Ich schlug die Augen auf. Es herrschte atemloses Schweigen, so daß man die Kiebitze und Lerchen hörte. Die Sonne war tiefer gesunken, die Schatten waren noch länger geworden. Benommen, aber zufrieden mit mir selbst, erhob ich mich, stieg vom Podest hinunter und ging zu meinem Platz zurück.

Ein flüchtiger Blick zu Jonbro und seinem Gefolge zeigte mir, daß die Stierherren keine Miene verzogen. In allen Gesichtern stand eine Mischung aus Schrecken, Verlegenheit und Abwehr. Mord war kein Thema für eine Geschichte. Von Mord wollten meine Zuhörer nichts wissen. Die Menschen der Inseln töteten keine Menschen.

Die Schiedsrichter berieten sich ausgiebig, und die Spannung machte sich in lauten Gesprächen Luft. Kinder balgten ausgelassen umher, froh darum, sich nach dem erzwungenen Stillsitzen endlich bewegen zu dürfen. Wenn ich zu den Stierherren hinüberspähte, unterhielten sie sich mit unaufgeregten Stimmen. Ab und an klang ein helles Frauenlachen herüber. Hirschtochter schien die Einflußreichste unter den drei Schiedsrichtern zu sein. Noresha ergriff kurz meine Hand und flüsterte mir zu: »Gut erzählt, und zu lang war es bestimmt nicht.«

Wir rechneten uns gute Chancen aus, da die Hirschleute treue Anhänger des alten Wegs und eine der bedeutendsten Langhüglersippen waren. Für mich selbst erwartete ich nichts.

Mir genügte, daß ich mich nicht stotternd zum Gespött gemacht hatte.

Als Hirschtochter vortrat und verkündete, daß der Preis Karse von den Singschwanleuten zuerkannt wurde, brach lautstarker Jubel unter den Rundhüglern aus. Die Männer der Stierleute klopften sich gegenseitig auf den Rücken, als wollten sie ihre Sippenbrüder zu Boden schlagen. Noresha und ich sahen uns enttäuscht an.

»Nun«, sagte sie nach einer Weile, »dann wollen wir uns dem erfreulichen Teil des Abends zuwenden.« Sie stapfte zu ihren Sippengeschwistern. Die Menge löste sich auf, und alles strömte zu den Feuern, über denen ausgenommene und gehäutete Rinder, Schweine, Schafe und Hirsche brutzelten. Honigbier stand in großen Töpfen bereit. Die Nacht vor Naps Tag war der ausgelassenste Teil des Festes.

Mir völlig unbekannte Menschen beglückwünschten mich zu der spannenden Geschichte, andere beäugten mich aus sicherer Entfernung mit mißtrauischen Blicken.

»Du hast gut erzählt, meine Freundin«, sprach mich eine vertraute Stimme von hinten an. Allib tätschelte mir den Arm. »Ich bin noch gar nicht dazu gekommen, dir wegen Ibarek zu danken. Glaub mir, es wird angemessen nachgeholt werden. Ich habe für dich die Ohren gespitzt. Ibarek hat in jener Nacht, die dich so interessiert, nicht viel mitbekommen, weil er früh betrunken war. Er macht sich gerne wichtig. Hinter seinen geheimnisvollen Andeutungen steckt nichts als heiße Luft. Aber Warib war an jenem Abend auch bei den Walleuten, und sie trinkt nie Honigbier. Bei deiner Geschichte vorhin ist sie leichenblaß geworden. Sie hat mich gebeten, mit dir zu sprechen. Sie hat Angst.« Allib lachte laut auf und drohte mir neckisch mit dem Finger. »Lach, Lasra«, forderte sie mich grinsend auf.

Ich lachte und hoffte, daß es nicht zu gekünstelt klang.

»Ich muß dir wohl nicht sagen, daß du hierüber Stillschweigen bewahren mußt. Ihr trefft euch, wenn die Sonne den Horizont berührt.«

»Wo?«

»Auf der Landzunge zwischen den Seen. Drei, vier Feldlängen nach Norden ist eine kleine Erhebung. In dem Uferdickicht, wo sie zum Brackigen hin abfällt.«

Ich schüttelte lachend den Kopf und sagte: »Ich kenne die Stelle.«

Allib verschwand im Gedränge.

42

Alles strömte zu den Feuern in der Nähe des Zeltdorfs. Die Frauen der Stierleute schenkten Honigbier aus, die Männer zerteilten die Braten. Meine Freunde hatten sich endlich zu mir durchgekämpft und überschütteten mich mit Lob. »Ich wußte gar nicht, daß du so gut erzählen kannst«, sagte Ela.

»Ich auch nicht«, erwiderte ich lächelnd.

Obwohl die Sippen mehr als in den Jahren zuvor unter sich blieben, gab es noch Grüppchen aus Gleichaltrigen oder Menschen mit gemeinsamen Interessen. Gorg und der kleine Gorg, Twirk und Lele fehlten in unserem Kreis.

Madragena nickte mir zu. In ihrem Blick lagen Anerkennung und Sorge. »Der Köder ist ausgelegt«, sagte sie.

»Was für ein Köder?« wollte Ibbe wissen, der sich mit erstaunlicher Geschwindigkeit betrank.

»Der Köder für die Fischmahlzeit morgen früh«, gab Madragena zurück. »Oder wollt ihr euch alle Tage von den Rindern der Stierleute ernähren?«

Ich aß ein paar Happen von dem köstlichen Rinderbraten, hielt mich jedoch mit dem Honigbier zurück. Ich brachte ohnehin kein Verständnis dafür auf, wie man das vergorene Zeug balgweise in sich hineinschütten konnte. Errill, der einzige, dem ich mich vielleicht anvertraut hätte, ließ sich nicht blicken, und ich hatte keine Lust, ihm hinterherzulaufen.

Nach einer Weile entschuldigte ich mich mit Müdigkeit und ging ins Dorf zurück.

Füchschen begleitete mich ein Stück des Wegs. Mich beschlich das vage Gefühl, er könne irgendwie Verdacht geschöpft haben . »Was hast du vor?« fragte er.

»Schlafen«, log ich. »Ich bin hundemüde.«

»Du sagst mir nicht die Wahrheit.«

»Hör zu«, fuhr ich ihn an. »Vermutlich werde ich nicht die ganze Nacht schlafen. Ich erwarte Besuch von einer Person, die … unsere Freundin sein möchte.«

»Diese Person stammt nicht zufällig aus der Sippe unserer großherzigen Gastgeber?«

»Mag sein. Ich verspreche mir viel davon. Mir läuft die Zeit davon.«

»Und du bist sicher, daß dir keine Gefahr droht?« fragte er besorgt.

»Die Frau, die stärker ist als ich, muß noch geboren werden.« Scherzhaft ließ ich die Muskeln an meinen Oberarmen spielen.

Mein Bruder drückte mir einen Kuß auf die Wange und lief zurück zum Fest. Nukis Anwesenheit schien ihm Flügel zu verleihen.

Nachdem ich Yarbros Haus betreten hatte, wartete ich noch eine Weile, bevor ich mich zum Brackigen schlich, wo unsere Kerrags vertäut lagen. Um zu der Stelle zu gelangen, wo ich mit Warib verabredet war, mußte ich eine schmale Wasserfläche überqueren, denn der Weg um einen der beiden Seen herum wäre viel zu lang gewesen. Durch hellgrüne Algenteppiche lenkte ich mein Gefährt über diesen schmalen Sund.

Flaumige Schwanküken steckten unter den wachsamen Augen ihrer Eltern die Köpfe ins Wasser. An einer niedrigen, sanft nach Süden geneigten Hochebene lenkte ich das Kerrag in das Uferdickicht, stieg aus und zog es an Land.

Über den Windbergen stand eine Wolkenformation, die ich sofort als gutes Omen nahm: Ein gewaltiger Adler breitete seine Schwingen über den Hügeln aus. Grau war sein Gefieder, die kleinen Flaumfedern am oberen Rand begannen im Licht der Abendsonne rosig zu schimmern. Unser Sippentier hatte allerdings einen kleinen Schönheitsfehler: Es besaß keinen Kopf.

Nur wenige Schritte den Hang hinauf, dann hatte ich einen ungehinderten Blick über die Zwillingsseen. Von hier konnte ich jedes Kerrag entdecken, das übers Wasser kam. Zur Linken auf dem Süßen waren Helfer damit beschäftigt, die letzten Pfähle des Kerragwettbewerbs einzusammeln. Vereinzelte Fischer nutzten die günstige Tageszeit. Sonst überquerte niemand das Wasser. Alles war, wie es sein sollte, denn noch stand die Sonne ein gutes Stück über dem Horizont. Da ich so früh gekommen war, hatte ich alles unter Kontrolle.

Ganz dicht vor meinem Gesicht flog eine Möwe vorbei, so nah, daß ich den kleinen Fisch sehen konnte, der sich in ihrem Schnabel wand. Ich warf einen letzten Blick auf die Wasseroberfläche, entdeckte nichts Verdächtiges und ging die paar Schritte zum Kerrag hinunter, um meinen Umhang zu holen.

Als er lächelnd aus dem Dickicht auf mich zukam, wußte ich, daß etwas nicht stimmte. Wie kam er hierher? Ich hatte beide Seen beobachtet und kein Kerrag übers Wasser kommen sehen. Die Zeit hatte unmöglich gereicht, um zu Fuß um einen der Seen herumzulaufen. Und doch stand er da, drei, vier Mannlängen von mir entfernt, und lächelte. Ich unterdrückte den Impuls wegzurennen. So erhob ich mich nur und schaute ihm entgegen.

»Lasra«, begrüßte er mich mit vollendeter Höflichkeit, »wie schön, dich zu sehen.«

Da ich keine Lust hatte, sein Spielchen mitzuspielen, nickte ich nur. »Was führt dich hierher?«

Toshag kam noch näher. Um seine Schultern lag ein schmutziges, eingeöltes Seehundfell, wie die Fischer es immer in ihren Kerrags dabeihaben. »Setzen wir uns doch.«

»Ich bleibe lieber stehen«, entgegnete ich. »Was führt dich hierher?«

»Richtig«, sagte er gedehnt, als erinnere er sich an etwas. »Du warst mit der kleinen Warib verabredet. Nun, sie konnte nicht kommen. Sie ist – verhindert.« Seine Hand vollführte eine entschuldigende Geste. »Aber auch ich war in jener Nacht, für die du solches Interesse zeigst, bei den Walleuten. Frag, und ich werde dir antworten. Ich werde dir die Wahrheit sagen.« Er kam noch näher auf mich zu, bis ich die Hitze zu spüren meinte, die er ausstrahlte. Er streifte den Seehundumhang ab.

»Du hast Sihrus ermordet«, sagte ich. Mein Kopf begann ganz leicht zu wackeln, so wie man das bei alten Menschen manchmal beobachten kann. Dann zitterten meine Hände, und schließlich zitterte mein ganzer Körper.

Er genoß es, anderen Menschen Angst einzuflößen. Seine Brustwarzen waren hart wie beim Liebesakt. »Ich habe deinen Sihrus nicht ermordet«, versetzte er lächelnd. »Du bist eine so kluge Frau, aber was dein eigenes Leben betrifft, so setzt du es mutwillig aufs Spiel. Ein guter Eiersammler muß wissen, welche Klippe zu steil für ihn ist.« Toshag schüttelte betrübt den Kopf.

Ich mußte mich setzen. Meine Beine hätten sonst unter mir nachgegeben.

Er kniete sich neben mich, ohne mich zu berühren, aber so nah, daß nicht einmal der Gedanke an Flucht aufkommen konnte. »Ich habe mich schon ein wenig geschmeichelt gefühlt«, fuhr er lächelnd fort. »Die Frauen fühlen tatsächlich die Leere, wenn ich sie verlasse. Welch ein Erzähltalent! Und was für eine Verschwendung! Warum hast du die Dinge nicht beim Namen genannt und mich als Neffe des Königs eingeführt?«

»Nur ein plumper Erzähler hätte das getan«, antwortete ich mit so trockenem Mund, daß ich Mühe hatte, die Worte zu artikulieren.

»Du hättest früher Angst bekommen sollen«, sagte er fast mitleidig und strich mir eine Haarsträhne aus der Stirn. »Aber du bist zu neugierig. Wahrhaft kluge Frauen sind nicht neugierig. Wahrhaft kluge Frauen wissen um die Überlegenheit der Männer – nun, ich will nicht übertreiben, bestimmter Männer. Und sie leben länger.«

»Wenn du Sihrus nicht ermordet hast, wie du behauptest, besteht kein Grund, mich zu töten«, erwiderte ich, während ich in Gedanken fieberhaft nach einer Waffe suchte. Um den Hals trug ich an einer Lederkette mein Tschörtmesser. Vielleicht konnte ich ihm damit in einem Handgemenge eine Verletzung zufügen, am Auge oder an einer anderen empfindlichen Stelle? Wenn ich die Überraschung auf meiner Seite hatte …

Toshag streckte die Hände nach meinem Hals aus, und ich dachte schon, er wolle mich erwürgen, doch er zog mir nur das Lederband mit dem Tschörtmesser über den Kopf und schleuderte es in den See. »Ich hätte dich für scharfsinniger gehalten«, sagte er im Tonfall des Bedauerns. »Ich spreche nicht von Sihrus. Aber du hast in unappetitlichen Dingen herumgewühlt, die du besser hättest ruhen lassen. Bei deinem Freund Ruff mußten wir zwar ein wenig Überzeugungsarbeit leisten, aber dann hat er seine Pflicht erfüllt. Seine Pflicht gilt den Stierleuten und niemandem sonst.« Er unterbrach sich, sah zum Ufer des Brackigen hin und fuhr dann mit harter Stimme fort: »Hast du wirklich geglaubt, du könntest die Macht der Stierherren erschüttern, indem du alte Geschichten ausgräbst? Wolltest du uns drohen? Die Zeit des alten Wegs ist abgelaufen. Wir sind die Zukunft der Inseln. Die Stierherren wollen das Beste für die Menschen der Inseln.« Er zeichnete mit den Fingerspitzen die Narbe auf seiner Brust nach. »Du wirst den Stierherren nicht im Weg stehen.«

»Ich habe Beweise«, erklärte ich mit belegter Stimme. »Meine Freunde und Verwandten wissen Bescheid –«

»Du erlaubst, daß ich lache? Ich weiß, daß du niemandem von deinem Ausflug erzählt hast.«

»Wenn du mich ermordest, werden die anderen –«

»Mich nach den harten Gesetzen der Inseln richten?« Er lachte.

»Die Geschichte von Lerche«, fuhr ich fort, »könnte bald viele Erzähler finden. Willst du sie alle ermorden?«

»Das wird nicht nötig sein«, versicherte er. »Jonara Steinkraut, Ruff und Tura haben bereits Schweigen gelobt, und –«

»Du hast schon Menschen getötet«, ging mir plötzlich auf. »Wie viele waren es?«

»Das mag so sein oder auch nicht«, gab er achselzuckend zurück.

»Madragena kannst du nicht zum Schweigen bringen«, erklärte ich. »Sie wird dich anklagen.« Rede, befahl mir der Teil meiner Gedanken, der nicht von Furcht gelähmt war, rede und bringe ihn zum Reden.

»So wie sie uns die letzten zwanzig und sieben Jahre angeklagt hat.« Toshag lachte erneut. »O ja, unablässig hat sie uns angeklagt! Wie sie sich danach gerissen hat, sich zu offenbaren und ihr eigenes Verbrechen mit anzuklagen. Ein guter Scherz, wirklich!«

»Die Dinge ändern sich«, behauptete ich. »Madragena hat sich besonnen und wird das Verbrechen von einst aufdecken. Selbst die Stierherren können die Wahrheit nicht für immer unterdrücken.« Ich spähte zum Strand hinunter. Wenn ich einen Ausbruchversuch unternahm, eine Ohnmacht vortäuschte und dann unbemerkt einen Stein packte, um ...

»Auch ein guter Scherz«, gab er zurück. »Hör zu, denn du sollst nicht dumm sterben: Danke für die Warnung. Sollte Madragena tatsächlich so unbesonnen sein –« Er machte eine entschuldigende Geste.

»Nein!« schrie ich. Doch obwohl mir der Schrecken in die Glieder fuhr, entging mir nicht, daß sich etwas Sattes, Weiches in seinen Zügen einnistete: die Befriedigung, die meine Angst um Madragena ihm verschaffte. »Verschone Madragena, bitte!« flehte ich ihn an. »Zum Wohle der Langhügler wird sie schweigen. Ich habe das nur gesagt, weil ich mein Leben retten wollte.« Tatsächlich war ich mir im unklaren darüber, ob Madragena morgen Anklage im Steinkreis erheben würde. Morgen, wenn ich tot war. Einiges von dem, was ich wußte, hatte ich ihr zwar erzählt, und manches hatte ich mit Errill geteilt, aber ob das ausreichen würde, Toshag anzuklagen, vermochte ich nicht zu beurteilen.

Ich ließ den Kopf sinken und schluchzte vor mich hin. Je mehr ich schluchzte, desto mehr kehrte die Kraft in meine Beine und Arme zurück. So schnell gaben sich Keas Kinder nicht geschlagen, dachte ich. Ohne Gegenwehr würde ich nicht sterben.

»Dein Beispiel beweist«, sagte Toshag gönnerhaft, »daß eine Frau nicht der Kopf einer Sippe sein kann. Die Frau ist nicht allzu klug und dazu feige, und wer herrschen will, der muß gerissen und mutig sein. Dennoch«, fuhr er fort, »wollte ich nicht ohne Frauen auskommen müssen. Die Frau ist der Schoß der Sippe, der empfängt und gebiert. Du solltest froh sein, zu einem Geschlecht zu gehören, das diese unschätzbaren Gaben besitzt. Solange sich die Frau auf diese Gaben besinnt, darf sie sich der Achtung der gesamten Sippe sicher sein. Außerdem versteht es sich von selbst, daß beileibe nicht jeder Mann gerissen und mutig ist. Die meisten Männer tun gut daran, sich der Führung ihrer stärkeren Geschlechtsgenossen anzuvertrauen. Ich könnte dir Beispiele nennen – gleichviel.«

»Ich werde den Stierherren nicht schaden.« Ich begann zu weinen. »Ich werde nach Hause gehen und meinen Mund halten. Wenn du sagst, du hast Sihrus nicht ermordet, dann glaube ich dir. Laß mich am Leben! Ich tue alles, was du willst. Alles ...« Ich hob den Kopf und sah ihn flehentlich an.

Toshag schaute mit einem verträumten Ausdruck auf den Brackigen und betrachtete eine Schwanenfamilie, die in der rötlichen Glut der untergehenden Sonne auf dem Wasser schwamm. »Dort!« sagte er und deutete auf die Tiere. »Die Jäger wissen darüber Bescheid. Schwäne opfern eins ihrer Jungtiere, um die anderen zu retten, wenn es sein muß. So war es auch am Frühlingstag. Wir mußten euren Sihrus opfern, um die Macht der Stierherren zu erhalten. Um zu gewährleisten, daß die Stierherren und der neue Weg siegen. Das ist kein Mord. Das ist Notwendigkeit. Wir mögen es bedauern, doch wer groß sein will und herrschen, der muß ... Opfer bringen.«

»Aber du hast doch gerade versprochen, du wärst es nicht –«

»Lasra!« sagte er mit einer Stimme, in der ehrliche Enttäuschung mitschwang. »*Du* bist etwas ganz Besonderes. Dich werde ich mit eigenen Händen töten – und glaube mir, auch das ist ein Opfer für mich. An Sihrus habe ich mir die Hände nicht schmutzig gemacht. Das hatte ich gar nicht nötig. Was muß ich denn noch sagen, damit du mir glaubst?«

»Ich glaube dir ja! Aber ...«, stammelte ich. »Ich verstehe das nicht!« Ich begann eine Nähe zu ihm zu empfinden, die mich mehr entsetzte als seine Drohung, mich zu töten. Die Hoffnungslosigkeit meiner Lage, seine unbeschränkte Macht hatten Mitleid in ihm geweckt. Am Ende würde er mich töten müssen, aber er würde sich vorher bei mir entschuldigen.

Er seufzte. »Ich weiß dein Angebot von vorhin zu schätzen. Es ist eher Barmherzigkeit von mir, daß ich dich nicht nehme ... du würdest auf falsche Gedanken kommen. Falsche Hoffnungen würden geweckt.« Er stand auf. »Komm!« sagte er barsch.

»Hast du denn gar kein Mitleid?« rief ich. »Was soll ich denn noch tun? Es ist mein letzter Wunsch! Ich bitte dich! Was kostet es dich, ihn mir zu gewähren?«

Er schien nachzudenken. »Unsere ... Freundschaft soll nicht von etwas so Gewöhnlichem befleckt werden«, erklärte er schließlich. »Aber ... ich will dir einen letzten Wunsch erfüllen. Vorausgesetzt, er ist klug gewählt.«

»Ich kann nicht mehr klug wählen«, jammerte ich. »Ich kann nicht! Ich will nicht sterben!«

»Nicht zu sterben steht nicht in deiner Macht, Lasra. Wähle!« befahl er mir leise.

Ich schluckte und weinte, und schließlich richtete ich mich ebenfalls auf. Während ich auf ihn zutrat, legte ich meine Hände auf seine Brust und flüsterte: »Wer hat Sihrus getötet?«

»Eine gute Frage«, lobte Toshag mich. »Eine Frage, die Sinn ergibt. Eines Tages müssen wir alle heimkehren in die Arme von Alako – von Mutter Erde, wenn du willst –, und für viele von uns tritt dieses Ereignis überraschend ein, zu einem Zeitpunkt, an dem wir am wenigsten damit rechnen. Worauf es ankommt, ist doch dies: daß unser Tod einen Sinn ergibt. Und da deine Frage sinnvoll ist, will ich sie dir beantworten. Nicht vollständig, denn das wäre ... übertrieben. Aber soviel: Es war ein Mann aus der Sippe der Adlerleute.«

»Nein!« rief ich aus und wich einen Schritt zurück. »Das ist nicht möglich! Du schickst mich mit einer Lüge zu Mutter Erde?«

Er schlug so schnell zu, daß ich nicht einmal seine Hand auf mich zukommen sah. Die Wucht des Schlages schickte mich zu Boden. Ohne mich noch mit den Händen abfangen zu können, fiel ich auf den Rücken. Blut rann aus meinem Mund. Benommen fühlte ich, wie Toshag mich unter den Achseln packte, die Hände hinter meinem Rücken verschränkte und mich zum Seeufer schleifte. Mein Gesicht ruhte an seiner Brust. Wie von weither hörte ich seine Stimme zischen: »Niemand nennt mich einen Lügner!«

Ich hörte das Wasser aufspritzen, und dann drehte er mich um wie einen Baumstamm und drückte mich auf den Seeboden hinab. Meine Lippen wurden auf einen Stein gepreßt. Das Wasser war kaum höher als mein Kopf. Ich hielt die Luft an und krallte meine Finger um einen Stein, doch es war sinnlos. Toshag lag mit dem Oberkörper auf meinem Rücken, so daß ich die Arme unmöglich bewegen konnte. Wie würdelos, in dieser Pfütze zu ertrinken, dachte ich wütend und strampelte mit den Beinen.

Bevor mir die Luft ausing, bevor mich die Todesangst zu einem willenlosen Bündel machte, war ich wieder frei. Der schwere Körper auf mir verschwand plötzlich, niemand drückte mich mehr unter Wasser. Ich konnte meine Arme bewegen. Ich konnte den Kopf aus dem Wasser heben und atmen. Hustend stützte ich mich auf die Ellbogen und sog gierig die Luft ein.

Von Toshag sah ich nur den Rücken. Mit vorgebeugtem Oberkörper, die Arme zum Zupacken bereit wie eine angreifende Krabbe, stellte er sich dem Mann, der auf die kleine Uferlichtung trat. Errills Brust hob und senkte sich heftig. Er war gerannt. Mit einer fließenden Bewegung warf er den Lederumhang ab und nahm dieselbe Haltung ein wie sein Gegner. Eng lag die schwarze Perlenkette um seinen Hals. Die beiden Männer umkreisten sich wie die Ringer auf dem Podest.

»Das trifft sich gut«, begrüßte Toshag den Neuankömmling. »Du warst mir seit jeher ein Dorn im Auge.«

»Gib auf!« sagte Errill. »Noch ist nichts geschehen, was nicht wieder gutgemachtwerden könnte.«

»Hund von einem Jäger«, knurrte Toshag, »ich schicke dich

heim zum Aas deiner Mutter, aus dem du gekrochen bist!« Als er merkte, daß Errill sich durch Beleidigungen nicht reizen ließ, vergeudete er keine Zeit mehr mit Reden. Er zog die Steinaxt aus seinem Gürtel. Der Axtkopf, schwarz melierter Granit, war schwer und scharf geschliffen.

Errill griff an seine Seite und fingerte am Verschluß der Lederhülle, die Sihrus' Bronzeaxt enthielt. Mit Entsetzen verfolgte ich, wie Toshag ohne Zögern angriff. Die Steinaxt zischte durch die Luft, und Errill wich dem Hieb aus, indem er den Oberkörper in einer beinahe lässigen Bewegung zurücknahm. Sofort gewann er sein Gleichgewicht wieder, aber der Hagel von Hieben, mit dem Toshag auf ihn eindrang, hinderte ihn daran, seine Waffe zu ziehen. Errill duckte sich, sprang zur Seite, täuschte Ausfälle an, aber auf Dauer konnte er den ungleichen Kampf nur verlieren.

Die Steinaxt sauste haarscharf an Errills Schulter vorbei. Er konnte ihr nur ausweichen, indem er den Oberkörper in einer schier unglaublichen Verrenkung nach hinten verbog. Die Bewegung brachte ihn jedoch aus dem Gleichgewicht, so daß er ins Stolpern geriet und stürzte.

Wieder holte Toshag aus, um den wehrlos am Boden liegenden zu treffen. Doch der Hirschleutemann umklammerte Toshags rechte Wade mit beiden Beinen und brachte ihn ebenfalls zu Fall. Mit einem dumpfen Geräusch prallte Toshag mit seinem ganzen Gewicht auf Errills Brust. Beide Männer keuchten auf. Dann gelang es Errill, Toshags rechtes Handgelenk festzuhalten, so daß der seine Waffe nicht einsetzen konnte. Mit der Linken riß Errill an seiner Bronzeaxt, um sie endlich in die Hand zu bekommen.

Toshag erholte sich schnell und rammte Errill die linke Faust in die Seite. Errill stöhnte auf. Toshag bearbeitete seine Seite noch zweimal mit der Faust, bevor Errill die Bronzeaxt vom Gürtel losreißen konnte – in ihrer Hülle. Irgendwie gelang es ihm, seinem Gegner den hölzernen Stiel auf den Hinterkopf zu hauen, doch sehr viel Kraft konnte er in den Schlag nicht legen. Nun stöhnte Toshag.

Errill konnte sich auf die Seite wälzen, rammte dem Stierleutemann das Knie zwischen die Beine und löste sich von ihm.

Er hatte nicht richtig getroffen, denn Toshag stand umgehend wieder auf den Füßen, genauso schnell wie sein Gegner. Knurrend nahmen die Männer erneut ihre Ausgangsstellung ein. Alles schien unverändert, doch Errill hielt seine Axt mittlerweile am Griff, auch wenn die scharfe Bronzeschneide noch von der Hülle verdeckt wurde. An seiner leicht gebückten Körperhaltung erkannte ich, daß er seine rechte Seite schonte. Auch Toshag bewegte sich, als ob ihn etwas schmerzte.

Wie gelähmt sah ich den beiden Männern bei ihrem tödlichen Tanz zu. Ein seltsames Gefühl von Stille überkam mich. Ein Traum hielt mich gefangen, der schrecklich und schön zugleich war. Das niedergetrampelte Gras auf der kleinen Lichtung hatte ein beinahe schmerzhaft leuchtendes Grün angenommen. Ahntochter Sonne berührte fast den Horizont. Ihr Licht hatte jenes magische Leuchten, das, eine kurze, kostbare Zeit nur, die Welt in einen unwirklichen Glanz hüllt.

Dann bemerkte ich, daß es Errill meistens gelang, mit dem Rücken zur Sonne zu stehen. Nach all den Finten und Ausfällen und Rückziehern mußte Toshag viel häufiger als sein Gegner in die Strahlen des untergehenden Tagesgestirns schauen. Toshag blinzelte, und in diesem Moment geriet er ins Straucheln. Das hatte ich doch schon einmal gesehen!

»Vorsicht, Errill!« schrie ich voller Angst. Man hätte nicht sagen können, daß Toshag erschrak, aber er stutzte flüchtig. Errill holte mit dem rechten Fuß aus und trat seinem Kontrahenten eine Handvoll Lehm ins Gesicht. Ich konnte nicht sehen, ob der Staub Toshag in die Augen getroffen hatte, denn nun stürzte Errill sich schnell wie der Blitz auf seinen Gegner.

Ich schrie vor Schreck auf. Es zeigte sich, daß Toshag keineswegs geblendet war. Sein rechter Arm schnellte hoch, und die Steinaxt traf den anstürmenden Hirschleutemann.

Ich dachte nicht, daß Errill oder ich diese Nacht überleben würde, aber auf einmal fiel die Lähmung von mir ab, und ich griff mir ein paar Kiesel. Ich würde mich nicht abschlachten lassen wie einen Opferhammel. Zu spät, hämmerte es in meinem Kopf. Warum bist du ihm nicht eher zu Hilfe gekommen?

Ein dumpfes Geräusch erklang, ein Schrei folgte. Es war Errill, der ihn ausstieß. Seine linke Hand hing schlaff herunter. Er mußte den Axthieb, der nach seinem Kopf gezielt hatte, mit der Linken abgewehrt haben. Seine Rechte handelte gleichzeitig, wie unabhängig von der unnütz herabhängenden Linken. Ohne große Ausholbewegung traf die Bronzeaxt Toshag an der Schläfe. Dessen Knie knickten ein. Mit aufgerichtetem Oberkörper kniete er im Gras. Die Steinaxt fiel ihm aus der Hand.

Errill hob die Bronzeaxt erneut. Was vermochte eine Lederhülle gegen die Schärfe dieses Südlandmetalls? Ich schrie: »Nein!«, aber die Axt sauste bereits auf Toshags Kopf nieder. Wie weit flog wohl ein abgeschlagener Kopf? fuhr es mir durch den Sinn.

Doch durch die Luft flog nichts als eine Möwe hoch oben. Toshag brach zusammen wie ein gefällter Baum.

So schnell ich konnte, stolperte ich zu den beiden. Toshag lag der Länge nach auf dem Bauch. Blut konnte ich nicht sehen. Errill stand keuchend über ihm. Vorsichtig stieß er den reglosen Körper mit dem Stiefel an. Als er sah, daß sein Gegner sich nicht mehr rührte, drehte er ihn, immer noch mit dem Fuß, auf den Rücken. Nun sah ich auch das Blut. Es sickerte über Toshags kahlen Schädel ins Gras. Seine Schläfe war dick geschwollen.

Ich kniete mich neben ihn. Toshag lebte.

Errill ließ sich mit einem tiefen Seufzer ins Gras fallen und rieb sich seine linke Hand.

»Ich dachte, du hättest ihn umgebracht«, nuschelte ich.

»Was hätte uns das genützt?« stieß Errill, immer noch außer Atem, hervor. »Ein toter Stierherr, großartig! Hättest du vielleicht die Güte, dir meine Hand anzusehen?«

»Toshag ist schwerer verletzt«, verteidigte ich mich.

»Ich lobe mich nur höchst ungern, aber er wollte dich gerade ertränken, während ich dir das Leben gerettet habe«, versetzte er ärgerlich. Dann schaute er mich an und sagte in versöhnlicherem Ton: »Du sahst auch schon mal besser aus.«

Ich untersuchte seine Hand, drückte auf die Knöchel und bewegte die Finger. Errill biß die Zähne zusammen. »Nichts gebrochen«, erklärte ich schließlich. Das Sprechen tat mir weh. »Ich dachte, er trennt dir die Hand glatt vom Arm ab. Wie –?«

»Das hätte er zweifellos, wenn ich nach der Axt gegriffen hätte. So würde ein Bauer von den Inseln kämpfen. Aber im Südland lernt man, gegen die Hand zu schlagen, die die Axt führt.« Er riß ein Stück Leder von seiner Hose ab, tauchte es in den See und wischte mir das Blut ab. Ich preßte das kühle Leder auf meine Wange. Eigentlich war es zu spät zum Kühlen, aber schaden konnte es nicht.

»Sind noch alle Zähne drin?« lallte ich und öffnete den Mund.

Errill schob behutsam meine Lippen zur Seite. »Soweit ich sehen kann, ja. Die Lippe ist aufgeplatzt. Schmerzen?«

Ich nickte und winkte ab.

Errill schob die Bronzeaxt unter seinen Gürtel, legte mir seinen Umhang um die Schultern und zog mich über den Hügel zum süßen See auf der anderen Seite des Isthmus. Zwei Kerrags dümpelten im seichten Uferwasser. Leise gluckten die Wellen unter ihrem Bug. Die Pfähle des Kerragwettbewerbs waren alle eingesammelt, kein Fischerboot trieb mehr auf der wie Bronze glitzernden Wasserfläche. »Warte hier!« befahl er und verschwand.

Ich setzte mich. Aus dem Dickicht am Ufer glitt ein schwarzer, klar gemeißelter Umriß über den See: eine Eule, die zu ihrem nächtlichen Raubzug ausflog.

Errill kam bald zurück, mein Kerrag mit dem Boden nach oben auf dem Kopf, meinen Umhang über seinen Schultern. Mit einem Strohseil befestigte er mein Kerrag an seinem. Er stützte mich beim Aufstehen und hob mich halb in sein Boot. »Wie lange wird Toshag ohnmächtig bleiben?« fragte er.

Ich zuckte die Schultern. »Ein gewöhnlicher Mensch – einen halben Tag, einen Tag«, nuschelte ich. »Er – etwas länger als eine Flut? Ich glaube nicht, daß er vor morgen früh zu sich kommt.«

Errill nickte. »Dann müssen wir sein Kerrag nicht zerstören.« Er stieß uns ab und paddelte zunächst ein Stück am Ufer entlang. Als wir eine Kette kleiner Binsendickichte und Eilande erreichten, fuhr er in ihrem Schutz auf den See hinaus. Vom Dorf der Stierleute aus waren wir nun nicht mehr zu sehen. Bevor die Sonne endgültig unter den Horizont sank, wurde sie von einer dunklen Wolke verschluckt, grau wie die Bergzüge um den Seenkessel. Irgendwo schrie ein Wasservogel in herzzerreißenden Tönen.

»Toshag sagt, ein Adlerleutemann hat Sihrus ermordet«, brachte ich mühsam hervor.

Errills Augen weiteten sich vor Erstaunen. Er überlegte eine Zeitlang, und ich konnte ihm ansehen, daß ihm der Gedanke ebensowenig behagte wie mir. »Hat er gesagt, wer?« fragte er schließlich, als wir einen der größeren Grashügel erreicht hatten.

Ich antwortete mit einem Kopfschütteln.

»Glaubst du ihm?«

Ich nickte widerwillig. Er hätte mich nicht belogen, nicht in diesem Moment.

»Wibo, Gorg, Brim«, nuschelte ich. Der Riß in meiner Lippe brannte wie Feuer.

Wieder nickte Errill.

»Was hast du vor?« fragte ich benommen.

»Du kannst mit deinem Gesicht nicht zurück zum Fest, ohne Aufsehen zu erregen. Wir werden uns so lange auf der Insel verstecken, bis es dunkel ist. Dann fahre ich dich zurück. Die wenigen, die dann noch auf sind, sind sowieso zu betrunken, um sich zu wundern. Du solltest dich ausruhen. Versuch ein wenig zu schlafen. Ich überlege in der Zeit, was wir tun können, um Wibo, Gorg oder Brim zu entlarven. Du sagst, Toshag ist nicht vor morgen früh wieder wach. Dann haben wir einen Vorsprung.«

Willenlos ließ ich mich aus dem Kerrag heben. Der Gedanke

an Schlaf erschien mir unendlich verlockend. Errill legte den Arm um meine Taille und zog und schob mich den Hügel hinauf. Ich sank in eine grasbewachsene Mulde, Errills Lederumhang als Unterlage.

Daran, wie ich einschlief, erinnere ich mich nicht mehr. Nur noch an das Erwachen. Mich fröstelte, obwohl mein Umhang über mich gebreitet war. Ein hohes Summen neben meinem Ohr zeigte mir, daß die Mücken noch nicht schliefen. Ich war allein. Ich richtete mich auf und schaute über den See. Lange konnte ich nicht geschlafen haben, denn das Licht war noch nicht ganz verblaßt.

Errill saß ein Stück abseits. Seine schlanken Finger fädelten eine notdürftig geflickte Lederschnur durch ein Loch im Gürtel. »Jetzt ist Sihrus' Axt wieder da, wo sie hingehört«, sagte er. »Sie sollte nicht zum Kampf benutzt werden.«

Ich hockte mich neben ihn in das hohe Gras. Von hier überblickten wir den gesamten See. Der Süße war eine glatte Fläche, in der sich die Wolken, zartrosa und blau, spiegelten.

»Vielleicht werden wir ja nicht sterben«, sagte er unvermittelt in diesem leichten Plauderton, den er häufig anschlug. Er drehte sich nicht zu mir um.

Verwirrt suchte ich seinen Blick. Er zog die Augenbrauen hoch und öffnete die Hände zu einer vagen Geste.

»Nie?« fragte ich.

»Nie«, antwortete er, aber es klang immer noch ein bißchen wie eine Frage.

»Meinst du das ernst?«

»Heute nacht meine ich alles ernst.« Er grinste. Das Zucken um seinen Mundwinkel wollte gar nicht mehr aufhören, und zum erstenmal beschlich mich die Ahnung, unter dieser überlegenen Miene könnte sich eine Spur von Unsicherheit verbergen.

Obwohl eine Stimme in meinem Kopf unablässig »Tu das nicht!« rief, bewegten meine Hände sich wie von selbst zu dem Lederband in seinem Nacken. Noch immer staune ich darüber, daß ich den Knoten tatsächlich aufbekommen habe.

Er wirkte nicht besonders überrascht, und dann beugte er sich vor, um das Zugband an meinem Halsausschnitt zu öffnen und mir das Lederhemd über den Kopf zu ziehen. Seine Bewegungen verrieten Erfahrung darin, Zugbänder zu öffnen und Lederhemden auszuziehen, die nicht seine eigenen waren. Ich war so müde, so zufrieden, daß ich mich rückwärts ins Gras sinken lassen wollte. Errill schüttelte den Kopf, beugte sich über mich und richtete meinen Oberkörper wieder auf. Seine Haare fielen über meine Schultern, über meine Brust, weicher, als ich gedacht hatte.

»Auf den Mund küsse ich dich heute lieber nicht«, sagte er.

43

Als jegliche Farbe aus der Welt gewichen war, brachen wir auf. Selbst die Vogelstimmen waren verstummt. Toshags Kerrag lag unverändert am Ufer des Süßen. Als wir uns dem Liegeplatz am Dorf näherten, hörten wir noch hier und da ein betrunkenes Grölen, doch die Feuer des Festplatzes waren weit heruntergebrannt oder erloschen.

Während der Überfahrt hatten wir uns über unsere weitere Vorgehensweise geeinigt.

»Wibo, Gorg, Brim«, seufzte Errill, während er sich seine Lederstiefel neu wickelte.

»Wir sollten sie noch heute nacht befragen«, schlug ich vor, »und ihre Verwirrung ausnutzen.«

Errill nickte. »Bist du dir sicher, daß die Adlerleute einen der Ihren vor allen Sippen in Naps Kreis anklagen werden?«

Ich ließ mich nicht beirren. »Auch hier auf den Inseln versteht man, nicht gegen die Axt zu schlagen, sondern gegen die Hand, die die Axt führt«, gab ich zurück. »Ich bin mir sicher, daß die Stierherren dahinterstecken und daß Toshag der Leitstier war. Inwieweit die anderen in den Mord verwickelt sind – Jonbro, Sternenseher, die Mitglieder des inneren Kreises –, durchschaue ich noch nicht. Wir brauchen Beweise oder Zeugen, und die können wir nur vorweisen, wenn der Mörder, der die Axt geführt hat, gesteht.«

»Wie ich sehe, hast du die Tatsache akzeptiert, daß einer deiner Sippenbrüder ein Mörder ist – Wibo, Gorg, Brim«, sagte Errill mit leicht fragendem Unterton.

»Mit wem fangen wir an?« fragte ich statt einer Antwort.

»Gorg«, entschied Errill ohne Zögern.

»Warum Gorg? Glaubst du, er war es?«

»Nicht unbedingt«, meinte Errill. »Um ehrlich zu sein, ich weiß es nicht. Aber beginnen möchte ich mit Gorg, weil er mehr weiß, als er dir bisher gesagt hat. Gorg hat mehr Umgang mit den Stierherren, als man von einem Häuptling der bedeutendsten Haifischmaulsippe der Inseln erwarten sollte. Ich glaube, daß die Stierherren ihm einen Köder hingeworfen haben, damit er die Adlerleute und damit die gesamte Südliche der Gemeinschaft zuführt.«

Das war nicht möglich! »Und warum erzählst du mir das erst jetzt?« fragte ich verärgert.

»Weil ich bis vor zwei Tagen selbst nur vage Vermutungen hatte. Walsohn hat mich darauf gebracht. Jonbro hatte geprahlt, eine mächtige Sippe aus seinem, Walsohns, Volk würde sich demnächst der Gemeinschaft anschließen. Ein Wort gab das andere, und selbst Jonbros Fettmassen vermögen nicht all das Honigbier aufzusaugen, das er zu saufen pflegt. Walsohn glaubt, der mächtige Stierherr hat sich ganz einfach verplappert. Sternenseher hat die ganze Zeit versucht, seinen Herrn zu unterbrechen, vergeblich.« Er lachte. »›Verehrter Jonbro, denke an Alako Mondherr und das Schweigegelübde, das den Eingeweihten seiner Macht Zurückhaltung auferlegt vor der *Zusammenkunft*‹«, äffte er Sternensehers düsteren Tonfall nach. »›Verehrter Sternenseher‹, hat Jonbro seinen Schamanen angedonnert, ›schweig du für uns alle! Ich poltere derweil ein bißchen, unsere Freunde hier werden mir nicht verargen, daß ich ein geradliniger alter Mann bin, der redet, wie ihm der Schnabel gewachsen ist.‹«

Als Errill mir am Liegeplatz aus dem Kerrag half, blieb seine

Hand einen Augenblick länger um meine Taille liegen, als die Höflichkeit es erforderte. Vom See wehte ein frischer Wind herbei, der wie immer leicht faulig roch. Am nachtblauen Himmel funkelten nur die hellsten der Ahnkinder Sterne. Dunkler wurde es zu dieser Jahreszeit nicht mehr.

Korm, der alte Mann von den Hirschleuten, den ich bereits kennengelernt hatte, trat aus den Schatten um den Liegeplatz. Er schüttelte grinsend den Kopf. Errill nickte.

»Dürfte ich erfahren, worum es hier geht?« fragte ich.

»Korm hat die Nacht über aufgepaßt, ob nach Toshag noch jemand auf den See hinausgefahren ist«, erläuterte Errill bereitwillig.

Korm grinste noch breiter. »Eppe lungert auch hier rum. Er gibt sich Mühe, sich *nicht* zu verstecken.«

»Aha«, machte ich.

Errill seufzte übertrieben, als müsse er einem begriffsstutzigen Kind etwas erklären. »Die Stierleute werden heute nacht unruhig schlafen. Natürlich machen sie sich Sorgen um ihren kahlköpfigen Hüter. Aber jetzt, wo sie sich beobachtet wissen, ein Kerrag auszuschicken wäre höchst verdächtig. Und für den Fall, daß sie etwas ganz Niederträchtiges vorhaben, hält Korm die Augen offen.«

Ich schwieg beeindruckt.

Ohne Umstände begaben wir uns zu Yarbros Haus. Glücklicherweise verschloß nur der Ledervorhang den Eingang. Wir mußten Madragena nicht wecken. Als ich mich vor unser Bett kniete, schlug sie die Augen auf, als hätte sie die ganze Zeit wach gelegen. Sie kam mit, ohne zu fragen. Hummel wurde nicht wach, als sie über ihre Beine aus dem Bett kletterte.

Nachdem wir ihr in knappen Worten den Stand der Dinge erläutert hatten, bestand sie darauf, Adlersohn zu wecken und zu den Befragungen mitzunehmen. Sie ließ sich die Idee nicht ausreden, und am Ende gab ich widerwillig nach.

Wir gingen also Adlersohn wecken. Düster ragte die Umfassungsmauer des Hauses der Götter am Südende des Dorfes auf. Etwas abseits von den übrigen Häusern zeichnete sich das

Haus Sternensehers in der Nacht ab, ein stattliches, kreisrundes Gebäude mit jenem steilen Dach, das alle Häuser der Stierleute besaßen.

Nun war ein wenig Heimlichtuerei angeraten, denn Sternenseher und seine Helfer sollten auf keinen Fall etwas von unseren nächtlichen Umtrieben mitbekommen. Errill stellte sich in die Nähe des Eingangs und legte die Hände vor den Mund. Unwillkürlich schaute ich nach oben, aber da kam keine Eule angeflogen. Errill verstand es nur meisterhaft, ihren Schrei nachzuahmen. Madragena sah mich an und schüttelte den Kopf.

Dann warteten wir. Ich scharrte unruhig mit den Füßen. »Wie soll –«

»Pst!« zischte Errill ungehalten.

Wir warteten noch eine Weile. Drüben im Zeltlager stieg ein Funkenregen auf. Irgend jemand schürte die letzte Glut eines Feuers. Eine Frauenstimme kreischte, gefolgt von unbändigem Gelächter. Dann war es wieder still.

Der Ledervorhang am Eingang bewegte sich. Ich sah den braunen Haarschopf meines Bruders. Als er mich entdeckte, lief er auf mich zu und drückte mich stürmisch. Nach einiger Zeit löste ich seine Arme sanft von meinen Schultern und spürte Errills Blick auf uns ruhen. Ein sehnsüchtiger, ja beinah neidischer Ausdruck ließ seine Züge ungewohnt weich erscheinen.

Adlersohn war so leise aus dem Haus gekommen, daß ich ihn erst bemerkte, als er neben mir stand. Er hatte auf Schamanenumhang und Adlermaske verzichtet. Seine Lederhose, die Stiefel und die langärmlige Tunika legten nahe, daß er angekleidet zu Bett gegangen war. In der Hand trug er einen etwa kopfgroßen Beutel aus Otterfell. Ich begann zu ahnen, daß ich mein Leben Füchschens Mißtrauen und seiner klugen Entscheidung verdankte, den Hirschleutemann ins Vertrauen zu ziehen. Er und Errill hatten offenbar an alles gedacht.

Wir fünf gingen ein Stück abseits zu einem Sumpflieliendickicht, um uns ungestört unterhalten zu können. Errill übernahm es, Adlersohn ins Bild zu setzen. Der Schamane hörte ohne sichtbare Regung zu. Sogar die ungeheure Vermutung, Gorg könne sich zum geheimen Verbündeten der Stierherren entwickelt haben, entlockte ihm kein Zeichen der Verwunderung.

»Wir führen die Befragung im Gästehaus durch«, erklärte ich, als Errill geendet hatte.

»Ich hab ja gleich gesagt, daß es Gorg war«, meldete mein Bruder sich zu Wort. »Oder Brim. Ein ganzes Gästehaus für seine Familie – wenn das nicht verdächtig ist!« Ein strafender Blick von Adlersohn brachte ihn zum Schweigen.

Madragena und Adlersohn an der Spitze, marschierten wir zu Gorgs verdächtig großzügiger Unterkunft. Errill berührte mich leicht an der Schulter und deutete nach rechts. Ich folgte der Richtung seines Fingers. Über den Windbergen stand der leicht abnehmende Mond, und ein Stückchen rechts von ihm glitzerte ganz dicht über dem Horizont ein heller, auffallend rötlicher Stern.

»Der Robbenjäger«, flüsterte Errill mir ins Ohr. »Er steht heute nur kurz am Himmel, steigt kaum über den Horizont.«

Ich nickte ungeduldig, denn im Augenblick stand mir der Sinn nicht nach Himmelsbeobachtung.

»Es war Sihrus' Lieblingsstern«, flüsterte Errill. »Vielleicht bringt uns das ja Glück.«

Wir erreichten das Gästehaus. Auch hier war der Türstein nicht vorgelegt. Madragena raffte die Lederhaut zur Seite und sprach die traditionelle Formel in den dunklen Raum: »Ich, Madragena, Erdfrau der Adlerleute, und Adlersohn, Schamane der Adlerleute, bitten dies Haus betreten zu dürfen.«

Von drinnen waren Schnarchlaute und Deckenrascheln zu hören. Wir betraten das Haus, und nach einiger Zeit gewöhnten sich unsere Augen an die Dunkelheit. Im Herd glühte dunkelrot die Holzkohle. Errill und Füchschen schoben die steinerne Türplatte vor, die beinahe lautlos durch die Rille im Fußboden glitt. Erst als die beiden mit einem lauten Knall den hölzernen Türbalken vorlegten, wurden die Hausbewohner wach.

Färses schmales Köpfchen mit den üppigen schwarzen Locken erhob sich aus dem großen Bett, in dem sie mit ihrem Vater schlief. »Papa, wach auf!« rief sie ängstlich und rüttelte an der Schulter des schnarchenden Mannes.

»Hab keine Angst, Färse«, versuchte ich das Mädchen zu beruhigen. »Wir sind es. Schau, Füchschen ist auch da.«

Mein Bruder schnitt eine lustige Grimasse, aber Färse sah ihn nur stumm an, ohne zu lächeln.

Gorg schlug die Augen auf. Schlaftrunken glotzte er uns an. Errill legte Holzscheite nach und schürte das Feuer. In seinem Licht konnte man sehen, daß Gorgs Augen blutunterlaufen waren. Entgegen seinen sonstigen Gewohnheiten hatte er dem Honigbier offenbar kräftig zugesprochen.

»Was –?« grunzte er.

Im Bett nebenan zeigte sich das picklige Gesicht des kleinen Gorg, gegenüber vom Herd setzte sich Hasel auf, neun Jahre alt, kräftig wie ein Zwölfjähriger und seinem Vater Brim wie aus dem Gesicht geschnitten. Brim lag nicht in seinem Bett und war auch sonst nirgendwo im Haus.

»Erhebe dich, Gorg, Häuptling der Adlerleute«, forderte Adlersohn den Mann im Bett auf. Gorg richtete sich gähnend auf, rieb sich die Augen und setzte sich auf die Bettkante. Färse kuschelte sich an ihn und umklammerte seine Hand.

»Wir sind gekommen, um dich zum Tod von Sihrus zu befragen.« Adlersohn öffnete den Otterfellbeutel und holte die Knochenkrone hervor. Färse schrie erschrocken auf, der kleine Gorg schlug sich die Hand vor den Mund. Als Adlersohn die Krone aufgesetzt hatte, wiederholte er in strengem Ton: »Erhebe dich! Es ziemt sich nicht zu sitzen, wenn Tiersohn und Erdfrau stehen!«

Gorg gehorchte. Färse, die ihrem Bärenvater bis zur Hüfte reichte, hielt seine Hand. Der kleine Gorg und Hasel sprangen aus ihren Betten und nahmen davor Aufstellung.

Ich trat neben Adlersohn. »Gorg, Häuptling der Adlerleute, hast du deinen Sippenbruder Sihrus, Sohn der Erdfrau Madragena, ermordet?«

Gorg starrte mich einen Augenblick verblüfft an. Dann begann er wütende Blicke um sich werfen. »Nein! Was fällt dir ein? Was ist das für eine Verschwörung? Nein und nochmals nein, ich habe ihn nicht angerührt!«

»Gorg, Häuptling der Adlerleute, hast du deinen Bruder, Holzmeister Brim, angestiftet, seinen Sippenbruder Sihrus zu ermorden?« fuhr ich fort.

»Jetzt reicht es aber!« heulte Gorg auf. »Ich weigere mich, dieser kinderlosen Göre Rede und Antwort zu stehen! Madragena, Adlersohn, ich –«

»Gorg, Häuptling der Adlerleute!« rief Adlersohn im großen Schamanentonfall. Die bleichen Knochen der Krone auf Adlersohns Kopf funkelten im Feuerschein, als wären sie mit Blut bestrichen. »Wir, Tiersohn und Erdfrau der Adlerleute, fordern Rechenschaft von dir. Uns und deiner Sippenschwester Lasra *wirst* du Rede und Antwort stehen!«

Gorg zuckte zusammen. Färse jammerte leise vor sich hin. »Papa«, bettelte sie. »Mach, daß sie wieder lieb sind!«

»Ich habe meinen Bruder Brim nicht angestiftet, Sihrus zu ermorden«, antwortete Gorg. Er holte tief Luft und straffte die Schultern. »Und ich weiß genau, daß Brim ihn ebensowenig getötet hat wie ich. Können wir jetzt wieder schlafen gehen? Oder macht es euch Spaß, kleine Kinder zu ängstigen?«

»Toshag hat versucht, mich umzubringen«, sagte ich Gorg ins Gesicht. »Und er behauptet, ein Mann der Adlerleute habe Sihrus ermordet. Warst du der Mann, den er angestiftet hat?«

»Dich umbringen?« staunte Gorg. »Warum sollte er –«

»Antworte, Gorg!« sagte Madragena.

»Niemand hat mich angestiftet«, versicherte Gorg. »Toshag nicht und auch sonst niemand.«

»Was haben die Stierleute dir geboten, Gorg, Häuptling der Adlerleute?« drang Errills Stimme vom Herd, wo er sich auf einen mit Schaffellen gepolsterten Stein gesetzt hatte.

»Was hat dieser Mensch hier zu suchen?« fragte Gorg mit eiskalter Stimme. »Er gehört nicht zur Sippe!«

»Eine schönere Axt als deine Blutsteinaxt können sie dir

nicht angeboten haben.« Errill, den Blick in die tanzenden Flammen des Herdfeuers gerichtet, schien laut zu denken. »Und Bronze besitzen sie noch nicht.«

»Adlersohn!« beschwor Gorg den Schamanen. »Ich will euch antworten, so gut ich es vermag, aber ein Fremder hat hier nichts zu suchen!«

Adlersohn schwieg, und Errill fuhr ungerührt fort: »Was können sie ihm nur geboten haben? Macht? Aber welche Macht könnte man dem Häuptling der Adlerleute bieten, die er nicht schon besäße? Welcher Verlockung würde der Führer der größten Langhüglersippe erliegen, die je ihr Ahnenhaus auf den Inseln errichtet hat?« Ratlos schüttelte Errill den Kopf.

Gorg durchbohrte ihn mit seinem Blick, aber der Hirschleutemann nahm die Herausforderung nicht an, sondern betrachtete hingerissen die züngelnden Flammen. »Da treffe ich doch zufällig meinen alten Freund Walsohn.« Er legte eine kleine Pause ein. »Und der erzählt mir, die Stierherren hätten Gorg dazu gebracht, seine Sippe und das Volk der Haifischmäuler zu verraten. Ich wollte ihm erst nicht glauben, aber Walsohn berichtete mir folgendes.« Errill hob den Kopf und erwiderte Gorgs Blick. »›Gorg hat versprochen, die Adlerleute in die Gemeinschaft zu führen. Zum Dank für diesen Freundschaftsdienst‹«, Errill spuckte das Wort förmlich aus, »›soll Gorg als Stellvertreter der Stierherren über die Südliche herrschen. Über alle Sippen der Südlichen.‹« Errill hatte sich erhoben. »Und das ist wirklich etwas Lohnendes, nicht wahr, Gorg, Häuptling der Adlerleute?«

Gorg machte Anstalten, sich auf Errill zu stürzen.

»Untersteh dich!« herrschte Adlersohn unseren Häuptling an. »Was hast du zu deiner Verteidigung vorzubringen?«

Gorg warf sich in die Brust. »Ich habe es nicht nötig, mich vor diesem Fremden zu verteidigen.«

»Vor *uns* hast du dich zu verteidigen«, erklärte Adlersohn mit gefährlich ruhiger Stimme. »Du schadest dir nur selbst, wenn du uns die Wahrheit verschweigst. Irgendwann wirst du deine geheimen Abmachungen mit den Stierleuten offenbaren müssen.«

Man konnte die Gedanken hinter Gorgs Stirn förmlich arbeiten sehen. Er fühlte sich in die Enge getrieben und schwieg verstockt wie ein ertapptes Kind.

Adlersohn wartete eine Weile, dann befahl er Gorg plötzlich: »Knie nieder! Kraft der Macht, die die Ahnen mir verleihen, kraft des Wissens, das die Götter mir gewähren, frage ich dich, Gorg: Hast du deine Sippe verraten? Hast du deinen Sippenbruder Sihrus ermordet? Und ich warne dich«, fügte er mit leiser, schneidender Stimme hinzu. »Die Ahnen wissen, wenn du lügst. Die Götter werden deinen Frevel verfolgen. *Ich* werde dafür sorgen, daß du nicht länger Häuptling der Adlerleute bist. Überlege dir deine Antwort gut. Dein zukünftiges Leben hängt davon ab. Sieh die Knochenkrone an! Sieh sie an, und wage es nicht, etwas anderes als die Wahrheit zu sagen!«

Gorg war auf die Knie gesunken. Sein Blick hing an der Knochenkrone. Die Angst ließ seine Augen groß und starr werden, doch weder konnte er den Blick von dem Reif auf Adlersohns Kopf wenden, noch konnte er die Augen schließen. Färses verängstigter Blick hing nicht an der Knochenkrone, sondern an Gorgs Gesicht. Ich seufzte leise. Kein Kind sollte mit ansehen müssen, wie sein Vater gedemütigt wird.

Die Augen unverwandt auf die bleiche Krone gerichtet, kämpfte Gorg den vielleicht schwersten Kampf seines Lebens. Immer wieder öffnete sich sein Mund, und ein heiseres »Nein!« kam heraus. Dann klappten seine Kiefer zusammen, als würde er sie nie wieder auseinanderbekommen. Regungslos stand Adlersohn vor ihm, das Gesicht im Schatten des Feuerscheins. Er hatte die Augen geschlossen und die Arme vor der Brust gekreuzt. Eine gewaltige Anspannung hatte seinen Körper erfaßt.

Ich weiß nicht, wie lange dieses unsichtbare Kräftemessen dauerte, aber wir stießen alle einen Seufzer der Erleichterung aus, als Gorgs Schultern vornübersackten und er stöhnend das Kinn auf die Brust sinken ließ. »Ich habe euch nicht verraten«, sagte er mit einem tiefen, schluchzenden Atemzug. »Die Zeiten haben sich geändert, und die Stierherren bereiten die Inseln auf die Zukunft vor. Im Süden leben ungezählte Völker, die bis an die Ränder der Erde dringen und Tod und Vernichtung säen werden. Hilflos wären die Inseln diesen Eindringlingen ausgeliefert, wenn sie sich nicht unter einem starken Mann zusammenschließen. Wir können nicht mehr Sippe für Sippe alleine wirtschaften. Ich habe versucht, das Beste für die Adlerleute herauszuholen –«

»Das Beste für dich!« fiel ich ihm verächtlich ins Wort.

»Wir können die Stellvertreter der Stierleute sein, die Mächtigsten nach den Erben Naps. Waren die Stierleute nicht schon immer die bedeutendste Sippe der Inseln? Was schadet es, diese Tatsache anzuerkennen? Auf der Südlichen werden wir unabhängig von den Stierleuten sein. Im großen und ganzen wird sich nicht viel ändern. Das könnte auch für euch gelten!« setzte er, an Errill gewandt, hinzu. »Die Hirschleute sind schon immer groß gewesen im Norden. Schließt euch der Gemeinschaft an, es soll nicht zu eurem Nachteil sein!«

»Und deshalb hast du Sihrus ermordet! Stand er deinem Traum, ein kleiner Stierherr zu werden, im Weg?« fauchte ich Gorg an.

»Nein«, sagte er. Und immer wieder: »Nein, nein, nein. Nein!«

Madragena trat auf den knienden Mann zu, spreizte die Finger und legte sie an seine Schläfen. »Mutter Erdes Todesfluch wird dich treffen, wenn du lügst; durch meine Hände wird ihr Todesfluch dich niederstrecken, wenn du lügst, Gorg, Häuptling der Adlerleute. Nur die Wahrheit rettet dein Leben!«

»Nein«, sagte Gorg, und nun weinte er wirklich. »Nein. Ich habe ihn nicht getötet. Brim hat ihn nicht getötet.«

Wir hielten alle die Luft an. Nichts geschah. Färse wimmerte leise.

Gorg faßte sich wieder. Er nahm seine Tochter in den Arm und streichelte ihr besänftigend übers Haar. »Du brauchst keine Angst zu haben, Kleines«, flüsterte er. »Es ist bald vorbei.« In der Geste des Flehenden streckte er die Arme nach Madragena aus. »Ich schwöre beim Leben meiner Tochter, die mir lieb ist wie kein anderes meiner Kinder: Weder ich noch mein Bruder haben Sihrus getötet.«

»Wir glauben dir, Gorg«, sagte Adlersohn mit schwacher Stimme, bevor er neben dem Feuer zusammenbrach. Entsetzt hoben wir ihn hoch und legten ihn auf das freie Bett. Madragena und ich kümmerten uns um ihn, während uns die Sippengeschwister mit ängstlich geweiteten Augen im Weg standen.

»Er ist erschöpft«, erklärte Madragena schließlich. »Es zehrt an den Kräften eines Menschen, mit den Ahngeistern zu sprechen. Sie nippen gern ein wenig an der Kraft der Lebenden, aber er wird bald wieder aufwachen.«

In einem unbeobachteten Augenblick raunte ich meiner Lehrmeisterin ins Ohr: »Du hast mir doch noch nicht alles beigebracht! Was ist Mutter Erdes Todesfluch?«

»Ich weiß nicht«, antwortete sie achselzuckend. »Doch Gorg hätte ihm auf keinen Fall standgehalten.«

Sprachlos vor Staunen blieb ich neben dem Wasserbecken stehen, das vor dem Herd in den Boden eingelassen war. Mein Blick fiel auf den kleinen Gorg. Sein Gesicht glänzte von Tränen, aber seine Augen waren nicht traurig. Sie funkelten vor Haß. Er tat mir leid, und gleichzeitig stieß seine Erscheinung mich ab, das und die Aura von Enttäuschung und Zurücksetzung, die an ihm klebte wie ein unangenehmer Geruch. Es war leichter, ein Kind wie Färse zu lieben.

»Wo ist eigentlich Brim?« erkundigte sich mein Bruder.

»Irgendwo im Zeltdorf«, antwortete Gorg, der sein Töchterchen auf dem Arm trug. »Zuletzt habe ich ihn an einem Feuer gesehen, um das mehrere Holzmeister saßen.«

Füchschen sah mich an, ich sah ihn an. Wir sahen Errill an.

»Aber ich habe euch doch geschworen –«, setzte Gorg an.

»Wir glauben dir, daß du Sihrus nicht erschlagen und deinen Bruder nicht dazu angestiftet hast«, gab ich zurück. »Doch oft sind es diejenigen, die wir am besten zu kennen meinen, die uns am meisten überraschen.«

»Wenn ihr mich braucht, ich komme gerne mit und –«, erbot sich Gorg.

»Bleib hier, kümmere dich um Adlersohn und deine Kinder, und lege den Türstein vor. Wenn wir zurückkommen, werfen wir einen Stein durch den Rauchabzug. Sei bereit!«

Gorg neigte den Kopf vor Madragena, und wir vier begaben uns auf die Suche nach Brim. Einer nach dem anderen zeichneten wir Dreieck und Kreis auf den Türpfosten, langsam und mit Bedacht, als hätten wir uns abgesprochen. Der Türstein glitt vor den Eingang und versiegelte das Haus. Eine kleine Bö verwehte die Rauchfahne, die über dem Dach stand.

Eppe stand so unvermittelt vor uns, daß ich leise aufschrie. Der ernste, kräftige junge Mann mit dem braunen Bart wies fragend auf das Gästehaus, und Errill nickte. Wortlos schienen sie sich zu verstehen.

»Nur für den Fall, daß Gorg Sehnsucht nach seinen Freunden verspürt«, flüsterte Errill uns gutgelaunt zu.

»Du scheinst nicht viel von Mutter Erdes Todesfluch zu halten«, flüsterte Madragena mißbilligend zurück.

»O doch«, beteuerte Errill. »Aber ich verstehe nichts von solchen Dingen. Ich verstehe nur etwas von den Dingen, die ein Mensch mit seinen Händen und Füßen tun kann.«

»In deiner Bescheidenheit unterschlägst du wichtige Körperteile«, sagte ich. »Den Kopf zum Beispiel.«

Der blauschwarze Nachthimmel klarte schon auf, als wir die Ebene und das Zeltdorf nach Brim absuchten. Eine erste Ahnung von Morgendämmerung reichte aus, um zu erkennen, daß Brim nicht draußen zwischen den Schlafenden lag. Meist waren es Männer, die sich entweder in Decken gehüllt hatten, um der Enge der Zeltunterkünfte zu entgehen, oder besinnungslos über ihrer Honigbierschale umgekippt waren. Toshags Worte zur Überlegenheit des Mannes gingen mir durch den Kopf. Es ist schwer, mutig und klug zu wirken, wenn man mit aufgerissenem Mund in irgendwelchen Pfützen liegt. Oder waren das hier diejenigen Männer, die sich der Führung der stärkeren Geschlechtsgenossen anvertrauen sollten?

Errill rüttelte einen der Schläfer wach, die sich neben einem mit weißer Asche bedeckten Feuer zur Ruhe gebettet hatten. Unwillig grummelte der Mann vor sich hin. Ich konnte nur den dunklen Haarschopf sehen, der aus der Schaffelldecke hervorlugte.

»Laß mich in Ruhe!« sagte er schläfrig. »Brim? Weiß nicht. Irgend'ne Frau vielleicht. Geh weg!«

»Ach, mein Freund!« seufzte Errill mit gespieltem Mitleid. »Morgen früh geht es dir noch viel schlechter.«

Auf der Erde neben dem Feuer ragten die bleichen Rippen eines Rindes auf. An einer anderen Stelle hatte man die abgenagten Karkassen von Gänsen, Schwänen und Enten zu einem makabren Haufen geschichtet.

Errill und Füchschen warfen Blicke in die Gemeinschaftszelte. Nach einiger Zeit wurde uns klar, daß wir Brim heute nacht nicht finden würden.

»Wibo«, schlug ich müde vor und gähnte. »Was dagegen einzuwenden?«

Meine drei Gefährten schüttelten den Kopf.

»Ribi«, gähnte Errill.

Unter einem Himmel, der sein dunkles Nachtgewand gegen ein hellblaues getauscht hatte, schlurften wir zurück ins Dorf. Ribis Haus grenzte an den gepflasterten Platz vor dem Haus der Götter, doch der Eingang lag zum See hin. Ribi hatte den Türstein vorgelegt. Mein Bruder trat halbherzig dagegen und erntete einen strafenden Blick von Madragena. Die Hunde im Pferch hoben die Köpfe und stellten ihre kleinen Schlappohren auf. Eins der Tiere ließ tief in der Kehle ein Grollen hören. Ein anderes stürzte schnell wie der Blitz an die Umfriedung, kräuselte die Nase und bleckte die Lefzen. Dann bellte es zwei-, dreimal, ohne jedoch in das endlose Gekläff zu verfallen, das ich von anderen Hunden kannte. Aus dem Innern des Hauses bellte es ebenfalls dreimal.

Knirschend verschwand die Türplatte. Da ich auf Kopfhöhe in die Dunkelheit spähte, prallte der große weiße Hund völlig überraschend gegen meinen Bauch und meine Beine. Ehe ich mich versah, lag ich auf dem Rücken, und das Vieh stand über mir. Von unten wirkte es entsetzlich groß. Als der erste Schreck verflog, fiel mir das pralle Gesäuge unmittelbar über mir auf. »Sarra, liebes Sarrachen, wir kennen uns«, gurrte ich. Wie kam Aleha nur zu der Behauptung, Sarra würde nicht riechen?

Auch die Hündin schien mich nun zu erkennen und leckte mir einmal herzhaft durchs Gesicht, bevor sie vorsichtig über mich hinwegstieg und ein Stück weiter weg den Rücken krumm machte und pinkelte. Erleichtert stützte ich mich auf die Ellbogen auf.

»Was hat das zu bedeuten?« knurrte Ribi ungehalten und trat aus dem Eingang. Von dort, wo ich lag, wirkte sein Bauch ungeheuer massig und das Gemächt in den ergrauenden Schamhaaren absurd groß. Ich starrte auf seine Körpermitte, bis Errill mich hochzog und Worte der Entschuldigung murmelte.

Wir fragten nach Wibo.

»Irgendwo da draußen«, antwortete Ribi mit gerunzelter Stirn. »Bei den Schafen. Seine drei Köter hat er auch dabei.« Er grinste. Als er Madragena entdeckte, glättete sich seine Stirn wieder, und er fügte ein »Ehrwürdige Erdfrau!« hinzu.

Im Haus wurden Geräusche laut. Offenbar wachten auch die anderen Bewohner auf. Dann tauchte Lele im Eingang auf, schob Ribi ganz hinaus und zwängte sich an ihm vorbei, bis sie vor mir stand. Sie hatte sich in eine Felldecke gehüllt. Als sie Errill erblickte, ließ sie die Decke ein Stück über die Schultern rutschen.

Dann widmete sie sich mir. »Schon wieder du!« zischte sie. »Haben wir denn nicht mal nachts unsere Ruhe vor dir? Was willst du von meinem Gemahl?«

»Wir müssen mit ihm reden«, antwortete ich ausweichend.

»Er ist nicht da!« Sie spuckte mir die Worte fast ins Gesicht. »Er hat dir gestern nacht alle deine Fragen beantwortet.«

»Verehrte Lele«, mischte Errill sich lächelnd ein, »nur Hundemeister Wibo kann uns bei der Aufklärung einer wichtigen Frage helfen. Wo können wir ihn finden?«

Wesentlich freundlicher antwortete Lele: »Mein Gemahl ertrug das Mißtrauen seiner Sippengeschwister nicht länger und hat sich mit seinen Zuchthündinnen zurückgezogen.«

Füchschen prustete los, doch Errill blieb ungerührt.

»Wann erwartest du deinen Gemahl zurück?« erkundigte er sich.

Ich überließ ihm die Befragung gerne.

Lele zuckte hoheitsvoll die Achseln. »An den Feierlichkeiten für Naps Tag wird er sicherlich teilnehmen.«

»Wir danken euch für die Auskünfte und bitten um Entschuldigung für die Störung«, erklärte Madragena.

»Verehrte Erdfrau«, rief Ribi uns hinterher, als wir uns schon zum Gehen gewandt hatten. »Bitte segne dieses Haus mit dem Segen unserer Mutter.«

Ohne sich ihre Überraschung anmerken zu lassen, ging Madragena zum Eingang zurück und zeichnete Dreieck und Kreis auf den Türpfosten. »Unser aller Mutter möge dieses Haus segnen mit dem Segen der Erde, unser aller Vater möge dieses Haus segnen mit dem Segen des Himmels«, sprach sie. »Auf daß Naps Nachkommen stets wandeln auf dem rechten Weg.«

Ohne ein weiteres Wort machte sie kehrt. Wir anderen folgten ihr schweigend. Da wir im Augenblick ohnehin nichts ausrichten konnten, einigten wir uns darauf, erst einmal zu schlafen. Unter Madragenas Führung nahm mein Bruder Errill sowie Eppe und Korm, die auf mysteriöse Weise neben uns aufgetaucht waren, mit ins Gästehaus. Korm schüttelte den Kopf, Eppe machte ein schnelles Zeichen mit seiner Hand. Errill erklärte nichts, und ich war zu müde, um nachzufragen.

Madragena hieß Gorg den Türstein vorlegen.

»Und Brim und mein Sohn?« wandte Gorg ein.

»Wo ist denn dein Sohn?« fragte ich.

»Seinen Onkel suchen.«

»Dann müssen sie heute nacht in einem anderen Bett schlafen«, entschied Madragena.

Madragena und ich wankten die wenigen Schritte zu Yarbros Haus. Yarbro, seine Familie und seine Gäste schliefen noch. Als wir beiden Frauen mit vereinten Kräften den Türstein vorschoben, tasteten sich die ersten Strahlen von Ahntochter Sonne über den Rand der Welt.

44

Trommeln und Hörnerklang weckten uns. Die Stierleute riefen die Sippen der Inseln zum Fest. Um uns herum herrschte höchste Geschäftigkeit. Ormo und Yarbro legten sich gegenseitig die Umhänge um. Ihre kunstvoll geflochtene und verzierte Haartracht bändigten sie mit breiten Lederstirnbändern, in deren Mitte ein scheibenförmiger, glatt polierter, strahlend weißer Quarzstein befestigt war.

Ard, die Meisterin des Schmucks, trug nur ihr Siegerstück, die mit einem flachen Lederband verlängerte Kette ihres Ungeborenen. Die drei Schwestern hatten sich die nackten Arme von der Schulter bis zu den Fingerspitzen mit ockerfarbenen Spiralen, Kreisen und Dreiecken bemalt. Nuki zupfte ständig an ihrem hautengen Lederkleid herum, als fühle sie sich noch nicht ganz wohl in dieser aufreizenden Gewandung.

»Wie ich sehe, hast du deine Gewohnheiten auch in der Nähe von Naps heiligen Gebeinen nicht abgelegt«, stichelte Regi. »*Wir* arbeiten uns schon seit Sonnenaufgang zu Tode!«

»Wo hast du gesteckt?« fragte Ela. »Wir haben uns Sorgen gemacht. Du hast doch nicht etwa jemanden kennengelernt?« fügte sie schelmisch hinzu. Meine Familie hatte die Hoffnung nicht aufgegeben, doch noch eine zweite Hochzeitsschale für mich töpfern zu dürfen.

In Windeseile schloß ich die Bettvorhänge, um mich unbeobachtet in mein neues Festkleid zu zwängen. Kebro hatte mir die Haut eines einjährigen Stiers verschafft, Ard daraus ein hinreißend enges, knielanges Kleid genäht. Zur Anprobe hatte ich Füchschen mitgenommen. »Die zweite Lele!« hatte er lächelnd gesagt und anzüglich auf meinen Ausschnitt gestarrt.

Madragena war nicht mehr im Haus. Während ich hastig einen Becher Milch und Gerstenbrei mit gräßlich sauren Steinbeeren verschlang, kam sie mit Errill zurück. Sie setzte sich neben mich, um auch etwas zu essen. Als einzige von uns hatte sie sich nicht die Mühe gemacht, sich herauszuputzen. Ich konnte mich nicht erinnern, sie je in einer anderen Aufmachung als dem lose fallenden, in der Taille gegürteten Lederkleid gesehen zu haben.

Errill hatte seine Haare zu drei glänzenden schwarzen Zöpfen geflochten, eine Haartracht, die als reichlich veraltet galt, ihm jedoch ausgezeichnet stand. Lederhose und -hemd hatte er gestern bereits getragen, die schwarze Ebenholzkette würde jeder von den Inseln für gewöhnlichen Stein halten, und doch wäre niemand auf die Idee gekommen, ihn zu übersehen: An seiner Seite hing Sihrus' Bronzeaxt. Sie funkelte im Licht der Sonne, das durch den Eingang in Yarbros Haus fiel.

Wieder erklangen die Hörner, ein fremdartiger, beinahe schauriger Laut. Nur die Stierleute benutzten die gebogenen Hörner ihrer Rinder als Musikinstrumente, nachdem sie sie ausgehöhlt und mit einem Mundloch versehen hatten. Die Trommeln waren seit meinem Erwachen nicht mehr verstummt. Rasch streifte ich mir die Kette aus Geweihperlen über, die ich mir vor langer Zeit in einem nicht enden wollenden Winter geschnitzt hatte.

Einer nach dem anderen verließen wir Yarbros Haus. Ich hatte kaum den schützenden Eingangsbereich verlassen, als mir Errills Zöpfe wie eine Peitsche ins Gesicht schlugen. Ich schrie auf, denn er hatte meine wunde Wange getroffen, und er entschuldigte sich, wenn auch nicht überschwenglich, wie ich fand. Draußen herrschte jener stürmische Wind, der auf den Inseln auch bei strahlendem Sonnenschein auftrat und mir das Leben zur Qual machte. Die meisten Menschen mögen keinen Regen, aber ich haßte, haßte, haßte Wind. Am liebsten hätte ich in die Luft gebissen.

Im Dorf herrschte ein schier unerträgliches Gedränge. Jedes freie Fleckchen, jede Gasse zwischen den Häusern quoll über von Kindern, Frauen, Männern, denen eins gemeinsam zu sein schien: Sie wollten irgendwohin, jeder in eine andere Richtung.

Wir schoben uns durch die Menge zu dem gepflasterten Platz. Hier standen die Menschen so dicht, daß man sich kaum noch bewegen konnte. Zwischen den Häusern von Jonara Steinkraut und Ribi, die unmittelbar am Platz lagen, entdeckten wir einen über die Köpfe hinausragenden Adlerkopf. Obwohl uns nur Ribis Haus von unserem Schamanen trennte, mußten wir uns ihm mühsam hintenherum nähern.

Die Hunde neben Ribis Haus winselten erbärmlich. Um Adlersohn hielten Füchschen, Gorg und der kleine Gorg die Stellung. Schützend hatten sie sich um Hasel und Färse geschart. In diesem Augenblick verließ Lele Ribis Haus mit Mondkind und Hirschlein, und wenig später quetschte sich ein zerzauster Twirk, den kleinen Biber im Schlepptau, durch die Menschenmenge um uns herum.

Nun fehlten nur noch Brim, Wibo und Kebro mit Müschelchen und Krabbe.

Ela war mit sichtbarem Bedauern in den Augen mit ihrem Yarbro und seinem Bruder fortgegangen. Wenn ich in die Luft hüpfte, konnte ich meine jüngste Schwester in dem frei gehaltenen Bereich zwischen dem Haus der Stierherren und dem Haus der Götter entdecken, wo sich die Stierleute versammelten. Errill war gegangen, um Hirschtochter und die fünf anderen Sippengeschwister aufzusuchen, die den langen Weg vom Kleinen Nordlicht an den Nabel der Inseln zurückgelegt hatten. Er hatte versprochen, rechtzeitig wieder zurück zu sein.

»Wo warst du gestern nacht?« schrie ich dem kleinen Gorg ins Ohr, wobei ich der zum Platzen gespannten Pustel auf seiner Wange gefährlich nahe kam.

»Onkel Brim suchen«, gab er mürrisch zurück. Ich nahm mir vor, barmherzig zu sein und ihm nach unserer Rückkehr ungefragt einen Kamillensud in die Hand zu drücken.

»Wo?« fragte ich.

Er musterte mich mit einem kalten Fischblick und zuckte die Schultern. »Im Zeltdorf … überall und nirgends …«

»Und hast du ihn gefunden?«

»Dann wäre er wohl hier, oder?«

Ich wandte mich von ihm ab.

Allmählich schienen alle zu ihren Sippen gefunden zu haben. Männer der Gemeinschaft sorgten mit kräftigen Stimmen dafür, daß die Menschen den Weg des Umzugs räumten und außerhalb des Dorfes am Wegrand Aufstellung nahmen. Die Hörner- und Trommelklänge kamen aus der Umfriedung des Götterhauses, wie ich nun feststellen konnte.

Als sie sich zu einem furiosen Klangwirbel steigerten, gesellte sich Kebro mit Siras halbwüchsigen Kindern zu uns.

Adlersohn winkte mich zu sich. Als ich neben ihm stand, merkte ich, daß er schwankte. »Ihr müßt Brim und Wibo allein befragen. Ich bin noch schwach, werde aber die Sippe durch die Zeremonien führen.«

Die Zeremonien vollführen Sternenseher und seine Helfer, dachte ich insgeheim. Ein Langhügler-Schamane hatte am heutigen Tag nicht viel zu tun.

In diesem Moment verstummten die Trommeln, und ein einziges Horn erscholl, klagend und fordernd.

Sternenseher verließ das Haus der Götter durch das mächtige Steintor in der Umfassungsmauer. Sein hageres, von dem schwarzen Bart gerahmtes Gesicht glänzte von Schweiß, kein Wunder unter dem mit vielen und nochmals vielen Blutstein- und Quarzplättchen besetzten Umhang und der hohen Haube. Hinter ihm traten seine vier Helfer durch das Tor. Wigo und Borh trugen Trommeln, Eno und Mishag Klanghörner, ohne jedoch auf ihnen zu spielen.

Ruff, Yarbro, Ibur und Arki setzten sich mit der Sänfte in Bewegung, auf der Jonbro Stierherr thronte. In der Rechten hielt er die prächtigste und ausgefallenste Axt, die ich je zu Gesicht bekommen hatte. Ein schwerer, vollendet geschliffener Axtkopf aus rosigem Stein saß auf einem fast mannshohen Holm. Er war mit Streifen weißer Birkenrinde umwickelt, in die der Axtmeister zahllose Rauten gestanzt hatte. Durch die Löcher glänzte das schwarze Birkenpech, mit dem die Rindenwicklung auf dem Holm befestigt war. Die Zuschauer stießen sich mit ehrfürchtigem Raunen an und zeigten auf die Zeremonienaxt.

Jonbros Blick schweifte von seiner hohen Warte über die Menschenmenge, doch so weit oben blies der Wind entsprechend heftig. Immer wieder wehte er ihm Staub in die Augen, so daß es ihm zunehmend schwerfiel, sein gütiges, entrücktes Lächeln zu wahren.

In dem Augenblick, in dem Jonbros Sänfte sich in Bewegung setzte, geriet mein Herz für einen Schlag aus dem Takt: Toshag verließ das Haus der Stierherren und schloß sich an der Spitze des inneren Kreises dem Festzug an. Zu seinem Stierherrenumhang trug er eine hohe Kappe, die seine Kopfverletzungen verbarg. Die rote Gesichtsbemalung tat ihr Übriges. Auf Toshag folgten die Männer des inneren Kreises, ebenfalls mit bemalten Gesichtern, dahinter die übrigen Männer der Stierleute.

Erst dann schlossen sich die Frauen dem Umzug an. An der Spitze schritt Jonara Perle in einem blutrot gefärbten, bodenlangen Ledergewand, hochgeschlossen und mit langen Ärmeln. Wieder hielt das Stirnband mit den drei Blutsteinplättchen ihr lose fallendes blondes Haar. Der breite Gürtel war so dicht mit Blutsteinplättchen besetzt, daß das Material darunter nicht mehr zu sehen war. Davon abgesehen, trug sie keinerlei Schmuck. So hinreißend Jonaras Kleider aus weißem Seehundfell und grüngelber Wolle gewesen waren, in diesem Gewand sah sie aus wie eine Tiertochter aus den alten Geschichten. Der strenge Schnitt und die lebhaften Farbgegensätze verfehlten nicht ihre Wirkung auf die Zuschauer. Ich selbst hielt den Atem an.

Welcher Mann würde eine nicht mehr ganz junge angehende Erdfrau nehmen, wenn er diese Göttin haben konnte? fragte ich mich kleinlaut.

Nach den zahllosen Mitgliedern der Gemeinschaft, die scheinbar vollzählig angetreten war, reihten sich einige Rundhüglersippen der äußeren Inseln ein. Adlersohn ließ einen deutlichen Abstand entstehen, bevor er sich als Führer der ersten Langhüglersippe in den Festumzug einreihte. Er stützte sich auf meinen Bruder. Hinter den beiden schritt Gorg würdevoll einher. Auf einem ausdrucksvoll gemaserten Holm aus

Birkenholz trug er seine Blutsteinaxt, die viel Bewunderung von den Umstehenden erntete.

Wir verließen das Dorf. Ein Blick nach hinten zeigte mir, daß sich noch immer Haifischmaulsippen dem Zug anschlossen.

Die Böen folgten so rasch aufeinander, daß das Gras keine Zeit mehr hatte, sich wieder aufzurichten. Neben mir glitzerte es, und Errill reihte sich so unauffällig, wie das mit einer Bronzeaxt möglich war, bei den Adlerleuten ein. Er hielt seine Zöpfe im Nacken fest und lächelte mich an.

»Brim ist wie vom Erdboden verschluckt«, teilte er mir mit.

»Wibo hat sich auch noch nicht blicken lassen«, erwiderte ich.

»Es tut mir leid, dir widersprechen zu müssen, liebreizende Lasra, aber dort steht er!« Errill deutete nach rechts, wo unser Schafhirt etwas abseits von einem Grüppchen aus drei Fledermausleuten stand. Er reihte sich neben Lele ein, die ihn begrüßte, als wäre er Häuptling und Tiersohn in einer Person.

Errill sah mich mit hochgezogener Augenbraue an. Ich nickte. Errill drängte sich zwischen Lele und ihren Mann, während ich mich zurückhielt. An Wibos rechter Hand hüpfte Hirschlein aufgeregt auf und ab.

»Verehrte Lele«, raunte Errill der Gattin des Hundemeisters ins Ohr, »erlaube, daß ich deinen Mann zu einer wichtigen Angelegenheit entführe, die nur er zu meistern versteht.«

»O nein!« rief Lele. »Diesen Umzug lassen wir uns nicht nehmen!«

Madragena, die drei Reihen vor Lele und Wibo ging, drehte sich um und ließ sich zurückfallen. »Sei ruhig«, befahl sie Lele mit leiser, scharfer Stimme. »Wir wollen keine Aufmerksamkeit erregen.«

»Laß gut sein, Lele«, seufzte Wibo. »Ich geh mit. Bin gleich wieder da.«

Hirschlein krähte lautstark, als sein Vater, flankiert von Madragena und Errill, unauffällig beiseite trat. Ich gesellte mich zu ihnen.

Füchschen, der an der Spitze unserer Sippe neben Adlersohn

ging, drehte sich um. Der Schamane zerrte ihn am Arm zu sich zurück. Die Gruppe schritt weiter.

Wir warteten, bis die letzten Zuschauer sich am Ende des Umzuges eingereiht hatten. Die Stierleute an der Spitze hatten inzwischen das Ahnenhaus erreicht und nahmen innerhalb des gewaltigen Erdwalls Aufstellung, der unter Tem Stierherr errichtet worden war. Er schuf einen abgetrennten Bereich rund um die hellen, mit Lehm verputzten Mauern des Ahnenhauses. Wie ein Wurm ringelte sich die endlose Menschenkette um den Erdwall herum zusammen. Das Geschrei der Helfer, die die Massen lenkten, hallte bis zu uns herüber.

Die Sonnenflecken jagten mit solcher Geschwindigkeit über die Ebene, daß das Auge ihnen kaum zu folgen vermochte. Gegen den Wind gestemmt, gingen wir den kurzen Weg ins Dorf zurück. Wibo schritt stumm mit Madragena voran. Er stellte keine Fragen, und keiner von uns sagte etwas, bis wir das Gästehaus erreichten. Das Dorf war nahezu verlassen. Aus Ibareks Haus meinte ich Geräusche zu hören: Irgend jemand mußte sich um den Kranken kümmern. Ein paar junge Frauen paßten auf die Säuglinge und Krabbelkinder auf, die die Festlichkeiten nur gestört hätten.

Froh, endlich aus dem ärgerlichen Wind heraus zu sein, zurrte ich den Türvorhang fest. Es entstand ein Augenblick der Stille. Wibo stand, unschlüssig, was von ihm erwartet wurde, zwischen Gorgs Bett und dem Herd.

»Wir wissen, daß ein Mann der Adlerleute Sihrus ermordet hat«, stellte ich fest.

Wibo sah mich an. Ich hätte nicht sagen können, daß sein Blick mehr flackerte als üblich.

»Aber er war es nicht allein, Wibo«, mischte Errill sich ein. »Toshag von den Stierleuten hat ihn angestiftet.« Errill ließ sich auf denselben gepolsterten Stein nieder, auf dem er letzte Nacht gesessen hatte. »Toshag hat versucht, Lasra umzubringen«, fügte er beiläufig hinzu.

Wibo begann heftiger zu atmen. Sein Blick huschte unstet zwischen mir und Errill hin und her. War er es gewesen? Hatte

ein unscheinbarer Schafhirte unseren Strahlenden getötet?
»Und bevor er versucht hat, mich zu ertränken«, sagte ich mit brüchiger Stimme, »hat er mir anvertraut, daß ein Mann von den Adlerleuten den Mord an Sihrus begangen hat.« Ich fühlte mich, wie sich einer jener Südlandjagdhunde fühlen mochte, wenn er Witterung aufgenommen hatte. »Wir glauben, daß du dieser Mann bist. Du hast Sihrus ermordet.«

»Nein«, wehrte Wibo ab. »Ich hab Sihrus nicht ermordet.« Seine Hände zeichneten fahrige Gesten in die Luft. Seine Brust hob und senkte sich immer heftiger.

»Du weißt, daß du damit nicht durchkommst, Wibo, Schafhirte der Adlerleute. Oder sollte ich besser sagen, Hundemeister der Stierleute?« Errills Stimme war hart.

»Wibo«, beschwor ich ihn, »sag uns die Wahrheit. Wir wissen, daß du es nicht allein warst. Toshag hat dich angestiftet und benutzt. Seine Schuld wiegt mindestens ebenso schwer wie deine. Zum Wohle deiner Sippe, sag uns die Wahrheit!«

Wibo schüttelte hilflos den Kopf. »Ich hab ihn nicht ermordet«, sagte er mit zunehmender Erregung.

»Deine Sippenschwester versucht noch immer, das Gute in dir zu sehen«, fuhr Errill erbarmungslos fort. »Aber ich war Sihrus' Freund. Und ich will, daß der Mord an ihm gesühnt wird. Wenn ich dich heute abend in Naps Kreis anklage, könnte es gefährlich für dich werden. Unter den Langhüglern greift eine immer gereiztere Stimmung um sich, seit sie den Erzählwettbewerb verloren haben. Sihrus' Mörder hat ihnen ihren Helden genommen. Wenn du dich deiner Sippe offenbarst, droht dir nur die Ausstoßung. Überlege es dir gut.«

»Ich habe Sihrus nicht ermordet«, beharrte Wibo. Der Geruch der Angst erfüllte den Raum.

»Du hast erfahren, daß Lele dich mit Sihrus betrog. Das muß geschmerzt haben. Mondkind hattest du ihr verziehen, aber dann mußtest du feststellen, daß sie ihre ehebrecherische Beziehung zu Sihrus wiederaufgenommen hatte. Sihrus war all das, was du nicht bist und nie sein wirst: schön, stark, klug, begehrt. Du hast ihn aus Eifersucht ermordet«, sagte ich.

Wibo schüttelte verzweifelt den Kopf.

»Und dann hat er dir auch noch verboten, den Stierleuten einen Welpen von seinem Schwarzen zu geben«, fuhr ich fort. »Die Hundezucht war deine einzige Möglichkeit, Ehre und Anerkennung zu gewinnen. Nur mit den Dankesbezeugungen der Stierleute konntest du Lele beeindrucken und zurückgewinnen. Du hättest alles getan, um deine Frau zufriedenzustellen, denn du liebst sie.«

Ein trauriges Lächeln glitt über Wibos unansehnliches Gesicht. »Ja«, sagte er fast verträumt, »ich liebe sie.«

»Und dann ist Toshag zu dir gekommen. Er hat dich überredet, Sihrus umzubringen, und versprochen, dich zur Belohnung dafür zum Hundemeister der Inseln zu machen. ›Deine Frau wird keinen anderen mehr ansehen als dich, den von allen geschätzten Hundemeister. Schmuck und kunstvolle Tonschalen wirst du deiner schönen Frau zu Füßen legen können‹, hat er dir geschmeichelt. Nicht aus Haß auf Sihrus, nein, aus Liebe zu Lele hast du deinen Nebenbuhler ermordet. War es nicht so?«

Mit einem Ruck, als erwache er aus einem Traum, kam Wibo wieder zu sich. »Aber ich hab Sihrus nicht ermordet«, begehrte er auf. »Wie oft muß ich das noch sagen?«

»War es nicht so?«

»Nein!« rief er. »Nein!«

»Dann sag uns, wie es war!« forderte ich ihn auf.

»Sihrus konnte mir nichts verbieten!« entgegnete Wibo trotzig. »Züchterabsprache ist Züchterabsprache. Toshag will meine Hunde. Ich bin der Beste, sagt er. Besser als Ribi.« Ein verlegenes Lächeln glitt über sein Gesicht.

»Richtig, Toshag«, meldete Errill sich wieder zur Wort. »Er scheint mit dem Morden schnell bei der Hand zu sein. Wer weiß, auf welche Ideen er verfällt, um einen lästigen Mitwisser ruhig zu stellen. Jeder weiß, wie sehr du an Lele und deinen Kindern hängst. Mondkind ist schließlich Sihrus' Tochter …«

»Errill!« rief ich empört aus. »Laß doch die Kinder aus dem Spiel!«

»Ich warne ihn nur«, versetzte Errill kühl. »Toshag handelt ohne Warnung.«

Wibo zappelte wie ein Fisch an der Angel. Er nagte so heftig an seiner Unterlippe, daß sie zu bluten begann. »Niemand rührt meine Familie an!« rief er mit dem Mut der Verzweiflung.

Ich fühlte, daß er uns wieder entglitt. »Wibo, du mußt uns die Wahrheit sagen! Die Sippe kann so nicht weiterleben. *Du* kannst so nicht weiterleben. Ich beschwöre dich, mach dieser Ungewißheit, mach diesem Mißtrauen ein Ende. Wenn du Sihrus ermordet hast, sag es uns. Das Geständnis wird auch dich erleichtern.«

»Ich hab Sihrus nicht ermordet«, schluchzte er. Es war wie eine Gebetsformel, an die er sich klammerte.

Ich wußte nicht mehr weiter, doch gleichzeitig war mir, als müßte ich nur ein Wort sagen, und alles würde gut werden.

»Schweigt!« herrschte Madragena uns plötzlich an. »Die Göttin wird entscheiden.« Sie trat auf Wibo zu. Der Hundemeister wich Schritt um Schritt zurück, bis er gegen das Bett stieß. »Knie nieder!« befahl sie. Wibo gehorchte mit ängstlichem Blick. Wieder spreizte sie die Finger, legte sie auf Wibos Schläfen, schloß die Augen und sagte mit tiefer, dunkler Stimme: »Mutter Erdes Todesfluch wird dich treffen, wenn du lügst; durch meine Hände wird ihr Todesfluch dich niederstrecken, wenn du lügst, Wibo, Schafhirte der Adlerleute. Nur die Wahrheit rettet dein Leben!«

Wibos Schultern zuckten. Sein Schluchzen klang wie das Japsen eines Mannes, der keine Luft mehr bekommt. »Rede!« verlangte Madragena.

»Mutter Erde soll mich töten, wenn ich Sihrus ermordet habe«, sagte Wibo.

Madragena trat zurück. Nichts geschah. Wibos Schluchzen verebbte. Ein erschöpftes Schweigen trat ein. Wibos erstauntes Lächeln beseitigte meinen letzten Zweifel. Vor uns kniete Sihrus' Mörder, und er weigerte sich zu gestehen. Irgendwoher nahm er die Kraft, uns zu trotzen.

Wibo erhob sich und fragte, ob er nun gehen könne. Ich verneinte und winkte Errill nach draußen.

»Er war es!« erklärte ich.

Errill zog eine Grimasse. »Wenn ich Toshag wäre, hätte ich mir jemand Klügeres ausgesucht. Brim zum Beispiel.«

»Wibos Einfalt kann für Toshag von Vorteil gewesen sein«, versetzte ich.

»Wir haben Wibo stark zugesetzt. Er scheint mir nicht der Mann zu sein, solchem Druck standzuhalten. Es sei denn, er ist tatsächlich unschuldig.«

Ich nickte. »Du hast ja recht. Trotzdem …«

Wir waren einige Schritte gegangen, und als ich mich umdrehte, sah ich Jonara Steinkraut aus Ibareks Haus kommen. Ich blieb stehen. Vielleicht wußte der Kranke doch mehr, als Allib behauptet hatte.

»Ibarek schuldet mir noch etwas«, sagte ich zu Errill. »Paß auf, daß Wibo das Haus nicht verläßt.«

»Sehr wohl, o Erdfrau!« antwortete Errill mit einer angedeuteten Verbeugung.

»Bitte!« fügte ich hinzu.

Errill ging zurück ins Gästehaus, und ich legte die paar Schritte zu Ibareks Haus zurück. Der Türvorhang war zurückgeschlagen, so daß ich ins Halbdunkel des Hauses spähen konnte. Außer dem Kranken befand sich niemand im Raum. Ich sprach die traditionelle Begrüßungsformel und trat ein.

Ibarek schlug die Augen auf und sah mich aus fiebrig glänzenden Augen an. Er hatte die Decke aus grober Wolle an seinen Füßen zusammengetrampelt. Darunter war er nackt. Jemand hatte den Verband gelöst und die Maden entfernt. Die Wunde sah gut aus: gesundes, rotes, rohes Fleisch. Er hätte jedoch nicht so hohes Fieber haben dürfen.

»Allib, meine Schöne«, lallte er. »Setz dich zu mir.«

Ich setzte mich auf die Bettkante. Er griff nach meinem Handgelenk. Seine Hand war naß und warm. Der Körper, von Schweiß überzogen, schien zu glühen.

»Gib mir noch etwas von diesem wundervollen Tee«, verlangte er mit schwerer Zunge.

Ich sah mich um und entdeckte eine Schale auf der Anrichte.

»Mein Liebster, dafür mußt du mich erst loslassen«, säuselte ich. Seine Hand glitt von meinem Unterarm. Ich stand auf, roch an der Schale und verzog das Gesicht.

»Sie hat ihm Bilsenkraut gegeben«, sagte eine Stimme von der Tür her.

Ich fuhr zusammen und drehte mich um.

Im Gegenlicht des Eingangs zeichnete sich die unverkennbare Gestalt von Jonara Steinkraut ab.

»Aber –«, stotterte ich.

»Gib ihm das hier«, sagte Jonara und deutete auf den Rindeneimer mit Wasser, das sie soeben geholt hatte.

Als ich zu ihr ging, um eine Schale Wasser zu schöpfen, stellte sie den Eimer hin, wandte sich zum Gehen und sagte: »Wie ich dich kenne, junge Frau, willst du ihm Fragen stellen! Tu es. Ich warte draußen. Aber erwarte keine vernünftigen Antworten von ihm. Er ist völlig berauscht. Noch eine Schale von dem Gebräu, und er wäre eingeschlafen und nie mehr aufgewacht.«

»Aber –«, wandte ich entsetzt ein.

»Keine Angst, Jonara Steinkraut kümmert sich um den armen Mann. Und jetzt los!« Mit diesen Worten verschwand sie.

Ich kehrte an Ibareks Krankenlager zurück und flößte ihm das frische, kühle Wasser ein.

»Komm zu mir, meine Schöne!« flüsterte Ibarek. Wieder griff er nach meiner Hand. Als er sie auf sein Geschlecht legte, war ich so verblüfft, daß ich sie liegenließ. Ibarek stöhnte, und sein Glied regte sich unter meiner Hand.

»Mein Geliebter«, flüsterte ich mutig, »ich werde dir die Wonnen schenken, die du dir erträumst. Aber dafür mußt du mir auch etwas schenken.«

»Was du willst, Schöne«, versprach er.

»Erzähl mir vom Geheimnis des Frühlingstags. Ich vergehe vor Lust und Neugier. Ich will dir ganz nah sein, will an allem teilhaben, was dein ist.«

»Dummchen!« Er lachte heiser, und sein Oberkörper verkrampfte sich, nicht verwunderlich nach einer halben Schale Bilsenkrauttee. Ich konnte nur hoffen, daß Allib zu dieser frühen Jahreszeit keine sehr starke Droge hatte sammeln können. Als der Krampf nachließ, streckte mein Patient sich wohlig aus. Die Krankheit, der Rausch, all das konnte seinem Verlangen nichts anhaben. »Streichel mich, meine Schöne, oder ekelst du dich vor meiner Wunde?«

»Nein, Geliebter«, beteuerte ich und begann meine Hand zu bewegen. »Aber erzähl mir von Alakos Macht. Mein Mann hat Teil an Alakos Macht. Mein Mann ist stark und groß. Du erregst mich, Geliebter. Erzähl, Geliebter, erzähl!«

»Die kleine Takra hat deine Brüste, schöne Frau, deine Schenkel. Oh, wie sie Jonbros Fleischberg ritt! Das war ein Frühlingstag! Wärst du nur dagewesen, vor allen Männern hätte ich dich genommen.« Wenn er nicht gerade lustvoll stöhnte, erzählte er weiter. »Jonbros Hände lagen um das süße runde Gesäß der kleinen Takra. Seine dicken Finger krallten sich in ihr weiches Fleisch. Er hob sie auf und ab, auf und ab, und ihre Brüste –«

Bevor ich in allen Einzelheiten erfuhr, was Takras Brüste gemacht hatten, ließ ein erneuter Krampf seine Muskeln anschwellen, als wollten sie zerspringen. Er schrie auf und begann zu würgen. Ich versuchte ihn aufzurichten, aber die Krämpfe waren so stark, daß ich mich darauf beschränken mußte, ihm das Erbrochene notdürftig mit der Wolldecke abzuwischen. Jonara Steinkraut lief herbei und half ihn festzuhalten, damit er sich nicht verletzte.

»Alako ist ein strenger Herr!« schrie Ibarek. »Er watet in Blut. Nur seine Treusten müssen nicht sterben. Ewiges Leben für die, die treu sind.« Es überraschte mich, wieviel Kraft noch in diesem ausgemergelten Körper steckte.

Wieder erbrach er sich, und Jonara sagte: »Das ist gut. Es muß raus.« Ibarek verschluckte sich und hustete gräßlich.

Als er wieder Luft bekam, rief er mit hochrotem Gesicht: »Ich will nicht sterben! Ich bin der Treuste der Treuen. Das Opfer ist gebracht, sein Blut ist in die Opferschale geflossen.

Alako, sieh das Opfer, es war vollkommen! Das Blut des weißen Hammels tränkt die Erde, der Dampf des Bluts steigt zu dir auf. Mondherr, deine Scheibe hat sich rot gefärbt von Blut. Kiriko, hilf mir! Paliste, deine Schönheit betört den Mondherrn. Sprich für mich bei deinem Geliebten! Allib! Allib!«

Jonara Steinkraut sah mich mit grimmig herabgezogenen Mundwinkeln an. »Da siehst du, junge Frau, wohin die Welt kommt, wenn man fremden Göttern anhängt.«

»Kommst du allein zurecht?« Ich wollte nur noch fort.

»Sieht Jonara Steinkraut aus, als käme sie mit irgend etwas nicht zurecht?« versetzte sie in ihrem üblichen beleidigten Tonfall.

Ich schüttelte den Kopf und ließ meinen Patienten in der Obhut der Heilerin. Jonara lief vermutlich nicht Gefahr, mit Allib verwechselt zu werden.

Am See wusch ich mir rasch die Hände. Der Liebesdienst, den ich Ibarek gerade erwiesen hatte, gehörte nicht zu den Handreichungen, zu denen ich mich als Erdfrau verpflichtet fühlte. Und was hatte ich davon? Eine schlüpfrige Erzählung und ein Bekenntnis zu Alako. Ich war mir so gut wie sicher, daß Jonbros Großneffe nicht in Toshags Mordkomplott eingeweiht war – in seinem Rauschzustand hätte Ibarek seiner »Allib« alles erzählt, was sie hören wollte.

Meine Gedanken begannen zu treiben wie die Schaumkronen der Wellen über den Süßen. Der Wind wehte sie gegen eine Schilfinsel, wo sie sich an den scharfen Gräsern fingen. Alako hatte ein Opfer erhalten. Die Schwäne opferten eines ihrer Jungtiere. Füchschen als Opfer, die mageren Glieder auf dem Lehmboden ausgestreckt. Sihrus, erschlagen und liegengelassen wie ein Opfer. Die Stierherren hatten ihn geopfert. Mit einemmal war ich hellwach. Erschöpfung, Enttäuschung, Widerwillen, alles war weggefegt von diesem einen Wort: Opfer. Opfer, nicht Mord. Das mußte Toshag Wibo erzählt haben. Einfalt als Stärke. Ein Opfer ist Notwendigkeit. Ein Dienst an den Göttern und den Menschen der Inseln. Ein Opfer der

Ermordete, ein Opfer der Mörder selbst. Die Menschen der Inseln töteten keine Menschen.

Ich mußte mich zwingen, nicht zu laufen. Ganz ruhig den Ledervorhang zurückzuschlagen, einen Augenblick innezuhalten und durchzuatmen. Errills und Madragenas Blicke wanderten zu mir. Wibo erhob sich von Gorgs Bett, auf dem er gesessen hatte. Es roch nach kalter Asche, denn diesmal hatte sich niemand die Mühe gemacht, das Feuer neu zu entfachen.

»Kann ich jetzt gehen?« fragte Wibo hoffnungsvoll.

»Du hast Sihrus nicht ermordet«, sagte ich.

Errills Augenbraue zuckte in die Höhe. Madragena sah mich voller Erstaunen an.

Wibo lächelte erleichtert. Er machte Anstalten, zur Tür zu gehen.

»Du hast ihn geopfert«, sagte ich.

Wibo verharrte mitten im Schritt. Errill verstellte ihm den Weg.

»Sieh mich an, Wibo Schafhirte! Du hast Sihrus geopfert. War es nicht so? Sprich!«

Wibo drehte sich zu mir um und sah mir kurz in die Augen, bevor er den Blick wieder niederschlug. Ganz langsam begann er zu nicken. Er wirkte nicht unglücklich. Wenn ich überhaupt eine Gefühlsregung an ihm feststellen konnte, so war es eine gewisse Verwunderung. »Ja, so war es«, sagte er. Unschlüssig, was nun werden sollte, blieb er da stehen, wo er gerade stand. Seine Arme hingen herunter.

Auch Errill bewegte sich nicht. Der Hirschleutemann schien nicht glauben zu können, daß dieser Mann seinen Freund getötet hatte.

»Ich will wissen, wie mein Sohn gestorben ist«, sagte Madragena mit kalter Stimme.

Niemand forderte Wibo zum Hinsetzen auf – und so kam es, daß wir vier stehenblieben, wo wir uns gerade befanden, Errill an der Tür, Wibo mit dem Rücken zu Errill, ich Auge in Auge mit dem Mörder und Madragena am erloschenen Herd, während ich Wibo dazu brachte, seine Geschichte zu erzählen.

45

»Toshag kam zu dir«, stellte ich fest. »Wann?«

»Ungefähr einen Mond vor dem Frühlingstag«, antwortete Wibo.

»Du warst bei Ribi zu Gast. Hat er dich in dessen Haus aufgesucht?«

»Ja. Das erstemal. Wollte einen Welpen vom Schwarzen. Für Jonbro.« Noch immer klang ein wenig Stolz in seiner Stimme mit. Unwillkürlich mußte ich mich schütteln.

»Und das zweitemal?«

»Auf der Weide. Ich war viel draußen. In den Windbergen.«

»Und was hat Toshag zu dir gesagt?«

»Hat viel von den Göttern erzählt. Vater Himmel war erzürnt. Sternenseher hat es am Himmel gesehen. Das Unheil, meine ich. Sihrus hätte das Unheil auf die Inseln gebracht. Die Götter beleidigt.«

Ich haßte ihn für die Stumpfheit, mit der er diese Lügen wiedergab. Aber schließlich wollten wir die häßliche Geschichte hören. Die Wahrheit. Ich atmete einmal tief durch und fragte: »Und?«

»Hat meine Hunde gelobt. Dann ist er gegangen. Hat mich noch zweimal besucht. Immer die Hunde gelobt. Wollte mich zum Hundemeister der Inseln machen. Sternenseher hatte in der Nacht vorher geträumt. Die Inseln mußten gerettet werden. Mutter Erde wollte ein Opfer haben.«

»Und dir ist nie aufgefallen, daß die Stierherren Alako anbeten und nicht Mutter Erde?« schrie ich ihn an. »Du warst zu dumm, um zu merken, wie er dich benutzt hat! Mutter Erde verbietet Menschenopfer. Was haben uns Madragena und Adlersohn denn all die Jahre beigebracht? Hast du alles vergessen?«

Madragena machte eine besänftigende Geste in meine Richtung. »Wir können den alten Weg nur lehren«, sagte sie. »Es wird immer solche geben, die die Lehre nicht annehmen.«

»Aber ich habe doch immer nach dem alten Weg gelebt!«

begehrte Wibo auf. Das grausige war, daß er sich nicht zu verstellen schien.

»Erzähl uns vom dritten Mal!« beeilte ich mich fortzufahren, nachdem ich mich zu einem ruhigen Tonfall gezwungen hatte.

»Das war wieder auf den Windbergen. Toshag hat gesagt, Sihrus muß geopfert werden. Vater Himmel hätte es Sternenseher gesagt. Sihrus wäre das Böse. Nur ein Sippenbruder könnte das Opfer – na ja, es tun. Hinterher sollte ich immer dran denken: Ich ermorde ihn nicht. Es ist ein Opfer. Er hat mich das immer wieder sagen lassen. Toshag hat mich gefragt. So wie du mich gefragt hast … Und ich habe geantwortet. Bis er zufrieden war. Ich tue den Menschen und den Göttern einen Dienst, hat Toshag gesagt. Erst sollte Gras über die Sache wachsen. Dann würde er mich und meine Familie in sein Dorf holen. Mir das neue Gästehaus schenken. Und ich wäre dann Hundemeister der Inseln. Lele und ich würden in allen Ehren leben. Er hat mir gesagt, was ich tun muß. Ich sollte es mir überlegen. Wenn ich es tun wollte, sollte ich Speer und Pfeil schicken. Mit 'ner Botschaft. Daß Lele trächtig wär.« Wibo zog die Schultern hoch und ließ sie ratlos wieder fallen. »Habe ich dann auch getan.«

Es wurde still im Raum. Die Ungeheuerlichkeit seiner Worte, sein nüchterner Tonfall verschlugen uns die Sprache. Obwohl nun kein Zweifel mehr an seiner Schuld bestehen konnte, brachte ich die beiden Bilder nicht zusammen: das Bild von Wibo, dem ungeliebten, unauffälligen Schafhirten, und das Bild des Mörders, der meinen strahlenden Helden erschlug.

»Ich bringe ihn um!« zischte Errill zwischen zusammengepreßten Zähnen.

»Unser Sippenbruder Wibo«, sagte Madragena, »hat uns allen ein schlechtes Beispiel gegeben. Achte auf deine Worte, Kerragmeister der Hirschleute!«

»Ich achte auf meine Hände«, knurrte Errill.

»Soll ich weitererzählen?« fragte Wibo unterwürfig.

Ich nickte ihm wortlos zu. Sein schütterer Bart, der Geruch

nach Hund und Schaf und Angst, sein geduckter Kopf ekelten mich.

»Es war für den Frühlingstag abgemacht. In der tiefsten Nacht sollte ich in der Bucht sein. Die Walleute nennen sie Hosra. Drei helle Sterne mußten in einer Reihe über dem Horizont stehen. Dann war das Opfer – richtig. Lele hat mich weggeschickt. Habe nach den Tieren gesehen. Dann bin ich los. Kam von der Landseite in den Wald. Toshag hatte alles geplant. An einer Stelle lag eine Steinaxt. Unter Laub versteckt. Sihrus war schon da. Saß auf einer Steinplatte, aß und trank. Ich habe mich angeschlichen. Dahin, wo sein Ziegenbalg und eine Tasche lagen. Ich konnte das Honigbier riechen. Wir haben beide gewartet. Dann ist das Kerrag über den Sund gekommen. Sihrus ist aufgestanden. Sie hat ziemlich langsam gepaddelt. Es dauerte –«

»Sie?« unterbrach ich Wibo.

»Jonara.« Er nickte, als verstünde sich das von selbst. »Jonbros Tochter. Sihrus hat ihr nicht geholfen. Hat nur da gestanden und gewartet. Sie hat ihr Kerrag an Land gezogen. Dann ist sie zu ihm. Die drei Sterne haben eine gerade Linie gebildet, genau, wie Toshag gesagt hat. Der Mond war über dem Wald. Hat ihr ins Gesicht geschienen. Sihrus hat mit dem Rücken zum Wald gestanden. Sie hat den Umhang fallen lassen. Sie ist nackt gewesen. Helle Haut, helle Haare. Sie hat geleuchtet im Mondlicht. Und der Anhänger hat geleuchtet. Es war irgendwie komisch. Ich meine, er hat sich nicht auf sie gestürzt, hat einfach nur dagestanden. Dann bin ich zwischen den Bäumen hervorgetreten. Er hat nichts gemerkt. Als ich ihn getroffen hab, ist er auf sie gefallen. Hat versucht, sich an ihr festzuhalten. Überall ist Blut gewesen. Sie hat geschrien. Hat nicht mehr aufgehört. Da hab ich ihr eine Ohrfeige gegeben. Sie ist weg, in ihr Kerrag. Ich hab sie fahren lassen. Ich hab genau das gemacht, was Toshag gesagt hat. Hab mir das Blut abgewaschen. Dann bin ich raus, in Sihrus' Kerrag. Hab es mit der Axt versenkt, die Axt hinterhergeworfen. Ich bin ein guter Schwimmer. War kein Problem. Dann bin ich zurück ins Dorf.« Wibo verstummte kurz. Im Dorf schrie ein Kind. »War nicht schwer«, wiederholte er. »Ich meine, keiner hat mich gesehen.« Er warf die Hände hoch. »Ich konnte ihn nicht … noch mal ansehen. Da wußte ich, es war falsch. Aber …«

»Aber dann«, sagte Madragena mit versteinertem Gesicht, »will man nicht entdeckt werden. Ich weiß, wie das ist. Man will sein Leben weiterleben, man will die Früchte seines Verbrechens genießen. Sihrus war die Frucht meines Verbrechens.«

Errill und Wibo hoben den Kopf und schauten sie an.

»Meine erste Buße soll sein, daß ich dem Mörder meines Sohnes mein Verbrechen gestehe. Ich habe als junge Frau Lerches Ungeborenes im Mutterleib getötet und damit auch das Leben der Mutter zerstört.« Als sie Errills fragenden Blick sah, führte sie aus: »Lerche ist Loll. Sie ist die Tochter Tem Stierherrs, Jonbros Schwester. Zum Dank für diesen Mord haben die Stierherren mir einen Knaben gegeben, den ich Sihrus nannte.«

Ich schauderte.

Errill setzte ein paarmal zum Sprechen an und machte fahrige Gesten. »Er hat es nicht gewußt«, murmelte er schließlich. »Daß du nicht seine leibliche Mutter bist.«

»Von dir, Wibo, möchte ich nur noch eins wissen«, sagte Madragena. »Hat er gelitten?«

»Nein«, antwortete Wibo eifrig. »Er war sofort tot. Hat nicht mal geschrien. Das letzte, was er gesehen hat, war die nackte Frau.«

»Ein schöner Tod«, sagte Errill mit bitterer Stimme, »nicht unpassend für meinen Freund.«

Wibo sah zerknirscht aus. »Es war falsch. Ihr könnt mich bestrafen, ich meine, ich will es wiedergutmachen …«

»Hör auf zu winseln wie ein Hund!« fuhr Errill ihn an und lachte unfroh auf. Wahrscheinlich war ihm gerade eingefallen, daß Wibo das kaum als Beleidigung auffassen würde. »Du wirst für diesen Mord büßen. Ich werde dich –«

»Darüber werden die Adlerleute entscheiden, Errill, nicht du«, stellte Madragena klar.

Alle schwiegen. Der Wind heulte durch die schmalen Gassen zwischen den Häusern, um die steilen Dächer. Einmal verschaffte ein Windzug sich Einlaß ins Haus und wirbelte die Asche im Herd auf. Wir standen da wie gelähmt. Meine Gedanken, zäh wie kalter Gerstenbrei, kreisten um die drei Menschen, die in jener Nacht in einer Linie gestanden hatten wie die Sterne der Stierherren am Horizont. Ich sah, wie die Axt sich zum Schlag hob, und dort oben, auf dem höchsten Punkt der Bewegung, blieb sie vor meinem inneren Auge stehen, als wolle sie bis in alle Ewigkeit nicht herunterkommen.

Schließlich raffte Errill sich auf, ging vor die Tür und stieß einen schrillen Pfiff aus. Eppe, der ernste junge Hirschleutemann, betrat das Haus.

»Paß auf ihn auf!« bat Errill seinen Sippenbruder. »Wir können den Gestank des Mörders nicht länger ertragen.«

Eppe nickte. »Setz dich!« herrschte er Wibo an. »Wenn du versuchst, durch diese Tür zu gehen, breche ihr dir sämtliche Knochen.«

Wibo setzte sich.

»Das wird nicht nötig sein«, sagte Madragena.

Wibo nickte ergeben.

»Kommt«, forderte Errill meine Lehrmeisterin und mich auf. Er hielt uns den Türvorhang auf, warf Eppe einen letzten Blick zu und folgte uns.

Wir brauchten eine Weile, um so etwas wie Klarheit in unsere Gedanken zu bringen. Wasser und ein paar getrocknete Bärentrauben vom letzten Herbst halfen uns dabei. Das Feuer in Yarbros Haus war nicht erloschen, und Errill legte Treibholz nach, bis die Flammen wieder hochschlugen und ein behagliches Knistern die Stille belebte.

»Was für eine Verschwendung«, sagte Errill schließlich. »Bei dem Wind gibt es kaum noch Mücken, die man mit dem Holzrauch vertreiben müßte.«

Ich nickte geistesabwesend.

»Verzeih, daß ich mich von meinem Zorn habe hinreißen

lassen«, wandte Errill sich an Madragena. »Was wollen die Adlerleute tun?«

Madragena straffte die Schultern. »Wir werden Anklage erheben im Steinkreis. Gegen den Mörder, gegen den Anstifter, gegen das Werkzeug. Wibo wird gestehen. Dann werden die Täter nach den Gesetzen der Inseln bestraft werden. Die Stierleute werden Toshag und Jonara Perle ausstoßen, die Adlerleute werden Wibo ausstoßen.«

Errill lachte auf. »Verzeih, ehrwürdige Erdfrau, aber das kannst du selbst nicht glauben.«

Madragenas Schweigen wirkte wie ein Eingeständnis.

»Die Stierherren werden alles abstreiten. Wibos Wort wiegt zu leicht gegen das ihre. Wir brauchen Beweise«, sagte ich.

Wieder lachte Errill, ein bitteres, höhnisches Lachen. »Du sagst es, verehrte Lasra. Ich lasse mich gern eines Besseren belehren, aber hast du nicht seit dem letzten Frühlingstag nach Beweisen gesucht und keine gefunden? Sollen wir in der kurzen Zeit, die uns noch verbleibt, den Meeresboden absuchen, um die Axt zu finden? Soll Adlersohn Sihrus' Geist beschwören? Wie hast du dir das vorgestellt?«

In mir regte sich Widerspruch. »Wenn wir uns von deiner Kleinmütigkeit anstecken lassen, schaffen wir es jedenfalls nicht!« fuhr ich ihn an.

Er stieß einen unverständlichen Laut aus.

»Wir müssen alles noch einmal durchgehen«, entschied ich mit einem besorgten Blick zu Madragena hinüber. »Irgendwo gibt es eine Kleinigkeit, die wir übersehen haben.«

»Gut«, stimmte sie mir nach kurzem Zögern zu. »Errill beginnt mit der Mordnacht.«

Müde lächelnd fuhr Errill sich durch seine langen Haare. »Ich bin Toshag«, begann er. »Ich habe alles geplant. In Wibo habe ich den Handlanger gefunden, der den Mord ausführen wird. Ich habe ihn mit dem Versprechen geködert, ihn zum Hundemeister der Inseln und zu einem geehrten Mitglied unserer Sippe zu machen. Er ist seiner Frau hündisch ergeben und hofft ihre Liebe zurückzugewinnen. Ich kann sicher sein, daß er nach dem Mord den Mund halten wird, da er unbedingt in den Genuß der Belohnung kommen will. Ich habe ihm genau eingeschärft, was er tun und sagen muß. Er besitzt gerade das rechte Maß an Stumpfheit, um bei der Geschichte mit dem Opfer zu bleiben.«

»Vielleicht glaubst du selbst daran«, unterbrach ich ihn. »Toshag ist besessen vom Machtanspruch der Stierherren. Es ist seine große Leidenschaft. Er schien mir selbst an die Notwendigkeit des Mordes zu glauben.«

Errill hob entschuldigend die Hand. »Vor mir selbst rechtfertige ich das Verbrechen damit, daß Sihrus eine ernsthafte Gefahr für die Stierherren darstellt.«

»Und damit hat Toshag aus seiner Sicht recht«, warf ich ein.

»Aber ich bin viel zu gescheit«, fuhr Errill ungerührt fort, »um nicht zu wissen, daß ein Mord erst einmal ein Mord und kein Opfer ist. Das habe ich nur dem Narren von einem Schafhirten erzählt. Ich habe das klug eingefädelt: Ein Sippenbruder des frechen Langhüglers macht sich die Hände schmutzig. Selbst wenn etwas herauskommen sollte, kann ich davon ausgehen, daß die Adlerleute es aus Scham verschweigen. Ich fühle mich sicher. Selbstverständlich habe ich unseren Schamanen und meinen Onkel eingeweiht.«

»Das wissen wir nicht«, gab Madragena zu bedenken.

»Aber ich habe ihnen keine Einzelheiten erzählt. Was sie nicht wissen, können sie nicht ausplaudern. Ich bin derjenige, der die Macht der Stierherren wahrt und mehrt. In meinen Händen halte ich die Herrschaft über die Inseln. Im Rausch der Macht begehe ich einen Fehler. Auf der Suche nach einem Vorwand, mit dem Wibo Sihrus zu der Bucht Hosra locken kann – es muß diese Bucht sein, ich habe den Gastbesuch bei den Walleuten genau geplant –, verfalle ich auf Jonara Perle. Ich verstehe Sihrus' Verlangen nach ihr, denn es gleicht meinem eigenen. Ich begehre sie als Frau und als Trittstein zur Macht. Wenn ich sie dazu überreden kann, an der Ermordung ihres Verehrers – heimlichen Geliebten? – mitzuwirken, liegt sie bald als Braut in meinem Bett. Das Verbrechen wird uns zusammenfügen wie zwei

Muschelhälften. Aber ich weiß nicht, was sie denkt. Und fühlt. Du bist Jonara«, wandte er sich an mich.

Hilfesuchend sah ich zu Madragena hinüber, aber die Erdfrau nickte nur. »Also gut«, seufzte ich. »Ich bin Jonara Perle. Ich bin schön, und die Männer begehren mich. Dumm bin ich aber nicht. Ich weiß, daß ich als Tochter Jonbro Stierherrs Begierden errege, die über meine schlanken Glieder und mein bronzefarbenes Haar hinausgehen.«

»Golden«, sagte Errill.

»Wie bitte?«

»Jonaras Haar ist golden«, wiederholte Errill. Als er meinen und Madragenas ratlosen Blick sah, erläuterte er: »Ein Metall, noch kostbarer als Bronze. Du erinnerst dich? Enilo? Ard?«

»Ja«, räumte ich ein. »Dein Gedächtnis ist wesentlich besser als meines. Also, ich bin Jonara.« Ich fühlte mich alles andere als wohl in meiner Rolle. »Mein Vater stellt mich aus wie ein Schmuckstück. Ich bin sein Augenstern, kein Mann ist gut genug für mich. Er verbietet mir, mich am Frühlingstag unter die Festgäste zu mischen. Ich habe noch bei keinem Mann gelegen. Dieser anmaßende Kerl von den Adlerleuten hat es doch tatsächlich gewagt, um mich zu werben. Gut sieht er ja aus, und er kann spannende Geschichten erzählen. Mit ihm habe ich mich noch nie gelangweilt. Er ist freundlich und geschickt, und sein Lachen gefällt mir. Einmal hat er mich geküßt. Er hat sich zu mir heruntergebeugt, und ich habe die Arme um seine Schultern gelegt. Wie hart sie waren! Und wie groß er ist! Seine Haare sind so hell wie meine. So golden«, berichtigte ich mich. »Aber nein! Es kann nicht sein. Der Mann, den ich heirate, wird der nächste Stierherr. Ich werde mich nicht so weit erniedrigen, diesem Haifischmaul in sein stinkendes Dorf zu folgen. Undenkbar! Wahrscheinlich muß ich Toshag heiraten. Er macht mir ein bißchen Angst. Außerdem ist er mein Vetter. Mit der Begründung hat Vater ihn bisher abgewiesen. Ich weiß nicht, was Vater mit mir vorhat, aber ich würde mich gerne verlieben wie die anderen Frauen.«

Madragena maß erst mich und dann Errill mit einem prüfenden Blick. »Ihr könnt euch ja beide vortrefflich in diese Rundhügler versetzen! Mir ist, als hörte ich die hochmütigen Leute sprechen, die sich Naps Erben nennen!«

Als sie kopfschüttelnd ins Feuer schaute, lächelte Errill mich an wie ein kleiner Junge.

»Ich bin die Tochter des Stierherrn«, fuhr ich fort. »Toshag kommt zu mir, um Sihrus schlechtzumachen. Als wenn dieser Langhügler mir etwas bedeuten würde! Toshag behauptet, Sihrus habe überall auf den Inseln Frauen. In seinem Dorf, bei den Hirschleuten, in allen Sippen säßen seine Geliebten und seine Bälger. Nachdem er mir schöne Augen gemacht hätte, würde er zu seinen Weibern unter die Felldecken kriechen. Sihrus würde überall erzählen, ich sei zwar hübsch, aber viel zu unerfahren. Ich sei kalt wie ein Fisch. Glitzernde Schuppen, kaltes Fleisch. Aber er wolle mich zur Frau, um über die Stierleute zu herrschen. Wenn er einmal Stierherr wäre, wolle er sich weitere Frauen nehmen. Er wolle die Sitten der Südlandleute auf den Inseln einführen. Er wolle die Stierherren entmachten und demütigen. Er *hat* mich gedemütigt mit seinen Frauen!« Außer Atem hielt ich inne.

»Du hast ja ganz rote Backen«, sagte Errill.

Ich funkelte ihn wütend an. Ich war wirklich wütend. Wütend auf Sihrus, auf seine Anmaßung, seinen Ehrgeiz, seine Machtgier.

»Ich weiß, wie du dich an ihm rächen kannst, meine Perle«, schmeichelte Errill mir mit sanfter Stimme. »Und nicht nur das: Wie du die Ehre und die Macht der Stierherren retten kannst. Du mußt nur ein kleines Stück übers Meer paddeln und dich mit ihm treffen. Ein Mann von den Adlerleuten wird ihn erschlagen. Der freche Emporkömmling wird das Opfer sein, das Alako am Frühlingstag gebührt. Auch wir werden neue Sitten einführen auf den Inseln. Wir werden herrschen, und du wirst meine Herrscherin sein. Hab keine Angst. Oder hab ein bißchen Angst. Du wirst sehen, es macht mehr Spaß, wenn du ein bißchen Angst hast.« Seine Lippen kamen mir ganz nah. Ein warmer Hauch streifte meine Ohrmuschel.

»Ich werde die Macht der Stierherren bewahren«, sagte ich und spürte, wie mein Rücken sich unwillkürlich straffte. »Es ist meine Pflicht. Ich bin keine gewöhnliche Sterbliche. In der Nacht des Frühlingstags, den wir bei den Walleuten verbringen, schickt mein Vater mich früh zu Bett. Ich bleibe wach, verlasse unbemerkt das Haus, das ich mit Warib teile. Ich steige in ein Kerrag, das Toshag für mich bereitgestellt hat. Sihrus erwartet mich. Toshag hat gesagt, ich solle mich schmücken. Sihrus muß abgelenkt werden. Ich muß Sihrus so mit meiner Schönheit betören, daß der Mann von den Adlerleuten sich von hinten an ihn heranschleichen kann.

Und wenn der Mann nicht kommt? denke ich. Sihrus würde mir nichts Böses tun. Er würde mich zur Frau nehmen. Vielleicht kommt der Mann ja nicht. Ich bin nackt unter meinem Umhang. Ich trage nur den Anhänger um den Hals. Mein bestes Schmuckstück. Woraus besteht es? Aus Blutstein, Walbein – gleichviel. Ich biete mich Sihrus an, und er besitzt die Unverfrorenheit zu zögern! Nackt stehe ich vor ihm, aber er sinkt weder auf die Knie, noch scheint er vor Glück zu vergehen. Er steht einfach da und schließt die Augen. So hatte ich mir die erste Nacht mit ihm nicht vorgestellt. Wenn das kein Beweis ist, daß er mich nicht liebt! Der Unverschämte verdient zu sterben.

Ich sehe den Mann von den Adlerleuten zwischen den Bäumen hervorkommen. Wenn er mich nun auch ermordet? Ich bekomme es mit der Angst zu tun. Der Mann hebt die Axt. Ich könnte noch schreien. Ich bleibe stumm. Die Axt zischt herunter. Sihrus' Blut spritzt über meinen Körper. Er stürzt auf mich. Im Fallen streckt er seine rechte Hand nach mir aus, als wolle er sich an mir festhalten. Ich weiche zurück, und er schlägt der Länge nach zu Boden. Er bewegt sich nicht mehr.

Jetzt schreie ich. Ich schreie und schreie. Sihrus' Blut klebt warm auf meiner Brust, in meinem Gesicht. Ich kann nichts anderes tun als schreien. Der Mörder schlägt mir ins Gesicht. Er will auch mich töten. Schreiend fliehe ich zum Kerrag. Er verfolgt mich nicht. Ich paddele wie eine Wahnsinnige. Als ich am

Strand des Hummers ankomme, wo sich die Anlegestelle der Walleute befindet, kann ich wieder halbwegs denken. Ich bin nackt und voller Blut. Ich wasche das Blut im Meer ab. Ich will zurückgehen ins Gästehaus, wo Warib schläft. In der Frühlingsnacht wird eine nackte Frau wohl nicht weiter auffallen …«

»Ich passe dich ab«, übernahm Errill. »Ist er tot?«

Ich nickte.

»Du bist ja völlig außer dir. Ich ziehe dich in ein Gebüsch. Warum bist du nackt? Was ist passiert?«

»Es war furchtbar.« Ich hatte Mühe, die Tränen zurückzuhalten. »Der Mann hat ihn mit einer Axt erschlagen. Überall Blut. Es war gräßlich. Ich werde das nie vergessen. Ich kann nicht mehr. Hilf mir!«

»So beruhige dich doch! Wir dürfen jetzt keinen Fehler machen. Wo ist deine Kleidung? Was hattest du an?«

»Meinen Umhang. Und«, ich fasse an meinen Hals, »mein Anhänger ist weg. Er muß ihn mir abgerissen haben.«

»Dummes Weib! Du hast alles verpfuscht. Wenn dein Umhang und dein Anhänger bei der Leiche gefunden werden, können wir ebensogut gestehen. Hat Wibo wenigstens Sihrus' Kerrag versenkt?«

»Ich weiß nicht. Ich habe mich nicht umgesehen. Es war so schrecklich, Toshag, und es war falsch. Ich habe Angst!«

»Reiß dich zusammen! Du gehst ins Gästehaus. Paß auf, daß dich keiner sieht. Und ich werde noch mal hinüberfahren und dir deine Sachen zurückbringen!« Errills Stimme schnitt durch die Luft wie Gorgs bestes Steinmesser. Ich mußte nur die Augen schließen, um Toshag vor mir zu sehen. Schnell schlug ich sie wieder auf.

»Aber es dämmert bald. Du könntest entdeckt werden.«

»Das fällt dir reichlich spät ein. Mir bleibt keine Wahl. Und jetzt geh!« Errill hielt inne. In seinen Augen lag jener schillernde, schwer deutbare Ausdruck, den ich schon einmal an ihm gesehen hatte: an jenem Tag, als die Adlerleute ihn geschlagen und ihm Sihrus' Axt angeboten hatten. Seine Lider zuckten ein paarmal, und dann waren die Irrlichter erloschen.

»Vier Tage später hat Lasra Sihrus' Leiche gefunden. Wenn ich dich richtig verstanden habe, gab es weder einen Umhang noch einen Anhänger, nicht wahr?«

Ich atmete tief durch. »Da war nichts außer einigen Dingen, die Sihrus gehörten. Auch kein Kerrag.«

»Ein Umhang läßt sich schlecht übersehen«, überlegte Errill, »aber ein Anhänger ist klein, und –«

»Da war kein Anhänger«, erklärte ich entschieden. »Das Bild, wie er dort lag, hat sich mir unauslöschlich eingeprägt. Seine rechte Hand war tatsächlich ausgestreckt, als habe er nach etwas gegriffen. Aber er hielt nichts mehr in der Hand. Ich bin mir vollkommen sicher. Und in der Zeit danach, als ich so viel gereist bin, bin ich noch einmal zur Bucht Hosra zurückgekehrt. In der Hoffnung, beim ersten Mal irgendeine Kleinigkeit übersehen zu haben, habe ich erneut alles abgesucht. Nichts.«

»Dann hat Toshag den Umhang und den Anhänger gefunden und mitgenommen«, seufzte Madragena. »Und uns der letzten Möglichkeit beraubt, einen Beweis für die Schuld der Stierherren zu finden.«

»Nicht unbedingt«, erwiderte ich. »Wartet. Da war etwas ... an dem Tag, als –« Ich wollte sagen, an dem Tag, an dem ich dich wiedergesehen habe, Errill, biß mir aber noch rechtzeitig auf die Zunge. »– an dem Tag, als ich mit Ela im Zeltdorf war ...«

»Und ich mit Toshag um ein Gespräch mit dir gebuhlt habe«, unterbrach mich Errill mit diesem aufreizenden Zucken um den Mundwinkel.

»Sei still!« sagte ich ungehalten. »Du hast dich schnell mit der *Perle der Inseln* getröstet.« Dann war alles wieder da: meine Verlegenheit wegen Errills Nacktheit, der unerfreuliche Zusammenstoß mit Jonara Perle, Elas Neid auf Jonaras Amulett. Nur am Rande nahm ich Madragenas fragenden Blick zur Kenntnis, der von mir zu Errill und von Errill zu mir wanderte. »Ela erzählte von einem Amulett, das Jonara am letzten Frühlingstag von ihrem Vater geschenkt bekommen hatte. Jonbro soll es von dem Händler gekauft haben, Enilo, nicht wahr, und es soll aus diesem neuen Metall gewesen sein. Ich habe damals nicht weiter danach gefragt.«

»Das wird wohl der goldene Anhänger gewesen sein«, gab Errill achselzuckend zurück. »Und? Was hilft uns das?«

»Wenn du mich ausreden läßt, könnte ich es dir sagen.« Ich legte eine kurze Pause ein. »Ela war so neidisch, daß ihr die Kette, die Yarbro ihr geschenkt hatte, nicht mehr recht gefiel. Dann sagte sie, daß Jonara den Anhänger länger nicht getragen hätte.«

Wir schauten uns an. »Vielleicht wartet sie damit bis heute abend«, wand Madragena ein. »Es wäre ein angemessener Anlaß.«

»Vielleicht. Aber vielleicht besitzt sie das gute Stück gar nicht mehr.«

»Das würde bedeuten, daß irgend jemand es in der kurzen Zeit an sich genommen hat, die zwischen Sihrus' Tod und Toshags frühmorgendlicher Fahrt zur Bucht Hosra verstrichen ist. Wer könnte dieser geheimnisvolle Unbekannte sein?« fragte Errill stirnrunzelnd.

Uns fiel nur einer ein, der das getan haben könnte. Wortlos gingen wir zum Gästehaus zurück und befragten Wibo. Er schwor bei Mutter Erde, daß er nicht an den Ort des Mordes zurückgekehrt war und nichts über den Verbleib des Anhängers wußte. Eppe ließ uns hinaus, bevor er sich von neuem vor dem Eingang postierte.

»Ela«, meinte Madragena. »Wir müssen Ela noch einmal fragen.«

»Ela nimmt mit den Stierleuten an den Zeremonien innerhalb des Erdwalls teil«, widersprach ich. »Wir können nicht zu ihr, ohne Aufsehen zu erregen. Nein, ich habe eine bessere Idee. Laßt mich mit Jonara Steinkraut reden.«

Wie schön, daß die Wege im Dorf nicht lang sind, dachte ich, während der Wind mich durchrüttelte. Erleichtert duckte ich mich unter der Türplatte von Ibareks Haus hindurch. In meiner Aufregung vergaß ich, die traditionellen Worte zu sprechen, was mir einen ungnädigen Blick der dicken Frau am Herd einbrachte. Der Kranke schlief tief und fest.

»Junge Frau«, begrüßte mich Jonara, »du siehst neugierig aus. Das kann jedoch keine Entschuldigung sein. Wo bleiben deine guten Manieren?«

»Verzeih, ehrwürdige Erdfrau«, antwortete ich zerknirscht, »aber ich habe tatsächlich einige Fragen an dich. Es geht um diesen Anhänger aus Gold, den Jonbro Stierherr seiner Tochter letztes Jahr geschenkt hat.«

»Den goldenen Fisch«, antwortete Jonara prompt.

»Ein Fisch war es also?«

»Eine Schande war es, eine Schande«, knurrte die Erdfrau. »Es ist den Menschen verboten, Abbilder von den Geschöpfen Mutter Erdes anzufertigen. Und diese junge Frau, die anderen ein Vorbild sein sollte, trägt den schamlosen Tand frech zur Schau! Nun, vielleicht haben die Vorhaltungen, die ich Jonbro gemacht habe, ja etwas genützt.«

»Inwiefern, hochgeehrte Erdfrau?«

»Das muß ja ungeheuer wichtig sein, junge Frau«, versetzte Jonara. Ibarek stöhnte und wand sich im Schlaf. »Aber ich will dir auch diese Frage beantworten, denn ich schätze deine Zielstrebigkeit. Zielstrebigkeit bei einer Frau ist eine seltene Eigenschaft. So weit ist es gekommen! Ich habe so lange unter diesen Frauen gelebt, die sich von den Wünschen der Männer und den Nöten des Alltags umhertreiben lassen wie Blätter vom Wind, daß eine zielstrebige Frau mir Staunen abnötigt. Ach, mein Kind ...!«

Die Erdfrau kühlte Ibareks Stirn mit einem nassen Tuch. Obwohl ich vor Ungeduld am liebsten auf und ab gesprungen wäre, wartete ich, bis sie von selbst fortfuhr: »Aber zurück zu dem goldenen Fisch. Jonara Perle hat dieses verwerfliche Schmuckstück längere Zeit nicht getragen, was mir Anlaß zu der Hoffnung gibt, die Stierherren könnten in dieser Angelegenheit eingelenkt haben. Glaube mir, nicht alle Sippenbrüder und -schwestern teilen –«

»Gewiß«, beeilte ich mich, ihr zuzustimmen, bevor sie zu einem längeren Vortrag ansetzte. »Du weißt nicht zufällig, wann die Tochter des Stierherrn das schändliche Teil zum letzten Mal getragen hat?« erkundigte ich mich mit klopfendem Herzen.

»Wie soll ich das wissen, junge Frau?« versetzte sie.

Ich seufzte enttäuscht.

»Was ich dir dagegen sagen kann – denn mein Gedächtnis ist besser als das mancher anderer Leute –, ist folgendes: Der Tag, an dem ich Jonara zum letzten Mal mit dem lästerlichen Fisch sah, war der Morgen des Frühlingstages, als die Stierherren mit allem Pomp und Trommelschlag und Hörnerklang zu den Walleuten aufbrachen. Vielleicht hat die Ablehnung dieser aufrechten Sippe sie davon überzeugt, in Zukunft auf solche Herausforderungen zu verzichten.«

Den letzten Satz hörte ich nur noch mit halbem Ohr. Ich rannte los.

46

Wir hatten eine Chance. Eine winzige, unwahrscheinliche, lächerliche Chance. Die Chance, diesen kostbaren Anhänger doch noch zu finden, nachdem er von so vielen Leuten vergeblich gesucht worden war. Ohne diesen Beweis brauchten wir gar nicht erst zu versuchen, jemand anderen als Wibo anzuklagen. Dabei war ich mir sicher, daß wir die Wahrheit kannten. Diese blutige Geschichte hatte den bitteren Geruch der Wahrheit an sich.

Es mußte noch eine Weile bis zum Mittag sein, obwohl man die Sonne hinter der inzwischen geschlossenen Wolkendecke nur ahnen konnte. Errill überlegte kurz, bevor er versprach, uns mit dem Kerrag vom Dorf der Stierleute zur Bucht Hosra und zurück zu bringen, bevor sich die Sippen am Abend zur Zusammenkunft im Steinkreis einfanden. Auf einmal mußte alles ganz schnell gehen. Mit zitternden Händen suchte ich einen Ziegenbalg und ein paar Essensreste zusammen, begann Wasser einzufüllen, verschüttete die Hälfte, seufzte, fluchte.

Errill legte mir die Hand auf die Schulter und nahm mir den Ziegenbalg ab. »Ganz ruhig. Wir müssen jemanden mitnehmen.«

»Warum?« Ich stolperte über die Umrandung der Wasserkiste.

»Für den unwahrscheinlichen Fall, daß ihr den Anhänger tatsächlich findet«, führte Madragena aus, »braucht ihr eine Person, die von allen Sippen respektiert wird. Dieser Mann oder diese Frau muß heute abend im Steinkreis bezeugen, daß ihr den Anhänger dort in der Bucht Hosra gefunden habt. Sonst würden die Stierherren behaupten, ihr hättet ihn gestohlen.«

»Wie wäre es mit dir?« schlug ich vor.

»Ich bin befangen«, gab Madragena zurück und strich sich über die müden Augen. »Und das gleiche gilt für Adlersohn.«

»Dann bitten wir Jonara Steinkraut. Ihr Wort hat Gewicht bei den Langhüglersippen, und selbst die Stierherren können ihr nicht vorwerfen, sie sei vorbelastet.«

»Und Ibarek?« wandte ich ein. »Sollen wir ihn seiner liebenden Gattin überlassen?«

Madragena zögerte einen kurzen Moment, bevor sie antwortete: »Ich übernehme das.«

»Madragena«, begann ich, als sie auf die Tür zuging.

»Keine Sorge«, wandte sie sich zu mir um, »Jonara hat ein ausgeprägtes Empfinden für Gerechtigkeit. Sie wird sich nicht von ihrer Abneigung gegen mich beeinflussen lassen. Und«, fügte sie mit einem schmerzlichen Lächeln hinzu, »meine Buße hat gerade erst begonnen.« Sie wandte sich zum Gehen. »Ein Fisch, sagtest du«, murmelte sie vor sich hin, als wären wir gar nicht da. »Es war tatsächlich ein Fisch.« Dann ging sie hinaus.

Errill packte unsere spärlichen Vorräte zusammen und legte noch einmal Feuerholz nach. Ich räumte ein bißchen auf, um nicht untätig herumzusitzen. Die Zeit wurde lang. Draußen hörten wir die ersten Rückkehrer, die den Zeremonien nicht bis zum Ende hatten beiwohnen wollen oder können. Nun würde im Dorf und zwischen den Zelten der große Markt beginnen. Die Pferche quollen über von Zuchtstieren und Mutterschafen. Naps Tag war die beste Gelegenheit für die Sippen, ihre Herden aufzufrischen und all das einzutauschen, was ihnen für die lange Winterzeit noch fehlte.

»Die schöne Jonara Perle«, seufzte Errill, nachdem wir lange Zeit geschwiegen hatten. »Verstehe einer die Frauen! Unmöglich für einen Mann. *Du* scheinst sie ganz gut zu verstehen«, fügte er in einem Anflug von Boshaftigkeit hinzu.

Ich warf ihm einen langen, vernichtenden Blick zu.

»Was meinst du«, fuhr er fort, »hat sie Sihrus trotzdem geliebt?«

»Das mag so sein oder auch nicht«, erwiderte ich geheimnisvoll.

In diesem Moment erklang Jonara Steinkrauts Stimme an der Tür: »Ich, Jonara Steinkraut, Erdfrau der Stierleute, bitte dies Haus betreten zu dürfen.«

»Du ehrst unser Haus mit deiner Anwesenheit, Jonara Steinkraut, Erdfrau der Stierleute«, gab ich zur Antwort.

»Und so weiter«, rief Errill, nahm sich Ziegenbalg und Bastbeutel und scheuchte uns mit ausgebreiteten Armen hinaus. »So viel Zeit haben wir auch nicht.«

»Wir schaffen es nicht«, sagte ich.

Wir befanden uns mitten auf der Großen Kesselbucht. Manchmal schimmerte das Meer wie Sihrus' Bronzeaxt, manchmal war es undurchsichtig wie Stein. Wenn die Wolkendecke aufriß, legte die Sonne einen glitzernden Gang übers Wasser, der von meinen Augen direkt zur Ahntochter zu führen schien. Der Großteil der Küsten, an denen wir vorbeiglitten, waren grüne, flache Buckel, doch in der Ferne – und in der Mitte der Kesselbucht waren alle Küsten fern – verblaßten sie grau in grau. Langsam, viel zu langsam, zogen sie vorüber.

Errill und Korm hatten die Hemden ausgezogen. Sie wechselten sich beim Paddeln ab. Mein Hilfsangebot hatte man nicht einmal abgelehnt, sondern schlicht überhört. Der Westwind blies uns stark, aber nicht mehr stürmisch hinüber zur Südlichen, wie von Vater Himmel geschickt. Noch nie hatte ich jemanden so schnell ein Kerrag lenken sehen wie die beiden Hirschleutemänner. Errills Oberkörper war schweißbedeckt, das Haar klebte ihm am Schädel. Er atmete im unerbittlichen

Rhythmus des Paddels, das eintauchte, auftauchte, eintauchte, auftauchte. Kaum spritzte das Wasser auf.

Korm hatte sich im Bug zusammengerollt, um sich vor seinem nächsten Einsatz zu erholen. In der Mitte des Kerrags hockte Jonara Steinkraut mit herabgezogenen Mundwinkeln. Mutter Erde mochte wissen, warum sie immer diesen beleidigten Gesichtsausdruck aufsetzte.

Der nahezu entrückte Blick in Errills Augen wandte sich mir zu. »Wenn wir uns von deiner Kleinmütigkeit anstecken lassen, schaffen wir es jedenfalls nicht.«

Wie lange waren wir schon unterwegs? Eine halbe Flut oder länger? Die Fahrt zur Gebirgigen mit Gorg kam mir im Vergleich dazu wie ein Ausflug vor. Die Sonne hatte ihren höchsten Punkt überschritten.

»Weck Korm!« befahl er mir.

Der alte Mann war zäher, als ich anfangs gedacht hatte. Sein magerer Körper schien nur aus Knochen und Muskeln zu bestehen. Errill nickte ihm zu. Ohne Murren ergriff er sein Paddel, kniete sich in den Bug und fiel in Errills Takt ein. Eine Zeitlang war mir, als flögen wir über die Wasserfläche. Wieder brach die Sonne sich am Himmel Bahn und legte einen warmen Mantel über meine Schultern. Keiner sagte etwas. Ich bemühte mich, Korms Paddel nicht in die Quere zu kommen, und gab den Männern von Zeit zu Zeit zu trinken.

Weil die Aufregung mich zu zerreißen drohte, versuchte ich ein Gespräch mit Errill in Gang zu bringen, der sich gerade ausruhte. »Stimmt es, daß die Häuser der Südmeerleute in leuchtenden Farben bemalt sind? Und daß sie … Bilder … an den Wänden haben, von Stieren und –«

»Woher hast du denn das?« unterbrach Errill mich unwirsch.

»Von Ard. Und die hat es von Sihrus.«

»Pah«, machte Errill und trank einen Schluck Wasser. »Ein einziges Bild von einem Stier habe ich gesehen, und es war nicht viel größer als meine Hand. Den unteren Teil ihrer Wände haben sie rot bemalt, das war's.«

»Aber –«

»Sihrus war ein guter Erzähler«, sagte Errill. »Und ein guter Erzähler schmückt die Wahrheit so aus, daß seine Geschichte besser wird als die Wahrheit.«

Allen meinen weiteren Versuchen, mich mit ihm zu unterhalten, begegnete er mit Schweigen.

Als wir uns dem Schwanz des Hummers näherten und Errill nach Süden abbog, um das letzte Stück des Sundes zwischen Hummer und Südlicher zu überqueren, rasselte der Atem der beiden Ruderer. Errills Wangenknochen traten noch stärker hervor als gewöhnlich, und Korms ledriges Gesicht begann immer mehr einem Totenschädel zu gleichen. Unsere Fahrt verlangsamte sich zusehends, denn die beiden waren am Ende ihrer Kräfte angelangt. Wir würden ankommen, gewiß, aber würde es auch für die Rückkehr reichen?

Unsere Fahrt war ein Stoff für Geschichten. Dann sah ich die Bucht Hosra zum erstenmal vom Meer aus.

Ein perfektes Halbrund grüner Hügel umschloß das leuchtend blaue Wasser und den breiten Ebbestrand. Über dem schmalen Kieselstreifen, der auch bei Flut nicht überspült wurde, sah man die schwarzen, niedrigen Klippen, die ihren Namen nicht verdienten. Am östlichen Ende der Bucht lag das Wäldchen, und im Rücken der Bucht, ein ziemliches Stück entfernt, erahnte man auf der höchsten Erhebung das Ahnenhaus der Ausgestorbenen. Hoch oben kreisten zwei Adler. Stumm wies ich meine Gefährten darauf hin.

»Ein gutes Omen für euch, Adlerleute.« Jonara nickte bedeutungsvoll.

Errill und Korm sagten nichts. Ich bezweifelte, daß sie überhaupt noch etwas mitbekamen. Das Kerrag lief knirschend auf Grund. Ich half Jonara heraus, die ziemlich unsicher auf ihren dicken Beinen stand. Errill und Korm taumelten über die algenbedeckten Steine zu dem schmalen Kieselstrand und ließen sich zu Boden fallen. Ich bat Jonara, den Ziegenbalg und den Proviantsack zu nehmen, hievte das Kerrag auf meine Schultern und schleppte es über die rutschigen Steine. Mein Festkleid zwickte und engte mich ein.

Die braunen Tangfelder, die leuchtend grünen Algenteppiche wollten kein Ende nehmen. Wenn Errill das Boot getragen hatte, hatte es immer so leicht ausgesehen. Es wog mehr, als ich mir hatte träumen lassen. Schließlich bestand es nur aus Haselruten und Rinderhaut. Aber die Flut würde bald einlaufen und dieses Stück Land überspülen, das im Wechsel der Gezeiten mal zum Reich Mutter Erdes, mal zu ihrem Geliebten Bruder Wasser gehörte.

Als ich das Boot keuchend am Rand des Flutsaums abgesetzt hatte, ging ich zu den beiden Männern. Sie schliefen, wo sie hingesunken waren. Ich nickte Jonara zu, und wir begannen mit der Suche. Mühelos fand ich die Stelle wieder, wo Sihrus' Körper gelegen hatte. Durch das Wäldchen zur Mündung des Baches, dann noch etwa zehn Mannlängen landeinwärts, unmittelbar vor dem Waldrand. Selbst die Felsplatte, auf der sein Unterkörper geruht hatte, hatte sich mir so unauslöschlich eingeprägt, daß ich sie sofort entdeckte.

Wir hoben Grasbüschel an, sahen unter kleine Steine, tasteten in Felsmulden, in Erdspalten. Nichts. Ich zerschnitt mir die Finger an den scharfen Kanten eines Schwertlilienbuschs. Vergeblich. Jonara, keuchend und schwitzend, half, so gut ihre Statur es erlaubte. Ich überlegte, was sie antrieb. Ging es ihr um Vergeltung für die Jahre der Demütigung durch die Stierherren? Oder schlicht um die Wahrheit? Wir weiteten unsere Suche auf den gesamten Grasstreifen vor dem Wäldchen aus. Ich fand nichts.

Die Adler schrien, und ich legte den Kopf in den Nacken und beobachtete, wie einer der beiden einer Möwe ihre Beute abjagte. Während ich ein Gebet an unser Sippentier richtete, ließ sich der Adler fast senkrecht herunterfallen und verschwand in den Bäumen.

»Sie müssen hier nisten«, sagte ich zu Jonara.

Ich begann zwischen den Bäumen zu suchen. Die Stelle, wo Wibo sich verborgen haben mußte, ließ sich ungefähr bestimmen. Nach so langer Zeit waren alle Spuren seines Aufenthalts getilgt. Ich zwängte mich durch das Dickicht von Haselruten und weißen Birkenstämmen. Am Waldsaum waren die Bäume wenig mehr als Büsche, doch zur Mitte hin, geschützt vor der vollen Wucht des Windes, erreichten sie eine Höhe von zwei, drei Mannlängen. Bald hüllte das Halbdunkel unter den Laubkronen mich ein. Dichte Flechten bedeckten die Stämme wie Schorf.

Bevor ich irgend etwas sah, hörte ich die fordernden Rufe der Jungvögel. Mein Blick wanderte den Stamm einer hohen Birke hinauf, in deren stark verzweigter Krone der Horst kaum zu sehen war. Der Nestboden bestand aus dicken Treibholzknüppeln, schmalere Äste bildeten die Wände. Sogar mit ausgestreckten Armen hätte ich den Horst nicht umfassen können. Ich hörte Flügelschlagen und Scharren, erkannte hier und dort eine Schwinge, sah einen gelben Schnabel durch das Blätterdach schimmern. Ein freudiges, ruhiges Gefühl ergriff mich.

Ich senkte den Blick wieder auf den Boden. Unter dem Horst verstreut lagen die Reste der Adlermahlzeiten, Federn, Fischgerippe, Knochen, Fellstücke und immer wieder Gräten – alles bedeckt von Schichten hellgrauen Vogelkots. Ein scharfer Geruch lag in der Luft, ein wenig nach Verwesung, ein wenig nach Meer und Jagd und schnellem Tod.

Von einem Haselschößling, der im Schatten der großen Birke sein Glück versuchte, brach ich mir eine starke Rute ab und stocherte in dem Abfallhaufen herum. Ich weiß nicht mehr, wie lange ich suchte, wie oft ein klackerndes Geräusch mich glauben machte, meine Haselrute sei auf Metall gestoßen, so daß ich mit den Händen in dem Unrat wühlte und doch nur Knochen fand.

Ich zweifelte nie daran, daß ich Erfolg haben würde. Irgendwann stieß mein Grabstock wieder auf einen harten Gegenstand, und da lag er, unter einem Fischgerippe. Er war etwa so lang wie mein Zeigefinger. An zwei, drei Stellen schimmerte das Metall durch die Verkrustungen. Ich hielt inne. Dann fiel mir ein, daß in dem Haufen zu meinen Füßen wohl auch menschliche Überreste liegen würden, irgendwo unter Kot und Gräten. Oben verlangten die jungen Seeadler erneut nach Nahrung. Bald würden sie zu ihrem ersten Flug aufbrechen.

Bevor ich meine Gefährten rief, atmete ich ein paarmal tief durch. Es würde mich wohl mein Leben lang traurig machen, an Sihrus zu denken. Bevor Jonara sich unter Keuchen und Ästeknacken durch den Wald gekämpft hatte, liefen Errill und Korm aus entgegengesetzter Richtung zu mir. Als alle drei in einem Halbkreis hinter mir standen, griff ich in den Haufen und hob den Fischanhänger hoch.

»Laß ihn so, wie er ist«, riet Jonara.

Ich nickte, schlug den kostbaren Fund in ein Ledertuch ein und lächelte. Korm legte den Kopf in den Nacken und jaulte wie ein Hund. Errill ließ ein trillerndes Juchzen hören, den Triumphruf des Jägers, der seine Beute erlegt hat.

»Ihr solltet euch besser beeilen«, nörgelte Jonara Steinkraut. »Diese jungen Leute verstehen es einfach nicht, das Wichtige vom Unwichtigen zu trennen.«

Korm lächelte geschmeichelt. Vermutlich war es lange her, daß man ihn zu den Jungen gezählt hatte.

Die Wellen leckten den Strand hoch, als die beiden Seefahrer das Kerrag ins Wasser trugen, Jonara ins Boot hievten und uns abstießen. Diesmal bot ich meine Hilfe so lange an, bis Korm, erschöpft von seinem ersten Einsatz, mir das Paddel in die Hand drückte. Von da an paddelten wir die ganze Strecke zu zweit. Als wir aus dem Sund herausglitten, legte sich der Wind, der uns auf der Rückfahrt ins Gesicht geblasen hatte. Jonara dankte Vater Himmel. Wir hätten auch keine Luft mehr für ein Gebet gehabt.

Ich hatte mir den Rock bis zu den Hüften hochgeschoben und kniete mit nackten Schenkeln im Boot. Errill, der sich gerade ausruhte, betrachtete mich eingehend. Ich kam aus dem Takt, und er ergriff die Gelegenheit, mir noch einmal den richtigen Bewegungsablauf zu zeigen. Ständig hatte er etwas an meiner Haltung auszusetzen. Dennoch hatte ich am Ende das Gefühl, stolz auf mich sein zu können. Ich war von einer erbärmlichen zu einer annehmbaren Kerragfahrerin geworden.

Mitten auf der Kesselbucht, die blaue, sanft dahinrollende Wasserfläche um uns herum, begann ich den entrückten Blick zu begreifen, der beim Paddeln auf Errills Gesicht lag.

Es war die erste Seereise, die ich wirklich genoß.

47

Keiner von uns zweifelte daran, daß wir es schaffen würden, obwohl es unerbittlich auf den Abend zuging. Als wir das Südwestkap der Großen umrundeten, wußten wir, die Sippen würden nun zu Naps Kreis ziehen. Das Feuer inmitten des Kreises würde entzündet werden, Sternenseher würde tun, was immer die undurchschaubaren Zeremonien der Stierleute verlangten. Wir passierten den Bruch zwischen dem Meer und dem Brackigen. Die Untiefe war nun genügend geflutet, um das Kerrag nicht über Land tragen zu müssen. Wir fuhren um das Dorf der Lachsleute herum, glitten am Ufer des Brackigen entlang, und der typische faulige Geruch des Sees umfing uns.

Errill landete ein gutes Stück südlich der Anlegestelle, da diese vom Steinkreis aus einzusehen war. Grau und eintönig wölbte sich der Himmel über uns. Hintenherum, die Deckung von Bodenwellen und Dickichten nutzend, so gut es in dieser flachen Landschaft ging, näherten wir uns dem Dorf.

Ich lugte vorsichtig in Ibareks Haus, traf aber nur Nell und den schlafenden Kranken an.

»Madragena läßt dir ausrichten, sie ist im Gästehaus«, flüsterte die Heilerin aus Jonara Steinkrauts Haus, die die Krankenwache übernommen hatte.

Madragena, Wibo und Eppe warteten im Gästehaus.

»Endlich!« begrüßte uns meine Lehrmeisterin.

Wortlos hielt ich ihr das Ledertuch mit seinem kostbaren Inhalt hin.

»Gut!« sagte sie mit einem heftigen Nicken. »Sie sind schon vor einiger Zeit losgezogen. Gorg, Adlersohn und die anderen haben unseren Platz im Kreis eingenommen. Wibo wird ein

Geständnis ablegen. Er hat mich lediglich gebeten, seine Geschichte durch mich erzählen zu dürfen. Kommt!«

»Du wirst bezeugen, was du gesehen hast?« wandte ich mich an Jonara Steinkraut.

Sie würdigte die andere Erdfrau keines Blicks. »Junge Frau«, sagte sie, »warum sonst hätte ich mich wohl den Strapazen dieser gräßlichen Fahrt ausgesetzt? Wenn du noch länger plapperst, sind sie alle zu Bett gegangen.«

Madragena verließ das Haus als erste. Wibo kam mit, ohne daß Eppe ihm drohen mußte.

Hinter der flachen Bodenwelle, die zwischen Dorf und Steinkreis liegt, blieben wir den Blicken der Versammelten verborgen, bis wir unser Ziel erreichten. Ohnehin hätte uns niemand bemerkt. Wir trafen dort, wo der etwa mannshohe Erdwall sich zu einem breiten Durchlaß öffnete, auf eine Mauer aus Menschen, die uns den Rücken zuwandten. Der Erdwall zog einen so weiten Kreis um die zwölf Steine, daß alle Sippen der Inseln darin Platz gefunden hätten, selbst wenn sie vollzählig angetreten wären.

Unter leisem Murren ließen die Festteilnehmer uns zu unserer Sippe durch, die glücklicherweise nicht weit vom Durchlaß Aufstellung genommen hatte. Die beiden Gorgs, Adlersohn, Füchschen, Kebro, Brim und Twirk standen innerhalb des Kreises unter der unverkennbaren Steinplatte, die einen Knick über dem Boden hatte: Sie sah aus wie ein Kniender. Selbst Gorg wirkte neben dem Stein winzig wie ein Säugling, der sich am Rockzipfel seiner Mutter aufzurichten versucht. Füchschen, Kebro, der kleine Gorg und Twirk traten zurück und überließen uns die Ehrenplätze im Innern des Steinkreises, die gemeinhin von Tiersöhnen, Erdfrauen, Häuptlingen und verdienten Sippenmitgliedern eingenommen wurden.

Ich stellte mich neben Brim. Sein Auge war geschwollen, seine Gesichtshaut an vielen Stellen abgeschürft, und sein linker Arm lag angewinkelt in einer Lederschlinge. Offenbar war er in eine Schlägerei geraten.

In der Mitte des Steinkreises loderte ein gewaltiges Feuer,

dessen Hitze bis zu uns ausstrahlte. In seinem hellen Schein wirkte der Himmel nicht mehr grau, sondern gewitterblau. Um das Feuer herum war ein Bereich frei gelassen worden, in dem nur Sternenseher stand. Es mußte sehr heiß sein, dort im inneren Kreis. Zu seiner Rechten lagen die geopferten Kadaver eines Stiers und einer trächtigen Sau. Ruckhaft tanzten Schatten und Licht über seine Gestalt. Die Blutsteinplättchen auf seinem Ornat sprühten Funken. Er hob die Opferschale mit dem Stierblut hoch, trank einen Schluck und goß den Rest ins Feuer. Es zischte, dann schlugen die Flammen kurze Zeit um so höher. Ein stechender Geruch strich über den Platz.

Der Schamane, unterstützt von seinen Helfern, sang ein Lied zu Ehren Vater Himmels. Wigo, Borh, Eno und Mishag knieten auf der anderen Seite des Durchlasses vor den Stierleuten, die im Gegensatz zu den anderen Sippen vollzählig innerhalb des Steinkreises Platz gefunden hatten. Von Zeit zu Zeit schlugen die vier Helfer mit der flachen Hand auf ihre Trommeln. Ihr Summen wurde von vielen Menschen im Kreis aufgenommen, so daß die Luft zu vibrieren schien wie von einem ausschwärmenden Bienenstamm.

Jonbro Stierherr, die mächtige Brust nackt unter seinem blutroten Umhang, auf dem kahlen, glänzenden Schädel ein Stirnband mit roten Federn und weißen Muscheln, thronte auf seiner Sänfte. In der Rechten hielt er die Zeremonienaxt mit dem eigenartig verzierten, langen Holm. Auf einem Stein zu seiner Rechten saß Jonara Perle, ganz die erhabene Priesterin, in ihrem roten Gewand mit dem Blutsteinschmuck.

Toshag hatte sich links von seinem Onkel postiert. Als er sah, daß nicht nur die fehlenden Adlerleute, sondern auch Jonara Steinkraut unter dem knienden Stein erschienen, beugte er sich zu Jonbro hinüber und flüsterte ihm etwas ins Ohr.

Sternenseher riß die Opferschale hoch und zerschmetterte Ruffs Kunstwerk, mit dem dieser den Sieg im Töpferwettbewerb errungen hatte. Sie zersprang auf der steinernen Herdumrandung in unzählige Splitter. Dann hob er die schwere Sandsteinaxt auf und schlug dem Stier mit mehreren kraftvollen

Hieben den Hinterlauf ab, bevor er mit der Sau ebenso verfuhr. Blut spritzte auf seinen Umhang. Er packte die abgetrennten Gliedmaßen an den Hufen und warf sie ins Feuer. Es begann nach verbranntem Haar zu stinken.

Die Stierleute pflegten sämtliche Siegerstücke des Wettbewerbstages in Naps Kreis zu opfern. Dieses Jahr gehörten wie seit ewigen Zeiten der schönste zweijährige Stier und die beste Muttersau dazu. Sternenseher warf nun nacheinander die Steinaxt, Raghs Siegerstück, Waribs Flöte sowie das Strohseil ins Feuer, das Orrib, eine Frau von den Berghasenleuten, geflochten hatte.

Yarbro und Golbro traten in die Mitte und legten zwei Armvoll Feuerholz nach. Die Flammen loderten so hoch, daß die Steinplatten über unseren Köpfen aufleuchteten und unsere Gesichter rot erglühten. Sogar hier am Rand war es sehr heiß. Erneut bückte sich Sternenseher und hielt das Paddel über seinen Kopf, mit dem Krem von den Lachsleuten den Kerragwettbewerb gewonnen hatte. Es landete im Herd, und das nasse Holz zischte und knackte, bevor es Feuer fing.

Brim stieß mich mit seinem unverletzten Arm an. »Na, was hat Karse zu bieten?« feixte er. »Ihre Zunge?« Seine Neugier wurde gestillt, als Sternenseher einen grauen Haarzopf in die Runde hielt und den Flammen überantwortete.

Toshag ließ es sich nicht nehmen, selbst in die Mitte zu treten. Ich war gespannt, was er opfern würde. Mit einem harten Lächeln um den Mund warf er den Lendenschurz in die Flammen, den er beim Ringwettbewerb getragen hatte. Die Bewegung ließ seinen Umhang aufklaffen, so daß seine behaarte Brust und die weiße Stiernarbe zu sehen waren.

Nachdem er an seinen Platz neben Jonbro zurückgekehrt war, wartete Sternenseher noch einen Augenblick, ob einer der Langhügler sein Siegerstück opfern würde. Niemand rührte sich.

Sternenseher hob seine sehnige Hand, und seine vier Helfer begannen auf ihren Instrumenten zu spielen. Dumpf hallten die Trommelschläge in meinem Magen wider. Die hohen, schrillen

Töne der Stierhörner woben sich in den Trommelwirbel und das Summen der Schamanen. Meine Erregung steigerte sich, und doch sah ich mich außerstande, dem Rhythmus zu entfliehen. Sie besaßen eine mächtige Musik, die Stierleute. Sie legte einen Bann über die Menschen, der schwer zu brechen war.

Obwohl Sternenseher über eine kräftige, weithin tragende Stimme verfügte, mußte er beinahe schreien, um sich verständlich zu machen. »Hört, Sippen der Inseln, hört mich an. Alako Mondherr hat zu mir gesprochen. Herrlichster und Mächtigster unter den Söhnen von Mutter Erde und Vater Himmel, Ahn der Gestirne, du hast mich mit deiner Stimme geehrt. Im Lauf der Sterne, deiner Gefährten, habe ich deine Rede vernommen. Hört, Sippen der Inseln, was der Mondherr euch aufträgt. Durch meine Zunge sollt ihr seinen Willen erfahren. Mit euren Händen sollt ihr ihn befolgen. Einen Kreis aus Steinen sollt ihr bauen, weiter und prächtiger –«

»Halt!« rief da eine Stimme neben mir. Mir war, als erwachte ich mit einem Ruck. Adlersohn war in den inneren Kreis getreten. Die Flammen ließen Wellen aus rotem Licht über seine Adlermaske und den klirrenden Umhang gleiten. Mit erhobener Hand stand er neben dem Feuer, zwei, drei Mannlängen von Sternenseher entfernt. Der Schamane der Stierleute verstummte überrascht, die Helfer gerieten aus dem Takt, und nach ein paar zaghaften Trommelschlägen versiegte die Musik ganz.

»Die Adlerleute fordern Gehör. Ich, Adlersohn, Tiersohn der Adlerleute, bringe eine Anklage vor. Nach Sitte und Gepflogenheit von Naps Erben ist dies unser Recht. Ich fordere es ein. Alles andere mag später folgen.«

Sternenseher ging auf Adlersohn zu, als wolle er ihn mit der puren Kraft seiner Schritte in den Kreis zurück zwingen. Unser Schamane jedoch, anstatt zurückzuweichen, machte überraschend einen Schritt nach vorn, so daß er mit Sternenseher zusammenstieß. Das Klirren und Rasseln der beiden Schamanenumhänge war so laut, daß es sogar die Geräusche des Feuers übertönte. Unwillkürlich wich Sternenseher zurück.

In diesem Augenblick erhob Jonbro Stierherr sich von seiner Sänfte. Der Feuerschein warf seinen Schatten groß und drohend über den Stein in seinem Rücken. »Wer bist du, Mann der Adlerleute, daß du es wagst, den Fortgang des Festes zu stören? Tritt zurück! Willst du dich erdreisten, gegen Alakos Stimme anzukrächzen? Dein Anliegen wird zu gegebener Zeit Beachtung finden. Und nun fahre fort mit der Zeremonie, ehrwürdiger Sternenseher!«

»Ich bin Adlersohn, und du kennst mich gut, Jonbro, *Häuptling* der Stierleute. Und du solltest auch den Brauch kennen, den die Menschen seit Naps Tagen in seinem Steinkreis befolgen. Dem Opfer folgt die Zeit der Anklage, und wenn eine Sippe eine Anklage vorzubringen hat an Naps Tag, so geschieht das, wenn das Feuer noch hoch auflodert. Tritt vor, ehrwürdige Erdfrau Madragena, und sprich!«

Unter den Zuschauern wurde erregtes Gemurmel laut. Wie ein drohender Erdrutsch grollte es in meinem Rücken, und mir war, als würde selbst das Prasseln des Feuers uns unterstützen. Dann kam der Erdrutsch noch einmal zum Halten, das Grollen verebbte.

»Gewiß werden wir dein Anliegen hören, verehrter Tiersohn«, ergriff Ragh das Wort. »Nur ist jetzt nicht die Zeit dafür. Geduldet euch ein wenig, und alles wird zur Sprache kommen.«

»Steht ihr über unseren althergebrachten Bräuchen, Stierleute?« fragte Adlersohn mit gefährlich leiser Stimme. Es war so still, daß kein Wort verlorenging.

»So sprecht, und nehmt es als Zeichen unserer Langmut!« brüllte Jonbro Stierherr, machte eine wegwerfende Handbewegung und ließ sich auf die Sänfte fallen. Er begann sich mit Toshag zu unterhalten, der einen Moment später laut auflachte.

Das Grollen um mich herum setzte wieder ein, doch als Madragena zwei Schritte vortrat und zu sprechen begann, wurde es still. Das rötliche Licht ließ ihre Gesichtshaut noch ledriger erscheinen. Hart meißelten die Schatten Runzeln und eingefallene Wangen heraus.

»Ich, Madragena, Erdfrau der Adlerleute, erhebe Anklage in Naps Kreis. Mein Sohn Sihrus wurde ermordet. Ich klage an Wibo, Schafhirt der Adlerleute. Er führte die Axt, die meinen Sohn erschlug.«

»Warum trägst du *uns* das vor, Frau?« schrie Sternenseher. »Das ist allein eure Angelegenheit. Beratet das unter euch, Adlerleute, und stört nicht das Fest der Sippen!«

Madragena ließ ihn ausreden, dann fuhr sie ohne Hast fort: »Ich klage an Jonara Perle, die Tochter Jonbros. Sie lockte meinen Sohn zu der Bucht, welche die Walleute Hosra nennen. Mit ihrer Schönheit betörte sie ihn, so daß Wibo ihn erschlagen konnte, ohne seine Stärke fürchten zu müssen.«

Ein ohrenbetäubender Tumult brach los. Rufe des Erstaunens und Entsetzens wechselten sich ab mit den Schreien der Stierleute. Jonara schmiegte sich hilfesuchend an ihren Vater. Ruff, Golbro, Ibur und Ragh traten vor wie ein Mann und stellten sich vor den Stierherrn und seine Tochter. Die rot bemalten Gesichter der Stierleute wirkten furchterregend wie blutige Masken.

»Verteidigt euch, Wibo von den Adlerleuten und Jonara von den Stierleuten!« rief Adlersohn.

Wibo stellte sich mit hängenden Schultern und gesenktem Kopf neben Madragena.

»Unverschämte Erdfrau!« brüllte Jonbro, der aufgesprungen war. Seine rechte Hand lag auf der Schulter seiner Tochter. Es sah aus, als würde er sie am Aufstehen hindern. Jonara schaute zu ihm hoch, und er nickte ihr zu. Daraufhin wandte sie ihr Gesicht wieder dem Kreis zu. Sie wirkte erregt, aber nicht mehr ängstlich. »Niemand wagt es, meine Tochter zu beschuldigen. Was ist das für ein schändliches Lügengeflecht, das wir uns hier anhören müssen? Verlaßt den Kreis, Adlerleute! Hier ist kein Platz für Verleumder!« Die Männer der Stierleute rückten vor, als würde sich eine Mauer aus Steinen in Bewegung setzen.

Mit weichen Knien stellte ich mich an Madragenas andere Seite. »Es wird sich rasch zeigen, daß wir nicht verleumden, sondern die Wahrheit sprechen«, begann ich mit brüchiger Stimme. Nachdem ich mich geräuspert hatte, fuhr ich fort: »Ich bin Lasra, die zukünftige Erdfrau der Adlerleute. Meine Sippe hat mich damit beauftragt, den Tod des geehrten Sihrus aufzuklären. Hier vor allen Sippen will ich den Hergang des Verbrechens aufdecken und die Schuldigen nennen.«

Wieder lachte Toshag laut auf. »Diese Frau«, sagte er geringschätzig, »verfolgt die Stierleute seit geraumer Zeit mit ihrem Haß. Besessen vom verderblichen Aberglauben des alten Wegs, versucht sie die Schuld ihres Sippenbruders Wibo auf die Stierherren abzuwälzen.«

Das Gelächter der anderen Stierleute ging in den empörten Rufen der Langhüglersippen unter. Zum erstenmal begriff ich, daß wir den Rundhüglern zahlenmäßig überlegen waren. Toshag hatte einen Fehler begangen, und das schien ihm nun, zu spät, klarzuwerden. Er schwieg und setzte eine gleichgültige Miene auf.

Am westlichen Ende des Steinkreises hatten die Hirschleute Aufstellung genommen. Hirschtochter, angetan mit der gewaltigen Geweihhaube, hob beide Hände, um sich Gehör zu verschaffen. »Bislang galt die Gewißheit, daß man auf altem wie neuem Weg zu Göttern und Ahnen gelangen kann«, rief sie mit lauter Stimme. »Verderblich nannte noch kein Volk das andere, und so soll es bleiben.« Sie wartete einen Moment, bis die Beifallsstürme sich gelegt hatten. »Sitten und Gebräuche beider Wege verlangen, daß derjenige, der im Steinkreis angeklagt wird, vortritt und sich verteidigt. Wird die Anklage bestätigt, trifft die Strafe den Angeklagten. Wird der Ankläger der Verleumdung überführt, trifft die Strafe ihn. Die Strafe ist, daß der Schuldige ausgestoßen werde von seiner Sippe. Die Menschen der Inseln töten keine Menschen.«

Der Beifall hielt so lange an, daß die Stierleute diese Willensbekundung nicht übergehen konnten. Jonbro ergriff die Hand seiner Tochter. Er hielt sie eine Weile fest, dann half er Jonara auf und schob sie sanft von sich weg. Die grimmige Mauer der vier Stierleutemänner öffnete sich, und Jonara trat in die Kreismitte. Im rötlichen Schein des Feuers konnte man nicht erkennen, ob ihr Gesicht bleich war. Ihre Haltung jedenfalls war untadelig.

Einen Augenblick lang empfand ich es als töricht und völlig unmöglich, diese hoheitsvolle Gestalt mit dem schimmernden Blutsteinschmuck anzuklagen. Dann stellte ich mir vor, wie sie nackt vor Sihrus gestanden und ihn ins Verderben gelockt hatte, und fand meine Stimme wieder.

»Wibo, Schafhirte der Adlerleute, wiederhole das Geständnis, das du heute morgen abgelegt hast!« befahl ich Wibo.

»Ich habe Sihrus er... erschlagen«, stammelte Wibo. Seine Stimme war so leise, daß sie nicht bis in die hinteren Reihen drang. Ungehaltene Rufe wurden laut.

»Sprich lauter, Wibo!« verlangte Hirschtochter.

»Ich habe Sihrus ermordet«, rief Wibo mit heiserer Stimme. »Sie da« – er zeigte auf Jonara Perle – »hat ihn abgelenkt.«

Wieder schrien alle durcheinander. Die drei Schamanen im inneren Kreis bemühten sich eine Weile vergeblich, den Aufruhr einzudämmen. Als einigermaßen Ruhe eingekehrt war, sagte Wibo: »Ich kann nicht gut reden. Laßt mich durch Madragena reden.«

Sternenseher, Adlersohn und Hirschtochter nickten. Erdfrau, Schamane oder ein naher Blutsverwandter durfte für diejenigen sprechen, die das nicht selbst konnten oder wollten.

Madragena ergriff Wibos Hand und schloß die Augen. Schweißperlen traten auf ihre Stirn, als sie die Geschichte der Ermordung ihres Sohnes für den Mörder zu erzählen begann. Soweit ich es beurteilen kann, benutzte sie dieselben Worte, die Wibo am Morgen verwendet hatte. Selbst ihre Stimme klang tiefer und leiser als gewöhnlich, als habe der Schafhirt ihr auch seine Zunge geliehen. »Dann bin ich zurück ins Dorf«, schloß sie. »War nicht schwer. Ich meine, keiner hat mich gesehen. Ich konnte ihn nicht noch mal ansehen. Da wußte ich, es war falsch.«

Atemlose Stille herrschte. Ich schüttelte mich unwillkürlich. Auch die anderen Menschen schienen die Bitterkeit dieser

Geschichte zu empfinden. Die Worte des Mörders aus dem Mund der Mutter des Opfers zu hören! Das Feuer knisterte und knackte. Mir war, als lache es uns aus.

»Ich klage Toshag von den Stierleuten an! Er legte die Axt bereit, die meinen Sippenbruder erschlug. Er vergiftete die Gedanken von Wibo, der Madragenas Sohn tötete«, rief ich.

Diesmal lachte Toshag nicht. Golbro, Ibur und Ruff wichen zur Seite, ohne den Neffen des Stierherrn anzusehen, der nun ebenfalls in die Mitte des Kreises trat. Mit empörter Miene streckte er den Arm nach mir aus und sagte mit seiner klaren, festen Stimme: »Lasra von den Adlerleuten verfolgt mich mit ihrem Haß, da sie meine Liebe nicht gewinnen konnte.«

»Hört! Hört!« erklang eine bekannte Stimme aus den hinteren Reihen der Stierleute. »In mein Bett hat sie sich auch gelegt!« rief Ormo.

Ich spürte, wie mir das Blut in den Kopf schoß. Mein Herz schlug so schnell, daß ich meinte, es werde gleich platzen.

»Gestern nacht hat sie mich auf die Landzunge zwischen den beiden Seen bestellt, wo ihr Schläger, der Hirschleutemann, der sich dort hinter ihrem Rock versteckt, mir auflauerte und mich aus dem Hinterhalt überfiel. Wibos Beispiel scheint Nachahmer gefunden zu haben. Die Mörder gehen zum Angriff über und bezichtigen die Rechtschaffenen. Verurteilt Lasra von den Adlerleuten zur Ausstoßung, und es wird Ruhe und Frieden einkehren auf den Inseln«, forderte Toshag. Er traf genau den richtigen Ton, nicht aufgeregt, aber auch nicht überheblich.

»Der Stierleutemann lügt«, rief ich und wünschte mir zum erstenmal in meinem Leben, ein Mann zu sein, dessen Stimme sich nicht gleich überschlug, wenn sie lauter wurde. »*Er* hat versucht, *mich* umzubringen. Dieses Verbrechen steht hier jedoch nicht zur Anklage. Von Toshag stammt der Plan, Sihrus umzubringen. Er hat die Stierherren am Frühlingstag zu den Walleuten geführt, damit Jonara Perle im Kerrag zur Bucht Hosra paddeln konnte. Von Wibo habt ihr gehört, womit Toshag ihn bestochen hat. Jonara und Wibo waren die Werkzeuge, Toshag die Hand, die sie führte.«

Es war heiß neben dem Herdfeuer, und es wurde noch heißer, denn Toshag bedeutete Yarbro und Golbro, weiteres Feuerholz nachzulegen. Schweißbäche liefen den Stierleuten übers Gesicht und zeichneten wilde Muster in die rote Farbe. Durch das geschäftige Hantieren der beiden ließ die Spannung unter den Zuschauern merklich nach.

Erst dann würdigte Toshag mich einer Antwort. »Ich muß wohl nicht betonen, wie lächerlich das alles ist. Sihrus war mir völlig gleichgültig. Ich hatte nichts mit ihm zu schaffen. Warum hätte ich ihn umbringen sollen?« Er schaute sich zu seinen Sippenbrüdern um, die sogleich in sein verächtliches Lachen mit einfielen. »Laßt uns mit den Zeremonien fortfahren. Ich verzeihe dir, Lasra. Meinetwegen magst du sogar auf den Inseln bleiben. Nur sollte deine Sippe besser auf dich aufpassen.« Er wandte sich zum Gehen.

»So unbedeutend war mein Freund Sihrus nicht«, erklärte Errill in seiner aufreizend beiläufigen Art, während er in die Mitte des Kreises schlenderte. In der Hand hielt er die Bronzeaxt. Das funkelnde Metall zog alle Blicke auf sich. »Die Stierherren wollten von Sihrus das Geheimnis der Bronze erfahren, doch sein Preis war ihnen zu hoch. Sein Preis lautete: Herrschaft über die Inseln und Jonara Perle zur Frau. Nachdem die Stierherren Sihrus ermordet hatten, hat die schöne Jonara mich mit ihrer Aufmerksamkeit beglückt. Manch einer von euch mag sich gewundert haben, daß ihre Gunst an einen so unbedeutenden Langhügler verschwendet wurde. Ich selbst habe mich gewundert, denn ich kenne das Geheimnis der Bronze nicht. Es ist mit Sihrus untergegangen.«

Jonara Perle funkelte Errill an, doch unter der Wut sah ich auch Angst und echte Verwunderung, daß dieser Mann ihrem Zauber nicht erlegen war und hier gegen sie sprach.

»So steht denn Wort gegen Wort«, sagte Hirschtochter kopfschüttelnd. »Du sprichst immer von den Stierherren, Errill Sippenbruder. Willst du auch Jonbro Stierherr und Sternenseher anklagen? Ragh und Ibarek? Sprich!«

Sternenseher warf zornig die Hände hoch. »Wie lange müssen

wir uns noch von diesen Verrückten beleidigen lassen? Die Stierherren haben nichts mit dem Tod dieses Langhüglers zu tun!«

Nun gewannen die wütenden Schreie der Stierleute und der Sippen der Gemeinschaft die Überhand. Fäuste wurden gereckt, drohende Rufe wurden laut. Jonbro erhob sich von seinem Sitz und breitete beschwörend die Arme aus. »Ich weiß nicht, wovon dieser Hirschleutemann spricht. Wir haben ihn nicht gezwungen, unsere Gastfreundschaft anzunehmen. Nun verrät er sie.« Er machte eine wegwerfende Geste. »Ich weiß nichts über Sihrus' Tod. Und auch diese selbsternannten Ankläger scheinen nichts Genaues zu wissen, sonst würden sie uns nicht mit diesen erbärmlichen Schmähungen überhäufen, sondern Beweise vorlegen. Laßt uns mit dem Fest fortfahren.«

»Ihr wollt Beweise – ihr sollt sie haben«, erklärte ich. Ich griff nach dem Beutel an meinem Gürtel, als Errills Hand sich um meinen Arm schloß.

»Noch nicht«, raunte er mir zu. Verblüfft hielt ich mitten in der Bewegung inne. Toshag war meine Bewegung nicht entgangen. Sein Gesicht nahm einen lauernden Ausdruck an. Errill wich nicht von meiner Seite, als er nun einen schrillen Pfiff ausstieß. In die Menschenmenge in unserem Rücken kam Bewegung, als sich jemand von hinten in den inneren Kreis vorkämpfte. Es war Korm.

Hinter ihm kam eine Frau mit kurzen braunen Haaren, die eine junge Frau hinter sich herzog. Die Ältere klopfte der Jüngeren auf die Schulter und schob sie nach vorn. Mit gesenktem Kopf blieb sie hinter Errill stehen. Nun, wo das Licht auf ihr offenes, ein wenig pausbäckiges Gesicht fiel, wirkte sie kindlicher. Ich schätzte sie auf dreizehn, vielleicht vierzehn Jahre.

»Das ist Schnuppe, die Tochter Kwikes von den Walleuten.« Ein erwartungsvolles Raunen ging durch die Menge. Toshags Blick durchbohrte die junge Frau, die unverwandt auf den Boden sah. »Sie wird einen Teil von Wibos Geständnis bestätigen. Einen bedeutsamen Teil.« Er nahm Schnuppe an der Hand und zog sie neben sich. »Hab keine Angst«, sagte er mit leiser Stimme. »Deine Mutter und ich sind bei dir.«

Schnuppe sprach so leise, daß überall gerufen wurde: »Lauter, lauter!«

Errill nickte ihr aufmunternd zu, und so begann das Mädchen noch einmal von vorne. Gespanntes Schweigen setzte ein. »Ich war am Frühlingstag noch spät auf. Hab ein Bad im Meer genommen.« Pfiffe und anzügliche Bemerkungen ertönten, und Schnuppe errötete heftig. Völlig verunsichert fuhr sie fort: »Da hab ich ein Kerrag über den Sund fahren sehen. Von uns zur Bucht Hosra. Eine Gestalt saß drin. Sie hatte einen Umhang an. Der war ganz hell. Mit einer Kapuze.«

»Weißt du noch«, fragte Errill das junge Mädchen, »wann das war?«

Schnuppe kratzte sich am Oberschenkel. Die andere Hand, die nichts zu tun hatte, hing herunter wie der Hals eines erlegten Schwans. »Es war schon lange dunkel, ich meine, bis auf den Mond. Der stand hoch am Himmel, und ein Stern, der ganz hell leuchtete, war auch da. Ich hab ihn beim Baden immer gesehen, weil er ganz tief und hell über der Kesselbucht stand.« Sie sah Errill erwartungsvoll an.

»Wenn ich Wibo richtig verstanden habe«, meldete Ragh sich zu Wort, »haben zur Zeit des Mordes aber drei helle Sterne in einer Linie am Horizont gestanden. Schnuppe *kann* also nicht den Mörder oder die Mörderin gesehen haben.«

Die Sippen der Gemeinschaft und die Gruppe der Stierleute hinter Jonbros Sänfte griffen Raghs Einwand begeistert auf. Sternensehers und Jonbros Schweigen stand dazu in einem sonderbaren Gegensatz.

»O doch!« erklärte Adlersohn. »Das Mädchen hat den Hüter der Schwelle gesehen, der in der Nacht des Frühlingstags zunächst als einziger der drei am Himmel steht. In der Zeitspanne, die man benötigt, um über den schmalen Sund zu paddeln, gingen die Strahlende und der Robbenjäger erst auf. Nur eine kurze Weile standen die drei an jenem Abend gemeinsam am Himmel. Das Mädchen hat die Wahrheit gesagt. Und das ist um so höher zu bewerten, als sie unbewandert in der Kunde der Gestirne ist!«

In die wachsende Unruhe hinein rief Errill: »Schnuppe hat Jonara Perle über den Sund paddeln sehen. Wir alle wissen, daß Jonbros Tochter einen kostbaren weißen Kapuzenumhang aus Seehundfell besitzt.«

»Wer würde etwas auf die Lügen eines schamlosen jungen Dings geben, das vor seinem Tag der Zweiten Geburt an den Riten des Frühlingstages teilnimmt!« ereiferte sich Sternenseher.

Kwike warf dem hageren dunklen Mann einen bösen Blick zu, bevor sie schützend die Arme um ihre Tochter legte und sie in die Menge der Zuschauer hinter den hohen Steinen zurückführte.

»Wenn das euer Beweis sein soll, verlaßt lieber gleich die Inseln!« Toshag lachte. »Es ist doch Zeitverschwendung, sich diesen Unfug anzuhören.«

»Stein um Stein wird das Gewölbe geschlossen. Dies ist nur *ein* Beweis«, erklärte ich. Die Unruhe ebbte ein wenig ab, und ich rief mit lauter Stimme: »Jonara Perle, wo ist der goldene Fischanhänger, den dein Vater dir letztes Jahr zum Frühlingstag geschenkt hat?«

Selbst im Schein des Feuers war zu erkennen, daß Jonara erbleichte. Hilfesuchend drehte sie sich zu Toshag um, der mit zusammengepreßten Lippen näher zu ihr trat. Das Lachen war von seinem Gesicht verschwunden. Er nahm Jonaras Hand und nickte ihr aufmunternd zu. Sie reichte ihm etwa bis zu den Augen, eine hochgewachsene, hochmütige Frau. Ein schönes Paar, dachte ich beeindruckt, als ich die beiden aufrechten Gestalten dort Hand in Hand stehen sah. Ihr rotes Gewand, sein roter Umhang, Blutsteinschmuck und die Haare der Frau, alles funkelte und blitzte im zuckenden Feuerschein.

»Wo ist der goldene Anhänger, den Sihrus dir im Sterben abgerissen hat?« fragte ich.

Die Menschen um uns herum schienen die Luft anzuhalten und sich vorzubeugen. Obwohl sich niemand bewegte, war mir, als schließe sich der Kreis enger um uns.

»Zeig ihn uns! Zeig uns das kostbare Geschenk deines Vaters! Warum hast du es nicht mehr getragen, seit die Stierherren aufgebrochen sind, um den Frühlingstag bei den Walleuten zu feiern?«

»Ich habe ihn verloren«, antwortete Jonara mit fester Stimme.

»Ja, du hast ihn verloren«, rief ich. »In der Nacht des Frühlingstages, als du Sihrus in den Tod gelockt hast. Im Sterben ist er auf dich gefallen und hat dir den Anhänger abgerissen.«

»Nein!« rief Jonara. »Das ist eine Lüge. Ich bin nie in dieser Bucht gewesen! Ich habe den Anhänger bei einem Spaziergang hier am See verloren. Vater, sag ihnen, daß sie mit diesen Lügen aufhören sollen!« Sie drehte sich zu Jonbro um, doch Toshag hielt ihre Hand fest und zog sie behutsam wieder zurück.

Jonbro sprang auf, zuckte zusammen und setzte sich mit gequälter Miene wieder hin.

»Jonara Perle, du hast den Anhänger an der Bucht Hosra verloren, und dort haben wir ihn wiedergefunden!« sagte ich in die Stille hinein. Ich griff in den Beutel an meiner Seite, holte das Ledertuch heraus, in das ich den Anhänger eingeschlagen hatte, und faltete es auseinander. Hirschtochter kam näher und besah sich das verkrustete Schmuckstück. Ich forderte weitere Erdfrauen und Tiersöhne auf, es in Augenschein zu nehmen, und achtete darauf, daß möglichst viele Vertreter der Gemeinschaft darunter waren. Das Feuer ließ die Stellen aufblitzen, an denen das Gold durch den Vogelkot schimmerte. Nickend kehrten die Menschen an ihre Plätze zurück, wo ihre Sippengeschwister sich um sie drängten und sie mit Fragen bestürmten.

Errill an meiner Seite war aufs äußerste gespannt. Er ließ Toshag nicht aus den Augen, und Toshags Blicke wichen nicht von dem schmutzigen kleinen Ding auf dem Ledertuch. Er hatte Jonara Perles Hand losgelassen. Seine Hände, seine gesamte Gestalt waren verborgen unter dem blutfarbenen Stierherrenumhang. Er hatte sich in diesen Umhang zurückgezogen wie der Krebs in sein Haus.

»Ein Adlerpaar nistet in dem Wäldchen, in dem Wibo Sihrus

auflauerte«, fuhr ich fort. »Sie haben meinem Sippenbruder die Ehre erwiesen, von seinem Fleisch zu fressen. Zusammen mit seinen Fingern haben sie den Anhänger in ihren Horst gebracht, als Futter für ihre Jungen. Als Toshag am Morgen der Mordnacht selbst in die Bucht fuhr, um die verräterischen Beweise zu beseitigen, fand er nur noch Jonaras Umhang. Ich aber fand heute den Anhänger unter dem Adlerhorst – unter Kot und Knochensplittern. Ich danke unserem Sippentier, den Ahnen und den Göttern, daß sie die Wahrheit ans Licht gebracht haben.«

Ich hörte das entsetzte Aufkeuchen, meinte den beschleunigten Atem der Menschen in meinem Nacken zu spüren.

»Diese Frau hat den Anhänger gestohlen!« entgegnete Toshag mit entschlossener Stimme. »Es ist keine Kunst, sich irgendwo Vogelkot zu besorgen! Welch ein heimtückischer Plan, die Stierherren zu verleumden. Glaubt ihr kein Wort. Sie lügt!«

»Ich bezeuge, daß wir den Anhänger heute mittag unter dem Adlerhorst an der Bucht Hosra gefunden haben«, erklärte Errill, ohne Toshag aus den Augen zu lassen.

»Auch ich bezeuge das«, sagte Korm mit einem knappen Nicken.

»Die Hirschleute sind Lasras Handlanger!« sagte Toshag mit ruhiger Stimme. »Ihr Zeugnis ist nichts wert.«

Dann trat Jonara Steinkraut vor, die bislang in der ersten Reihe unter dem knienden Stein geblieben war. Ihre Augen schimmerten feucht, als sie mit lauter, zitternder Stimme sagte: »Ich, Jonara Steinkraut, Erdfrau der Stierleute, bezeuge, daß dieser Anhänger Jonara Perle gehört. Errill, Korm und ich waren Zeugen, als Lasra ihn heute unter dem Adlerhorst an der Bucht Hosra fand, wo Sihrus ermordet wurde. Meine Trauer ist groß, doch die Wahrheit steht über allem.« Die Unruhe unter den Zuschauern steigerte sich, so daß weder die weiteren Worte der Erdfrau noch die Drohungen einiger Stierleute mehr durchdrangen.

Schließlich hob Jonara Steinkraut die Arme, und die Menge ließ sie weiterreden. »Als Heilerin weiß ich, daß es besser ist, ein brandiges Glied abzutrennen, als daß der ganze Körper verdirbt. Die Menschen der Inseln dürfen keine Menschen töten, und wenn sie es dennoch tun, sollen sie ausgestoßen werden von ihren Sippen. Nur so können wir wieder gesund werden.«

Ich schaute zu Jonbro hinüber, der auf seinem Sitz zusammengesunken war. Seine fette Brust quoll unter dem Umhang hervor, die Axt mit dem langen Holm war auf die Erde gesunken. Er wirkte wie der alte Mann, der er war. Ragh verließ die Schutzmauer vor der Sänfte, trat an Jonbros Seite und redete aufgeregt auf ihn ein. Die Stierleute schwiegen entsetzt, während die Masse der Zuschauer tobte, schrie und wild gestikulierte.

Aus den ziellosen Drohgebärden und all der Empörung begann sich ein einzelner Ruf herauszukristallisieren: »Strafe für die Mörder!«

»Die Strafe für Mord ist Ausstoßung, Sippenbrüder und -schwestern!« rief Hirschtochter beschwörend in die Menge.

Schon waren es mehrere Stimmen, die den Ruf aufnahmen. Dann viele und nochmals viele Kehlen, die »Strafe für die Mörder!« brüllten. Ich blickte in verzerrte Gesichter, aufgerissene Münder. Wer waren die Menschen, die mir da gegenüberstanden? Forellenleute? Widderleute? Kannte ich nicht den jungen Mann von den Sturmschwalbenleuten, der sich vehement nach vorne drängte? War das nicht der Tiersohn der Delphinleute, der sich die Seele aus dem Leib schrie? Ein junges Mädchen mit haßerfülltem Gesicht, dessen flinke Finger ich gestern beim Strohseilflechten bewundert hatte?

Hirschtochter, Madragena, Adlersohn und mehrere andere aus der Mitte des Kreises wandten sich nach außen und versuchten die tobende Menge zu beruhigen, die langsam, aber unerbittlich nach vorn drängte. Sternenseher hatte unbemerkt den Kreis verlassen und redete gemeinsam mit Ragh auf den Stierherrn ein. Wibo stand nicht mehr an Madragenas Seite. Ich konnte ihn nicht entdecken. Offenbar hatte niemand sein Verschwinden bemerkt.

Die Sippengeschwister hinter mir verhielten sich erstaunlich still. »Bewahrt Ruhe!« hörte ich Gorgs dröhnende Stimme.

Errill, wachsam wie ein Raubvogel, stand neben mir, Toshag fest im Blick. Toshag, vielleicht zwei, drei Mannlängen von uns entfernt, stand regungslos in der Mitte des Kreises an Jonara Perles Seite. Seine Ruhe war mir unheimlich. Würde er sich ohne Gegenwehr in sein Schicksal ergeben?

Dann sah ich, wie Jonbro den Kopf hob. Er und sein Neffe sahen sich lange in die Augen, und dann schloß Jonbro die Augen.

»Vater!« schrie Jonara Perle in höchster Not. »Hilf mir! Laß mich nicht allein!«

Jonbros Augen blieben geschlossen.

»Vater!« Jonara begann zu weinen. »Sag ihnen, daß ich –«

Toshags Hände schnellten unter dem Umhang hervor wie die Scheren eines Krebses. Errill machte einen Sprung vor mich, und ich steckte rasch den Fischanhänger in meinen Ausschnitt. Doch Toshag hatte es nicht auf mich abgesehen. Die Entfernung zwischen den beiden Männern war zu groß, als daß Toshag mich hätte erreichen können. Auch Errill konnte nichts mehr verhindern.

Er war schnell, Toshag von den Stierleuten.

In einer einzigen Bewegung warf er seinen Umhang ab, sprang hinter Jonara und zog sie an sich. Die Muskeln an seinem linken Unterarm traten hervor, als er seine Verwandte unter der Brust umfaßte und an sich preßte. Mit der rechten Hand hielt er ihr ein Feuersteinmesser an die Kehle. Die Klinge, so lang wie seine Hand, war die größte, die ich je gesehen hatte.

»Zurück, sonst töte ich sie!« rief er mit donnernder Stimme, die sogar in dem Tumult zu hören war. Doch mehr noch als sein Ruf ließ das Messer die tobende Menge innehalten. Die Drohung, die es verkörperte, bedurfte keiner Worte.

Ragh schrie laut: »Nein! Du bist verrückt geworden!«

Golbro wollte sich wutentbrannt auf Toshag stürzen, aber Ruff und Ibur hielten ihn zurück.

Allmählich kehrte Ruhe ein, so daß man Jonara Perles Schluchzen hören konnte. In ihren aufgerissenen Augen stand nackte Angst. Zappelnd versuchte sie sich zu befreien, aber da Toshag weder seinen Griff lockerte noch das Messer wegnahm, rann bald ein schmaler Blutfaden über ihren Hals. Sie schrie einmal auf und erstarrte. Toshag beugte sich zu ihr herunter und flüsterte ihr etwas ins Ohr. Ihr Kopf verdeckte die Stiernarbe auf seiner Brust.

Die Flutwelle aus Köpfen, Beinen, Armen, Brüsten verstummte und rückte wie ein einziges Wesen vor. Die Handvoll Erdfrauen und Schamanen, die sich ihr entgegenstemmten, wurden vor dem Wesen her getrieben. Immer näher kamen sie der Mitte des Kreises und dem Feuer. In den Augen der Menschen sah ich Zorn, Entsetzen und Gier. Vor allem Gier. Als litten sie Hunger. Als hätten sie nicht zwei Tage lang das Fleisch einer ganzen Herde von Rindern und Schafen vertilgt.

»Es ist wahr!« rief Toshag lauter, als es in der atemlosen Stille nötig gewesen wäre. »Ich habe den stinkenden Langhügler töten lassen. Diese dumme Frau hier und jener noch dümmere Mann von den Adlerleuten waren meine Werkzeuge. Sihrus stand mir im Weg. Er war der einzige ernst zu nehmende Gegner. Nur er stand zwischen mir und der Macht über die Inseln. Dieser alte Mann da auf seiner Sänfte ist nicht die Fürze wert, die sein Hintern verschießt. Du staunst, Onkel? Binnen eines Jahrs wärst du Madenfutter gewesen, wenn ich meinen Plan verwirklicht hätte. Ganze Vogelschwärme wären von deinem Fett satt geworden. Dein hagerer Liebling von Sternenseher, der mich ständig mit seinem Gefasel von Alako gelangweilt hat, hätte dir im Ahnenhaus Gesellschaft leisten können. Die anderen Stierleute – vergeßt sie! Ich wäre ein guter Herrscher gewesen. Für all die, die mir gehorcht hätten.« Er lachte lang und übertrieben.

Was bezweckte er mit dieser Darbietung? Die Menschen im Kreis schienen sich diese Frage seltsamerweise nicht zu stellen. Auch in den Gesichtern der Stierleute hinter Jonbros Sänfte sah ich nun Haß und Wut aufflackern. Dennoch herrschte weiterhin atemlose Stille. Errill faßte mich am Arm und zog mich langsam zurück zu Gorg und den anderen.

»Die Ungehorsamen hätte ich unter meinen Füßen zertreten wie Schaben«, fuhr Toshag fort. Nun, da er sah, daß die Menge ihn nicht angriff, senkte er die Stimme. Sie klang beherrscht, ja gleichgültig. Ich hatte das Gefühl, den wahren Toshag zu hören. »Nichts anderes sind die Menschen. Wen kümmert es, ob Schaben dumm oder klug sind, mutig oder feige? Sie krabbeln herum und vermehren sich, und hin und wieder wird eine zertreten.« Er zuckte die Schultern. »Ihr hattet die Gelegenheit, groß zu werden, ihr habt sie vertan. Seht euch vor, den Inseln stehen Veränderungen bevor, furchtbare Veränderungen. Es werden andere kommen, und die werden die Inseln nicht so lieben wie ich. Du da«, sagte er mit einem Nicken in meine Richtung, »warst nicht schlecht. Für eine Frau. Aber ändern kannst du nichts. Denk an mich, wenn es soweit ist.«

Dann setzte er das Messer an Jonara Perles linkem Ohr an und zog es ihr quer über die Kehle. Einen Wimpernschlag lang spannte sich eine schmale rote Kette um ihren Hals, bevor sie in Springquellen von Blut verschwand. Er hielt die Frau fest, solange sie noch zuckte.

Eine Weile geschah gar nichts. Toshag stand in der Mitte des Kreises, die tote Frau zu seinen Füßen. Die rote Lache um die beiden wurde immer größer. Wieviel Blut so ein Mensch hat, dachte ich.

Von Errill gezogen, bewegte ich mich rückwärts, bis mein Rücken gegen Gorg stieß. Gleichzeitig bewegte die Menge sich vorwärts. Es war eine eigenartig fließende Bewegung, wie Wasser, das von allen Seiten in eine leere Felswanne strömt.

Dann brach die Flut los. Die Leiber schlugen über Toshag zusammen. Ich hörte ihn lachen, dann schreien. Dann ging auch sein Geschrei in dem Wutgebrüll unter.

»Madragena!« rief ich ängstlich, während Gorg die Adlerleute durch eine Gasse, die Twirk, Kebro, Füchschen, Korm, Eppe und Brim frei hielten, nach hinten in den Graben führte.

In der aufgebrachten Menge sah ich kurz das hohe Geweih Hirschtochters und eine Adlermaske aufragen, bevor sie von der Flut verschluckt wurden. Errill wartete, bis die Adlerleute unbehelligt im Graben anlangten und von Gorg weggeführt wurden. Er schrie nach seinen beiden Sippenbrüdern.

»Ich komme mit!« rief ich.

»Nein!« brüllte Errill zurück, bevor er sich in das Getümmel stürzte. »Geh!«

Unschlüssig, ob ich seinen Befehl befolgen sollte oder nicht, tat ich gar nichts. Ich wich bis an den Rand des Grabens zurück und sah wie gelähmt zu, wie die Massen noch immer zur Mitte hin drängten, obwohl dort nicht mehr Platz für einen Kiebitz gewesen wäre. Es war hellwach, das Tier mit den vielen Köpfen, das mächtigste Raubtier von allen. Niemand konnte sich ihm entgegenstellen. Die geschicktesten Jäger waren machtlos gegen seine Gier.

Das Tier hatte seine Beute gefunden und beachtete mich nicht. Ich stand am Rand des Grabens und konnte es zwischen zwei der hoch aufragenden Steinplatten hindurch beobachten. Vorhin im Kreis hatte ich ihm in die vielen Augen geblickt, und in ihnen hatte ich ihn entdeckt, den Todeszauber. Nun erst verstand ich Madragenas Lektion.

Die Flammen im Herd loderten hoch auf, und kurz darauf stieg eine schwarze Rauchfahne auf. Ich blieb stehen, als hätte ich in dem steinigen Grund Wurzeln geschlagen.

Während ich auf Errill und Madragena wartete, legte sich ein beißender Geruch über Naps Kreis. Der Geruch brennenden Fleischs. Ich betete zu Mutter Erde, Toshag möge schon tot gewesen sein, als sie ihn ins Feuer warfen.

Ich weiß nicht, wie lange ich da stand, aber schließlich lösten sich einzelne Glieder aus dem Tier, und das Geschrei ebbte allmählich ab. Nach einer schier endlosen Zeit tauchte Adlersohn auf, einen abwesenden, ungläubigen Ausdruck auf dem Gesicht. Zwei seiner langen Fingernägel waren abgebrochen, an dem dritten klebte Blut. Dann kamen Eppe und Korm, Hirschtochter in ihrer Mitte. Eppe, noch ernster als sonst, hielt die Hirschhaube fest. Ihre Kleider waren zerrissen, alle hatten blutige Schrammen. Korm zog sein rechtes Bein nach. Als letzte taumelte Jonara Steinkraut auf uns zu, weinend und blutüberströmt. Wir scharten uns zusammen und warteten.

Errill und Madragena kamen nicht. Gegen den Menschenstrom, der bald hierhin, bald dorthin wogte, kämpfte ich mich zur Mitte durch. Madragena kniete vor dem Feuer, die Arme zum Gebet vor der Brust gekreuzt, und sang. Errill stand neben ihr, die Bronzeaxt in der Hand. Er blutete aus Mund und Nase.

Eine Frau stolperte über den zertrampelten Körper des dreibeinigen Stiers, schlug der Länge nach hin, heulte auf und kroch auf allen vieren fort. Etwas weiter weg lag das, was einmal eine trächtige Sau gewesen war. Jonara Perle war bis vor die Sänfte des Stierherrn mitgeschleift worden, die seltsamerweise heil geblieben war. An den blonden Haaren und dem roten Gewand erkannte ich sie. Den Raum um Madragena und Errill mieden die Menschen.

»Kommt«, sagte ich. »Es ist vorbei.«

Der Gestank hier am Feuer war unerträglich. Ein trüber Qualm nahm mir die Luft zum Atmen. Errill hustete.

»Komm, Madragena«, sagte er dann, faßte die alte Frau unter die Arme und zog sie hoch. »Sie gehen nach Hause. Die Gefahr ist vorbei.«

Blaue Flammen züngelten um die verkohlte Gestalt auf den glühenden Holzscheiten. Ich wandte den Blick ab, und wir verließen den Steinkreis.

Drüben, am Ufer des Brackigen, sah ich Gorgs Bärengestalt inmitten der anderen Adlerleute aufragen. Die Erwachsenen hatten die Kinder in die Mitte genommen, die sich schluchzend an ihre Eltern klammerten. Ich schüttelte die Benommenheit ab, die mich lähmte wie nach einem zu langen Alptraum.

»Bring sie weg!« sagte ich zu Errill. »Ich muß Ela finden.«

»Ich komme mit«, erklärte Jonara Steinkraut.

Wir liefen zu Yarbros Haus. Zu meiner Erleichterung traf ich meine Schwester und ihren Mann an. Sie schienen unverletzt zu sein, von den Schrammen und blauen Flecken in Yarbros Gesicht abgesehen.

Ela warf sich in meine Arme. »Er hat mich in Sicherheit gebracht«, sagte sie weinend. »Füchschen? Regi?«

Ich beruhigte sie. »Es geht ihnen gut.«

»Nimm sie mit«, bat mich Yarbro.

»Nein, ich bleibe bei dir!« rief Ela.

»Komm du auch mit«, bot ich ihm an. »Du bist willkommen.«

»Ich muß bei meiner Sippe bleiben«, entgegnete er. »Ich komme dich bald holen, Liebste. Bitte, geh mit ihnen. Wer weiß, was noch wird. Bitte, denk an unser Kind. Mir wird nichts geschehen.«

Ela kam schließlich mit.

»Dasselbe gilt für dich«, wandte ich mich an Jonara Steinkraut.

»Danke«, sagte sie. »Aber ich bleibe auch. Sag Madragena, ich habe mit ihr gesungen. Sie konnte mich nur nicht hören.«

Als wir in die Kerrags stiegen, war es noch hell. Hirschtochter, Errill und seine Freunde wollten auf den Rest ihrer Sippe warten, bevor sie zum Kleinen Nordlicht heimkehrten. Sie versprachen, Schnuppe und Kwike bei den Walleuten abzusetzen.

Wir Adlerleute fuhren, bis wir die Klestra-Schäre kurz vor dem Südwestkap der Großen erreichten, wo wir unser Nachtlager aufschlugen. Ich steuerte das Boot, in dem die drei Schwestern aus dem Haus der Frauen saßen. Illib schüttelte sich immer wieder, doch Ard saß ruhig und in sich gekehrt im Bug, in völligem Frieden mit sich und der Welt. In Nukis Augen lagen tiefe Genugtuung und ein Funken Haß, der immer schwächer wurde. Als wir uns in die Decken und Umhänge hüllten, die wir bei dem überstürzten Aufbruch noch hatten mitnehmen können, wurde es dunkel. Die Sonne mußte schon vorher, unbemerkt, untergegangen sein.

Nach dem Fest

Am Spätnachmittag des darauffolgenden Tages erreichten wir das Dorf der Adlerleute. Madragena wehrte alle neugierigen Fragen der Daheimgebliebenen ab und bat mich, den Sprechtag einzuberufen. Als ich mit dem Sprechstein von Haus zu Haus gegangen war und ihn ihr zurückgeben wollte, lud sie mich zum Bleiben ein. Wir tranken Hagebuttensud und aßen getrocknete Heidelbeeren.

Nach einer Weile sagte sie unvermittelt: »Es war der Fisch.«

Ich sah sie fragend an.

»Erinnerst du dich an Adlersohns zweiten Geisterflug am Frühlingstag? Der Adlerahn hatte ihm den Traum geschickt. Er sah Sihrus' Tod voraus.« Sie hielt inne, und ich wartete geduldig. Nach einer Weile fuhr sie fort: »Er war der letzte, der den Tod meines Sohnes hätte verhindern können. Aber er hat nicht darum gekämpft, vom Geisterflug zurückzukehren. Er wollte uns nicht warnen.«

Ich schloß meine Hände um die warme Schale mit dem Hagebuttensud. »Er war nicht der letzte«, sagte ich. »Der letzte, der es hätte verhindern können, war Wibo.«

Auf dem Sprechtag fiel es mir zu, die Neugier der Daheimgebliebenen zu stillen und ihnen einen kurzen Abriß der Ereignisse zu liefern. Entsetztes Schweigen folgte meinen Worten.

Adlersohn erhob Anklage gegen Wibo, und die Sippe verurteilte ihn einmütig zur Ausstoßung.

»Es tut mir leid«, sagte Wibo. »Ich bitte euch alle um Verzeihung. Madragena hat mir bereits verziehen.«

»Er war mein Vater!« rief Nuki. »Ich verzeihe dir nicht.«

»Wer soll dich zum Ufer begleiten?« fragte Adlersohn.

Wibo wählte mich.

Die anderen wandten ihm den Rücken zu. Lele, Mondkind und Hirschlein weinten, blieben jedoch gefaßt. Sie hatten schon voneinander Abschied genommen.

Ich half Wibo, Verpflegung, einige Werkzeuge und Decken aus dem Dorf zu tragen. Die drei Hunde, die er zu den Stierleuten mitgenommen hatte, waren vor dem Steinehaus angebunden. Sie zerrten an ihren Leinen, winselten und bellten. Wibo wollte sich noch von seinen Tieren verabschieden, und so gingen wir zum Frühlingspferch, wo Speer und Pfeil die Schafe hüteten.

Lele begrüßte ihn stürmisch. Um ihre Füße tollten drei schwarzweiß gefleckte Welpen mit dicken Pfoten und Schlappohren.

»Sind schon entwöhnt«, ließ Wibo mich wissen. »Gib ihnen Ziegenmilch und Leber, klein geschnitten und in Wasser gegart. Dürfen noch kein rohes Fleisch fressen.«

»Aber –«

»Ich kann sie nicht mitnehmen. Du mußt dich um sie kümmern.«

»Ich dachte, sie wären tot.«

»Die brauchen ’ne harte Hand. Prügel sie, wenn sie beißen oder Schafe jagen. Sie sollen die Herden hüten. Lele ist eine gute Mutter. Wird sie schon hinkriegen.«

Er tätschelte der großen weißen Hündin den Kopf, schulterte seine Beutel und brach zur Schwarzspalte auf. Ich lief ihm aufgeregt hinterher.

»Du kannst mir nicht einfach diese Hunde aufhalsen. Ich hasse Hunde. Sie stinken und haaren und –«

Es war ein gutes Stück bis zur Schwarzspalte. Lele lief uns schwanzwedelnd hinterher, und ihre Welpen folgten ihr. Wibo verscheuchte die Hündin, aber sie ließ nicht von ihm ab. Erst als er ihr einen Fußtritt versetzte, jaulte sie einmal auf, klemmte den Schwanz zwischen die Beine und verschwand.

Wibo blieb auf dem Klippenweg stehen und wartete auf mich. Das Meer war ruhig und grau, ein guter Tag für eine Seereise. Wibo kratzte sich verlegen den Bart, als er merkte, daß ich nicht neben ihm her gehen wollte. »Der Schwarze«, begann er dann. »Kein guter Hund. Hat elf Lämmer gerissen. Nicht, weil er Hunger hatte. Hat sie zerfleischt und liegenlassen. Ich hab ihn geprügelt. Hat nichts genützt. Da hab ich ihm einen Tritt gegeben. Da vorne«, er wies auf eine Klippe, wo die Weiden bis an die Felskante reichten, »hab ich ihn runtergeworfen.«

Ich wußte nicht, was ich darauf sagen sollte. Schweigend gingen wir weiter.

Wieder räusperte er sich und schaute unstet zwischen mir und dem Meer und den Wiesen hin und her. »Sihrus –«, begann er.

»Was?« meinte ich gereizt.

»Sihrus war nicht besonders traurig. Wegen dem Schwarzen, meine ich.«

»Du willst mir doch nicht erzählen, daß du Sihrus ermordet hast, weil er nicht um seinen Hund getrauert hat?« fuhr ich ihn an.

»Nein, nein, aber …«, stammelte er. »Das war … nicht gut. Der Schwarze und …«

Wir hatten den Einstieg in die Schwarzspalte erreicht, kletterten hinunter und verstauten seine spärliche Habe in einem der Kerrags.

»Sihrus«, versuchte er es erneut, »er war –«

»Nicht gut?« sagte ich empört. »Selbst wenn er nicht *gut* gewesen wäre – für die Adlerleute oder den alten Weg oder was auch immer –, hätte dir das noch nicht das Recht gegeben, ihn zu ermorden.«

Wibo nickte. »Es war falsch«, sagte er.

Er stieg ins Kerrag und legte ab. Von der Felskante oben fiepte und jaulte es in den höchsten Tönen. Dann stürzte etwas die steilen Stufen hinunter, überschlug sich, fing sich wieder, lief weiter und sprang ins Wasser. Lele war eine gute Schwimmerin, aber das Kerrag konnte sie nicht einholen. Je mehr sich das Fell der Hündin voll Wasser sog, desto tiefer sank sie.

Hatte sie anfangs noch Kopf, Rücken und Schwanz über Wasser gehalten, ragte bald nur noch der Kopf heraus. Die Hündin bellte einmal, hoch und wie in äußerster Not, und da paddelte Wibo zurück und zog sie ins Boot.

Ich habe die beiden nie wiedergesehen.

Nachbemerkung

Als ich sieben Jahre alt war, nahm mein Vater mich mit ins Schloß Strünkede. Wir lebten im Ruhrgebiet, zwischen Zechen, rußgeschwärzten Bergarbeitersiedlungen, Bierkiosken und Schrebergartenkolonien. Wie ein Relikt aus vergangener Zeit steht das im Kern mittelalterliche Wasserschloß inmitten dieser spröden neuzeitlichen Industrielandschaft. Und noch tiefer tauchten wir in den Brunnen der Zeit hinunter, nachdem wir die Eintrittskarten für das Vorzeitmuseum gelöst hatten und die steinernen und beinernen Artefakte entdecken gingen, die hinter den dicken Schloßmauern in liebenswert altmodischen Vitrinen vor sich hin staubten.

»Das ist eine Feuersteinknolle«, erklärte mir mein Vater. »Wenn du sie auf einen festen Untergrund legst und mit einem dicken Stein draufhaust, zerfällt sie in viele Teile. Die Splitter haben ziemlich scharfe Kanten, und du kannst sie als Messer oder Pfeilspitzen benutzen. Du mußt aber aufpassen, daß du die Knolle und nicht deine Finger triffst.« In der Vitrine befand sich auch eine etwas unbeholfene Bleistiftzeichnung, auf der ein Mann mit wüstem Bart und Haupthaar in einer Art Felltunika auf dem Boden hockte und auf etwas herumhämmerte, das nur die besagte Feuersteinknolle sein konnte. Im Hintergrund stieg Rauch von einem Feuer auf, und drei Kinder tollten mit einem hundeähnlichen Geschöpf herum. Vielleicht sollte es aber auch ein Schaf sein.

Das mit der Pfeilspitze fand ich deshalb besonders interessant, weil mein Vater mir ein paar Tage vorher versprochen hatte, einen Bogen zu basteln, ein Versprechen, das noch nicht eingelöst war. »Können wir das auch machen?« fragte ich nicht ohne Hintergedanken. »Dann hätte ich Spitzen für meine

Pfeile. Für den Bogen – du weißt schon.« – »Ja, ich weiß. Ich schnitz dir ein paar Pfeilspitzen aus Holz«, versprach er. »Feuerstein gibt es hier bei uns nicht, aber weiter oben, im Norden, liegt er an manchen Stellen am Strand herum. Lasra ist nicht besonders gut im Feuersteinschlagen, aber dafür kennt sie alle Kräuter und Pflanzen.« Natürlich wollte ich wissen, wer »Lascha« war. Ein Nachbarskind, das ich noch nicht kannte? Die hießen aber eher Koslowski und davor Klaus oder Sabine. Oder eine der mysteriösen Erwachsenen, mit denen mein Vater in der Shamrock arbeitete? Komischer Name, soviel stand fest.

Lasra, meinte er, sei schon lange tot. »Hm«, machte ich, denn Kräuter und Pflanzen fand ich eigentlich doch nicht so spannend. »Ich will dir eine Geschichte erzählen«, sagte er, als er das jähe Absacken meines Interesses bemerkte. Und während er von Lasra und ihrem Dorf auf den Inseln im Norden erzählte, sah ich eine junge Frau in die Bleistiftzeichnung treten. Sie ging durch die Hütten und lachte mit den Kindern und lief aus dem Dorf hinaus, um im Hintergrund, wo ein kleiner Fluß durch die Felder mäanderte, irgendwelches Grünzeug zu pflücken. Ich stellte mir vor, das Grünzeug würde Fleisch fressen, und jetzt wurde es doch noch spannend. Mein Vater erzählte mir nach und nach die ganze Geschichte, und zwei Wochen später hat er mir auch den Bogen gebastelt. Mit der Zeit wurde Lasra meine Vertraute, eine Freundin, mit der ich reden konnte und die mit mir redete. Sie hatte nur den kleinen Nachteil, daß sie schon ziemlich lange tot war. Andererseits war das, wenn ich an meine ehemalige beste Freundin dachte, die nach einer kontroversen Regelauslegung beim Gummitwist zur erbitterten Feindin mutiert war, möglicherweise gar kein Nachteil.

Wenn ich vorhin gesagt habe, daß mein Vater mir die ganze Geschichte erzählte, so ist das nur die halbe Wahrheit. Denn obwohl die Geschichte, wenn er sie erzählte, immer denselben Anfang und dasselbe Ende hatte und Lasra und Füchschen und der Stierherr darin vorkamen, so hätte ich die *ganze* Geschichte doch damals nicht verstanden. Immer, wenn er einen neuen

Erzählzyklus begann – und ich ein wenig älter und klüger geworden war –, fügte er etwas hinzu, eine Person, einen Erzählstrang, eine technische Finesse. So erfuhr ich, daß die Menschen der Inseln ziemlich befremdliche Methoden hatten, ihre Toten zu bestatten, und daß sie in ihren halb unterirdischen Dörfern mit Gerüchen gelebt haben, die für uns heutige Menschen nahezu unerträglich wären. Und erst als mit zwölf, dreizehn Jahren in meinem privaten Olymp Mick Jagger an die Stelle von Winnetou trat und ich Miniröcke zu tragen begann, mit denen ich mich nicht mehr hinsetzen konnte, sah ich die Sache zwischen Lasra und Errill mit anderen Augen. Natürlich wollte ich wissen, wie es mit den beiden weitergegangen war, und da erzählte er mir auch die anderen Geschichten, die er kannte.

Nie jedoch widersprach das, was mein Vater hinzufügte, dem, was er mir bei jenem ersten Mal im Schloß Strünkede erzählt hatte. So hatte es seine Mutter mit ihm gehalten, und so werde ich es mit meinem Sohn halten. Und wenn der einmal fünfzehn Jahre alt ist, wird er die *ganze* Geschichte erzählt bekommen, so wie mein Vater am Abend meines fünfzehnten Geburtstags damit begann, mir die ganze Geschichte zu erzählen. Heute erzählen wir sie uns gegenseitig, manchmal abwechselnd, manchmal sogar zu dritt, oder wir diskutieren stundenlang darüber, ob Nap Irs nun vom Felsen gestürzt hat oder nicht.

Wie oft alle Geschichten im Laufe der Jahrhunderte und Jahrtausende erzählt und inwieweit sie dabei von jedem Erzähler verändert worden sind, wissen wir nicht. Wir wissen nur, daß es die Mutter meines Vaters und deren Mutter und deren Mutter und deren Mutter und wiederum deren Mutter waren, die sie weitergegeben haben, wahrscheinlich weil die Männer in dieser Zeit, als unsere Familie aus Polen über Schlesien ins Ruhrgebiet einwanderte, viel zu sehr damit beschäftigt waren, ihre Felder zu bestellen und später einzufahren und das schwarze Gold des Ruhrgebiets, die Steinkohle, ans Tageslicht zu fördern. Irgendwo verliert sich die Spur der Erzähler, wenn auch nicht die Geschichten, vor »vielen und nochmals vielen« Jahren. Zeit genug für unsere Vorfahren, von den Orkneyinseln aufs europäische Festland zu wandern und nach Polen zu kommen. Zeit genug – gute viertausend Jahre, grob über den Daumen gepeilt –, um noch etliche Umwege einzulegen. Zeit genug, um sich, als es denn auch bei uns in Nord- und Mitteleuropa die Schrift gab, Notizen zu machen, vielleicht sogar alle Geschichten aufzuschreiben. Wer weiß?

1966, als mein Vater mir die Geschichte zu erzählen begann, war das Grab der Adlerleute, auf das Ronald Simison acht Jahre zuvor bei der Suche nach orkadischen Sandsteinplatten für eine Feldumrandung gestoßen war, nach einer kurzen Stichgrabung längst wieder verfüllt worden. Die knappe Notiz, die damals in der schottischen Fachpresse erschien, hat in jenen Internet-losen Zeiten nicht ihren Weg ins Deutschland des Wirtschaftswunders gefunden. Mein Vater, der sich bis zu seiner Frühpensionierung vom einfachen Bergmann zum Steiger hochgearbeitet hatte, hat ohnehin nie ein Wort Englisch gesprochen. Ich denke, ich war die erste in der langen Kette von Erzählern, die irgendwann wissen wollte, wann genau Sihrus ermordet wurde. Die Himmelskonstellationen lassen nur einen Schluß zu: Nach unserem Kalender muß es gegen 3.20 Uhr am 10. April 2353 vor Christus gewesen sein.

Auch Ronald Simison, Bauer und autodidaktischer Heimatforscher, wollte es irgendwann wissen, wollte endlich Antworten auf seine Fragen erhalten. Er beschloß, nicht länger auf Hilfe der Experten aus Edinburgh zu warten. 1976, achtzehn Jahre nach der ersten Sondierung, grub er nach allen Regeln der archäologischen Zunft jenes Ahnenhaus aus, das Lasra beschreibt. Es besitzt tatsächlich eine langgestreckte Grabkammer aus fünf Kompartimenten, von der drei niedrige Seitenkammern abgehen, und ist so nach Ost-Nordosten ausgerichtet, daß die Sonne im Frühjahr und im Herbst durch den Grabgang, der ursprünglich wesentlich länger war als heute, in die Grabkammer fällt. Simison holte Tonscherben und Tierknochen aus dem Grab, beinerne Perlen, eine polierte Steinaxt, einen primitiven Pflug, Adlerskelette und jenen grob würfelförmigen Stein, mit dem die Erdfrau die Geister der Ahnen endgültig freisetzte. Und er holte die Gebeine von 342 Individuen heraus. Unter ihnen müssen sich auch die Gebeine all derjenigen Adlerleute befinden, die in dieser ersten Geschichte eine Rolle spielen, nicht zuletzt die des Opfers. Die Person jedoch, die den vielversprechenden jungen Mann tötete, hat, dessen bin ich gewiß, keinen Platz bei den Ahnen der Adlerleute gefunden.

Bonn, im September 2005

Anmerkung zum Text

Sämtliche Tiere und Pflanzen werden mit ihren modernen Namen wiedergegeben. Wo die Geschichte »Lund« oder »Blutkraut« hat, wurde von mir konsequent »Papageitaucher« bzw. »Johanniskraut« ersetzt, obwohl die Menschen des ausgehenden Neolithikums weder Papageien noch den heiligen Johannes kannten. Für den heutigen Leser wären die teils historischen, teils volkstümlichen Namen jedoch kaum noch nachzuvollziehen. Verständlichkeit erhielt hier den Vorzug vor dem Prinzip, Anachronismen soweit als möglich zu vermeiden. Beibehalten wurden dagegen das Vingesimalsystem, die naturgemäß ungenaue Zeiteinteilung sowie Größen-, Längen- und Mengenangaben.

Eberleute
DIE ÄUSSERE
Hirsch-
leute
DAS KLEINE
NORDLICHT
Austernfischer-
leute
DAS
GROSSE
NORDLICHT
Bussard-
leute
DIE
SANDIGE
Fuchsleute
Papagei-
taucherleute
Wieselleute
DIE PRÄCHTIGE
Krabbenleute
Eulenleute
Widderleute
DER
SCHABER
DIE
HAND
Forellen-
leute
DIE PFEILSPITZE
Graugans-
leute
DIE FLÜGEL-
INSEL
DIE GROSSE
Der Süße
DAS HERZ
Hai-
leute
Der
Brackige
Hunde-
leute
Berghasen-
leute
Stierleute
Lachsleute
Sing-
schwanleute
DIE
SCHWEINE-
INSEL
DIE
WARZE
Delphinleute
Sau-
klamm
Wacht-
berg
Kormoran-
leute
Großer Kessel
MUCKELINSEL
Kormoran-
bucht
DIE
GEBIRGIGE
DER HUMMER
Walleute
Wanderfalkenleute
DIE SÜDLICHE
Otterleute
Adlerleute
Fledermausleute
SWONA

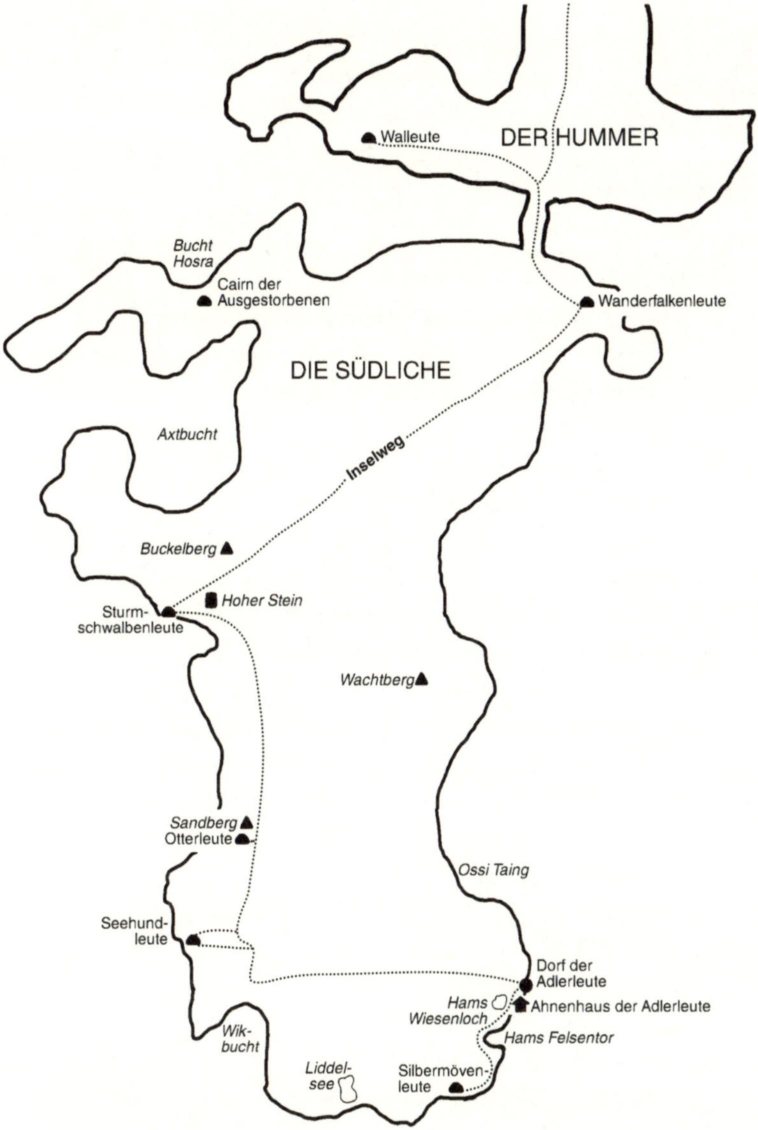
DER HUMMER
Walleute
Bucht
Hosra
Cairn der
Ausgestorbenen
Wanderfalkenleute
DIE SÜDLICHE
Axtbucht
Inselweg
Buckelberg
Hoher Stein
Sturm-
schwalbenleute
Wachtberg
Sandberg
Otterleute
Ossi Taing
Seehund-
leute
Dorf der
Adlerleute
Hams
Ahnenhaus der Adlerleute
Wiesenloch
Hams Felsentor
Wik-
bucht
Liddel-
see
Silbermöven-
leute

Glossar

Achak – Steinmeister der Stierleute

Adlerleute – die angesehenste Sippe der Langhügler

Adlersohn – Schamane der Adlerleute, sein Erwachsenenname lautet Rark, sein Kindername Raupe

Ährchen – Sohn von Illib

Ähre – Tochter von Illib

Ahnenhaus – Gemeinschaftsgrab einer Sippe

Ahnfrau – ehrfürchtige Anrede für eine alte Frau

Ahngeist – der im Gebein gesammelte Geist eines Toten

Ahnherr – ehrfürchtige Anrede für einen alten Mann

Ahnmutter – Gründerin einer Sippe

Ahnsohn Mond – zusammen mit Ahntochter Sonne ältestes der Gotteskinder, Sohn von Mutter Erde und Vater Himmel

Ahntochter Sonne – zusammen mit Ahnsohn Mond ältestes der Gotteskinder, Tochter von Mutter Erde und Vater Himmel

Ahnvater – Gründer einer Sippe

Ake – verstorbene Frau von Jonbro Stierherr

Alako Mondherr – der neue Gott der Stierleute

Aleha – Frau von Ribi

Allib – Frau von Ibarek

Allsamenbaum – trägt die Samen aller Pflanzen der Erde, ein Schößling von ihm verleiht Jugend und Gesundheit

Anach – ein Feuergeist, Imros Frau

Ard – Künstlerin der Adlerleute, Schwester von Illib, Geliebte von Sihrus

Arki – Herdenvater der Stierleute, Mann von Gonke

Ayne – verstorbene Frau von Twirk

Ban – berühmter verstorbener Baumeister

Bekib – Taris Schwester, eine Otterleutefrau

Berghasenleute – Vogeljägersippe, Rundhügler, gehören zur Gemeinschaft

Biber – Sohn von Twirk und Ayne

Bienchen – Tochter von Brim

Bilse – Tochter Lorms, eine Geliebte von Sihrus

Blase – Tochter von Twirk und Ayne

Blauauge – Tochter von Lura und Eno

Blutnabel – Sohn von Allib und Ibarek

Böckchen – 1. kleiner Junge der Silbermöwenleute, 2. Sohn von Tura und Ruff

Borh – 1. Helfer des Sternensehers, kommt von den Lachsleuten, 2. einer der drei Ahnväter der Adlerleute

Brim – Holzmeister der Adlerleute, Bruder von Gorg

Bruder Wasser – Gott, Sohn und Geliebter von Mutter Erde

Bückelchen – Sohn von Gorg und Um

Bun – ehemaliger Häuptling der Adlerleute, Siras Vater

Darwe – verstorbene Mutter von Adlersohn

Delphinleute – Langhüglersippe von der Warze

Deneb – verstorbener Mann von Madragena, kommt von den Stierleuten

Dubhal – Binnenfischer der Stierleute, Mann von Merala

Duhrus – Gegner Alako Mondherrs, der Hüter der Schwelle

Durh – 1. verstorbener Holzmeister der Adlerleute, Siras Mann, 2. einer der drei Ahnväter der Adlerleute

Durwe – Frau aus der Geschichte von der Gastfreundschaft

Ela – Lasras jüngste Schwester, verheiratet mit Yarbro von den Stierleuten

Embro – Bruder von Golbro

Enilo – ein Händler

Eno – 1. Jäger der Adlerleute, Luras Mann, 2. Helfer Sternensehers, kommt von den Hundeleuten

Ense – Erdfraulehrling der Stierleute, Schwester von Ibur

Eppe – ein junger Hischleutemann

Erdfrau – Heilerin einer Sippe, Kennerin der Pflanzenwelt

Erdfrauenstein – mit diesem Stein werden die Ahngeister freigesetzt, indem ihre Gebeine zerschlagen werden

Errill – Kerragmeister der Hirschleute, Freund von Sihrus

Färse – Tochter von Gorg und Um

Ferkel – Tochter von Regi und Ibbe

Fischmaul – Ziehtochter von Sira

Fledermausleute – Langhüglersippe von Swona, gelten als Außenseiter

Flut – Zeitmaß, etwas mehr als sechs Stunden

Förche – Tochter von Merala und Dubhal

Förne – Tochter von Merala und Dubhal

Forellchen – Tochter von Merala und Dubhal

Forellenleute – Schafzüchter und -hirtensippe, Langhügler, gehören zur Gemeinschaft

Frühlingstag – Frühjahrs-Tagundnachtgleiche, das erste der vier großen Jahresfeste

Fuchsleute – Langhüglersippe auf dem Festland, aus der Madragena stammt

Füchschen – Lasras jüngerer Bruder

Geisterflug – Trance, in die der Schamane sich versetzt

Gemeinschaft – Sippenverband unter Führung der Stierleute

Götterhaus – der Tempel der Stierleute

Golbro – Steinmeister der Stierleute, Mann von Yanela

Gonke – Frau von Arki

Gorg – Häuptling der Adlerleute

Gorh – einer der drei Ahnväter der Adlerleute

Gotteskinder – die Gestirne, die ältesten Kinder von Mutter Erde und Vater Himmel

Gran – Sohn von Achak

Grihm – Meerjäger der Otterleute

Gubala – Frau von Ibur

Guro – berühmter verstorbener Baumeister

Haifischmäuler – Spitzname für die Langhügler
Ham – einer der Urväter der Adlerleute
Hasel – Sohn von Brim
Hern – Sarras verstorbener Mann
Heuler – Sohn von Regi und Ibbe
Hila – Mädchen von den Silbermöwenleuten
Hippe – Tochter von Tura und Ruff
Hirschkalb – Sohn von Lura und Eno
Hirschlein – Sohn von Wibo und Lele
Hirschleute – Langhüglersippe vom Kleinen Nordlicht
Hirschtochter – Schamanin der Hirschleute
Hüter der Schwelle – Stern, siehe auch Duhrus
Hummel – Tochter von Gorg und Um
Hundeleute – Rinderzüchter und -hirtensippe, Rundhügler, gehören zur Gemeinschaft

Ibarek – Baumeister der Stierleute, Großneffe von Jonbro Stierherr, Mann von Allib
Ibbe – Wollmeister der Adlerleute, Regis Mann
Ibur – 1. zu Tode gestürzter Wettkletterer, 2. Herdenvater der Stierleute, Mann von Gubala, Vetter von Kebro
Illib – Kornmeisterin der Adlerleute
Imro – einer der Urväter, der den Menschen die Töpferei gebracht hat, Anachs Mann
Imse – verstorbene Erdfrau der Adlerleute, Vorgängerin von Madragena
Irs – Anführerin der Urbewohner der Inseln, Naps zweite Frau

Jark – verstorbener älterer Bruder von Jonbro Stierherr
Jarso – Häuptling der Silbermöwenleute
Jom – ein Schläger von den Forellenleuten
Jona – verstorbene Frau von Jonbro Stierherr
Jonara Perle – Tochter von Jonbro Stierherr und Jona
Jonara Steinkraut – Erdfrau der Stierleute
Jonbro Stierherr – Häuptling der Stierleute

Kabbel – Tochter von Achak
Kalb – Sohn von Gubala und Ibur
Karf – Läufer der Forellenleute
Karse – Jägerin der Singschwanleute
Katero – Händler der Südmeerinsel
Kauz – Bruder von Arki
Kea – Lasras verstorbene Mutter
Kebro – Herdenvater der Adlerleute, Siras Mann, kommt von den Stierleuten
Kerrag – Boot aus einem mit Häuten bespannten Haselholzgeflecht
Kes – Frau von Ragh
Kewe – Erdfrau der Silbermöwenleute
Kiesel – Sohn von Klebh
Kind Luft – letztes Kind von Mutter Erde und Vater Himmel
Kiriko – Heerführer Alako Mondherrs, der Robbenjäger
Kithe – verstorbene Kornmeisterin der Adlerleute, Sarras Schwester
Klebh – Steinmeister der Stierleute
Kleiner Gorg – Sohn von Gorg und Um
Knochenkrone – Insignie von Adlersohn
Knolle – Tochter von Klebh
Knurrhahn – Tochter von Gubala und Ibur
Korf – Ahnvater der Singschwanleute
Korm – ein alter Hirschleutemann
Kormoranleute – eine Außenseitersippe auf der Gebirgigen
Krabbe – Tochter von Sira und Durh
Kratze – Tochter von Lura und Eno
Krekouross – König der Südmeerinsel
Küken – Sohn von Luwe, Neffe von Errill
Kwike – eine Walleutefrau, früher die Walfängerin der Hischleute
Kwum – 1. Herdenvater der Delphinleute, 2. verstorbener Eiersammler der Adlerleute, Luras Bruder

Lachs – Tochter von Gubala und Ibur

Lachsleute – Meerfischersippe, Langhügler, gehören zur Gemeinschaft

Langer – Sohn von Gubala und Ibur

Langhügler – alle Sippen, deren Ahnenhaus eine langgestreckte Kammer und einen ebensolchen Hügel darüber hat, im allgemeinen Anhänger des alten Wegs

Lanke – Mutter von Golbro

Lari – 1. Irs' Schwester, 2. Frau von Twirk

Lele – 1. Wibos Leithündin, 2. Wibos Frau, Geliebte von Sihrus

Lin – Nomaks Mutter

Loll – Schutzbefohlene von Ruff

Lorm – Häuptling der Krabbenleute

Lura – Jägerin der Adlerleute, Enos Frau

Luwe – Schwester von Errill

Madragena – Erdfrau der Adlerleute

Menschgeist – Geist eines Toten, der noch nicht im Gebein gesammelt ist

Merala – Frau von Dubhal

Mewe – Ahnfrau der Adlerleute

Mishag – Helfer Sternensehers, Sohn von Klebh

Mond – Zeitmaß, 28 Tage

Mondkind – Tochter von Lele und Sihrus

Morwe – Klebhs Tochter, Geliebte von Jonbro Stierherr

Müschelchen – Tochter von Sira und Durh

Mutter Erde – die oberste Göttin, Frau von Vater Himmel

Mutterkind – Kind, dessen Vater nicht bekannt ist

Nap – Gründerheros der Inseln

Naps Dank – Beitrag der Sippen zur Ernährung an Naps Tag

Naps Tag – Sommersonnenwende, zweites der vier großen Jahresfeste, bei dem alle Sippen bei den Stierleuten zusammenkommen

Narte – Erdfraulehrling der Stierleute, kommt von den Singschwanleuten

Nell – Erdfraulehrling der Stierleute, kommt von den Singschwanleuten

Nemala – eine der drei Ahnmütter der Adlerleute

Nomak – Lasras verstorbener Mann von den Silbermöwenleuten

Noresha – Töpferin der Wanderfalkenleute, Madragenas Freundin

Norre – eine Hundeleutefrau

Nuki – Schwester von Illib

Nund – 1. Steinmeister der Silbermöwenleute, 2. Erdfraulehrling der Stierleute, Tochter von Dubhal

Ocker – Sohn von Achak

Ormo – Steinmeisterlehrling der Stierleute, Bruder von Yarbro

Orrib – Erdfraulehrling der Stierleute, kommt von den Berghasenleuten

Osi – Gorgs Frau, Tochter des Schamanen der Silbermöwenleute

Otterleute – Langhüglersippe auf der Südlichen

Paliste – Geliebte Alako Mondherrs, die Strahlende

Pelzkopf – Tochter von Allib und Ibarek

Pfeil – Sohn von Lura und Eno, Speers Zwillingsbruder

Pfote – Sohn von Aleha und Ribi

Primel – Tochter von Yanela und Golbro

Ragh – Steinmeister der Stierleute, jüngerer Bruder von Toshag, Neffe von Jonbro Stierherr, Mann von Kes

Rarf – Streithahn von den Lachsleuten

Regenpfeiferleute – Ackerbauernsippe, Langhügler, gehören zur Gemeinschaft

Regi – Lasras zweitjüngste Schwester

Rena – Ahnmutter der Singschwanleute

Ribi – Hundemeister der Stierleute, Mann von Aleha

Rihw – Bogenschütze von den Lerchenleuten

Ringel – Sohn von Twirk und Ayne
Robbenjäger – Sihrus' Lieblingsstern, siehe auch Kiriko
Rose – Tochter von Yanela und Golbro
Rotschenkel – Tochter von Gonke und Arki
Ruff – Tonmeister der Stierleute, Mann von Tura
Rundhügler – alle Sippen, deren Ahnenhaus eine runde Kammer und einen ebensolchen Hügel hat, im allgemeinen Anhänger des neuen Wegs
Rute – Sohn von Aleha und Ribi

Saiblinchen – Tochter von Merala und Dubhal
Sarra – 1. Alehas Lieblingshündin, 2. Naps erste Frau, 3. Mutter von Illib, 4. Schwester von Golbro, 5. Schwester von Kes
Schnalz – Tochter von Achak
Schnuppe – Tochter der Walleutefrau Kwike
Schwarze, der – Sihrus' toter Hund von der Südmeerinsel
Schwester Feuer – Göttin, Tochter von Mutter Erde und Vater Himmel
Seehundleute – Langhüglersippe auf der Südlichen
Seeigel – Sohn von Sira und Durh
Seestern – zu Tode gestürzter Wettkletterer
Sihrus – Madragenas Sohn, der »Reisende«
Silbermöwenleute – Langhüglersippe auf der Südlichen
Silbermöwensohn – Schamane der Silbermöwenleute, Osis Vater
Simo – Lasras verstorbener Vater
Singschwanleute – Rinderzüchter und -hirtensippe, Rundhügler, gehören zur Gemeinschaft
Sippentier – heiliges Tier einer Sippe, darf nicht verzehrt werden
Sira – Meerjägerin (Fischerin) der Adlerleute, Kebros Frau
Skarn – ein bedauernswerter Ahngeist der Adlerleute
Skete – Tochter von Achak
Sonne – Tochter von Osi und Gorg
Sonnenschein – Sohn von Regi und Ibbe
Spatz – Sohn von Luwe, Neffe von Errill

Speer – Sohn von Lura und Eno, Pfeils Zwillingsbruder

Splitter – Tochter von Klebh

Sprechstein – um ihn muß jeder, der auf dem Sprechtag etwas sagen will, einen Wollfaden wickeln; sind seine Spitzen nicht mehr zu sehen, endet die Versammlung

Sprechtag – zu jedem Mondviertel abgehaltene Versammlung der erwachsenen Sippenmitglieder

Steinehaus – einzeln stehendes Haus für handwerkliche Arbeiten bei den Adlerleuten

Sternenseher – Schamane der Stierleute, ein Neffe von Jonbros erster Frau Ake

Stierherrenhaus – hier halten die Stierherren Hof

Stierleute – Naps Erben, die mächtigste Sippe der Inseln, Rundhügler, Herren der »Gemeinschaft«

Stierstein – Kultstein der Stierleute mit drei Spitzen

Strahlende, die – Stern, siehe auch Paliste

Sturmschwalbenleute – Langhüglersippe auf der Südlichen

Täuberich – Sohn von Tura und Ruff

Tag der Wettbewerbe – der Tag vor Naps Tag, an dem alle Sippen sich in verschiedenen Künsten messen

Tag der Wiedergeburt – Wintersonnenwende, letztes der vier großen Jahresfeste, bei dem die entfleischten Gebeine ins Ahnenhaus gelegt werden

Tag der Zweiten Geburt – das große persönliche Fest, wenn die Mädchen nach der ersten Periode und die Jungen nach dem ersten Samenerguß ihren Erwachsenennamen erhalten

Tag des Überflusses – Herbst-Tagundnachtgleiche, drittes der vier großen Jahresfeste, feiert die Ernte

Takra – Geliebte von Jonbro Stierherr, kommt von den Hundeleuten

Tari – Lasras Freundin von den Otterleuten

Taube – Tochter von Tura und Ruff

Tem Stierherr – verstorbener Häuptling der Stierleute, Vater von Jonbro

Tiersohn – Schamane einer Sippe, gilt als Sohn des Sippentiers

Todesbotschaft – wird nur beim Tod besonders bedeutender Sippenmitglieder auf alle Inseln geschickt
Todeszauber – mit dem Erlernen dieses Zaubers wird die Lehrzeit einer Erdfrau beendet
Toshag – Sohn von Jark, Brudersohn von Jonbro Stierherr
Totengerüst – Plattform für die Toten
Totenschale – wird vom engsten Angehörigen des Verstorbenen getöpfert und zerschlagen, wenn die Gebeine ins Ahnenhaus gelegt werden
Trömmelchen – Sohn von Allib und Ibarek
Tschört – 1. Kieselstein, auf den Inseln als Ersatz für Feuerstein für Werkzeuge verwendet, 2. Sohn von Klebh
Tura – Frau von Ruff
Twag – Illibs Geliebter von den Silbermöwenleuten
Twak – Holzmeister der Wanderfalkenleute
Twirk – Baumeister der Adlerleute, Laris Mann

Ulera – Lasras Großmutter, Keas Mutter
Um – verstorbene Frau von Gorg

Vater Himmel – der oberste Gott, Mann von Mutter Erde
Vaterkinder – Wind, Donner, Blitz, Hagel und Sturm, die Vater Himmel ohne Mutter Erde geschaffen hat

Wachtberg – höchster Berg einer jeden Insel
Wakha – eine Forellenleutefrau
Wal – Häuptling der Wanderfalkenleute
Walleute – Langhüglersippe auf dem Hummer
Walsohn – Schamane der Walleute
Wanderfalkenleute – Langhüglersippe auf der Südlichen
Warib – Jonara Perles Freundin, kommt von den Forellenleuten
Wibbel – Sohn von Brim
Wibo – Schafhirte und Hundezüchter der Adlerleute, Leles Mann
Widderleute – Langhüglersippe auf dem Hummer

Wigo – 1. Naps Bruder, 2. zu Tode gestürzter Wettkletterer, 3. Helfer des Sternensehers, Bruder von Arki

Wölfchen – Sohn von Twirk und Ayne

Yanela – Frau von Golbro

Yarbro – Beinmeister der Stierleute, Mann von Ela, Neffe von Klebh